Diplômé en histoire, **Anthony Ryan** a travaillé comme chercheur à Londres avant de se consacrer à l'écriture, grâce au succès immédiat de *Blood Song*. Sur les traces de David Gemmell et Patrick Rothfuss, Ryan nous embarque dans une épopée flamboyante et lyrique, emmenée par un héros inoubliable. Un magnifique roman d'apprentissage, mêlant héroïsme et magie, qui laissera sa marque sur le genre de la Fantasy moderne.

Du même auteur, aux éditions Bragelonne :

Blood Song :
1. *La Voix du sang*
2. *Le Seigneur de la Tour*
3. *La Reine de Feu*

Chez Milady, en poche :

Blood Song :
1. *La Voix du sang*

Ce livre est également disponible
au format numérique

www.milady.fr

# Anthony Ryan

# *La Voix du sang*

Blood Song – 1

Traduit de l'anglais (Grande-Bretagne) par Maxime Le Dain

Bragelonne

Milady est un label des éditions Bragelonne

Cet ouvrage a été originellement publié en France par Bragelonne

Titre original : *Blood Song*

Publié avec l'accord de The Berkley Publishing Group,
une marque de Penguin (USA) Inc.



Cartes :
Carte principale : d'après l'illustration originale de Steve Karp,
sur une idée d'Anthony Ryan.
Cartes du Royaume Unifié et de l'Empire Alpiran Nord :
d'après l'illustration originale d'Anthony Ryan.

ISBN : 978-2-8112-1839-3

Bragelonne – Milady
60-62, rue d'Hauteville – 75010 Paris

E-mail : info@milady.fr
Site Internet : www.milady.fr

*Pour mon père, qui m'a interdit de baisser les bras.*

## Remerciements

Merci du fond du cœur à mon éditrice Susan Allison pour avoir donné sa chance à un inconnu, ainsi qu'à Paul Field, qui a toujours refusé d'être rétribué pour sa traque des innombrables erreurs dont j'avais parsemé le tout premier manuscrit. Je tiens également à mentionner la dette considérable que j'ai envers les auteurs de toutes les œuvres de Fantasy que j'ai pu dévorer au fil des ans, au premier rang desquels feu le grand David Gemmell. C'est un honneur pour moi que d'œuvrer dans l'ombre de ce géant.

BANQUISE
LES HAUTS CONFINS
N
O
E
S
GRANDE FORÊT DU NORD
DOMAINE LONAK
PASSE SKELLAN
CITÉ DÉCHUE
CARDURIN
ROYAUME UNIFIÉ
TOUR DU NORD
RENFAËL
ANDURIN
FORÊT D'URLISH
NILSAËL
GIVREPORT
CASTELVARIN
LA SALINE
LES GRISES CIMES
LA MESNERIE
LE HAUT REMPART
ASRAËL
LANCRAGE
FORÊT DE MARTISHE
CUMBRAËL
LAC RHIL
ALLTOR
PORT-MAELIN
TOUR DU SUD
ARCHIPEL MELDÉNÉEN
L'ÉRINÉE
LINESH
UNTESH
OASIS DE LEHLUN
LA COLLINE ROUGE
MARBELLIS
EMPIRE ALPIRAN

# Première partie

*L'ombre du Corbeau*
*Passe sur mon cœur,*
*Et glace le torrent de mes larmes.*

Poème seordah, auteur anonyme

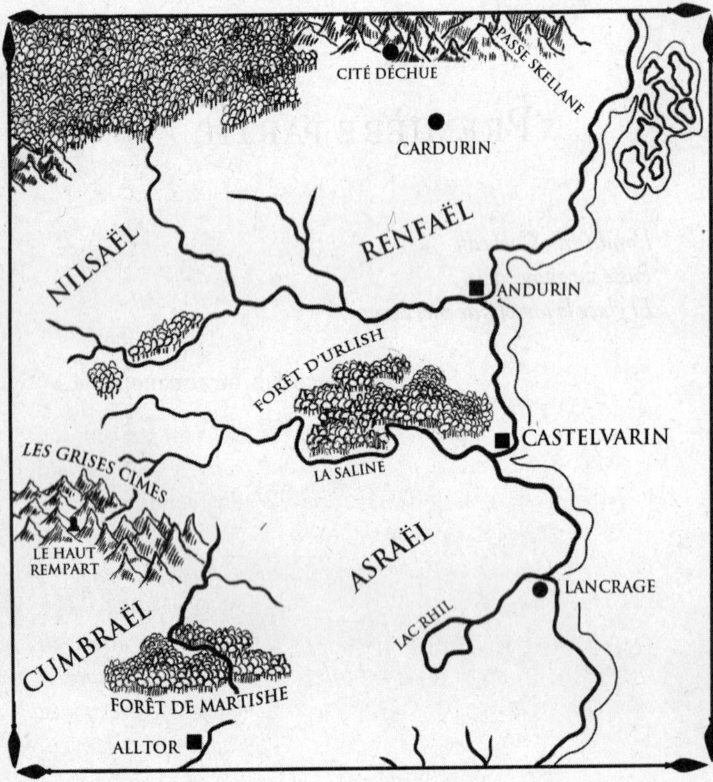
CITÉ DÉCHUE
PASSE SKELLANE
CARDURIN
RENFAËL
NILSAËL
ANDURIN
FORÊT D'URLISH
CASTELVARIN
LA SALINE
LES GRISES CIMES
LE HAUT
REMPART
ASRAËL
LANCRAGE
LAC RHIL
CUMBRAËL
FORÊT DE MARTISHE
ALLTOR

# Le Témoignage de Verniers

*Il avait de nombreux noms. Avant même qu'il atteigne sa trentième année, l'histoire avait cru bon de lui décerner une multitude de titres : il était l'Épée du Royaume pour le roi fou qui l'avait envoyé nous tourmenter, Jeune Faucon pour les hommes qui l'avaient suivi dans les tourments de la guerre, Sombrelame pour ses ennemis cumbraëliens et, comme je devais l'apprendre bien plus tard, Beral Shak Ur pour les mystérieuses tribus de la Grande Forêt du Nord* – l'Ombre du Corbeau.

*Mais mon peuple ne lui connaissait qu'un seul nom, un nom issu d'une chanson qui résonnait sans relâche dans mon esprit lorsqu'il fut amené sur les quais, ce matin-là :* « Tueur d'Espoir. Ta mort approche et j'y assisterai. Tueur d'Espoir. »

*Bien qu'il fût certainement plus grand que la plupart des hommes, je découvris non sans surprise qu'en dépit des récits que j'avais entendus, il n'avait rien d'un géant, et que si ses traits étaient réguliers, ils n'étaient pas vraiment beaux. Malgré sa carrure athlétique, il n'arborait pas ces muscles saillants que se plaisent à décrire les conteurs avec tant d'emphase. Le seul point sur lequel son apparence rejoignait la légende, c'était son regard : noir de jais et aussi perçant que celui d'un faucon. On racontait que ses yeux savaient mettre votre âme à nu, qu'aucun secret ne leur résistait. Je n'y avais jamais cru, mais en le voyant ce matin-là, je compris pourquoi on pouvait le penser.*

*Le prisonnier était accompagné d'un détachement entier de la Garde Impériale en escorte rapprochée. Leurs lances dressées, à l'affût du moindre trouble, les gardes parcouraient de leur regard dur la foule rassemblée alentour. Celle-ci, toutefois, gardait le silence.*

*Nul cri, ni insulte ou projectile n'émanait des badauds qui s'étaient arrêtés pour le voir fendre la multitude des quais. Je me rappelai qu'ils connaissaient cet homme. Pendant une brève période, il avait gouverné leur cité, à la tête d'une armée étrangère cantonnée dans son enceinte. Et pourtant, je ne lisais ni haine ni soif de vengeance sur leurs visages. La plupart semblaient tout simplement curieux. Que faisait-il là ? Par quel miracle était-il encore en vie ?*

*La troupe fit halte sur le quai et le prisonnier mit pied à terre pour être conduit sur le navire qui l'attendait. Je mis de côté mes carnets, me levai du tonneau d'épices qui me servait de siège et saluai le capitaine.*

*—Mes hommages, messire.*

*L'homme, un officier vétéran de la Garde, à la peau d'ébène des sujets de l'Empire Méridional et au menton barré d'une cicatrice blanche, me retourna mon salut d'un air compassé.*

*—Seigneur Verniers.*

*—J'espère que votre voyage s'est déroulé sans encombre.*

*Le capitaine haussa les épaules.*

*—Quelques accrochages par-ci par-là. J'ai dû briser deux ou trois crânes en Jessirie, où les autochtones voulaient pendre la carcasse du Tueur d'Espoir à la flèche de leur temple.*

*Je me troublai à la mention de cet acte de trahison. Le décret impérial avait pourtant été lu dans toutes les villes qu'avait dû traverser le prisonnier, et son message était on ne peut plus clair : interdiction absolue d'attenter à la vie du Tueur d'Espoir.*

*—L'Empereur en sera informé, déclarai-je.*

*—Comme vous voudrez, mais ce n'était pas grand-chose. (Il se tourna vers le prisonnier.) Seigneur Verniers, je vous présente le prisonnier impérial Vaelin Al Sorna.*

*Je hochai formellement la tête dans sa direction, son nom, un refrain lancinant, occultant mes pensées.* Tueur d'Espoir, Tueur d'Espoir…

*—Mes hommages à vous, messire, me forçai-je à le saluer.*

*L'espace d'une seconde, mon regard croisa le sien, noir, incisif et inquisiteur, et je craignis soudain que les plus folles rumeurs s'avèrent fondées, qu'il y ait de la magie dans les yeux de ce sauvage. Pouvait-il vraiment sonder l'âme des hommes ? Depuis la guerre, d'innombrables histoires circulaient au sujet des mystérieuses facultés du Tueur d'Espoir. D'après elles, il savait parler aux animaux, commandait aux Sans-Nom et pliait les éléments à sa volonté. Son épée, baignée dans le sang de ses ennemis tombés au combat, était indestructible. Et, comble de l'horreur, son peuple et lui vénéraient les morts, communiant avec les spectres de leurs ancêtres pour invoquer toutes sortes d'ignominies. Je n'accordais guère de crédit à ces racontars ; après tout, si les sortilèges des Boréens étaient si puissants, comment s'étaient-ils arrangés pour que nous leur infligions une si écrasante défaite ?*

*—Monseigneur.*

*À en juger par sa voix sèche et son accent prononcé, Vaelin Al Sorna avait appris l'alpiran au fond d'un cachot. Son intonation, quant à elle, avait été durcie par des années passées à hurler par-dessus le fracas des armes et les cris des blessés pour remporter des batailles par centaines – dont l'une m'avait coûté mon ami le plus proche en même temps que l'avenir de l'Empire.*

*Je me tournai vers le capitaine.*

*—Pourquoi l'avoir enchaîné ? L'Empereur exigeait qu'il soit traité avec respect.*

*—Le peuple n'aimait pas le voir chevaucher sans entraves, expliqua le capitaine. C'est le prisonnier lui-même qui a suggéré qu'on lui passe les fers pour éviter les ennuis.*

*Il s'approcha de lui et défit ses menottes. Al Sorna se massa les poignets.*

*—Monseigneur !*

*Le cri provenait de la foule, et je pivotai pour voir se précipiter vers nous un homme corpulent vêtu d'une robe blanche. Manifestement peu coutumier de l'effort physique, il ruisselait de sueur.*

*—Un instant, je vous prie !*

*La main du capitaine descendit doucement vers son sabre, mais Al Sorna demeura imperturbable, tout sourires à mesure que le nouveau venu se rapprochait.*

*— Gouverneur Aruan.*

*L'inconnu s'immobilisa, puis essuya son visage en sueur à l'aide d'un foulard en dentelle. La main gauche fermée sur un long paquet enveloppé de tissu, il nous salua d'un signe de tête, au capitaine et à moi, mais ce fut au prisonnier qu'il s'adressa :*

*— Monseigneur. Je pensais ne plus jamais vous revoir. Comment vous portez-vous ?*

*— Plutôt bien, gouverneur. Et vous ?*

*L'homme bedonnant étendit sa main droite, des bagues ornées de joyaux à chaque doigt. Retenue par son pouce, son écharpe voletait au vent.*

*— Je ne suis plus gouverneur. Rien qu'un pauvre marchand, désormais. Les affaires ne sont plus ce qu'elles étaient, mais je ne me plains pas.*

*— Seigneur Verniers. (Vaelin Al Sorna fit un geste dans ma direction.) Je vous présente Holus Nester Aruan, ancien gouverneur de la cité de Linesh.*

*— Honneur à vous, ser, me salua Aruan en s'inclinant.*

*— Honneur à vous, ser, répétai-je formellement.*

*Ainsi se tenait devant moi l'homme des mains duquel le Tueur d'Espoir avait arraché la cité. Le fait qu'Aruan n'ait pas payé de sa vie cette indignité avait été très mal perçu à la fin de la guerre, mais l'Empereur (puissent les Dieux préserver sa miséricorde et sa sagesse) lui avait accordé son pardon, en regard des circonstances extraordinaires de l'occupation du Tueur d'Espoir. La grâce impériale, cependant, ne comprenait pas le renouvellement de son gouvernorat.*

*Aruan tourna la tête vers Al Sorna.*

*— Je suis ravi de vous trouver en bonne santé. J'ai écrit à l'Empereur pour implorer sa clémence.*

*— Je suis au courant. Votre lettre a été lue lors de mon jugement.*

*Pour avoir parcouru les minutes du procès, je savais que la missive d'Aruan, écrite au péril de sa vie, comptait parmi les témoignages décrivant un Tueur d'Espoir étonnamment généreux et magnanime lors du conflit. L'Empereur les avait patiemment écoutés les uns après les autres, avant de décréter qu'Al Sorna était jugé pour ses crimes, et non ses vertus.*

*— Comment va votre fille ? demanda le prisonnier à l'ancien gouverneur.*

*— Très bien, elle se marie cet été. Avec un bon à rien, un fils d'armateur… Mais qu'y puis-je, moi qui ne suis que son père ? Grâce à vous, au moins, elle est toujours en vie pour me briser le cœur.*

*— Bonne nouvelle. Je parle du mariage, pas de votre cœur brisé. Je ne peux malheureusement rien lui offrir, sinon mes meilleurs vœux.*

*— À vrai dire, monseigneur, c'est moi qui viens vous offrir quelque chose.*

*Des deux mains, Aruan leva son paquet allongé et le présenta au Tueur d'Espoir, le visage soudain empreint de gravité.*

*— Je crois savoir que vous aurez bientôt besoin de ceci.*

*Le Boréen marqua un temps d'hésitation avant de s'emparer du présent. Quand ses mains abîmées en eurent dénoué les attaches, l'étoffe glissa pour révéler une épée à la conception étonnante : nichée dans son fourreau, sa lame droite mesurait près d'un mètre de long, à la différence des sabres courbes privilégiés par l'armée alpirane. Avec en guise de garde un simple quillon enroulé autour de la poignée, l'arme n'arborait comme seul ornement qu'un banal pommeau d'acier. La poignée comme le fourreau présentaient de nombreuses traces d'usure, des entailles ou éraflures qui témoignaient de longues années d'utilisation. Ce n'était pas là une simple arme de cérémonie, et je pris conscience avec un choc qu'il s'agissait de son épée. Celle qu'il portait en accostant sur nos terres. L'épée qui avait fait de lui le Tueur d'Espoir.*

*— Vous l'avez conservée ? crachai-je, furieux, en direction d'Aruan.*

*Il tourna vers moi un regard glacé.*

*— Mon honneur n'en exigeait pas moins, monseigneur.*

*— Je vous remercie, dit Al Sorna, coupant court à mon indignation.*

*Il soupesa l'épée et je vis le capitaine de la Garde se raidir quand son prisonnier tira deux centimètres de lame pour en éprouver le tranchant du pouce.*

*— Toujours aussi acérée.*

*— Nous en avons pris soin. Elle a été régulièrement aiguisée et graissée. J'ai par ailleurs un autre petit quelque chose pour vous.*

*Aruan tourna une main vers le ciel. Dans sa paume reposait un rubis de poids moyen somptueusement taillé, à n'en pas douter l'une des gemmes les plus précieuses de la fortune familiale. Je connaissais les raisons de la gratitude d'Aruan, mais l'estime évidente qu'il portait à ce barbare et la vue écœurante de son épée ne manquaient pas de m'irriter.*

*Manifestement décontenancé, Al Sorna secoua la tête.*

*— Gouverneur, je ne peux…*

*Je me rapprochai pour l'interrompre à voix basse :*

*— Il vous fait un honneur bien plus grand que vous ne le méritez, Boréen. Refuser, ce serait l'insulter et vous couvrir d'opprobre.*

*Il me lança un bref coup d'œil, avant de sourire à Aruan.*

*— Je m'incline devant votre générosité. (Il s'empara de la gemme.) Je la garderai toute ma vie.*

*— J'espère bien que non, rit Aruan. On ne conserve un joyau que si l'on n'a pas besoin de le vendre.*

*— Vous, là-bas !*

*La voix provenait de l'imposante galère meldénéenne amarrée non loin, le long du quai. D'après le nombre de rames et les dimensions de la coque, il ne s'agissait pas de l'un des légendaires navires de guerre du Royaume, mais d'un simple bâtiment marchand. Un homme trapu à la barbe noire fournie, qu'un foulard rouge noué autour du front identifiait comme capitaine, leur faisait signe depuis la proue.*

*— Amenez le Tueur d'Espoir à bord, bande de chiens alpirans ! s'écria-t-il avec la délicatesse coutumière des Meldénéens. Et cessez de lanterner, on va finir par manquer la marée.*

— Notre carrosse vers les Îles nous attend, déclarai-je au prisonnier tout en rassemblant mes affaires. Nous ne voudrions pas provoquer l'ire de notre capitaine.

— Alors c'est vrai, dit Aruan. Vous partez pour les Îles combattre au nom de la dame.

Je trouvai insupportable le ton de sa voix, où perçait une admiration non dissimulée.

— C'est vrai.

Le prisonnier échangea une rapide poignée de main avec l'ancien gouverneur, puis hocha la tête en direction du capitaine de son escorte avant de se tourner vers moi.

— Après vous, monseigneur.

— Vous avez beau être l'un des mieux placés pour lécher les pieds de votre cher Empereur, scribouillard, gronda le capitaine en me plantant son index dans la poitrine, ce navire, c'est mon royaume. Alors soit vous vous installez ici, soit vous passez la traversée ficelé au grand mât.

Il nous avait montré nos quartiers, un coin de cale isolé par des rideaux à la proue du vaisseau. L'endroit empestait la saumure, l'eau croupie et les odeurs mêlées de la cargaison, à savoir un mélange aussi douceâtre qu'écœurant de fruits, de poisson séché et de ces myriades d'épices qui faisaient la renommée de l'Empire. Je parvins non sans mal à réprimer un haut-le-cœur.

— Vous parlez au seigneur Verniers Alishe Someren, Chroniqueur Impérial, Docte parmi les Doctes et renommé serviteur de l'Empereur, lui rétorquai-je, ma voix quelque peu étouffée par le mouchoir plaqué sur ma bouche. En tant qu'émissaire dépêché auprès des Seigneurs des Nefs et escorte officielle du Prisonnier Impérial, j'exige que vous me traitiez avec le respect qui m'est dû, messire, sans quoi il me suffira de claquer des doigts pour que vingt soldats de la Garde sautent sur le pont et vous rossent sous les yeux de votre équipage.

Le capitaine se pencha vers moi ; croyez-le ou non, mais son haleine puait encore plus que la cale.

*—Alors vingt et un cadavres iront nourrir les orques quand nous quitterons le port, scribouillard.*

*Al Sorna poussa du bout du pied l'un des couchages étalés au sol et inspecta les lieux.*

*—Ce sera parfait. Il nous faudra de quoi boire et manger.*

*Je sursautai.*

*—Vous songez sérieusement à dormir dans ce trou à rats ? Mais c'est un véritable cloaque, enfin !*

*—On voit que vous n'avez jamais expérimenté le cachot. Les rats y sont légion. (Il se tourna vers le capitaine.) Les barriques d'eau se trouvent sur le tillac, j'imagine ?*

*Le capitaine fit courir un doigt épais dans sa barbe, les yeux rivés sur lui, comme s'il tentait d'évaluer si Al Sorna se moquait de lui et, dans ce cas, s'il était envisageable de lui tordre le cou. Son allure semblait confirmer un dicton en vogue sur la côte nord d'Alpiran : « Mieux vaut encore tourner le dos à un cobra qu'à un Meldénéen. »*

*—Alors comme ça, c'est toi qui pars croiser le fer avec le Bouclier ? À Ildera, on te donne perdant à vingt contre un. J'hésite à miser un liard sur ta carcasse, vois-tu, car le Bouclier, c'est la plus fine lame de toutes les Îles. L'est capable de trancher une mouche en deux d'un coup de sabre.*

*—C'est tout à son honneur. (Vaelin Al Sorna sourit.) Et sinon, ces barriques ?*

*—Là-haut. Vous n'aurez droit qu'à une gourde par jour chacun, pas plus. Je ne tiens pas à assoiffer mon équipage pour vos beaux yeux. Quant à votre pitance, faudra aller la chercher dans la cambuse, si bâfrer avec nous autres ne vous coupe pas l'appétit.*

*—J'ai déjà mangé en bien pire compagnie. Et si vous avez besoin de bras supplémentaires aux avirons, je me tiens à votre disposition.*

*—Parce que t'as déjà ramé, toi ?*

*—Une fois.*

*—On saura se débrouiller, grogna le capitaine.*

*Faisant volte-face, il jeta par-dessus son épaule :*

*—On hisse les voiles dans moins d'une heure. Venez pas traîner dans nos pattes tant qu'on n'a pas quitté le port.*

*— Îlien barbare ! fulminai-je tout en déballant mon paquetage.*

*J'en tirai mon encre, disposai mes plumes côte à côte puis, après avoir vérifié qu'aucun rat n'était tapi sous ma paillasse, m'installai pour rédiger une lettre à l'Empereur. J'entendais bien l'instruire de l'ignoble affront que je venais de subir.*

*— Ce chien ne jettera pas l'ancre dans un port alpiran de sitôt, vous pouvez me croire.*

*Vaelin Al Sorna s'assit et s'adossa contre la coque.*

*— Vous parlez ma langue ? me demanda-t-il en boréen.*

*— Je l'ai étudiée, comme bien d'autres, répliquai-je sans le moindre accent. Je parle couramment les sept langues principales de l'Empire et peux me faire comprendre dans cinq de plus.*

*— Impressionnant. Connaissez-vous le seordah ?*

*Je levai le nez de mon parchemin.*

*— Le seordah ?*

*— Les Seordah Sil de la Grande Forêt du Nord. Vous en avez entendu parler ?*

*— Mon savoir concernant les sauvages du Nord est loin d'être exhaustif. Et je ne vois guère de raison d'y remédier.*

*— Pour un érudit, vous semblez bien fier de votre ignorance.*

*— Je pense m'exprimer au nom de toute ma nation en affirmant que nous aurions préféré rester dans l'ignorance à votre sujet.*

*Il pencha la tête sur le côté et me dévisagea.*

*— C'est de la haine que j'entends dans votre voix.*

*Je l'ignorai, ma plume grattant à toute vitesse le préambule formel à toute missive impériale.*

*— Vous le connaissiez, n'est-ce pas ? poursuivit Vaelin Al Sorna.*

*Ma plume s'immobilisa. Je refusai de croiser son regard.*

*— Vous connaissiez l'Espoir.*

*Je posai ma plume et me relevai. La puanteur de la cale comme la présence de ce barbare m'étaient soudain devenues insupportables.*

*— Oui, je le connaissais, grinçai-je. Je le considérais même comme le meilleur d'entre nous. Je savais qu'il avait l'étoffe d'un empereur, et même du plus grand empereur que cette terre eût jamais porté. Mais*

*je vous hais pour une autre raison, Boréen. Je vous hais parce que je comptais l'Espoir parmi mes amis, et que vous l'avez tué.*

*Je m'éloignai d'un pas furieux et grimpai les marches menant au pont supérieur. Pour la première fois de ma vie, je rêvai d'être un guerrier aux bras puissants et au cœur de pierre, capable de brandir une lame et d'assouvir sa vengeance dans un bain de sang. Mais ces choses-là ne m'étaient pas destinées. J'avais le corps svelte mais fragile, l'esprit affûté mais par trop charitable. Je n'étais pas un guerrier. Dès lors, je ne pouvais obtenir vengeance. Pour honorer la mémoire de mon défunt camarade, je devais me contenter d'assister à la mise à mort de son assassin et d'en être le témoin officiel, pour le plaisir de mon empereur et l'éternelle vérité de nos archives.*

*Je restai sur le pont des heures durant, accoudé au bastingage, à regarder les nuances vertes des flots de la côte alpirane céder la place au bleu profond de la mer Érinéenne, à mesure que les rameurs nous entraînaient vers le large au rythme du tambour du bosco. Une fois loin du littoral, le capitaine ordonna de déployer la grand-voile et nous prîmes de la vitesse. L'étrave effilée du vaisseau creusait les flots et la figure de proue – un serpent ailé, l'une des innombrables divinités marines des Meldénéens – plongeait ses nombreux crocs dans un nuage d'écume. Les rameurs s'activèrent pendant deux heures, après quoi le bosco donna le signal de la pause, laissant ses hommes relever leurs avirons et se précipiter sur leur repas. L'équipe de quart demeura sur le pont afin de surveiller le gréement et d'accomplir les corvées sans fin de la vie en mer. Parmi ceux-ci, certains m'accordèrent quelques rares coups d'œil, mais aucun n'engagea la conversation. Je leur en fus reconnaissant.*

*Nous nous trouvions à quelques milles du port quand je vis les premiers ailerons noirs fendre la houle, annoncés par un cri joyeux tombé du nid-de-pie :*

*— Ooorques !*

*La vitesse et la fluidité de leur course sous-marine m'empêchaient de les compter. De temps à autre, elles crevaient la surface pour cracher un nuage de vapeur avant de replonger. Ce fut seulement quand elles s'approchèrent que je pris pleinement conscience de leur taille : plus de six mètres de la gueule à la queue. J'avais déjà vu des dauphins dans les mers du Sud, des créatures argentines et joueuses auxquelles on pouvait apprendre certains tours élémentaires. Ces animaux-là étaient différents. Leur taille comme les ombres nébuleuses et vacillantes qu'ils dessinaient sous l'eau me semblaient de mauvais augure, tels des rappels de l'indifférente cruauté de la nature. De toute évidence, mes compagnons de bord ne partageaient pas mon appréhension. Perchés dans le gréement, ils criaient et acclamaient les monstres marins comme s'ils retrouvaient de vieux amis perdus de vue. Même les traits renfrognés de notre capitaine paraissaient s'être quelque peu adoucis.*

*Dans une prodigieuse explosion d'écume, l'une des orques traversa la surface, se tordit en plein air puis s'abîma dans l'océan avec fracas, soulevant une vague qui fit gîter le navire. Des rugissements d'admiration s'élevèrent des rangs meldénéens.*

Oh Seliesen ! *songeai-je,* quel poème tu aurais composé pour immortaliser ce spectacle…

*— Ce sont des animaux sacrés, pour eux. (Je tournai la tête pour découvrir que le Tueur d'Espoir m'avait rejoint contre le bastingage.) Quand un Meldénéen meurt en mer, les orques sont censées emporter son âme dans l'océan infini qui borde notre terre.*

*— Superstition idiote.*

*— Votre peuple a pourtant ses dieux, lui aussi.*

*— Mon peuple, peut-être, mais pas moi. Les dieux ne sont rien d'autre que des mythes, des fables rassurantes bonnes pour les enfants.*

*— Voilà des paroles qui vous ouvriraient bien des portes, par chez moi.*

*— Nous ne sommes pas chez vous, Boréen. Et sachez que pour rien au monde je ne voudrais y mettre les pieds.*

*Une nouvelle orque surgit hors de l'eau et bondit trois mètres au-dessus des flots avant de replonger.*

*— C'est étrange, reprit Al Sorna. Lors de notre traversée, les orques ignoraient nos navires et nous préféraient ceux des Meldénéens. Peut-être y a-t-il du vrai dans leurs croyances.*

*— Peut-être, fis-je. Ou peut-être savent-elles profiter d'un repas gratuit quand il se présente.*

*J'inclinai la tête en direction de la proue, d'où le capitaine jetait des saumons entiers par-dessus bord. Les orques fondaient sur leurs proies si vite que j'avais du mal à les suivre.*

*— Que faites-vous ici, seigneur Verniers ? me demanda Al Sorna. Pourquoi l'Empereur vous a-t-il envoyé ? Vous n'avez rien d'un gardien.*

*— L'Empereur a gracieusement accédé à ma requête d'assister à votre duel à venir. Et de raccompagner dame Emeren chez nous, bien entendu.*

*— Vous êtes venu me voir mourir.*

*— Je suis venu dresser le compte-rendu de cet événement pour nos archives. Après tout, ne suis-je pas le Chroniqueur Impérial ?*

*— C'est ce que j'ai cru comprendre. Gerish, mon geôlier, était un grand admirateur de votre récit de la guerre avec mon peuple, qu'il tenait pour un sommet de la littérature alpirane. Il était loin d'être limité, pour un homme qui a passé sa vie dans un cachot. Il restait des heures entières assis devant ma cellule, à m'en lire des pages et des pages. Surtout les batailles, il en raffolait.*

*— Un travail de recherche minutieux, voilà le secret de tout historien digne de ce nom.*

*— Dommage que vous l'ayez bâclé, dans ce cas.*

*Une fois encore, je me surpris à envier sa force de guerrier.*

*— Bâclé ?*

*— Terriblement.*

*— Je vois. Et auriez-vous l'amabilité, si votre cerveau barbare vous le permet, de m'éclairer sur ces passages si terriblement bâclés, comme vous dites ?*

*— Oh ! pour ce qui est des détails, je n'ai pas grand-chose à vous reprocher. Hormis que vous m'attribuez le commandement de la*

*Légion du Loup. Il s'agissait en réalité du trente-cinquième régiment d'infanterie, plus connu au sein de la Garde du Royaume sous le nom des Pisteloups.*

*— Soyez sûr que je m'empresserai d'amender le texte dès mon retour à la capitale, lâchai-je d'un ton acide.*

*Les yeux clos, il parut se concentrer.*

*— « L'invasion de la côte septentrionale par le roi Janus ne constitue rien de moins que les prémices d'un projet autrement plus ambitieux, à savoir l'annexion de l'empire dans son intégralité. »*

*Il me citait mot pour mot. Bien qu'impressionné par sa mémoire, je n'en laissai rien paraître.*

*— C'est l'évidence même. Vous espériez conquérir l'empire. Fallait-il que Janus soit fou pour songer qu'un tel stratagème puisse fonctionner !*

*Al Sorna secoua la tête.*

*— Nous ne voulions que les ports côtiers du Nord, rien de plus. Janus souhaitait contrôler les routes commerciales passant par l'Érinée. Et il n'était pas fou. Vieux et aux abois, peut-être, mais pas fou.*

*La compassion qui teintait sa voix me surprit ; après tout, Janus ne jouait-il pas le rôle du traître suprême dans la légende du Tueur d'Espoir ?*

*— Et comment se fait-il que vous en sachiez si long sur sa stratégie ?*

*— Parce qu'il me l'a révélée.*

*— Révélée ? répétai-je en ricanant. J'ai dû écrire un bon millier de lettres à tous les ambassadeurs et préposés du Royaume que j'ai pu trouver. Les rares qui ont daigné me répondre s'accordaient tous sur un point : Janus n'a jamais confié ses intentions à quiconque, pas même aux membres de sa famille.*

*— Ce qui ne vous empêche pas d'affirmer qu'il comptait s'emparer de votre empire tout entier.*

*— Une déduction logique, au vu des événements.*

*— Logique, peut-être, mais fausse. Oui, c'était un cœur de roi qui battait dans la poitrine de Janus, aussi dur et aussi glacé que la pierre quand les circonstances l'exigeaient. Mais il n'était pas cupide*

*et avait les pieds sur terre. Il savait pertinemment que le Royaume ne pourrait jamais lever assez d'hommes ni de fonds pour envahir votre empire. Nous n'en avions qu'après les ports. Selon lui, la survie du Royaume passait par leur conquête.*

*— En quel honneur vous confiait-il de tels renseignements ?*

*— Nous avions un… arrangement. J'étais devenu son interlocuteur privilégié, en partie parce que je refusais d'exécuter certains de ses ordres sans explication préalable. Mais parfois, je pense qu'il avait simplement besoin de quelqu'un à qui parler. Même les rois peuvent se sentir seuls.*

*J'éprouvai un curieux sentiment d'attraction, comme si je tombais sous son charme ; le Boréen devinait que je brûlais d'apprendre ce qu'il savait. Mon respect pour lui s'accrut, en même temps que mon aversion. Il voulait se servir de moi, me faire écrire l'histoire qu'il avait à raconter. Pour quelle raison, je l'ignorais. Je me doutais que cela avait à voir avec Janus et le duel qui l'attendait dans les Îles. Peut-être ressentait-il le besoin de soulager sa conscience avant de mourir, de léguer sa vérité aux générations futures afin qu'on ne le connaisse pas uniquement sous le nom de Tueur d'Espoir. Une ultime tentative de racheter son âme et celle de son roi mort.*

*Je laissai le silence s'étirer et regardai les orques se repaître puis, une fois leur faim assouvie, disparaître vers l'est. Au bout d'un certain temps, alors que le soleil s'apprêtait à plonger derrière l'horizon, je lui dis :*

*— Racontez-moi.*

# Chapitre premier

Un brouillard dense pesait sur la lande le matin où le père de Vaelin conduisit son fils à la Loge du Sixième Ordre. L'enfant chevauchait à l'avant, les mains serrées sur le pommeau de la selle, ravi de cette sortie. Son père ne l'emmenait presque jamais en promenade.

— Où allons-nous, monseigneur ? l'avait-il interrogé tandis que son père l'entraînait vers l'écurie.

S'il avait gardé le silence, l'homme de haute taille avait toutefois marqué un infime temps d'arrêt avant de jucher la selle sur l'un de ses destriers. Accoutumé au mutisme de son père, Vaelin n'en avait pas tenu compte.

Ils s'éloignaient de la maison en silence, leur progression rythmée par le cliquetis des fers sur les pavés. Au bout d'un moment, ils franchirent la porte nord, où des cadavres en cage pendus au gibet chargeaient l'air des miasmes de la putréfaction. Vaelin avait appris à ne pas demander ce qu'ils avaient fait pour mériter ce supplice ; c'était l'une des rares questions auxquelles son père répondait bien volontiers, et ses réponses le laissaient toujours au bord des larmes et en sueur quand venait la nuit, à sursauter au moindre bruit derrière sa fenêtre et à se demander si des brigands, des rebelles ou des Apostats flétris par la Ténèbre n'allaient pas surgir pour s'emparer de lui.

Une fois passé le mur d'enceinte, les pavés de la route laissèrent place à un tapis d'herbe sauvage et son père piqua des éperons, entraînant progressivement leur monture au galop. Grisé par la vitesse, Vaelin laissa échapper un petit rire. Mais sa joie fut de courte durée, ternie par une bouffée de honte passagère. Il y avait deux mois à peine que sa mère avait quitté ce monde, et la douleur de son père planait sur la maisonnée tel un nuage noir, dont la présence dissuadait les visiteurs et intimidait les domestiques. Mais Vaelin n'avait que dix ans et considérait la mort avec des yeux d'enfant : sa mère avait beau lui manquer, il tenait sa disparition pour un mystère, l'ultime secret du monde des adultes. Et s'il pleurait souvent sans vraiment savoir pourquoi, cela ne l'empêchait pas de continuer à chaparder des pâtisseries au nez et à la barbe du cuisinier ni de brandir ses épées de bois dans la cour.

Ils galopaient depuis quelques minutes quand son père fit ralentir le destrier, au grand dam de Vaelin qui aurait voulu que leur course ne cesse jamais. Ils s'étaient arrêtés au pied d'une immense grille de fer dont les barreaux, hauts comme trois hommes, s'achevaient sur des piques acérées. Au sommet de la voûte du portail, une silhouette en fer forgé – un guerrier pressant son épée contre son buste, pointe vers le bas – les toisait, son visage pareil à un crâne flétri. Les murs de part et d'autre étaient presque aussi hauts que le portail. Sur la gauche, une cloche en laiton pendait à une poutre.

Le père de Vaelin mit pied à terre et le déposa à bas de la selle.

— Quel est cet endroit, monseigneur ? demanda le garçon.

Il n'avait fait que murmurer, mais sa question lui parut s'élever comme un cri. Le silence et la brume environnante le mettaient mal à l'aise, il n'aimait pas ce portail ni le personnage qui le surmontait. À sa manière d'enfant, il eut la certitude que les orbites vides du chevalier n'étaient qu'une imposture, une tromperie. Ce crâne les observait. Les attendait.

Son père ne répondit pas. Il gagna la cloche, tira sa dague de son ceinturon et sonna leur arrivée d'un coup de pommeau, produisant une note assourdissante qui résonna tel un affront au silence. Vaelin dut se couvrir les oreilles le temps qu'elle se dissipe. Quand il releva la tête, son père se tenait au-dessus de lui.

— Vaelin, dit-il de sa voix rauque de guerrier. Te rappelles-tu la formule que je t'ai enseignée ? Notre devise familiale ?

— Oui, monseigneur.

— J'écoute.

— « La loyauté est notre force. »

— Oui. La loyauté est notre force. Souviens-t'en. Souviens-toi que tu es mon fils et que je désire t'admettre en ces murs. Ici, tu apprendras bien des choses, tu deviendras un frère du Sixième Ordre. Mais tu resteras à jamais mon fils, et tu honoreras mes souhaits.

Des graviers crissèrent de l'autre côté du portail et Vaelin sursauta à la vue d'une haute silhouette encagoulée debout derrière la grille, comme à l'affût. Malgré la brume qui noyait le visage de l'inconnu, Vaelin se sentit scruté, évalué, et dut réprimer un frisson. Il leva les yeux sur son père, sur cet homme imposant aux traits prononcés, à la barbe grisonnante, aux joues et au front ravinés, et le trouva changé. Il arborait une expression que Vaelin ne lui connaissait pas et qu'il n'aurait pu définir. Une ombre qu'il découvrirait dans le regard d'un millier d'hommes au fil des ans, et qu'il finirait par considérer comme une vieille amie : la peur. Il lui apparut soudain que les yeux de son père étaient excessivement sombres, bien plus que ceux de sa mère. C'était ainsi qu'il se souviendrait de lui pour le restant de ses jours. Pour le commun des mortels, il resterait dans l'histoire comme le Seigneur de Guerre, l'Épée du Royaume, héros de Beltrian, sauveur du roi et père d'un fils célèbre. Aux yeux de Vaelin, il demeurerait à jamais cet homme apeuré abandonnant son fils aux portes de la Loge du Sixième Ordre.

Il sentit la main de son père presser sur son dos.

— Allez, Vaelin. Rejoins-le. Il ne te fera aucun mal.

*Menteur !* songea rageusement l'enfant, ses pieds raclant le sol tandis que son père le poussait vers le portail. La figure de la silhouette encagoulée se faisait plus distincte à mesure qu'ils se rapprochaient : oblongue, étroite, aux lèvres fines, aux yeux bleu délavé. Vaelin se surprit à plonger son regard dans celui de l'inconnu, qui le dévisageait en retour en ignorant son père.

— Quel est ton nom, mon garçon ?

Sa voix était douce, un soupir dans la brume. À sa grande surprise, l'enfant s'entendit répondre avec assurance :

— Vaelin, monseigneur. Vaelin Al Sorna.

Les lèvres fines esquissèrent un sourire.

— Je ne suis pas un seigneur, mon garçon. Je me nomme Gainyl Arlyn, Aspect du Sixième Ordre.

Vaelin se remémora les cours d'étiquette que lui dispensait sa mère.

— Veuillez m'excuser, Aspect.

Il entendit renâcler derrière lui et fit volte-face. Son père, monté sur son destrier, s'éloignait à bride abattue. Bientôt, il fut englouti par le brouillard et l'écho de sa cavalcade sur la terre meuble s'éteignit dans le lointain.

— Il ne reviendra pas, Vaelin, déclara l'étranger. (Le sourire de l'Aspect avait disparu.) Sais-tu pourquoi il t'a déposé ici ?

— Pour apprendre et devenir un frère du Sixième Ordre.

— En effet. Mais nul n'entre ici s'il ne l'a pas choisi, fût-il un homme ou un enfant.

Vaelin ressentit soudain l'envie de détaler, de plonger dans la brume. Et s'il s'enfuyait ? Il pourrait alors rejoindre une troupe de hors-la-loi, habiter dans la forêt, vivre mille aventures et se prétendre orphelin…

*La loyauté est notre force.*

En dépit du regard impassible de l'Aspect, Vaelin devina qu'il pouvait lire en lui comme dans un livre ouvert. Il se demanda combien d'enfants amenés ici par la force ou par la ruse, victimes comme lui de la sournoiserie de leur père, avaient choisi de fuir… et s'ils avaient fini par regretter leur choix.

*La loyauté est notre force.*

— Je souhaite entrer, s'il vous plaît, affirma-t-il à l'Aspect. (Il chassa ses larmes naissantes d'un clignement de paupières.) Afin d'apprendre à vos côtés.

L'Aspect tendit le bras pour déverrouiller la grille et Vaelin remarqua les nombreuses cicatrices sur ses mains. D'un geste, il invita le garçon à entrer.

— Approche, jeune Faucon. Tu es l'un des nôtres, à présent.

Vaelin prit rapidement conscience que le bâtiment qui abritait la Loge du Sixième Ordre n'était pas une simple demeure, mais bien une véritable forteresse. Tandis que l'Aspect le guidait vers la porte principale, il découvrit tout autour de lui des murailles de granit aux dimensions de falaises. Les silhouettes noires qui, l'arc à la main, patrouillaient sur ces remparts tournaient vers le nouveau venu des regards vides, occultés par la brume. Quand ils passèrent sous la herse levée du porche, les lanciers de faction – deux disciples avancés âgés de dix-sept ans – s'inclinèrent profondément sur le passage de l'Aspect. Sans leur accorder un coup d'œil, ce dernier conduisit Vaelin dans la cour où d'autres disciples balayaient la paille sur les pavés, dans le tintement métallique d'un marteau frappant le métal qui provenait de la forge. Ce n'était pas le premier château que Vaelin visitait, loin de là. Ses parents l'avaient même emmené une fois au palais royal ; ficelé dans ses plus beaux atours, il s'y était tortillé d'ennui pendant que l'Aspect du Premier Ordre discourait interminablement sur la grandeur et la bonté du roi. Mais il se souvenait du palais comme d'un labyrinthe étincelant de statues, de tapisseries, de dalles de marbre poli et de soldats en armure dont le plastron briqué reflétait son visage. Le palais royal, lui, ne puait ni le crottin ni le feu de bois, et sa cour ne dissimulait pas comme celle-ci une centaine de guichets plongés dans l'ombre, chacun abritant à n'en pas douter quelque noir secret qui ferait pâlir d'horreur un enfant tel que lui.

— Dis-moi ce que tu sais de notre Ordre, Vaelin, lui intima l'Aspect tout en l'entraînant vers le donjon.

Vaelin se mit à réciter les leçons de sa mère :

— Le Sixième Ordre brandit le glaive de la justice, afin de terrasser les ennemis de la Foi et du Royaume.

— Très bien. (L'Aspect semblait surpris.) On t'a bien appris. Mais saurais-tu me dire ce qui nous différencie des autres Ordres ?

Vaelin chercha la réponse en vain jusqu'à ce qu'ils entrent dans le donjon et y surprennent deux jeunes garçons d'une douzaine d'années en plein duel d'épées de bois. Les lames en frêne s'entrechoquaient frénétiquement au gré des passes d'armes, parades et ripostes des deux adversaires, qui s'affrontaient à l'intérieur d'un cercle blanc tracé à la craie. Chaque fois que leur combat les entraînait près du bord, leur instructeur, un homme émacié au crâne ras, les cinglait d'un coup de badine. Ils encaissaient les chocs sans ciller, concentrés sur leur lutte. L'un des garçons exécuta une fente mal assurée et récolta un coup violent sur la tête. La tempe ruisselante de sang, il chancela en arrière et s'abattit lourdement sur le cercle de craie, ce qui lui valut une énième correction de la part de l'instructeur.

— Vous combattez, dit Vaelin à l'Aspect.

Échauffé par la violence et le sang, son cœur martelait sa poitrine.

— Exact. (L'Aspect s'arrêta et baissa les yeux sur lui.) Nous combattons. Nous tuons. Nous prenons d'assaut les remparts au mépris des flèches et du feu. Nous contenons les charges des chevaux et des lances. Nous fendons les rangs de piques et de lances pour nous emparer de l'étendard ennemi. Oui, le Sixième Ordre combat, mais pour quoi combat-il ?

— Pour le Royaume.

L'Aspect s'accroupit à sa hauteur et plongea son regard dans le sien.

— Pour le Royaume, évidemment, mais qu'y a-t-il de plus grand que le Royaume ?

— La Foi ?

— Tu sembles hésitant, jeune Faucon. Peut-être n'es-tu pas aussi bien éduqué que je le pensais.

Derrière lui, l'instructeur redressait brutalement le garçon tombé au sol en l'injuriant.

— Espèce d'âne bâté, mange-merde, bon à rien ! Retournes-y ! Casse-toi encore une fois la fiole et je ferai en sorte que tu ne te relèves plus.

— « La Foi est la somme de notre histoire et de notre âme, récita Vaelin. Quand nous pénétrons dans l'Au-Delà, notre essence se mêle aux esprits des Défunts afin qu'ils éclairent le chemin de notre vie. En retour, nous les honorons et leur accordons notre Foi. »

L'Aspect haussa un sourcil.

— Tu connais bien ton catéchisme.

— Oui, messire. Ma mère a veillé à mon éducation.

Une ombre passa sur le visage de l'Aspect.

— Ta mère...

Il s'interrompit, le temps de recomposer le masque dénué d'émotions qu'il affichait en permanence.

— Il t'est dorénavant interdit d'évoquer ta mère, ton père, ou n'importe quel autre membre de ta famille. Tu n'as plus de famille sinon l'Ordre. Tu appartiens à l'Ordre. Comprends-tu ce que je dis ?

Le garçon blessé à la tête s'était à nouveau écroulé et se faisait rosser par l'instructeur, dont la baguette se levait et s'abattait avec une régularité de métronome. Les traits émaciés de l'homme ne trahissaient pas la moindre émotion. Vaelin connaissait cette expression : c'était celle de son père lorsqu'il corrigeait ses limiers à coups de cravache.

*Tu appartiens à l'Ordre.* À sa grande surprise, les battements de son cœur s'étaient apaisés et ce fut d'une voix ferme qu'il s'entendit répondre à l'Aspect :

— Je comprends.

L'instructeur se nommait Sollis. Enchâssés dans ses traits hâves, ses yeux froids, fixes et gris détaillaient Vaelin.

— La charogne, tu sais ce que c'est ? lui demanda-t-il.

— Non, messire.

Maître Sollis s'approcha d'un pas, le dominant de toute sa taille, mais le cœur de Vaelin refusait toujours de s'emballer. Depuis qu'il avait vu l'instructeur rouer de coups le garçon étendu sur le sol du donjon, sa peur s'était muée en rage sourde.

— C'est de la viande morte, mon garçon, lui expliqua maître Sollis. Celle qu'on abandonne aux corbeaux et aux rats sur le champ de bataille. C'est ce qui t'attend, mon garçon. De la chair crevée.

Vaelin garda le silence. Les yeux gris de l'instructeur tentaient de le sonder, mais le garçon savait qu'ils n'y trouveraient pas trace de peur. Le maître ne l'effrayait pas, il le mettait en colère.

Le dortoir, une mansarde dans la tour nord, accueillait dix autres garçons du même âge que lui, à quelques mois près. Certains reniflaient, assommés par la solitude et l'abandon parental, tandis que d'autres souriaient en permanence, manifestement comblés par leur soudaine émancipation. Sur l'ordre de Sollis, ils se mirent en rang, le maître fouettant d'un coup de badine un solide gaillard qui s'exécutait moins vite que les autres.

— Active un peu, face d'étron.

Puis il les examina l'un après l'autre, s'approchant par instants pour en insulter certains.

— Ton nom ? cracha-t-il à un grand blond.

— Nortah Al Sendahl, messire.

— Appelle-moi « maître », pauvre demeuré. Pas « messire ». (Il se posta devant un autre disciple.) Nom ?

— Barkus Jeshua, maître, répondit le garçon aux épaules larges qui avait déjà goûté de la baguette.

— Les bêtes de somme ont toujours la cote en Nilsaël, à ce que je vois.

Et ainsi de suite, jusqu'à ce que chacun ait eu droit à sa petite vexation. Pour finir, il recula d'un pas et se lança dans un bref discours.

— Les vôtres avaient sans doute leurs raisons de vous envoyer ici. Peu m'importe si c'était pour faire de vous des héros, honorer leur lignée et se vanter de vos exploits entre deux gorgées de bière ou deux mamelles de catin, ou simplement se débarrasser d'un morveux trop bruyant : oubliez-les. S'ils souhaitaient vous garder, vous ne seriez pas ici. Vous nous appartenez, désormais, vous appartenez à l'Ordre. Vous apprendrez à combattre, à faire couler le sang des ennemis du Royaume et de la Foi jusqu'au jour de votre mort. Rien d'autre ne compte. Rien d'autre ne doit occuper votre esprit. En dehors de l'Ordre, vous n'avez ni famille, ni désir, ni ambition.

Il les fit s'emparer des paillasses de coton râpeuses qui recouvraient leurs grabats, puis dévaler les marches innombrables de la tour et traverser la cour jusqu'à l'étable, où ils bourrèrent les housses de paille sous un déluge de coups. Vaelin, convaincu que la baguette s'abattait bien plus souvent sur son dos que sur celui des autres, soupçonnait Sollis de le pousser intentionnellement vers les tas de paille les plus humides et les plus vieux. Une fois les paillasses remplies, l'instructeur les cravacha en sens inverse jusqu'au sommet de la tour, où ils disposèrent ces matelas rudimentaires sur les cadres en bois qui leur serviraient de lits. S'ensuivit une nouvelle course, cette fois-ci à destination des souterrains du donjon, où Sollis les fit encore une fois se mettre en rang. Ils reprirent leur souffle dans un concert de halètements, noyés par la vapeur de leur respiration. L'immensité apparente des souterrains, dont les couloirs voûtés s'abîmaient dans l'obscurité de part et d'autre de la petite troupe, raviva la peur de Vaelin, qui scrutait ces ténèbres insondables et lourdes de menace.

— On regarde devant soi !

La baguette de l'instructeur imprima une zébrure sur son bras et il ravala un hoquet de douleur.

— Un nouvel arrivage, maître Sollis ? s'enquit une voix enjouée.

Un homme trapu – à tel point qu'il semblait plus large que long, songea Vaelin – venait de surgir des ténèbres, une lampe à huile vacillant dans sa grosse main carrée. Sa houppelande, qui dissimulait mal son embonpoint, affichait le même bleu sombre que celle des autres maîtres, mais s'en différenciait par une unique rose rouge brodée sur la poitrine. Une décoration absente du manteau de Sollis.

— Dites plutôt une nouvelle pelletée de purin, maître Grealin, rétorqua l'instructeur d'un air résigné.

Un bref sourire fendit la face joufflue de Grealin.

— Comme ils ont de la chance de pouvoir profiter de vos lumières.

Un silence accueillit cette remarque, au cours duquel Vaelin perçut la tension qui régnait entre les deux hommes. Il trouva notable que ce soit Sollis qui parle le premier.

— Il leur faut de l'équipement.

— Bien entendu.

Grealin s'approcha pour les inspecter. Étonnamment leste pour un homme d'une telle corpulence, il semblait glisser sur les dalles de la cave.

— Nos petits guerriers doivent être armés pour affronter les batailles à venir.

Il souriait tandis qu'il les passait en revue, cependant Vaelin remarqua que ses yeux ne trahissaient pas la moindre allégresse. Une fois encore, il songea à son père, à son regard lorsqu'ils se rendaient au marché aux chevaux et que l'un des maquignons tentait de lui vendre un destrier. Son père faisait alors le tour de l'animal et inventoriait pour Vaelin les qualités requises chez un cheval de bataille digne de ce nom, quelle épaisseur musculaire indiquait une bête puissante en mêlée mais trop lente pour la charge, ou comment les meilleures montures conservaient une certaine fougue même après leur débourrage.

— Les yeux, Vaelin, disait-il. Cherche un cheval avec une flamme dans les yeux.

Était-ce cette même flamme, cette étincelle, que cherchait maître Grealin dans leurs regards ? Une manière de déterminer lesquels d'entre eux survivraient, lesquels tiendraient face à une charge de cavalerie et lesquels vaincraient en corps à corps ?

Grealin s'immobilisa devant un gamin efflanqué répondant au nom de Caenis, qui avait essuyé certains des pires quolibets de Sollis. Mis mal à l'aise par cet examen prolongé, le garçon se tortilla sur place.

— Comment t'appelles-tu, petit guerrier ? l'interrogea Grealin.

Caenis fut obligé de déglutir avant de répondre.

— Caenis Al Nysa, maître.

— Al Nysa. (Grealin parut réfléchir.) Une noble famille non dénuée de fortune, si ma mémoire est bonne. Des terres dans le Sud, unie par alliance à la lignée des Hurnish. Tu es loin de chez toi.

— Oui, maître.

— Eh bien, ne t'en fais pas. Tu as trouvé dans l'Ordre un nouveau foyer.

Il assena trois petites tapes sur l'épaule du garçon, qui cilla un peu. De toute évidence, la baguette de Sollis avait fait son office : il craignait désormais le moindre contact, même le plus inoffensif. Grealin poursuivit sa revue, posant des questions aux enfants, leur dispensant conseils et paroles de réconfort tandis que maître Sollis abattait sa badine contre sa cuissarde, le « tac tac tac » du bois contre le cuir résonnant dans les profondeurs souterraines.

— Je crois déjà connaître ton nom, petit guerrier. (Grealin dominait Vaelin de toute sa masse.) Al Sorna. Ton père et moi avons combattu flanc à flanc lors de la guerre meldénéenne. Un grand homme. Tu lui ressembles.

Vaelin comprit le piège qu'on lui tendait et répliqua sans la moindre hésitation :

— Je n'ai pas de famille, maître. Seulement l'Ordre.

— Ah ! mais l'Ordre est une grande famille, petit guerrier. (Grealin s'éloigna en gloussant.) Une grande famille au sein de laquelle vous pouvez nous considérer, maître Sollis et moi, comme vos oncles.

Il ponctua cette sortie d'un grand éclat de rire. Vaelin jeta un coup d'œil en biais vers Sollis, qui couvait Grealin d'un regard noir transpirant de haine.

— Suivez-moi, vaillants petits soldats ! s'écria alors le maître bedonnant, sa lampe levée au-dessus de sa tête pour les guider dans les ténèbres de la cave. N'allez pas vous égarer, nos rats n'aiment pas les visiteurs et certains sont bien plus gros que vous.

Il pouffa de nouveau.

Derrière Vaelin, Caenis laissa échapper un petit gémissement, ses yeux écarquillés braqués sur les ténèbres impénétrables qui les entouraient.

— Ignore-le, chuchota Vaelin. Il n'y a pas de rats, ici. L'endroit est trop propre, ils n'auraient rien à manger.

Il n'était pas du tout sûr de lui, mais sa remarque avait au moins le mérite d'être encourageante.

— Ferme ton clapet, Sorna ! (La baguette de Sollis claqua dans l'air, juste au-dessus de sa tête.) Et on s'active !

Ils suivirent la lampe de maître Grealin dans la noirceur abyssale de la cave, le bruit de leurs pas et le rire du colosse se mêlant pour former un écho irréel que Sollis ponctuait d'occasionnels claquements de baguette. Les yeux de Caenis filaient en tous sens, sans doute à l'affût de rats géants en maraude. Après ce qui leur parut une éternité, ils parvinrent devant une solide porte en chêne entourée d'un chambranle aux briques inégales. Grealin leur fit signe d'attendre, le temps qu'il décroche le trousseau de clés de sa ceinture et déverrouille la porte.

— Et voilà, mes marmousets, déclara-t-il en poussant le battant. Allons vous équiper pour les batailles à venir.

Ils découvrirent une pièce immense, aux dimensions de caverne. D'innombrables râteliers chargés d'épées, de lances, d'arcs, de pertuisanes et d'une centaine d'autres armes y scintillaient à la lueur de la torche, au milieu des rangées de tonneaux, de sacs de farine et de céréales qui bordaient les parois.

— Mon petit royaume rien qu'à moi, annonça Grealin. Je suis le maître des Chais et le gardien de l'armurerie. Il n'est pas un haricot ou une tête de flèche dans ce magasin que je n'aie inventoriés par deux fois. Si vous avez besoin de quoi que ce soit, c'est moi qui vous le fournirai. Et c'est à moi que vous en répondrez si jamais vous l'égarez.

Vaelin constata que son sourire avait disparu.

Alignés en rang d'oignon devant l'entrepôt, ils attendirent que Grealin rassemble leurs effets, dix sacs de mousseline pleins à ras bord.

— Voici les présents de l'Ordre, marmousets, déclara Grealin d'une voix enjouée en déposant un sac aux pieds de chacun des garçons. Vous y trouverez : une épée de bois de modèle asraëlien, un couteau de chasse long de douze pouces, une paire de bottes, deux pantalons, deux chemises en coton, une houppelande, une boucle, une bourse – vide, bien entendu – et, enfin, l'un de ceux-ci…

À la lueur de la lanterne, ils aperçurent un objet scintillant tournoyant lentement au bout d'une chaîne. Il s'agissait d'un médaillon, un cercle d'argent au cœur duquel était ciselé un personnage que Vaelin n'eut aucun mal à reconnaître : le guerrier au crâne qui surplombait la grille d'entrée de l'Ordre.

— Je vous présente l'emblème de notre Ordre, poursuivit maître Grealin. Il représente Saltroth Al Jenrial, le premier Aspect. Portez-le à toute heure, dans votre lit, dans votre bain, ne vous en séparez jamais. Je suis persuadé que notre bon maître Sollis saura châtier ceux d'entre vous qui oublieront ce précepte.

Sollis gardait le silence, mais la baguette qui claquait contre sa botte en disait long.

— En guise de dernier présent, permettez-moi de vous dispenser quelques conseils, reprit le maître. La vie au sein de l'Ordre est dure et souvent courte. Beaucoup parmi vous, peut-être même tous, seront renvoyés avant l'épreuve finale et ceux qui gagneront le droit de rester en ces murs passeront le reste de leurs jours à patrouiller sur de lointaines frontières et à guerroyer sans cesse contre des barbares, des brigands et des hérétiques qui ne manqueront pas, au mieux de vous tuer, au pire de vous estropier. Ceux d'entre vous, s'il y en a, qui survivront à quinze années de service se verront offrir leur propre bataillon ou bien reviendront ici pour former la génération suivante de disciples. Voilà la vie à laquelle vos familles vous ont destinés. Même si vous en doutez aujourd'hui, c'est un honneur qu'on vous a fait. Chérissez-le, écoutez vos maîtres, tirez le meilleur de notre enseignement et ne déviez jamais du chemin de la Foi. Rappelez-vous mes paroles et vous prospérerez au sein de l'Ordre. (Il sourit à nouveau en écartant les mains.) Je vous ai dit tout ce que j'avais à dire, vaillants petits guerriers. Filez, maintenant. Nul doute que nous nous reverrons quand vous aurez égaré mes précieux cadeaux.

Il ponctua sa tirade d'un énième éclat de rire et disparut dans l'entrepôt. Et tandis que la baguette de Sollis les dispersait, l'écho de son hilarité poursuivit les disciples dans les ténèbres des souterrains.

Hauts d'un peu moins de deux mètres, les poteaux affichaient trois sections peintes : rouge au sommet, bleu au milieu et vert à la base. Il y en avait une vingtaine environ, répartis çà et là sur le terrain d'entraînement, témoins silencieux des tourments endurés par les novices. Sollis leur avait assigné un poteau à chacun et leur faisait frapper les couleurs tour à tour avec leurs épées de bois.

— Vert ! Rouge ! Vert ! Bleu ! Rouge ! Bleu ! Rouge ! Vert ! Vert…

Les bras de Vaelin se mirent à l'élancer dès les premières minutes de l'exercice, mais il continua à abattre son arme de toutes ses forces. Barkus, qui avait momentanément relâché son bras au bout de quelques passes, avait essuyé une telle salve de coups de baguette qu'il en avait perdu son éternel sourire au profit de sanglantes zébrures sur le front.

— Rouge ! Rouge ! Bleu ! Vert ! Bleu ! Bleu…

Vaelin finit par comprendre qu'en faisant pivoter son poignet au tout dernier moment, il permettait à sa lame de frapper de biais dans le poteau, lui épargnant les secousses douloureuses qu'occasionnait chaque coup. Quand Sollis vint se poster derrière lui, son dos fut parcouru de frissons, comme s'il anticipait la morsure de la baguette. Mais le maître se contenta de l'observer quelques instants, puis d'émettre un grognement avant de s'élancer pour punir Nortah, qui venait de frapper le bleu au lieu du rouge.

— Ouvre un peu tes esgourdes, blondin !

Nortah essuya un coup de badine sur la nuque, chassa ses larmes d'un battement de paupières et reprit ses assauts contre le poteau.

L'exercice dura des heures, les sifflements de la baguette offrant un cinglant contrepoint aux chocs sourds des armes sur le bois. Au bout d'un moment, Sollis les fit changer de bras.

— Un frère de l'Ordre combat des deux mains, leur annonça-t-il. Perdre un membre ne justifie pas la couardise.

Au bout d'une nouvelle heure interminable, il leur donna l'ordre d'arrêter et les fit s'aligner, troquant sa badine contre une épée de bois. Comme la leur, elle était de modèle asraëlien : une lame droite terminée par une garde longue d'une paume et demie, avec en guise de quillon une anse de métal protégeant les doigts du porteur. Vaelin s'y connaissait en épées ; celles qui ornaient la hotte de la cheminée de son père avaient souvent tenté ses mains d'enfant, bien qu'il n'ait jamais osé les toucher. Elles étaient évidemment plus imposantes que ces jouets de bois – certaines atteignaient même un mètre de longueur – et marquées par l'usure. Bien qu'aiguisées, leurs lames accusaient d'innombrables échancrures à l'endroit où la meule du forgeron avait raclé les bosses et encoches récoltées sur le champ de bataille. Parmi elles, l'une attirait tout particulièrement son regard : accrochée à bonne hauteur, hors de sa portée, sa lame pointait tout droit sur son nez. C'était une arme sans fioritures, de facture asraëline comme la plupart mais dépourvue d'ornements, qui avait la particularité de n'avoir jamais été réparée. Son acier poli était grêlé d'accrocs, de dentelures et d'entailles, comme autant de cicatrices. N'osant pas questionner son père à son sujet, Vaelin avait préféré se tourner vers sa mère, avec une certaine prudence tout de même, car il savait combien elle haïssait les armes de son père. Il l'avait trouvée dans le boudoir, en pleine lecture comme à son habitude. C'était aux premiers jours de sa maladie, et Vaelin ne pouvait détacher ses yeux du masque creusé qu'était devenu son visage. Elle avait accueilli son entrée timide d'un sourire et l'avait invité à s'asseoir auprès d'elle. Elle aimait lui montrer ses livres et lui conter des récits de la Foi et du Royaume, qu'il suivait en parcourant les images. Ce jour-là, il l'écouta patiemment lui narrer l'histoire de Kerlis le Sans-Foi, voué à la malemort pour avoir défié les principes des Défunts, jusqu'à ce qu'elle marque une pause suffisamment longue pour qu'il puisse glisser :

— Mère, pourquoi Père ne fait-il pas réparer son épée ?

Elle se figea, le doigt planté au milieu de la page, le regard fixe. À mesure que le silence s'installait, il se demandait si elle n'allait pas adopter la méthode de son père, qui consistait à l'ignorer purement et simplement. Il s'apprêtait à demander pardon et à s'éclipser quand elle dit :

— C'est l'arme que ton père a reçue quand il a rallié la cause du roi. Elle et lui ont traversé bien des batailles aux premiers temps du Royaume. Et quand la guerre a pris fin, le roi a fait de lui une Épée du Royaume, ce qui explique pourquoi tu te nommes Vaelin Al Sorna et non Vaelin Sorna. L'histoire de ton père, comment il est devenu l'homme qu'il est, est gravée dans l'acier bossué de sa lame. Et c'est pour cette raison qu'il la laisse ainsi.

— Fini de rêver, Sorna !

L'aboiement de Sollis le ramena au présent dans un sursaut.

— Tu passes le premier, face de rat, lança l'instructeur à Caenis. (Sur un geste de Sollis, l'enfant chétif vint se camper face à lui.) J'attaque, vous vous défendez. Et on continuera jusqu'à ce que l'un d'entre vous parvienne à parer un coup.

Il passa à l'action si soudainement que les garçons ne virent que sa silhouette, brouillée par la vitesse, allonger une estocade au milieu du torse de Caenis avant même que ce dernier puisse lever son épée, l'envoyant rouler au sol.

— Pitoyable, Nysa, lâcha Sollis d'une voix sèche. Toi là, Dentos. À ton tour.

Dentos, un échalas dégingandé au visage taillé à la serpe et aux cheveux ternes, fit un pas en avant. Son accent des provinces de l'ouest de Renfaël était si prononcé que Sollis l'avait pris en grippe.

— Tu combats aussi bien que tu parles, commenta-t-il une fois que sa lame de frêne eut percuté les côtes de son élève.

Le nez dans la poussière, Dentos tentait de reprendre sa respiration.

— Jeshua, à toi.

Barkus parvint à esquiver la première botte foudroyante, mais sa riposte manqua la reprise adverse qui lui faucha les jambes.

Les deux garçons suivants s'effondrèrent sans tarder, tout comme Nortah dont la parade esquissée ne suffit pas à impressionner Sollis.

— Il va falloir trouver mieux que ça. (Il se tourna vers Vaelin.) Finissons-en, Sorna.

Vaelin se mit en position face à lui et attendit. Il croisa le regard du maître, ses yeux pâles qui l'examinaient avec froideur, accaparant toute son attention… puis passa à l'action. Sans réfléchir, Vaelin se déporta sur le flanc et leva son épée, déviant le coup adverse avec un bruit mat.

Il recula d'un pas, prêt à une nouvelle attaque. Il s'efforçait d'ignorer le silence glacé de ses condisciples pour mieux se concentrer sur le nouvel assaut de maître Sollis, un assaut sans nul doute décuplé par la rage de l'humiliation. Mais rien ne vint. L'instructeur se contenta de replacer son épée de bois à son ceinturon, puis leur ordonna de rassembler leurs affaires et de le suivre dans le réfectoire. Vaelin ne le quitta pas des yeux tandis qu'ils quittaient le terrain d'entraînement pour rejoindre la haute-cour, à l'affût du moindre signe de tension musculaire annonçant une volée de baguette, mais Sollis ne se départit à aucun moment de sa morgue renfrognée. Vaelin doutait qu'il digérerait si facilement l'affront qui lui avait été fait et se jura de se tenir sur ses gardes quand viendraient les inévitables représailles.

L'heure du repas les surprit à bien des égards. Le réfectoire bondé grouillait d'enfants, qui alimentaient le tumulte braillard et facétieux propre à la jeunesse. Les tablées étant constituées selon les âges, les plus jeunes se voyaient attribuer les places proches de l'entrée, en plein courant d'air, alors que les plus âgés siégeaient près de la table des maîtres, à l'autre bout de la salle. Il semblait y avoir en tout et pour tout une trentaine de maîtres ; des hommes ombrageux pour la plupart, presque tous balafrés, aux regards d'acier dont certains étaient affligés de blêmes cataractes. Chez l'un d'entre eux, installé en bout de table où il dévorait en silence une assiette de pain et de fromage, presque tout le cuir chevelu semblait avoir été consumé par le feu. Seul maître Grealin, qui riait de bon cœur, une cuisse de poulet fichée dans son poing, manifestait quelque enjouement. La plupart des maîtres l'ignoraient, d'autres accueillaient chaque drôlerie qu'il croyait bon de partager avec eux d'un hochement de tête poli.

Maître Sollis conduisit les novices jusqu'à la table voisine de la porte et leur ordonna de s'asseoir. D'autres groupes de jeunes garçons d'environ leur âge y avaient déjà pris place. Arrivés quelques semaines plus tôt, ils avaient bénéficié d'un entraînement plus long aux mains d'autres maîtres. Les airs suffisants de certains, leurs coups de coude et leurs sourires narquois n'échappèrent pas à Vaelin, qui ne les apprécia guère.

— Vous pouvez parler librement, leur dit Sollis. La nourriture est là pour être mangée, pas lancée. Vous avez une heure.

Puis il se pencha vers Vaelin et lui souffla à l'oreille :

— Si tu dois te battre, évite de briser des os.

Sur ces mots, il partit rejoindre les autres maîtres.

La table débordait de plateaux de poulets rôtis, de tourtes, de fruits, de pain, de fromages et même de gâteaux, un véritable festin qui jurait fortement avec le dépouillement austère constaté jusqu'alors par Vaelin. À une occasion seulement, il avait vu tant de victuailles rassemblées au même endroit ; c'était au palais du roi, et il n'avait presque rien pu goûter. Les novices gardèrent le silence un bon moment, en partie stupéfiés par le banquet qu'on leur offrait, mais surtout gênés. Après tout, ils ne se connaissaient pas.

— Comment t'as fait ?

Vaelin leva la tête et découvrit Barkus, le Nilsaëlien trapu, s'adressant à lui derrière le monticule de pâtisseries qui les séparait.

— Comment j'ai fait quoi ?

— Comment t'as paré son coup ?

Les autres l'observaient fixement, même Nortah qui tapotait une serviette sur la lèvre tuméfiée qu'il devait à Sollis. S'ils étaient jaloux ou simplement amers, Vaelin l'ignorait.

— Ses yeux, répondit-il en saisissant un pichet d'eau pour remplir le gobelet en étain posé près de son écuelle.

— Eh bien quoi, ses yeux ? demanda Dentos. (Il avait enfourné un petit pain et le mâchait avidement, crachant des miettes à chaque mot.) Ils ont la Ténèbre, d'après toi ?

Nortah éclata de rire, bientôt imité par Barkus, mais le reste du groupe se figea à cette idée. Seul Caenis, concentré sur une modeste portion de poulet aux pommes de terre, semblait indifférent à leur conversation.

Vaelin remua sur son tabouret, troublé d'être au centre de l'attention.

— Ils sont fixés sur vous, expliqua-t-il. Dès qu'il a capté votre regard, il ne vous lâche pas, et il profite que vous vous demandiez ce qu'il est en train de mijoter pour passer à l'attaque. Ne le regardez pas dans les yeux. Surveillez plutôt ses pieds ou son arme.

Barkus mordit dans une pomme et grogna.

— Le pire, c'est qu'il a raison. J'avais l'impression qu'il essayait de m'hypnotiser.

— Ça veut dire quoi, « hypnotiser » ? fit Dentos.

— C'est comme de la magie, mais en fait il y a un truc, répondit Barkus. À la dernière foire des Eaux-d'Été, y avait un type qui forçait les gens à croire qu'ils étaient des porcs. Il les faisait se vautrer dans la boue, couiner et se rouler dans leur propre merde.

— Comment ?

— J'en sais rien, une sorte de tour de passe-passe. Il agitait une babiole sous leur nez en parlant à voix basse pendant une minute, et après ils lui obéissaient au doigt et à l'œil.

— Tu crois que maître Sollis est capable de faire ça ? questionna Jennis, le garçon que Sollis aimait comparer à un âne.

— Avec la Foi, qui sait ? J'ai entendu dire que les maîtres des Ordres sont versés dans les secrets de la Ténèbre. Surtout le Sixième Ordre. (Barkus jaugea d'un air admiratif une cuisse de poulet avant d'y mordre à pleines dents.) Et on dirait bien qu'ils s'y connaissent aussi en cuisine. Ils nous font dormir sur de la paille et nous rossent à toute heure, mais ils ne veulent pas nous voir mourir de faim.

— Ouais, acquiesça Dentos. Exactement comme le chien de mon oncle Sim.

S'ensuivit un silence interloqué.

— Le chien de ton oncle Sim ? s'enquit Nortah.

Dentos hocha la tête tout en mâchant consciencieusement une bouchée de tourte.

— Gryphon. Le meilleur chien de combat des provinces de l'Ouest. Dix victoires à son actif avant qu'y s'fasse arracher la gorge, l'hiver dernier. Il l'adorait son corniaud, l'oncle Sim. L'avait beau avoir quatre rejetons de trois femmes différentes, c'était son chien qu'y préférait. Même qu'il y servait sa pitance avant ses marmots, je vous jure. Et pas de la crotte, hein. Du gruau pour les chiards et du bifteck pour le clébard ! (Il eut un ricanement narquois.) Vieille fripouille.

La réponse ne semblait pas satisfaire Nortah.

— Et alors ? En quoi ça nous avance de savoir qu'un cul-terreux de Renfaël régalait son chien ?

— C'était pour qu'il combatte mieux, dit Vaelin. Une nourriture saine fortifie les muscles. C'est pour cette raison qu'on donne la meilleure avoine et le meilleur grain aux chevaux de bataille au lieu de les laisser paître. (Il désigna la multitude de plats posés sur la table.) Mieux on mangera, mieux on combattra.

(Il accrocha le regard de Nortah.) Et tu ne devrais pas le traiter de cul-terreux. Nous sommes tous des culs-terreux, ici.

Nortah le brava d'un air glacial.

— Qui t'a nommé chef, Al Sorna ? Tu es peut-être le fils du Seigneur de Guerre, mais…

— Je ne suis le fils de personne, tout comme toi. (Vaelin s'empara d'un petit pain pour apaiser les gargouillis de son estomac.) Plus maintenant.

Ils se murèrent dans le silence, concentrés sur leur repas. Au bout d'un moment, une rixe éclata à l'une des tables voisines, projetant nourriture et écuelles partout alentour au gré des coups de poing et de pied. Quelques garçons se jetèrent immédiatement dans la mêlée, d'autres vinrent encourager leurs amis, mais la plupart ne quittèrent pas leur place, certains n'accordant pas même un regard à l'agitation. Le combat dura quelques minutes avant que l'un des maîtres, le colosse au crâne brûlé, intervienne. Il sépara les adversaires à l'aide d'un bâton imposant, qu'il maniait avec une adresse inquiétante. On s'assura par la suite de l'état des combattants au nez et aux lèvres ensanglantés avant de les renvoyer s'asseoir. Un gamin gisait au sol, inconscient, et deux garçons reçurent l'ordre de le porter à l'infirmerie. Sous peu, le tapage des conversations reprit dans le réfectoire comme si de rien n'était.

— Je me demande combien de batailles nous connaîtrons, s'interrogea Barkus.

— Plein, répondit Dentos. Vous avez entendu ce qu'a dit le gros maître.

— On dit que dans le Royaume, la guerre appartient au passé, intervint Caenis. (C'était la première fois qu'il prenait la parole, et il semblait craindre d'émettre une opinion divergente.) Il ne nous restera peut-être plus de batailles à livrer.

— Il y aura toujours une nouvelle guerre, lui objecta Vaelin.

Il tenait cette maxime de sa mère ; à dire vrai, il l'avait entendue la jeter au visage de son père lors d'une dispute qui avait précédé son dernier départ en campagne, avant qu'elle tombe malade. Le héraut du roi s'était présenté le matin même, porteur d'une lettre cachetée. À peine en avait-il achevé la lecture que son père avait entrepris de paqueter ses armes et avait ordonné au palefrenier de seller son meilleur destrier. La mère de Vaelin avait éclaté en sanglots et tous deux s'étaient retirés dans son boudoir pour s'entretenir à l'abri des regards. Vaelin n'entendait pas son père, qui parlait d'une voix douce et rassurante. Mais cela ne prit pas avec sa mère.

— N'espère pas retrouver ma couche à ton retour ! avait-elle craché. L'odeur de sang qui t'accompagne me soulève le cœur.

Son père avait poursuivi, toujours sur le même ton apaisant.

— C'est ce que tu disais la dernière fois. Et aussi celle d'avant, répliqua sa mère. Et tu diras la même chose la fois prochaine. Il y aura toujours une nouvelle guerre.

Au bout d'un certain temps, elle s'était remise à pleurer et le silence s'était abattu sur la maisonnée, après quoi son père était sorti et avait brièvement tapoté le crâne de Vaelin avant de monter en selle. À son retour quatre mois plus tard, Vaelin avait constaté que ses parents faisaient chambre à part.

Après le repas vint le temps de la prière. Une fois les plateaux débarrassés, tous se turent pendant que l'Aspect récitait les articles de la Foi d'une voix douce mais retentissante, qui emplit le réfectoire. Malgré son humeur maussade, Vaelin trouva les paroles de l'Aspect curieusement réconfortantes ; elles lui faisaient penser à sa mère, à sa foi inébranlable qui n'avait à aucun moment vacillé tout au long de sa maladie. *Si elle avait survécu,* songea-t-il, *m'aurait-on envoyé ici ?* La réponse s'imposa à lui sur-le-champ : jamais elle ne l'aurait permis.

Quand l'Aspect eut terminé son homélie, il les invita à se recueillir un instant afin de rendre grâce aux Défunts pour leurs bienfaits. Vaelin dédia une courte prière à sa mère et lui demanda de le soutenir dans les épreuves à venir. Ce faisant, il dut contenir ses larmes.

« Les plus jeunes écopent des pires corvées », telle semblait être la première règle de l'Ordre. Dès lors, la fin des prières marqua le retour de Sollis, qui les mena dans l'écurie où ils passèrent plusieurs heures à décrotter les stalles. Ils durent ensuite charger les ordures à bord de charrettes pour les déposer sur les tas de fumier des jardins de maître Smentil. Cet homme de haute stature était manifestement privé de l'usage de la parole, à en juger par les mouvements frénétiques de ses mains noires de terre dont il se servait pour diriger les opérations. Quant aux bizarres grognements gutturaux dont il les gratifiait, leur tonalité indiquait aux jeunes disciples s'il était content ou non de leur travail. Avec Sollis, il communiquait différemment : ses mains formaient des figures complexes que l'instructeur semblait comprendre sans mal. Les jardins étaient vastes et couvraient plusieurs arpents de terre à l'extérieur des murailles, ordonnés en longues rangées de choux, navets et autres légumes. Maître Smentil entretenait également un petit verger clos par un muret de pierre. En raison de l'hiver avancé, il consacrait tout son temps à l'élagage, et l'une de leurs corvées fut de rassembler toutes les branches pour s'en servir de petit bois.

Alors qu'ils rapportaient les paniers de branchages au donjon, Vaelin osa poser une question à maître Sollis :

— Pourquoi maître Smentil est-il muet, maître ?

Il s'attendit à recevoir une volée de coups, mais l'instructeur se contenta de lui adresser un regard lourd de reproches. Ils progressèrent en silence pendant quelques instants, puis Sollis grommela :

— Les Lonaks lui ont arraché la langue.

Un frisson involontaire parcourut Vaelin. Comme tout le monde, il avait entendu parler des Lonaks. Au moins l'une des épées de la collection de son père revenait d'une campagne contre ces sauvages des montagnes du Nord, qui n'aimaient rien tant que piller les fermes et les villages de Renfaël, violant, détroussant et tuant avec une joie cruelle. Certains les surnommaient « les hommes-loups », car on racontait qu'il leur poussait de la fourrure et des crocs et qu'ils dévoraient la chair de leurs ennemis.

— Comment ça se fait qu'il ait survécu, maître ? intervint Dentos. Mon oncle Tam, qu'a guerroyé contre les Lonaks, y disait qu'une fois qu'ils tenaient un prisonnier, le type ne revenait pas.

Le coup d'œil que lui décocha Sollis était indéniablement plus noir que celui lancé à Vaelin.

— Il s'est échappé. C'est un homme brave et plein de ressources, qui fait honneur à notre Ordre. Nous avons fait le tour du sujet. (Il fit claquer sa baguette sur les cuisses de Nortah.) Lève les pieds quand tu marches, Sendahl.

Une fois les corvées achevées, ils reprirent l'entraînement. Cette fois-ci, Sollis faisait des séries de mouvements qu'ils devaient reproduire. Chaque erreur leur valait un tour de terrain à la course. Au départ, ils passèrent leur temps à courir, incapables d'aligner deux gestes sans se tromper, puis ils finirent par réussir plus d'enchaînements qu'ils n'en manquaient.

Quand le ciel se fut assombri, Sollis sonna la fin de l'exercice et ils regagnèrent le réfectoire pour un dîner de pain et de lait. Presque personne ne parlait, ils étaient trop fatigués. Barkus lança bien quelques blagues et Dentos narra les exploits d'un autre de ses oncles, mais on ne les écoutait guère. Après le repas, Sollis leur ordonna de monter les escaliers au pas de course jusqu'à leur dortoir, puis les fit s'aligner, pantelants, fourbus et épuisés.

— Votre premier jour au sein de l'Ordre est désormais terminé, déclara-t-il. Comme il est d'usage chez nous, vous pourrez quitter ces murs à jamais demain matin. Pensez-y, car vous n'avez encore rien vu.

Sur ces mots, il prit congé, les laissant seuls dans la lueur vacillante des bougies, hors d'haleine et tiraillés par la décision qu'ils devaient prendre.

— Vous croyez qu'y aura des œufs au petit déjeuner ? demanda Dentos d'une voix rêveuse.

Bien plus tard, après s'être vainement tortillé sur son lit, Vaelin dut se résigner : en dépit de la fatigue, il ne parviendrait pas à trouver le sommeil. Et les ronflements sonores de Barkus n'y étaient pour rien. La tête pleine des événements de la journée, il tentait d'appréhender le bouleversement radical qui venait d'ébranler le cours de sa vie. Son père l'avait abandonné à des inconnus, offert à ce lieu de violence et de mort. De toute évidence, il détestait Vaelin, il détestait ce fils qui lui rappelait son épouse défunte, et il avait préféré le mettre à l'écart. Eh bien, Vaelin pouvait jouer à ce jeu-là, lui aussi. Haïr était à la portée de tous. Si l'amour de sa mère ne lui suffisait pas, il puiserait son énergie dans la haine. *La loyauté est notre force.* Il ricana en silence. *Gardez donc votre loyauté, Père. Je trouverai ma force dans la haine que vous m'inspirez.*

Quelqu'un pleurait dans le noir, inondant de larmes son oreiller de paille. Était-ce Nortah ? Dentos ? Caenis ? Impossible de savoir. Les sanglots offraient un triste contrepoint au rythme régulier des ronflements de Barkus. Vaelin aurait voulu pleurer, lui aussi, il aurait voulu pouvoir gémir et s'apitoyer sur son sort, mais les larmes ne venaient pas. Il gisait dans le noir, les yeux ouverts, son cœur martelant sa poitrine dans un tel mélange de rage et de colère qu'il se demanda s'il ne risquait pas de crever ses côtes. La panique accélérait encore un peu plus ses battements effrénés, la sueur baignait son front et ruisselait sur son torse. C'était affreux, insupportable, il devait sortir, quitter cet endroit à tout prix…

*Vaelin.*

Une voix. Un mot prononcé dans les ténèbres. Cristallin, limpide, incontestable. Son cœur ralentit et il se redressa, fouillant la pénombre de la salle. Il n'avait pas peur, car il connaissait cette voix. La voix de sa mère. Son ombre était venue le réconforter, le protéger.

Elle ne reparut pas. Il eut beau rester aux aguets une heure durant, pas un mot, pas un murmure ne résonna dans le dortoir. Mais il l'avait entendue, aucun doute là-dessus. Elle était venue.

Il se lova sur la paille inconfortable de sa couche et se laissa gagner par la fatigue. Les sanglots s'étaient tus et même Barkus semblait ronfler moins fort, et Vaelin ne tarda pas à sombrer dans un sommeil sans rêves.

# Chapitre 2

Ce fut un an après son admission dans l'Ordre que Vaelin commit son premier meurtre. Un an de leçons brutales, administrées par des maîtres brutaux. Un an de châtiments et de routine immuables. Ils se levaient à la cinquième heure et débutaient par l'épée, passant des heures à cogner les poteaux du terrain d'entraînement, à tenter de contrer les assauts de maître Sollis et à reproduire les passes d'armes de plus en plus complexes qu'il leur enseignait. Vaelin demeura le plus habile pour parer les bottes de l'instructeur, mais ce dernier trouvait souvent le moyen de pénétrer sa garde, l'envoyant valser dans la poussière, déçu et meurtri. Ils avaient parfaitement intégré le danger de se laisser déconcentrer par ses yeux, mais leur maître avait plus d'un tour dans son sac.

Si on consacrait Feldrian à l'escrime, Ildrian était le jour de l'archerie. Maître Checkrin, un Nilsaëlien vigoureux, leur faisait lancer salve après salve sur leurs arcs pour enfants.

— Le rythme, les garçons, tout est dans le rythme, leur disait-il de sa voix douce. Encochez, armez, décochez… Encochez, armez, décochez…

Vaelin peinait à maîtriser l'arc. L'encordage comme la visée lui posaient des problèmes, et il finissait souvent la journée les doigts en sang et les bras courbaturés. Ses flèches se fichaient en général au bord de la cible, quand elles ne la rataient pas. Il en était venu à redouter le jour où il devrait passer l'Épreuve de l'Arc, qui consistait, le temps qu'une écharpe flotte jusqu'au sol, à planter quatre flèches dans le mille à vingt pas de distance. L'exploit lui paraissait impossible à accomplir.

Dentos se révéla bientôt comme le meilleur archer du groupe, ses traits manquant rarement la mire.

— T'as déjà manié l'arc auparavant, hein, mon garçon ? lui demanda maître Checkrin.

— Oui-da, maître. C'est mon oncle Drelt qui m'a appris. L'avait l'habitude de braconner les cerfs du Vassal, jusqu'à ce qu'on lui coupe les doigts.

Au grand dam de Vaelin, Nortah mettait dans le mille avec une régularité rageante et arrivait second derrière Dentos. La tension qui régnait entre eux n'avait fait que croître depuis leur premier repas, aggravée par l'arrogance du garçon blond. Voir ses condisciples échouer lui arrachait un sourire en coin, la plupart du temps dans leur dos, et il ne cessait de leur rappeler sa haute lignée. Il leur vantait constamment les domaines de sa famille, ses multiples demeures, les journées passées à chasser et chevaucher avec son père, qui occupait la charge de Premier Conseiller du roi. C'était son père qui lui avait appris à tirer, sur un arc droit taillé dans l'if – l'arme de prédilection des Cumbraëliens – plutôt que sur leurs arcs composites de corne et de frêne. Nortah estimait, tout bien considéré, que l'arc droit était une arme bien supérieure. D'ailleurs, son père ne jurait que par lui. Et son père semblait avoir un avis sur tout…

Orprian, le troisième jour de la semaine, était consacré au bâton, sous la houlette de maître Haunelin, le grand brûlé que Vaelin avait repéré le premier jour dans le réfectoire. Ils se faisaient la main sur des bâtons de bois de plus d'un mètre de haut, qu'ils remplaceraient plus tard par les haches d'armes d'un mètre cinquante dont se servait l'Ordre lors des batailles rangées. Haunelin était une bonne pâte au sourire facile et porté sur la ritournelle. Il lui arrivait souvent de chanter ou de déclamer pendant l'entraînement, des rengaines de soldats pour la plupart et parfois quelques ballades galantes qu'il récitait avec une minutie et une précision qui rappelaient au garçon le ménestrel entendu à la cour du roi, des années plus tôt.

Vaelin s'accommoda sans mal du bâton, appréciant la manière dont celui-ci sifflait dans les airs quand il le maniait, son poids entre ses mains. Il lui arrivait même de le préférer à l'épée, tant l'arme était facile à manipuler et, d'une certaine manière, plus tangible, plus solide. Son goût pour le bâton s'accrut un peu plus quand il devint évident que Nortah n'avait aucune affinité avec l'instrument. Un coup bien placé lui arrachait souvent l'arme des mains et il passait son temps à sucer ses doigts ankylosés.

Kigrian était le jour qu'ils avaient rapidement appris à redouter, car il était devenu synonyme de corvées d'écurie et d'heures entières passées à pelleter du crottin, harcelés par les ruades et les morsures des bêtes, puis à nettoyer les innombrables pièces de sellerie accrochées aux murs. Maître Rensial régnait sur l'écurie et son penchant pour la badine faisait passer maître Sollis pour un doux agneau.

— Je t'ai dit de l'astiquer, pas de le chatouiller, abruti ! avait-il craché au visage de Vaelin, sa baguette gravant des sillons rouges sur la nuque du garçon tandis qu'il s'échinait à lustrer un étrier.

Sa sévérité avec eux n'avait d'égal que son amour pour les chevaux, qu'il noyait de tendres murmures et de caresses aimantes. L'aversion de Vaelin pour cet homme était tempérée par le néant qui habitait ses yeux. Maître Rensial préférait les chevaux à ses frères humains, ses mains étaient agitées de mouvements convulsifs et il laissait bien souvent ses diatribes en suspens pour divaguer dans sa barbe, pestant et grommelant. Son regard voulait tout dire : maître Rensial était fou.

La plupart des garçons se réjouissaient quand venait Retrian, jour où maître Hutril leur inculquait les secrets de la nature. Il les emmenait en longues randonnées à travers champs et forêts, à la découverte des plantes comestibles ou de celles capables de fournir du poison à enduire sur la pointe de leurs flèches. Il leur apprenait à faire des feux sans briquet, à prendre au collet lièvres et lapins et à se dissimuler dans les broussailles tandis qu'il les pistait, les débusquant en quelques minutes à peine. La plupart du temps, Vaelin finissait avant-dernier, la palme de la proie la plus difficile à déloger revenant à Caenis. De tous les garçons, même ceux qui avaient grandi dans les bois ou à la campagne, c'était lui qui se montrait le plus doué pour la vie au grand air, surtout dans le domaine de la chasse. Quand il leur arrivait de passer une nuit dans la forêt, c'était toujours Caenis qui leur procurait le premier repas.

Maître Hutril était l'un des rares maîtres à ne pas jouer de la badine, mais ses punitions s'avéraient toutefois fort sévères, à l'image de la fois où il avait forcé Nortah et Vaelin à courir cul nu dans un bosquet d'orties pour leur passer l'envie de se chamailler pendant la pose d'un collet. Homme de peu de mots, il parlait d'une voix douce et assurée, mais semblait préférer la langue des signes employée par certains autres maîtres. Elle ressemblait par bien des aspects à celle qu'utilisait maître Smentil le muet pour communiquer avec Sollis, mais demeurait moins complexe, et réservée aux approches de proies ou d'ennemis. Si Vaelin apprenait vite, tout comme Barkus, Caenis semblait assimiler ce langage quasi instantanément, ses doigts fins recréant les signes abscons avec une précision surnaturelle.

Malgré l'aptitude évidente de son élève, maître Hutril maintenait une étrange distance avec Caenis, qu'il ne félicitait presque jamais. Parfois, au cours de leurs excursions nocturnes, Vaelin surprenait Hutril en train d'observer le garçon frêle, son expression indéchiffrable dans la lueur du feu de camp.

De tous les jours de la semaine, Heldrian était de loin le plus pénible. Ils y passaient des heures à courir autour du terrain d'entraînement, une lourde pierre dans chaque main, à franchir à la nage le fleuve glacé et à s'entraîner au pugilat sous la direction de maître Intris, un homme trapu aux réflexes foudroyants et au nez cassé, auquel il manquait plusieurs dents. Il les initiait aux mystères des coups de pied, leur apprenait à dévier le poing au dernier moment, à lever le genou avant de détendre la jambe pour frapper, à parer un coup, à déséquilibrer un adversaire ou à le culbuter par-dessus leur épaule. Ils n'étaient pas nombreux à apprécier Heldrian, au terme duquel ils se retrouvaient bien trop épuisés et contusionnés pour pouvoir savourer leur repas du soir. Seul Barkus l'affectionnait, grâce à sa forte carrure qui l'aidait à encaisser la discipline de fer du maître. Pour tout dire, il paraissait insensible à la douleur et aucun membre du groupe ne tenait à l'avoir comme adversaire.

Si Eltrian se voulait une journée de repos et de recueillement, il signifiait surtout pour les plus jeunes une série de corvées rébarbatives dans les cuisines ou la buanderie. Avec un peu de chance, on les envoyait aider maître Smentil dans les jardins, ce qui leur permettait au moins de chiper une pomme ou deux. Dans la soirée s'ensuivait une nouvelle séance de prières et de catéchisme pour honorer ce jour dit de la Foi, ainsi qu'une heure de contemplation silencieuse qui les voyait s'asseoir, la tête courbée, et se perdre dans leurs pensées sans pour autant succomber à l'appel du sommeil, car tout novice surpris en train de dormir récoltait une sévère bastonnade et une nuit sans manteau sur les murailles.

Le moment préféré de Vaelin, c'était l'heure qui précédait l'extinction des feux. Toute leur belle discipline fondait comme neige au soleil pour laisser place à un raffut tonitruant et des jeux tapageurs. Dentos leur narrait les aventures d'un autre de ses oncles, Barkus les faisait rire avec une blague ou une imitation d'un des maîtres plus vraie que nature et même Caenis, d'habitude peu disert, se mettait à raconter l'une des mille et une histoires de son répertoire, tandis qu'ils répétaient leurs passes d'armes ou leur langue des signes. Vaelin avait découvert qu'il appréciait la compagnie de Caenis, trouvant dans sa retenue et son intelligence un écho lointain de sa mère. Pour sa part, Caenis semblait tout aussi ravi qu'étonné de ce rapprochement. À en juger par son attitude réservée, Vaelin présumait que sa vie d'avant l'Ordre avait été plutôt solitaire. Ni lui ni Caenis ne parlaient de leur passé, cependant, à la différence de Nortah qui n'avait toujours pas perdu cette mauvaise habitude, et ce malgré les réactions irritées des autres et les corrections occasionnelles des maîtres. « Tu n'as plus de famille sinon l'Ordre. » Vaelin comprenait désormais ce qu'avait voulu dire l'Aspect : ils formaient une famille, parce qu'ils n'avaient personne d'autre que leurs frères sur qui compter.

Leur première épreuve survint au mois de Sunterin, presque un an après l'arrivée de Vaelin : l'Épreuve de la Course. On leur en avait peu révélé à ce sujet, en dehors du fait que cet examen entraînait un nombre d'expulsions bien plus élevé que n'importe quel autre. On les rassembla dans la cour au côté d'autres enfants du même âge, environ deux cents. Ils avaient reçu l'ordre d'apporter leur arc, un carquois rempli, un couteau de chasse et une gourde d'eau. Rien d'autre.

L'Aspect conduisit une brève récitation du Catéchisme de la Foi avant de leur apprendre ce qui les attendait.

— L'Épreuve de la Course nous permet de découvrir qui, parmi vous, est véritablement apte à servir l'Ordre. Vous jouissez déjà du privilège d'avoir passé un an au service de la Foi, mais au sein du Sixième Ordre, un privilège se mérite. C'est pourquoi nous allons vous débarquer un par un le long des berges, en amont du fleuve. Vous devrez être de retour d'ici à demain minuit. Ceux qui n'auront pas regagné nos murs dans le temps imparti pourront garder leurs armes et se verront offrir trois couronnes d'or.

Son discours achevé, il hocha la tête en direction des maîtres et s'éloigna. Vaelin percevait la peur et l'incertitude de ses condisciples, sans pour autant les partager. Il savait qu'il remporterait l'épreuve, il n'avait pas le choix. Où irait-il, sinon ?

— À la rive, et en vitesse ! rugit Sollis. On ne traîne pas. Sendahl, lève les pieds quand tu marches, tu te crois dans une putain de salle de bal ?

Le long du quai les attendaient trois barges, de larges embarcations à la ligne de flottaison basse, à la coque peinte en noir et aux voiles de toile rouge. Elles étaient fréquentes dans l'estuaire de Corvien, transportant le charbon le long de la côte depuis les mines du Sud afin d'alimenter les innombrables cheminées de Castelvarin. Quand ils n'exerçaient pas leur métier, les bateliers, qui avec leurs écharpes noires et leurs boucles en argent à l'oreille gauche formaient une caste à part, se traînaient une réputation de buveurs notoires et de bagarreurs. Ce qui expliquait que la menace préférée des mères asraëlines fût : « Sois une bonne fille ou tu finiras par épouser un batelier. »

Sollis échangea quelques mots avec le pilote de leur barge, un homme sec qui couvait d'un regard méfiant l'assemblée silencieuse des novices, puis lui tendit une bourse replète avant de leur hurler de monter à bord et de se regrouper au centre du pont.

— Et ne touchez à rien, bande de têtes creuses !

— Je n'ai jamais été en mer, commenta Dentos tandis qu'ils prenaient place sur les inconfortables bancelles du tillac.

— Où vois-tu une mer ? le reprit Nortah. Nous sommes sur le fleuve.

— Mon oncle Jimnos a pris la mer, une fois, poursuivit Dentos en ignorant la remarque hautaine de leur camarade, comme souvent. L'est jamais revenu. Pour ma mère, y se serait fait becqueter par une baleine.

— C'est quoi, une baleine ? demanda Mikehl, un Renfaëlien grassouillet qui était parvenu à conserver son embonpoint malgré tous ces mois d'exercice physique.

— C'est un animal gigantesque qui vit sous l'eau, répondit Caenis, toujours aussi prompt à les éclairer de ses lumières. (Il donna un petit coup de coude à Dentos.) Et ça ne mange pas les humains. Ton oncle s'est probablement fait dévorer par un requin, certains sont aussi gros que des baleines.

— Et comment peux-tu savoir ça ? ricana Nortah, comme chaque fois que Caenis ouvrait la bouche. T'en as déjà vu ?

— Oui.

Nortah s'empourpra et, les mâchoires serrées, entreprit de gratter de la pointe de son couteau un éclat de bois dépassant du pont.

— Quand ça, Caenis ? intervint Vaelin. Quand est-ce que tu as vu un requin ?

Chose rare, le garçon efflanqué esquissa un sourire.

— Il y a un peu plus d'un an, dans la mer Érinéenne. Mon… On m'a emmené au large. De nombreuses créatures vivent dans la mer, des phoques, des orques et plus de poissons qu'on ne pourrait en compter. Et pour les requins, l'un d'entre eux s'est approché de notre bateau. Il mesurait près de neuf mètres de la gueule à la queue. L'un des matelots a dit qu'ils se nourrissaient d'orques, de baleines… et d'humains, si on a le malheur de se trouver dans l'eau quand ils sont dans les parages. On raconte même que certains éperonnent les navires pour les couler et dévorer l'équipage.

Nortah eut un reniflement de mépris, mais les autres semblaient fascinés.

— T'as croisé des pirates ? demanda Dentos avec entrain. Y paraît qu'ils grouillent dans l'Érinée.

Caenis secoua la tête.

— Pas de pirates à l'horizon. Ils n'importunent plus les navires du Royaume depuis la guerre.

— Quelle guerre ? questionna Barkus.

— La Meldénéenne, celle dont maître Grealin parle tout le temps. Le roi a envoyé une flotte pour incendier la plus grande cité des Meldénéens. Comme tous les pirates de l'Érinée sont meldénéens, ils ont appris à nous laisser tranquilles.

— Ne serait-il pas plus logique d'incendier leur flotte ? avança Barkus. Comme ça, il n'y aurait plus de pirates du tout.

— Rien ne les empêcherait de construire d'autres navires, répliqua Vaelin. Alors que la destruction d'une ville laisse une trace indélébile dans la mémoire d'un peuple, transmise de père en fils. Là, au moins, ils ne risquent pas de nous oublier.

—Autant tous les massacrer, dans ce cas, suggéra Nortah d'une voix maussade. Sans pirates, pas de piraterie.

Surgie de nulle part, la baguette de maître Sollis lui fouetta le dos de la main et lui fit lâcher son couteau, toujours fiché dans le bois du tillac.

—Je t'ai dit de ne toucher à rien, Sendahl. (Il tourna son regard vers Caenis.) Alors comme ça, on a voyagé, Nysa ?

Caenis courba la tête.

—Juste une fois, maître.

—Vraiment ? Et ce périple avait pour destination ?

—L'île d'Ouessel. Mon… euh, l'un des passagers devait y conclure une affaire.

Sollis grommela, se pencha pour arracher le couteau de Nortah aux lattes du pont et le lui rendit.

—Rengaine-le, blondinet. Tu auras bientôt besoin d'une lame aiguisée.

—Vous y étiez, maître ? lui demanda Vaelin.

De toute la troupe, lui seul osait questionner l'instructeur, au risque de se faire rosser. Sollis pouvait se montrer aussi bien cruel qu'édifiant, mais on ne pouvait prévoir sa réaction tant qu'on n'avait pas posé la question.

—Avez-vous vu la cité meldénéenne brûler ?

Le regard de Sollis glissa sur lui et Vaelin crut discerner au fond de ses yeux pâles une lueur indiscrète, inquisitrice. Pour la toute première fois, il prit conscience que son maître se méfiait de lui, comme si Vaelin, instruit par son père des nombreuses batailles auxquelles il avait participé, en savait plus long qu'il n'y paraissait et jouait les ingénus. Comme si chacune de ses questions abritait une insulte.

—Non, répondit-il enfin. J'étais affecté à la frontière septentrionale, à l'époque. Mais maître Grealin se fera un plaisir de vous éclairer au sujet de cette guerre.

Puis il s'éloigna pour corriger un autre novice, dont la main s'aventurait trop près d'un rouleau de cordage.

Les barges firent voile au nord, remontant la longue boucle du fleuve. Ce faisant, elles interdisaient tout retour à la Loge par les berges, comprit Vaelin. Le trajet serait bien trop long. S'il voulait rentrer à temps, il lui faudrait traverser la forêt. Inquiet, il avisa la masse sombre des arbres. Même si les leçons de maître Hutril les avaient familiarisés avec la forêt, la perspective d'une expédition à l'aveugle dans ses profondeurs n'avait rien de plaisant. Il savait combien il était facile de s'égarer dans les bois et d'errer pendant des heures.

— Vise le sud, lui confia Caenis à l'oreille. À l'opposé de l'Étoile du Nord. Vise le sud pour retrouver le fleuve, puis suis la rive jusqu'à l'embarcadère. Il ne te restera plus qu'à franchir le fleuve à la nage.

Vaelin tourna la tête vers lui, mais Caenis contemplait le ciel d'un air insouciant, comme s'il n'avait rien dit. Au vu des mines taciturnes de ses camarades, Vaelin comprit que le conseil ne leur était pas destiné. Lui seul bénéficiait des faveurs de Caenis.

Au bout de trois heures, on se mit à débarquer les novices sur les berges. Sans cérémonie aucune, Sollis choisissait simplement un garçon au hasard et le sommait de sauter par-dessus bord pour rejoindre la rive à la nage. Dentos fut le premier de leur groupe à quitter l'embarcation.

— On se retrouve à la Loge ! l'encouragea Vaelin.

Dentos, qui pour une fois gardait le silence, esquissa un sourire blême avant d'épauler son arc et d'enjamber le bastingage pour plonger dans le fleuve. Il gagna la rive rapidement, s'ébroua un bref instant, puis disparut sous les frondaisons après les avoir salués d'un petit geste. Barkus fut le suivant. Pour marquer le coup, il se tint momentanément en équilibre sur le garde-fou avant d'exécuter un salto arrière dans l'eau qui lui valut les applaudissements de quelques garçons. Ce fut ensuite au tour de Mikehl. Les yeux rivés avec appréhension sur l'eau sombre, il bégaya :

— Je… Je ne suis pas sûr d'arriver à nager si loin, maître.

— Alors coule en silence, rétorqua Sollis en le poussant par-dessus le bastingage.

Mikehl tomba dans le fleuve en soulevant des gerbes d'eau et parut rester sous la surface une éternité. Ce fut avec un soulagement certain qu'ils le virent reparaître à quelques mètres de là, se débattant et crachotant jusqu'à ce qu'il rassemble suffisamment de sang-froid pour gagner la rive.

Quand vint le tour de Caenis, ce dernier accueillit d'un hochement de tête le mot d'encouragement de Vaelin, puis plongea en silence dans le fleuve. Nortah suivit peu de temps après. Contenant sa peur avec effort, il dit à Sollis :

— Maître, si jamais je devais ne pas revenir, j'aimerais que mon père sache…

— Tu n'as pas de père, Sendahl. Ouste, maintenant.

Nortah ravala une repartie venimeuse, se hissa sur le bastingage et, après une seconde d'hésitation, se jeta à l'eau.

— Sorna, à toi.

Était-il révélateur qu'il soit le dernier choisi et se retrouve avec le plus de chemin à parcourir ? se demanda Vaelin. Il se posta devant le garde-fou, la corde de son arc barrant sa poitrine, et serra la courroie de son carquois pour l'empêcher de partir à la dérive. Les mains posées sur le bastingage, il s'apprêtait à sauter quand Sollis lui lança :

— N'aide personne, Sorna. (Il n'avait rien dit de tel aux autres novices.) Occupe-toi de revenir à la Loge et laisse tes condisciples se débrouiller par eux-mêmes.

Vaelin sourcilla.

— Maître ?

— Tu m'as entendu. Quoi qu'il arrive, c'est leur problème, pas le tien. (Il hocha la tête en direction du fleuve.) Allez, file.

Le sujet étant manifestement clos, Vaelin saisit d'une main ferme le bastingage et bondit par-dessus bord, les pieds en avant. Il sentit tout d'abord le formidable volume d'eau glacée du fleuve l'engloutir et réprima un bref mouvement de panique, puis il battit des jambes pour regagner la surface. De retour à l'air libre, il remplit goulûment ses poumons et piqua vers la rive, qui lui semblait soudain bien plus lointaine. Le temps qu'il prenne pied sur les galets de la berge, les barges l'avaient dépassé et s'éloignaient en amont. Il crut apercevoir maître Sollis, debout sur le tillac, les yeux tournés vers lui, mais ne put en avoir le cœur net.

Il détacha son arc et fit courir la corde entre son pouce et son index pour en égoutter l'eau. Maître Checkrin leur répétait souvent qu'une corde humide valait autant qu'un chien sans pattes. Il s'assura ensuite que l'eau n'avait pas pénétré le sceau de cuir ciré qui bouchait son carquois et que son poignard pendait toujours à son flanc puis, tout en secouant ses cheveux mouillés, il examina la masse d'ombres et de feuillages de la forêt. Pour l'heure, il se savait face au sud, mais il ne tarderait pas à dévier de son cap une fois la nuit tombée. S'il voulait suivre le conseil de Caenis, il lui faudrait grimper à un arbre ou deux pour trouver l'Étoile du Nord et l'obscurité ne lui faciliterait pas la tâche.

S'il était reconnaissant que l'épreuve se déroule en été, il commençait toutefois à frissonner, trempé par sa baignade. Maître Hutril leur avait appris que la course constituait le meilleur moyen de se sécher en l'absence de feu, la chaleur du corps faisant s'évaporer l'eau. Il s'élança à petites foulées pour mieux contrôler sa vitesse, conscient qu'il aurait besoin de toute son énergie dans un futur proche. Il fut bientôt submergé par la pénombre fraîche de la forêt et, mû par l'instinct, se surprit à scruter les coins d'ombre, une habitude prise lors des nombreuses heures passées à se tapir dans les broussailles à l'affût du gibier. Les paroles de maître Hutril lui revinrent : *« Un ennemi ingénieux se glisse dans les ombres et garde le silence. »* Vaelin réprima un frisson et poursuivit son chemin.

Il conserva son allure soutenue pendant une bonne heure, sans tenir compte de la douleur lancinante de ses jambes, et la sueur ne tarda pas à prendre le pas sur l'eau glacée du fleuve. De temps à autre, il levait les yeux vers le soleil pour s'assurer qu'il se déplaçait dans la bonne direction, tout en luttant contre le sentiment d'urgence qui le tenaillait. L'idée d'être mis à la porte de la Loge sans nulle part où aller, avec pour seule compensation une poignée de piécettes, lui paraissait à la fois terrifiante et incompréhensible. S'ensuivit une vision aussi brève que cauchemardesque, au cours de laquelle il s'imaginait reparaître devant son père, le poing piteusement crispé sur ses couronnes d'or, et l'implorer de le reprendre à ses côtés. Il chassa cette image de son esprit et continua à courir.

Après presque huit kilomètres à ce régime, il décida de marquer une pause et s'assit sur un rondin pour se désaltérer et reprendre son souffle. Il se demanda comment s'en sortaient ses compagnons. Couraient-ils comme lui ou bien erraient-ils dans la forêt, perdus et apeurés ? « N'aide personne. » Fallait-il l'interpréter comme un avertissement ou une menace ? Il semblait évident que des dangers les attendaient dans la forêt, mais rien qui puisse véritablement inquiéter des novices du Sixième Ordre endurcis par des mois d'entraînement, si ?

Il s'absorba dans sa réflexion quelques instants, incapable de trouver la réponse à cette question, avant de reboucher sa flasque. Puis il coula un regard vers les ombres environnantes… et se figea.

Le loup assis à une dizaine de mètres de là l'examinait en silence, une étincelle de curiosité au fond de ses yeux d'un vert intense. Il était très gros, et couvert d'une fourrure gris argent. Jamais Vaelin n'avait vu un loup de si près auparavant ; il avait seulement entraperçu de vagues silhouettes noyées dans la brume matinale, un spectacle déjà rare étant donné la proximité de la ville. Il fut frappé par la taille de l'animal, la puissance manifeste des muscles sous sa fourrure. Le loup inclina la tête quand Vaelin lui retourna son regard. Le novice n'avait pas peur, maître Hutril leur ayant appris que les histoires de loups dérobant les bébés ou massacrant les enfants de bergers n'étaient que des fables de paysans. « Le loup vous laissera tranquille si vous le laissez tranquille », disait-il. Il n'empêchait que l'animal était impressionnant, et ses yeux…

Devant ce loup immobile et silencieux, à la fourrure bistre agitée par une brise légère, Vaelin sentit son cœur d'enfant vibrer sous le coup d'une émotion inédite.

— Tu es magnifique, lui dit-il dans un souffle.

En un éclair, l'animal fit volte-face et disparut entre les frondaisons d'un bond si vif qu'il échappa au regard de Vaelin. Sans un bruit.

Un rare sourire aux lèvres, le novice laissa le souvenir de l'animal prendre place dans son esprit. Il savait qu'il ne l'oublierait jamais.

La forêt d'Urlish, un ruban végétal de cent dix kilomètres de long sur trente de large, s'étirait des murailles nord de Castelvarin jusqu'aux contreforts de la frontière renfaëline. Certains prétendaient que le roi vouait un amour particulier à la forêt, qu'elle lui avait ravi l'âme d'une manière ou d'une autre. En l'absence d'ordonnance royale, nul ne pouvait y abattre le moindre tronc et seules les familles établies dans ses parages depuis trois générations avaient l'autorisation d'y vivre. Malgré ses lacunes concernant l'histoire du Royaume, Vaelin savait que la forêt avait jadis été le théâtre d'une guerre sans merci entre Renfaëliens et Asraëliens, une grande bataille qui avait fait rage sous les cimes de ses arbres un jour et une nuit durant. Suite à la victoire asraëline, le seigneur de Renfaël avait dû s'incliner devant le roi Janus, ce qui expliquait pourquoi ses descendants se voyaient affublés du titre de Vassaux et devaient lui céder argent ou soldats selon son bon vouloir. La mère de Vaelin lui avait raconté cette histoire, après qu'il l'eut tannée sans relâche pour en savoir plus sur les exploits de son père. C'était à cette occasion qu'il avait gagné l'estime du roi et le titre d'Épée du Royaume. Sans s'étendre sur les détails, sa mère lui avait seulement appris que son père était un grand guerrier et qu'il avait fait preuve d'une bravoure exemplaire.

Vaelin se surprit à balayer du regard l'humus de la forêt tout en courant, à la recherche d'un éclat de métal ou de quelque autre vestige de la bataille, une tête de flèche, une dague ou même un glaive. Le garçon se demanda si Sollis l'autoriserait à conserver un tel objet en souvenir puis, estimant son accord improbable, il se mit à songer aux meilleures cachettes de la Loge…

« Clac ! »

Il se jeta au sol, exécuta une roulade et se rétablit derrière un tronc de chêne, percevant le sifflement d'une flèche à travers les fougères. Pour un novice tel que lui, le claquement d'une corde d'arc constituait un avertissement flagrant. Il s'efforça d'apaiser les battements effrénés de son cœur et tendit l'oreille.

Un chasseur, peut-être ? qui l'aurait pris pour un cerf ? Mais il écarta immédiatement cette idée. Il n'avait rien d'un cerf et aucun chasseur digne de ce nom n'aurait pu commettre une telle méprise. Quelqu'un avait essayé de le tuer. Il prit conscience qu'il avait lui-même détaché son arc et encoché une flèche, par instinct. Adossé au chêne, il attendit, à l'écoute de la forêt, de ce qu'elle pouvait lui révéler sur son assaillant. « La nature nous parle, disait Hutril. Si vous apprenez à l'écouter, vous ne serez jamais perdus et personne ne pourra vous prendre par surprise. »

Vaelin s'ouvrit à la voix de la forêt, au soupir du vent, au bruissement des feuillages et au craquement des branches. Le silence des oiseaux confirmait la présence d'un prédateur dans les environs. Peut-être un seul homme, peut-être plusieurs. Il guetta en vain le crissement révélateur d'une brindille sous une semelle ou le froissement du cuir sur le sol. Si son ennemi se déplaçait, il savait comment couvrir ses bruits. Mais Vaelin disposait d'autres sens et la forêt pouvait lui apprendre bien des choses. Il ferma les yeux et inspira doucement par le nez. « N'aspirez pas l'air comme un porc devant son auge, les avait avertis Hutril. Laissez à votre nez le temps de distinguer les odeurs. Soyez patients. »

Il mit donc son odorat à contribution, goûtant le parfum mêlé des jacinthes en fleur, de la végétation décomposée, des déjections animales… et de la transpiration. Une transpiration d'homme. Le vent soufflait depuis sa gauche, charriant l'odeur de l'archer. Impossible de savoir, cependant, s'il était immobile ou en mouvement.

Il y eut alors un bruit infime, à peine plus fort qu'un froissement de tissu, mais qui retentit comme un cri aux oreilles de Vaelin. Les genoux fléchis, il se jeta de côté pour bander son arc et décocher son trait d'un seul mouvement avant de replonger à couvert, son attaque ponctuée d'un grognement de douleur étonné.

Il hésita un court instant. *Fuir ou rester ?* La tentation de détaler était forte, les ténèbres de la forêt lui apparaissant désormais comme un refuge bienvenu. Mais il y renonça aussitôt. « L'Ordre ne tourne jamais le dos à l'ennemi », avait un jour déclaré Sollis.

À l'abri du chêne, il jeta un coup d'œil derrière lui et aperçut l'empennage en plume de goéland de sa flèche surgissant d'un tapis de fougères, à une dizaine de mètres de là. Il encocha un nouveau trait et s'approcha à pas de loup, à l'affût d'autres ennemis, les narines frémissantes et les oreilles attentives à la voix de la forêt.

Vêtu d'une cotte rayée verte et maculée de boue, l'homme serrait dans sa main un arc rudimentaire armé d'une flèche à l'empennage en plume de corbeau. Le reste de son armement comprenait une épée sanglée dans le dos et un poignard dans une botte, sans compter le trait de Vaelin qui lui traversait la gorge. Il était on ne peut plus mort. Le novice approcha d'un pas, les yeux rivés sur la flaque de sang qui s'échappait à gros bouillons de la plaie béante dans son cou. *En plein dans la jugulaire*, jugea Vaelin. *Et moi qui me prenais pour un piètre archer.*

Il fut pris d'un rire soudain, aigu et perçant, qui se mua bientôt en violentes convulsions nauséeuses. Il s'effondra et, traversé de haut-le-cœur incontrôlables, rendit tripes et boyaux à quatre pattes sur le sol humide.

Il lui fallut quelques minutes avant que le choc et la nausée se dissipent suffisamment pour lui permettre de retrouver sa lucidité. Cet homme, ce cadavre, avait tenté de le tuer. *Mais pourquoi ?* Il ne l'avait jamais vu auparavant. S'agissait-il d'un brigand ? Ou bien de quelque vagabond encanaillé croyant trouver une victime facile dans ce garçon esseulé ?

Il se força à regarder la dépouille une fois encore, s'attardant cette fois-ci sur la qualité de ses bottes et la coupe de ses vêtements, toutes deux de bonne facture. Après une courte hésitation, il souleva la main droite du mort qui reposait, désormais inerte, sur la corde de son arc. À en juger par les cals qui recouvraient sa paume, son index et son majeur, c'était une main d'archer. Cet homme avait gagné sa pitance en jouant de la corde. Vaelin estimait peu probable qu'un simple malandrin pût être si expérimenté, ou même richement habillé.

Une pensée écœurante lui traversa soudain l'esprit : *Est-ce que ça fait partie de l'épreuve ?*

L'espace d'un instant, il en fut presque convaincu. Quel meilleur moyen de séparer le bon grain de l'ivraie ? Peupler la forêt d'assassins et attendre de voir qui survivait. *Songe à toutes les pièces d'or qu'ils économiseraient.* Il ne parvenait toutefois pas à y croire. L'Ordre était brutal, certes, mais pas sanguinaire.

Alors pourquoi ?

Il secoua la tête. Attendre ici ne l'aiderait pas à élucider ce mystère. De plus, un ennemi pouvait fort bien en cacher un autre. Il n'avait d'autre choix que regagner la Loge et demander conseil à maître Sollis… s'il vivait assez longtemps pour cela. Il se redressa, les jambes flageolantes, cracha une dernière fois et jeta un ultime coup d'œil au cadavre. Il se demanda s'il devait dérober son épée ou son poignard, mais jugea préférable de s'en abstenir. Il pressentait obscurément qu'il lui faudrait mentir au sujet de ce meurtre, à tel point qu'il envisagea un moment de récupérer sa flèche, mais il ne put se résoudre à arracher la hampe du cou de son assaillant. Il se contenta d'en découper l'empennage à l'aide de son couteau de chasse, tant les plumes de goéland permettaient d'identifier le meurtrier de cet homme comme membre de l'Ordre. Il réprima un nouvel accès de nausée au contact de la flèche fouillant les chairs, aggravé par le chuintement humide qu'elle produisit quand il en scia le fût. La tige de bois ne résista pas longtemps, mais l'opération lui parut prendre une éternité.

Il glissa l'empennage dans sa poche, s'éloigna du cadavre, frottant ses bottes contre la terre afin d'effacer toute trace de son passage, puis il fit volte-face et reprit sa course. Ses jambes lui semblaient lestées de plomb et il trébucha à plusieurs reprises avant que son corps retrouve ces longues foulées souples acquises au prix de mois d'entraînement sur le terrain d'exercice. Le visage éteint du mort assaillait sans relâche son esprit, mais il lutta contre cette vision, la repoussant impitoyablement loin de ses pensées. *Il voulait me tuer. Je ne vais quand même pas pleurer un homme capable d'assassiner un enfant.* Mais il avait beau se raisonner, il ne put empêcher le cri de sa mère de résonner encore et encore à ses oreilles : *« L'odeur de sang qui t'accompagne me soulève le cœur ! »*

La nuit lui parut tomber d'un seul coup, probablement parce qu'il craignait ce moment. Il avait cru voir des archers en embuscade derrière chaque ombre et couru plus d'une fois se mettre à couvert face à des assassins qui se révélaient n'être, après examen, que de simples buissons ou souches d'arbre. Il ne s'était reposé qu'une seule fois depuis son meurtre, le temps d'une brève et fiévreuse gorgée d'eau bue à l'abri d'un hêtre au tronc épais, ses yeux anxieux à la recherche d'ennemis en maraude. Mieux valait courir : une cible en mouvement était plus dure à atteindre. Mais ce sentiment de sécurité diffus s'évanouit à la tombée de la nuit ; sa course s'apparenta dès lors à une folle débandade dans un abîme d'obscurité, où chaque pas pouvait entraîner une chute douloureuse. Par deux fois déjà il avait trébuché, s'écroulant au sol dans un enchevêtrement de membres, d'armes et de terreur pure, avant d'accepter qu'il lui faudrait désormais continuer à la marche.

L'Étoile du Nord, qu'il consultait dès qu'il traversait une clairière ou se hissait au sommet d'un arbre, lui apprenait qu'il tenait son cap vers le sud, sans toutefois le renseigner sur la distance parcourue ou à parcourir. Il scrutait la nuit avec toujours plus d'inquiétude, espérant à chaque instant entrevoir l'éclat argenté du fleuve entre les troncs. C'était alors qu'il s'arrêtait pour vérifier une nouvelle fois sa position qu'il aperçut le feu de camp. Une scintillante et solitaire tache orange dans la masse bleu-noir de l'Urlish.

*Cours sans t'arrêter.* Il commença par suivre cet ordre instinctif, se détournant pour s'éloigner vers le sud, puis il se figea. Aucun de ses condisciples n'aurait allumé un feu pendant l'épreuve, faute de temps. Peut-être fallait-il n'y voir qu'une simple coïncidence, des forestiers royaux venus camper là pour la nuit. Mais quelque chose en lui en doutait, un murmure dissonant soufflant du tréfonds de son esprit. C'était une sensation étrange, presque musicale.

Il fit volte-face, saisit son arc et encocha une flèche, puis s'avança à pas prudents vers la source de lumière. Il avait conscience du risque qu'il prenait, tant dans le fait d'approcher un bivouac inconnu qu'en retardant son retour vers la Loge. Mais il fallait qu'il sache.

La tache se mua peu à peu en flammes tremblotantes, un fanal rouge et or perdu dans les ténèbres infinies. Il s'immobilisa, s'ouvrant une fois encore au chant de la forêt, à ses résonances nocturnes jusqu'à percevoir les voix. Masculines. Adultes. Deux hommes en train de se quereller.

Il se faufila vers elles en adoptant la démarche du pisteur enseignée par maître Hutril, qui consistait à lever le pied à un millimètre au-dessus du sol, puis à l'avancer en diagonale afin de repérer d'éventuelles branches ou brindilles capables de le trahir avant de le reposer. Les voix se firent plus distinctes à mesure qu'il s'approchait du feu, confirmant ses doutes. Il y avait là deux hommes, qui se disputaient âprement.

— … veut pas s'arrêter d'saigner ! gémit l'un d'entre eux, encore invisible. Regarde, ça pisse comme d'un porc à l'abattoir…

— Alors cesse de la tripoter, pauvre demeuré ! cracha l'autre en retour avec exaspération.

Vaelin pouvait discerner celui qui avait parlé en dernier, un homme trapu assis à la droite du feu. À la vue de l'épée passée sur son dos et de l'arc posé à portée de sa main, un frisson glacé lui traversa l'échine. *Ce n'était pas une coïncidence.* Entre les pieds bottés reposait une gibecière ouverte, dont il examinait le contenu entre deux insultes lasses lancées à la figure de son compagnon.

— Ah ! le saligaud ! reprit le geignard invisible, sourd aux réprimandes de son voisin. Faire le mort, non mais ! Faut-y qu'il soit sournois, le mouflet.

— On t'avait prévenu que c'étaient des durs, lui rétorqua l'autre. T'aurais dû lui piquer la couenne avec une flèche de plus avant de t'approcher.

— J'y ai pourtant embroché le cou ! Ça aurait dû suffire. J'ai déjà vu des hommes s'effondrer comme des sacs, après des tirs comme ça. Et voilà que ce petit morveux y survit. Si seulement qu'on l'avait laissé respirer un petit peu plus longtemps…

— T'es vraiment répugnant, lâcha l'autre sans réelle animosité.

Il semblait de plus en plus préoccupé par le contenu de la gibecière, son front large barré d'un pli soucieux.

— Tu sais, je commence à me demander si c'est le bon.

Luttant pour contenir les battements de son cœur, Vaelin avisa la gibecière bombée. Une tache sombre et humide en maculait le fond. Pris d'un haut-le-corps, le novice comprit soudain ce qu'elle renfermait et craignit défaillir, sentant la forêt basculer tout autour de lui. Dans un suprême effort de volonté, il ravala un cri d'horreur qui aurait signé sa perte.

— Montre, dit le geignard, qui apparut enfin dans son champ de vision.

Petit, maigre et nerveux, il avait des traits anguleux et un menton osseux couvert d'une barbe clairsemée. Sa main droite serrait son bras gauche enroulé dans un bandage ensanglanté.

— C'est lui. C'est forcément lui. (Il semblait à bout de nerfs.) T'as entendu ce que disait l'autre.

*L'autre ?* Vaelin, toujours écœuré mais envahi par une colère croissante, tendit l'oreille.

— M'a donné la chair de poule, ça oui, répliqua le gros costaud dans un frisson. Je m'y fierais pas même s'il me disait que le ciel est bleu.

Il loucha une fois encore sur la gibecière, puis y plongea la main pour en extraire le contenu. Il souleva la tête dégoulinante par les cheveux, la tournant pour examiner ses traits flasques et déformés. Si Vaelin n'avait eu l'estomac vide, il aurait sans doute vomi à nouveau. *Mikehl! Ils ont tué Mikehl!*

— Ça pourrait très bien être lui, grommela l'assassin râblé. La mort, ça vous change la gueule. C'est juste que je lui trouve pas beaucoup d'air de famille.

— Brak saura nous dire. L'a déjà vu le gamin. (Le geignard quitta le cercle de lumière du feu.) Qu'est-ce qu'il fout, d'ailleurs ? Y devrait déjà être arrivé.

— Ouais, acquiesça le costaud en reposant son trophée dans le sac. Ben je crois qu'on peut faire une croix dessus.

Le geignard garda le silence quelques instants, puis marmonna :

— Sales petits merdeux de l'Ordre.

*Brak… Ainsi, il avait un nom.* Vaelin se demanda brièvement si quiconque porterait le deuil pour Brak, si sa veuve, sa mère ou son frère rendraient grâce aux dieux pour la bonté et la sagesse dont il avait fait preuve durant sa vie. Mais Brak étant un assassin, un tueur d'enfants tapi dans les bois, il en doutait. Personne ne pleurerait Brak… tout comme personne ne pleurerait ces deux-là. Le poing crispé sur son arc, Vaelin leva l'arme et visa la gorge du costaud. S'il comptait bien abattre celui-ci, il se contenterait de blesser l'autre – une flèche dans la jambe ou dans le ventre devrait faire l'affaire – afin de le faire parler. Ensuite seulement, il l'exécuterait. *Pour Mikehl.*

Des profondeurs de la forêt monta un grondement, celui d'une créature invisible et mortelle.

Vaelin tournoya sur lui-même, banda son arc… mais trop tard. Une masse de muscles s'était abattue sur lui et l'avait jeté au sol, l'impact lui faisant lâcher son arme. Mû par l'instinct de survie, il tenta de saisir son couteau de chasse et de donner des coups de pied à son assaillant, mais celui-ci avait disparu. Des cris retentirent quand il se releva, de douleur et de terreur mêlées, et quelque chose d'humide éclaboussa son visage. Il tituba, les yeux en feu, la bouche pleine du goût métallique du sang. Après s'être frotté les paupières, il contempla d'un œil trouble le campement désormais silencieux et distingua deux iris jaunes embrasés par la lueur des flammes, surmontant une gueule tachée de sang. Les yeux croisèrent les siens, clignèrent une fois, puis le loup disparut.

Un tourbillon de pensées décousues assaillit l'esprit de Vaelin. *Il m'a pisté… Tu es magnifique… M'a suivi jusqu'ici pour tuer ces hommes… Loup superbe… Ils ont tué Mikehl… Pas d'air de famille…*

*ÇA SUFFIT !*

Il s'efforça de dompter son angoisse, emplit ses poumons d'air et parvint à se calmer suffisamment pour se rapprocher du bivouac. Le costaud gisait sur le dos, ses mains levées sur une gorge qui n'était plus là, son visage tordu en un masque de terreur. Le geignard était parvenu à parcourir quelques mètres avant de se faire faucher. Sa tête formait un angle impossible avec ses épaules. À en croire la puanteur qui régnait autour de lui, la panique l'avait privé de toute maîtrise de ses boyaux. Il n'y avait plus trace du loup, rien que le murmure du vent dans les sous-bois.

À contrecœur, il se tourna vers la gibecière toujours posée entre les pieds du premier cadavre. *Qu'est-ce que je fais pour Mikehl ?*

— Mikehl est mort, lança Vaelin à maître Sollis, le visage ruisselant d'eau de pluie.

L'averse l'avait surpris à quelques kilomètres de là et c'était trempé qu'il avait entamé l'ascension de la colline menant au portail d'entrée, l'épuisement comme le traumatisme de ses rencontres dans l'Urlish le laissant anéanti et incapable d'aligner plus de trois mots.

— Des assassins. Dans la forêt.

Ses jambes menacèrent soudain de se dérober sous lui. Le voyant chanceler, Sollis le retint par le bras.

— Combien ?

— Trois. J'en ai vu trois. Morts, maintenant.

Il tendit à son instructeur l'empennage arraché à sa flèche.

Après avoir demandé à maître Hutril de guetter les novices, Sollis guida Vaelin à l'intérieur. Au lieu de le mener dans le dortoir du groupe de la tour nord, il l'entraîna dans ses propres quartiers, une petite pièce sise dans le bastion de la muraille sud. Il fit un feu, dit à Vaelin d'enlever ses vêtements mouillés et lui offrit une couverture pour se réchauffer tandis que les flammes léchaient les bûches du foyer.

— Bien, fit-il en tendant à son élève une tasse de lait chaud. Raconte-moi tout. Tout ce dont tu te souviens. Ne me cache rien.

Vaelin lui parla alors du loup, de l'homme qu'il avait tué, du geignard, du costaud… et de Mikehl.

— Où sont-ils ?

— Maître ?

— Les… restes de Mikehl.

— Je les ai enterrés. (Vaelin réprima un violent frisson et but une nouvelle gorgée de lait, dont la chaleur lui brûla le ventre.) J'ai creusé le sol avec mon couteau. Je ne savais pas quoi faire d'autre.

Maître Sollis hocha la tête et baissa ses yeux pâles à l'expression indéchiffrable sur l'empennage sectionné. Vaelin en profita pour examiner la chambre, moins austère qu'il n'aurait cru. Plusieurs armes pendaient aux murs : une hache d'armes, une longue lance au fer aiguisé, une sorte de gourdin à tête de pierre, ainsi que de nombreux poignards et dagues de modèles variés. Les livres alignés sur les étagères n'avaient rien de décoratif, déduisit-il de l'absence de poussière. Au mur opposé s'étalait une sorte de tapisserie en peau de chèvre tendue sur un panneau de bois, le cuir orné d'un bizarre enchevêtrement de personnages à peine esquissés et de symboles inconnus.

— Une bannière de guerre lonake, expliqua Sollis.

Vaelin détourna la tête, comme s'il avait été surpris en train d'espionner. À sa grande surprise, Sollis poursuivit :

— Dès leur plus jeune âge, on incorpore les jeunes Lonaks mâles au sein de régiments dotés de leur propre bannière. Chacun de leurs membres doit prêter serment de la défendre jusqu'à la mort.

Vaelin essuya une goutte d'eau pendue au bout de son nez.

— Et que signifient les symboles, maître ?

— Ils dénombrent les batailles du régiment, les ennemis fauchés et les honneurs qui lui ont été accordés par la grande prêtresse. Les Lonaks sont passionnés d'histoire. Les enfants incapables de réciter la saga de leur clan sont sévèrement punis. On raconte qu'ils possèdent l'une des plus importantes bibliothèques du monde, bien qu'aucun étranger ne l'ait jamais vue. Ils raffolent des légendes de leur peuple et peuvent passer des heures autour d'un feu de camp à écouter leurs chamans. Ils apprécient tout particulièrement les gestes héroïques, des récits de bataillons cernés par des multitudes d'ennemis remportant la victoire envers et contre tout, de preux guerriers solitaires en quête de talismans perdus dans les entrailles de la terre… ou même d'enfants capables de terrasser des groupes d'assassins en pleine forêt, avec l'aide d'un loup.

Vaelin lui lança un regard acéré.

— Je ne vous ai pas raconté d'histoires, maître.

Sollis disposa une nouvelle bûche dans la cheminée, provoquant un crépitement de flammèches, puis entreprit de la pousser avec un tisonnier. Sans même lever les yeux sur son élève, il reprit :

— Savais-tu que les Lonaks ne maîtrisent pas le concept du secret ? Ils ne disposent même pas d'un terme pour l'exprimer. Pour eux, tout est important. Tout mérite d'être écrit, consigné, raconté à travers les âges. Il en va bien autrement pour l'Ordre. Nous avons mené des offensives qui ont laissé d'innombrables cadavres sur le champ de bataille sans qu'un mot en ait jamais transpiré. L'Ordre combat et, bien souvent, il combat dans l'ombre, sans gloire ni lauriers. Nous n'arborons nulle bannière.

Il jeta l'empennage de Vaelin dans l'âtre. Les plumes humides sifflèrent dans les flammes, puis se recroquevillèrent avant de se consumer entièrement.

—Mikehl a été tué par un ours, une espèce qui se fait rare dans l'Urlish mais dont certains représentants continuent de hanter les bois. Après avoir découvert sa dépouille, tu m'as signalé sa mort. Demain, maître Hutril partira à sa recherche et nous pourrons livrer notre frère défunt au feu et le remercier d'avoir fait don de sa vie.

Vaelin ne fut pas étonné. De toute évidence, cette affaire le dépassait.

—Pourquoi m'avoir demandé de ne pas aider les autres, maître ?

Sollis contempla les flammes de longues secondes, si bien que Vaelin en était venu à penser que le maître ne répondrait pas quand celui-ci dit :

—Nous autres coupons tout lien avec ceux de notre sang quand nous rejoignons l'Ordre. C'est une chose que nous comprenons, mais pas les étrangers à la Loge. Il arrive dès lors que l'Ordre ne puisse protéger ses disciples des querelles qui font rage en dehors de ses murs. Nous ne pouvons te protéger à chaque instant. Contrairement à toi, les autres ne risquaient pas d'être pris en chasse.

Les articulations de son poing serré sur le tisonnier blanchirent et les muscles de ses joues se tendirent sous sa peau.

—J'ai eu tort. Mikehl a payé le prix de mon erreur.

*Mon père*, comprit Vaelin. *C'est lui qu'ils voulaient atteindre à travers moi. Faut-il qu'ils le connaissent mal…*

—Et pour le loup, maître ? Pourquoi un loup viendrait-il à mon secours ?

L'instructeur reposa le tisonnier et se frotta le menton d'un air songeur.

—Voilà un détail qui m'échappe. J'ai beaucoup voyagé et vu bien des choses dans ma vie, mais un loup tueur d'hommes, et qui les massacre sans les dévorer, n'en faisait pas partie. (Il secoua la tête.) Les loups n'agissent pas ainsi. Il y a quelque chose d'autre en jeu, dans cette histoire. Quelque chose qui a trait à la Ténèbre.

L'espace d'un instant, les frissons de Vaelin s'intensifièrent. *La Ténèbre.* Dans la demeure de son père, il arrivait que les domestiques utilisent cette expression, la plupart du temps à mi-voix quand ils pensaient que personne ne pouvait les entendre. C'était elle qu'on invoquait quand arrivait ce qui ne devait pas arriver : des enfants nés avec le visage anémié, décoloré par la sanguine, des chiennes accouchant d'une portée de chats ou des navires retrouvés à la dérive, sans équipage. *La Ténèbre.*

— Deux de tes frères t'ont devancé, dit Sollis. Tu ferais mieux d'aller les prévenir pour Mikehl.

L'instructeur, qui venait manifestement de mettre un terme à l'entretien, ne lui apprendrait rien d'autre. C'était à la fois évident et triste. Maître Sollis était un homme d'expérience, dont la sagesse ne se bornait pas à connaître la meilleure façon de tenir son épée ou le meilleur angle d'attaque pour aveugler son adversaire. Quel dommage qu'il n'en fasse guère profiter les autres… Vaelin aurait aimé en savoir plus sur les Lonaks, leurs bannières de guerre et leur grande prêtresse, il aurait aimé comprendre la Ténèbre, mais Sollis gardait les yeux rivés sur les flammes, perdu dans ses pensées. En cet instant, il lui rappelait son père. C'était peine perdue.

— Oui, maître, fit-il en se redressant.

Il avala le lait chaud au fond de sa tasse, saisit ses vêtements trempés et gagna la porte, serrant la couverture sur ses épaules.

— N'en parle à personne, Sorna.

Un accent autoritaire perçait dans la voix de Sollis, un accent que Vaelin connaissait bien : c'était le ton qu'il employait juste avant d'abattre sa baguette.

— Garde cette histoire pour toi. C'est un secret qui pourrait te mettre en danger de mort.

— Oui, maître, répéta l'enfant.

Il sortit dans le couloir glacé et s'achemina vers la tour nord, grelottant. Il avait si froid qu'il se demanda s'il parviendrait en haut des marches sans s'écrouler, mais le lait offert par maître Sollis lui avait insufflé juste assez de chaleur et d'énergie pour cet ultime effort.

Lorsqu'il franchit la porte en titubant, Vaelin découvrit que Dentos et Barkus l'avaient précédé dans le dortoir. Affalés sur leurs grabats, ils affichaient des mines épuisées. Pourtant, son arrivée parut leur redonner des forces, car tous deux se levèrent pour l'accueillir à grand renfort de tapes dans le dos et d'humour forcé.

— Alors comme ça, on est pas foutu de s'y retrouver dans le noir, hein ? ricana Barkus. J'aurais pu coiffer ce bougre au poteau sans ce fichu courant.

— Quel courant ? s'enquit Vaelin, déconcerté par la chaleur de leur accueil.

— J'ai traversé trop tôt, expliqua Barkus. Du côté du goulet. J'ai cru que j'allais y passer, sans rire. Les rapides m'ont rejeté sur la berge, juste en face du portail, mais Dentos m'avait devancé.

Vaelin lâcha ses vêtements sur sa paillasse et vint se poster devant le feu, laissant sa chaleur le gagner.

— Tu es arrivé le premier, Dentos ?

— Eh oui. Je pensais retrouver Caenis, mais il se fait attendre.

Vaelin était surpris, lui aussi ; Caenis maîtrisait la forêt mieux que quiconque dans leur groupe, même s'il n'avait ni la force de Barkus ni la vitesse de Dentos.

— Au moins, nous aurons vaincu les autres sections, déclara Barkus, qui faisait référence aux garçons des autres groupes. Aucun d'eux n'a encore pointé le bout de son nez. Quels bons à rien.

— Ouaip, acquiesça Dentos. J'en ai dépassé un ou deux sur le chemin. Z-avaient l'air aussi perdus qu'un puceau dans un bordel.

Vaelin fronça les sourcils.

— C'est quoi, un « bordel » ?

Les deux autres échangèrent un coup d'œil amusé, après quoi Barkus changea de sujet.

— On a chapardé quelques pommes dans les cuisines. (Il tira sa couverture pour les montrer à Vaelin.) Et des tartes. De quoi se payer un bon petit festin quand les autres arriveront.

Il mordit à pleine bouche dans une pomme. Tous les novices s'étaient découvert une aptitude au vol, qu'ils mettaient en pratique avec un enthousiasme certain. Le moindre objet, fût-il sans valeur, pouvait disparaître d'un instant à l'autre s'il n'avait été au préalable caché en lieu sûr. Il y avait belle lurette que la paille de leurs housses avait été remplacée par toutes les pièces de tissu ou de cuir souple à leur portée. Leurs larcins leur valaient souvent de sévères corrections, mais toujours dénuées de sermon sur l'immoralité ou la malhonnêteté, si bien qu'ils ne tardèrent pas à comprendre qu'on les punissait moins pour avoir volé que pour s'être fait attraper. Barkus était de loin le plus prolifique détrousseur de tous quand il s'agissait de nourriture, suivi de près par Mikehl qui excellait dans le vol de vêtements… *Mikehl.*

Vaelin tourna la tête vers le feu et se mordit les lèvres, cherchant comment formuler son mensonge. *Ce n'est pas digne*, songea-t-il. *Ce n'est pas digne de mentir à ses amis.*

— Mikehl est mort, lâcha-t-il enfin. (Il n'avait pas trouvé meilleur moyen d'annoncer la nouvelle et le silence qui suivit lui fit regretter sa franchise.) Fauché par un… un ours. Je… J'ai découvert ce qui restait de lui.

Derrière lui, il entendit Barkus recracher sa bouchée de pomme. La couche de Dentos émit un crissement sourd quand le novice s'effondra sur elle. Serrant les dents, Vaelin poursuivit :

— Maître Hutril ramènera son corps demain afin qu'on le livre au feu.

Une bûche craqua dans l'âtre. Vaelin n'avait presque plus froid et la chaleur commençait à irriter sa peau.

— Et qu'on puisse le remercier d'avoir fait don de sa vie.

Ils gardèrent le silence. Vaelin crut entendre Dentos pleurer, mais il n'eut pas le courage de se retourner pour vérifier. Au bout d'un moment, il s'éloigna de la cheminée pour rejoindre sa couche, où il mit ses vêtements à sécher, décrocha la corde de son arc et rangea son carquois.

La porte s'ouvrit à la volée et Nortah fit son entrée, dégouttant d'eau de pluie mais triomphant.

— Quatrième ! exulta-t-il. Et moi qui croyais finir bon dernier.

L'enjouement du garçon d'ordinaire ombrageux avait quelque chose de déconcertant. Tout comme le fait que Nortah ne semblait pas avoir remarqué le chagrin de ses camarades pourtant évident.

— Je me suis perdu deux fois. (Il rit, larguant son équipement sur sa paillasse.) Et même que j'ai croisé un loup. (Il s'approcha de la cheminée, les mains en avant pour se réchauffer.) J'avais si peur que j'étais comme paralysé.

— Tu as croisé un loup ? répéta Vaelin.

— Oh ! que oui. Et pas un petit. Il devait avoir l'estomac plein, vu tout le sang sur sa gueule.

— Quelle sorte d'ours ? intervint Dentos.

— Quoi ?

— Il était noir ou brun ? Les ours bruns sont plus gros et plus agressifs. Les noirs gardent leurs distances avec les humains, en général.

— Qui te parle d'ours ? lui rétorqua Nortah, décontenancé. Un loup, j'ai dit.

— Je n'en sais rien, répondit Vaelin. Je ne l'ai pas vu.

— Alors comment tu sais que c'était un ours ?

— Mikehl s'est fait croquer par un ours, expliqua Barkus à Nortah.

— Les marques de griffes, dit Vaelin. (Mentir s'avérait plus difficile qu'il ne l'avait imaginé.) Il l'a mis… en pièces.

— En pièces ! s'exclama Nortah avec dégoût. Mikehl a été mis en pièces ?

— Parce que mon oncle, y disait qu'y a pas d'ours bruns dans l'Urlish, reprit Dentos d'une voix maussade. Seulement dans le Nord.

— Je parie que c'était le loup que j'ai vu, bredouilla Nortah, sous le choc. Ce loup a dévoré Mikehl. Et il s'en serait pris à moi s'il n'avait pas eu le ventre plein.

— Les loups ne mangent pas les hommes, fit Dentos.

— Peut-être qu'il avait la rage. (Il s'affala sur sa couche, abasourdi.) J'ai failli me faire dévorer par un loup enragé !

Et ainsi de suite, tandis que les autres novices regagnaient leur dortoir, éreintés et trempés. S'ils étaient ravis d'avoir surmonté l'épreuve, leurs sourires s'effaçaient bien vite lorsqu'ils apprenaient la nouvelle. Dentos et Nortah s'écharpaient au sujet des caractéristiques comparées des ours et des loups tandis que Barkus distribuait ses maigres agapes, englouties dans un silence hébété. Emmitouflé dans sa couverture, Vaelin tentait pour sa part d'oublier le visage éteint de Mikehl et le contact de sa chair morte à travers la toile du sac pendant qu'il creusait sa tombe, à même le sol…

Il s'éveilla en sursaut quelques heures plus tard, transi de froid. Les derniers vestiges d'un rêve délaissèrent son esprit à mesure que ses yeux s'accoutumaient à l'obscurité. Il en fut reconnaissant : mieux valait oublier les quelques images qui surnageaient encore à la surface de sa mémoire. Les autres garçons dormaient, leurs souffles dominés par les ronflements pour une fois discrets de Barkus, et les bûches noircies achevaient de se consumer dans le foyer. Comme il quittait maladroitement sa couche pour rallumer le feu, les ténèbres du dortoir lui apparurent soudain bien plus terrifiantes que l'obscurité de l'Urlish.

— Il n'y a plus de bois, mon frère.

Il tourna la tête et découvrit Caenis, assis sur son grabat. Il était encore habillé, ses vêtements trempés miroitant dans le faible clair de lune qui filtrait à travers les volets. L'ombre noyait son visage.

— Quand es-tu rentré ? demanda Vaelin.

Il se frotta les mains, inquiet de ne plus sentir ses doigts. Il n'aurait jamais cru qu'on puisse avoir si froid.

— Il y a un petit bout de temps.

La voix de Caenis, distante et monocorde, semblait dépourvue d'émotion.

— Tu es au courant pour Mikehl ? chuchota Vaelin en arpentant la pièce pour réchauffer ses muscles engourdis.

— Oui, répondit Caenis. Pour Nortah, c'était un loup. Pour Dentos, un ours.

Vaelin sourcilla ; il avait cru déceler un léger sarcasme dans la voix de son condisciple, mais il ne s'en formalisa pas. Chacun réagissait à sa façon. Jennis, l'ami le plus proche de Mikehl, avait même éclaté de rire quand on lui avait appris la chose, une inquiétante et chaleureuse hilarité qui semblait ne jamais devoir s'arrêter ; à vrai dire, il riait tant que Barkus avait dû le gifler pour le calmer.

— C'était un ours, confirma Vaelin.

— Vraiment ? (Tout en sachant que Caenis n'avait pas bougé, Vaelin visualisa son ami la tête inclinée, l'air perplexe.) C'est toi qui as découvert son corps, m'a dit Dentos. Ça ne devait pas être beau à voir.

*Le sang de Mikehl, épais, coagulé au fond du sac, suintant sur ses mains à travers les mailles…*

— Je pensais te trouver ici en arrivant. (Vaelin resserra sa couverture sur ses épaules.) J'ai fait le pari à Barkus tout un après-midi dans les jardins que tu nous gagnerais de vitesse.

— Oh ! j'aurais pu. Mais quelque chose m'a distrait. Je suis tombé sur une sorte d'énigme dans la forêt. Peut-être pourras-tu m'aider à la démêler. Ça te dit quelque chose, à toi, un homme mort avec une flèche dans la gorge ? Une flèche sans empennage ?

Incapable de maîtriser les violents frissons qui le traversaient, Vaelin sentit sa couverture glisser à bas de ses épaules et tomber par terre.

— Les bois fourmillent de brigands, à ce qu'il paraît, balbutia-t-il.

— En effet. À tel point que j'en ai trouvé deux de plus. Ce ne sont pas des flèches qui les ont tués, en revanche. Sans doute un ours, comme Mikehl. Peut-être le même, qui sait ?

— P-peut-être.

*Qu'est-ce qui m'arrive ?* Vaelin leva la main pour observer ses doigts agités de spasmes. *Ce n'est pas le froid, non. C'est autre chose…* Il fut soudain envahi d'une irrépressible envie de tout raconter à Caenis, de soulager sa conscience, de puiser quelque réconfort dans la confession. Caenis était son ami, après tout. Son meilleur ami. À qui d'autre se confier sinon à lui ? Avec une bande d'assassins sur le dos, disposer d'un ami pour assurer ses arrières pourrait s'avérer inestimable. Ensemble, ils pourraient les combattre…

*« Garde cette histoire pour toi. C'est un secret qui pourrait te mettre en danger de mort. »* Au souvenir de l'avertissement de Sollis, il s'arma d'une résolution nouvelle et tint sa langue. Caenis était son ami, certes, mais il ne pouvait lui dire la vérité. Celle-ci était trop grave, trop importante pour un secret chuchoté dans le noir entre deux garçons.

Il découvrit que ses frissons refluaient à mesure qu'augmentait sa détermination. Il ne faisait pas si froid, en fin de compte. Oui, la peur et l'horreur de cette nuit passée dans les bois l'avaient marqué, sans doute à jamais, mais il finirait par les braver, par les surmonter. Il n'avait pas le choix.

Il ramassa sa couverture et regagna sa couche.

— Les dangers abondent dans l'Urlish, dit-il. Tu ferais mieux d'ôter ces vêtements, mon frère. Maître Sollis te fouettera jusqu'à l'os si tes membres gelés t'empêchent de t'entraîner, demain.

Immobile et silencieux, Caenis laissa seulement échapper un bref soupir, presque un sifflement. Une seconde plus tard, il se releva pour se déshabiller, disposa ses vêtements et ses armes près de sa couche avec sa minutie coutumière, puis se glissa sous son drap.

Vaelin se rallongea, priant le sommeil et son cortège de rêves de l'emporter sans tarder. Il avait hâte que cette nuit s'achève, hâte de sentir la chaleur de l'aube disperser le sang et la peur qui hantaient son âme. *Est-ce là la condition du guerrier?* songea-t-il. *Une vie passée à frémir dans les ténèbres?*

La voix de Caenis lui parvint, à peine un murmure, mais Vaelin l'entendit distinctement:

—Je suis content que tu sois en vie, mon frère. Je suis content que tu aies survécu à la forêt.

*La camaraderie*, comprit Vaelin. *Elle aussi fait partie de la condition de guerrier. On partage sa vie avec d'autres prêts à mourir pour vous.* Si cette prise de conscience ne fit pas disparaître le nœud glacé dans ses entrailles, elle lui permit d'apaiser sa détresse.

—Moi aussi, je suis content que tu aies réussi, Caenis, murmura-t-il en retour. Désolé de ne pouvoir t'aider à résoudre ton énigme. Tu devrais en parler à maître Sollis.

Il ne sut jamais si c'était un rire ou un soupir qu'émit alors Caenis. Bien des années plus tard, il songerait à toute la douleur qu'il se serait épargnée, à lui comme à d'autres, s'il avait pu l'entendre plus clairement, s'il avait pu en avoir le cœur net. À l'époque, il l'interpréta comme un soupir et la phrase qui suivit comme un simple constat:

—Oh, je crois que notre avenir nous réserve bien d'autres mystères.

Ils échafaudèrent le bûcher funéraire sur le terrain d'entraînement, à l'aide de rondins débités dans la forêt qu'ils empilèrent sous la surveillance de maître Sollis. Bien que dispensés d'entraînement pour la journée, ils ne gagnaient pas au change avec cette pénible activité. Charger des heures durant le bois fraîchement coupé sur le plateau d'une charrette valut à Vaelin de sérieuses courbatures, mais le novice résista à la tentation de se plaindre. Mikehl méritait bien une journée de labeur. Maître Hutril reparut en début d'après-midi, tirant par la bride un poney lesté d'un fardeau soigneusement ficelé. Comme il les dépassait en chemin vers le portail, ils interrompirent leurs tâches pour contempler la dépouille enveloppée de tissu.

*Ça se reproduira*, devina Vaelin. *Mikehl ne fait qu'ouvrir le bal. Qui sera le suivant ? Dentos ? Caenis ? Moi ?*

— Nous aurions dû lui demander, dit Nortah après que maître Hutril eut franchi le portail.

— Lui demander quoi ? fit Dentos.

— Si c'était un loup ou un…

Il se baissa, évitant de peu le rondin que Barkus venait de lui lancer.

Les maîtres déposèrent le corps sur le bûcher en début de soirée tandis que les jeunes frères paradaient sur le terrain d'entraînement. En tout et pour tout, quatre cents disciples du Sixième Ordre se tenaient en silence autour de leur camarade défunt. Une fois Sollis et Hutril descendus, l'Aspect s'avança, une torche en feu serrée dans sa main couturée. Il se tenait près de la structure et balaya du regard les élèves rassemblés, son visage comme toujours dénué d'expression.

— Nous sommes venus assister à la disparition de l'enveloppe charnelle qui abrita durant sa vie notre frère tombé, déclara-t-il, faisant une nouvelle fois preuve de son extraordinaire aptitude à se faire entendre de tous malgré sa voix somnolente.

» Nous sommes venus lui rendre grâce pour sa bonté et son courage, et lui pardonner ses moments de faiblesse. Il était notre frère et c'est en servant l'Ordre qu'il a perdu la vie, un honneur que nous finirons tous par connaître. Il se trouve désormais parmi les Défunts et son esprit se mêlera aux leurs afin de nous guider dans notre combat pour la Foi. Que chacun évoque à présent sa mémoire, que chacun lui rende grâce, lui pardonne et se souvienne de lui, aujourd'hui et à jamais.

Il abaissa la torche, dont la flamme vint lécher les brindilles en bois de pommier qu'ils avaient glissées entre les rondins, et le feu ne tarda pas à prendre. Une colonne de fumée s'éleva bientôt du bûcher, l'odeur fruitée de la pomme noyée par celle de la chair calcinée.

Les yeux rivés sur les flammes, Vaelin tenta de se remémorer les actes de bonté et de courage de Mikehl, en quête d'un souvenir de noblesse ou de compassion qu'il pourrait associer toute sa vie à son camarade, mais la seule anecdote qui lui vint à l'esprit était la fois où Mikehl avait conspiré avec Barkus pour remplir de poivre l'une des musettes de l'écurie. Quand maître Rensial l'avait passée au museau d'un étalon fraîchement acquis, il s'en était fallu de peu qu'il ne finisse écrasé sous les ruades furieuses de l'animal ou bien noyé par le déluge de morve qui s'échappait de ses narines géantes. Était-ce là du courage ? Et s'ils avaient été sévèrement punis, Mikehl comme Barkus avaient assuré que le jeu en valait la chandelle. Quant à maître Rensial, son esprit embrumé avait bien vite enfoui l'incident dans le marécage nébuleux de sa mémoire.

Vaelin regardait les flammes monter, consumer le tas de chair et d'os mutilés qu'il appelait autrefois son ami et songea : *Je suis désolé, Mikehl. Désolé que tu sois mort par ma faute. Désolé de n'avoir pas pu te sauver. Si l'avenir le permet, je trouverai un jour les commanditaires et je leur ferai payer ta mort. Que ma reconnaissance éternelle t'accompagne.*

Il jeta un regard circulaire autour de lui et découvrit que la plupart des autres disciples s'étaient dispersés vers le réfectoire pour le repas du soir, mais son groupe n'avait pas bougé d'un pouce, même Nortah, malgré l'ennui qui se lisait sur son visage. Jennis pleurait doucement, les bras plaqués contre son corps.

Caenis posa une main sur l'épaule de Vaelin.

— Nous ferions mieux d'aller manger. Notre frère n'est plus.

Vaelin hocha la tête.

— Je repensais à leur farce dans l'écurie. Tu te rappelles ? La musette.

Caenis esquissa un sourire.

— Je m'en souviens. J'étais jaloux de n'y avoir pas pensé moi-même.

Ils gagnèrent le réfectoire, Barkus traînant Jennis derrière lui, les autres échangeant des souvenirs de Mikehl tandis que le brasier achevait de disperser son corps. Au matin, ils s'apercevraient qu'il n'en restait plus qu'un cercle de cendre noire imprimé dans l'herbe. Au fil des mois et des années qui suivirent, même cette trace finit par disparaître.

# Chapitre 3

Les jours et les mois s'écoulèrent ainsi, partagés entre l'entraînement, le combat et l'étude. À l'été succéda l'automne puis l'hiver, avec son cortège d'averses et de bises mordantes, qui laissèrent bientôt place au blizzard coutumier du mois d'Ollanasur en Asraël. Après sa crémation, ils n'évoquèrent que rarement Mikehl. Ils ne l'oubliaient pas, mais s'abstenaient de parler de lui ; il n'était plus. Lorsque, aux prémices de l'hiver, un groupe de nouvelles recrues franchit le portail, les garçons comprirent non sans émotion qu'ils n'étaient plus les cadets et que les pires corvées échoiraient dorénavant à d'autres. À la vue de ces nouveaux venus, Vaelin se demanda s'il avait jamais eu l'air si jeune, si esseulé. Il n'était plus un enfant, désormais, ni lui ni aucun de ses camarades. Il s'en rendait compte. Ils avaient changé, mûri, et n'avaient plus rien en commun avec les garçons de leur âge. Lui-même avait changé plus qu'aucun d'entre eux : il avait pris la vie d'un homme.

Depuis sa nuit dans la forêt, il souffrait d'un sommeil agité, peuplé de cauchemars qui le laissaient en sueur et tremblant dans les ténèbres du dortoir. Souvent, c'était la face éteinte de Mikehl qui lui demandait pourquoi il n'était pas venu à son secours. Parfois, il rêvait du loup qui l'observait en silence en léchant le sang sur son museau, ses yeux exprimant une insondable question. Il arrivait même que les visages des assassins, sanguinolents et déchiquetés, s'invitent dans ses songes pour l'insulter. Arraché au sommeil dans un sursaut, étouffé par la rage, il hurlait :

— Meurtriers ! Ordures ! J'espère que vos âmes pourrissent dans l'Au-Delà !

— Vaelin ?

C'était en général Caenis qu'il réveillait. Parfois d'autres, mais presque tout le temps Caenis.

Vaelin se voyait obligé de mentir, prétendait avoir rêvé de sa mère et s'en voulait par la suite d'invoquer sa mémoire pour masquer la vérité. Son ami et lui discutaient alors un peu, jusqu'à ce qu'il sente ses paupières se fermer. Caenis s'était avéré être une mine d'histoires : il connaissait par cœur toutes les légendes des Fidèles et bien d'autres encore, notamment la geste du roi.

— Le roi Janus est un grand homme, répétait-il sans cesse. Par le glaive et par la Foi, il a bâti notre Royaume.

Il ne se lassait pas d'entendre Vaelin lui décrire comment il avait rencontré le roi, et comment le géant roux lui avait ébouriffé les cheveux avant de déclarer avec un rire bienveillant : « J'espère que tu hériteras de la vaillance de ton père, mon garçon. » À vrai dire, Vaelin se souvenait à peine du roi. Il n'avait que huit ans quand son père l'avait poussé du coude vers cet inconnu, lors de la réception au palais. Mais il n'avait pas oublié l'opulence de l'endroit ni la toilette somptueuse des nobles rassemblés. Le roi Janus avait deux enfants, un garçon à la mine sévère d'environ dix-sept ans et une fillette du même âge que Vaelin, qui le foudroyait du regard derrière la longue cape bordée d'hermine de son père. Le roi venait de perdre sa reine, morte pendant l'été, et on racontait qu'il avait le cœur brisé, que jamais il ne prendrait d'autre épouse. Vaelin se rappelait que la fillette – une princesse, d'après sa mère – n'avait pas bougé lorsque le roi était parti saluer un autre convive. Elle l'avait examiné avec froideur de la tête aux pieds, puis avait lâché : « Je ne t'épouserai pas. Tu es sale. »

Sur ces mots, elle lui avait tourné le dos pour filer retrouver Janus. Le père de Vaelin avait alors pouffé, ponctuant la scène d'un rare trait d'humour. « Ne t'inquiète pas, fils. Je ne compte pas t'infliger pareille malédiction. »

— À quoi ressemblait-il ? demanda Caenis avec empressement. Est-ce qu'il mesurait deux mètres, comme on le raconte ?

Vaelin haussa les épaules.

— Il était grand, mais je ne pourrais pas dire à quel point. Et il avait de drôles de marques rouges dans le cou, comme des brûlures.

— À l'âge de sept ans, il a contracté la Main Écarlate, lui dit Caenis en reprenant sa voix scandée de conteur. Dix jours durant, il a enduré des souffrances et des suées de sang capables de terrasser un adulte avant que sa fièvre retombe et qu'il reprenne des forces. Même la Main Écarlate, qui pourtant fauchait d'innombrables familles à l'époque, n'a pu briser Janus. Ce n'était qu'un enfant, mais déjà sa force d'âme ne connaissait pas de limites.

Vaelin soupçonnait Caenis d'en savoir long sur son père – depuis son admission dans l'Ordre, il mesurait mieux la renommée du Seigneur de Guerre –, mais il se gardait bien de lui poser la moindre question. Aux yeux de Caenis, l'homme était une légende, un héros qui avait bataillé au côté du roi lors de la guerre d'Unification. Pour Vaelin, il restait ce cavalier englouti par la brume, deux ans auparavant.

— Comment s'appellent ses enfants ? demanda Vaelin.

Pour une raison inconnue, ses parents ne l'avaient guère instruit des affaires de la cour.

— Le fils du roi et héritier de la Couronne est le prince Malcius, réputé fort studieux et consciencieux. Sa fille est la princesse Lyrna, qui pour beaucoup devrait surpasser en beauté sa propre mère.

Parfois, la lueur qui brillait dans les yeux de Caenis lorsqu'il parlait du roi et de sa famille inquiétait Vaelin. Il s'agissait des seuls moments où s'effaçait le pli préoccupé qui barrait le front de son ami, comme s'il cessait subitement de penser. Vaelin avait déjà remarqué de telles expressions de béatitude sur le visage de ceux qui rendaient grâce aux Défunts ; l'espace d'un instant, on aurait dit que leur personnalité s'éclipsait pour laisser place à la Foi.

À mesure que l'hiver progressait et que la neige recouvrait la région, on les prépara à l'Épreuve de la Nature. Leurs randonnées en compagnie de maître Hutril se firent plus longues, ses leçons plus détaillées et plus pressantes. Le maître entraîna les garçons à courir dans la neige jusqu'à ce que leurs jambes irradient de douleur, châtiant avec sévérité les disciples négligents ou dissipés. L'importance de cet entraînement n'échappait toutefois à aucun d'entre eux. Ils avaient passé assez de temps au sein de l'Ordre pour que les disciples plus âgés leur dispensent de temps à autre quelques conseils, en général de macabres avertissements sur les dangers qui les guettaient, parmi lesquels l'Épreuve de la Nature avait la part belle : « On pensait qu'il avait disparu pour de bon, mais on a retrouvé son corps l'année suivante, gelé contre un arbre… » ; « En voulant manger des baies de feu, il a fini par dégueuler son propre foie… » ; « Il s'est aventuré dans la tanière d'un lynx et en est sorti ses boyaux à la main… », et ainsi de suite. Ces histoires, bien qu'exagérées, renfermaient cependant une vérité essentielle : à chaque Épreuve de la Nature, des disciples trouvaient la mort.

Quand vint la date fatidique, on échelonna leurs départs par petits groupes sur une période d'un mois, afin de réduire leurs chances de se retrouver et de s'entraider. C'était une épreuve que chaque garçon devait surmonter en solitaire. Après une brève remontée du fleuve en barge les attendait un interminable périple en chariot, le long d'une route monotone et enneigée sillonnant la région clairsemée au nord de l'Urlish. Tous les huit kilomètres, maître Hutril marquait une étape, entraînait l'un des disciples dans un bosquet et reparaissait bien plus tard pour reprendre les rênes. Quand vint le tour de Vaelin, l'instructeur l'emmena au bord d'un petit ruisseau courant au fond d'un ravin encaissé.

— Tu as pensé à emporter un briquet ? lui demanda maître Hutril.

— Oui, maître.

— De la ficelle, une corde d'arc et une couverture de rechange ?

— Oui, maître.

Hutril hocha la tête et garda le silence un bref instant, sa respiration transformée en panache de buée dans l'air glacé.

— L'Aspect m'a confié un message pour toi, dit-il au bout d'un moment. (Vaelin découvrit avec étonnement que Hutril évitait son regard.) Le voici : dans la mesure où tu risques d'être pris en chasse dès lors que tu quittes le sanctuaire de la Loge, il t'est permis de revenir avec moi. Nous te dispensons de l'épreuve, si tu le souhaites.

Vaelin en resta sans voix. Abasourdi tant par la proposition de l'Aspect que par le fait d'entendre un maître évoquer pour la toute première fois ses déboires dans la forêt, il ne savait quoi répondre. Les épreuves n'étaient pas d'arbitraires supplices élaborés par des maîtres sadiques au fil des ans. Elles faisaient partie de l'Ordre depuis sa création, établies par son fondateur lui-même et inchangées depuis. Bien plus qu'un simple héritage du passé, elles avaient fini par s'imposer comme un véritable article de la Foi. Plus il y songeait, plus il lui apparaissait que s'y soustraire tout en poursuivant sa formation au sein de l'Ordre non seulement s'avérerait malhonnête – et injuste envers ses amis –, mais constituerait en outre un véritable blasphème. Une nouvelle réflexion lui vint : *Et si c'était un autre test ? Et si l'Aspect souhaitait voir ma réaction en me proposant d'échapper à une épreuve imposée à mes camarades ?* Mais en croisant le regard voilé de maître Hutril, Vaelin y aperçut quelque chose qui lui fit comprendre que la proposition n'avait rien d'une ruse : la honte. Hutril voyait dans cette offre une insulte.

— Loin de moi l'idée de contester l'opinion de l'Aspect, maître, dit enfin Vaelin, mais je pense peu probable qu'un assassin oserait braver ces collines en plein hiver.

Hutril acquiesça de nouveau, laissant échapper un soupir de soulagement, puis esquissa un sourire pincé.

— Ne t'aventure pas trop loin, prête l'oreille à la voix des collines, n'emprunte que les pistes les plus récentes.

Sur ces mots, il passa son arc à son épaule et entama le long trajet qui le ramènerait au chariot.

Vaelin le regarda s'éloigner, gagné par la faim malgré le copieux petit déjeuner qu'on leur avait servi au matin. Il se félicita d'avoir pu chaparder un peu de pain dans la cuisine avant le départ.

Suivant les leçons de Hutril, Vaelin commença sans tarder par se construire un abri. Après avoir découvert un petit renfoncement entre deux gros rochers, il se mit en quête de bois pour se fabriquer un toit. Des branches mortes jonchaient le sol, mais il dut bientôt se résoudre à en couper d'autres aux arbres alentour afin de consolider sa toiture de fortune. Il tassa la neige en blocs compacts pour ériger un mur au fond de son abri, comme on le lui avait enseigné. Une fois son travail achevé, il s'accorda un petit pain et prit soin de ne pas l'engloutir malgré sa faim dévorante, préférant le grignoter et mâcher consciencieusement chaque bouchée avant d'avaler.

Vint ensuite le tour du feu. Vaelin disposa plusieurs petites pierres en cercle à l'entrée de son abri, puis déblaya la neige au centre pour y disposer un lit de brindilles et de branchettes débarrassées de leur écorce humide. Ne restait plus qu'à produire quelques étincelles avec son briquet, et il put bientôt se réchauffer les mains au-dessus d'une fort honorable petite flambée. « Nourriture, abri et chaleur, leur disait toujours maître Hutril. Voilà ce dont un homme a besoin pour vivre. Tout le reste est superflu. »

Sa première nuit dans l'abri fut agitée, troublée par les hurlements du vent et le froid mordant, contre lequel la couverture tendue à l'entrée n'offrait guère de protection. Bien décidé à renforcer l'isolation de son refuge le lendemain, il tenta pendant les heures qui suivirent de discerner des voix dans le vent. On racontait que celui-ci soufflait jusque dans l'Au-Delà et que les Défunts s'en servaient pour envoyer des messages aux Fidèles, à tel point que certains passaient des journées entières perchés à flanc de colline, à l'affût du conseil ou d'une parole de réconfort d'un être cher. Vaelin n'avait jamais entendu la moindre voix dans le vent et se demandait, si jamais cela lui arrivait, qui il entendrait. Peut-être sa mère, même si elle ne s'était pas manifestée depuis sa première nuit dans la Loge. Peut-être Mikehl, ou encore les assassins, vomissant leur haine dans les bourrasques. Mais le vent ne lui apporta aucun message, cette nuit-là, et Vaelin, bien que frigorifié, finit par sombrer dans un sommeil fiévreux.

Il consacra une bonne partie du lendemain à la confection d'une porte pour son abri à l'aide de fines branches tressées, une longue et délicate besogne qui mit au supplice ses doigts déjà engourdis. Il passa le reste de sa journée à chasser, l'arc bandé tandis qu'il scrutait la neige en quête d'empreintes animales. Un cerf avait pénétré la ravine pendant la nuit, il le savait, mais ses traces étaient bien trop estompées pour qu'il parvienne à le pister. Il eut beau tomber sur des empreintes de chèvre encore fraîches, celles-ci le menèrent au pied d'une pente raide qu'il n'avait aucun espoir de gravir avant le crépuscule. Pour finir, il dut se contenter d'abattre deux corbeaux qui avaient fait l'erreur de se poser trop près de son refuge et de tendre quelques collets, au cas où un lapin téméraire déciderait de s'aventurer hors de son terrier malgré la neige.

Il dépeça les corbeaux, conservant leurs plumages pour alimenter le feu, puis les embrocha. Leur viande était dure et sèche, et il comprit pourquoi le corbeau n'était guère recherché par les gourmets. Quand vint le crépuscule, il lui fallut se blottir près de son feu, puis se réfugier dans son abri. La porte qu'il avait tressée lui offrait une meilleure protection que la couverture, mais n'empêcha pas le froid de transir ses os. Au vent, qui finit par assourdir les grondements de son estomac, ne se mêlait toujours pas de voix d'outre-tombe.

Sa chance tourna le lendemain matin, quand il faucha un lièvre des neiges. Il était particulièrement fier de son coup, sa flèche ayant transpercé l'animal juste avant qu'il décampe. Il l'écorcha dans l'heure et, une fois la carcasse nettoyée, prit grand plaisir à le rôtir, louchant sur la graisse qui perlait sur la chair frissonnante. *Ils devraient appeler ça l'Épreuve de la Faim,* songea-t-il alors que son estomac émettait un énième gargouillis. Il dévora la moitié de la viande et entreposa le reste dans un arbre creux qu'il avait élu comme cachette. Le trou se trouvait à bonne distance du sol, si bien qu'il devait grimper pour l'atteindre, mais le tronc était trop mince pour soutenir le poids d'un ours en maraude. Il dut faire un effort de volonté pour ne pas engloutir toute la viande d'un seul coup, préférant se priver qu'affronter le jour suivant le ventre vide.

Il passa le reste de la journée à chasser sans succès. Ses collets restaient désespérément vides et il lui fallut s'en tenir à creuser la neige à la recherche de racines. Celles qu'il put dénicher, comestibles seulement après une longue ébullition, ne s'avéraient guère nourrissantes, mais suffirent à apaiser sa faim. Par bonheur, il trouva une racine de yallin ; bien qu'immangeable, elle exsudait un suc particulièrement nauséabond qui lui permettrait de repousser les ours ou des loups trop curieux loin de son abri et de son garde-manger.

Comme il revenait, bredouille et déçu, d'une nouvelle séance de chasse, la neige redoubla d'intensité, fouettée désormais par de puissantes rafales de vent. Il parvint à rentrer avant de se perdre dans le blizzard et cala fermement sa porte de branches tressées dans l'entrée, réchauffant ses mains glacées dans la peau de lièvre qui lui servait de cache-col. Dans l'impossibilité d'allumer un feu au milieu de cette tempête, il ne lui restait plus qu'à attendre en frissonnant et à remuer ses doigts engourdis pour empêcher le froid de figer définitivement son sang.

Le vent soufflait plus fort que jamais, couvrant le bruit du monde et les murmures des Défunts… *Qu'est-ce que c'était ?* Vaelin se redressa et retint sa respiration, aux aguets. Une voix. Une voix ténue, plaintive, portée par le vent. Assis sur sa couche de fortune, il tendit l'oreille. Le hurlement continu des bourrasques lui vrillait les nerfs, tant chaque changement de ton semblait transmettre un nouvel éclat de cette voix mystérieuse. Il attendit, le souffle court. En vain.

Pour finir, il secoua la tête et se rallongea pour se recroqueviller sous la couverture, s'efforçant de se faire le plus petit possible…

« … sois maudit… »

Il se redressa dans un sursaut, arraché au sommeil. On ne pouvait s'y méprendre. Il y avait une voix dans le vent. Elle lui revint plus vite, cette fois-ci, les violentes rafales hachant les paroles lointaines.

« … m'entends ? Sois maudit !… regrette rien ! Je… rien… »

Bien qu'étouffée, la rage qui couvait sous ces mots ne put échapper à Vaelin. C'était un message de haine qu'avait envoyé cette âme par-delà l'abîme. Lui était-il destiné ? Il sentit une terreur glacée se refermer sur lui tel un poing de géant. *Les assassins, Brak et les deux autres.* Ses frissons redoublèrent, mais ils n'étaient pas dus au froid.

« … rien ! cracha la voix. Rien… ai fait tout ce que… n'importe quoi ! M'entends-tu ? »

Vaelin pensait connaître la peur, comme si ses mauvaises rencontres dans la forêt l'avaient endurci ou immunisé contre elle. Il avait tort. D'après les maîtres, une terreur intense pouvait pousser certains hommes à se pisser dessus. Il avait refusé d'y croire… jusqu'à maintenant.

« … courroux te poursuivra jusque dans l'Au-Delà ! Ah ! tu me maudissais pendant ma vie ? Tu me maudiras mille fois plus après ma mort… »

L'espace d'un instant, Vaelin cessa de trembler. *Sa mort ? Pourquoi l'âme d'un Défunt évoquerait-elle sa mort prochaine ?* L'évidence qui s'imposa à son esprit s'accompagna d'une telle bouffée de honte qu'il fut soulagé de n'avoir aucun témoin : *Pendant que je me terre ici, quelqu'un est pris dans la tempête.*

À la force des bras, il creusa l'épaisse congère déposée par le blizzard devant sa porte. Après quelques minutes d'efforts, il parvint à s'extraire au-dehors dans le vent déchaîné. Les rafales acérées lardaient sa houppelande avec l'aisance d'une dague crevant un parchemin, les flocons s'abattaient sur ses joues comme autant de clous pointus et il n'y voyait rien.

— Eh oh ! appela-t-il, conscient que sa voix s'envolait dans le tumulte dès qu'elle franchissait ses lèvres.

Il inspira une puissante goulée d'air accompagnée de neige et s'égosilla :

— EH OH ! QUI VA LÀ ?

Quelque chose vacilla dans le blizzard, une vague silhouette noyée dans la muraille blanche qui le cernait de toutes parts. Elle disparut avant même qu'il puisse en discerner les contours. Après une nouvelle inspiration, il s'élança en direction de l'ombre indistincte – du moins l'espérait-il – en soulevant avec peine ses jambes hors des amas de neige glacée. Il trébucha à plusieurs reprises avant de les trouver, deux formes blotties l'une contre l'autre, à moitié ensevelies sous la neige, l'une grande, l'autre petite.

— Debout ! s'écria Vaelin en poussant du pied la forme la plus grande.

Dans un grognement, elle roula sur elle-même, révélant un visage incrusté de givre et deux yeux bleu pâle dans le masque de glace. Vaelin eut un mouvement de recul. Jamais il n'avait croisé un regard si intense. Même maître Sollis ne pouvait ainsi, d'un coup d'œil, vous transpercer l'âme si profondément. Sans s'en rendre compte, Vaelin referma la main sur le manche de son couteau.

— Si vous restez ici, vous mourrez gelés dans l'heure, cria-t-il. J'ai un abri. (Il agita la main dans la direction d'où il était venu.) Vous pouvez marcher ?

Enchâssés sous la croûte de glace qui recouvrait le visage immobile, les yeux le fixaient sans ciller. *Ma chance légendaire a encore frappé*, songea Vaelin avec amertume. *Moi seul pouvais tomber sur un fou au beau milieu d'une tempête de neige.*

— Je peux marcher, gronda l'homme. (Il désigna d'un hochement de tête le corps roulé en boule près de lui.) Vais avoir besoin d'un coup de main pour l'autre.

Vaelin s'approcha du second rescapé et le força à se relever, lui arrachant un gémissement de douleur. Quand l'inconnu fut debout, sa capuche glissa, exposant un visage pâle aux traits délicats ainsi qu'une tignasse de cheveux auburn. La fille ne conserva l'équilibre qu'un bref instant avant de s'écrouler contre Vaelin.

— Là, grogna l'homme.

Il saisit l'un des bras de la fille et le passa autour de ses épaules. Vaelin l'imita et, courbés sous le poids de leur charge et la violence des bourrasques, les guida jusqu'à son refuge. Le trajet lui parut durer une éternité : la tempête, si cela était possible, semblait gagner en intensité et Vaelin savait que s'arrêter même une seconde signerait leur perte. Une fois parvenu devant son abri, il déblaya l'entrée à nouveau obstruée et poussa la fille à l'intérieur, puis fit signe à l'homme de la suivre. Ce dernier secoua la tête.

— Toi d'abord, petit.

Il y avait dans son grognement un tel accent d'autorité que Vaelin obtempéra, conscient de l'urgence mortelle dans laquelle ils se trouvaient. Il rampa à couvert et poussa le corps de la fille tout au fond de son repaire pour s'y pelotonner à son tour. L'homme les suivit sans tarder, sa grande carcasse occupant toute la place restante, avant de caler la porte tressée de Vaelin dans l'embrasure.

Ils demeurèrent ainsi, côte à côte, leurs souffles mêlés noyant bientôt l'abri étroit dans un brouillard de vapeur. Les poumons de Vaelin le brûlaient et ses mains tremblaient de façon incontrôlable. Il les fourra sous sa cape, dans l'espoir de les préserver d'éventuelles engelures. Écrasé de fatigue, il sentit sa vision s'obscurcir à mesure que l'inconscience le gagnait. L'homme à ses côtés scrutait la tempête à travers une fente de la porte. Juste avant de sombrer, Vaelin l'entendit marmonner :

— Il faudra attendre encore un petit peu. Encore un petit peu.

Il émergea le lendemain avec une migraine carabinée, sous la chaleur d'un mince rayon de soleil filtrant par une fente du toit. Il gémit de douleur et la fille remua dans son sommeil, l'une de ses bottes venant lui cogner le menton. L'homme avait quitté l'abri. Par la porte entrouverte s'engouffrait un fumet puissant qui lui mit l'eau à la bouche. Tout bien considéré, Vaelin songea qu'il ferait mieux de sortir.

Il découvrit son hôte en train de cuisiner, dans un poêlon en fonte posé à même le feu de camp, d'appétissantes galettes d'avoine dont l'odeur lui ouvrit cruellement l'appétit. Libéré de son masque de givre, l'homme affichait des traits maigres creusés de rides profondes. La rage qui voilait ses yeux lors de la tempête avait disparu, remplacée par une amicale bienveillance qui ne manqua pas de décontenancer Vaelin. S'il semblait avoir la trentaine bien tassée, la gravité de son visage comme l'intensité de son regard dénotaient une longue expérience de la vie. Vaelin gardait ses distances, craignant de ne pouvoir se contrôler s'il s'approchait trop près des galettes.

— Suis parti chercher notre barda, annonça l'homme avec un coup de menton en direction de deux sacs à dos couverts de neige à proximité. On a dû les larguer à quelques kilomètres de là, hier soir. Ils nous encombraient.

Il tira les galettes du feu et tendit le poêlon à Vaelin. Malgré l'eau qui lui vint à la bouche, celui-ci secoua la tête.

— Je n'ai pas le droit.

— Une jeune recrue de l'Ordre, hein ?

Vaelin acquiesça, hébété par la faim.

— Qu'est-ce que viendrait foutre un petit gars dans ce trou perdu, sinon ? (Il hocha tristement la tête.) Sans toi, cela dit, Sella et moi serions enfouis sous la neige. (Il se leva pour tendre la main à Vaelin.) Je te remercie, jeune homme.

Vaelin serra sa main, dont les cals épais lui râpèrent la paume. *Un guerrier ?* Après l'avoir jaugé d'un bref coup d'œil, le jeune disciple conclut que non. Les maîtres avaient une façon bien à eux de se mouvoir, de parler. Son hôte était différent. Il possédait la force d'un guerrier, mais pas l'allure.

— Erlin Ilnis, se présenta l'homme.

— Vaelin Al Sorna.

Son interlocuteur haussa un sourcil.

— Le nom de famille du Seigneur de Guerre.

— Il paraît.

Erlin Ilnis comprit qu'il avait touché un point sensible et changea de sujet.

— Il te reste combien de jours à tirer ?

— Quatre. Si je ne meurs pas de faim d'ici là.

— Alors je te prie de m'excuser de perturber ainsi ton épreuve. J'espère que notre présence ne la met pas en péril.

— Tant que vous ne m'aidez pas, ça ne devrait pas poser de problème.

L'homme s'accroupit pour attaquer son petit déjeuner, coupant les galettes en plusieurs parts à l'aide d'un couteau à lame fine avant de les porter à sa bouche. Incapable de soutenir ce spectacle plus longtemps, Vaelin courut repêcher son reste de lièvre dans l'arbre creux. Il lui fallut creuser une épaisse couche de neige avant de pouvoir regagner le campement en brandissant son trophée.

— Il y a bien longtemps que j'ai connu une tempête comme celle-ci, commenta Erlin à voix basse tandis que Vaelin faisait rôtir sa viande. À l'époque, je ne pouvais m'empêcher de lire un présage dans le ciel quand le temps se gâtait. J'avais toujours l'impression qu'une guerre ou qu'une épidémie se profilaient. Désormais, je n'y vois rien d'autre qu'un temps qui se gâte.

Vaelin éprouva le besoin de lui répondre pour détourner son attention du gargouillis continu de son estomac.

— Une épidémie ? Vous voulez parler de la Main Écarlate ? Vous êtes bien trop jeune pour l'avoir connue.

L'homme esquissa un mince sourire.

— J'ai… beaucoup voyagé. La peste prend bien des formes et s'abat sur bien d'autres contrées que la nôtre.

— Combien ? le pressa Vaelin. Combien de pays avez-vous visités ?

Erlin frotta pensivement la barbe de trois jours qui lui couvrait le menton.

— Franchement, je ne saurais dire. J'ai connu les fastes de l'Empire Alpiran et les ruines des temples léandrins. J'ai parcouru les sentes obscures de la Grande Forêt du Nord et arpenté les interminables steppes qui ont vu Eorhil Sil chasser le grand cerf. J'ai sillonné des cités, des îles et des montagnes par centaines. Mais où que j'aille, inévitablement, une tempête finit toujours par me tomber dessus.

— Vous n'êtes pas un sujet du Royaume ?

Vaelin ne savait qu'en penser. L'accent de l'homme était étrange, riche en voyelles discordantes, mais restait indubitablement asraëlien.

— Oh ! je suis né ici. Dans un village à quelques kilomètres au sud de Castelvarin, si petit qu'il ne porte même pas de nom. Toute ma famille s'y trouve.

— Pourquoi l'avoir quitté ? À quoi bon voyager si loin de chez vous ?

L'homme haussa les épaules.

— J'avais du temps à perdre et je ne savais pas quoi faire de ma peau.

— Pourquoi étiez-vous si en colère ?

Erlin tourna brusquement la tête vers lui.

— Pardon ?

— Je vous ai entendu. J'ai d'abord cru avoir affaire aux voix du vent, au message d'un Défunt. Votre colère était palpable. C'est grâce à elle que je vous ai retrouvés.

Une expression de tristesse profonde, presque effrayante par son intensité, traversa le visage d'Erlin. L'ampleur de sa mélancolie était telle que Vaelin se demanda une fois encore s'il n'avait pas porté secours à un fou.

— Quand un homme fait face à la mort, il profère des idioties, finit par répondre Erlin. Lorsque tu auras achevé ton noviciat, je suis persuadé que tu entendras bien des absurdités sortir de la bouche des mourants.

La fille choisit ce moment pour s'extirper hors de l'abri, éblouie par le soleil, un foulard ceint autour des épaules. Vaelin, qui la voyait véritablement pour la première fois, eut du mal à détacher les yeux de cette ravissante apparition. Son visage était un ovale pâle et sans défaut encadré de boucles auburn. Elle devait avoir deux ans et quelques centimètres de plus que lui. Prenant soudain conscience qu'il y avait fort longtemps qu'il avait vu une fille, Vaelin se sentit complètement dépassé.

— Sella, la salua Erlin. D'autres galettes t'attendent dans mon sac, si tu as faim.

Avec un sourire pincé, elle jeta vers Vaelin un regard prudent.

— Je te présente Vaelin Al Sorna, poursuivit-il. Un disciple du Sixième Ordre. Nous lui devons la vie.

Elle le cacha bien, mais Vaelin la sentit se crisper à la mention de l'Ordre. Elle se tourna vers lui et agita les mains en une série de mouvements fluides et complexes, un sourire vide plaqué sur le visage. *Une muette*, comprit-il.

— Elle dit que nous avons eu de la chance de croiser le chemin d'un brave dans ces étendues reculées, traduisit Erlin.

En réalité, elle avait dit : *Remercie-le pour moi et allons-nous-en.* Vaelin jugea préférable de leur cacher qu'il comprenait la langue des signes.

— Ce n'est rien, fit-il.

Elle inclina la tête et s'approcha de leurs paquetages.

Vaelin s'assit pour manger, dévorant voracement sa pitance de ses doigts sales, un spectacle répugnant que maître Hutril n'aurait pas manqué de désapprouver. Erlin et Sella conversèrent en langue des signes pendant son repas. Les formes expertes qu'ils traçaient dans les airs leur permettaient de communiquer avec une aisance qui surpassait de loin ses propres tentatives maladroites de reproduire les gestes de maître Smentil. Malgré l'élégance de leur discussion silencieuse, Vaelin releva le contraste entre les gestes nerveux, parfois brutaux de la fille et les signes d'Erlin, contenus et presque apaisants.

— *Sait-il qui nous sommes ?* demanda-t-elle.

— *Non*, répondit Erlin. *Ce n'est qu'un enfant. Un enfant perspicace et courageux, mais un enfant néanmoins. On leur apprend à combattre. L'Ordre ne leur enseigne rien des autres croyances.*

Elle jeta un coup d'œil prudent en direction de Vaelin. Ce dernier, feignant de se lécher les doigts, lui adressa un grand sourire.

— *Est-ce qu'il nous tuerait s'il l'apprenait ?* s'enquit-elle.

— *Il nous a sauvés, ne l'oublie pas.* (Erlin s'interrompit et Vaelin eut l'impression qu'il s'efforçait de ne pas le regarder.) *Et puis, il est différent*, ajoutèrent ses mains. *Il ne ressemble pas aux autres frères du Sixième Ordre.*

— *Qu'a-t-il de si différent ?*

— *Il y a autre chose en lui. De la compassion. Tu ne le perçois pas ?*

Elle secoua la tête.

— *Je ne perçois qu'une chose : que nous sommes en danger. Je ne perçois même que ça depuis des jours.* (Elle se figea, un trait soucieux barrant son front lisse.) *Il porte le nom du Seigneur de Guerre.*

— *Oui. Je crois qu'il s'agit de son fils. J'ai entendu dire qu'il l'avait livré à l'Ordre après la mort de son épouse.*

Les mouvements de la fille se firent plus frénétiques, plus insistants.

— *Nous devons partir* maintenant !

Erlin adressa un sourire contraint à Vaelin.

— *Si tu ne veux pas éveiller ses soupçons, calme-toi.*

Vaelin se releva et se rendit au bord du ruisseau pour nettoyer ses mains graisseuses. *Des fugitifs*, songea-t-il. *Mais* à qui *espèrent-ils échapper ? Et que signifiait cette histoire d'autres croyances ?* Une fois encore, il regretta l'absence d'un maître pour le guider. Sollis ou Hutril sauraient quoi faire dans cette situation. Devait-il tenter de les retenir d'une manière ou d'une autre ? les soumettre et les attacher ? Le pouvait-il seulement ? La fille ne lui opposerait guère de résistance, mais Erlin était un adulte vigoureux. Et même s'il n'avait pas affaire à un guerrier de profession, Vaelin le devinait habile au combat. Tout ce qu'il pouvait faire, c'était continuer d'espionner leur conversation dans l'espoir d'en apprendre plus.

Un coup de vent fortuit balaya le cours d'eau, poussant dans ses narines une odeur lointaine, une odeur qu'il connaissait bien : la sueur d'un cheval. *De plusieurs chevaux*, rectifia-t-il. *Ils doivent être tout proches si je parviens à les sentir. Vers le sud.*

Il gravit en toute hâte le versant sud de la ravine et scruta les collines méridionales. Il les repéra sans mal, une grappe sombre de cavaliers à un kilomètre environ vers le sud-est. Cinq ou six, plus un trio de chiens d'arrêt. Les cavaliers ne bougeaient pas, mais Vaelin présumait qu'ils attendaient que les chiens flairent une piste.

Il se retint de dévaler en courant le versant et regagna d'un pas nonchalant le bivouac. La fille poussait d'un air maussade un bâton dans le feu, tandis qu'Erlin resserrait l'une des sangles de son paquetage.

— Nous allons bientôt plier bagage, déclara le voyageur. Nous t'avons déjà causé assez de soucis.

— Vous allez au nord ? demanda Vaelin.

— Oui. Jusqu'à la côte renfaëline. Sella y a de la famille.

— Vous n'en faites pas partie ?

— Je ne suis qu'un ami et un compagnon de route.

Vaelin partit chercher son arc dans l'abri, sentant monter l'inquiétude de la jeune femme quand il tendit la corde et jeta le carquois en travers de ses épaules.

— Je dois partir chasser.

— Je comprends. Tu es sûr que tu ne veux pas un peu de notre nourriture ?

— Le règlement de cette épreuve m'interdit d'accepter l'aide de quiconque. De plus, vous feriez mieux de les économiser.

La fille esquissa un geste irrité : *Tout à fait d'accord.*

— Eh bien, je suppose que nos chemins se séparent ici, dit Erlin en lui tendant la main. Une fois encore, je tiens à te remercier, mon jeune ami. Les âmes généreuses ne courent pas les rues. Crois-en mon expérience.

Vaelin remua les mains, communiquant à grand renfort de gestes certes gauches comparés aux leurs, mais porteurs d'un message bien compréhensible : *Cavaliers au sud. Avec des chiens. Pourquoi ?*

Sella plaqua sa main sur sa bouche, son visage déjà pâle rendu livide par la peur. Les doigts d'Erlin, quant à eux, s'approchèrent du poignard à lame courbe passé à sa ceinture.

—Arrêtez, lui ordonna Vaelin. Je veux juste savoir ce que vous fuyez. Et qui vous a pris en chasse.

Erlin et la jeune fille échangèrent un coup d'œil paniqué. Sella, tiraillée par la peur, tremblait tant et si bien que son compagnon saisit ses mains dans les siennes. Vaelin ignorait si c'était pour la calmer ou pour l'empêcher de communiquer.

—Ainsi, on vous apprend la langue des signes, déclara l'homme d'une voix blanche.

—On nous apprend beaucoup de choses.

—Même sur les Apostats ?

Les sourcils froncés, Vaelin se remémora l'une de ses rares discussions avec son père, la première fois qu'il avait franchi le portail de la ville où pendaient des cages remplies de corps en putréfaction.

—Les Apostats sont des blasphémateurs et des hérétiques qui se sont détournés du chemin de la Foi.

—Et connais-tu le sort qu'on leur réserve, Vaelin ?

—On les exécute et on suspend leurs cadavres à l'entrée des villes.

—On les pend aux murailles et on les laisse crever de faim dans ces cages, mais seulement après leur avoir tranché la langue afin que leurs cris ne perturbent pas les passants. Et tout ça pourquoi ? Parce qu'ils adhèrent à une foi différente.

—Il n'y a pas d'autre Foi.

—Bien sûr que si, Vaelin ! lâcha Erlin avec violence. J'ai sillonné ce monde, je te l'ai dit. Il existe d'innombrables croyances, d'innombrables dieux. L'homme possède plus de façons d'honorer le divin qu'il n'y a d'étoiles dans les cieux.

Vaelin secoua la tête, récusant son argumentation.

—Alors voilà ce que vous êtes ? Des Apostats ?

— Non. Je partage la même Foi que toi. (Il eut un petit rire amer.) Ce n'est pas comme si j'avais le choix, après tout. Mais Sella suit un autre chemin. Si sa religion diffère de la nôtre, elle n'est pas pour autant moins authentique, moins sincère. Malgré cela, elle sera torturée et mise à mort par les hommes qui nous pourchassent s'ils nous rattrapent. Tu trouves ça juste ? Crois-tu vraiment que tous les Apostats méritent ce sort ?

Vaelin considéra Sella. La peur assombrissait son visage, ses lèvres tremblaient, mais ses yeux arboraient une profonde sérénité. Ils plongeaient dans ceux du garçon sans ciller, magnétiques et inquisiteurs, tels ceux de Sollis lors de la première leçon d'escrime.

— L'hypnose ne prend pas avec moi, lui dit-il.

Elle prit une profonde inspiration, ôta doucement ses mains de celles d'Erlin et s'exprima :

— *Je n'essaie pas de t'hypnotiser. Je cherche quelque chose.*

— C'est-à-dire ?

— *Quelque chose que je n'avais pas encore vu en toi.* (Elle se tourna vers son compagnon.) *Il va nous aider.*

Vaelin ouvrit la bouche pour lui assener quelque cinglante repartie, mais sentit les mots mourir sur ses lèvres. Elle avait raison, bien entendu : il les aiderait. Il n'avait même pas à réfléchir, seulement à suivre son cœur. Il les aiderait parce que Erlin était un homme honnête et courageux, parce que Sella était belle et qu'elle avait vu quelque chose en lui. Il les aiderait parce qu'il sentait, dans le tréfonds de son être, qu'ils ne méritaient pas de mourir.

Il s'engagea dans son abri et en rapporta la racine de yallin.

— Tenez. (Il la lança à Erlin.) Coupez-la en deux et badigeonnez-en vos pieds et vos mains. Qui pistent-ils ?

Erlin renifla la racine d'un air dubitatif.

— Qu'est-ce que c'est ?

— Ça masquera votre odeur. Lequel de vous deux traquent-ils ?

Comme Sella se désignait d'une main sur la poitrine, Vaelin remarqua le foulard de soie qui entourait son cou. D'un geste, il lui intima de le lui donner.

—À ma mère, protesta-t-elle.

—Dans ce cas, elle sera ravie d'apprendre qu'il vous a sauvé la vie.

Après un moment d'hésitation, elle démêla son foulard et le lui tendit. Il l'accrocha à son poignet.

—Quelle infection ! gémit Erlin.

Il enduisait ses bottes de suc de yallin, les traits tordus par l'odeur fétide qu'il dégageait.

—Les chiens sont du même avis, répliqua Vaelin.

Lorsque Sella eut fini d'oindre ses propres bottes et ses mains, il les conduisit dans la partie la plus dense des bosquets environnants. À quelques centaines de mètres du campement se trouvait une petite dépression. Elle était juste assez profonde pour accueillir les deux fugitifs, mais ne résisterait guère à un examen minutieux. Il ne restait plus qu'à espérer que les pisteurs s'en tiendraient éloignés. Après les avoir installés dans la cuvette, Vaelin reprit à Sella la racine de yallin et répandit tout le jus qu'il parvint à en tirer sur le sol et les frondaisons alentour.

—Restez ici sans faire de bruit. Au premier aboiement, plus un geste. Surtout, ne vous enfuyez pas. Si je ne suis pas revenu dans une heure, filez au sud pendant deux jours avant d'obliquer vers l'ouest, puis remontez au nord par le chemin de la côte. Évitez les villes.

Vaelin s'apprêtait à partir quand Sella tendit la main vers lui, ses doigts frôlant les siens sans les toucher, comme si elle craignait son contact. Leurs regards se croisèrent à nouveau, mais cette fois-ci les yeux de la jeune femme ne sondèrent pas son âme. Bien au contraire, ils rayonnaient de gratitude. Il lui répondit par un bref sourire avant de s'élancer à la rencontre des chasseurs. Les bosquets clairsemés défilaient autour de lui, brouillés par la vitesse de cette course folle dont chaque foulée lui arrachait une grimace de souffrance. Forçant ses muscles endoloris, il accéléra encore un peu plus, le foulard noué à son poignet voletant dans son sillage.

Au bout de cinq longues minutes, il entendit les chiens, leurs lointains glapissements se muant en aboiements hostiles et perçants à mesure qu'ils se rapprochaient. Vaelin choisit de se percher sur le tronc d'un bouleau effondré – une position plus facile à défendre –, où il s'empressa d'arracher le foulard à son poignet pour le passer à son cou et le fourrer sous sa houppelande. Puis il encocha une flèche, banda son arc et attendit, enveloppé par la vapeur de sa respiration, réprimant à grand renfort de volonté le tremblement qui agitait ses membres.

Les molosses furent sur lui plus vite qu'il n'aurait cru. Trois formes sombres surgirent du sous-bois à une vingtaine de mètres de là, dans un concert de grondements. Leurs babines retroussées sur des crocs jaunis, ils se ruèrent vers lui en projetant des gerbes de neige. Vaelin marqua un temps d'arrêt, paralysé par le déchaînement de fureur de cette meute de race inconnue. Ils étaient plus gros, plus rapides et plus musclés que tous les chiens de chasse qu'il connaissait. En comparaison, les dogues renfaëliens élevés dans les chenils de l'Ordre ressemblaient à des animaux de compagnie. Il fut tout particulièrement frappé par leurs yeux jaunes, emplis de haine, qui semblaient scintiller à mesure que les animaux gagnaient du terrain, et leurs gueules hérissées dégoulinantes de bave.

Sa flèche cueillit le premier à la gorge, l'envoyant rouler dans la neige avec un pitoyable gémissement de surprise. Vaelin voulut tenter un nouveau tir, mais le deuxième chien passa à l'attaque avant même que le garçon puisse atteindre son carquois. L'animal bondit, toutes griffes dehors, la gueule de biais pour mieux planter ses crocs éclatants dans le cou de son adversaire. Fauché par la puissance de l'assaut, Vaelin bascula en arrière et lâcha son arc. De la main droite, il saisit le couteau accroché à son ceinturon et le redressa au moment même où son dos cognait le sol. Le chien, emporté par son élan, s'abattit violemment sur la lame, qui lui perfora la poitrine et brisa côtes et cartilages avant de trouver le cœur, et l'animal cracha un filet de sang. Refoulant un accès de nausée, Vaelin plaqua ses bottes contre le corps à l'agonie, le repoussa loin de lui et se redressa d'un bond, pointant son arme sur le troisième animal, prêt à recevoir sa charge.

Elle ne vint pas.

Le chien s'était assis ; les oreilles basses, la gueule parallèle au sol, il baissait les yeux. Puis il poussa un gémissement, souleva son corps puissant et s'approcha de quelques pas avant de s'asseoir à nouveau, en couvant Vaelin d'un regard étrange où se mêlaient la crainte et l'espoir.

— T'as intérêt à être riche, petit, tonna une voix bourrue chargée de colère. Tu me dois trois clébards.

Vaelin fit volte-face, le poing serré sur son couteau. Un homme trapu et dépenaillé émergeait des broussailles, sa poitrine haletante indiquant qu'il avait couru pour rattraper la meute. Il portait une épée de facture asraëline sanglée dans son dos, ainsi qu'un épais manteau bleu sombre maculé de terre.

— Deux, rectifia Vaelin.

L'homme lui jeta un regard noir et cracha au sol, puis dégaina son épée d'un mouvement fluide et expert.

— Ce sont des cerbères volariens, sale petite ordure. Le troisième ne m'est plus bon à rien, désormais.

Il s'approcha à pas lents, faisant preuve d'une souplesse presque dansante que Vaelin ne connaissait que trop bien, son épée pointée vers le bas, le bras à demi plié.

Le chien se mit à gronder, une rumeur sourde et menaçante qui lui valut un coup d'œil inquiet de la part de Vaelin, prêt à essuyer une nouvelle attaque. Quelle ne fut donc pas sa surprise en découvrant que les yeux jaunes de l'animal étaient braqués sur le nouveau venu, ses babines tremblantes retroussées sur un impressionnant râtelier de crocs.

— Tu vois ! lui cria l'homme. Tu vois ce que tu as fait ? Quatre ans de dressage foutus en l'air !

C'est alors Vaelin comprit de qui il s'agissait, dans un éclair de lucidité qui aurait dû le frapper dès l'arrivée de l'homme. Il leva lentement la main gauche, la tourna vers le nouveau venu pour lui montrer qu'il n'avait pas d'arme et la plongea sous sa chemise pour en tirer son médaillon, qu'il brandit au-dessus de sa tête.

— Accepte mes excuses, mon frère.

Une émotion passagère se peignit sur le visage de l'homme. Vaelin pressentit alors qu'il semblait moins troublé par la vue du médaillon qu'en train d'évaluer s'il pouvait le tuer quand même, malgré son appartenance à l'Ordre. La décision finit cependant par lui échapper.

— Rengaine ton épée, Makril, ordonna une voix acérée aux accents cultivés.

Vaelin se retourna au moment où un cheval et son cavalier surgissaient d'entre les arbres. L'homme au visage anguleux lui adressa un signe de tête et guida sa monture dans la clairière. L'étalon était un trotteur asraëlien à la robe grise, une race du Sud plus réputée pour ses jambes longues et son endurance que pour son agressivité. Son cavalier lui serra la bride à quelques pas de là et jeta sur Vaelin un regard en apparence bienveillant. Vaelin remarqua la couleur de sa cape : noire. La couleur du Quatrième Ordre.

— Bien le bonjour, petit frère, le salua l'homme au visage taillé à la serpe.

Vaelin lui répondit d'un signe de tête et glissa son couteau dans son fourreau.

— De même, maître.

— Maître ? (Un sourire mince étira ses lèvres.) Tu me fais trop d'honneur.

L'homme lança un coup d'œil vers le dernier des chiens, qui s'était mis à grogner dans sa direction.

— Je crains, petit frère, que tu aies gagné par notre faute un compagnon malvenu.

— Un compagnon ?

— Les cerbères volariens sont une espèce à part. Leur sauvagerie n'a d'égale que leur soumission sans faille à un certain code hiérarchique. Tu as tué le chef de meute de cet animal, ainsi que celui qui devait le remplacer. Il te considère dès lors comme son nouveau chef de meute. Étant trop jeune pour te défier, il te vouera dorénavant une indéfectible loyauté… pendant un temps.

Vaelin considéra le chien, cette masse de muscles grondante, au museau barré d'un lacis de cicatrices, aux crocs acérés et à la fourrure couverte de terre et de merde.

— Je n'en veux pas, dit-il.

— Trop tard pour ça, le marmot, marmonna Makril derrière lui.

— Oh, tais-toi donc, Makril ! l'admonesta le cavalier. Tu as perdu quelques chiens ? Eh bien, soit, nous t'en trouverons d'autres. (Il se courba, offrant sa main à Vaelin.) Tendris Al Forne, frère du Quatrième Ordre et serviteur du Conseil des Infractions Hérétiques.

— Vaelin Al Sorna. (Il lui serra la main.) Frère novice du Sixième Ordre, en attente de confirmation.

— Oui, bien entendu. (Tendris se rassit sur sa selle.) L'Épreuve de la Nature, j'imagine ?

— En effet, mon frère.

— Je n'aimerais pas être à ta place. Les épreuves de votre Ordre m'ont toujours fait frémir. (Il esquissa un sourire de compassion.) Te rappelles-tu tes épreuves, frère ? demanda-t-il à Makril.

— Seulement dans mes pires cauchemars.

Makril inspectait la clairière, les yeux rivés sur le sol, s'agenouillant de temps à autre pour examiner de plus près une empreinte dans la neige. Vaelin avait déjà vu maître Hutril agir ainsi, mais avec considérablement plus de grâce. Quand le maître suivait une piste, il respirait la sérénité et la concentration. À l'inverse, Makril, sans cesse en mouvement, agissait avec précipitation et nervosité.

Le crissement de sabots sur la neige annonça l'arrivée de trois autres frères du Quatrième Ordre. À l'image de Tendris, tous montaient des trotteurs asraëliens et arboraient les mines burinées de ceux qui passent le plus clair de leur vie en battue. Quand Tendris eut fini les présentations, chacun adressa un petit signe à Vaelin avant de partir inspecter les environs.

— Ils ont très bien pu passer par là, leur dit Tendris. Les chiens ont sans doute flairé autre chose que le dernier repas de notre jeune frère ici présent.

— Puis-je vous demander ce que vous cherchez, mon frère ?

— La plaie de notre Royaume et de notre Foi, répondit tristement Tendris. Les Infidèles, Vaelin. C'est la tâche qui nous est dévolue, à moi et aux frères qui chevauchent à mes côtés. Nous pourchassons ceux qui osent se détourner de la Foi. Que de telles créatures puissent exister doit sans doute t'étonner, mais c'est le cas, tu peux me croire sur parole.

— Il n'y a rien ici, lança Makril. Pas d'empreintes, pas de piste pour les chiens, rien du tout. (Il traversa une épaisse congère pour se camper juste en face du novice.) À part toi, frère.

Vaelin fronça les sourcils.

— Pourquoi vos chiens m'auraient-ils pisté ?

— As-tu rencontré qui que ce soit lors de ton épreuve ? s'enquit Tendris. Un homme et une fille, peut-être ?

— Erlin et Sella ?

Les deux hommes échangèrent un coup d'œil.

— Quand ? demanda Makril.

— Il y a deux nuits de ça.

L'aisance avec laquelle il avait menti l'emplit de fierté. Il commençait à maîtriser l'art de la tromperie.

— La neige tombait dru, ils avaient besoin d'un abri. Je leur ai ouvert le mien. (Il regarda Tendris.) Ai-je eu tort de leur porter secours, mon frère ?

— Prévenance et générosité se sont jamais un tort, petit frère, répliqua Tendris avec un sourire que Vaelin, non sans embarras, jugea sincère. Se trouvent-ils toujours à ton campement ?

— Non, ils sont partis le lendemain matin. Ils n'étaient pas très bavards. À vrai dire, la fille n'a pas décroché un mot.

Makril émit un rire sans joie.

— Elle est muette, petit.

—Elle m'a donné ça. (Vaelin tira le foulard en soie de sous sa chemise.) En guise de remerciements, d'après l'homme. J'ai cru bon de l'accepter, même s'il ne me tient pas vraiment chaud. Peut-être est-ce cette écharpe que vos chiens ont flairée ?

Makril se pencha pour fourrer son nez dans le tissu, les narines dilatées, sans quitter Vaelin des yeux. *Il ne croit pas un mot de mon histoire.*

—L'homme t'a-t-il dit où ils se rendaient ? demanda Tendris.

—Au nord, vers Renfaël. La fille aurait de la famille là-bas.

—Il t'a menti, dit Makril. Elle n'a de famille nulle part.

Près de Vaelin, les grondements du chien s'intensifièrent. Makril recula à pas lents, et Vaelin se demanda quelle sorte de chien pouvait ainsi faire naître la peur chez son propre maître.

—Vaelin, ce que j'ai à te demander est d'une importance capitale, dit Tendris. (Penché sur sa selle, il scrutait le novice avec attention.) La fille t'a-t-elle touché ?

—Touché, mon frère ?

—Oui. Ou même effleuré ?

Vaelin se remémora l'hésitation de Sella lorsqu'elle avait tendu la main vers lui avant de se raviser. Non, elle ne l'avait pas touché, mais l'intensité de son regard au moment où elle avait vu quelque chose en lui l'avait enveloppé comme une étreinte, comme si elle l'avait touché de l'intérieur.

—Non. Non, rien de ça.

Tendris se redressa sur sa selle, l'air satisfait.

—Alors tu as eu de la chance.

—De la chance ?

—La fille est une sorcière apostate, petit, dit Makril.

Il s'était perché sur le tronc du bouleau et mâchait la tige de canne à sucre qui venait d'apparaître dans son poing tanné.

—Un seul contact de sa jolie petite menotte suffit pour vous retourner le cerveau.

— Ce que veut dire notre frère, reprit Tendris, c'est que la fille possède un pouvoir, une aptitude héritée de la Ténèbre. L'hérésie des Infidèles se manifeste parfois d'étrange manière.

— Quelle sorte de pouvoir ?

— Autant t'épargner les détails, petit frère.

Tendris donna un coup de bride et mena son cheval vers l'orée de la forêt, à la recherche d'empreintes.

— Ils sont partis hier matin, dis-tu ?

— Oui, frère, dit Vaelin en s'efforçant d'ignorer Makril, dont il sentait le regard scrutateur posé sur lui. Vers le nord.

— Hmm. (Tendris se tourna vers Makril.) Pouvons-nous encore espérer les rattraper sans les chiens ?

Le pisteur haussa les épaules.

— Peut-être, mais ce ne sera pas facile après la tempête d'hier soir. (Il mordit une dernière fois dans sa canne à sucre avant de s'en débarrasser.) Je vais partir en reconnaissance au nord des collines. Pendant ce temps, vous et les autres couvrirez l'Ouest et l'Est, au cas où ils tenteraient de nous semer en revenant sur leurs pas.

Il adressa à Vaelin un dernier coup d'œil hostile, puis s'élança à toute vitesse entre les arbres.

— Il est temps pour moi de prendre congé, petit frère, dit Tendris. Je suis persuadé que nous nous reverrons, une fois tes épreuves achevées. Qui sait ? peut-être y aura-t-il une place dans ma troupe pour un jeune frère au cœur brave et à l'œil vif.

Vaelin avisa les cadavres des deux chiens, dont le sang rougissait le blanc manteau recouvrant la clairière. *Ils auraient pu me tuer. Ils sont dressés pour ça. Pas seulement pour la traque. S'ils avaient trouvé Erlin et Sella…*

— Nul ne sait ce que nous réserve la Foi, mon frère, dit le novice à Tendris, incapable d'insuffler la moindre chaleur à sa voix.

— Sage parole, fit Tendris en hochant la tête. Eh bien, que la chance t'accompagne, petit frère.

L'homme était sur le point de quitter la clairière quand Vaelin, encore étourdi par le succès de son stratagème, se rappela la question qu'il devait lui poser.

— Mon frère ! Que dois-je faire de ce chien ?

Tendris lui jeta un coup d'œil par-dessus son épaule, en talonnant sa monture.

— Si tu as un peu de jugeote, tue-le. Si tu as du cran, garde-le.

Dans un éclat de rire, il leva la main au moment même où son cheval s'élançait au galop, soulevant un épais nuage de neige dont les flocons scintillèrent un instant dans le soleil hivernal.

Vaelin contempla le chien, qui levait vers lui un regard empreint d'adoration, sa langue rose pendant hors d'une gueule humide de bave. Une fois encore, le novice remarqua les nombreuses cicatrices qui lardaient son museau. Malgré son jeune âge, l'animal n'avait de toute évidence pas eu la vie facile.

— Balafre, lui dit Vaelin. Tu t'appelleras Balafre.

La chair des chiens se révéla être une viande coriace et filandreuse, mais il y avait bien longtemps que Vaelin ne faisait plus la fine bouche. Balafre n'avait cessé de gémir tandis qu'il dépeçait les carcasses au milieu de la clairière, avant d'y découper le cuissot du plus gros chien. Lorsque Vaelin regagna enfin son campement pour y rôtir des lamelles de viande, l'animal prit soin de garder ses distances. Une fois le repas englouti, ce fut seulement quand son maître eut caché les restes dans son arbre creux qu'il osa s'approcher et pousser de la truffe les pieds de Vaelin, en quête de réconfort. Si la sauvagerie des cerbères volariens ne faisait aucun doute, elle n'incluait manifestement pas le cannibalisme.

— Je ne sais pas ce que je vais bien pouvoir te donner à manger, si tu refuses de goûter à tes semblables, fit Vaelin d'une voix songeuse en grattant prudemment le crâne de l'animal.

Le chien, à l'évidence peu coutumier de telles démonstrations d'affection, avait rentré la tête dans les épaules avec méfiance à la première caresse.

Il y avait déjà plus d'une heure que Vaelin avait rejoint son bivouac, où il s'était occupé d'alimenter son feu, de cuisiner et de déblayer l'entrée de son abri, se gardant bien d'aller vérifier si Erlin et Sella se cachaient toujours dans leur cuvette. Il éprouvait un curieux sentiment de malaise depuis le départ de Tendris, comme si le cavalier avait un peu trop facilement mordu à l'hameçon. Il pouvait se tromper, bien sûr. De prime abord, Tendris passait pour un frère à la Foi inébranlable et inconditionnelle. Il lui serait dès lors presque impossible de concevoir qu'un disciple du Sixième Ordre, même novice, puisse lui mentir – d'autant plus pour protéger un Apostat. D'un autre côté, se pouvait-il qu'un homme passant sa vie à traquer les hérétiques de par le Royaume fût à ce point exempt de cynisme ?

En l'absence de réponse, Vaelin ne pouvait se permettre de rejoindre les fugitifs. Et si ni les odeurs portées par le vent ni le chant de la nature ne l'alertaient d'une embuscade prochaine, il estimait plus prudent de rester au campement, à manger sa viande de molosse et à se demander quoi faire de son nouveau compagnon.

Pour une bête dressée à chasser et à tuer, Balafre faisait preuve d'un tempérament remarquablement enjoué. Il folâtrait d'un coin à l'autre du bivouac, déterrant des bâtons ou des os dans la neige pour les apporter à Vaelin, qui comprit bien vite qu'essayer de lui arracher ses trouvailles était une entreprise vouée à l'échec. Il doutait fort qu'on l'autorise à garder l'animal une fois de retour à la Loge. Maître Chekril, le gardien du chenil, refuserait sûrement qu'un tel monstre approche ses dogues adorés. En toute logique, la pauvre bête n'aurait pas le temps de franchir le portail qu'on l'abattrait.

Ils partirent chasser dans l'après-midi. Vaelin s'attendait à rentrer bredouille, une fois de plus, mais Balafre flaira une piste presque sur-le-champ. Il s'élança dans la neige avec un petit jappement, talonné par son maître qui peinait à tenir le rythme. Il ne tarda pas à remonter jusqu'à la source de l'odeur : le cadavre gelé – et curieusement intact – d'un petit chevreuil, sans doute victime de la tempête de la veille. Balafre attendait tranquillement le garçon près du corps, le couvant d'un œil circonspect. Quand Vaelin, occupé à vider la carcasse, lui jeta quelques boyaux, la réaction du chien le prit par surprise. Transporté de joie, Balafre se jeta sur les viscères avec délices, faisant jouer ses crocs et ses mâchoires puissantes. Puis Vaelin traîna le chevreuil jusqu'au campement, stupéfié par ce revirement de situation. Guetté par l'inanition pas plus tard que la veille, il disposait aujourd'hui d'une telle abondance de nourriture qu'il ne pourrait même pas tout manger d'ici au retour de maître Hutril.

Le ciel s'obscurcit en un rien de temps pour laisser place à une nuit sans nuages, éclairée par une lune froide dont l'éclat bleu acier conférait à la neige un aspect duveteux. Au-dessus de la tête de Vaelin se déployait le splendide panorama de la voûte étoilée. Si Caenis avait été là, il aurait pu nommer chacune des constellations. Vaelin, pour sa part, ne put repérer que les plus évidentes : l'Épée, le Cerf, la Vierge. D'après une légende que lui avait contée Caenis, les âmes des premiers Défunts avaient déversé les étoiles dans le ciel en guise de présents pour les générations à venir, y tissant des symboles susceptibles de guider les vivants sur le chemin de la vie. Nombreux étaient ceux qui se prétendaient capables de déchiffrer ce message inscrit dans les cieux ; on les croisait le plus souvent sur les marchés et les foires, à monnayer leurs révélations contre une poignée de piécettes.

Alors qu'il s'interrogeait sur la signification de l'Épée pointée vers le sud, le malaise diffus qu'il avait éprouvé pendant toute la journée se mua en froide certitude. Balafre, le poil hérissé, leva légèrement le museau. Malgré l'absence d'odeur ou de bruit suspects, quelque chose clochait.

Vaelin tourna la tête et scruta par-dessus son épaule les frondaisons immobiles de la forêt. *Ce silence*, songea-t-il avec inquiétude. *Aucun assassin ne pourrait être si doué.*

— Si vous avez faim, mon frère, s'écria-t-il, j'ai assez de viande pour partager un repas.

Puis il se retourna vers son feu, qu'il alimenta de quelques nouvelles bûches. Au bout d'une minute ou deux, il perçut le crissement de bottes dans la neige et vit Makril le dépasser puis s'accroupir face à lui, les mains étendues au-dessus des flammes. L'homme, sans un regard pour lui, fixait sur Balafre un œil noir.

— T'aurais dû lui régler son compte, à cette sale bête, grommela-t-il.

Vaelin s'engouffra dans son abri pour y piocher un morceau de viande et le lancer au nouveau venu.

— Du chevreuil.

Le pisteur trapu embrocha le morceau sur son couteau et dressa un petit monticule de cailloux afin de le maintenir au-dessus du feu. Il déroula ensuite son tapis de sol et s'assit.

— Belle nuit, mon frère, dit Vaelin.

Makril grogna, dénoua ses bottes et entreprit de se masser les pieds. L'odeur était telle que Balafre préféra s'éclipser.

— Je suis navré de constater que frère Tendris n'a pas jugé bon de me croire, reprit Vaelin.

— Oh, il t'a cru. (Makril préleva quelque chose entre deux orteils et le jeta d'une pichenette dans le feu, qui se mit à pétiller.) C'est un véritable homme de Foi, lui. Pas comme moi, raclure sans scrupules et pleine de soupçons que je suis. C'est d'ailleurs pour ça qu'il me garde à ses côtés. Attention, il a plus d'un tour dans son sac, je ne dis pas. Il n'y a pas meilleur cavalier que lui et il peut tirer les vers du nez d'un Apostat en moins de temps qu'il ne t'en faudrait pour te curer le tien. Mais c'est un grand naïf, à sa manière. Il fait confiance aux Fidèles. À ses yeux, ils partagent tous la même croyance. Sa croyance.

— Mais pas la vôtre ?

Makril mit ses bottes à sécher près du feu.

— Je chasse. Les empreintes, les traces, la piste, l'odeur de la proie, le bouillonnement du sang au moment de la mise à mort. Voilà ma Foi. Quelle est la tienne, petit ?

Vaelin haussa les épaules. Cette franchise soudaine ne lui disait rien qui vaille, comme si Makril tentait de lui arracher par la ruse quelque compromettante révélation.

— J'adhère à la Foi, répondit-il d'une voix pleine de conviction. Comme il se doit pour un frère du Sixième Ordre.

— Chacun des frères de l'Ordre est différent, chacun suit son propre chemin dans la Foi. Crois-tu que l'Ordre se compose d'hommes vertueux passant chaque seconde de leur temps libre à ramper devant les Défunts ? Nous sommes des soldats, petit. Et la vie d'un soldat est dure, une longue route émaillée de rares moments de plaisir et pavée de douleur.

— Selon l'Aspect, il y a une différence fondamentale entre le soldat et le guerrier. Le soldat combat pour sa solde ou par loyauté. Nous luttons pour la Foi, la guerre est notre manière d'honorer les Défunts.

Une ombre passa sur le visage de Makril. Dans la lueur jaune des flammes, ses traits âpres se creusèrent un peu plus et son regard se fit distant, voilé par le souvenir de souffrances passées.

— La guerre ? La guerre, petit, c'est la mort, c'est la merde et des hommes rendus fous de douleur qui se vident de leur sang en appelant leur mère. Il n'y a pas d'honneur dans la guerre. (Ses yeux accrochèrent ceux de Vaelin.) Tu t'en rendras compte, pauvre imbécile. Et plus vite que tu ne crois.

Soudain mal à l'aise, Vaelin jeta une nouvelle bûche dans le feu.

— Pour quelle raison pourchassiez-vous cette fille ?

— C'est une Apostate. Et de la pire espèce, avec ça, car elle possède le pouvoir de corrompre les cœurs des vertueux. (Il lâcha un petit ricanement goguenard.) Autant dire que je ne risquais pas grand-chose.

— Quel est-il ? Ce pouvoir ?

Makril tâta son morceau de viande du bout des doigts avant de la porter à ses lèvres, puis l'ingéra petit à petit, mâchant longuement avant d'avaler. On aurait dit qu'il sacrifiait à un rituel qu'il n'appréciait guère, une suite de gestes inconscients dont le seul but était de lui redonner des forces.

— C'est une sale histoire, petit, dit-il entre deux bouchées. Tu pourrais faire des cauchemars.

— Je suis déjà servi, merci.

Makril haussa un sourcil broussailleux, mais s'abstint de tout commentaire, préférant se concentrer sur son repas. Quand il eut fini sa viande, il tira de son sac une petite flasque en cuir.

— Le Compagnon du Frère, expliqua-t-il. Un cognac cumbraëlien aromatisé à l'andrinople. De quoi se réchauffer les entrailles quand on patrouille sur une muraille de la frontière nord, à l'affût du barbare lonak qui viendra vous trancher la gorge.

Il tendit sa flasque à Vaelin, qui secoua la tête. L'Ordre ne proscrivait pas l'alcool, mais les plus Fidèles parmi les maîtres le voyaient d'un mauvais œil. Selon certains, tout ce qui émoussait les sens constituait un obstacle à la Foi, car moins un homme se rappelait les événements de sa vie, moins il emportait de souvenirs dans l'Au-Delà. De toute évidence, frère Makril ne partageait pas cette opinion.

— Alors comme ça, tu veux en savoir plus sur la sorcière ? (Désormais plus détendu, Makril s'adossa à un rocher, s'accordant de temps en temps une gorgée de son tord-boyaux.) Eh bien, elle aurait été arrêtée sur ordre du Conseil à la suite de rumeurs de pratiques contraires à la Foi. Ce genre d'allégations, c'est presque toujours du flan ; des gens qui prétendent entendre des voix de l'Au-Delà qui ne viennent pas des Défunts, qui disent opérer des guérisons miraculeuses ou s'adonner à la bestialité, et ainsi de suite. La plupart du temps, il s'agit juste de paysans effrayés s'accusant les uns les autres de leurs malheurs. Mais parfois, il arrive qu'on tombe sur quelqu'un comme elle.

» Il y a eu des problèmes dans son village. Elle et son père étaient des étrangers, originaires de Renfaël. Lui gagnait sa vie comme scribe, sans beaucoup se mêler aux autres. Jusqu'au jour où un exploitant du cru lui a demandé de contrefaire un acte de propriété, quelque chose à voir avec une querelle d'héritage pour je ne sais quel pré ou pâturage. Le scribe a refusé et s'est retrouvé avec une hache plantée dans le dos quelques jours plus tard. L'exploitant se trouvant être un cousin de l'échevin, il n'y a pas eu d'enquête. Deux jours plus tard, le type débarque dans la taverne du patelin, confesse son crime puis s'ouvre la gorge d'une oreille à l'autre.

— Et c'est elle qu'on accuse ? Pour un suicide ?

— Il semblerait qu'on les ait vus ensemble un peu plus tôt dans la journée, une association curieuse compte tenu de la haine notoire qui couvait entre les deux, avant même que ce salopard expédie son père. On l'aurait vue le toucher, une simple petite tape sur le bras. Son statut d'étrangère, muette de surcroît, n'a pas aidé. Son joli minois et sa finesse d'esprit non plus. Dès son arrivée, les villageois avaient bien évidemment senti que ça ne tournait pas rond chez elle, qu'elle cachait *quelque chose*. C'est ce qu'ils finissent tous par dire.

— Vous l'avez arrêtée pour ça ?

— Non, non. Tendris et moi, on ne fait que pourchasser ceux qui s'enfuient. Des frères du Deuxième Ordre ont fouillé sa maison et découvert des preuves d'Apostasie. Des livres interdits, des représentations de dieux, des herbes et des bougies… bref, la panoplie classique. Il s'est avéré que son père et elle appartenaient à Sol et Lune, une secte mineure. Plutôt inoffensive, d'ailleurs, puisque ses adeptes ne font pas dans le prosélytisme. Mais un Apostat reste un Apostat. On l'a envoyée à Castelnoir. La nuit suivante, elle s'est échappée.

— Elle s'est échappée de Castelnoir ?

Vaelin se demanda soudain si Makril ne se moquait pas de lui. Castelnoir, une forteresse aussi laide que massive dressée en plein centre de la capitale, devait son nom à la suie des fonderies voisines qui noircissait ses murailles, et sa sinistre renommée au sort réservé à ses prisonniers. Ceux qu'on y jetait ne revoyaient pas la lumière du jour, hormis pour se rendre à la potence ou au gibet. Qu'un homme disparaisse, et il suffisait que ses voisins apprennent son incarcération à Castelnoir pour qu'ils cessent de poser des questions. Pire encore, ils ne mentionnaient même plus son nom. Personne n'avait jamais réussi à s'en évader.

—Comment est-ce possible ? s'étonna Vaelin.

Makril siffla une gorgée de cognac avant de poursuivre :

—Tu as déjà entendu parler de frère Shasta ?

Ce nom revenait souvent dans la bouche des disciples plus âgés lorsqu'ils évoquaient d'épouvantables récits de bataille.

—Shasta la Hache ?

—C'est ça. Une légende de l'Ordre, un colosse avec des bras gros comme des troncs d'arbre et des pognes de géant. Il aurait tué plus d'une centaine d'hommes avant qu'on l'envoie à Castelnoir. Un véritable héros… doublé d'un demeuré de première, si tu veux mon avis. Et mauvais avec ça, surtout quand il était soûl. C'était son geôlier.

—On me l'a toujours présenté comme un grand guerrier qui a fait honneur à l'Ordre, dit Vaelin.

Makril renifla.

—Castelnoir, c'est là que l'Ordre parque ses reliques, petit. Ceux qui, après leurs quinze ans de service, sont trop stupides ou trop timbrés pour passer maîtres ou commandants. Même les plus incapables sont affectés à Castelnoir pour mater les hérétiques. J'en ai vu un paquet, des Shasta. De gros balourds au crâne vide, qui ne voient pas plus loin que la prochaine bataille ou le prochain tonnelet de bière. En général, ils ne vivent pas assez longtemps pour poser des problèmes, mais certains sont aussi têtus et aussi tenaces qu'une odeur de pet. Shasta était de ceux-là et ils l'ont envoyé à Castelnoir, la Foi nous vienne en aide.

—Et donc ? l'interrompit prudemment Vaelin. Ce lourdaud aurait laissé la porte de sa geôle ouverte et elle se serait enfuie ?

Makril éclata de rire, un grincement fort désagréable à l'oreille.

—Pas vraiment, non. Il lui a donné les clés du portail d'entrée, s'est emparé de sa hache dans ses quartiers et s'est mis en tête de massacrer tous les frères de faction. Il en a fauché dix avant qu'un des archers le larde d'assez de flèches pour le ralentir. Et là encore, il est parvenu à trucider deux frères de plus avant qu'on lui ouvre la panse. Le plus étrange, c'est qu'il est mort avec le sourire. Et juste avant de s'éteindre, il a dit : « Elle m'a touché. »

Vaelin se rendit compte que ses doigts couraient sur l'étoffe satinée du foulard de Sella.

— Et c'est vrai ? Elle l'avait touché ? répéta-t-il, l'esprit envahi par les boucles auburn et les traits fins de la jeune fille.

Makril s'accorda une nouvelle lampée.

— Il semblerait. À la décharge de Shasta, on ne connaissait pas encore la nature du pouvoir que lui avait accordé la Ténèbre. Il suffit qu'elle te touche pour que tu lui appartiennes à jamais.

Vaelin tenta fiévreusement de se rappeler chaque détail des moments passés auprès de Sella. *Est-ce que je l'ai touchée quand je l'ai poussée dans l'abri ? Non, elle était bien trop couverte… Elle a tendu la main vers moi, cela dit… et j'ai senti sa présence dans ma tête. Est-ce ainsi qu'elle m'a touché ? Est-ce pour cette raison que je l'ai aidée ?* Il fut tenté l'espace d'un instant de presser Makril de questions, mais il se ravisa, conscient du danger. Le pisteur nourrissait déjà bien assez de soupçons, inutile d'en rajouter. Ivre comme il était, mieux valait éviter de l'interrompre.

— Avec Tendris, on l'a prise en chasse depuis ce jour-là, reprit-il. Ça va faire quatre semaines. Quand je pense qu'on a failli la pincer, aujourd'hui. Tout ça, c'est à cause de ce salopard qu'elle se traîne. Celui-là, je te jure qu'il va le sentir passer quand je lui mettrai la main dessus.

Il gloussa, puis siffla une nouvelle gorgée d'alcool.

Vaelin découvrit que sa main se rapprochait peu à peu de son couteau. Il éprouvait une vive antipathie envers frère Makril, qui lui rappelait par bien des aspects les assassins de la forêt. Et qui pouvait dire ce qu'il avait deviné ?

— Il m'a dit s'appeler Erlin, déclara Vaelin.

— Erlin, Rellis, Hetril, il a beaucoup de noms.

— Mais qui est-il réellement ?

Makril haussa ostensiblement les épaules.

— On ne sait rien de lui, sinon qu'il aide les Apostats. Il les cache, il les accompagne dans leur fuite. Il t'a parlé de ses voyages ? Depuis l'Empire Alpiran jusqu'aux temples léandrins…

Le poing de Vaelin étreignit avec force le manche de son couteau.

— Il m'en a parlé, oui.

— Ça t'a impressionné, je parie ! (Makril rota.) Moi aussi j'ai voyagé, tu sais. Putain, j'en ai vu du pays ! L'archipel Meldénéen, Cumbraël, Renfaël. J'ai trucidé des rebelles, des hérétiques et des brigands aux quatre coins du continent, oui monseigneur. Des hommes, des femmes, des enfants…

Le couteau à moitié tiré hors de son étui, Vaelin pensait : *Il est complètement cuit, ça ne devrait pas être trop difficile.*

— Une fois, avec Tendris, on est tombés sur toute une secte, des familles entières qui se prosternaient devant leur dieu dans une étable du fin fond de la Martishe. Il a vu rouge, le Tendris. Ça, vaut mieux pas le contredire quand il se met dans cet état-là. Il nous a ordonné de verrouiller les portes et d'asperger toute la baraque d'huile de naphte, et ensuite il a battu son briquet. J'aurais jamais cru que des gamins puissent gueuler si fort.

La lame de son couteau était presque dégagée quand Vaelin aperçut quelque chose qui retint son geste : des gouttes argentées scintillaient dans la barbe de Makril. Il pleurait.

— Ils ne voulaient pas s'arrêter de crier ! (Il leva sa flasque pour découvrir qu'elle était vide.) Et merde !

Tout en grommelant, il se redressa d'un pas mal assuré et s'éloigna en chancelant dans l'obscurité. Peu après, Vaelin entendit le crépitement d'un jet d'urine dans la neige.

S'il voulait passer à l'acte, le moment était venu. *Je n'ai qu'à lui trancher la gorge pendant qu'il pisse, à ce salopard.* Une fin on ne peut plus appropriée pour un être si abject. *Combien d'autres enfants assassinera-t-il si je lui laisse la vie sauve ?* Mais ses larmes… ses larmes l'avaient déconcerté. Elles révélaient que Makril s'en voulait, que ses actes pesaient sur sa conscience. De plus, c'était un frère de l'Ordre. Il semblait malvenu à Vaelin d'égorger un homme dont il pourrait à l'avenir partager le destin. Une décision puissante, irrévocable s'imposa alors à lui : *Je combattrai, mais je n'assassinerai pas. Je tuerai les hommes qui m'affronteront sur le champ de bataille, mais jamais je ne passerai d'innocents au fil de mon épée. Jamais je ne prendrai la vie d'un enfant.*

— Hutril, il est toujours là ? marmonna Makril en s'effondrant sur son tapis de sol. Il apprend toujours à chasser aux petits morveux comme toi ?

— Il est toujours là. Sa sagesse nous est précieuse.

— Je l'emmerde, sa sagesse. C'est moi qu'aurais dû avoir sa place, tu sais. Le commandant Lilden me tenait pour le meilleur pisteur de l'Ordre. Y disait qu'une fois promu au rang d'Aspect y m'enverrait à la Loge pour faire de moi le maître de la nature. Mais il a fallu que ce crétin se fasse embrocher par un sabre meldénéen et c'est Arlyn qu'a pris sa place. Ce sombre connard moralisateur n'a jamais pu me sentir. L'a choisi Hutril, le légendaire chasseur silencieux de la forêt de Martishe. Et moi, y m'a envoyé traquer les hérétiques avec Tendris. (Il s'affala sur le dos, les yeux mi-clos, sa voix réduite à un murmure.) Jamais demandé ça, moi. Voulais juste apprendre à pister… Comme mon vieux père… Voulais juste pister…

Vaelin le regarda perdre connaissance, puis il alimenta son feu. Balafre choisit ce moment pour se faufiler dans le campement et s'installer auprès de son nouveau maître, après quelques coups d'œil prudents en direction de Makril. Vaelin lui gratta les oreilles, repoussant le moment du sommeil. Il savait qu'il rêverait de granges en feu et d'enfants hurlant. En outre, s'il n'éprouvait plus le besoin de tuer le pisteur, l'idée de côtoyer cet homme ne le rassurait guère.

Il veilla une heure de plus en compagnie de Balafre, les yeux levés vers les étoiles. De l'autre côté du feu, Makril cuvait son alcool en silence. Pas un ronflement, pas un grognement n'échappait de sa bouche béante, même sa respiration était douce. Vaelin se demanda s'il s'agissait d'une aptitude qu'on lui avait enseignée ou si tous les frères finissaient par l'acquérir au fil des années. Savoir dormir en silence pouvait à n'en pas douter prolonger la vie d'un guerrier. Lorsque ses paupières se firent lourdes, il se glissa dans son abri, prenant soin d'installer Balafre entre l'entrée et lui avant de se glisser sous sa couverture. Makril n'était manifestement pas revenu pour le tuer, mais mieux valait prendre ses précautions. Le pisteur renoncerait probablement à l'attaquer s'il lui fallait d'abord affronter le chien.

Vaelin se blottit contre l'animal, gagné par sa chaleur et le sentiment de sécurité qu'il lui insufflait. Il avait bien fait de le garder, en fin de compte. Il y avait pire compagnon pour un garçon qu'un cerbère volarien…

Au petit matin, Makril avait disparu. Vaelin eut beau chercher, l'homme n'avait laissé aucune trace, aucune empreinte autour du campement. Comme le novice s'y attendait, la cuvette où il avait caché Erlin et Sella était vide. Il dénoua le foulard qu'il portait autour du cou et scruta la trame complexe brochée dans la soie, qui dessinait en fils d'or différents sceaux. Il n'eut aucun mal à en reconnaître certains – un croissant de lune, le soleil, un oiseau –, mais la plupart lui échappaient. Sans doute s'agissait-il des symboles de son culte d'Apostate. Si c'était le cas, mieux valait s'en débarrasser : qu'un maître le découvre et Vaelin encourrait un châtiment bien plus sévère qu'une simple volée de coups. Mais l'objet était si beau, si finement tissé, et ses fils d'or si étincelants… Sella pleurerait sûrement sa perte. Après tout, il avait appartenu à sa mère.

Avec un soupir, Vaelin fourra le foulard dans sa manche et pria en silence les Défunts de mener les fugitifs à bon port. Puis il regagna son campement, perdu dans ses pensées. Il lui fallait décider quoi raconter à maître Hutril et prendre le temps de ciseler ses mensonges avec soin. Devant lui, Balafre gambadait et mordait joyeusement la neige.

Ni Vaelin ni maître Hutril ne décrochèrent un mot lors du voyage de retour. Vaelin était le seul novice dans le chariot. Quand il s'était inquiété du sort de ses condisciples, il n'avait obtenu pour toute réponse qu'un grognement laconique : « Mauvaise année. La tempête. » Vaelin avait frémi, assailli d'inquiétude pour ses amis, avant de monter en voiture. Le chariot s'ébranla sur-le-champ, traçant dans la neige de profondes ornières au-dessus desquelles Balafre s'amusait à sauter. Hutril avait écouté le récit de Vaelin avec attention, son regard inexpressif posé sur le chien tandis que son disciple s'efforçait de rendre crédible son compte-rendu en partie inventé. Il lui resservit à peu de choses près la même histoire qu'à Tendris, en omettant toutefois la soirée de la veille passée avec Makril. Seule la mention du nom du pisteur avait arraché à Hutril une infime réaction – un bref haussement de sourcils. En dehors de ça, le maître n'avait rien dit, laissant le silence s'installer quand Vaelin eut fini de parler.

— Euh, je vous propose de ramener le chien à la Loge, maître, avait alors suggéré le novice. Maître Jeklin saura sûrement lui trouver une utilité.

— Ce sera à l'Aspect d'en décider, avait répondu le maître. Monte.

Assis derrière son grand bureau en chêne, les mains jointes en clocher, l'Aspect écoutait un Vaelin aux abois lui répéter le récit de ses rencontres avec une morgue qui n'avait rien à envier au mutisme de Hutril. La présence de maître Sollis, assis dans un coin de la pièce, n'aidait guère le novice à se détendre. Vaelin, qui n'avait mis les pieds dans les quartiers de l'Aspect qu'une seule fois par le passé – on l'avait chargé de lui remettre un parchemin –, découvrit que les empilements de livres et de feuilles éparpillés çà et là avaient encore crû depuis. Les piles instables qui montaient jusqu'au plafond devaient contenir plusieurs centaines d'ouvrages au bas mot, tandis que d'innombrables rouleaux de parchemin et des liasses nouées de rubans occupaient tout l'espace restant.

Comparée à cet incroyable capharnaüm d'érudition, la bibliothèque de sa mère paraissait bien dérisoire.

Vaelin avait été surpris du peu d'intérêt que les maîtres portaient à Balafre. Bien qu'ils fussent des hommes difficiles à impressionner en temps normal, ils semblaient préoccupés. À peine le garçon avait-il sauté au bas du chariot que Sollis était venu à sa rencontre dans la cour. Avec un regard indifférent teinté de dégoût pour Balafre, il lui avait dit :

— Nysa et Dentos sont revenus. On attend les autres pour demain. Laisse ton équipement ici et suis-moi chez l'Aspect. Il veut te voir.

Supposant que l'Aspect souhaitait savoir pour quelle raison il ramenait avec lui un animal si dangereux, Vaelin avait répété son histoire quand il lui avait demandé de raconter son épreuve.

— Tu sembles bien nourri, constata l'Aspect. D'habitude, les novices reviennent affaiblis et plus maigres qu'à leur départ.

— J'ai eu de la chance. Bal… Le chien m'a aidé en flairant la piste d'un chevreuil pris dans la tempête. J'ai estimé qu'agir ainsi n'enfreignait pas les règles de l'épreuve, dans la mesure où nous avons le droit de mettre à profit tout instrument trouvé dans la nature.

— En effet. (L'Aspect joignit ses longs doigts minces et les plaqua sur son bureau.) Très ingénieux. Dommage que tu n'aies pu aider frère Tendril dans sa quête. Il est l'un des plus dévoués serviteurs de la Foi.

L'esprit assailli d'images d'enfants immolés par le feu, Vaelin s'efforça d'acquiescer avec candeur.

— Tout à fait, Aspect. Sa dévotion m'a impressionné.

Vaelin entendit Sollis émettre un petit bruit dans son dos, sans savoir s'il s'agissait d'un rire ou d'un reniflement moqueur.

L'Aspect sourit, un spectacle étrange sur un visage si émacié. Mais c'était un sourire de regret.

— Il est advenu certains… événements hors de nos murs depuis le début de ton épreuve, dit-il. C'est la raison pour laquelle je t'ai convoqué. Le Seigneur de Guerre a renoncé à ses fonctions auprès du roi. Ce départ a semé la discorde dans le Royaume, car il avait les faveurs du peuple. Cela étant, et en guise de reconnaissance pour ses services, le roi lui a accordé une faveur. Sais-tu ce que c'est ?

— Un présent, Aspect.

— Oui, un présent de roi. Tout ce qu'un souverain peut légitimement concéder. Le Seigneur de Guerre a choisi sa faveur et le roi compte sur nous pour l'exaucer. Toutefois, notre Ordre n'est pas soumis aux ordres du roi : nous défendons le Royaume mais nous servons la Foi, et la Foi transcende le Royaume. Le roi compte néanmoins sur nous et s'opposer à un roi n'est jamais chose aisée.

Vaelin remua, mal à l'aise. L'Aspect semblait attendre quelque chose de lui, mais quoi ? Il n'en avait pas la moindre idée. Au bout d'un moment, trouvant insupportable le silence qui régnait dans l'étude, Vaelin dit :

— Je comprends, Aspect.

L'Aspect échangea un bref regard avec maître Sollis.

— Vraiment, Vaelin ? Comprends-tu vraiment ce que cela signifie ?

*Je ne suis plus le fils du Seigneur de Guerre*, songea Vaelin. Il ignorait ce qu'il devait ressentir ; à vrai dire, il n'était pas sûr de ressentir quoi que ce soit.

— Je suis un frère de l'Ordre, Aspect, reprit-il. Ce qui se déroule au-delà de nos murs ne me concerne pas tant que je n'ai pas passé l'Épreuve de l'Épée et gagné le droit de défendre la Foi.

— Ta présence ici marquait l'allégeance du Seigneur de Guerre à la Foi et au Royaume, expliqua l'Aspect. Mais il n'est plus Seigneur de Guerre et il souhaite retrouver son fils.

Vaelin s'étonna de ne pas ressentir d'émotion. Son cœur ne s'emballait pas, de même qu'il ne ressentait dans son ventre nul fourmillement d'excitation, n'éprouvait ni joie, ni surprise, seulement un étonnement hébété. *« Il souhaite retrouver son fils. »* Le claquement des sabots sur la terre humide, étouffé par la distance et la brume du matin, l'âpre autorité dans la voix de son père quand il lui avait dit : *« La loyauté est notre force »* : tout lui revint en mémoire.

Il s'efforça de soutenir le regard de l'Aspect.

— Souhaitez-vous me renvoyer, Aspect ?

— Ce que je souhaite importe peu. Il en va de même pour maître Sollis, malgré l'insistance avec laquelle il m'a fait part de sa désapprobation. Non, cette décision te revient, Vaelin. Puisque le roi ne peut nous contraindre et que l'Ordre se fait fort de ne jamais congédier un novice, sauf s'il échoue à une épreuve ou transgresse la Foi, le choix t'appartient.

Vaelin dut réprimer un éclat de rire amer. *Le choix ? Mon père a fait le sien, autrefois. Maintenant, à mon tour.*

— Le Seigneur de Guerre n'a pas de fils, annonça-t-il à l'Aspect. Et je n'ai pas de père. Je suis un frère du Sixième Ordre. Ma place est ici.

L'Aspect baissa les yeux sur son bureau, ses traits soudain tirés et vieillis. *Quel âge a-t-il, en réalité ?* Difficile à dire. S'il se déplaçait avec la même aisance que les autres maîtres, son visage oblong était raviné par la vie en plein air, tandis que son regard accusait le poids des ans et de l'expérience. Vaelin crut même y lire une certaine tristesse, ou un regret pendant le silence qui accueillit sa réponse.

— Aspect, dit maître Sollis. Notre jeune ami a besoin de repos.

L'Aspect releva la tête, son regard fatigué croisant celui de Vaelin.

— Si c'est ce que tu souhaites…

— Ça l'est, Aspect.

L'homme sourit, mais Vaelin comprit qu'il se forçait.

— Voilà qui me fait chaud au cœur, jeune frère. Emmène ton chien chez maître Chekril. Quelque chose me dit qu'il se montrera bien plus accueillant que tu ne penses.

— Merci, Aspect.

— Merci à toi, Vaelin. Tu peux disposer.

— Un cerbère volarien !

Maître Chekril, abasourdi, retenait sa respiration. Balafre levait les yeux vers lui, sa gueule couturée inclinée avec étonnement.

— Ça doit bien faire vingt ans que je n'en ai pas vu.

Maître Chekril était un homme d'âge moyen, aux traits rieurs. Sec et nerveux de constitution, il se déplaçait de façon moins mesurée que les autres maîtres, ses mouvements saccadés rappelant ceux des molosses dont il s'occupait avec un dévouement sans borne. Jamais Vaelin n'avait vu un froc aussi sale : maculé de terre, de foin et d'un mélange d'urine et de crotte de chien, il dégageait une odeur pestilentielle qui ne semblait nullement incommoder son propriétaire, ni même l'inquiéter de l'affront qu'il infligeait à l'odorat d'autrui.

— Tu as tué ses frères de meute, dis-tu ?

— Oui, maître. D'après frère Makril, c'est moi qu'il considère comme son chef, à présent.

— Oh oui ! Il a raison. Les chiens sont des loups, Vaelin, ils vivent en groupe, mais leurs instincts sont émoussés et leur association reste fragile. Ils oublient vite qui dirige la meute. Mais les cerbères sont différents, ils ont gardé assez de loup en eux pour respecter cette hiérarchie. À vrai dire, ils sont encore plus féroces que n'importe quel loup. On les sélectionne sur ce critère depuis des siècles. Seuls les chiots les plus sauvages remportent le droit de vivre, certains disent même qu'il y aurait un soupçon de Ténèbre dans leur lignée. Quelque chose les a changés, d'une manière ou d'une autre, pour faire d'eux une race différente, à la croisée du chien et du loup. Quand tu as tué son chef de meute, il t'a adopté. Il a vu en toi un être plus fort, digne d'un meneur. Ça n'arrive pas souvent, crois-moi. Tu as eu de la chance, mon garçon.

Maître Chekril piocha un petit morceau de bœuf séché dans l'aumônière qui pendait à sa ceinture, puis s'accroupit pour l'offrir à Balafre. Ses gestes pleins de réserve, presque hésitants, n'échappèrent pas à Vaelin. *Il a peur*, comprit le novice avec incrédulité. *Il a peur de Balafre.*

Le chien renifla prudemment la viande, jetant un coup d'œil incertain à Vaelin.

— Tu vois ? dit Chekril. Il refuse si c'est moi qui lui donne. Tiens. (Il lança le morceau au novice.) À toi d'essayer.

Vaelin tendit le morceau à Balafre, qui le saisit et l'avala en un instant.

— Pourquoi les appelle-t-on des cerbères, maître ? demanda-t-il.

— Les Volariens emploient des esclaves, beaucoup d'esclaves. Quand l'un d'entre eux s'enfuit, on le ramène et on lui coupe le petit doigt des deux mains. S'il s'échappe à nouveau, on lâche les cerbères à ses trousses. Eux ne le ramènent pas, sinon dans leur ventre. Pour un chien, tuer un homme n'est pas chose aisée. Les hommes sont plus forts que tu ne crois, et plus retors que n'importe quel renard. Pour qu'un chien puisse vaincre un tel adversaire, il faut qu'il soit fort, rapide, mais surtout rusé et très, très hargneux.

Balafre s'aplatit aux pieds de Vaelin et posa sa gueule sur ses bottes, sa queue battant lentement les dalles du sol.

— Il n'a pourtant pas l'air méchant.

— Pas avec toi. Mais n'oublie pas, c'est un tueur. On l'a dressé pour ça.

Maître Chekril gagna le fond du vaste entrepôt de pierre qui lui servait de chenil et ouvrit un enclos.

— Je vais l'installer ici, lança-t-il par-dessus son épaule. Amène-le toi-même, ça vaut mieux, sinon il refusera de rester.

Balafre suivit Vaelin jusqu'à l'enclos, y pénétra docilement et tournoya pendant un bref instant autour d'un tas de paille avant de s'allonger.

— Tu devras aussi le nourrir, dit Chekril. Le nettoyer et tout le reste. Deux fois par jour.

— Bien sûr, maître.

— Il aura besoin d'exercice. De beaucoup d'exercice. Je ne pourrai pas le sortir avec mes dogues, il leur ferait la peau.

— Je m'en chargerai, maître.

Vaelin s'introduisit dans l'enclos et tapota le crâne de Balafre, provoquant une riposte de grands coups de langue baveux qui lui fit perdre l'équilibre. Dans un éclat de rire, Vaelin se releva et s'essuya le visage.

— Je me demandais si vous seriez content de le voir, maître, confia-t-il à Chekril. Je craignais que vous préfériez l'abattre.

— L'abattre ? Par la Foi ! jamais de la vie ! Un forgeron jetterait-il au feu une épée d'exception ? Non, il inaugurera une nouvelle lignée, il engendrera de nombreux chiots qui, avec un peu de chance, conserveront sa force mais seront plus faciles à dompter.

Vaelin resta dans le chenil une heure de plus, à nourrir son chien et à s'assurer qu'il se sentait bien dans son nouveau foyer. Quand vint le moment du départ, Balafre poussa des gémissements déchirants, mais Chekril fit comprendre au novice qu'il devait habituer son chien à leurs séparations. Après avoir fermé la porte de l'enclos, Vaelin s'éloigna sans se retourner. À peine avait-il quitté le chenil que Balafre se mit à hurler à la mort.

La soirée se déroula dans une ambiance pesante, alourdie par le malaise informulé qui régnait dans le dortoir. Vaelin et ses amis se racontèrent leurs misères, chacun y allant de sa petite anecdote. Caenis, qui tout comme Vaelin semblait s'être mieux nourri qu'avant l'épreuve, avait trouvé refuge dans le tronc creux d'un chêne vénérable, s'attirant les foudres du hibou grand duc qui y avait élu domicile. Dentos, déjà peu enrobé en temps normal mais désormais maigre à faire peur, avait passé une semaine éprouvante, luttant contre la faim à l'aide des rares racines, oiseaux ou écureuils qu'il avait réussi à débusquer. À l'instar des maîtres, aucun d'entre eux ne semblait impressionné par le récit de Vaelin, comme si la souffrance devait engendrer l'indifférence.

— C'est quoi, un cerbère ? demanda Caenis d'une voix morne.

— Une bête volarienne, marmonna Dentos. Et pas des plus commodes. On peut même pas s'en servir pour les paris, ils se retournent contre leurs maîtres. (Il tourna vers Vaelin un regard intéressé.) Dis, t'aurais pas rapporté un peu de bouffe avec toi ?

Ils passèrent la soirée ainsi, dans une sorte de transe épuisée, Caenis occupé à affûter son couteau sur une pierre à aiguiser et Dentos à mâchouiller le morceau de venaison que Vaelin avait caché sous sa houppelande, prenant soin de n'y prélever que des petites bouchées afin de réhabituer son estomac à la prise de nourriture.

—Je pensais que ça n'en terminerait jamais, finit par dire Dentos. À un moment, j'ai bien cru que j'allais crever, là-dehors.

—Aucun des frères partis avec moi n'est revenu, commenta Vaelin. La faute à la tempête, d'après maître Hutril.

—Je commence à comprendre pourquoi les rangs de l'Ordre sont si clairsemés.

Le jour suivant s'avéra probablement le moins pénible de toute leur formation. Vaelin, qui s'imaginait reprendre sans tarder leur impitoyable routine, découvrit avec stupeur que maître Sollis avait choisi de consacrer toute la matinée à une leçon de langue des signes. Sa maîtrise de la communication muette s'était certes améliorée depuis sa brève exposition aux gestes fluides d'Erlin et Sella, mais il lui restait encore beaucoup à apprendre avant d'atteindre le niveau de Caenis. L'après-midi se passa sur le terrain d'entraînement, où maître Sollis inaugura un nouvel exercice, consistant à les bombarder de fruits et légumes pourris qu'ils devaient intercepter avec leurs épées de bois. En dépit de l'odeur putride des projectiles, il y avait dans cette activité quelque chose d'exaltant, de ludique, loin des exercices habituels qui les gratifiaient en général de bleus en pagaille et de nez ensanglantés.

Les novices prirent leur repas du soir dans un silence gêné. Le réfectoire était bien plus calme qu'à l'accoutumée et les nombreuses places vides semblaient endiguer toute tentative de conversation. Malgré les regards teintés de compassion ou de sombre jubilation que leur adressaient les disciples plus âgés, nul n'osa faire le moindre commentaire sur les absents. Par certains aspects, la situation ressemblait aux heures ayant suivi la mort de Mikehl, mais à bien plus grande échelle. Certains garçons, déjà disparus, ne reviendraient pas ; les autres, pouvant survenir à chaque instant, brillaient par leur absence et faisaient planer sur le réfectoire une tension palpable, que les piques échangées par Vaelin et ses camarades à propos de leur odeur de compost respective ne parvinrent pas à dissiper. Ils regagnèrent ensuite la tour, après avoir caché plusieurs pommes et petits pains sous leurs mantes.

La nuit se mettait à tomber et personne n'était encore revenu. Le cœur noyé d'angoisse, Vaelin commençait à se demander s'ils n'étaient pas les seuls survivants de leur groupe. Plus de Barkus pour les faire rire, plus de Nortah pour leur assener un énième adage de son illustre père... Une perspective pour le moins glaçante.

Ils s'apprêtaient à se mettre au lit quand des pas résonnèrent dans la cage d'escalier. Tous retinrent leur souffle avec appréhension.

— Deux pommes que c'est Barkus, dit Dentos.

— Tenu, accepta Caenis.

— Salut la compagnie ! lança Nortah d'une voix guillerette depuis l'entrée, avant de se diriger vers son lit pour y lâcher ses affaires.

Malgré sa maigreur – loin d'être aussi bien portant que Caenis ou Vaelin, il n'atteignait toutefois pas le degré d'émaciation du pauvre Dentos – et ses yeux rougis de fatigue, il semblait ravi, presque triomphant.

— Barkus m'a devancé ? demanda-t-il en se déshabillant.

— Non, répondit Caenis avec un sourire pour Dentos, qui affichait une moue dépitée.

Quand Nortah fit passer sa chemise par-dessus sa tête, Vaelin remarqua quelque chose de nouveau : un collier serti de ce qui ressemblait à d'étranges perles allongées.

— Qu'est-ce que c'est ? lui demanda-t-il en désignant l'étrange parure.

Un éclair de satisfaction traversa le visage de Nortah, une expression qui trahissait tour à tour la victoire, l'orgueil et l'impatience.

— Des griffes d'ours, dit-il.

Vaelin admira la désinvolture de cette réponse et s'imagina les heures de répétition qu'elle avait dû réclamer. Il choisit de garder le silence, obligeant ainsi Nortah à s'expliquer de lui-même, mais Dentos mit les pieds dans le plat :

— Tu as trouvé un collier de griffes d'ours, fit-il. Et alors quoi ? Tu l'auras piqué à un pauvre type perdu dans la tempête.

— Non, je l'ai fait moi-même. Avec les griffes de l'ours que j'ai tué.

Il continuait de se déshabiller, feignant l'indifférence, mais Vaelin n'eut aucun mal à voir qu'il exultait.

— Tué un ours, mon cul ! ricana Dentos.

Nortah haussa les épaules.

— Crois-moi ou pas, ça n'a pas d'importance.

Le silence s'installa, Dentos et Caenis se refusant à poser l'inévitable question malgré leur curiosité évidente. Au bout d'un moment, Vaelin estima qu'il était bien trop épuisé pour faire durer le suspense.

— Je t'en prie, mon frère, dit-il. Raconte-nous donc ton exploit. Comment as-tu vaincu cet ours ?

— Je lui ai crevé l'œil avec une flèche. Il avait des vues sur la biche que je venais d'abattre. Je ne pouvais pas laisser passer ça. Celui qui vous a raconté que les ours passent l'hiver à dormir est un menteur.

— D'après maître Hutril, ils se réveillent seulement quand on ne leur laisse pas le choix. C'est un drôle d'ours que tu as trouvé là, mon frère.

Nortah posa sur lui un regard étrange, à la fois supérieur – ce qui était habituel – et entendu – ce qui l'était moins.

— Je dois dire que je suis surpris de te trouver ici, mon frère. J'ai croisé un trappeur dans les bois, un homme fruste à n'en pas douter, doublé d'un ivrogne pour ce que j'en ai vu. Il avait beaucoup de choses à dire au sujet des récents événements qui ont secoué le Royaume.

Vaelin se tut. Il avait décidé de cacher aux autres la faveur accordée à son père par le roi, mais Nortah ne lui laissait guère le choix.

— Le Seigneur de Guerre a renoncé à ses fonctions, dit Caenis. Nous sommes au courant.

— On raconte qu'il aurait demandé au roi d'intercéder auprès de l'Ordre afin qu'il puisse récupérer son fils, ajouta Dentos. Mais le Seigneur de Guerre n'ayant pas de fils, je vois mal comment l'Ordre pourrait le relâcher.

*Ils savent*, comprit Vaelin. *Ils savaient déjà tout quand je suis rentré. Voilà pourquoi ils se sont montrés si réservés. Ils attendaient que je leur annonce mon départ. Maître Sollis a dû les prévenir que je restais ce matin.* Il se demanda s'il était possible de conserver le moindre secret au sein de l'Ordre.

— Mais peut-être, reprit Nortah, que le fils du Seigneur de Guerre, s'il existait, sauterait sur une telle occasion d'échapper à cet endroit et de retrouver le doux cocon familial. Nous autres n'aurons jamais cette chance.

Un lourd silence accueillit cette remarque. Dentos et Nortah, les yeux dans les yeux, s'affrontaient du regard. Sur sa couche, Caenis remuait nerveusement. Afin de dissiper le malaise, Vaelin prit la parole :

— Ce devait être un sacré tir, mon frère. Transpercer ainsi l'œil d'un ours… Félicitations. Était-il en train de charger ?

Les dents serrées, Nortah s'efforçait de contenir sa colère.

— Oui.

— Alors c'est tout à ton honneur de lui avoir tenu tête.

— Merci, mon frère. Et toi, quelles histoires rapportes-tu de ton épreuve ?

— J'ai rencontré deux hérétiques en fuite, dont l'une possédait le pouvoir d'envoûter l'âme des hommes, pourfendu deux cerbères volariens et gardé le troisième pour moi. Oh ! j'ai aussi fait la connaissance de frère Tendris et frère Makril. Ils pourchassent les Apostats.

Nortah jeta sa chemise sur sa paillasse et se tint devant eux, poings sur les hanches, le visage dénué d'expression. Doté d'une admirable maîtrise de soi, il parvenait à étouffer sa déception, quand bien même elle sautait aux yeux de Vaelin. Son heure de gloire – il avait vaincu un ours et son rival quittait la Loge – venait de lui échapper. Ce jour aurait dû constituer l'apogée de sa courte existence. Au lieu de ça, le fils du Seigneur de Guerre avait refusé de saisir l'opportunité qui lui était offerte, une opportunité que Nortah lui enviait atrocement. Quant à ses aventures, elles pâlissaient en comparaison de celles de son rival. À le voir ainsi, Vaelin ne put toutefois s'empêcher d'être impressionné par sa carrure. Malgré ses treize ans, on pouvait entrevoir l'adulte que Nortah finirait par devenir : un homme mince, découplé, aux muscles saillants et aux traits réguliers. Un fils qui ferait la fierté de son Premier Conseiller de père. Hors de la Loge, sa vie n'aurait été qu'une succession de conquêtes galantes et d'aventures princières orchestrée pour le plaisir souverain de la cour. Mais le destin en avait décidé autrement, et il se voyait condamné à vivre une vie de misère, de combats et d'épreuves au service de la Foi. Une vie qu'il n'avait pas choisie.

—Et sa fourrure ? s'enquit Vaelin.

Nortah fronça les sourcils, l'air à la fois perplexe et agacé.

—Quoi, sa fourrure ?

—L'ours, est-ce que tu as pris sa fourrure ?

—Non. La tempête se levait et son poids m'interdisait de le traîner jusqu'à mon abri. Je lui ai tranché les pattes pour pouvoir garder les griffes.

—Une sage décision, mon frère. Ainsi qu'un exploit prodigieux.

—Mouais, fit Dentos. J'ai quand même un petit faible pour le combat épique entre Caenis et son hibou grand duc.

—Attends, tu veux rire ? fit Vaelin. Je vous ai ramené un cerbère, moi !

Suite à cet échange, ils se chamaillèrent gentiment – même Nortah se fendit de quelques remarques caustiques sur la maigreur de Dentos. Ils formaient à nouveau une famille, bien qu'incomplète. Écrasés de fatigue, ils finirent par se mettre au lit de mauvaise grâce, frustrés de ne pas pouvoir accueillir les prochains arrivants. Vaelin dormit d'un sommeil sans rêves, pour une fois. Bien plus tard, il s'éveilla en sursaut au milieu d'un cri étouffé, sa main cherchant instinctivement son couteau, mais se figea quand ses yeux s'arrêtèrent sur la silhouette trapue qui occupait la couche voisine.

— Barkus ? fit-il d'une voix somnolente.

La forme immobile émit un petit grognement.

— Tu es rentré depuis quand ?

Pas de réponse. Barkus restait assis, sans bouger, muré dans un silence déconcertant. Vaelin se redressa, luttant contre l'envie de se blottir sous sa couverture.

— Tout va bien ? demanda-t-il.

Nouveau silence. Au moment même où Vaelin se demandait s'il ne ferait pas mieux d'aller chercher maître Sollis, Barkus déclara :

— Jennis est mort.

Sa voix, parfaitement dénuée d'émotion, faisait froid dans le dos. Cette apathie ne lui ressemblait pas, lui toujours si exubérant. Joie, surprise, colère, tout ce qu'il ressentait s'écrivait en grandes lettres sur son visage ou vibrait dans sa voix. Mais pas ce soir. Ce soir, ce fut d'une voix vide, factuelle, qu'il dit :

— Je l'ai trouvé gelé contre un arbre. Il ne portait pas sa houppelande. Comme s'il voulait que ça lui arrive. Il n'était plus le même depuis la mort de Mikehl.

Mikehl, Jennis… Qui serait le prochain ? Un seul d'entre eux survivrait-il à leur noviciat ? *Je devrais être en colère*, songea Vaelin. *Nous ne sommes que des enfants et ces épreuves nous fauchent les uns après les autres.* Mais il ne se sentait pas en colère, seulement triste et fourbu. *Pourquoi je n'arrive pas à les détester ? Pourquoi est-ce que je n'en veux pas à l'Ordre ?*

— Couche-toi, conseilla Vaelin à son camarade. Demain matin, nous rendrons grâce à notre ami pour le don de sa vie.

Barkus frémit, les bras serrés contre son corps.

— J'ai peur de ce que je verrai en dormant.

— Tout comme moi. Mais nous appartenons à l'Ordre et, au-delà, à la Foi. Les Défunts ne souhaitent pas nous voir souffrir. Ils nous envoient des rêves pour nous guider, pas pour nous blesser.

— J'avais faim, Vaelin. (Des larmes scintillaient au coin des yeux de Barkus.) J'avais faim et je n'ai pas pensé à ce pauvre Jennis. Je n'ai pas pensé qu'il allait me manquer ou quoi que ce soit d'autre. J'ai juste fouillé ses vêtements, à la recherche de nourriture. Il n'avait rien, alors je l'ai maudit. J'ai maudit mon frère défunt !

Interdit, Vaelin garda le silence, les yeux braqués sur Barkus qui pleurait dans les ténèbres. *L'Épreuve de la Nature*, songea-t-il. *Ils devraient l'appeler l'épreuve du cœur et de l'âme, car la faim engendre bien des souffrances.*

— Tu n'as pas tué Jennis, dit-il au bout d'un moment. Et tu ne peux pas maudire une âme qui a rejoint les Défunts. Même si notre frère t'a entendu, il aura compris que c'était l'épreuve qui parlait à ta place.

Il lui fallut déployer des trésors d'argumentation, mais la fatigue aidant, Barkus finit par se laisser convaincre d'aller au lit. Vaelin réintégra le sien, conscient qu'il ne trouverait pas le sommeil et qu'il passerait le lendemain dans une brume hébétée. *Demain, maître Sollis va recommencer à nous battre*, prit-il conscience. Allongé dans le noir, il songea à son épreuve, à son ami perdu, à Erlin et Sella et à Makril pleurant tout comme Barkus avait pleuré. Existait-il une place pour de telles pensées au sein de l'Ordre ? C'est alors qu'une idée s'imposa à lui sans crier gare, aussi puissante qu'inattendue : *Retourne auprès de ton père et tu pourras penser ce qui te plaît.*

Il remua sur sa couche. D'où lui était venue cette idée ? *Retourner auprès de mon père ?* « Je n'ai pas de père. » Il comprit qu'il avait parlé à voix haute quand Barkus gémit et s'agita pour lui tourner le dos. À l'autre bout du dortoir, Caenis soupira lourdement et tira sa couverture sur sa tête.

Vaelin se blottit tout au fond de son lit, en quête de réconfort, appelant le sommeil de ses vœux, tandis qu'une phrase tournait en boucle dans son esprit : *Je n'ai pas de père.*

# Chapitre 4

Avec l'arrivée du printemps, le terrain d'entraînement perdit son écrin de neige pour se parer d'un vert profond, foulé quotidiennement par maître Sollis et ses recrues dont les aptitudes grandissaient de jour en jour, au même rythme que leurs meurtrissures. À la fin du mois d'Onasur, une nouvelle discipline s'invita dans leur formation : des leçons dispensées par maître Grealin en vue de l'Épreuve du Savoir.

Chaque jour, on envoyait les novices dans les vastes souterrains de la Loge pour écouter le maître raconter l'histoire de l'Ordre. Doté d'un talent de conteur inné, le maître des Chais abreuvait les garçons de récits de hauts faits, d'héroïsme et de justice dont le souffle épique les plongeait dans un silence captivé. Vaelin appréciait ces histoires, même s'il regrettait qu'aucun de ces morceaux de bravoure, aucune de ces chroniques de bataille ne fasse mention d'Apostats pourchassés à travers champs ou jetés au fond des oubliettes de Castelnoir. À la fin de chaque leçon, Grealin leur posait des questions sur ce qu'ils venaient d'entendre. Aux garçons qui répondaient correctement, il offrait des sucreries ; les autres, il les gratifiait d'un hochement de tête déçu suivi d'un ou deux commentaires attristés. Maître Grealin était de loin le moins sévère de leurs enseignants : il ne les battait pas, préférant les corriger d'une parole ou d'un geste, et jamais il ne jurait ni ne pestait, contrairement à tous les autres – y compris maître Smentil le muet, dont les mains pouvaient mimer des grossièretés avec une précision redoutable.

— Vaelin, dit Grealin après avoir achevé le récit du siège du château de Baslen, au cours de la première guerre d'Unification. Quel frère a défendu le pont-levis afin de permettre le repli de ses camarades derrière le portail ?

— Frère Nolnen, maître.

— Excellent. Prends donc un sucre d'orge.

Pour chaque douceur ainsi distribuée, remarqua Vaelin, une autre atterrissait dans le gosier de maître Grealin.

— Bien, fit le maître, sa mastication rythmée par le tremblement de ses bajoues. À présent, comment s'appelait le commandant des troupes cumbraëlines ? (Il balaya le groupe du regard, à la recherche d'une victime.) Dentos ?

— Euh… Verlig, maître.

— Aïe aïe aïe ! (Maître Grealin brandit un caramel mou et secoua tristement la tête.) Pas de récompense pour ce pauvre Dentos. D'ailleurs, petit frère, rappelle-moi combien tu en as reçues cette semaine ?

— Aucune, marmonna Dentos entre ses dents.

— Pardonne-moi, Dentos, je n'ai pas bien entendu.

— Aucune, maître, répéta le novice avec force, sa voix résonnant le long des parois souterraines.

— Aucune. C'est bien cela. Aucune. Je crois même me rappeler, si mes souvenirs sont bons, qu'il en allait de même la semaine dernière. Ai-je raison ?

À en juger par sa mine défaite, Dentos aurait mille fois préféré encourir la badine de maître Sollis.

— Oui, maître.

— Hmm. (Grealin enfourna le caramel mou avec avidité.) Quel dommage. Ces caramels sont exceptionnels. Caenis, peut-être sauras-tu nous éclairer ?

— C'est Verulin qui dirigeait les troupes cumbraëlines lors du siège du château de Baslen, maître.

Les réponses de Caenis fusaient toujours ainsi, aussi promptes qu'exactes, à tel point que Vaelin le soupçonnait d'en connaître autant que maître Grealin sur l'histoire de l'Ordre, sinon plus.

— Absolument. Prends donc une noix au miel.

— Quel enfoiré ! fulminait Dentos pendant le dîner. Avec son gros cul et sa bouche en cul de poule ! À quoi bon savoir ce que branlait un pauvre type il y a deux cents ans ? Qu'est-ce que ça peut bien nous foutre ?

— Les enseignements du passé nous guident sur le chemin du présent, récita Caenis. Connaître les actes de nos aînés renforce notre Foi.

Dentos lui lança un regard noir.

— Oh ! arrête un peu de la ramener, tu veux. Tout ça parce que le gros tas de saindoux a fait de toi son chouchou. « Oui, maître Grealin. » (Sa manière d'imiter l'élocution douce de Caenis était étonnamment convaincante.) « La bataille de la Passe de Mon Cul a duré deux jours et des milliers de pauvres bougres comme nous y ont perdu la vie. Oh oui ! donnez-moi donc une canne à sucre, maître, et après je vous torcherai le fondement. »

Assis à côté de Dentos, Nortah ricana méchamment.

— Fais gaffe à ce que tu dis, l'avertit Caenis.

— Ou bien quoi ? Tu vas me bassiner avec une de tes putains d'anecdotes sur le roi et ses marmots jusqu'à ce que mort s'ensuive ?

Sa silhouette brouillée par la vitesse, Caenis sauta en travers de la table dans un bond de gymnaste parfaitement exécuté, les jambes en avant. Ses bottes atterrirent droit sur le visage de Dentos, qui bascula en arrière dans une effusion de sang. Roulant l'un sur l'autre, ils s'empoignèrent violemment par terre. Le combat fut bref mais intense, leurs aptitudes guerrières chèrement gagnées rendant la moindre petite rixe dangereuse. Quand on les sépara enfin, Caenis s'en sortait avec une dent brisée et un doigt démis. Dentos n'était guère mieux loti, avec un nez cassé et plusieurs côtes meurtries.

On les traîna tous deux chez maître Henthal, le guérisseur de l'Ordre, qui se chargea de les panser. Depuis leurs couchettes opposées, les deux adversaires s'affrontaient du regard.

— Que s'est-il passé ? demanda maître Sollis à Vaelin, qui attendait à l'extérieur.

— Un désaccord entre frères, maître, répondit Nortah, employant l'explication consacrée dans ce genre de situation.

— Ce n'est pas à toi que je parle, Sendahl, lâcha froidement Sollis. Retourne dans le réfectoire. Toi aussi, Jeshua.

Barkus et Nortah s'éloignèrent sans demander leur reste, après avoir lancé à Vaelin un coup d'œil intrigué. Il était rare que les maîtres se mêlent des disputes de leurs disciples. Il fallait bien que jeunesse se passe, après tout, et on ne pouvait empêcher les garçons de se quereller.

— Eh bien ? fit Sollis après leur départ.

L'espace d'un instant, Vaelin fut tenté de mentir, mais la lueur courroucée dans les yeux de Sollis l'en dissuada.

— Il s'agit de l'Épreuve, maître. Caenis est sûr de la remporter, pas Dentos.

— Je vois. Et que comptes-tu faire pour y remédier ?

— Moi, maître ?

— Nous avons chacun notre rôle à jouer au sein de l'Ordre. La plupart d'entre nous combattent, certains traquent les hérétiques à travers le Royaume, d'autres se fondent dans les ombres afin d'œuvrer en secret et quelques-uns transmettent leur savoir. Les derniers, beaucoup plus rares, sont nés pour commander.

— Vous… Vous pensez que c'est mon cas ?

— Selon l'Aspect, oui. Et il se trompe rarement. (Il jeta un coup d'œil par-dessus son épaule dans l'infirmerie.) Ce n'est pas en regardant tes frères s'étriper que tu apprendras à les mener sur le champ de bataille. Ni en les laissant échouer aux épreuves. Corrige-moi ça.

Sur ces paroles, il fit volte-face et s'éloigna. Vaelin posa sa tête contre le mur de pierre et poussa un profond soupir. *Prendre leur commandement. Comme si je n'avais pas assez de soucis comme ça.*

— Vous autres devenez plus féroces d'année en année, lui lança joyeusement maître Henthal quand il passa la porte. Fut un temps où même après trois ans de Loge, les disciples parvenaient à peine à s'écorcher. Ça prouve qu'on vous instruit bien.

— Votre sagesse nous honore, maître, lui assura Vaelin. Puis-je dire un mot à mes frères en privé ?

— Si tu veux. (Il pressa une boule de coton contre le nez de Dentos.) Tant que tu saignes, fais-moi le plaisir de tenir ça en place. N'avale pas le sang, contente-toi de le cracher. Et vise bien la coupelle. Si j'en retrouve une seule goutte par terre, tu vas regretter que ton frère t'ait laissé en vie.

Puis il sortit, les laissant tous les trois dans un silence à couper au couteau.

— Comment va ton nez ? demanda Vaelin à Dentos.

Les narines pincées, ce dernier chuintait plus qu'il ne parlait.

— Y be l'a pété.

Vaelin se tourna vers Caenis, qui soutenait sa main blessée.

— Et toi ?

Son ami baissa les yeux sur son doigt bandé.

— Maître Henthal me l'a remis en place. D'après lui, il va m'élancer pendant encore quelques jours. Va me falloir au moins une semaine avant que je puisse tenir une épée. (Il s'interrompit, le temps de rassembler et de cracher un épais filet de sang dans la coupelle posée près de sa couchette.) L'a dû arracher ce qui restait de ma dent. L'a mis dans du coton et m'a donné de l'andrinople pour la douleur.

— Et ça marche ?

Caenis eut une petite grimace.

— Pas vraiment.

— Tant mieux. Tu l'as bien cherché.

Un éclair de colère passa sur le visage de son ami.

— Tu as pourtant entendu ce qu'il…

— J'ai parfaitement entendu ce qu'il a dit. Mais tu sais très bien qu'il est à la traîne dans cette matière, et tu te permets malgré tout de le sermonner. (Il tourna la tête vers Dentos.) Quant à toi, pourquoi l'avoir provoqué ainsi ? Si tu veux lui casser un doigt, fais-le pendant l'entraînement. On nous offre bien assez d'occasions de nous taper dessus pour ne pas en rajouter.

—Y b'éderbe, postillonna Dentos. À toujours rabeder sa science.

—Alors pourquoi ne pas en profiter ? Il possède un immense savoir, tu en as besoin : qui est mieux placé que lui pour t'aider ? (Il s'assit près de Dentos.) Tu devras partir si tu ne passes pas cette épreuve, et tu le sais. C'est ça que tu veux ? Retourner en Nilsaël, entraîner les chiens de ton oncle et raconter à tous les sacs à vin de la taverne comment tu as failli être membre du Sixième Ordre ? Ils seront impressionnés, pour sûr.

—Ba te faire foutre, Baelin.

Dentos se pencha pour souffler une grosse bulle de sang dans la coupelle à ses pieds.

—Vous savez tous deux que j'aurais pu partir, reprit Vaelin. Pourquoi ai-je choisi de rester, à votre avis ?

—Parce que tu détestes ton père, assena Caenis, peu soucieux de préserver son ami.

*C'est donc si flagrant ?* songea Vaelin, estomaqué. Il se garda pourtant bien de répliquer.

—Parce que je ne pouvais pas. Je ne pouvais pas quitter la Loge en vous abandonnant derrière moi, je refusais de passer ma vie à craindre qu'on m'annonce votre mort et à me demander chaque jour si j'aurais pu l'empêcher. Nous avons déjà perdu Mikehl, nous avons perdu Jennis. Ça suffit. (Il se releva et gagna la sortie.) Nous ne sommes plus des enfants. Je ne peux pas vous obliger à coopérer. À vous de décider.

—Pardonne-moi, dit Caenis juste avant qu'il passe la porte. Pour ce que j'ai dit à propos de ton père.

—Je n'ai pas de père, lui rappela Vaelin.

Caenis pouffa, sa lèvre fendue gorgée de sang.

— Non, moi non plus. (D'une volte-face, il lança son linge ensanglanté sur Dentos.) Et toi, mon frère ? Tu en as un, de père ?

Dentos sourit largement, sa mâchoire inférieure striée d'écarlate.

— Y bourrait me refiler une libre d'or que je le reconnaîtrais bas, le bauv' bougre !

Un éclat de rire salvateur accueillit cette saillie. Il dura de longues secondes, au cours desquelles refluèrent toutes leurs douleurs, toutes leurs rancœurs. Ils riaient, pour oublier à quel point ils avaient mal.

Ils prirent donc en main l'enseignement de Dentos. Leur ami restant hermétique aux leçons de maître Grealin, ils s'appliquèrent chaque soir à lui narrer un épisode de l'histoire de l'Ordre et à le lui faire répéter encore et encore, jusqu'à ce qu'il le connaisse par cœur. Ce rituel aussi fastidieux qu'éprouvant prenait place après de longues heures d'entraînement, quand tous ne souhaitaient que s'affaler dans leur lit, mais ils s'y tinrent avec une détermination farouche. En tant qu'érudit du groupe, le plus gros du travail retombait sur les épaules de Caenis, qui s'avéra un tuteur consciencieux, sinon irritable. Sa nature sereine fut mise à rude épreuve par la mémoire sélective de Dentos, incapable de retenir plus de quelques dates à la fois. Barkus, dont les notions d'histoire reposaient sur des bases solides bien qu'incomplètes, s'en tenait aux récits les plus croustillants du passé de l'Ordre, comme la légende de frère Yelna qui, privé de ses armes, avait terrassé un ennemi par la seule force de ses flatulences nauséabondes.

— Ils ne vont pas l'interroger sur le frère pétomane, commenta Caenis avec une moue affligée.

— Et pourquoi pas ? répliqua Barkus. Ça reste de l'histoire, non ?

Contre toute attente, Nortah se révéla de loin le plus pédagogue. Doté d'une fougue narrative aussi directe qu'efficace, lui seul semblait capable de véritablement capter l'attention de Dentos. Non content de décrire un épisode du passé et d'attendre de son camarade qu'il le répète mot pour mot, il interrompait son récit pour lui poser des questions, encourageant Dentos à s'interroger sur la signification profonde de l'événement. Lui d'habitude si moqueur se gardait bien de railler l'ignorance de son élève, même si les occasions ne manquaient pas. Vaelin, loin d'être le dernier quand il s'agissait d'accabler Nortah de reproches, fut forcé de reconnaître que son rival participait grandement à la cohésion du groupe. La vie au sein de l'Ordre était assez difficile comme ça ; sans la présence de ses amis, elle deviendrait insupportable. Même si sa méthode portait ses fruits, le choix des récits de Nortah demeurait toutefois fort restreint. Si Barkus privilégiait l'humour et Caenis les paraboles illustrant les vertus de la Foi, Nortah déployait un goût certain pour la tragédie. Il narrait avec délices les défaites de l'Ordre : la chute de la citadelle d'Ulnar ou le trépas de l'illustre Lysandre, considéré par beaucoup comme le plus grand guerrier de la confrérie, livré à ses ennemis par celle-là même qu'il avait juré d'aimer en dépit des préceptes de la Loge. Nortah ne semblait jamais à court de récits déchirants, à tel point que Vaelin se demandait parfois s'il ne les inventait pas.

Tenu tous les soirs par ses nouvelles obligations auprès de Balafre, Vaelin se chargeait quant à lui d'éprouver le savoir fraîchement acquis de Dentos. À la fin de chaque semaine, il le bombardait de questions toujours plus nombreuses à un rythme effréné. L'exercice s'avérait souvent frustrant. La culture de son camarade avaient beau s'enrichir de jour en jour, on ne pouvait en quelques semaines combler les lacunes laissées par toute une vie d'ignorance béate. Néanmoins, Dentos parvenait de temps en temps à arracher une sucrerie à maître Grealin, qui haussait alors un sourcil étonné.

Au début du mois de Prensur, quelques jours avant la date de l'examen, le maître informa les novices de la fin des cours.

— C'est le savoir qui nous construit, petits frères, affirma-t-il avec sérieux, son éternel sourire ayant déserté ses traits. C'est lui qui fait de nous ce que nous sommes. Ce que nous savons influe sur chacun de nos actes, chacune de nos décisions. Les jours à venir, réfléchissez bien à ce que vous avez appris ici, et je ne parle pas seulement des noms et des dates. Songez aux motifs, à la signification des événements. Ce que je vous ai enseigné résume l'Ordre dans son entier, tant dans sa raison d'être que dans ses œuvres. Pour certains, l'Épreuve du Savoir sera la plus dure que vous ayez à affronter, car nulle autre épreuve ne mettra ainsi votre âme à nu. (Ses lèvres esquissèrent un sourire grave, mais sa jovialité habituelle ne tarda pas à reprendre le dessus.) Bien, voici quelques dernières récompenses pour mes vaillants petits guerriers. (Il produisit un gros sac bourré de friandises, qu'il distribua par poignées entières dans les mains de ses élèves.) Profitez-en. La douceur est rare dans la vie d'un frère.

Avec un profond soupir, il fit demi-tour et gagna lentement l'entrepôt, dont il referma sans bruit la porte derrière lui.

— Il nous fait quoi, là ? demanda Nortah.

— Frère Grealin est un homme bien étrange, déclara Caenis en haussant les épaules. Dis, je t'échange une dragée au miel contre un berlingot.

— Pfff, renifla Nortah. Un berlingot, ça vaut au moins trois dragées…

Résistant à la tentation de troquer ses bonbons, Vaelin les emporta jusqu'au chenil où il les lança un par un à Balafre. Fou de joie, le chien jappait et les gobait au vol entre deux cabrioles. Pas un seul ne toucha terre.

L'épreuve tomba un Feldrian, deux jours avant les Eaux-d'Été. Ceux qui passeraient l'examen obtiendraient non seulement de rester à la Loge, mais aussi une entrée pour la grande foire des Eaux-d'Été de Castelvarin, ce qui constituerait leur toute première sortie depuis leur admission au sein de l'Ordre. Ceux qui échoueraient, en revanche, recevraient leurs pièces d'or avant d'être congédiés. Pour une fois, les disciples plus âgés ne jouèrent pas les prophètes de malheur et gardèrent leurs railleries pour eux.

La simple mention de l'Épreuve du Savoir en leur présence brouillait leurs regards d'un voile hostile, ou bien se soldait par un coup à l'arrière du crâne. Vaelin ne s'expliquait pas cette agressivité. Il ne s'agissait après tout que de quelques questions.

— Le seul frère à avoir traversé la Grande Forêt du Nord ? lança-t-il à Dentos tandis qu'ils se dirigeaient vers le réfectoire.

— Lysandre, répondit son camarade, fier de lui. T'as pas plus dur, comme question ?

— Le nom du troisième Aspect de l'Ordre ?

Dentos s'arrêta, les sourcils froncés, le temps de fouiller dans sa mémoire.

— Kinlial ?

— Tu me demandes ou tu me réponds ?

— Je te réponds.

— Dans ce cas, tout juste. (Vaelin lui assena une claque dans le dos au moment où ils passaient dans la cour.) Dentos, mon frère, je commence à croire que tu vas la réussir, cette épreuve.

On rassembla les novices pour l'examen en début d'après-midi, où ils s'alignèrent devant une porte de la muraille sud. Après leur avoir ordonné de bien se tenir, maître Sollis fit savoir à Barkus qu'il passerait le premier. Le garçon parut sur le point de faire une blague, mais la mine grave du maître l'en dissuada et il se contenta de lui adresser une courbette avant de s'introduire dans la salle d'examen. Sollis referma la porte derrière lui.

— Attendez ici, ordonna-t-il. Quand vous aurez fini, tous au réfectoire.

Puis il s'éloigna d'un pas raide, laissant ses élèves plantés devant le solide battant en chêne.

— Je pensais que c'était lui qui nous ferait passer l'épreuve, dit Dentos d'une voix blanche.

— Apparemment pas, répliqua Nortah.

Il s'approcha de la porte et pressa son oreille contre le bois.

— T'entends quelque chose ? chuchota Dentos.

Nortah secoua la tête, puis se redressa.

— Non, la porte est trop épaisse.

Il plongea la main dans sa houppelande et en sortit un plateau carré aux côtés longs d'un mètre, au bois de pin lardé d'entailles et orné en son centre d'un cercle peint en noir d'un pouce de diamètre.

— Une partie de lames, ça vous dit ?

Les lames constituaient depuis quelques mois leur principal divertissement. Il s'agissait d'un concours d'adresse au cours duquel chacun tentait de planter son couteau de lancer au plus près du centre de la cible. À l'issue d'un tour, le vainqueur raflait tous les couteaux du plateau. Certaines variantes venaient enrichir cette règle de base : on pouvait simplement poser le plateau contre un mur, mais aussi le suspendre au bout d'une corde accrochée à une poutre de plafond, auquel cas il fallait le viser en tenant compte de son mouvement de balancier, ou encore le lancer dans les airs en espérant l'atteindre en plein vol. Les couteaux de lancer eux-mêmes servaient de monnaie de substitution au sein de la Loge ; on pouvait les échanger contre divers biens ou services, et la popularité d'un frère était bien souvent proportionnelle au nombre de couteaux de sa collection. Ces armes de jet rudimentaires, composées d'une lame d'une paume de longueur et d'une épaisse poignée, étaient à peine plus larges qu'une pointe de flèche. Maître Grealin en avait distribué dix à chacun au début de leur troisième année, une réserve de départ renouvelée tous les six mois. Bien qu'on ne leur eût pas donné d'instructions quant à leur utilisation, les novices n'eurent qu'à observer leurs aînés pour comprendre les règles du jeu. Les plus doués à l'arc prirent rapidement le dessus sur les autres, Dentos et Nortah s'attribuant sans tarder la plus grosse collection de couteaux, suivis de près par Caenis. Si Vaelin ne gagnait qu'une partie sur dix, il se sentait au moins progresser, à l'inverse de Barkus qui échouait lamentablement chaque fois qu'il jouait et avait dû apprendre à économiser ses précieuses munitions. Il se rattrapait cependant grâce au troc, domaine où il excellait et qui lui permettait d'échanger de nombreux couteaux contre le fruit de ses non moins nombreuses rapines.

— Chiennerie de saloperie de vérole de merde ! fulmina Dentos quand son arme fit jaillir des étincelles le long du mur contre lequel Nortah avait posé le plateau.

De toute évidence, sa nervosité altérait sa dextérité.

— Perdu, lui signifia Nortah.

Manquer le plateau entraînait l'élimination du joueur, qui perdait d'office son couteau.

Vaelin passa second et planta son projectile au bord du cercle, réalisant une meilleure performance qu'à son habitude. Le couteau de Caenis se planta dans la mire, mais Nortah emporta la partie en fichant sa lame à un doigt du centre.

— Qui c'est le meilleur ? lâcha-t-il en ramassant les couteaux. Je ferais mieux d'éviter de jouer, non ? Histoire de vous laisser une chance.

— Va te faire foutre ! cracha Dentos. Je t'ai battu plein de fois.

— Seulement parce que je le voulais bien, rétorqua Nortah d'une voix douce. Sinon tu aurais déjà abandonné et j'aurais pu dire adieu à tes précieuses lames.

— On va voir ça.

Dentos tira un couteau passé à sa ceinture et, dans un mouvement d'une fluidité exemplaire, le projeta vers la cible. Il s'agissait sans doute du plus beau tir qu'avait jamais vu Vaelin, la lame partant se ficher jusqu'à la garde en plein milieu du plateau.

— Fais donc mieux, le fils de riche, dit Dentos.

Nortah leva un sourcil.

— La chance te sourit aujourd'hui, mon frère.

— La chance mon cul. Alors, tu lances ou pas ?

Nortah haussa les épaules, saisit un couteau et scruta le plateau avec attention. Avec lenteur, il leva le bras, puis l'abattit si rapidement que son geste échappa aux regards de ses camarades, prolongé par l'éclat argenté de l'arme filant vers sa cible. Avec un tintement aigu, la lame vint heurter la poignée du couteau de Dentos et rebondit à quelques pas de là.

— Tiens donc. (Nortah partit chercher son projectile, à la pointe désormais tordue.) Ça t'appartient, je crois, dit-il en l'offrant à son camarade.

— Ça m'a plutôt l'air d'un match nul. Tu aurais mis dans le mille si mon couteau ne t'avait pas gêné.

— Mais ce n'est pas le cas. Et j'ai raté ma cible.

Il continuait de brandir son arme, si bien que Dentos finit par l'accepter.

— Celui-là, je ne l'échangerai pas, déclara-t-il. Il me servira de porte-bonheur. Un peu comme ce foulard de soie que Vaelin croit pouvoir nous cacher.

Vaelin poussa un soupir de dépit.

— La vie privée, vous connaissez, bande de fouineurs ?

Ils passèrent le reste du temps à jouer à la cible mouvante : Vaelin lançait le plateau en l'air et ses condisciples devaient l'atteindre en plein vol. Caenis excellait à ce jeu et il avait déjà gagné pas moins de cinq couteaux quand Barkus reparut enfin.

— C'est pas trop tôt, l'apostropha Dentos. Je commençais à me demander si tu sortirais un jour.

L'air curieusement abattu, Barkus ne leur adressa qu'un petit sourire circonspect avant de faire volte-face pour s'éloigner à grands pas.

— Merde, souffla Dentos, sa fragile assurance s'étiolant à vue d'œil.

— Haut les cœurs, mon frère. (Vaelin lui assena une claque sur l'épaule.) Ce sera bientôt fini.

Derrière son entrain, Vaelin dissimulait toutefois un réel malaise. L'inquiétant comportement de Barkus lui rappelait le silence maussade qu'affichaient les disciples plus âgés quand on évoquait cette épreuve en leur présence. Comme il s'interrogeait sur les raisons de cette réserve, les paroles de maître Grealin lui revinrent en mémoire. *« Nulle autre épreuve ne mettra ainsi votre âme à nu. »*

S'armant de courage, Vaelin s'approcha de la porte, l'esprit assailli d'innombrables questions. *N'oublie pas*, se tança-t-il, *Carlis fut le troisième Aspect de l'Ordre et non le second. On doit cette erreur à l'assassinat de son prédécesseur deux jours seulement après son intronisation.* Il respira un grand coup, contint par un effort de volonté le tremblement de sa main lorsqu'il tourna l'épaisse poignée en cuivre de la porte et s'engouffra à l'intérieur.

Il se trouvait dans une petite pièce sans fioritures, dotée d'un plafond en voûte et d'une seule fenêtre étroite. Les bougies disposées le long des murs peinaient à dissiper la pénombre oppressante de l'endroit. Face à lui, trois personnes se tenaient assises derrière une solide table en chêne, trois personnes aux robes dépareillées. Aucune d'entre elles n'arborait la couleur bleu foncé du Sixième Ordre. *Quelle sorte d'épreuve est-ce là ?*

— Vaelin, l'interpella l'un des trois inconnus, une femme blonde vêtue de gris.

Elle lui adressa un sourire chaleureux et désigna d'un geste la chaise vide placée devant la table.

— Assieds-toi, je te prie.

Vaelin se reprit et s'avança jusqu'à la chaise sous le regard des trois inconnus, profitant de ce court trajet pour les étudier en retour. L'homme à la robe verte était gros et chauve, sa mâchoire encadrée d'une fine barbe. Si sa corpulence n'égalait pas celle de maître Grealin, il semblait dépourvu de la force physique du professeur. Il mâchait quelque chose, sa face rose et luisante de sueur plissée par les plis de ses bajoues, et gardait à portée de main un bol de cerises, ses lèvres barbouillées de rouge trahissant une perpétuelle gourmandise. Un mélange de curiosité et de mépris évident couvait dans le regard qu'il posait sur Vaelin. L'homme en robe noire, tout aussi chauve, lui opposait un contraste saisissant. Affligé d'une maigreur maladive, il arborait une expression bien plus inquiétante que celle de son voisin, un masque d'aveugle dévotion qui rappela à Vaelin l'expression farouche de frère Tendris.

Mais c'était la femme en gris qui captait toute son attention. Elle avait dans les trente ans, et son visage avenant, anguleux, encadré de cheveux d'or retombant sur ses épaules, était vaguement familier à Vaelin. Il y avait dans ses yeux quelque chose d'intrigant, une lueur de chaleur et de compassion rassurante qui lui rappelait la belle Sella aux traits pâles, cette douceur qu'il avait sentie en elle quand la jeune fille s'était retenue de le toucher. Mais Sella était aux abois, tandis qu'il peinait à imaginer cette femme dans un tel état de vulnérabilité. Elle respirait la force, cette même force qu'il percevait chez l'Aspect et chez maître Sollis. Détourner le regard lui demanda un effort certain.

— Vaelin, dit-elle, sais-tu qui nous sommes ?

À quoi bon tenter de deviner ?

— Non, madame.

L'homme replet émit un grognement et avala une cerise.

— Encore une tête creuse, lâcha-t-il en mâchant bruyamment. On ne vous apprend donc qu'à vous étriper, bande de petits sauvages ?

— On nous apprend à défendre le Royaume et la Foi, messire.

L'homme se figea, la bouche entrouverte, son mépris affiché soudain remplacé par une sourde colère.

— Nous allons bientôt voir ce que tu sais de la Foi, jeune homme, dit-il d'une voix égale.

— Je suis Elera Al Mendah, reprit la femme blonde. Aspect du Cinquième Ordre. Et voici mes frères Aspects, Dendrish Hendrahl du Troisième Ordre… (Elle fit un geste en direction de son corpulent voisin.) Et Corlin Al Sentis du Quatrième Ordre.

L'homme en noir hocha gravement la tête.

Vaelin, déconcerté, ne s'attendait pas à se retrouver en une telle compagnie. Trois Aspects dans la même pièce, rien que pour lui… Conscient de l'honneur qu'on lui faisait, il ne pouvait s'empêcher d'éprouver un sentiment d'incertitude glaçant. Pourquoi convoquer les Aspects de trois autres Ordres pour l'interroger sur l'histoire du sien ?

— Tu es sans doute en train de te creuser la caboche pour te rappeler le passé du Sixième Ordre et ses innombrables bains de sang. (Dendrish Hendrahl cracha un noyau de cerise dans un mouchoir de soie fine.) Tes maîtres t'ont induit en erreur, mon garçon. Peu nous importe vos batailles et vos héros voués à l'oubli. Là n'est pas le type de savoir qui nous intéresse.

Sans se départir de son sourire, Elera Al Mendah se tourna vers son homologue.

— Très cher frère, je crois qu'il est temps de lui expliquer en détail en quoi consiste cette épreuve.

Dendrish Hendrahl plissa légèrement les yeux, mais garda le silence, préférant piocher une nouvelle cerise.

— L'Épreuve du Savoir, poursuivit Elera à l'adresse de Vaelin, a pour particularité d'être partagée par tous les frères et sœurs en cours de noviciat, quel que soit leur Ordre d'affiliation. Il ne s'agit pas d'éprouver ta force, ton adresse ou ta mémoire, mais ta connaissance. Ta connaissance de toi-même, pour être plus précise. Si tu souhaites servir ton Ordre, la maîtrise des armes ne suffit pas, tout comme les serviteurs de mon Ordre ne peuvent se contenter de dompter les seuls arts de la guérison. C'est ton âme qui fait de toi ce que tu es, ton âme qui guide ton parcours dans la Foi. Cette épreuve a pour but de révéler, à nous comme à toi-même, la véritable nature de ton âme.

— Et ne t'avise pas de mentir, l'avertit Dendrish Hendrahl. Tu ne peux mentir en notre présence et tu échoueras si tu t'y essaies.

Le trouble de Vaelin s'accrut. Mentir lui était nécessaire. Sa survie en dépendait. Erlin et Sella, le loup dans la forêt, l'assassin qu'il avait tué… autant de secrets sertis dans un écrin de mensonges. Réprimant une bouffée de panique, il s'efforça d'acquiescer.

— Je comprends, Aspect.

— Oh que non, mon garçon ! Tu es en train de faire dans tes braies. Je pourrais presque le sentir.

Le sourire d'Elera vacilla quelque peu, mais son regard ne quitta pas le disciple.

— As-tu peur, Vaelin ?

— L'épreuve a-t-elle commencé, Aspect ?

— Elle a commencé à l'instant où tu as passé cette porte. Réponds-moi, s'il te plaît.

*Ne mens pas !*

— Je… Je suis inquiet. Je ne sais à quoi m'attendre. Je ne veux pas quitter l'Ordre.

Dendrish Hendrahl renifla.

— Dis plutôt que tu trembles à l'idée d'affronter ton père. Tu crois qu'il sera content de te voir ?

— Je l'ignore, répondit Vaelin en toute honnêteté.

— Ton père souhaite t'avoir auprès de lui, dit Elera. Cela prouve qu'il tient à toi, non ?

Vaelin hésita. Il évitait ou s'interdisait de penser à son père depuis si longtemps que cette introspection forcée le mettait au supplice.

— Je ne sais pas ce que ça veut dire. Je… Je ne l'ai jamais vraiment connu. Il était souvent parti, à batailler au nom du roi. Et quand il était là, c'est à peine s'il m'adressait la parole.

— Ainsi, tu le hais ? s'enquit Dendrish Hendrahl. Je puis tout à fait le concevoir.

— Je ne le hais pas, puisque je ne le connais pas. Il n'est pas ma famille. Ma famille se trouve ici.

Silencieux jusqu'alors, Corlin Al Sentis prit la parole :

— Tu as tué un homme durant l'Épreuve de la Course, dit-il d'une voix rauque et grinçante, accrochant de son regard implacable les yeux du garçon. Y as-tu pris plaisir ?

Vaelin en resta bouche bée. *Ils sont au courant ! Que savent-ils d'autre ?*

— Les Aspects partagent leurs informations, mon garçon, lui dit Dendrish Hendrahl. C'est ainsi que notre Foi perdure. Par l'unité et la confiance mutuelle. Cette même unité qui a donné son nom à notre Royaume. Tu ferais bien de t'en souvenir. Et ne t'inquiète pas, tes sordides petits secrets sont en sécurité avec nous. Réponds à la question de l'Aspect Sentis.

Vaelin inspira profondément, dans l'espoir d'alléger le poids qui comprimait sa poitrine. Il se remémora l'Épreuve de la Course, le claquement de la corde qui lui avait permis d'esquiver la flèche de l'assassin, la face éteinte, inanimée de l'homme et sa nausée tandis qu'il sciait l'empenne avec son couteau…

—Non. Non, je n'y ai pris aucun plaisir.

—Regrettes-tu ton geste ? insista Corlin Al Sentis.

—Cet homme voulait ma mort. Je n'avais pas le choix. Comment pourrais-je regretter d'avoir sauvé ma peau ?

—Est-ce donc tout ce qui t'importe ? demanda Dendrish Hendrahl. Sauver ta peau ?

—Ce qui m'importe, ce sont mes frères, le Royaume et la Foi…

*Sans oublier Sella la sorcière apostate et Erlin, qui l'accompagnait dans sa fuite. Je n'en dirais pas autant pour vous, Aspect.*

Il se raidit, dans l'attente de quelque réprimande ou punition, mais les trois Aspects gardèrent le silence, échangeant des regards indéchiffrables. *Ils peuvent sentir si je mens*, comprit-il. *Mais pas lire dans mes pensées.* S'il parvenait à taire certains faits, il n'aurait pas à mentir. Ainsi, le silence lui servirait de bouclier.

Ce fut l'Aspect Elera qui prit ensuite la parole, et sa question s'avéra la pire de toutes :

—Te souviens-tu de ta mère ?

Le malaise de Vaelin laissa place à un accès de fureur.

—Nous abandonnons tout lien familial derrière nous à notre entrée dans la Loge…

—Pas d'impertinence, mon garçon ! l'interrompit l'Aspect Hendrahl. Nous posons les questions, tu y réponds. Voilà tout.

Démangé par une furieuse envie de répliquer, Vaelin parvint à se contrôler. Ravalant sa colère en même temps que sa repartie, il répondit entre ses dents :

—Bien sûr que je me souviens de ma mère.

— Moi aussi, je me souviens d'elle, dit l'Aspect Elera. C'était une femme de grande valeur, qui a beaucoup sacrifié afin d'épouser ton père et te mettre au monde. Tout comme toi, elle avait choisi de consacrer sa vie à la Foi. Elle fut autrefois une servante du Cinquième Ordre, fort considérée en son temps pour sa vaste connaissance des arts de la guérison ; elle s'apprêtait à occuper le poste de maîtresse au sein de notre Loge. Qui sait même si elle ne serait pas devenue Aspect, le temps aidant ? Sur ordre du roi, elle a suivi son armée partie soumettre la première révolte cumbraëline. C'est ainsi qu'elle a rencontré ton père, qui comptait parmi les blessés de la bataille des Sanctuaires. À mesure qu'elle soignait ses plaies, l'amour a éclos entre eux et elle a quitté l'Ordre pour convoler. Savais-tu tout cela ?

Assommé par cette révélation, Vaelin ne parvint qu'à secouer faiblement la tête. Estompés par le temps ou délibérément occultés, ses souvenirs d'enfance hors de l'Ordre n'étaient guère nombreux, mais il se rappelait avoir parfois soupçonné la différence d'extraction entre son père et sa mère ; même leurs voix les distinguaient, les fautes de syntaxe et les voyelles heurtées de son père contrastant avec l'élocution égale, précise de sa mère. Son père ignorait tout des bonnes manières de la table : quand il oubliait son couteau et sa fourchette pour mieux se servir à la main, le tendre rappel à l'ordre de sa femme le plongeait dans une profonde perplexité. « S'il vous plaît, mon cher, soupirait-elle avec douceur, nous ne sommes pas dans une caserne. » Mais jamais Vaelin n'aurait pu penser qu'elle aussi avait un jour servi la Foi.

— Si elle était encore en vie… (La voix de l'Aspect Elera le ramena au présent.) Crois-tu qu'elle te laisserait sacrifier ta vie pour l'Ordre ?

Vaelin fut submergé par la tentation de contourner la question. Il savait parfaitement ce que sa mère en aurait pensé, la peine qu'elle aurait éprouvée en le voyant vêtu de ce froc, ses mains et son visage à vif, constellés d'ecchymoses, combien elle en aurait souffert. Mais l'admettre revenait à rendre réelle cette intuition. Une fois prononcée, il ne pourrait plus s'en cacher. *Ils me tendent un piège*, comprit-il. *Ils me poussent à mentir. Ils veulent me voir échouer.*

— Non, répondit-il. Elle détestait la guerre.

Voilà, c'était dit. Il vivait une existence que sa mère aurait réprouvée. Il déshonorait sa mémoire.

— Comment le sais-tu ?

— Je l'ai entendue le dire à mon père. Elle ne voulait pas qu'il parte en guerre contre les Meldénéens. L'odeur du sang lui soulevait le cœur. Elle n'aurait pas voulu de cette vie pour moi.

— Quels sentiments cela t'inspire-t-il ? s'obstina Elera.

Il se surprit à répondre sans y réfléchir :

— De la culpabilité.

— Et pourtant, tu es resté. Alors même qu'on t'offrait l'opportunité de quitter la Loge.

— J'avais l'impression que ma place était ici, auprès de mes frères, et que j'avais pour devoir d'apprendre ce que l'Ordre peut m'enseigner.

— Pourquoi ?

— Je... Parce que c'est ma vocation. C'est ce que la Foi exige de moi. Je manie l'épée et le bâton comme le forgeron manie le marteau et l'enclume. Je suis fort, rapide, habile et...

Il hésita, conscient de l'effort que lui coûtait cette confession. Une confession dont chaque mot lui donnait la nausée.

— Et je suis capable de tuer, reprit-il en affrontant le regard de la femme. Je suis capable d'ôter la vie sans hésiter. Combattre est ma vocation.

Un lourd silence s'abattit sur la pièce, troublé seulement par les bruits de mastication de Dendrish Hendrahl. Vaelin les considéra tour à tour, consterné par le fait qu'aucun d'entre eux ne semblait vouloir affronter son regard. La réaction d'Elera Al Mendah était particulièrement frappante : les yeux baissés sur ses mains nouées, elle paraissait sur le point d'éclater en sanglots.

Pour finir, ce fut Dendrish Hendrahl qui brisa le silence :

— Ça ira, mon garçon. Tu peux y aller. N'adresse pas la parole à tes frères en sortant.

Vaelin se releva, hésitant.

— L'épreuve est terminée, Aspect ?

— Oui. Tu es accepté. Félicitations. Je suis sûr que tu feras honneur au Sixième Ordre.

À en juger par son ton mordant, cela n'avait rien d'un compliment.

Vaelin s'approcha de la porte, soulagé de fuir l'atmosphère oppressante de cette pièce et les regards inquisiteurs des Aspects.

— Frère Vaelin.

Au moment même où il tendait la main vers la poignée, la voix glaciale de Corlin Al Sentis retint son geste. Refrénant un soupir, Vaelin se retourna à contrecœur. L'homme émacié l'enveloppait de son regard halluciné, fanatique. Dendrish Hendrahl, pour sa part, ne lui accorda qu'un bref coup d'œil indifférent, tandis que l'Aspect Elera gardait les yeux baissés.

— Oui, Aspect ?

— T'a-t-elle touché ?

Vaelin savait parfaitement à qui il faisait référence. Fallait-il qu'il soit naïf pour croire avoir échappé à cette question.

— Vous voulez parler de Sella, Aspect ?

— Oui, Sella la meurtrière, l'Apostate et disciple de la Ténèbre. Tu les as aidés, elle et ce traître, n'est-ce pas ?

— Je n'ai su qu'après de qui il s'agissait, Aspect.

Un mensonge par omission… Un voile de sueur glacée lui dévala le dos et il s'efforça de masquer son trouble.

— À mes yeux, ils n'étaient que de pauvres hères pris dans la tempête. Le Catéchisme de la Charité nous enjoint de traiter les inconnus comme des frères.

Corlin Al Sentis releva légèrement la tête, son regard fixe éclairé par une lueur sournoise.

— J'ignorais qu'on enseignait le Catéchisme de la Charité en ces murs.

— Ce n'est pas le cas, Aspect. Ma… Ma mère m'a appris tous les catéchismes.

— Oui. C'était une femme fort altruiste. Mais tu n'as pas répondu à ma question.

Il n'eut pas à mentir.

— Elle ne m'a pas touché, Aspect.

— As-tu idée de son pouvoir ? Sais-tu combien il corrompt l'âme des hommes ?

— Frère Makril m'en a fait part. En vérité, j'ai eu de la chance d'échapper à un tel sort.

— En vérité, oui. (Le regard de l'Aspect s'adoucit quelque peu.) Cette épreuve t'a sans doute paru pénible, mais sache qu'elle n'est rien comparée à ce qui t'attend. Ingrate est la vie au sein de ton Ordre. Un grand nombre de tes frères finiront mutilés ou succomberont à la folie avant d'être appelés parmi les Défunts. Tu en as conscience ?

Vaelin hocha la tête.

— Oui, Aspect.

— Le choix que tu as fait – demeurer ici quand tu aurais pu quitter la Loge sans ternir ta réputation – te fait honneur. Le dévouement dont tu fais preuve au service de la Foi restera dans nos mémoires.

Sans raison apparente, Vaelin perçut comme une menace tapie dans ces paroles, une menace dont l'Aspect lui-même n'avait pas conscience. En dépit de cette curieuse intuition, il dit :

— Merci, Aspect.

Une fois à l'extérieur, il referma doucement la porte derrière lui, s'y adossa et poussa un lourd soupir de soulagement. Il lui fallut quelques secondes pour remarquer ses camarades. Ils avaient l'air inquiets, surtout Dentos.

— La Foi me vienne en aide, souffla ce dernier à mi-voix, manifestement décontenancé par l'attitude de son ami.

Vaelin se redressa, plaqua sur son visage un mince sourire et s'éloigna dans la cour d'un pas qu'il espérait mesuré.

À l'exception notable de Dentos, l'Épreuve du Savoir fit peser sur tout le groupe une étouffante chape de plomb. Caenis se murait dans le silence, Barkus ne s'exprimait plus que par monosyllabes, Nortah redoublait d'agressivité, tandis que Vaelin, tourmenté par les souvenirs de sa mère, évoluait dans une brume de mélancolie diffuse qui ne voulut pas le lâcher de la journée, même en compagnie de Balafre. N'étant guère d'humeur à folâtrer, il se contenta de lancer quelques restes à son compagnon avant de rejoindre les autres sur le terrain d'entraînement, où ils disputèrent une partie de lames maussade.

— C'était franchement du gâteau, dit Dentos, le seul à manifester ne serait-ce qu'un semblant de bonne humeur.

Il projeta son couteau vers le ciel, à l'assaut du plateau que Barkus venait de lancer. Il ne semblait pas avoir remarqué la morosité de ses camarades, ce qui rendait sa gaieté d'autant plus insupportable.

— C'est vrai, quoi, pas une seule question sur l'Ordre ! Ils n'ont fait que déblatérer sur ma mère et l'endroit où j'ai grandi. L'Aspect du Cinquième Ordre, là, dame Machin-chose, elle m'a même demandé si j'avais le mal du pays. Le mal du pays ? Comme si je voulais retourner dans ce trou à rats !

Il ramassa le plateau, en extirpa son couteau puis le catapulta dans les airs pour le tir de Nortah. Le projectile manqua sa cible. À vrai dire, il manqua si bien sa cible qu'il passa à un doigt du crâne de Dentos.

— Fais gaffe !

— Arrête de parler de l'épreuve, lâcha Nortah d'une voix lourde de menace.

— Où est le problème ? rit Dentos, sincèrement étonné. Au final, on a tous réussi, non ? On reste tous à la Loge et on va pouvoir se payer du bon temps à la foire des Eaux-d'Été.

Pour la première fois, Vaelin prit conscience que ses amis et lui avaient remporté l'épreuve. Pourquoi n'y avait-il pas pensé avant ? *Parce que cette victoire a un goût de défaite*, comprit-il.

— On n'a tout simplement pas envie d'en parler, Dentos, dit-il. L'épreuve ne nous a pas paru aussi facile qu'à toi. Évite d'aborder le sujet, à l'avenir.

En tout et pour tout, six garçons issus d'autres groupes avaient échoué et durent quitter la Loge. Ils les regardèrent partir au petit matin, six petites ombres noyées de brume, blotties les unes contre les autres, serrant contre elles leurs maigres possessions au fond des havresacs qu'on leur avait permis de conserver. Ils franchirent le portail en silence, laissant dans leur sillage une traînée de sanglots dont les échos déchirants emplissaient la cour. Difficile de dire lequel d'entre eux pleurait, à moins qu'il s'agisse de tous. Leurs plaintes ne s'éteignirent que bien plus tard, longtemps après qu'ils eurent disparu.

— Ce n'est pas moi que vous verriez verser une larme, dit Nortah.

Debout sur les remparts, leurs houppelandes serrées sur le corps, ils attendaient que le soleil dissipe la brume et que leur petit déjeuner apparaisse sur les tables du réfectoire.

— Que vont-ils devenir ? demanda Barkus. Ont-ils seulement quelque part où aller ?

— La Garde les accueillera, va, répondit Nortah. Elle dégueule de soldats rembarrés par l'Ordre. C'est sans doute pour ça qu'ils nous détestent tant.

— Aux chiottes la Garde, grogna Dentos. Je sais où j'irais, moi, à leur place. Tout droit, direction le port. Je m'y dégotterais une place à bord d'un de ces gros navires marchands en partance pour l'Ouest. Mon oncle Fantis, l'est parti en Extrême-Occident par la mer et l'est revenu plus riche que riche. Rien qu'avec de la soie et des onguents. La seule fortune du village, que c'était. Bon, ça ne lui a pas trop réussi, vu qu'il est tombé raide mort un an après son retour. Une saleté de vérole refilée par une tapineuse des quais.

— La vie en mer, c'est pas une vie, à ce qu'on m'en a raconté, intervint Barkus. La bouffe est mauvaise, on se prend des coups de fouet, on trime sur le pont de l'aube jusqu'au coucher du soleil…

Un peu comme ici, en fait. Sauf pour la bouffe. Pour ma part, je crois que je m'enfoncerais dans les bois pour devenir un bandit célèbre. J'aurais à ma botte ma propre bande de coupe-jarrets mais attention, on ne couperait les jarrets de personne. On ne ferait que leur dérober leur or et leurs bijoux. Aux riches, s'entend. À quoi bon détrousser les pauvres, puisqu'ils n'ont rien ?

— Je vois que tu as mûrement réfléchi ton projet, mon frère, commenta sèchement Nortah.

— Avoir de l'ambition, c'est important. Et toi, raconte ! T'irais où ?

Nortah tourna la tête vers le portail encore brouillé par la brume du matin, son visage arborant une profonde nostalgie que Vaelin ne lui avait encore jamais vue.

— Chez moi, dit-il d'une voix douce. J'irais tout simplement chez moi.

# Chapitre 5

Une semaine environ après l'Épreuve du Savoir, maître Sollis mena les garçons dans une vaste pièce en bordure de la cour, où régnaient une chaleur d'étuve et les effluves épais du métal en fusion. À l'intérieur les attendait maître Jestin, le maître artisan des forges de l'Ordre. Planté face à eux, cet homme imposant croisait ses bras aussi poilus que puissants sur sa poitrine, rayonnant de force et d'assurance, chaque parcelle apparente de sa peau zébrée de cicatrices roses aux endroits où le métal fondu l'avait éclaboussé. *L'a-t-il seulement senti ?* se demanda Vaelin, frappé par sa force évidente.

— Maître Jestin ici présent façonnera vos épées, les informa Sollis. Au cours des deux prochaines semaines, vous travaillerez sous ses ordres et l'assisterez. Quand vous quitterez la forge, chacun d'entre vous possédera l'arme qui l'accompagnera tout au long de son service au sein de l'Ordre. Et prenez garde : maître Jestin ne partage pas ma nature généreuse et magnanime. Alors faites profil bas.

Une fois seuls avec le forgeron, les disciples n'en menaient pas large. Dans un silence de mort, maître Jestin les passa au crible de ses yeux bleu vif.

— Toi. (Il pointa un doigt épais et noirci sur Barkus, qui observait un faisceau de haches d'arme flambant neuves.) Tu as déjà mis les pieds dans une forge.

Barkus hésita.

— Mon p… J'ai grandi dans une forge en Nilsaël, maître.

Vaelin lança un coup d'œil à Caenis. Dans la mesure où Barkus appliquait sans faillir le règlement et ne révélait jamais rien ou presque rien de son passé, découvrir le métier de son père ne manqua pas de les étonner. Les fils d'artisan n'étaient pas légion dans l'Ordre ; quand on a un avenir tout tracé, nul besoin d'aller chercher une nouvelle vie ailleurs.

— Tu as déjà vu fondre une épée ? l'interrogea maître Jestin.

— Non, maître. Des poignards, des socs de charrue, bon nombre de fers à cheval et même une girouette ou deux.

Il ponctua sa réponse d'un petit rire. Maître Jestin ne l'imita pas.

— Les girouettes sont parmi les objets les plus difficiles à forger, dit-il. Tous les travailleurs du fer n'en sont pas capables. Seuls les maîtres ferronniers ont le droit de les façonner, par décret de la guilde. Savoir modeler le métal pour qu'il interprète le chant du vent est un talent rare. Mais tu le sais, n'est-ce pas ?

Barkus détourna le regard et Vaelin perçut son embarras, comme après une sévère réprimande. Entre le maître et le novice était passé un courant secret, un message qu'eux seuls pouvaient comprendre, qui avait trait à cette pièce et à l'art qu'on y pratiquait. Mais Vaelin savait que Barkus refuserait d'en parler. À sa manière, son passé renfermait autant de secrets que celui de tous les autres.

— Non, maître, lâcha-t-il en guise de réponse.

— Ce lieu, proclama maître Jestin en englobant d'un geste toute la forge, ce lieu relève de l'Ordre, mais il m'appartient. J'en suis tout à la fois le roi, l'Aspect, le commandant, le seigneur et le maître. Les jeux et toutes formes de badinage y sont proscrits. On vient ici pour œuvrer et apprendre. L'Ordre exige que vous connaissiez le travail du métal. La véritable maîtrise d'une arme passe par la compréhension de toutes les étapes de sa conception, par la fusion de votre corps et de votre âme avec le processus qui préside à sa naissance. Les épées que vous fabriquerez ici vous garderont en vie et défendront la Foi lors des années à venir. Mettez du cœur à l'ouvrage et vous disposerez d'une arme fiable, une lame puissante au fil si tranchant qu'elle pourra transpercer n'importe quelle armure. Travaillez sans entrain, et vos épées se briseront à votre première bataille. Et vous mourrez.

Une fois encore, il arrêta son regard sur Barkus, ses yeux froids porteurs d'une question informulée.

— De la Foi découle notre force, mais servir en son nom dépend de l'acier. L'acier est l'instrument grâce auquel nous célébrons la Foi. L'acier et le sang, voilà ce que vous réserve l'avenir. Est-ce que vous me comprenez ?

Un murmure d'assentiment s'éleva de leurs rangs, mais Vaelin pressentit que la question s'adressait véritablement à Barkus.

Ils s'employèrent le reste de la journée à alimenter le fourneau en charbon et à décharger depuis la cour un chariot ployant sous le poids d'innombrables barres de fer. Maître Jestin passa tout son temps devant l'enclume, le son clair et répété de ses coups de marteau figurant quelque assourdissant refrain métallique. Il relevait parfois la tête, nimbé d'une gerbe d'étincelles, pour distribuer de nouveaux ordres à la cantonade. Vaelin trouva la besogne pénible et monotone, sa gorge noyée de fumée et ses oreilles assourdies du tintement continu du marteau.

— Je commence à comprendre pourquoi tu as fui la forge de ton père, Barkus, commenta-t-il lorsqu'ils regagnèrent à pas lourds leur dortoir, à la tombée du jour.

— Tu m'étonnes, acquiesça Dentos en massant son bras endolori. Je préfère encore m'entraîner à l'arc, c'est dire.

Barkus ne répondit pas, muré dans un profond silence qui contrastait avec les grognements épuisés de ses camarades. Son regard lointain, préoccupé, n'avait pas échappé à Vaelin. Maître Jestin lui avait posé deux questions – l'une à voix haute, l'autre muette –, et ces deux questions obsédaient manifestement son ami.

De retour à la forge le lendemain, les novices abattirent une fois encore un travail de bêtes de somme, à soulever et traîner sans relâche d'épais sacs de charbon dans l'immense salle qui servait de réserve au combustible. Maître Jestin desserrait rarement les lèvres, préférant se livrer à une minutieuse inspection de chacune des mille et une barres de fer entreposées la veille par les garçons. Il les levait une par une à la lumière, en éprouvait lentement les contours puis, avec un grognement satisfait, les déposait sur la pile. Celles qui lui déplaisaient s'ajoutaient à un petit tas de rebut, non sans lui avoir arraché un petit bruit de mécontentement.

— Qu'est-ce qu'il cherche ? demanda Vaelin entre deux ahanements, tirant avec effort un nouveau sac dans la réserve. Ces barres de fer se ressemblent toutes, non ?

— Des scories, répondit Barkus après un coup d'œil vers Jestin. Avant d'arriver ici, les massiaux sont battus par un autre forgeron, aux mains probablement moins expertes que celles de notre maître. Celui-ci s'assure donc que cet intermédiaire n'a pas coulé trop de mauvais fer dans l'alliage.

— Comment peut-il le savoir ?

— Au toucher, principalement. Ces barres sont composées de plusieurs couches de fer martelées les unes sur les autres, puis tordues et aplaties. Ce cinglage, comme on l'appelle, imprime un motif dans le métal. C'est ce motif qui permet aux bons forgerons de distinguer les massiaux de bonne qualité des autres, pleins de scories. Certains y parviennent même rien qu'à l'odeur, à ce qu'on m'a dit.

— Tu saurais le faire, toi ? À la main, je veux dire, pas à l'odeur.

Barkus éclata de rire, une note d'amertume dans la voix.

— Même pas en rêve.

Sur les coups de midi, maître Sollis fit irruption dans la pièce pour envoyer les disciples sur le terrain d'entraînement, arguant qu'il leur fallait entretenir leurs réflexes. Engourdis par les heures de labeur à la forge, leurs muscles raides leur valurent des volées de badine bien plus nombreuses qu'à l'accoutumée, qui pourtant leur semblèrent moins douloureuses qu'auparavant. L'espace d'un instant, Vaelin se demanda si maître Sollis ne retenait pas ses coups, mais il écarta bien vite cette idée saugrenue. Leur maître ne tapait pas moins fort, ils devenaient simplement plus résistants. *Il nous cingle de coups comme on cingle le fer*, comprit-il. *Il est notre forgeron.*

— Il est temps d'aviver la forge, dit maître Jestin à leur retour, après un déjeuner englouti en vitesse. Il n'y a qu'une seule chose que vous devez vous rappeler la concernant. (Il leva ses avant-bras, exhibant ses muscles marbrés de cicatrices.) Elle brûle.

Il les fit vider plusieurs sacs de charbon dans le cercle de brique qui constituait la forge proprement dite, puis ordonna à Caenis de l'allumer, tâche qui impliquait de ramper sous le fourneau pour embraser le petit bois de chêne placé dans le foyer. L'idée même de s'introduire sous cette structure donnait des sueurs froides à Vaelin, mais Caenis s'y faufila sans la moindre hésitation, une chandelle à la main. Il émergea quelques minutes plus tard, noirci mais sain et sauf.

— Une belle flambée, maître, déclara-t-il.

Maître Jestin l'ignora et s'accroupit pour évaluer les flammes grandissantes.

— Toi.

Il hocha la tête en direction de Vaelin, fidèle à son habitude de ne jamais appeler les novices par leurs prénoms. Sans doute considérait-il cet effort de mémorisation comme une perte de temps.

— Aux soufflets. Toi aussi, ajouta-t-il en désignant Nortah.

Barkus, Dentos et Caenis reçurent quant à eux l'ordre de se tenir à l'écart, dans l'attente de nouvelles instructions.

Soulevant d'une main son lourd marteau à la tête arrondie, maître Jestin piocha l'une des barres de fer de la pile installée près de l'enclume.

— Il faut trois massiaux pour fabriquer une lame d'épée de modèle asraëlien, leur dit-il. Un épais massiau central pour le plat de l'arme, et deux plus fins pour les tranchants. Ceci… (il leva l'une des barres)… donnera un tranchant. Il faut lui imprimer sa forme avant de le joindre aux autres. Lors de la conception d'une épée, façonner le fil de l'arme est de loin l'étape la plus délicate. Il doit être fin mais puissant, acéré mais résistant. Observez le métal, observez-le bien. (Il tendit la barre à chacun des novices, l'un après l'autre, sa voix bourrue et inégale curieusement hypnotique.) Vous voyez ces mouchetures noires ?

Vaelin examina la barre. De petits fragments noirs se détachaient sur le fond uni et gris sombre du métal.

— On appelle cet acier de l'argent météore, parce qu'il surpasse en éclat le scintillement des astres quand on le porte à la flamme, reprit Jestin. Mais ce n'est pas de l'argent, juste une variété rare de fer qu'on obtient dans les entrailles de la terre, comme n'importe quel métal. La Ténèbre n'a rien à voir là-dedans. C'est lui qui rend les épées de l'Ordre plus robustes que les armes normales. Grâce à lui, vos lames encaisseront des coups qui en feraient voler d'autres en éclats et, si vous savez vous en servir, tailleront à travers cottes de mailles et armures. Voici notre secret. Protégez-le bien.

Il fit signe à Vaelin et Nortah d'activer les soufflets, puis attendit en silence. Bien qu'éprouvants, leurs efforts furent bientôt récompensés par l'apparition progressive d'une lueur rouge-orangé au cœur du tas de charbon.

— Bien. (Maître Jestin brandit son marteau.) À présent, ouvrez grands les yeux et apprenez.

Pris de suées, Vaelin et Nortah actionnaient sans relâche les manches lourds des soufflets. Chacune des poussées d'air qu'ils propulsaient dans la forge augmentait insensiblement la chaleur de la pièce. Dans cette atmosphère épaissie, même respirer demandait un effort.

*Tu vas t'y mettre, bon sang ?* grommela intérieurement Vaelin, ses bras en nage perclus de douleur, agacé par l'immobilité de maître Jestin qui patientait… patientait…

Quand il fut enfin satisfait, le forgeron saisit la barre à l'aide d'une pince et la plongea dans le creuset suffisamment longtemps pour que le rougeoiement orangé de la forge imprègne le métal dans toute sa longueur, après quoi il la sortit pour la placer sur l'enclume.

Il lui assena un premier coup léger, tout en retenue, qui produisit une petite gerbe d'escarbilles. Puis il s'attela à la tâche pour de bon, son marteau se dressant et s'abattant avec la régularité d'une baguette de tambour, soulevant à chaque impact une effusion d'étincelles, par moments si rapidement qu'il échappait à leurs regards. Dans un premier temps, ce travail acharné ne modifia guère l'apparence du massiau scintillant, même s'il paraissait légèrement plus allongé quand maître Jestin choisit de le replonger dans la forge. D'un geste irrité, il ordonna à Vaelin et Nortah de pomper avec plus de vigueur.

Il répéta ainsi l'opération : martelage, puis passage à la flamme, puis martelage à nouveau, encore et encore, pendant près d'une heure… ou bien dix minutes, impossible d'en être sûr tant le temps semblait s'étirer. Vaelin en vint même à regretter leurs douloureuses séances d'entraînement sur le terrain d'exercice ; les brimades, leurs affrontements sur la terre gelée, les bleus, tout valait mieux que ce supplice. Quand maître Jestin leur fit signe d'arrêter, Vaelin et Nortah s'éloignèrent tous deux des soufflets en titubant et passèrent leur tête par l'embrasure de la porte pour inspirer de profondes et délicieuses goulées d'air frais.

— Ce salopard veut notre mort, hoqueta Nortah.

— Revenez ici, vous deux, gronda maître Jestin. (Ils obéirent en vitesse.) Il faut vous habituer à travailler dur. Regardez-moi ça.

Il leva la barre, dont la forme cylindrique originelle avait laissé place à une bande de métal à trois côtés, longue de deux mètres.

— Voici un tranchant. Il semble encore brut pour l'instant, mais une fois qu'il sera mêlé à ses frères, vous verrez apparaître son mordant dans toute sa gloire mortelle.

Dentos et Caenis reçurent l'ordre de s'installer aux soufflets pour le second tranchant, leurs halètements rauques créant un âpre contrepoint au carillon continu du marteau. Quand le second tranchant fut achevé, maître Jestin attaqua l'épais massiau central. Ses coups se firent plus puissants, plus vifs, à mesure qu'il imprimait à la barre la longueur désirée et y inscrivait par des trempages répétés une arête centrale. Dentos et Caenis semblaient au bord de l'évanouissement quand il en eut fini, de sorte que Barkus et Vaelin se dévouèrent pour prendre le relais. Le forgeron s'empara alors d'une soie en fer pour maintenir à leur base les trois massiaux ouvragés, puis s'apprêta à les souder.

— C'est à l'aune de son brasage qu'on juge du talent d'un forgeron, déclara-t-il. Il s'agit de l'étape la plus difficile à assimiler. Un coup trop fort et vous galvauderez votre lame ; trop faible et vos massiaux ne s'uniront pas. (Il lança un coup d'œil à Vaelin et Barkus.) Vous deux, au turbin. Attisez-moi tout ça, et sans traîner.

Tout en priant pour que son tourment s'achève au plus vite, Vaelin remarqua le regard de Barkus. Les yeux rivés à l'enclume, son camarade actionnait son soufflet sans ménager sa peine, comme insensible à la douleur. Tout d'abord, Vaelin se demanda ce qu'il y avait de si intéressant à voir. Un homme qui frappait un bout de métal à coups de marteau ? Quel intérêt ? Il n'y avait là rien d'exceptionnel, rien de mystérieux. Pourtant, plus il imitait Barkus pour tenter de comprendre la fascination de son camarade, plus il se laissait envoûter par le spectacle de cette lame qui, peu à peu, prenait forme. Imperceptiblement, les trois barres de fer travaillées se mêlaient les unes aux autres, sous la pression du marteau. Lorsque maître Jestin tirait la lame hors de la forge, les éclats d'argent météore des massiaux extérieurs se mettaient parfois à flamboyer, leur éclat si intense que Vaelin devait alors détourner le regard. S'il voulait bien croire que l'argent météore n'était qu'un métal comme un autre, cette vision n'en restait pas moins troublante. Une fois la pointe achevée, maître Jestin hocha la tête en direction de Nortah.

— Toi. Approche le seau.

Obéissant, le novice traîna la lourde bassine en bois près de l'enclume. Pleine à ras bord, elle éclaboussa ses pieds quand il la redressa.

— De l'eau de mer, leur signifia Jestin. Un trempage à l'eau salée rendra votre lame plus résistante. Reculez, ça va chauffer.

Le poing fermement serré sur la tenaille maintenant la base de la lame, il plongea le tout dans l'eau, qui se mit à bouillonner sous l'effet de la chaleur. Il maintint la lame ainsi jusqu'à ce que l'ébullition se dissipe, puis retira le métal fumant pour l'inspecter. La lame était noire, l'acier couvert de suie, mais maître Jestin semblait satisfait. Les tranchants étaient droits et la pointe parfaitement symétrique.

— Bien, dit-il. C'est maintenant que le véritable travail commence. Toi. (Il se tourna vers Caenis.) Puisque tu as allumé la forge, celle-ci te revient.

— Euh…, fit Caenis, qui se demandait manifestement s'il fallait y voir un honneur ou une punition. Merci, maître.

Jestin emporta la lame tout au fond de la forge et la déposa sur un établi, à côté d'une meule à pédales.

— Une lame nouvellement forgée n'est qu'à moitié finie, annonça-t-il. Reste à l'émoudre, la polir et l'affûter.

Il plaça Caenis devant la meule, l'actionna grâce aux pédales et montra au novice comment garder le rythme en comptant « un deux, un deux », avant de lui faire accélérer la cadence et approcher la lame du disque en grès. Affolé par l'impressionnante fontaine d'étincelles qui en résulta, Caenis eut un mouvement de recul, mais Jestin le somma de continuer. Guidant ses mains, il lui fit adopter le bon angle, puis lui montra comment déplacer la lame le long de la meule afin de l'aiguiser sur toute sa longueur.

— Voilà, grogna-t-il quand Caenis fit preuve d'assez d'assurance pour travailler seul. Dix minutes par tranchant. Tu me montreras le résultat. Vous autres, à la forge. Toi et toi, aux soufflets…

Ils trimèrent ainsi à la forge une semaine durant, baignés de sueur et de fumée, sept longues journées passées à actionner les soufflets, à aiguiser les fils des épées et à lustrer les lames jusqu'à faire disparaître la chape de suie qui les recouvrait. Aucun d'entre eux n'en sortit indemne. Vaelin récolta une cicatrice blême sur le dos de la main à l'endroit où un éclat de métal fondu avait atterri, la douleur et l'odeur de la chair calcinée lui arrachant un violent haut-le-cœur. Les autres ne furent pas en reste, mais ce fut Dentos qui écopa de la blessure la plus grave lorsque, installé devant la meule, un instant d'inattention lui valut de recevoir une gerbe d'étincelles dans l'œil. La décharge brûlante cercla sa paupière gauche de balafres noires, mais par chance, sa vue n'en fut pas affectée.

Malgré l'épuisement, les risques de défiguration et l'éternelle répétition des tâches, Vaelin ne pouvait s'empêcher d'éprouver une certaine fascination pour l'art de la forge. L'opération n'était pas dénuée de beauté : l'émergence progressive de la lame sous le marteau de maître Jestin, la sensation du tranchant prenant forme contre la meule, le motif qui se dessinait dans la lame à mesure qu'il la polissait – des volutes sombres nichées dans le bleu-gris de l'acier, comme si le métal avait intégré en lui les flammes de la forge.

— Ça vient du brasage des massiaux, lui expliqua Barkus. La fusion de différentes variétés de métal laisse des traces. J'imagine que l'argent météore les rend plus apparentes dans les armes de l'Ordre.

— J'aime beaucoup, dit Vaelin en levant la lame à moitié lustrée à la lumière. C'est… intéressant.

— Du métal, rien de plus. (Barkus soupira et reprit place devant la meule afin d'affiler sa propre épée.) On le chauffe, on le bat, on le modèle. Aucun mystère là-dedans.

Vaelin regarda son ami manœuvrer la meule, admirant la manière experte avec laquelle ses mains épousaient le rythme du disque et la perfection de sa lame une fois le travail achevé. Quand était venu le tour de Barkus, maître Jestin n'avait pas jugé utile de lui montrer comment faire, se contentant de lui tendre la lame avant de s'éloigner. D'une manière ou d'une autre, le maître avait décelé le savoir-faire de Barkus. Ils parlaient peu, n'échangeaient que de rares grognements d'approbation, comme s'ils travaillaient ensemble depuis des années. Barkus, toutefois, semblait n'en retirer aucun plaisir, aucune satisfaction. Il s'acquittait volontiers de sa tâche, surpassant de loin ses camarades maladroits, mais sans jamais se départir d'un air sombre qui ne le quittait qu'une fois sorti de la forge, lorsqu'on les envoyait sur le terrain d'entraînement ou au réfectoire.

Ils s'attelèrent le lendemain à fixer les poignées de leurs épées. Maître Jestin piochait pour chaque lame une monture déjà prête et y glissait la soie de l'arme jusqu'au talon, assemblage qu'il assujettissait ensuite de trois clous martelés à même le chêne de la poignée. Il mit ensuite les disciples à contribution, leur ordonnant de limer les têtes de clou afin de les mettre au niveau du bois.

— Vous en avez fini ici, leur signifia Jestin à la fin de la journée. Ces épées vous appartiennent. Utilisez-les à bon escient.

Une fois dispensé ce conseil, qui l'aurait presque fait passer pour un maître comme les autres, il se tut et s'en retourna devant sa forge. Alignés face à lui, leurs épées à la main, les disciples ne savaient comment réagir. Fallait-il dire ou faire quelque chose ?

— Hem, bredouilla Caenis, ce fut un honneur, maître.

Jestin jucha un fer de lance inachevé sur son enclume et entreprit d'activer les soufflets.

— Ces moments passés à vos côtés nous ont..., poursuivit le novice, mais Vaelin l'interrompit d'un coup de coude et lui désigna la porte.

Alors qu'ils s'éloignaient, la voix de Jestin retentit à nouveau :

— Barkus Jeshua.

Ils s'arrêtèrent et Barkus fit volte-face, l'air méfiant.

— Maître.

— Cette porte t'est toujours ouverte, lança le forgeron sans se retourner. Un coup de main serait le bienvenu.

— Navré, maître, répondit Barkus d'une voix blanche. Je crains que mon entraînement me laisse trop peu de temps pour ça.

Jestin lâcha les soufflets et plongea le fer de lance dans les flammes.

— Quand tu en auras assez de la merde et du sang, n'oublie pas que nous sommes là, moi et ma forge. Nous t'attendrons.

Barkus manqua le dîner, un événement sans précédent depuis leur entrée dans l'Ordre. Vaelin le retrouva sur les remparts après son passage quotidien au chenil.

— Je t'ai apporté des restes, dit-il en lui tendant une musette garnie d'une tourte et de quelques pommes.

Barkus le remercia d'un hochement de tête, les yeux braqués sur le fleuve qu'une barge descendait en direction de Castelvarin.

— Tu veux savoir, dit-il au bout d'un moment.

Dans sa voix, pour une fois dénuée de la moindre note d'humour ou d'ironie, Vaelin percevait un soupçon d'angoisse qui lui glaça le sang.

— Seulement si tu souhaites te confier à moi. Nous avons tous nos secrets, mon frère.

— Comme ton foulard, par exemple.

Il pointa du doigt le foulard de Sella passé au cou de Vaelin. Ce dernier le dissimula sous son col, tapota l'épaule de son ami et s'apprêtait à partir quand Barkus le retint.

— La première fois que ça m'est arrivé, j'avais dix ans.

Vaelin, immobile, attendait qu'il continue. À sa manière, Barkus pouvait se montrer tout aussi têtu que chacun d'entre eux. Le convaincre ou l'inciter à parler ne servirait à rien. S'il devait s'ouvrir à son ami, il le ferait de lui-même.

— Mon père me faisait travailler à la forge depuis tout petit, reprit Barkus après de longues secondes de silence. J'adorais ça. J'adorais le voir façonner le métal, j'adorais la façon dont l'acier rougeoyait dans le creuset. Pour certains, l'art de la forge est pavé de mystères. Mais pour moi, c'était facile. Évident. Je comprenais tout. Mon père n'avait presque pas besoin de m'apprendre quoi que ce soit, je savais d'instinct quoi faire. Je pouvais deviner la forme que prendrait le métal avant même que le marteau s'abatte et prédire si tel soc parviendrait à fendre la terre ou au contraire s'y coincerait, ou bien si tel fer risquait de tomber du sabot au bout de quelques jours. Mon père en était fier, je le savais. Il n'était pas exactement du genre causant – je tiens ça de ma mère –, mais ça se sentait. Et je voulais le rendre plus fier encore. J'avais la tête pleine de formes, des modèles de couteaux, d'épées, de haches prêts à s'incarner dans la forge. J'en connaissais chaque détail, chaque élément à la perfection. Je savais quelle combinaison de métaux utiliser. Alors une nuit, je me suis faufilé dans la forge pour en façonner un. Un couteau de chasse, rien de trop gros, que je pensais offrir à mon père en guise de cadeau d'Hiveriade.

Il marqua une pause, le regard tourné vers la nuit et la barge lointaine qui filait au nord. À la lueur du fanal de proue, les silhouettes indistinctes des bateliers évoquaient les marionnettes d'un théâtre d'ombres spectral.

— Donc tu as créé ce couteau, le relança Vaelin. Mais ton père était… quoi, en colère ?

— Non, pas en colère. (Il y avait de l'amertume dans sa voix.) Effrayé. J'avais replié plusieurs fois le pain de métal sur lui-même pour renforcer la lame, à tel point qu'une fois affûtée elle pouvait tailler aussi bien dans la soie que dans l'armure la plus forte. Je l'avais si bien polie qu'on s'y voyait comme dans un miroir. (Le petit sourire apparu sur ses lèvres à ce souvenir se volatilisa.) Il l'a jeté dans la rivière et m'a ordonné de n'en parler à personne. Jamais.

Vaelin peinait à comprendre.

— Il aurait dû être fier. Un tel couteau façonné par son propre fils… Pourquoi aurait-il pris peur ?

— Mon père en a beaucoup vu, dans sa vie. Il a servi dans l'ost du Vassal, vogué sur les mers d'Orient à bord d'un navire marchand… mais jamais encore il n'avait vu de couteau façonné sur une forge éteinte.

Vaelin comprenait encore moins.

— Mais alors comment… ?

D'un coup d'œil, Barkus le réduisit au silence.

— Par bien des aspects, les gens de Nilsaël sont un grand peuple, reprit-il enfin. Forts, serviables, accueillants… Ils ne manquent pas de qualités, mais la Ténèbre les terrifie. Dans mon village, il y avait autrefois une vieille femme capable de guérir les maladies d'un seul toucher, du moins c'est ce qu'on raconte. On avait beau la respecter pour le travail qu'elle accomplissait, elle inspirait une sainte terreur à tous les habitants. Quand la Main Rouge s'est répandue dans le village, elle n'a rien pu faire pour l'arrêter. On comptait les morts par dizaines, chaque famille du village a perdu quelqu'un, mais elle en a réchappé. En fin de compte, ils l'ont enfermée dans sa maison avant d'y mettre le feu. Les ruines sont toujours là, personne n'a jamais eu le courage de reconstruire par-dessus.

— Comment as-tu forgé le couteau, Barkus ?

— Encore aujourd'hui, je n'en suis pas sûr. Je me rappelle avoir modelé le métal sur l'enclume, marteau à la main. Je me rappelle avoir fixé le manche, mais pour ce qui est d'avoir allumé la forge, rien à faire, c'est le vide complet. Comme si mon esprit s'était éteint quand j'ai eu commencé mon ouvrage, comme si je n'étais qu'un outil, au même titre que le marteau... comme si quelque chose avait façonné le couteau à travers moi. (Il secoua la tête, manifestement troublé par ce souvenir.) Mon père a refusé de me laisser entrer dans la forge après ça. Il m'a traîné chez un vieux type nommé Kalus, l'éleveur de chevaux du village, en lui disant qu'il avait beau essayer de m'apprendre, je ne ferais jamais un bon forgeron. Il l'a payé cinq liards par mois pour faire de moi un maquignon.

— Il a voulu te protéger, dit Vaelin.

— Je sais. Mais je l'ai compris autrement. J'avais l'impression qu'il était... terrifié par ce que j'avais fait, comme si je risquais de lui faire honte. J'ai même cru qu'il était jaloux. Alors j'ai décidé de lui montrer, de lui montrer pour de bon de quoi j'étais capable. J'ai attendu qu'il parte à la foire des Eaux-d'Été pour me glisser à nouveau dans la forge. Il n'avait pas laissé beaucoup de matériel, juste quelques fers à cheval et des clous, histoire d'achalander son échoppe à la foire. Mais avec ce qui restait, j'ai fabriqué quelque chose... quelque chose de spécial.

— Mais encore ? demanda Vaelin, l'esprit plein d'imposants cimeterres et de haches scintillantes.

— Une solouette.

Vaelin fronça les sourcils.

— Une quoi ?

— Comme une girouette normale, mais qui indiquerait le soleil plutôt que la direction du vent. Ça permet de connaître l'heure à tout moment de la journée, quelle que soit la position de l'astre, même quand le ciel est couvert. Après le coucher du soleil, elle pointait vers le sol et suivait son mouvement à travers la terre. Je l'avais joliment décorée, en plus, avec des flammes qui jaillissaient de la hampe et tout.

Vaelin peinait à se représenter la valeur d'un tel objet, et encore plus le désordre qu'il avait pu susciter dans un village épouvanté par la Ténèbre.

— Qu'est-elle devenue ?

— Je n'en sais rien. J'imagine que mon père l'a fondue. À son retour de la foire, il m'a trouvé dans son atelier, rayonnant de fierté. Il m'a dit de faire mon sac. Ma mère se trouvait chez ma tante, si bien qu'il n'a pas eu besoin de s'expliquer. La Foi seule sait ce qu'il a pu lui raconter quand elle est revenue. Nous avons passé trois jours sur la route avant d'embarquer sur le fleuve, direction Castelvarin, pour faire étape ici. Après avoir discuté avec l'Aspect, il m'a planté là, devant la grille. Il m'a dit que si jamais je révélais ce dont j'étais capable, je risquais la mort. Qu'ici, au moins, je serais en sécurité. (Il eut un petit rire.) Faut croire qu'il pensait me faire une faveur. Parfois, je me demande s'il n'a pas simplement confondu cette Loge-ci avec celle du Cinquième Ordre.

Hanté l'espace d'un instant par l'écho d'une cavalcade sur la terre humide, Vaelin se ressaisit et, se rappelant l'histoire de Sella, déclara :

— Il avait raison, Barkus. Tu ne dois en parler à personne. Même à moi.

— Pourquoi, tu comptes me tuer ?

Vaelin esquissa un sourire amer.

— Pas aujourd'hui, en tout cas.

Dans un silence complice, ils restèrent ainsi, debout sur les remparts, à contempler la barge jusqu'à ce qu'elle franchisse le coude du fleuve et disparaisse.

— Il s'en est rendu compte, je crois, dit Barkus. Maître Jestin. Il a senti ce que je suis, ce que je peux faire.

— Comment pourrait-il savoir ?

— Parce que j'ai senti la même chose en lui.

# Chapitre 6

Ils inaugurèrent le lendemain leur toute première séance d'escrime avec leurs nouvelles épées. Au grand dam de Vaelin, la moitié de la leçon fut consacrée au baudrier leur permettant de dégainer leur arme par-dessus l'épaule.

— Pas assez serré, Nysa. (Sollis tira d'un coup sec la sangle de Caenis, arrachant au disciple un grognement de douleur.) Si ton harnais se détend en pleine bataille, je ne donne pas cher de ta peau. Difficile d'embrocher un ennemi quand on trébuche sur son propre ceinturon.

Ils passèrent l'heure suivante à tirer leur arme du fourreau, tâchant de reproduire le mouvement fluide et rapide que Sollis exécutait à la perfection. Il s'agissait de repousser du bout du pouce la sangle en cuir qui maintenait l'épée dans son fourreau, puis d'extraire la lame d'un geste aussi vif que précis, afin d'éviter d'accrocher le baudrier ou d'entailler le combattant. Leurs premières tentatives s'avérèrent si maladroites que Sollis leur assigna deux tours de terrain à toutes jambes, malgré le poids des épées qui les ralentissait.

— Plus vite, Sorna ! (Sollis cingla d'un coup de badine son élève titubant, empêtré par son harnais.) Toi aussi, Sendahl. Du nerf !

Il leur ordonna de recommencer l'exercice.

— Pas d'erreur, cette fois-ci. Plus vite vous parviendrez à saisir votre épée, moins vous risquerez de voir un salopard vous ouvrir la panse et déverser vos boyaux au sol.

S'ensuivirent plusieurs tours de terrain et d'innombrables volées de baguette avant qu'il estime leurs progrès suffisants. Pour une raison inconnue, il concentrait la plupart de son ire sur Vaelin et Nortah, sa badine s'abattant sur eux bien plus souvent que sur leurs camarades. Vaelin mettait cet acharnement sur le compte de quelque entorse au règlement aujourd'hui oubliée. Sollis agissait souvent ainsi, punissant les écarts de conduite plusieurs semaines ou plusieurs mois après.

À la fin de la leçon, il fit s'aligner les disciples pour une annonce.

— Demain, vous autres petits trousse-pets aurez quartier libre à la foire des Eaux-d'Été. Il se peut que des garçons de la ville tentent de vous provoquer pour se distinguer. Essayez de ne pas les tuer. Il se peut également que certaines filles voient en vous un défi d'une autre sorte. Évitez-les. Sendahl, Sorna, vous restez ici. Ça vous apprendra à lambiner.

Dévasté par la déception et l'injustice de cette décision, Vaelin en resta bouche bée. Nortah, au contraire, n'eut aucun mal à exprimer ses sentiments :

— Vous vous foutez de notre gueule ? s'écria-t-il. On n'a pas fait pire que les autres ! Pourquoi serions-nous les seuls punis ?

Le soir venu, occupé sur son lit à masser sa mâchoire endolorie, il n'en décolérait toujours pas.

— Cet enfoiré a toujours eu une dent contre moi. Il me déteste.

— Il déteste tout le monde, dit Barkus. Vaelin et toi n'avez pas eu de chance aujourd'hui, voilà tout.

— Non, c'est parce que mon père est le Premier Conseiller du roi. J'en suis sûr.

— Si ton vieux est si haut placé, comment ça se fait qu'il ne t'ait pas encore récupéré ? intervint Dentos. C'est vrai, quoi, on sait tous que tu ne portes pas la Loge dans ton cœur.

— Comment veux-tu que je le sache ? explosa Nortah. Ce n'est pas moi qui lui ai demandé de m'envoyer dans ce trou à rats ! Ce n'est pas moi qui ai demandé à partir camper en pleine tempête, à me faire battre tous les jours, à réchapper à la mort d'un cheveu ou à vivre dans ce taudis avec une bande de paysans…

À mesure que sa litanie désespérée mourait sur ses lèvres, il se blottissait sur sa couche et enfouissait sa tête dans son oreiller.

— Je pensais qu'on me relâcherait après l'Épreuve du Savoir, reprit-il, sa voix étouffée par l'oreiller, comme s'il se parlait à lui-même. Une fois qu'ils auraient lu dans mon cœur. Mais voilà que cette maudite pécore se met à dire que je me trouve là où la Foi souhaite me voir. J'ai eu beau mentir à chacune de leurs questions, ils ne m'ont pas flanqué à la porte. Ce gros porc de Hendrahl a même cru bon d'ajouter qu'un disciple de haute lignée tel que moi ne pouvait que profiter au Sixième Ordre.

Il se tut, la tête toujours enfouie dans la paille de son oreiller. Barkus voulut s'approcher pour le réconforter, mais Vaelin l'en dissuada d'un signe de tête. Pour réchauffer l'atmosphère, il tira de sous son grabat son petit coffre en bois de chêne – fauché à l'arrière du chariot qu'un camelot imprudent avait laissé sans surveillance près de la grille –, son bien le plus précieux avec le foulard de Sella. Il le déverrouilla et en tira une bourse en cuir contenant toutes les pièces qu'il avait trouvées, remportées ou dérobées au fil des ans, qu'il lança à Caenis.

— Rapporte-moi des caramels. Et une nouvelle paire de bottes en cuir souple si tu en trouves à ma taille.

Au point du jour pesait sur la Loge un brouillard épais, qui promenait sur les champs alentour de longues langues de brume bleutée que le soleil d'été viendrait bientôt dissiper. Vaelin et Nortah prirent leur petit déjeuner dans un silence lugubre, malgré le détachement que leurs camarades affectaient à l'idée de visiter la foire.

— Vous pensez qu'il y aura des ours ? demanda Dentos avec une désinvolture étudiée.

— Sans doute, répondit Caenis. Il y a toujours des ours à la foire des Eaux-d'Été. Les ivrognes les affrontent pour de l'argent. Mais il n'y a pas que ça. Quand j'y étais, un magicien venu de l'Empire Alpiran jouait de la flûte et faisait danser un serpent.

Avant que son père le confie à l'Ordre, Vaelin s'était rendu à la foire tous les ans. Les danseurs, les jongleurs, les colporteurs et les acrobates qu'il y avait admirés, entre mille autres merveilles, lui restaient encore en mémoire, tout comme la foule et le déferlement d'odeurs qui l'assaillait chaque année. Il ne se rendait compte que maintenant combien il se réjouissait d'y retourner, combien il désirait confronter le tourbillon de couleurs et de joie de ses souvenirs à sa réalité d'adulte.

— Le roi y sera, dit Vaelin à Caenis, se remémorant soudain le pavillon royal entraperçu à l'époque.

Du haut des somptueux gradins surplombant la lice, Janus et sa famille pouvaient assister aux multiples épreuves du tournoi : joutes équestres, combats à pied, corps à corps, concours d'archerie. Les vainqueurs recevaient un ruban rouge des mains du roi lui-même. Une bien piètre récompense en regard des efforts déployés, mais les champions semblaient s'en contenter.

— Peut-être pourras-tu l'approcher d'assez près pour jouer les décrottoirs, dit Nortah. Ça te plairait, je parie ?

Imperturbable, Caenis préféra ne pas relever.

— Ce n'est pas ma faute si tu es privé de sortie, mon frère, répliqua-t-il d'une voix douce.

Nortah semblait sur le point de proférer une nouvelle insulte, mais il se ravisa et repoussa son assiette avant de sortir de table. Il quitta le réfectoire en trombe, les traits déformés par la rage.

— Il le prend plutôt mal, fit remarquer Barkus.

Après le repas, Vaelin vint les saluer dans la cour, touché par leur désintérêt de façade.

— Je peux…, commença Caenis non sans effort. Je peux rester, si tu veux.

Bien qu'ému par cette proposition, Vaelin savait à quel point son ami désirait voir le roi.

— Si tu n'y vas pas, qui me rapportera mes bottes ?

Il leur serra la main l'un après l'autre et leur adressa de grands gestes quand ils franchirent le portail d'entrée.

Il passa voir Balafre et découvrit à sa grande surprise que son cerbère s'était fait une amie, un chien-loup femelle presque aussi haute au garrot que le molosse volarien, mais bien loin de pouvoir rivaliser avec lui en termes de masse musculaire.

— Elle est entrée dans son enclos il y a quelques nuits de ça, lui dit maître Jeklin. La Foi seule sait comment. Bizarre qu'il ne l'ait pas égorgée sur le coup. Sans doute qu'il avait besoin de compagnie. Vaut mieux que je les laisse tranquilles, va. Avec un peu de chance, on aura droit à une portée d'ici à quelques mois.

Égal à lui-même, Balafre bondit de joie à la vue de Vaelin. La chienne, d'abord sur ses gardes, fut rassurée par cet accueil triomphal. Vaelin leur jeta des restes à tous les deux, notant que la compagne de Balafre attendait que celui-ci ait mangé pour se servir.

— Elle a peur de lui, comprit Vaelin.

— Et elle a bien raison, dit maître Jeklin d'une voix enjouée. Mais elle ne le lâche pas d'une semelle. Les chiennes sont comme ça, parfois. Elles se choisissent un partenaire et lui collent au train, quoi qu'il fasse. Une vraie femme, quoi !

Il éclata de rire. Vaelin, qui n'avait pas la moindre idée de ce qu'il voulait dire, l'imita poliment.

— Alors comme ça, tu n'es pas à la foire ? poursuivit Jeklin.

Il s'éloigna pour nourrir les trois terriers de Nilsaël parqués tout au bout du chenil. D'apparence adorable avec leur petit museau pointu et leurs grands yeux bruns, ces bêtes n'aimaient rien tant que mordre avec férocité toute main à leur portée. Maître Jeklin les gardait pour la chasse au lièvre et au lapin, une activité où ils excellaient.

— Maître Sollis estime que je ne me suis pas suffisamment appliqué pendant mon dernier cours d'escrime.

Jeklin émit un petit grognement désapprobateur.

— Il faut travailler dur pour devenir frère. Faut dire que de mon temps, on cravachait sec ceux qui se faisaient prendre à traînasser. Dix coups au premier avertissement et dix de plus pour chacun des suivants. Rien qu'avec les châtiments, on perdait facilement dix à douze disciples par an. (Il ponctua cette évocation d'un soupir empreint de nostalgie.) Dommage de manquer la foire, cela dit. On y vend des chiens superbes. J'y partirai dès que j'en aurai fini avec mes bestioles. Risque d'y avoir foule, cette année, avec l'exécution. Tenez, mes petits monstres.

Il lança de la viande dans la cage des terriers, entraînant un déchaînement de grondements et de jappements parmi les animaux se disputant la nourriture. Un spectacle qui semblait plaire à maître Jeklin, à en juger par ses gloussements ravis.

— L'exécution, maître ? s'enquit Vaelin.

— Hein ? Oh ! le roi fait pendre haut et court son Premier Conseiller. Pour trahison et corruption, histoire de ne pas changer. Ah ! ça, va y en avoir, de la piétaille à se bousculer pour ne pas en perdre une miette. Tout le monde dans le Royaume déteste ce salopard. À cause des impôts, tu comprends.

Vaelin sentit sa bouche s'assécher et un creux se former dans son ventre. *Le père de Nortah. Ils vont le tuer. C'est pour ça que Sollis nous a retenus ici. Il m'a puni pour éviter d'éveiller les soupçons de Nortah… et pour que je sois présent lorsqu'on lui annoncera la nouvelle.* Frappé par une soudaine intuition, il dévisagea maître Jeklin.

— Maître Sollis serait-il passé vous voir ce matin ? demanda-t-il.

Sourire aux lèvres, Jeklin continuait d'admirer ses chiens.

— Maître Sollis est plein de sagesse. Vous feriez bien de l'apprécier à sa juste valeur.

— C'est à *moi* de le lui annoncer ? lâcha Vaelin d'une voix rauque.

Jeklin ne répondit pas, occupé à agiter une tranche de jambon à travers les barreaux de la cage et à ricaner chaque fois qu'un des terriers bondissait pour s'en saisir.

— Je… euh… (Butant sur les mots, Vaelin se racla la gorge et recula jusqu'à la porte.) Si vous voulez bien m'excuser, maître.

Sans se retourner, Jeklin le salua d'un petit geste de la main, comme hypnotisé par les chamailleries des terriers.

— Petits monstres…

Tandis qu'il traversait la cour d'un pas vif, Vaelin se sentit soudain écrasé par le poids des responsabilités qu'on plaçait sur lui, un fardeau auquel venait s'ajouter une haine sourde pour Sollis et l'Aspect. *Le commandement?* songea-t-il avec amertume. *Vous pouvez le garder, votre commandement.*

Une autre pensée l'assaillit alors, un soupçon lancinant et croissant à mesure qu'il grimpait à contrecœur l'escalier en colimaçon de la tour. Il repensait à l'expression de Nortah quand il avait fui le réfectoire. Sur le coup, Vaelin n'y avait lu que la colère, mais il se rendait compte à présent qu'elle recélait quelque chose d'autre, une détermination crâne, une froide résolution…

Il se figea, frappé par cette révélation. *Oh! par la Foi! Faites que je me trompe…*

Il termina son ascension à la course et fit irruption dans le dortoir, un cri de panique à la bouche.

—NORTAH!

Personne. *Peut-être qu'il se trouve à l'écurie, lui qui aime tant les chevaux…*

Une supposition rassurante qu'un coup d'œil sur la fenêtre ouverte et les grabats dépouillés de leurs draps et couvertures suffit à dissiper. Il s'élança vers la fenêtre et passa la tête à l'extérieur. La corde de fortune confectionnée par son camarade pendait le long du mur; longue d'environ dix mètres, elle s'achevait à près de quatre mètres au-dessus du toit du corps de garde nord, ce qui laissait encore six mètres à sauter avant d'atteindre le sol. Pour Nortah, tout comme pour le reste d'entre eux, une telle acrobatie n'avait rien d'irréalisable. La brume tenace qui pesait encore sur la Loge lui avait permis de s'enfuir au nez et à la barbe des frères en poste sur le mâchicoulis, leur vigilance amoindrie par la perspective imminente du petit déjeuner.

L'espace d'un court instant, Vaelin pensa prévenir maître Sollis ou l'Aspect, mais il écarta sur-le-champ cette idée. Une telle dénonciation ne ferait pas revenir Nortah, qui disposait au minimum d'une bonne demi-heure d'avance sur eux, et l'exposerait à son retour à un sévère châtiment. De plus, comment savoir si Sollis et l'Aspect n'étaient pas eux aussi partis pour la foire ? Sans oublier une dernière et terrible éventualité, qui martelait son crâne au rythme des battements de son cœur : *Que se passera-t-il s'il arrive là-bas le premier ? Qu'arrivera-t-il s'il voit son père au bout d'une corde ?*

Vaelin rassembla en toute hâte une gourde d'eau et deux couteaux, puis sangla son épée sur son dos. Il gagna la fenêtre, saisit avec fermeté la corde de Nortah et entama sa descente en rappel. Comme prévu, ce petit exercice de voltige ne lui posa aucun problème : en une minute à peine, il avait touché terre. La brume s'étant pratiquement dissipée, il devait redoubler de prudence. Plaqué contre la muraille, il attendit que le frère de faction sur les remparts – un garçon indolent d'environ dix-sept ans – s'éloigne pour franchir à toutes jambes les deux cents mètres qui le séparaient de la forêt. Sa course folle, qu'il aurait trouvée fort courte sur le terrain d'entraînement, lui parut s'étirer sur plusieurs kilomètres. Dos à la muraille, il s'attendait chaque seconde à entendre un cri d'alerte ou le claquement d'un arc ; d'autant plus qu'à cette distance rares étaient les frères capables de le manquer. Ce fut donc avec un soulagement certain qu'il s'enfonça dans la pénombre fraîche de la forêt, où il ralentit quelque peu son allure sans pour autant s'accorder le moindre répit. Il profita du couvert des arbres encore un bon moment avant d'obliquer vers la route.

Jamais Vaelin n'avait vu cette dernière si encombrée. Entre les fermiers partis garnir les étals de la foire, les chariots lestés de marchandises et les familles accomplissant leur périple annuel vers ce lieu de réjouissances et de spectacles, la chaussée avait presque disparu. La perspective d'assister à l'exécution du Premier Conseiller n'avait pas l'air de gêner les voyageurs, bien au contraire. À perte de vue, Vaelin n'apercevait que des visages joyeux et rieurs, il croisa même une carriole transportant ce qu'il prit tout d'abord pour un groupe de bûcherons en goguette, avec leurs haches brandies à bout de bras. L'événement leur avait manifestement inspiré des vers qu'ils déclamaient à tue-tête :

*S'appelait Artis Sendahl, oyez, oyez,*
*L'était gros, cupide et gras comme un ours,*
*Le roi Janus avait perdu sa bourse,*
*L'avare au bout d'sa corde l'a recrachée !*

— Te presse pas comme ça, l'Ordonnancé ! lui cria l'un des bûcherons au moment où il les dépassait. (L'homme vacillait sur le plateau de la carriole, un pichet en grès à la main.) Y peuvent pas lui passer le collier tant qu'on n'y est pas. Faut bien qu'un pauvre bougre se charge d'apporter le bois pour le bûcher !

Pris d'une féroce envie de découvrir si l'ivrogne parviendrait encore à couper son bois avec les doigts brisés, Vaelin accéléra et laissa les rugissements de rire avinés des bûcherons derrière lui.

Il entendit la foire avant de la voir – une clameur étouffée qui enflait derrière la colline, le bruit de milliers de voix mêlées les unes aux autres. Enfant, il prenait ce vacarme pour le grondement d'un gigantesque monstre et se réfugiait dans les bras de sa mère. « Tout va bien », le rassurait-elle en lui caressant les cheveux, avant de lui redresser la tête d'un geste tendre quand ils franchissaient la crête. « Regarde, Vaelin. Regarde tous ces gens. »

À la vue de la foule immense, le petit garçon d'alors se figurait que tous les sujets du Royaume devaient s'être réunis sur cette vaste plaine, au pied des murailles de Castelvarin, pour célébrer les bienfaits de l'été. Quelle ne fut donc pas sa stupéfaction en découvrant sous ses yeux une concentration de personnes plus imposante encore que dans ses souvenirs : la multitude s'étirait sur toute la longueur du mur occidental de la ville, tel un tapis vivant noyé sous un brouillard d'exhalaisons et de fumée de bois, d'où émergeaient ici et là des tentes et des chapiteaux bariolés. Pour un jeune homme ayant passé le plus clair des quatre dernières années prisonnier de l'étouffante forteresse de l'Ordre, ce spectacle avait quelque chose d'écrasant.

*Comment vais-je pouvoir le retrouver là-dedans ?* songea Vaelin. Derrière lui retentit la chanson des bûcherons ivres, dont la carriole entamait en bringuebalant l'ascension du versant. Un nouveau couplet exalté y décrivait la mise à mort du Premier Conseiller. *Ce n'est pas lui que je dois chercher,* comprit-il, *mais l'échafaud. Il s'y trouvera à coup sûr.*

S'immerger dans cette foule s'avéra une étrange expérience, partagée entre l'euphorie et l'angoisse, à mesure que la nuée d'êtres l'enveloppait dans une masse mouvante de corps et d'arômes inconnus. Les colporteurs omniprésents vendaient de tout – pots en terre cuite, confiseries, il suffisait de demander –, leurs harangues à peine audibles dans le vacarme. Ici et là se formaient des grappes de spectateurs autour d'acteurs, jongleurs, acrobates et magiciens qui arrachaient à leur public des tonnerres d'applaudissements ou de ricanements moqueurs. S'il s'efforçait de ne pas se laisser distraire, Vaelin ne put s'empêcher de s'arrêter devant les numéros les plus spectaculaires, tel ce cracheur de feu aux muscles impressionnants ou cet homme à la peau brune paré d'un cafetan de soie qui tirait des oreilles des spectateurs de scintillants colifichets. Vaelin les observait pendant quelques secondes, puis se rappelait sa mission et reprenait sa route, l'air penaud. Son regard attiré par une acrobate à demi nue, il avait rejoint l'attroupement formé autour d'elle quand il sentit une main se glisser sous sa houppelande. Une main adroite, fureteuse, presque indétectable. Il saisit le poignet inquisiteur de sa main gauche et tira son propriétaire devant lui avant de le faire trébucher d'un croche-pied bien senti. Le voleur tomba lourdement au sol, l'impact lui arrachant un gémissement de douleur. C'était un petit garçon efflanqué, vêtu de haillons. Il leva les yeux sur Vaelin et grimaça. Toutes griffes dehors, il tenta d'échapper à la prise du disciple.

— Tel est pris qui croyait prendre ! ricana méchamment un homme dans la foule. Ça t'apprendra à détrousser les fils de l'Ordre.

À la mention de l'Ordre, les gesticulations du gamin redoublèrent d'intensité. Il tenta même de mordre la main de Vaelin.

— Tuez-le, frère, suggéra un autre badaud. Un tire-laine de moins ne fera pas de mal à la ville.

Ignorant ce conseil, Vaelin souleva le petit voleur. Ce ne fut guère difficile, tant le garçon n'avait que la peau sur les os.

— Tu as besoin d'entraînement, lui dit-il.

— Va te faire foutre, cracha l'enfant en se tortillant comme un forcené. T'es même pas un vrai frère, rien qu'un de ces novices. Tu vaux pas mieux que moi.

— Une bonne raclée, voilà ce qui lui faut, dit un homme surgi de la foule pour assener une petite tape à l'arrière du crâne du garnement.

— Hors de ma vue, lâcha Vaelin.

Le nouveau venu, un homme replet à la barbe trempée de bière et au regard troublé par un début d'ivresse, jaugea Vaelin d'un coup d'œil puis s'éloigna sans demander son reste. Malgré ses quatorze ans, le jeune disciple dépassait déjà d'une bonne tête la plupart des hommes, une silhouette athlétique et puissante qu'il devait au régime alimentaire de l'Ordre. Il avisa tour à tour les membres du petit attroupement qui s'était formé autour d'eux et soutint leurs regards. Un par un, ils poursuivirent leur chemin. *Il ne s'agit pas que de moi*, soupçonna Vaelin. *C'est l'Ordre qu'ils craignent.*

— Lâche-moi, sale crevure, dit l'enfant, la peur et la colère se disputant dans sa voix.

Il avait cessé de se débattre et pendait au bout du bras de Vaelin, un masque de rage impuissante plaqué sur son visage noir de suie.

— J'ai des amis, tu sais. Des amis qu'y vaut mieux pas contrarier…

— Moi aussi, j'ai des amis, répliqua Vaelin. J'en cherche un, d'ailleurs. Où a-t-on dressé la potence ?

Les traits du garçon se plissèrent en une moue perplexe.

— De quoi ?

— La potence où ils vont pendre le Conseiller du roi. Dis-moi où elle se trouve.

Les sourcils froncés du garnement se levèrent, lui conférant un air de conspirateur.

— En échange de quoi ?

Vaelin resserra sa prise.

— Un poignet intact.

— Saloperie de clébard de l'Ordre, marmonna l'enfant entre ses dents. Vas-y, pète-moi le poignet si ça te fait plaisir. Pète-moi tout le bras, même. Comme si ça changeait quelque chose.

Vaelin croisa son regard ; sous la colère et la crainte couvait quelque chose d'autre, quelque chose qui lui fit relâcher son étreinte : une lueur de défi. L'enfant avait suffisamment de fierté pour ne pas céder devant la peur. Il remarqua ensuite l'état déplorable des vêtements de son prisonnier et ses pieds nus couverts de boue. *Peut-être sa fierté est-elle tout ce qui lui reste.*

— Je vais te lâcher, dit-il. Si jamais tu essaies de t'enfuir, je te rattraperai. (Il souleva le garnement, jusqu'à ce qu'ils soient face à face.) Tu me crois, j'espère ?

La tête rentrée dans les épaules, l'enfant acquiesça.

— Hm-hmm.

Vaelin le reposa par terre et libéra son poignet. L'enfant, qui refrénait manifestement son instinct de fuite, se massa la main et recula de quelques pas.

— Comment t'appelles-tu ? lui demanda Vaelin.

— Frentis, répondit prudemment l'enfant. Et toi ?

— Vaelin Al Sorna.

Une étincelle dans le regard du gamin apprit à Vaelin qu'il avait reconnu son nom. Même lui, situé au plus bas de l'échelle sociale de la ville, avait entendu parler du Seigneur de Guerre.

— Tiens. (Vaelin tira de sa poche un couteau de lancer et le tendit au garçonnet.) C'est tout ce que je peux te donner. Tu en obtiendras deux de plus quand tu m'auras mené là où je veux aller.

L'enfant examina le couteau, l'air curieux.

— Quoi c'truc ?

— Un couteau. Ça se lance.

— On peut tuer avec ?

— Avec beaucoup d'entraînement, oui.

Frentis effleura la pointe du bout du pouce, aspira une brève goulée d'air entre ses dents et suça son doigt ensanglanté. L'arme était plus coupante qu'il n'y paraissait.

— Apprends-moi, marmonna-t-il derrière sa main. Apprends-moi à le lancer et je t'emmène à la potence.

— Plus tard, dit Vaelin.

Devant le coup d'œil méfiant du gamin, il ajouta :

— Tu as ma parole.

La promesse d'un membre de l'Ordre sembla suffire au garnement, dont l'air soupçonneux s'estompa quelque peu.

— Par ici, dit-il en faisant demi-tour pour s'enfoncer dans la foule. Reste près de moi.

Vaelin s'élança à la suite de Frentis, le perdant parfois dans la cohue pour le retrouver à quelques pas de là, les bras croisés en signe d'impatience, à grommeler qu'il n'avait pas que ça à faire.

— On vous apprend pas à coller au train des gens, par chez vous ? demanda-t-il alors qu'ils fendaient un rassemblement particulièrement compact de spectateurs plantés devant un numéro d'ours dansant.

— On nous apprend à combattre, répondit Vaelin. Je… Je n'ai pas l'habitude de voir tant de monde. Ça va faire quatre ans que je n'ai pas mis un pied en ville.

— T'en as de la chance. J'donnerais ma couille droite pour me tirer de ce dépotoir.

— Tu n'es jamais sorti de Castelvarin ?

Au coup d'œil que lui lança Frentis, Vaelin se sentit soudain très bête.

— 'videmment que si, monseigneur. Avec ma barge privative, je vais et viens sur le fleuve au gré de mes envies.

Après ce qui parut à Vaelin une éternité passée à jouer des coudes dans la foule, Frentis finit par s'arrêter pour désigner une structure en bois érigée en hauteur, à une centaine de mètres de là.

— Et voilà. C'est là qu'y vont lui étirer le goulot, à ce pauvre bougre. Il leur a fait quoi, en fait ?

— Je l'ignore, répondit Vaelin en toute honnêteté. (Il tendit à l'enfant les deux couteaux promis.) Passe à la Loge cet Eltrian, dans la soirée, et je t'apprendrai à t'en servir. Attends-moi à la porte nord, je viendrai à ta rencontre.

Frentis acquiesça et glissa rapidement les armes sous ses guenilles.

— Tu vas la regarder ? La pendaison, j'veux dire ?

Vaelin lui tourna le dos pour balayer la foule du regard.

— J'espère que non.

Un bon quart d'heure durant, il étudia chaque visage, chaque silhouette, guettant en vain la moindre apparition de Nortah. Il n'y avait rien d'étonnant à cela : on leur avait enseigné l'art de la dissimulation et les multiples manières de se rendre indétectables, de se fondre dans leur environnement. Il se posta près d'un spectacle de marionnettes, traversé par un courant de panique. *Où est-il, bon sang ?*

— Oh ! âmes sacrées des Défunts, déclamait le marionnettiste d'une voix tragi-comique, ses mains expertes tirant les ficelles d'un pantin en bois qui adoptait une pose dramatique. De tout temps ai-je répudié la Foi, mais même le misérable que je suis ne mérite pas ce sort.

*Kerlis l'Infidèle.* Vaelin connaissait bien cette légende, l'une des préférées de sa mère. Condamné à la vie éternelle pour avoir renié la Foi, Kerlis errait de par le monde en quête d'expiation, dans l'attente que les Défunts lui ouvrent enfin les portes de l'Au-Delà.

— Tu ne peux t'en prendre qu'à toi-même, ô Infidèle, entonna le marionnettiste en agitant la rangée de têtes en bois qui représentaient les Défunts. Nous ne te jugeons pas. Toi seul t'imposes ce châtiment. Retrouve ta Foi perdue et nous t'accueillerons en notre sein…

Momentanément distrait par le talent de l'artiste et la finesse de ses créations, Vaelin dut se contraindre à reprendre son examen de la foule. *Qu'est-ce qui te prend ?* se tança-t-il. *Concentre-toi. Il est là. Il ne peut être que là.*

Il interrompit soudain son inspection, attiré par un visage familier, celui d'un homme élancé, dans la trentaine, aux traits prononcés et aux yeux tristes. Ses yeux… ses yeux surtout lui disaient quelque chose. *Erlin !* le reconnut alors Vaelin, abasourdi. *Il est revenu. Aurait-il perdu l'esprit ?*

Erlin semblait captivé par le spectacle de marionnettes, sur lequel il fixait son regard mélancolique avec une attention soutenue. Vaelin ne savait pas comment réagir. Fallait-il lui parler ? l'ignorer ? ou bien… le tuer ? De noires pensées lui passèrent par la tête, attisées par la panique. *Je les ai aidés, lui et la fille. Si jamais ils l'attrapent…* Ravivé par le contact du foulard contre sa peau, le souvenir de Sella s'imposa à lui et apaisa son esprit tourmenté. *Mieux vaut s'éloigner*, décida-t-il. *Faire comme si tu ne l'avais pas vu…*

Erlin choisit ce moment pour relever la tête. Les yeux écarquillés, il croisa le regard de Vaelin et le reconnut sur-le-champ, un tourbillon d'émotions traversant son visage. Après un dernier coup d'œil sur les marionnettes, il se détourna et disparut dans la foule. Pris d'un irrépressible besoin d'apprendre ce qu'était devenue Sella, Vaelin s'apprêtait à s'élancer à sa poursuite quand un cri retentit derrière lui, suivi par le fracas d'un combat d'épées. Le tumulte provenait du gibet, à cinquante mètres de là.

Un tel attroupement s'était formé autour des individus en pleine altercation que Vaelin dut forcer le passage, arrachant aux badauds des insultes et des grognements de douleur de plus en plus véhéments à mesure qu'il perdait patience.

— Qu'est-ce qu'il faisait ? dit quelqu'un.

— L'essayait de franchir le cordon, répondit une autre voix. Bizarre comme comportement, pour un frère.

— Vous pensez qu'ils vont le pendre, lui aussi ?

Une fois sorti de la cohue, Vaelin s'approcha à pas comptés de la scène qui se déroulait devant lui. Il en dénombra cinq, cinq soldats du vingt-septième de cavalerie, à en croire les plumes noires qui ornaient leurs cottes de mailles et leur avaient valu le sobriquet de « Faucons Noirs ». Tenus en haute estime par le roi en raison de leur rôle pendant la guerre d'Unification, les Faucons Noirs se voyaient souvent confier la charge d'encadrer les cérémonies ou événements publics. L'un d'entre eux, le plus puissant, pressait son bras contre la gorge de Nortah, que deux de ses camarades tentaient de maîtriser. Un quatrième homme attendait un peu à l'écart, l'épée tirée, prêt à porter l'estocade.

— Vous allez m'immobiliser ce jean-foutre, par la Foi ? rugit-il.

À en juger par leurs ecchymoses et estafilades, Nortah ne s'était pas laissé prendre sans opposer de résistance. Le cinquième Faucon Noir, agenouillé non loin, serrait son bras blessé, son visage livide de douleur déformé par la rage.

— Tuez-moi cette raclure ! grimaçait-il. Il m'a bousillé le bras !

Quand il vit l'homme à l'épée armer son coup, Vaelin agit sans réfléchir, sa dernière lame quittant sa main avant même qu'il prenne conscience de son geste. Son tir – le plus remarquable de sa jeune carrière de lanceur de couteau – atteignit le soldat juste en dessous du poignet. L'homme lâcha instantanément son épée, sa bouche ouverte sur un hoquet étranglé à la vue du morceau de métal brillant fiché dans son avant-bras.

Vaelin était déjà passé à l'attaque, sa propre épée jaillissant hors du fourreau harnaché à son dos avec un sifflement acéré. Devant la charge du disciple, l'un des hommes qui retenaient Nortah lâcha son prisonnier pour s'emparer en toute hâte de l'arme pendue à son ceinturon. Nortah en profita pour lui assener un violent de coup de coude en plein visage. Le soldat chancela en arrière, exposant son flanc au coup de pied sauté de Vaelin qui le cueillit en plein vol. Le Faucon Noir tituba sur quelques pas, le nez et la bouche ensanglantés, avant de s'effondrer lourdement au sol.

Nortah saisit un couteau de lancer passé à sa ceinture et frappa à l'aveugle derrière lui. La lame se planta profondément dans la cuisse de celui qui l'étranglait, la douleur lui faisant lâcher prise. Vaelin prit le relais et le terrassa d'un coup de pommeau à la tempe. Le Faucon Noir restant avait relâché Nortah pour reculer lentement, levant devant lui une pointe d'épée tremblotante.

— Vous… Vous…, bégayait-il. Vous brisez la paix royale. Vous êtes en état d'arres…

À la vitesse de l'éclair, Nortah plongea sous l'arme et abattit son poing sur le visage du soldat. Deux coups plus tard l'homme s'effondra au sol.

— Des faucons ? (Nortah cracha sur le soldat inconscient.) Des moutons, plutôt.

Il se tourna vers Vaelin, une lueur farouche au fond des yeux.

— Merci, mon frère. Allons-y. (Il fit volte-face.) Il faut sauver mon p…

Le poing de Vaelin le cueillit juste sous l'oreille, une technique qui leur avait été enseignée à leurs dépens par maître Intris. Elle permettait d'assommer la victime sans pour autant laisser de séquelles.

Vaelin s'agenouilla près de son ami afin de tâter son pouls.

— Pardonne-moi, mon frère, chuchota-t-il avant de rengainer son épée.

Puis il saisit le corps inerte de Nortah et le hissa sur son épaule. Malgré leur différence de taille, le poids de son ami entravait ses mouvements tandis qu'il s'approchait de la rangée de badauds. Pas un murmure ne s'éleva de la foule quand il leur fit signe de le laisser passer.

— Halte-là !

L'injonction retentit dans ce silence de mort comme un verre qui se brise, le mutisme des spectateurs laissant place à une rumeur étonnée.

— Ils ont battu cinq Faucons Noirs rien qu'à eux deux…

— Jamais rien vu de tel…

— D'après la Charte royale, lever la main sur un soldat relève de la trahison…

— HALTE ! résonna de nouveau la voix par-dessus la clameur naissante.

Du coin de l'œil, Vaelin vit une silhouette montée fendre l'assistance, se taillant de temps à autre un passage d'un coup de cravache.

— Faites place ! gronda le cavalier. Par ordre du roi. Place !

Émergeant de la foule, le nouveau venu fit approcher sa monture et Vaelin put l'apercevoir distinctement. L'homme de haute stature, juché sur un pur-sang de lignée renfaëline, portait un uniforme de cérémonie, reconnaissable à la plume noire piquée dans sa tunique et à l'aigrette d'officier qui ornait son heaume. Sous sa visière relevée, le visage étroit et rasé de près du cavalier trahissait un profond courroux. L'étoile à quatre pointes qui ornait son plastron marquait son rang : Vaelin avait face à lui un haut maréchal de la Garde. Derrière l'homme, une escouade de fantassins surgissait de la foule et repoussait les badauds récalcitrants du poing. Ceux qui se chargeaient de relever leurs camarades blessés couvaient Vaelin d'un œil noir et lourd de menaces. L'homme dont il avait transpercé le poignet pleurait à chaudes larmes, étourdi de douleur.

Pris au piège, Vaelin déposa délicatement Nortah par terre et s'avança d'un pas, s'interposant entre son ami inconscient et le cavalier.

— J'exige des explications ! ordonna le maréchal.

— Je n'ai à répondre de mes actes devant personne sinon l'Ordre, lui rétorqua Vaelin.

— Oh ! mais tu vas me répondre à moi, sale petit morveux, sans quoi je te pendrai avec tes tripes au premier arbre venu.

Certains des Faucons Noirs s'étaient rapprochés, et Vaelin dut faire appel à tout son sang-froid pour se retenir de tirer son épée. Il savait très bien qu'il ne pourrait pas tous les repousser, pas sans en tuer un ou deux, ce qui n'aiderait en rien Nortah.

— Puis-je connaître votre nom, monseigneur ? demanda Vaelin d'une voix qu'il espérait assurée, dans l'espoir de gagner un peu de temps.

— Donne-moi d'abord le tien, morveux.

— Vaelin Al Sorna. Frère du Sixième Ordre, en attente de confirmation.

Son nom se répandit dans la foule telle une vague.

— Sorna…

— Le fils du Seigneur de Guerre…

— J'aurais dû m'en douter, c'est son portrait craché…

Si les paupières du cavalier s'étrécirent à la mention du nom de famille de Vaelin, son expression courroucée resta inchangée.

— Lakrhil Al Hestian, déclara-t-il. Épée du Royaume et haut maréchal du vingt-septième régiment de cuirassiers montés. (D'une pression du talon, il fit avancer sa monture pour contempler la forme inerte de Nortah.) Et lui ?

— Frère Nortah, répondit Vaelin.

— Il aurait tenté de secourir le traître, d'après mes hommes. Pour quelle raison un frère de l'Ordre agirait-il ainsi ?

*Il sait*, comprit Vaelin. *Il sait qui est Nortah.*

— Je ne saurais dire, haut maréchal. J'ai vu mon frère sur le point de se faire assassiner et je suis intervenu.

— Assassiner mon cul ! cracha l'un des Faucons Noirs, le visage cramoisi de colère. Le gamin s'est opposé à sa légitime arrestation.

— Il dépend de l'Ordre, lança Vaelin à l'adresse d'Al Hestian. Tout comme moi. Et c'est auprès de l'Ordre que nous devrons en répondre. Si vous estimez notre conduite contraire à la loi, il vous faut en référer à notre Aspect.

— Nul ne peut se soustraire à la loi royale, mon garçon, répliqua le maréchal d'une voix égale. Qu'il soit frère, soldat ou Seigneur de Guerre. (Il plongea son regard dans celui de Vaelin.) Ton frère et toi allez vous y plier.

D'un geste, il fit signe à ses hommes d'avancer.

— Je te déconseille de toucher à tes armes, petit, ou bien c'est auprès des Défunts que tu devras plaider ta cause.

Acculé par les Faucons Noirs, Vaelin saisit la poignée de son épée. S'il en blessait quelques-uns, peut-être parviendrait-il à profiter de la confusion pour s'échapper avec Nortah dans la foule. Tout retour à l'Ordre serait exclu, après ça. Défier la Garde du Royaume leur fermerait à jamais les portes de la Loge. *Une vie de hors-la-loi*, songea Vaelin. *Bah ! il y a sans doute pire.*

— Doucement, mon garçon, l'avertit l'un des soldats, un sergent vétéran au visage tanné.

Il s'approchait à pas lents, son épée en garde basse, une dague dans l'autre main. Sa posture ramassée et la souplesse de sa progression apprirent à Vaelin qu'il avait affaire au plus dangereux de ses adversaires.

— Laisse ton épée où elle est, poursuivit le sergent. Il y a déjà eu assez de sang versé. Laisse-toi faire et on va régler tout ça dans le calme, comme des gens civilisés.

À en juger par la colère froide qui habitait les regards des autres Faucons Noirs, Vaelin devinait que le traitement qu'ils leur réservaient, à Nortah comme à lui, n'aurait rien de calme ni de civilisé.

— Je n'ai aucune envie de faire couler le sang, dit-il en tirant son épée. Mais si vous me forcez la main…

— L'heure tourne, sergent, lâcha Al Hestian avec désinvolture, penché sur sa selle. Qu'on en finisse.

— Eh bien, eh bien, quel joli tableau ! tonna une voix.

Une clameur s'éleva de la foule, à l'endroit où trois silhouettes s'ouvraient sans ménagement un passage dans les rangs des spectateurs.

Avec un pincement au cœur, Vaelin reconnut Barkus, flanqué de Caenis et Dentos. Armé de son sourire le plus éclatant,

Barkus semblait l'affabilité même. À l'inverse, Caenis et Dentos posaient sur les soldats ce regard d'agressivité contenue que des années de pénible entraînement leur avaient enseigné. Tous trois avaient tiré leurs armes.

— Mais oui, un tableau somptueux ! reprit Barkus quand ses condisciples et lui se furent postés de part et d'autre de Vaelin. Toute une ribambelle d'émerillons parés pour le plumage !

— Tire-toi de là, petit ! cracha Al Hestian. Cette affaire ne te concerne pas.

— On a entendu qu'il y avait du grabuge, dit Barkus à Vaelin, sans accorder le moindre coup d'œil au maréchal. (Il avisa Nortah, toujours inconscient.) Il a fait le mur, je parie ?

— Oui. Ils vont exécuter son père.

— On a appris ça, dit Caenis. Une triste histoire. Aux dires de beaucoup, c'était un homme respectable. Mais le roi est juste, il doit avoir ses raisons.

— Va raconter ça à Nortah, fit Dentos. Pauvre vieux. C'est eux qui l'ont mis dans cet état ?

— Non, répondit Vaelin. Je n'ai pas trouvé d'autre moyen pour l'arrêter.

— Maître Sollis va nous donner la bastonnade pendant une bonne semaine, grommela Dentos.

Ils se turent pour affronter du regard les Faucons Noirs qui, malgré leur colère, gardaient leurs distances.

— Ils ont peur, fit remarquer Caenis.

— Ils font bien, dit Barkus.

Vaelin hasarda un coup d'œil sur Al Hestian. Manifestement peu habitué à ce qu'on lui tienne tête, le maréchal tremblait de rage.

— Toi ! (Il désigna d'un doigt tendu l'un des cuirassiers.) Va quérir le capitaine Hintil. Qu'il mobilise sa compagnie.

— Toute une compagnie ? Rien que pour nous ? lâcha Barkus d'un ton ravi. Vous nous faites trop d'honneur, monseigneur !

Les quelques rires qui fusèrent de la foule accentuèrent un peu plus la fureur d'Al Hestian.

— Cet affront vous vaudra le fouet ! aboya-t-il, sa voix presque un cri. Si vous espérez que le roi vous accordera une mort clémente, vous vous trompez lourdement !

— Vous prendrais-je encore à parler au nom de mon père, haut maréchal ?

Un jeune homme de haute stature, aux cheveux roux, venait d'émerger de la multitude des badauds. Vêtu d'atours aussi discrets qu'élégants, il fendait les rangs des spectateurs sans le moindre mal, comme si la foule s'ouvrait devant lui. Les citoyens rassemblés baissaient les yeux sur son passage et courbaient la tête, certains mirent même un genou en terre. Comme il tournait la tête, Vaelin découvrit avec stupeur que Caenis et les Faucons Noirs les avaient imités. Même Al Hestian avait sauté à bas de sa monture.

— À genoux, mes frères ! siffla Caenis. Faites honneur au prince.

*Le prince ?* Un second coup d'œil sur le nouveau venu lui remit en mémoire le jeune garçon à la mine grave entrevu au palais du roi, tant d'années auparavant. Avec le temps, le prince Malcius avait acquis la carrure imposante de son père. Sondant la foule à la recherche de soldats de la Garde royale, Vaelin dut se rendre à l'évidence : personne n'escortait Malcius. *Un prince qui marche librement parmi ses sujets*, songea-t-il, interloqué.

— Vaelin ! insista Caenis à mi-voix.

Alors même qu'il s'apprêtait à s'agenouiller, le prince agita la main.

— Ce n'est pas nécessaire, mon frère. Je vous en prie, relevez-vous tous. (Il adressa un sourire à la multitude prosternée.) La terre est boueuse, n'allez pas vous salir. Alors, messire, dit-il en s'adressant à Al Hestian. Quelle est donc la raison d'un tel tapage ?

— Un attentat contre la Couronne, Altesse, lança Al Hestian en se redressant, son genou gauche maculé de boue. Ces jeunes frères s'en sont pris à mes hommes dans l'espoir de libérer le prisonnier.

— Sale menteur ! explosa Barkus. Nous sommes venus épauler nos frères lâchement attaqués par ses maudits Fau…

Le prince leva une main et le novice se tut. Dans le silence qui s'ensuivit, Malcius prit le temps d'observer avec minutie chacun des intervenants, s'attardant sur les Faucons Noirs blessés et la silhouette inerte de Nortah.

— Toi, mon frère, dit-il à Vaelin. Es-tu un traître comme le prétend le haut maréchal ?

Vaelin remarqua que les yeux du prince restaient rivés sur Nortah.

— Non, Altesse, je ne suis pas un traître, répondit-il d'une voix qu'il espérait dénuée de colère ou de peur. Et mes frères non plus. Ils n'ont fait que prendre ma défense. Si quelqu'un doit répondre de ce qui s'est passé ici, c'est moi et moi seul.

— Et ton frère à terre ? (Le prince Malcius s'approcha, couvant Nortah d'un regard vibrant d'intensité.) Devra-t-il en répondre, lui aussi ?

— C'est le… le chagrin qui l'a poussé à agir, bredouilla Vaelin. Il en répondra devant notre Aspect.

— Est-il grièvement blessé ?

— Un coup à la tête, Altesse. Encore une heure et il n'y paraîtra plus.

Le prince contempla Nortah quelques instants de plus, puis se détourna.

— À son réveil, fais-lui part de mon chagrin, à moi aussi, dit-il doucement avant de s'adresser à Al Hestian. La situation est grave, haut maréchal. Très grave.

— En effet, Altesse.

— Si grave qu'il faudrait repousser l'exécution pour la démêler, un état de fait qu'il me peinerait de devoir expliquer au roi. À moins que vous préfériez vous en charger ?

Les deux hommes s'affrontèrent du regard, sans cacher l'animosité qu'ils éprouvaient l'un pour l'autre.

— Je serais navré de faire perdre son temps au roi pour une telle broutille, grinça le maréchal entre ses dents.

— Une attention qui vous fait honneur. (Le prince Malcius se tourna vers les Faucons Noirs.) Portez les blessés au pavillon royal, où ils bénéficieront des soins du médecin royal. Haut maréchal, je crois savoir qu'une bande d'ivrognes déchaînés semant la zizanie du côté de la porte ouest requiert votre intervention. Je m'en voudrais de vous retenir plus longtemps.

Al Hestian s'inclina et remonta en selle. Au regard qu'il promena sur les disciples en les dépassant, Vaelin comprit qu'il était loin d'en avoir fini avec eux.

— Hors de mon chemin ! rugit-il en jouant de la cravache dans les rangs des badauds.

— Ramène ton frère à la Loge, dit le prince Malcius à Vaelin. Et assure-toi d'avertir ton Aspect de cet incident, si tu ne veux pas qu'il entende un autre son de cloche.

— Je n'y manquerai pas, Altesse, répondit Vaelin en exécutant une profonde révérence.

Au loin s'éleva soudain la rumeur lancinante d'un roulement de tambour. À mesure qu'elle enflait, un silence de mort s'abattait sur la foule. Par-dessus la marée de têtes, Vaelin vit une rangée de fers de lance avancer au rythme du tambour, en direction de la funeste silhouette de la potence.

— Emportez-le ! ordonna le prince. Inconscient ou non, sa place n'est pas ici.

Vaelin et Caenis saisirent Nortah sous les aisselles et s'éloignèrent, s'engouffrant dans la trouée que Dentos et Barkus leur taillaient dans l'assemblée muette. Quand le roulement de tambour cessa, le silence se fit si absolu que Vaelin sentit vibrer l'excitation des spectateurs, tendue tout entière vers le gibet. Elle pesait sur ses épaules, ralentissait sa progression. Quand retentit enfin le claquement tant attendu de la trappe, un raz-de-marée d'enthousiasme souleva la multitude et des milliers de poings triomphants se dressèrent vers le ciel, une joie fiévreuse déformant chaque visage.

Caenis contemplait la foule en liesse sans masquer son dégoût. Vaelin ne pouvait l'entendre dans le tonnerre d'applaudissements, mais il n'eut aucun mal à lire sur ses lèvres ce qu'elle lui inspirait : « Ordures. »

À peine les garçons avaient-ils franchi l'enceinte de la Loge que Nortah fut pris en charge par les maîtres. Entre les regards voilés que leur adressaient leurs camarades plus âgés et les coups d'œil assassins des maîtres, les disciples comprirent que l'Ordre avait eu vent de leur escapade.

— Je vais m'occuper de Nortah, leur dit maître Checkrin en les soulageant de leur fardeau, qu'il souleva sans mal dans ses bras puissants. Vous autres, filez dans votre chambre. Vous y êtes consignés jusqu'à nouvel ordre. D'ici là, n'adressez la parole à personne.

Pour faire bonne mesure, maître Haunelin les accompagna jusqu'à la tour nord sans desserrer les lèvres, une première pour lui qui d'habitude n'aimait rien tant que les abreuver de chansons. Quand la porte se referma sur eux, Vaelin eut la certitude que le maître au crâne brûlé s'était posté devant leur dortoir. *Ainsi, nous voilà prisonniers*, songea-t-il.

Une fois délestés de leur armement, les quatre novices patientèrent.

— Tu as pu me trouver des bottes ? demanda Vaelin au bout d'un moment.

— Pas eu le temps, répondit Caenis. Désolé.

Vaelin haussa les épaules. Il n'y avait rien à ajouter.

— Barkus a failli se farcir une greluche derrière la tente à bière, finit par lâcher Dentos, que le silence rendait nerveux. Une sacrée coquine, avec ça. Des nichons gros comme des melons, qu'elle avait. Hein, mon frère ?

À l'autre bout de la pièce, Barkus lui jeta un regard mauvais.

— La ferme, dit-il d'une voix sans appel.

Nouveau silence.

— Tu sais qu'ils te donneront tes gages si tu te fais attraper ? dit Vaelin à Barkus.

De temps à autre, des filles de Castelvarin et des villages alentour pointaient le bout de leur nez à la grille, le ventre gonflé ou les bras chargés de bambins en pleurs. Le frère responsable de son état se voyait alors convié de force à une cérémonie de fiançailles présidée par l'Aspect lui-même, au terme de laquelle on lui donnait ses gages et deux pièces supplémentaires : une pour la fille, une pour l'enfant. Certains garçons, curieusement, semblaient ravis de quitter la Loge dans ces circonstances, mais la plupart clamaient leur innocence. On dépêchait alors des frères du Deuxième Ordre, dont l'interrogatoire mené tambour battant permettait en général d'établir la vérité, quelle qu'elle fût.

— Lâchez-moi, merde, bafouilla Barkus. J'ai rien fait.

— T'avais ta langue tout au fond de sa gorge, gloussa Dentos.

— J'avais surtout quelques chopes dans le nez. Et puis, c'est à Caenis qu'elles faisaient toutes les yeux doux.

Vaelin se tourna vers son ami, qui s'empourprait à vue d'œil.

— Sérieusement ?

— Plus que ça, même. Elles n'en avaient que pour lui. « Oh ! l'est-y pas à croquer, celui-là ? »

Vaelin se retint de rire à la vue des joues désormais cramoisies de Caenis.

— Nul doute que notre preux camarade aura su se défendre.

— J'en sais trop rien, dit Dentos. Quelques minutes de plus et on se retrouvait neuf mois plus tard avec toute une troupe de mignons petits bâtards au garde-à-vous devant le portail. Heureusement pour lui qu'un poivrot a débarqué pour avertir qu'une bagarre avait éclaté entre les Faucons et l'Ordre.

Le souvenir de l'altercation les plongea de nouveau dans un silence inquiet, hantés par une question que seul Barkus eut le courage de formuler :

— Ils ne vont quand même pas le tuer, si ?

La pénombre commençait à régner dans le dortoir quand la porte s'ouvrit enfin sur la silhouette efflanquée de maître Sollis. Son visage exprimait une colère noire qui menaçait d'exploser à tout moment.

—Sorna, grinça-t-il. Suis-moi. Les autres, allez vous restaurer en cuisine, puis mettez-vous au lit.

Malgré leur inquiétude pour Nortah, la mine farouche de l'instructeur les dissuada de poser la moindre question. À sa suite, Vaelin descendit les escaliers et traversa la cour jusqu'à la muraille ouest, craignant à chaque seconde un violent coup de badine sur le dos. Au lieu de le mener chez l'Aspect comme il s'y attendait, Sollis le conduisit à l'infirmerie où ils trouvèrent maître Henthal au chevet de Nortah. Avec ses traits tirés, ses paupières mi-closes et ses yeux voilés par la fièvre, le garçon alité faisait peine à voir. Vaelin avait déjà vu ça ; il arrivait parfois que l'état de frères grièvement blessés nécessite de puissants remèdes qui, s'ils soulageaient la douleur, les coupaient bien souvent du monde.

—Andrinople et ombrelys, expliqua maître Henthal à leur arrivée. Il délirait quand il a repris conscience. Il a même eu le temps de flanquer une méchante châtaigne à l'Aspect avant qu'on parvienne à le calmer.

Vaelin s'approcha du lit, le cœur lourd. *Il a l'air si faible…*

—Il va s'en tirer, maître ? demanda-t-il.

—J'en ai connu bon nombre, des comme lui, à divaguer et à se débattre. Ça tombe en général sur les frères qui ont vécu la bataille de trop. Il va bientôt s'endormir. À son réveil, il sera un peu secoué, mais il recouvrera vite ses esprits.

Vaelin se tourna vers Sollis.

—L'Aspect a-t-il prononcé sa peine, maître ?

Sollis jeta un coup d'œil à maître Henthal, qui hocha la tête avant de quitter la pièce.

—Aucune peine n'a été requise, répondit l'instructeur.

—Mais nous avons combattu des soldats du roi…

— En effet. Et si vous aviez été plus réceptifs à mon enseignement, vous ne vous seriez pas contentés de les blesser.

— Le haut maréchal…

— N'a aucun pouvoir en ces murs. Nortah a désobéi aux ordres, une faute pour laquelle il encourt une sanction. Toutefois, l'Aspect considère qu'une sanction d'importance lui a déjà été infligée. Quant à toi, tu as désobéi pour porter secours à ton frère. Je le répète : aucun jugement n'est nécessaire.

Maître Sollis contourna le lit et posa une main sur le front de Nortah.

— Sa fièvre devrait retomber quand l'effet de l'andrinople se dissipera. Ça ne l'empêchera toutefois pas de souffrir. La douleur s'insinuera en lui telle une lame, elle taillera dans ses tripes, inexorable, implacable, et fouaillera son cœur. Une douleur comme celle-ci peut faire de lui un homme, ou bien un monstre. J'estime pour ma part que l'Ordre a connu suffisamment de monstres.

Une révélation se fit jour dans l'esprit de Vaelin. *La colère de Sollis… Elle n'est pas dirigée contre nous,* comprit-il, *mais contre le roi. Pour ce qu'il a fait au père de Nortah et pour la souffrance infligée à son disciple. Nous sommes ses épées, il nous a façonnés. Et le roi vient de galvauder une de ses lames.*

— Mes frères et moi l'aiderons à surmonter cette épreuve, dit Vaelin à voix haute. Nous partagerons sa douleur, la porterons avec lui.

— Veillez-y. (Sollis releva la tête, son regard encore plus perçant qu'à l'accoutumée.) Car lorsqu'un frère perd pied, il ne reste plus qu'une seule chose à faire. Et un frère ne devrait pas avoir à tuer un frère.

Nortah reprit connaissance au petit matin, avec un gémissement qui tira Vaelin du sommeil et manqua de le faire tomber de la chaise où il avait passé la nuit.

— Hein ? (Encore engourdi, le garçon balaya d'un regard trouble l'infirmerie.) Où est-ce que… ?

Lorsque ses yeux se posèrent sur Vaelin, la mémoire lui revint et il laissa sa phrase en suspens. D'une main, il éprouva la bosse qui ornait l'arrière de son crâne.

— Tu m'as frappé, dit-il.

À mesure que les événements de la veille le submergeaient, son visage blêmit et ses épaules s'effondrèrent sous le poids du chagrin.

— Je suis désolé, fit Vaelin.

Il ne savait que dire d'autre.

— Pourquoi t'es intervenu ? murmura Nortah entre deux sanglots.

— Ils t'auraient tué.

— J'aurais préféré.

— Ne dis pas ça. Crois-tu que l'âme de ton père aurait sereinement gagné l'Au-Delà en sachant que tu le suivais dans la tombe ?

Nortah pleura en silence pendant quelques minutes, sous le regard impuissant de Vaelin. Ce dernier préférait se taire, conscient que la moindre parole de réconfort sonnerait creux aux oreilles de son ami. *Je ne sais pas quoi lui dire*, songeait-il. *Il n'y a pas de mots pour ça.*

— L'exécution, tu y as assisté ? finit par lui demander Nortah. Est-ce qu'il a souffert ?

Vaelin se remémora le claquement de la trappe et l'euphorie de la foule. *Quelle vision d'horreur à emporter dans l'Au-Delà qu'une multitude d'êtres transportés de joie à l'idée de vous voir mourir…*

— Non. C'est allé très vite.

— On raconte qu'il aurait volé le roi. C'est faux. Jamais mon père n'aurait osé. Il chérissait Janus et le servait avec dévotion.

Vaelin se raccrocha à l'unique consolation qu'il avait à offrir.

— Le prince Malcius tient à ce que tu saches qu'il partage ta peine.

— Malcius ? Il était là ?

— Il nous a aidés, en forçant les Faucons Noirs à nous relâcher. Je crois qu'il t'a reconnu.

L'expression de Nortah s'adoucit quelque peu et son regard se fit distant.

— Quand j'étais enfant, il nous arrivait de chevaucher ensemble. En tant qu'élève de mon père, Malcius venait souvent chez nous. Mon père a joué les précepteurs pour de nombreux enfants de la noblesse. Son intelligence politique et ses dons de diplomate étaient réputés. (Nortah tendit la main vers un linge posé sur la table voisine, puis essuya ses larmes.) L'Aspect a-t-il prononcé son jugement ?

— Il considère que tu as été suffisamment puni.

— Ainsi, on ne m'accorde même pas la liberté…

— Ce sont nos pères respectifs qui nous ont fait admettre à la Loge. J'ai respecté le souhait du mien en demeurant ici, quand bien même j'ignore toujours pourquoi il a choisi de m'offrir à l'Ordre. Ton père aussi avait sans doute une bonne raison de t'y envoyer. C'était sa décision de son vivant, et ça le restera à présent qu'il a rejoint les Défunts. Sans doute ferais-tu bien de la respecter.

— Je devrais donc moisir ici tandis qu'on confisque les terres de mon père et qu'on dépouille ma famille ?

— Ta famille sera-t-elle mieux lotie avec toi à ses côtés ? Possèdes-tu un trésor caché qui puisse aider à subvenir à ses besoins ? Songe à la vie qui t'attend hors de l'Ordre, toi, le fils d'un traître qui t'es attiré les foudres des soldats du roi. Ta famille aura assez de soucis sans y ajouter ton encombrante présence. La Loge n'est plus ta prison, désormais, mais ton refuge.

Nortah se laissa retomber sur son lit, tournant vers le plafond un regard où l'épuisement le disputait au malheur.

— Mon frère, cela t'ennuierait-il de sortir un court instant ?

Vaelin se leva et gagna la porte.

— Rappelle-toi que tu n'es pas seul dans cette épreuve. Tes frères sont là pour toi. Nous ne laisserons pas le chagrin te terrasser.

À l'extérieur, Vaelin s'attarda près de la porte, à écouter les sanglots déchirants de Nortah. *Une telle douleur…* Si ç'avait été son propre père qu'on menait à l'échafaud, songea-t-il alors, aurait-il fait preuve de la même ardeur guerrière que Nortah ? *Aurais-je seulement pleuré ?*

Cette nuit-là, il partit chercher Balafre au chenil et l'entraîna jusqu'à la porte nord, où ils jouèrent à la balle en attendant le jeune Frentis pour sa leçon de lancer de couteau. Balafre semblait gagner en puissance et en vitesse de jour en jour. L'exercice physique auquel le soumettait continuellement Vaelin avait fini par le doter de muscles lestes et vigoureux, que venait étoffer la pâtée concoctée par maître Jeklin – une bouillie de bœuf haché, d'os à moelle et de fruits écrasés. En dépit de son allure féroce et de sa taille intimidante, Balafre n'avait guère changé. Plein d'entrain, toujours prompt à lécher avec avidité le visage de son maître, il demeurait aux yeux de Vaelin une sorte de chiot géant.

— Tu ne l'emmènes pas dans les bois, d'habitude ?

Il reconnaissait cette voix. C'était celle de Caenis, caché dans l'ombre massive du corps de garde. Bien qu'ennuyé de s'être ainsi laissé surprendre, Vaelin n'en voulut pas à son camarade. Caenis faisait preuve d'un talent certain pour la dissimulation et prenait un malin plaisir à surgir des endroits les plus improbables.

— Tu es vraiment obligé de me faire ce coup-là chaque fois ? demanda Vaelin, exaspéré.

— Je m'entraîne.

Balafre les rejoignit en trottinant, lâcha la balle qu'il tenait dans sa gueule aux pieds de Vaelin et partit coller sa truffe contre les bottes de Caenis, sa manière toute personnelle de lui souhaiter la bienvenue. Le disciple lui gratta le crâne d'une main hésitante. Comme tous les autres, il ne parvenait pas à se départir de la crainte que lui inspirait l'animal.

— Nortah dort encore ? s'enquit Caenis.

Vaelin secoua la tête. Il ne voulait pas parler de Nortah ; les larmes de son frère lui avaient laissé dans la gorge un goût amer qui mettait du temps à se dissiper.

— J'ai comme l'impression que les mois à venir ne vont pas être faciles, reprit Caenis dans un soupir.

— L'ont-ils jamais été ? (Vaelin lança la balle vers le fleuve et Balafre s'élança derrière elle avec un glapissement réjoui.) Dommage que tu n'aies pas pu voir le roi.

— Oui, mais j'ai rencontré le prince. Ça m'a suffi. Un grand monarque en devenir, assurément.

Vaelin jeta un regard en biais vers son ami, dont les yeux arboraient cette étincelle de dévotion qu'il avait appris à reconnaître. La ferveur aveugle de Caenis pour la famille royale le mettait toujours autant mal à l'aise.

— Un jeune homme remarquable, oui. Je suis sûr qu'il fera un grand roi.

— Avec lui à notre tête, nous connaîtrons la gloire.

— La gloire, mon frère ?

— Bien sûr. Le roi est ambitieux. Sous sa coupe, le Royaume prospérera ; qui sait même s'il ne deviendra pas plus puissant, plus illustre encore que l'Empire Alpiran ? Maintes batailles nous attendent, Vaelin. Des batailles de légende qui se dérouleront sous nos yeux, d'illustres campagnes auxquelles nous prendrons part.

*« La guerre, petit, c'est la mort, c'est la merde... Il n'y a pas d'honneur dans la guerre. »* Les paroles de Makril résonnaient en lui, mais Vaelin savait que son ami ne pourrait en saisir la teneur. S'il faisait preuve d'érudition et d'une intelligence presque effrayante, Caenis restait un incorrigible rêveur. Il consignait dans sa bibliothèque mentale des milliers d'histoires et croyait dur comme fer à chacune d'entre elles. Les innombrables héros, félons, demoiselles en détresse, monstres et épées magiques qui enfiévraient son imagination lui étaient aussi réels, aussi précieux que ses propres souvenirs.

— Je pense que nos conceptions de la gloire diffèrent, mon frère, déclara Vaelin quand Balafre reparut enfin, la balle entre les crocs.

Ils attendirent une heure de plus, mais le garçon de la foire ne se montra pas.

— Il aura probablement revendu tes lames, estima Caenis après que Vaelin lui eut raconté sa rencontre. Il est sans doute en train de soigner une méchante gueule de bois au fond d'un caniveau, à moins qu'il ait tout perdu aux cartes. M'est avis que tu ne le reverras jamais.

Ils marchèrent jusqu'à l'écurie, Vaelin s'amusant à lancer la balle en l'air pour la plus grande joie de Balafre, qui l'attrapait au vol.

— Je préfère croire qu'il s'est acheté des bottes, dit Vaelin en jetant un dernier coup d'œil vers la grille.

# Deuxième partie

*Qu'est-ce que le corps ?*
*Le corps est une enveloppe, le calice de l'âme.*
*Que devient le corps sans l'âme ?*
*Il devient chair et putréfaction, rien de plus. Afin d'honorer la disparition de vos aimés, vouez aux flammes leur enveloppe charnelle.*
*Qu'est-ce que la mort ?*
*La mort est un passage vers l'Au-Delà, l'union avec les Défunts. Elle est tout à la fois terme et commencement. Craignez-la et acceptez-la.*

Le Catéchisme de la Foi

# Le Témoignage de Verniers

*— Ce haut maréchal, à la foire des Eaux-d'Été… Il s'agissait de Rose de Sang, n'est-ce pas ?*

*— Al Hestian ? Oui, répondit le Tueur d'Espoir. Même s'il a fallu attendre la guerre pour qu'on l'affuble de ce nom.*

*Bientôt à court d'encre, je tirai un trait sous le passage que je venais d'écrire.*

*— Une minute, dis-je en me levant pour extraire de mon coffre un encrier ainsi qu'une liasse de parchemins vierges.*

*Au vu des nombreuses pages déjà remplies, je craignais d'épuiser mes réserves. Je marquai toutefois un temps d'hésitation avant d'ouvrir mon coffre, contre lequel reposait son épée honnie. Notant mon malaise, il s'en empara pour la poser en travers de ses genoux.*

*— Aux yeux des Lonaks, les âmes de leurs ennemis tombés au combat imprègnent leurs armes, déclara-t-il. Voilà pourquoi ils donnent des noms à leurs massues ou à leurs glaives, qu'ils imaginent possédés par la Ténèbre. De telles superstitions n'ont pas cours chez moi. Une épée est une épée, rien de plus. C'est l'homme qui tue, pas l'arme qu'il brandit.*

*Pourquoi me racontait-il cela ? Espérait-il attiser un peu plus la haine que je lui vouais ? À la vue de ses mains puissantes sur la poignée de l'épée, je me rappelai comment Seliesen, au lendemain de sa nomination en tant qu'Espoir par l'Empereur, avait choisi de se soumettre à des mois de rude apprentissage au sein de la Garde Impériale, où il avait fini par acquérir la maîtrise du sabre et de la lance. « L'Espoir se doit d'être un guerrier, m'avait-il confié. Les Dieux et le peuple l'exigent. » Les soldats de la Garde voyaient en lui l'un des leurs, à tel point qu'il avait chevauché à leurs côtés contre les Volariens lors de l'été précédant le débarquement des troupes de Janus sur nos rives, sa bravoure au combat lui valant bien des éloges. Mais tout ce bel entraînement ne lui avait été d'aucune utilité contre le Tueur d'Espoir. Conscient que le Boréen ne manquerait pas d'aborder ce jour maudit, j'éprouvais des sentiments contradictoires : si j'avais entendu maints comptes-rendus de l'événement, la perspective de l'entendre de la bouche même d'Al Sorna m'emplissait à la fois de fureur et d'impatience.*

*Je me rassis, débouchai mon encrier, y plongeai la pointe de ma plume et dépliai un parchemin sur le bois du pont.*

*— Vous avez mentionné la Ténèbre, dis-je. Qu'est-ce que c'est ?*

*— Une notion qui recouvre ce que votre peuple appelle « magie ».*

*— Mon peuple, peut-être. Pour ma part, j'appelle ça de la superstition. Ne me dites pas que vous prêtez foi à ces balivernes ?*

*Il garda le silence pendant quelques instants, comme s'il lui fallait peser avec soin chaque mot de sa réponse.*

*— Le monde est un joyau aux multiples facettes, dit-il enfin, dont beaucoup nous sont encore inconnues.*

*— Bien des récits courent au sujet de cette guerre, des récits qui attribuent aux Boréens – et tout particulièrement à vous – des pouvoirs magiques considérables. Certains prétendent que ces sortilèges vous ont permis de semer le trouble dans l'esprit de nos soldats en place à la Colline Rouge, ou encore de traverser les murailles de Linesh.*

*Un sourire amusé étira brièvement ses lèvres.*

*— La Colline Rouge fut le théâtre d'un massacre, pas d'un tour de magie. Le massacre de milliers d'hommes qui, aveuglés par la colère, ont couru à leur perte. Quant à Linesh, un égout du port baigné de merde fait un bien piètre sortilège. En outre, je ne donnerais pas cher de la peau d'un officier de la Garde qui suggérerait d'en appeler à la Ténèbre. Ses propres hommes le pendraient haut et court au premier arbre venu. Par définition, la Ténèbre imprègne toutes les formes de croyance qui renient la Foi.*

*Il s'interrompit une fois encore, les yeux rivés à l'épée sur ses genoux.*

*—Il y a une histoire que nous racontons à nos enfants pour les mettre en garde contre la Ténèbre et ses dangers. Vous plairait-il de l'entendre ?*

*Il me lança un coup d'œil interrogateur, levant un sourcil. Si je me considère comme un historien, et non comme un simple compilateur de mythes et légendes, il n'est pas rare que ces fables contiennent une certaine part de vérité, au moins en ce qu'elles illustrent des élucubrations que beaucoup confondent avec la sagesse.*

*—Pourquoi pas, dis-je avec un haussement d'épaules.*

*Quand il reprit la parole, ce fut d'une voix chaude et engageante, empreinte d'une certaine gravité. Une voix de conteur.*

*—Alors approchez et tendez l'oreille, car vous êtes sur le point d'entendre* Le Dit du Bâtard de la Sorcière. *Ce que je m'apprête à vous raconter n'est pas pour les âmes sensibles ni les vessies fragiles. Il s'agit en effet de la plus terrifiante, de la plus effroyable de toutes les histoires. Quand elle prendra fin, nul doute que vous me maudirez de lui avoir prêté voix.*

*» Dans le recoin le plus obscur des plus obscures forêts de la vieille Renfaël, bien avant l'avènement du Royaume, se dressait un village. Et dans ce village vivait une sorcière, fort aimable d'apparence, mais au cœur plus noir qu'une nuit sans lune. Tendre et avenant le visage qu'elle montrait aux villageois, mais vile et envieuse l'âme qui se cachait derrière. Car cette femme n'était qu'appétit : appétit de chair, appétit d'or et appétit de mort. La Ténèbre avait jeté son dévolu sur elle dès son plus jeune âge, et c'était avec délices qu'elle s'était abandonnée à sa flétrissure. En reniant la Foi, elle avait acquis un grand pouvoir, le pouvoir d'envoûter les hommes, d'enflammer leur désir et de les pousser à commettre d'ignobles forfaits en son nom.*

*» Le premier à tomber sous sa coupe fut l'intendant du village, un homme brave et charitable qui, à force de parcimonie et de dur labeur, avait amassé quelques richesses… richesses qui ne manquèrent pas d'éveiller l'appétit de la sorcière. Jour après jour, elle s'arrangeait pour déambuler devant lui afin d'exhiber ses charmes et d'attiser les flammes de sa passion. Une fois sa raison consumée par ce brasier*

*dévorant et sa volonté empêtrée dans les rets du désir, l'intendant ne put résister au sinistre dessein que la Ténèbre, par la voix de la sorcière, lui susurrait à l'oreille : « Tue ta compagne et laisse-moi prendre sa place. » Et c'est ainsi qu'en une nuit funeste il déversa ce poison que l'on nomme le Trait du Chasseur dans le souper de son épouse. Au petit matin, la pauvre ne respirait plus.*

*» Le trépas de cette femme d'âge mûr, déjà frappée jadis par la maladie, passa pour naturel aux yeux des villageois. Mais la sorcière, qui savait de quoi il retournait, prit soin de masquer sa jubilation derrière un torrent de larmes quand ils vouèrent aux flammes l'épouse assassinée, sans jamais cesser d'enjôler l'intendant à l'aide de ses Ténébreux pouvoirs : « Couvre-moi de présents et je me donnerai à toi. » Et quels présents il lui offrit ! Un cheval, des bijoux, de l'or et de l'argent… mais la sorcière, fort avisée, les refusa au su et au vu de toute la communauté, afin que chacun puisse témoigner de l'indignité de cet homme courtisant une femme si jeune quelques semaines à peine après la disparition de sa propre épouse. Elle le tourmentait tant et si bien, alternait si impitoyablement cajoleries et violentes rebuffades, que la raison de son pauvre prétendant ne tarda pas à vaciller. Afin d'échapper à l'asservissement de ses sens par la Ténèbre, il fila dans les bois, noua une corde à la plus haute branche d'un vieux chêne et se rompit le cou, laissant derrière lui une confession écrite dans laquelle il révélait son ignoble forfait et désignait la sorcière comme seule et unique responsable de son accès de démence.*

*» Bien évidemment, les villageois refusaient d'y croire, elle si douce, si charmante… L'intendant avait de toute évidence perdu la tête, pensaient-ils, rendu fou par l'amour impossible que lui inspirait cette attirante jeunesse. Ils vouèrent son corps aux flammes et s'efforcèrent d'oublier cette malheureuse histoire. Mais la sorcière, vous vous en doutez, ne comptait pas en rester là. Son regard se posa sur le forgeron du village, un grand et beau gaillard au bras sûr et au cœur pur. Pourtant, même le cœur le plus pur ne pouvait résister à sa Ténébreuse influence.*

*» Elle avait élu résidence à l'écart du village, de manière à pratiquer sa magie noire loin des regards indiscrets. Tout comme elle*

*savait corrompre le cœur des hommes, cette sorcière savait corrompre les vents. Ainsi, un jour que le forgeron faisait brûler son charbon dans la forêt, elle déchaîna une terrible tempête dont les bourrasques de neige tombées des hauts sommets forcèrent l'artisan éperdu à trouver refuge sous son toit. Il eut beau résister de toute la vigueur de son âme, les charmes de la belle l'emportèrent et la sorcière le mena dans sa couche pour un accouplement impur au cours duquel son immonde bâtard fut conçu.*

*» Ce fut la honte qui rompit son maléfice, la honte d'un honnête homme contraint de tromper son épouse ; une honte qui le rendit sourd aux cajoleries de la sorcière le lendemain matin, et sourd encore à ses imprécations quand il s'enfuit pour regagner le village où, sottement, il jugea préférable de taire sa mésaventure.*

*» Et la sorcière ? Elle attendit son heure. Patiente, elle laissa pousser la graine néfaste plantée dans son ventre. Patiente, elle laissa l'hiver céder sa place au printemps et, patiente, elle laissa croître les récoltes. Mais son attente prit fin le jour où l'on affûta les faux pour la moisson, le jour où son immonde progéniture s'arracha à elle pour émerger d'entre ses jambes. Alors, elle passa à l'action.*

*» Un orage à nul autre pareil éclata au-dessus du village, annoncé par des nuées cendreuses qui couvrirent le ciel du nord au sud, d'est en ouest, jusqu'à l'horizon, entraînant dans leur sillage des rafales de vent et de pluie qui semblaient ne jamais devoir cesser. Trois longues semaines durant, le déluge et la tempête firent rage, forçant les villageois terrifiés à se cloîtrer chez eux ; et quand les nuages se dissipèrent enfin et que les pauvres hères purent s'aventurer au-dehors, ce fut pour découvrir chaque parcelle, chaque lopin, chaque champ affreusement saccagé par la fureur des éléments. Cette année-là, ils ne récoltèrent que famine et noire misère.*

*» Ils se mirent à errer dans la forêt en quête de gibier, mais toutes les bêtes avaient disparu, chassées des sous-bois par les Ténébreux murmures de la sorcière. Tenaillés par la faim, les enfants gémissaient et les vieillards dépérissaient ; et tandis qu'un par un ils rejoignaient l'Au-Delà, fauchés par la disette, la sorcière se terrait confortablement*

*dans sa chaumière. Car son bâtard et elle ne manquaient de rien : pour un être versé dans la Ténèbre, quoi de plus facile qu'attirer sur le seuil de sa porte d'inconscientes et appétissantes créatures ?*

*» Quand sa mère bien-aimée vint à mourir, le forgeron n'y tint plus. Il réunit les villageois pour leur révéler son adultère et leur décrire les noirs desseins de sa tentatrice. Il leur apprit comment elle l'avait envoûté pour engendrer ce bâtard rayonnant de santé qu'elle se plaisait à promener à l'orée du village, et dont les gazouillis rieurs semblaient railler les enfants faméliques des habitants. Au terme de sa confession, les villageois votèrent et la décision fut prise à l'unanimité : il fallait chasser la sorcière.*

*» Au départ, elle tenta d'employer son pouvoir pour retourner la situation, proférant d'ignobles mensonges à l'encontre du forgeron qu'elle finit par accuser du crime le plus infâme qui soit : le viol. Mais sa magie n'agissait plus à présent qu'ils connaissaient la vérité, à présent qu'ils distinguaient le venin distillé dans chacun de ses mensonges, la lueur mauvaise au fond de ses yeux et la perfidie cachée derrière son beau visage. Et c'est ainsi que les villageois la bannirent dans la nuit, embrasant de leurs torches sa chaumière isolée. Comme elle s'enfuyait, son ignoble nourrisson pressé contre son sein, elle tomba le masque, les maudit tous un par un… et les somma de craindre sa vengeance.*

*» Tandis que les villageois retrouvaient leurs foyers et s'apprêtaient à affronter les rigueurs de l'hiver, la sorcière partit donc à la recherche d'un abri dans les entrailles les plus obscures et les plus reculées de la forêt, en quête d'un lieu que nul n'avait jamais foulé ; quand elle l'eut trouvé, elle entreprit d'enseigner les voies de la Ténèbre à son héritier.*

*» Les années passèrent, le village enterra ses morts et lutta pour sa survie. Au fil des ans, la sorcière ne devint qu'un mauvais souvenir, puis une histoire contée lors des nuits froides pour effrayer les enfants. Les champs refleurirent, les saisons se succédèrent et les villageois s'établirent dans le confort de ce monde redevenu paisible. Pauvres fous qu'ils étaient… car à leur insu, une nouvelle tempête se préparait. De son bâtard, la sorcière avait fait un monstre. En lui, en cet enfant maigrelet à l'allure miteuse, elle avait insufflé toute la Ténèbre qu'elle*

*avait pu invoquer, tout d'abord par le lait vicié de sa poitrine, puis par l'enseignement perverti qu'elle lui avait prodigué dans leur repaire puant et, enfin, par son propre sang. Oui, vous m'avez bien entendu : une fois son fils suffisamment âgé, la sorcière, cette femme gorgée de haine, se trancha les veines et lui ordonna de boire. Et par les Défunts comme il but ! Longuement, goulûment, jusqu'à ce que son ignoble mère ne fût plus qu'une coquille vide. Et quand l'âme dévoyée de la sorcière partit rejoindre les limbes qui attendent les Infidèles, un sourire naquit sur ses lèvres mortes, car elle savait sa vengeance imminente.*

*» Il commença par s'en prendre aux animaux de compagnie des villageois, s'emparant au plus noir de la nuit de chats et de chiens adorés pour les abandonner, torturés à mort, au petit matin. Il s'attaqua ensuite aux génisses et aux porcs, dont on retrouvait les têtes empalées sur des piquets de clôture aux quatre coins du village. Apeurés et inconscients de la nature de leur tourmenteur, les villageois mirent en place des patrouilles, allumèrent des torches et ne quittèrent plus leurs armes après la tombée de la nuit. Mais toutes ces précautions ne leur servirent à rien.*

*» Après les bêtes vint le tour des enfants ; des bambins titubants jusqu'aux poupons dans leurs berceaux, il rafla tous ceux qu'il put trouver… et mieux vaut taire l'épouvantable sort qu'il leur réserva. Ivres de rage et de douleur, les villageois battirent les bois, les chasseurs parmi eux relevèrent chaque trace, chaque empreinte, explorèrent chaque recoin de la forêt et posèrent mille pièges, dans l'espoir de capturer le monstre invisible. Mais la battue ne donna rien. Tout l'automne durant et jusqu'aux premiers frimas, la valse nocturne de torture et de mort se poursuivit. Puis, quand l'hiver enserra le village dans son poing de glace, il choisit d'apparaître au grand jour, déambulant au gré des ruelles en plein midi. La peur des habitants était si grande, désormais, que nul n'osa lever la main sur lui. Pire encore, ils l'implorèrent. Ils l'implorèrent de leur laisser la vie sauve, à eux comme à leurs enfants, et lui offrirent toutes leurs maigres possessions s'il acceptait de les laisser en paix.*

*» Alors le bâtard de la sorcière éclata de rire. Il ne s'agissait pas là du rire normal d'un enfant de son âge, mais d'un grincement*

*impossible, un aboiement qu'aucune gorge humaine n'aurait jamais dû pouvoir émettre. Et quand ce rire retentit, les villageois comprirent qu'ils étaient condamnés.*

*» Le bâtard invoqua la foudre et le village s'embrasa. Les habitants partirent se réfugier le long de la rivière, mais le déluge qu'il libéra fit voler les berges en éclats et basculer les survivants dans le torrent furieux. Sa soif de vengeance n'étant pas étanchée, il déchaîna ensuite une bourrasque venue du nord pour les figer dans une gangue de givre. Et quand cette prison glacée les eut recouverts, le bâtard l'arpenta de part en part jusqu'à retrouver le visage transi de son père le forgeron, une expression de terreur muette plaquée à jamais sur ses traits.*

*» Nul ne sait ce qu'il advint de lui, même si certains affirment que lors des plus froides nuits d'hiver, à l'endroit où le village se dressait autrefois, on peut encore entendre l'écho de son rire dans les bois. Car tel est le sort de ceux qui s'abandonnent de tout leur être à la Ténèbre : le repos de la mort leur est refusé et les portes de l'Au-Delà leur sont à jamais fermées.*

*Al Sorna se tut et laissa son regard retomber sur l'épée. Son attitude, la gravité avec laquelle il avait narré son histoire, sa mine songeuse, tout indiquait qu'il accordait une certaine valeur à ce conte cruel, qu'il y voyait une signification, une portée qui, pour ma part, m'échappait complètement.*

*— Vous y croyez, à cette histoire ? demandai-je.*

*— Ne dit-on pas que derrière les fables se cache un fond de vérité ? Peut-être qu'avec le temps l'érudit que vous êtes saura déchiffrer les mystères de celle-ci.*

*— Je ne m'intéresse guère au folklore.*

*Je mis de côté le parchemin sur lequel j'avais couché* Le Dit du Bâtard de la Sorcière. *Quelques années devaient s'écouler avant que je le parcoure à nouveau, et j'aurais alors bien des raisons de regretter de n'avoir pas suivi son conseil.*

*Je m'emparai d'une liasse de pages vierges et levai sur lui un regard impatient, auquel il répondit par un sourire.*

*— Laissez-moi vous raconter ma première rencontre avec le roi Janus.*

# Chapitre premier

Dans les derniers jours du mois de Prensur débutèrent les leçons d'équitation. On attribua à chacun des disciples un étalon âgé de moins de deux ans, de jeunes montures pour de jeunes cavaliers. La distribution des bêtes se fit sous la supervision d'un maître Rensial étonnamment serein et pour une fois débarrassé de son hystérie maladive, ce qui ne l'empêcha pas de marmonner continuellement lors de l'affectation des montures.

— Hmm, grand, oui, grommelait-il, les yeux rivés sur Barkus. De la puissance, voilà ce qu'il faut.

Puis il saisit le disciple par la manche et le tira vers le cheval le plus massif de l'écurie, un bai trapu haut d'au moins dix-sept paumes.

— Brosse-le et vérifie ses fers.

Caenis eut droit à un étalon brun foncé au pied léger et Dentos à un robuste pur-sang gris pommelé. Le cheval de Nortah, quant à lui, affichait une robe uniformément noire, rehaussée par une tache blanche au milieu du front.

— Vif, marmonna maître Rensial. À cavalier rapide, destrier rapide.

Nortah observa sa monture en silence, sans se départir de ce mutisme qui inquiétait tant ses camarades depuis son retour de l'infirmerie. À leurs incessantes tentatives de dialogue, il répondait invariablement par, au mieux, un haussement d'épaules, au pire une froide indifférence. Il ne semblait reprendre goût à la vie que sur le terrain d'entraînement, où il faisait preuve à l'épée comme à la hache d'armes d'une sauvagerie sans précédent qui les laissait bien souvent à terre, égratignés et perclus de bleus.

Vaelin, pour sa part, écopa d'un vigoureux alezan aux flancs zébrés de cicatrices.

— Détraqué, lui confia maître Rensial. Pas dressé. Cheval sauvage des grandes plaines. Un peu trop fougueux pour son bien, manque d'éducation.

L'animal montra les dents et poussa un puissant hennissement doublé d'un déluge de bave qui fit reculer Vaelin. Il n'avait pas chevauché depuis le jour de son admission au sein de l'Ordre et la perspective de monter en selle ne l'enchantait guère. À dire vrai, il se sentait curieusement intimidé.

— Pansez-les aujourd'hui, montez-les demain, déclara maître Rensial. Gagnez leur confiance et vous traverserez toutes les guerres sur leur dos. Échouez et vous mourrez.

Une fois son bref discours achevé, les novices virent passer dans ses yeux l'ombre annonciatrice d'un énième accès de violence ou de folie furieuse et se hâtèrent de mener leurs chevaux dans leurs stalles pour les brosser.

Leur entraînement commença dès le lendemain matin, et les occupa à temps plein les quatre semaines suivantes. Favorisé par son éducation à la cour, Nortah s'avéra de loin le meilleur cavalier, coiffant au poteau tous ses condisciples et franchissant sans mal les parcours d'obstacles les plus retors que maître Rensial se plaisait à leur concocter. Seul Dentos, doué d'un talent inné pour l'équitation, lui arrivait à la cheville.

— Tous les étés, je participais aux courses, leur apprit-il. J'y faisais gagner un pactole, à la mère. Elle disait qu'avec moi à la bride même le pire des canassons pouvait gagner.

Caenis et Vaelin se découvrirent des prédispositions pour la monte et Barkus apprit rapidement à rester en selle, même s'il ne cachait pas son aversion pour l'exercice.

— J'ai l'impression que mille marteaux se sont donné rendez-vous pour danser la gigue sur mon cul, grogna-t-il un soir en s'écroulant sur son lit, tête la première.

Tous les membres du groupe nouèrent bientôt un lien privilégié avec leur monture, qu'ils baptisèrent et apprirent à connaître. Tous… sauf Vaelin. En désespoir de cause, il avait fini par nommer son cheval Écume, car c'était bien la seule chose qu'il récoltait lorsqu'il tentait de s'attirer les faveurs de l'animal : une pluie de gros crachats spumeux. Perpétuellement de mauvais poil, la bête manifestait un goût prononcé pour les ruades et les coups de tête aussi douloureux qu'intempestifs. Vaelin avait beau le courtiser à grand renfort de pommes ou de tiges de canne à sucre, ces présents ne faisaient rien pour atténuer l'agressivité naturelle de son partenaire. Il puisait cependant quelque réconfort dans le fait qu'Écume se comportait encore plus mal avec les autres qu'avec lui. En dépit de ses manquements, l'animal se montrait aussi preste au galop qu'impitoyable au combat, n'hésitant pas à mordre les autres montures en pleine charge et ne reculant jamais devant une mêlée.

Les disciples en vinrent rapidement à redouter les leçons de combat monté, au cours desquelles ils devaient se faire chuter l'un l'autre à coups de lance ou d'épée. Les talents de cavalier de Nortah, alliés à son penchant récent pour la confrontation, impliquaient de nombreuses culbutes à bas de la selle et des blessures bien trop nombreuses à leur goût. On les initia également à l'art délicat de l'archerie montée, passage obligé de l'Épreuve du Cheval qu'il leur faudrait affronter dans moins d'un an. Déjà peu habile au maniement de l'arc sur la terre ferme, Vaelin s'avérait parfaitement incapable d'atteindre la botte de foin située à vingt mètres de là tout en rebondissant sur sa selle. À l'inverse, Nortah avait touché sa cible dès le premier coup et ne l'avait pas manquée une seule fois depuis lors.

— Tu pourrais m'apprendre ? lui demanda Vaelin, dépité par ses échecs répétés. J'ai parfois du mal à suivre les conseils de maître Rensial.

Nortah le gratifia de ce regard vide désormais familier.

— Sans doute parce qu'il est complètement givré, répliqua-t-il.

— Quelque chose ne tourne pas rond chez lui, en effet, admit Vaelin avec un sourire. (Nortah ne répondit pas.) Bref, si tu peux me filer un coup de main, je suis preneur.

Nortah haussa les épaules.

— Comme tu voudras…

Vaelin comprit bien vite que seule la pratique lui permettrait de s'améliorer. Tous les soirs, après le dîner, il consacra donc une heure, parfois plus, à manquer sa cible avec une impressionnante régularité sous la houlette de Nortah.

— Cesse donc de te dresser sur tes étriers quand tu t'apprêtes à tirer… La corde jusqu'au menton, voilà… Épouse les mouvements de ta monture avant d'ouvrir la main… Ne vise pas si bas…

Il fallut cinq jours à Vaelin avant qu'il parvienne à toucher la botte de foin, et trois de plus pour faire mouche presque à chaque coup.

— Je te remercie, mon frère, dit-il, un soir qu'ils ramenaient leurs montures à l'écurie. Je n'y serais sans doute jamais arrivé sans ton aide.

Nortah lui jeta un coup d'œil indéchiffrable.

— J'avais une dette envers toi, non ?

— Nous sommes frères. Nous ne nous devons rien.

— Franchement, ça t'arrive de t'entendre parler ? Tu y crois vraiment, à ces foutaises ? (Il n'y avait aucune animosité dans la voix de Nortah, seulement une vague curiosité.) Nous nous donnons du « frère » par-ci, du « frère » par-là, mais c'est un sang différent qui coule dans nos veines. Nous ne sommes rien d'autre que des gamins réunis de force par l'Ordre. T'es-tu jamais demandé ce que nous éprouverions l'un pour l'autre en d'autres circonstances ? Aurions-nous été amis, ou ennemis ? Nos pères se détestaient, l'ignorais-tu ?

Vaelin hocha la tête, dans l'espoir que son silence mette fin à cette conversation.

— Oh oui ! Quand j'étais plus jeune, j'avais trouvé un petit réduit secret dans la maison de mon père, d'où je pouvais écouter les réunions qu'il tenait dans son cabinet. Il parlait souvent de ton père, qu'il ne semblait pas porter dans son cœur. Il le traitait de paysan parvenu, sans plus de cervelle qu'une hache d'armes. D'après lui, il aurait mieux valu boucler Sorna dans une geôle pour ne l'en sortir qu'en temps de guerre. Que le roi puisse prêter l'oreille aux conseils d'un tel lourdaud le dépassait complètement.

Ils avaient bridé leurs montures et s'affrontaient du regard, à présent, les yeux de Nortah étincelant de cette lueur belliqueuse qui ne le quittait plus depuis leur retour de la foire des Eaux-d'Été. Sensible à l'animosité qui couvait entre eux, Écume hennit et s'ébroua, comme pour anticiper le premier coup.

— Tu cherches à me provoquer, mon frère, dit Vaelin en flattant l'encolure de son destrier pour le calmer. Mais tu oublies que je n'ai pas de père, de sorte que tes mots ne m'atteignent pas. Tu ne sembles t'épanouir que dans l'affrontement, ces derniers temps. Pourquoi cette soif de combat ? Te permet-elle d'oublier ? Apaise-t-elle ta douleur ?

Nortah fit claquer la bride de son cheval et reprit le chemin de l'écurie.

— Ça n'apaise rien du tout. Mais oui, ça me permet d'oublier. L'espace d'un instant, au moins.

Vaelin éperonna Écume, qui partit au petit galop et dépassa son ami.

— Alors peut-être qu'une petite course pourra t'y aider.

Il talonna sa monture et s'élança au galop vers le portail de la Loge. Sans surprise, il perdit largement la course au profit de Nortah, mais fut ravi de constater qu'un sourire éclairait le visage de son condisciple tandis qu'il filait vers l'écurie.

Le mois de Jenislasur touchait à sa fin quand Vaelin, une semaine après son quinzième anniversaire, se vit une nouvelle fois convoqué chez l'Aspect.

— Quoi, encore ? fit Dentos en postillonnant un nuage de miettes de pain sur la table, une manière comme une autre d'illustrer l'élégance toute personnelle qui le caractérisait. C'est qu'il t'apprécie, dis-moi. Tu passes ton temps dans ses quartiers.

— Vaelin est le chouchou de l'Aspect, lâcha Barkus, mi-figue mi-raisin. Ça crève les yeux. Il finira Aspect un jour, c'est moi qui vous le dis.

— Allez vous faire foutre, vous deux, répliqua l'intéressé en se levant de table, une pomme à la main.

Il ignorait la raison de cette convocation. Sans doute s'agissait-il une fois encore de quelque délicate affaire ayant trait à son père ou aux menaces qui pesaient sur sa vie. La façon dont le temps avait fini par émousser ses craintes à ce sujet ne manquait d'ailleurs pas de l'étonner. Depuis quelques mois, les cauchemars ne peuplaient plus ses nuits, tandis que ses mauvaises rencontres de l'Épreuve de la Course ne lui inspiraient plus qu'une froide indifférence. En dépit de ce récent détachement, il espérait encore pouvoir résoudre un jour l'énigme que constituaient ces assassins.

Ayant grignoté presque toute sa pomme sur le chemin, il prit soin de fourrer le trognon sous sa houppelande avant de frapper à la porte de l'Aspect. Il l'offrirait à Écume dans la journée, ce qui lui vaudrait à n'en pas douter une nouvelle douche de bave…

La voix de l'Aspect lui parvint à travers la porte :

— Entre, mon frère.

À l'intérieur, il découvrit le maître de la Loge campé près de l'étroite fenêtre surplombant le fleuve, un mince sourire flottant sur ses lèvres. Vaelin s'apprêtait à lui présenter ses respects quand il se figea à la vue de l'autre occupant de la pièce : perché sur un fauteuil trop haut pour lui, un enfant maigre à faire peur et vêtu de haillons l'observait, ses pieds maculés de boue, ses jambes ballottant dans le vide.

— Le v'là ! dit Frentis en se redressant d'un bond. Le v'là, le frérot qui m'a ins-inspité… qui m'a donné envie de rejoindre l'Ordre ! Même que c'est le fils du Seigneur de Guerre.

— Il n'est le fils de personne, le corrigea l'Aspect.

Vaelin pesta intérieurement en refermant la porte. *Offrir des couteaux à un gamin des rues… Une initiative indigne d'un frère, assurément.*

— Connais-tu ce garçon, mon frère ? l'interrogea l'Aspect.

Vaelin hasarda un coup d'œil vers Frentis, dont le visage crasseux vibrait d'excitation.

— Oui, Aspect. Il m'a porté assistance lors d'une récente… déconvenue.

— Voyez ? triompha Frentis. J'vous l'avais dit ! J'vous l'avais dit qu'y me connaissait.

— Ce jeune homme souhaite rejoindre l'Ordre, poursuivit l'Aspect. Te portes-tu garant pour lui ?

Vaelin lança vers l'enfant un coup d'œil étonné.

— Tu… Tu veux t'enrôler ?

— Ouaip ! dit Frentis. (Il sautillait presque de joie.) J'veux m'rôler. J'veux m'faire frérot.

— Es-tu devenu… ? (Vaelin ravala le mot « fou » et inspira profondément avant de reprendre la parole.) Me porter garant pour lui, Aspect ?

— L'enfant est orphelin. Dès lors, il ne dispose d'aucun représentant capable de répondre de lui et de le remettre entre les mains de l'Ordre. Notre règlement exige que tout novice en passe d'admission ait un garant : un parent ou bien, dans le cas d'un orphelin, un sujet reconnu du Royaume. C'est toi que ce garçon a choisi.

*Un garant ?* Personne ne lui avait jamais parlé de ça.

— Ai-je moi aussi bénéficié d'un garant, Aspect ?

— Bien sûr.

*Mon père les avait donc déjà approchés avant de m'abandonner au pied de la Loge. Depuis combien de jours, combien de semaines avait-il arrangé mon admission ? Pourquoi ne pas m'avoir prévenu ?*

— Dis-lui que j'peux être un d'vos frères, lui enjoignit Frentis. Dis-lui comment que j't'ai aidé.

Vaelin inspira profondément, conscient du regard implorant que l'enfant posait sur lui.

— Pouvez-vous nous accorder un instant, Aspect ?

— Fort bien. Je vous attends dans le donjon.

Quand l'Aspect fut sorti, Frentis revint à la charge.

— Faut qu'tu lui dises. Dis-lui que je ferai un bon frère et…

— Tu crois que c'est un jeu ? l'interrompit Vaelin. (Il marcha sur l'enfant, le saisit par le revers de sa guenille et l'attira à lui.) Qu'espères-tu trouver ici ? Un abri ? De la nourriture ? Sais-tu seulement ce qu'est cet endroit ?

L'enfant écarquillait les yeux, transi de peur.

— C'est là qu'on forme les frères, répondit-il d'une toute petite voix.

— Oui, c'est ici qu'on nous forme. C'est ici qu'on nous bat, qu'on nous oblige à nous affronter les uns les autres, jour après jour, et qu'on nous soumet à des épreuves mortelles. J'ai quinze ans, et plus de cicatrices que n'importe quel vétéran de la Garde du Royaume. Nous étions dix dans mon groupe, à mon arrivée. Nous ne sommes plus que cinq. Qu'est-ce que tu veux de moi ? Que je signe ton arrêt de mort ? (Il desserra le poing et s'éloigna vers la porte.) Je refuse. Retourne à la ville. Tu y vivras plus longtemps qu'ici.

— Si j'y retourne, je suis mort demain ! s'écria Frentis. (Il se rencogna dans son fauteuil, puis éclata en sanglots.) J'ai nulle part où aller. Si tu me renvoies là-bas, je ne passerai pas la nuit. Les gars d'Hunsil vont me faire la peau à coup sûr.

La main de Vaelin s'immobilisa sur la poignée de la porte.

— Hunsil ?

— Le chef des bandes du quartier. Putains, tire-laine, tueurs, tout le monde lui verse un tribut de cinq liards par mois. J'ai pas pu payer le mois dernier et ses clébards m'ont flanqué une de ces raclées…

— Et quoi ? Si tu ne paies pas ce mois-ci, il te fait exécuter, c'est ça ?

— On a dépassé ce stade. C'est plus l'argent, le problème. C'est son œil.

— Son œil ?

— Ouais, le droit. L'a comme qui dirait disparu.

Avec un long soupir, Vaelin tourna le dos à la porte.

— Les couteaux que je t'ai donnés.

— Bah ouais. J'avais plus le temps d'apprendre, alors je m'suis exercé tout seul. Je m'débrouillais plutôt bien, même. Pis je me suis dit, qui d'mieux pour me faire la main que ce salaud d'Hunsil ? Alors j'me suis caché dans une ruelle, à l'extérieur de la taverne où il traîne tous les soirs.

— Atteindre l'œil d'un adversaire n'est pas une mince affaire. Félicitations.

Frentis afficha un faible sourire.

— Ben j'visais sa gorge, en fait.

— Et ce Hunsil sait que c'est toi qui as tiré ?

— Oh ! que oui, y sait. Y sait toujours tout, ce salopard.

— J'ai un peu d'argent. Pas beaucoup, mais si mes frères se joignent à moi, nous pourrions te payer une place de mousse sur un vaisseau marchand. Tu serais bien plus en sécurité sur un bateau qu'entre ces murs.

— Ça m'a traversé l'esprit, mais c'est pas mon truc. Ces foutus rafiots m'donnent la gerbe. Rien qu'traverser le fleuve à la barge, ça m'retourne les boyaux. Pis à ce qu'on dit, les marins n'aiment rien tant qu'un p'tit mousse encore frais pour égayer leur cabine.

— Nous savons nous montrer très persuasifs. Je te garantis qu'ils te laisseront tranquille.

— Mais j'veux devenir un frère. J'ai vu comment vous leur avez réglé leur compte, à ces Faucons, toi et l'autre. C'était pas croyable. J'veux pouvoir faire pareil. J'veux te ressembler.

— Pourquoi ?

— Pour devenir quelqu'un. Quelqu'un qui compte. Ça fait encore le tour de toutes les tavernes, tu sais. Comment le fils du

Seigneur de Guerre, l'a humilié toute une bande de Faucons Noirs. T'es presque aussi célèbre que ton paternel.

— Et c'est ça que tu cherches ? La célébrité ?

Frentis se mit à danser d'un pied sur l'autre. De toute évidence, il n'avait guère l'habitude qu'on lui demande son opinion. L'interrogatoire auquel le soumettait Vaelin mettait ses nerfs à rude épreuve.

— Chais pas. J'vais quand même pas jouer les vide-goussets toute ma vie. J'veux juste devenir quelqu'un. Trouver ma place.

— Tout ce que tu risques de trouver ici, c'est une mort prématurée.

Frentis n'eut soudain plus du tout l'air d'un petit garçon. À vrai dire, ce fut au tour de Vaelin de se sentir intimidé par le regard abîmé et le poids du vécu de l'orphelin, tel un enfant en présence d'un vieillard.

— Exactement ce qui m'a toujours attendu dehors.

*En ai-je le droit ?* se demanda Vaelin. *Ai-je le droit de le condamner ainsi ?* La réponse s'imposa à lui sans tarder. *Au moins, le choix lui appartient. Il a choisi de se présenter ici. Et à quoi est-ce que je le condamnerais si je le renvoyais ?*

— Que sais-tu de la Foi, Frentis ?

— C'est c'que les gens croivent qui s'passe après la mort.

— Et que se passe-t-il après la mort ?

— On rejoint les autres Défunts et on donne des coups d'main aux vivants.

*Bon, il ne le formule pas exactement dans les termes du Catéchisme de la Foi, mais l'idée est là.*

— Et tu y crois ?

Frentis haussa les épaules.

— J'imagine, ouais.

Vaelin se pencha et riva son regard à celui du garçon.

— Quand l'Aspect te posera la question, n'imagine pas. Sois-en sûr. L'Ordre combat pour la Foi avant de combattre pour le Royaume. (Il se redressa.) Bien, allons le chercher.

— Alors c'est bon ? Tu vas lui dire de m'laisser entrer ?

*Que l'âme de ma mère me pardonne.*

— Oui.

— Génial ! (Frentis sauta à bas du fauteuil et courut jusqu'à la porte.) Merci…

— Ne t'avise plus jamais de me remercier pour ça, l'interrompit Vaelin. Plus jamais.

Frentis lui lança un coup d'œil étonné.

— Comme tu veux. Bon, quand est-ce qu'on me donne une épée ?

Le prochain arrivage de recrues n'étant pas prévu avant trois mois, l'Aspect décida de mettre à contribution l'énergie du jeune orphelin. Tour à tour garçon de courses, commis de cuisine, laboureur au verger et préposé au réfectoire, Frentis ne ménageait pas sa peine. On lui attribua un grabat dans le dortoir de la tour nord, l'Aspect estimant que l'isoler dans une pièce à l'écart constituerait un bien piètre accueil au sein de l'Ordre.

— Je vous présente Frentis, déclara Vaelin à ses camarades. Un futur novice. Il dormira avec nous jusqu'à la fin de l'année.

— Il a quel âge, ce moutard ? demanda Barkus en examinant Frentis de la tête aux pieds. Et puis il n'a que la peau sur les os.

— Va t'faire foutre, sac à saindoux ! lui rétorqua l'orphelin en reculant d'un pas.

— Charmant, vraiment, fit remarquer Nortah. Un petit vaurien de compagnie rien qu'à nous.

— Pourquoi est-ce qu'il devrait pioncer avec nous ? voulut savoir Dentos.

— Parce que l'Aspect l'exige, et parce que j'ai une dette envers lui. Tout comme toi, mon frère, ajouta-t-il à l'adresse de Nortah. Sans son aide, ton cadavre serait encore en train de pourrir en cage, pendu aux remparts de la ville.

Silencieux, Nortah inclina la tête sur le côté.

— Eh ! mais c'est lui que t'as assommé, dit Frentis. Celui qu'a ouvert la jambe au Faucon Noir. Un joli coup, ça. Si j'ai bien compris, on a le droit de planter les soudards de la Garde du Royaume, alors ?

— Non !

Vaelin le traîna jusqu'à l'ancien lit de Mikehl, resté vide depuis sa mort tant d'années auparavant.

— Voici ta couche. Tu obtiendras une paillasse auprès de maître Grealin, dans la cave. Je t'y emmènerai bientôt.

— J'aurai droit à une épée ?

Les autres éclatèrent de rire.

— Bien sûr que tu auras droit à une épée, dit Dentos. La meilleure qu'on puisse tailler dans du frêne.

— J'veux une vraie épée, grommela Frentis, l'air maussade.

— Il te faudra la mériter, lui dit Vaelin. Comme nous tous ici. Maintenant, j'aimerais qu'on discute du vol.

— J'volerai plus. J'en ai fini avec ça, promis !

Nouvel accès d'hilarité des disciples.

— Une graine de frère ou je ne m'y connais pas, ricana Barkus.

— Le vol est… (Vaelin s'interrompit, le temps de trouver le mot juste). Le vol est admis dans l'enceinte de la Loge, mais sous certaines conditions. Tu ne devras jamais léser l'un d'entre nous ni l'un des maîtres.

Frentis lui décocha un coup d'œil méfiant.

— Z-êtes en train de me tester, c'est ça ?

Vaelin serra les dents. Il commençait à comprendre l'attrait que maître Sollis éprouvait pour sa badine.

— Non. Tu as le droit de voler d'autres frères de l'Ordre tant qu'il ne s'agit ni d'un maître ni d'un membre de ton groupe.

— Sérieusement ? Et personne ne dira rien ?

— Au contraire. Tu te feras tanner le cuir comme jamais si on te prend la main dans le sac, mais ce sera ton manque de discrétion qu'on punira, pas le vol.

Un tout petit sourire naquit sur les lèvres de Frentis.

— De toute ma vie, je ne m'suis fait pincer qu'une seule fois. Ça n'arrivera plus.

Au grand étonnement de Vaelin, les rigueurs de la vie au sein de l'Ordre n'entamèrent en rien le bel enthousiasme de Frentis. Il volait de corvée en corvée sans rechigner, sillonnant la Loge telle une tornade miniature, et ne s'arrêtait que pour regarder les disciples s'entraîner ou les supplier de lui apprendre telle ou telle technique. La plupart d'entre eux s'exécutaient volontiers et lui inculquaient les bases de l'escrime ou du pugilat. Déjà rompu au lancer de couteau, il ne tarda pas à rivaliser avec Dentos et Nortah au jeu des lames. Le groupe, y voyant une occasion à ne pas manquer, se hâta d'organiser un tournoi au cours duquel ils raflèrent une bonne partie des couteaux de leurs condisciples.

— Pourquoi que j'peux pas les garder ? gémit Frentis tandis qu'ils se partageaient leur butin.

— Parce que tu n'es pas encore un vrai frère, lui dit Dentos. En temps voulu, tu conserveras tes gains. Mais d'ici là, on prendra notre part, en échange de notre aimable enseignement.

Le plus surprenant restait toutefois l'intrépidité de Frentis devant Balafre. Quand ses compagnons restaient sur leurs gardes, le jeune orphelin se jetait sur le cerbère avec espièglerie, s'abandonnant sans crainte aux pattes et aux crocs puissants de l'animal pour mieux glousser de joie chaque fois que ce dernier l'envoyait valser dans les airs. D'abord inquiet, Vaelin avait fini par comprendre que Balafre retenait ses coups, de sorte que Frentis n'eut jamais à souffrir de la moindre égratignure au terme de leurs jeux.

— Il voit le gamin comme un chiot, expliqua maître Jeklin. Il le prend sans doute pour l'un des tiens et joue le rôle d'un grand frère.

Frentis s'attira également une autre distinction, en devenant le seul garçon de la Loge à échapper aux rossées de maître Rensial. Pour une raison connue de lui seul, le maître de l'écurie ne levait jamais la main sur l'orphelin, se contentant de lui assigner des tâches et de l'observer les accomplir en silence. Il arborait alors une expression encore plus étrange qu'à l'accoutumée, un curieux mélange de regret et de perplexité qui ne manquait pas d'inquiéter Vaelin. Dès lors, ce dernier s'efforça autant que possible de tenir Frentis à l'écart de l'écurie.

— Qu'est-ce qui cloche chez maître Rensial ? lui demanda Frentis, un soir qu'il lui enseignait les rudiments de la parade. L'a une araignée au plafond ?

— J'en sais peu à son sujet, répondit Vaelin, à part que les chevaux n'ont aucun mystère pour lui. Quant à son comportement, j'imagine sans trop de mal que la vie au sein de l'Ordre peut dérégler l'esprit d'un homme.

— Tu crois que ça t'arrivera, à toi aussi ?

Vaelin ne dit rien, préférant porter à Frentis un rapide coup de taille que celui-ci ne para qu'à la dernière seconde.

— Reste attentif, gronda Vaelin. Les maîtres se montreront bien moins cléments.

Le temps semblait passer plus vite en compagnie de Frentis, dont l'énergie et l'enthousiasme détournaient les disciples de leurs propres malheurs. Même Nortah sortait ragaillardi des cours de tir à l'arc qu'il avait choisi de prodiguer au jeune garçon. Comme à l'époque des révisions de Dentos pour l'Épreuve du Savoir, Vaelin ne pouvait s'empêcher d'admirer les talents de pédagogue de son rival. Là où tous les autres, surtout Barkus, s'agaçaient bien souvent des erreurs de Frentis, Nortah faisait montre d'une incroyable patience.

— Bien, dit-il quand leur jeune protégé parvint à manquer la cible de deux mètres seulement. Essaie de pousser la branche en même temps que tu bandes la corde, tu accentueras ainsi la courbure de ton arc.

Grâce à Nortah, Frentis devint ainsi le premier novice de l'histoire de l'Ordre à mettre dans le mille dès sa première séance d'entraînement officiel.

— J'peux pas rester avec vous autres ? implora-t-il le soir précédant son départ pour la chambre qu'il partagerait avec les membres de son groupe.

— Tu dois vivre avec tes camarades, dit Vaelin.

Ils se trouvaient dans le chenil, où Balafre montait la garde devant sa compagne au ventre arrondi. En dehors de son maître et de l'orphelin, plus personne n'avait le droit d'approcher sa cage. Même maître Jeklin ne s'y aventurait plus, de peur de provoquer l'instinct défensif du futur père.

— Mais pourquoi ? reprit Frentis d'une voix légèrement moins geignarde.

— Parce qu'on ne peut pas t'accompagner tout au long de ton noviciat. Tu trouveras des frères parmi les garçons que tu rencontreras demain. Ensemble, vous affronterez les épreuves qui vous attendent. Telle est la voie de l'Ordre.

— Et s'ils ne m'aiment pas ?

— La sympathie ou l'antipathie n'ont pas leur place en ces murs. Le lien qui nous unit dépasse la simple amitié. (Il donna un petit coup de coude à Frentis.) Ne t'inquiète pas, va. Tu en sais déjà si long qu'ils solliciteront constamment tes conseils. Prends garde à tes chevilles, elles risquent d'enfler.

— Mais toi et les autres, vous allez continuer à m'apprendre ?

Vaelin secoua la tête.

— Tu vas passer sous la tutelle de maître Haunelin. Lui seul aura le droit de te former, dorénavant. Nous autres ne pouvons plus nous en mêler. Tu es bien tombé, tu sais. C'est un homme bon et, tant que tu ne le pousses pas à bout, peu enclin à la baguette. Écoute-le bien.

— J'aurai encore le droit de voler pour vous ?

C'était là un aspect du problème que Vaelin avait oublié de prendre en compte. L'aisance avec laquelle Frentis les comblait de trésors allait assurément leur manquer. Grâce à l'ancien tire-laine, les garçons disposaient désormais d'une quantité de vêtements, piécettes, talismans, couteaux et autres articles à même d'améliorer le quotidien d'un frère du Sixième Ordre. Fidèle à sa réputation, Frentis n'avait jamais été pris sur le fait, quand bien même certains frères n'avaient pas tardé à lier l'arrivée du jeune orphelin à la soudaine recrudescence de vols, au point de provoquer un soir une rixe particulièrement violente en plein réfectoire. Or leur groupe n'avait plus rien à envier aux autres, même les plus âgés, en termes de puissance ou d'aptitude au combat, et l'incident n'avait pas connu de suites. Sur ordre de maître Sollis, Vaelin avait toutefois enjoint à Frentis de faire profil bas pendant quelque temps.

— Il te faudra voler pour ton propre groupe, à présent, lui dit Vaelin, une pointe de regret dans la voix. Mais rien ne t'empêche de troquer avec nous.

— J'pensais que j'aurais même plus le droit de te parler.

— Bien sûr que si, on peut se parler. Que dirais-tu de me retrouver ici tous les Eltrian, après dîner ?

— Tu crois que maître Jeklin m'laisserait avoir un des chiots ?

Vaelin jeta un coup d'œil vers Balafre. À en juger par son regard méfiant et la tension de ses muscles, tout indiquait qu'il pourrait sans mal agresser son propre maître s'il prenait à Vaelin l'envie d'entrer dans la cage.

— Je crains que ce ne soit pas à maître Jeklin d'en décider.

# Chapitre 2

Au beau milieu du mois de Weslin, dans la foulée de l'Hiveriade, fut tenue l'Épreuve de la Mêlée. Après avoir troqué leurs armes contre des épées de bois, on divisa les garçons en deux pelotons composés chacun d'environ vingt-cinq disciples du même âge. D'un côté du terrain d'entraînement, on avait enfoncé dans la terre gelée une lance ornée d'un fanion rouge. Au grand étonnement de Vaelin, tous les maîtres de la Loge s'étaient rassemblés le long du terrain ; même maître Jestin, lui qui ne s'aventurait guère hors de sa forge.

— En la guerre nous trouvons notre sacerdoce, leur déclara l'Aspect quand ils furent déployés face à face. Elle constitue la raison d'être de notre Ordre, car nous combattons pour la Foi et le Royaume. Aujourd'hui, vous allez livrer bataille. Un contingent devra s'emparer de ce fanion, et l'autre le défendre. Les maîtres ici présents vous observeront. Ceux d'entre vous qui manqueront de courage ou d'ardeur au combat se verront congédiés demain. Faites preuve de vaillance et rappelez-vous vos leçons. Les coups mortels sont interdits.

Comme l'Aspect quittait le terrain, les deux pelotons se couvèrent d'un regard à la fois fébrile et impatient. Ils avaient bien compris le message : on avait beau les équiper d'épées de bois et leur interdire de tuer l'adversaire, le sang, aujourd'hui, coulerait en abondance.

Maître Sollis s'avança et tendit au peloton de Vaelin autant de rubans rouges que de disciples, qu'il leur ordonna de se nouer autour du bras gauche. En face, maître Haunelin distribuait des rubans blancs à leurs ennemis désignés.

— Vous attaquez, les blancs défendent, leur dit Sollis. La bataille s'achèvera quand l'un d'entre vous mettra la main sur la lance.

Tandis que leurs ennemis s'alignaient en un rang défensif, Vaelin vit l'Aspect saluer trois spectateurs inconnus : deux hommes mal assortis – à la silhouette épaisse de l'un répondait la maigreur nerveuse de l'autre, dont les longs cheveux noirs claquaient au vent – et une troisième silhouette, plus petite et engoncée dans d'épaisses fourrures, qui ne quittait pas le flanc robuste du premier homme.

— Qui sont ces gens, maître ? demanda Vaelin quand Sollis lui remit son ruban.

— Concentre-toi sur l'épreuve, mon garçon ! (L'instructeur lui assena une claque sur la tempe.) Une seconde de distraction et tu pourrais bien mordre la poussière.

De toute évidence, l'heure n'était pas aux questions.

Quand tous eurent noué leur ruban, ils bravèrent du regard les défenseurs alignés à une centaine de mètres de là. Curieusement, ils semblaient plus nombreux qu'auparavant.

— Qu'est-ce qu'on fait, Vaelin ? lui demanda Dentos, le regard tourné vers lui.

Il s'apprêtait à hausser les épaules quand il prit conscience que tous l'observaient. Pas seulement les membres de son groupe, non, mais chacun des disciples du peloton. Ils guettaient sa réponse. Seul Nortah, qui jonglait d'un air aussi las qu'insouciant avec son épée, faisait exception. Confronté à l'attente de ses camarades, Vaelin tenta sans succès d'improviser un plan. On leur apprenait le combat, pas la tactique. S'il avait déjà entendu parler de manœuvres de contournement ou d'attaques frontales, il ignorait ce que ces termes recouvraient réellement. La plupart des récits de bataille qu'il connaissait célébraient l'héroïsme de frères remportant la victoire par le biais d'actes de bravoure isolés. Et là encore, il s'agissait pour eux de prendre d'assaut les murailles d'une cité ou bien de défendre un pont, pas de capturer une lance. *Cette lance… quel est son véritable intérêt ?*

— Vaelin ? l'interpella Caenis.

— Il ne s'agit pas d'une bataille, pensa-t-il à haute voix.

— Quoi ?

*Les batailles ne se gagnent pas en attrapant une lance, elles se gagnent en détruisant l'armée adverse. Voilà pourquoi on appelle ça l'Épreuve de la Mêlée. Ils veulent nous voir combattre, rien de plus. La lance n'est qu'une diversion.*

— Il faut foncer dans le tas, lança-t-il d'une voix puissante qu'il espérait confiante et résolue. Nous allons charger en plein cœur de leur ligne de front, une attaque éclair qui éclatera leur position. Alors, la lance nous appartiendra.

— Une manœuvre fort subtile, mon frère, grinça Nortah.

— Tu veux mener l'assaut à ma place ?

Nortah inclina la tête, tout sourires.

— Même pas en rêve. Ton plan fonctionnera à merveille, j'en suis sûr.

— Tous en formation, leur dit Vaelin. Serrez les rangs. Barkus et Nortah, vous m'accompagnez à l'avant-garde. Et vous deux aussi, ajouta-t-il en désignant deux disciples vigoureux qu'il connaissait pour leur brutalité. Caenis, Dentos, restez près de nous pour les repousser quand nous aurons la lance à portée. Les autres, vous avez entendu l'Aspect. Si vous ne voulez pas recevoir vos gages demain matin, serrez les poings, choisissez un ennemi et terrassez-le. Quand vous en avez fini avec lui, choisissez-en un autre.

La clameur qui ponctua sa harangue le surprit lui-même, un vacarme exalté qu'accompagnait une forêt de lames brandies vers le ciel. Tout en se sentant un peu idiot, Vaelin mêla sa voix aux hurlements de ses camarades et agita son épée de bois. Comme en réponse, leurs cris redoublèrent, certains même se mirent à scander son nom.

Porté par l'enthousiasme de ses troupes, il marcha sur l'ennemi au rythme des battements effrénés de son cœur. La distance qui les séparait du peloton adverse se réduisait comme peau de chagrin.

— Vaelin ! Vaelin !

Il accéléra son allure, s'élançant à petites foulées afin de conserver toute son énergie pour le combat.

— Vaelin ! Vaelin !

Certains des garçons, dont Caenis, s'égosillaient presque à présent. Quand ils eurent franchi la moitié de la distance, leur cadence s'intensifia. Sa petite armée avait manifestement hâte d'en découdre avec l'ennemi. Du coin de l'œil, il repéra quelques disciples lancés à pleine vitesse.

— Patience ! rugit-il. Resserrez les rangs !

— Vaelin ! Vaelin !

Il embrassa brièvement du regard son peloton et découvrit les visages de ses camarades déformés par la rage. *La peur*, comprit-il. *Ils dissimulent leur peur derrière un masque de rage.* Lui-même ne ressentait aucune colère, aucune frénésie guerrière. À vrai dire, il s'inquiétait seulement de recevoir une nouvelle cicatrice. Maître Henthal venait tout juste de lui ôter les points de suture de sa dernière en date, une longue estafilade lui barrant la cuisse qu'il devait à une violente chute de cheval.

— Vaelin ! Vaelin !

Ils couraient tous, à présent, et leur formation menaçait d'éclater. Désobéissant aux ordres, Dentos cavalait en tête de peloton, la bouche ouverte sur un rugissement déchaîné.

*Oh ! par la Foi !* Vaelin se précipita derrière lui, son épée pointée sur le centre du rang ennemi.

— Chargez ! CHARGEZ !…

Quand les deux groupes se télescopèrent, la secousse dégagée par l'impact fut telle qu'ils la sentirent dans leurs dents. L'épaule en avant, Vaelin eut d'abord l'impression d'avoir percuté un tronc d'arbre avant de comprendre qu'il venait d'assommer deux défenseurs. À première vue, la puissance de leur charge allait leur permettre de se tailler un chemin vers la lance. Cinq ou six adversaires de plus s'écroulèrent sur leur passage, fauchés par leur poids combiné et l'élan furieux de Barkus qui piétinait leurs corps à terre. Leurs ennemis ne tardèrent toutefois pas à reprendre leurs esprits et les deux camps s'affrontèrent bientôt avec une sauvagerie jusqu'alors inimaginable. Vaelin se trouva pris en tenaille par deux disciples à qui leur fureur aveugle fit oublier toute prudence. Il para un coup, en esquiva un autre et répondit par un dégagement circulaire qui faucha les jambes de son premier adversaire, l'envoyant au sol. L'autre garçon voulut allonger une botte, mais sous-estima l'écart qui le séparait de sa cible, permettant à Vaelin de coincer son bras armé sous le sien et de lui assener un violent coup de tête.

À mesure que la bataille faisait rage et que le terrain d'entraînement résonnait du craquement des épées et des cris de douleur des disciples, il devenait à Vaelin de plus en plus difficile de suivre le cours des événements. Le temps lui paraissait comme fragmenté, l'affrontement morcelé en successions d'altercations aussi brouillonnes que violentes, au cœur desquelles Vaelin ne faisait qu'entrapercevoir ses camarades. Barkus tenait bon, frappant de taille et d'estoc quiconque commettait l'erreur de s'approcher trop près de lui. Certains de ses coups les plus puissants claquaient sur ses victimes avec un bruit écœurant. Dentos, le front ensanglanté, avait perdu son arme et échangeait des coups de poing avec un garçon qui le dépassait d'une bonne tête, ce qui ne l'empêcha pas de prendre le dessus. Perché sur le dos d'un adversaire, Caenis s'appliquait à l'étrangler avec son épée. Le disciple asphyxié, plié en deux, parvint cependant à se dégager, après quoi il décocha un violent coup de botte à son agresseur qui s'effondra en arrière. Vaelin se fraya un chemin dans le dédale de la bataille et retrouva Caenis étendu sur le dos, tentant désespérément de parer les coups du garçon qu'il avait étranglé. Volant à la rescousse de son ami, Vaelin déséquilibra l'attaquant d'un coup de pied à l'estomac, puis le cueillit à la tempe du plat de sa lame. Le disciple s'écroula au sol, d'où il ne se releva pas de toute la bataille.

— Alors, submergé par la gloire du combat ? demanda-t-il à Caenis en se penchant pour lui tendre la main.

— Baisse-toi ! hurla son ami.

Vaelin mit un genou en terre et sentit au-dessus de sa tête le déplacement d'air provoqué par une lame frôlant son crâne. Il pivota sur lui-même en tendant la jambe, de manière à balayer les pieds de l'attaquant. Quand celui-ci bascula en avant, son nez rencontra la lame du jeune disciple. Caenis et Vaelin luttèrent ensuite dos à dos, trébuchant sur leurs camarades inconscients ou blessés jusqu'à parvenir tout près de la lance. L'un des défenseurs, voyant là une dernière opportunité de prouver sa bravoure, les chargea sauvagement, l'écume aux lèvres et l'épée brandie. Caenis dévia sa première attaque et Vaelin le terrassa d'un coup de taille à l'épaule qui produisit un craquement de sinistre augure.

C'en était fini. Il ne restait plus d'ennemis, plus personne à combattre, seulement quelques garçons gémissants qui titubaient de-ci de-là ou bien rampaient entre les corps immobiles de leurs frères. Nortah, triomphant, serrait la lance entre ses mains, le front et les mains ruisselants de sang. Son sourire s'élargit lorsque Vaelin le rejoignit, sa lèvre fendue ornée d'une goutte écarlate.

— C'était un bon plan, mon frère.

Sur ces mots, il bascula en arrière et Vaelin le rattrapa de justesse. Lui-même se sentait plus las que jamais : ses bras pesaient des tonnes et le contrecoup de toute cette violence lui laissait une boule au creux de son estomac. Il prit conscience qu'il ignorait combien de temps s'était écoulé depuis le début de la bataille. Une heure ? Quelques minutes ? Impossible d'en être sûr, comme au sortir d'un cauchemar particulièrement éprouvant. Il fut soulagé de constater que Barkus et Dentos comptaient parmi les dix garçons encore debout, même si Dentos ne tenait que par la grâce de la main puissante de Barkus plaquée contre sa nuque.

— Que dis-tu, mon frère ? lança-t-il d'une voix suffisamment forte pour que les maîtres puissent l'entendre. (Il se pencha en avant, une main derrière l'oreille, comme pour écouter les paroles d'un Dentos pourtant incapable d'émettre le moindre gargouillis.) Oui ! Un beau combat, en effet !

— L'épreuve est terminée ! (Maître Sollis traversait le terrain d'entraînement à grandes enjambées.) Emmenez les blessés à l'infirmerie. Ceux qui ont perdu connaissance, laissez-les où ils sont. Les maîtres se chargeront d'eux.

— Viens, dit Vaelin à Nortah. Allons te rafistoler.

— J'en serais ravi, mais je ne suis pas sûr de pouvoir marcher.

Ses jambes se dérobèrent à nouveau sous lui et Vaelin dut une fois encore le soutenir. Avec l'aide de Caenis, il escorta son ami vacillant hors du terrain d'entraînement, sans jamais que Nortah relâche son étreinte sur la hampe de la lance. Derrière eux suivait Barkus, soutenant du mieux qu'il pouvait le pauvre Dentos dont les pieds traînaient sur le sol.

— Frère Vaelin.

La voix de l'Aspect. Il n'avait pas quitté les trois inconnus de toute l'épreuve.

Vaelin fit halte, prenant soin d'assurer la stabilité de Nortah.

— Aspect.

— Nos invités souhaitent te rencontrer, dit le maître de l'Ordre avec un geste en direction des intéressés.

Vaelin discernait mieux le plus petit des trois étrangers à la Loge : il s'agissait d'une fille, vêtue de la même pelisse noire que celle du grand gaillard auquel elle donnait le bras. À peine plus âgée que lui-même, elle était menue, pâle de peau, brune… et parfaitement ravissante. Elle ne semblait pas l'avoir remarqué, les yeux rivés sur le pauvre Nortah à demi conscient. S'il s'agissait d'un regard admiratif ou terrifié, il n'aurait su le dire.

— Frère Vaelin, je te présente Vanos Al Myrna, reprit l'Aspect.

Le grand gaillard s'avança pour tendre une main que le disciple serra maladroitement, de peur de laisser Nortah s'écrouler. Caenis se raidit visiblement à la mention du nom de l'imposant inconnu, qui ne disait pourtant rien à Vaelin. Il se rappelait vaguement avoir entendu son père le prononcer, peu avant sa nomination au rang de Seigneur de Guerre, mais son souvenir s'arrêtait là.

— J'ai bien connu ton père, lui dit Vanos Al Myrna.

— Je n'ai pas de père, répondit Vaelin sans réfléchir.

— Je te prie de ne pas manquer de respect au seigneur Vanos, intervint l'Aspect, un mince sourire aux lèvres. En tant qu'Épée du Royaume et Seigneur de la Tour des Hauts Confins, il nous honore de sa présence.

Vaelin vit l'ombre d'un sourire passer sur les lèvres de Vanos Al Myrna.

— Tu t'es bien battu, dit-il.

Vaelin hocha la tête vers Nortah.

— Mon frère a plus de mérite que moi. Après tout, il s'est emparé de la lance.

Al Myrna étudia le garçon chancelant et Vaelin prit conscience que le père de Nortah ne lui était sûrement pas inconnu.

— Ce jeune homme semble dépourvu de peur. Une qualité peu recommandable chez un soldat.

— Nous sommes tous sans peur au service de la Foi, monseigneur.

*Une noble réplique*, songea-t-il. *Dommage qu'il s'agisse d'un mensonge.*

D'un geste, le Seigneur de la Tour désigna son maigre compagnon aux longs cheveux noirs. S'il arborait le même teint pâle que la fille, ses pommettes saillantes et son nez aquilin contrastaient cependant avec les traits réguliers de la demoiselle.

— Voici mon ami, Hera Drakil des Seordah Sil.

*Un Seordah.* Vaelin n'aurait jamais cru devoir un jour rencontrer l'un d'eux. À ce qu'on racontait, ce peuple mystérieux ne s'aventurait presque jamais hors des frontières de la Grande Forêt du Nord et se montrait réfractaire à toute influence étrangère. D'innombrables légendes couraient à leur sujet, des légendes qui nimbaient la forêt d'une telle aura de ténèbres que rares étaient les sujets du Royaume à oser en franchir la lisière. La plupart de ces récits décrivaient d'infortunés voyageurs qui s'enfonçaient dans ses profondeurs pour n'en plus jamais ressortir.

Hera Drakil salua Vaelin d'un hochement de tête, son visage pareil à un masque impénétrable.

— Et celle-ci… (Le seigneur Vanos poussa légèrement la jeune fille en avant.) Celle-ci est ma fille, Dahrena.

La demoiselle leva un sourire contraint sur Vaelin, dont les paumes se firent brusquement moites.

— Frère, dit-elle. Vous êtes le seul indemne, semblerait-il.

Vaelin se rendit compte qu'elle disait vrai. Tout son corps l'élançait, et l'élancerait sans doute bien plus encore le lendemain matin, mais il s'en était tiré sans la moindre égratignure.

— La chance m'a souri, ma dame.

Elle contempla de nouveau Nortah, l'air inquiète.

— Va-t-il s'en sortir ?

— Il va bien, lâcha Caenis d'un ton que Vaelin trouva peu amène.

Nortah releva la tête et posa un regard trouble sur la fille.

— Une Lonake, dit-il, le front barré d'un pli soucieux, avant de s'adresser à ses camarades. Que fait-on dans le Nord ?

— Tout doux, mon frère. (Lui tapotant l'épaule, Vaelin éprouva un soulagement certain quand la tête de son ami retomba sur sa poitrine.) Mon frère est encore sous le choc, s'excusa-t-il. Veuillez le pardonner.

— Pour quelle raison ? Je suis une Lonake. (Elle se tourna vers l'Aspect.) Je possède quelque talent de guérison. Si je puis vous être utile…

— Nous disposons d'un médecin fort capable, ma dame, répondit le maître de la Loge. Mais votre sollicitude nous touche. À présent, nous ferions mieux de rejoindre mes quartiers. Laissons ces frères s'occuper de leurs camarades.

Sur ces mots, il tourna les talons et s'éloigna en direction du donjon. Le Seigneur de la Tour lui emboîta le pas, mais les deux autres s'attardèrent quelques instants, au cours desquels Hera Drakil les gratifia d'un regard appuyé, presque inquisiteur. Tandis qu'il observait tour à tour Dentos, affalé dans les bras de Barkus, le front maculé de sang de Caenis et la forme inerte de Nortah, son expression indéchiffrable se mua en grimace de dégoût.

— *Il Lonakhim hearin mar durolin*, prononça-t-il d'une voix lugubre.

Après quoi il fit volte-face. La jeune fille, manifestement embarrassée par sa déclaration, leur adressa un dernier coup d'œil avant de s'éloigner à son tour.

— Qu'a-t-il dit ? l'interrogea Vaelin.

La jeune fille se figea. Elle semblait sur le point d'invoquer son ignorance de la langue seordah, mais Vaelin savait parfaitement qu'elle avait compris.

— Il a dit : « Les Lonaks traitent leurs chiens mieux que ça. »

— Et c'est le cas ?

Sa bouche se réduisit à un trait mince et il vit la colère poindre sur ses traits.

— J'espère bien, lâcha-t-elle en se détournant.

Au même moment, la tête de Nortah roula en arrière.

— Elle est mignonne, dit-il avec un grand sourire, avant de s'évanouir pour de bon.

— Tu peux m'expliquer comment le Seigneur de la Tour des Hauts Confins se retrouve avec une fille lonake ? demanda Vaelin.

Caenis et lui arpentaient le chemin de ronde, affectés une fois encore à la patrouille de nuit – un privilège accordé aux disciples dès leur quatrième année, et dont ils se seraient bien passés. Il n'y avait pas foule sur les remparts, ce soir-là, compte tenu du nombre de disciples encombrant l'infirmerie ou trop mal en point pour prendre leur faction. Parmi ces derniers se trouvait Barkus, qui avait attendu leur retour au dortoir pour révéler la profonde entaille qui lui labourait le dos.

— Si je tenais le salopard qui s'est amusé à planter un clou dans son épée…, avait-il grogné.

Après avoir allongé Nortah sur son lit et nettoyé avec application ses plaies heureusement peu profondes, ils avaient estimé qu'il n'aurait sans doute pas besoin de points de suture. Ils s'étaient donc contentés de lui bander la tête et de laisser le repos faire le reste. L'état de Dentos les préoccupait davantage. Outre son nez cassé, leur ami souffrait de pertes de conscience si régulières que Vaelin crut préférable de l'envoyer à l'infirmerie avec Barkus, dont la blessure dépassait leurs maigres compétences en médecine. Dentos fut immédiatement pris en charge par un maître Henthal exténué et Barkus, une fois sa blessure recousue et ointe d'huile de corr – un onguent malodorant mais efficace contre les infections –, reçut l'autorisation de regagner le dortoir. À son retour, ils le chargèrent de veiller sur Nortah le temps de leur patrouille.

— Les décisions de Vanos Al Myrna, dit Caenis, résistent bien souvent à l'interprétation. Rien d'étonnant, toutefois, quand on connaît sa nature déloyale.

— Déloyale ?

— Il y a douze ans qu'on l'a banni dans les Hauts Confins. Personne ne sait vraiment pourquoi, mais on raconte qu'il aurait mis en doute la parole royale. Il était alors Seigneur de Guerre, et, malgré la bienveillance et la droiture légendaires du roi Janus, celui-ci ne pouvait tolérer un tel affront de la part d'un homme si haut placé à la cour.

— Et pourtant, le voilà parmi nous.

Caenis haussa les épaules.

— La magnanimité du roi est notoire. Sans oublier les bruits qui courent à propos d'une grande bataille dans les Hauts Confins, loin au nord des forêts et des steppes. À ce qu'on raconte, Al Myrna y aurait vaincu une armée de barbares levée par-delà les grandes étendues de glace. J'accordais peu de crédit à cette rumeur, je l'avoue, mais peut-être se trouve-t-il ici pour rendre compte de sa victoire auprès du roi.

*Il détenait le titre de Seigneur de Guerre avant mon père*, comprit soudain Vaelin. La mémoire lui revenait, à présent. Il était encore enfant quand son père, de retour chez eux, avait annoncé à sa mère son accession au titre de Seigneur de Guerre. Elle avait réagi à la nouvelle en s'enfermant dans sa chambre pour pleurer.

— Et sa fille ? demanda Vaelin dans l'espoir de chasser ce souvenir.

— Une orpheline lonake, aux dires de certains. Il l'aurait trouvée dans la forêt. Il fait partie des rares personnes que les Lonaks admettent sur leur territoire.

— Ils doivent le tenir en haute estime.

Caenis renifla.

— L'estime de ces sauvages importe peu, mon frère.

— Le Seordah qui accompagnait Al Myrna ne paraissait pas goûter nos coutumes. Peut-être qu'à ses yeux nous sommes les sauvages.

— Tu lui donnes bien trop d'importance. L'Ordre relève de la Foi et la Foi ne craint pas les jugements de barbares tels que lui. Toutefois, je dois avouer que sa présence ici pique ma curiosité. Le Seigneur de la Tour lui aurait fait quitter ses chères frondaisons pour nos beaux yeux ?

— Ça m'étonnerait. Je le soupçonne plutôt d'être venu voir l'Aspect.

Caenis décocha à Vaelin un coup d'œil intrigué.

— L'Aspect ? Pour quelle raison ?

— Tu ne peux ignorer ce qui se trame à l'extérieur de ces murailles, Caenis. Le Seigneur de Guerre a quitté son poste, le Premier Conseiller du roi a été exécuté. Et voilà que le Seigneur de la Tour prend le chemin du Sud. Tout cela doit bien vouloir dire quelque chose.

— De tout temps, le vent du changement a soufflé sur le Royaume. Nous lui devons notre histoire et les mille récits qui la composent.

*Des récits de bataille*, songea Vaelin avec dépit.

— Peut-être, poursuivit Caenis, qu'une autre raison motive la venue d'Al Myrna. Une raison plus… personnelle.

— Mais encore ?

— Il a lui-même avoué avoir connu le Seigneur de Guerre. Qui sait s'il n'est pas venu constater tes progrès ?

*Mon père l'aurait envoyé ici pour m'espionner ?* se demanda Vaelin. *Pour quelle raison ? S'assurer que je vis toujours ? Connaître ma taille ? Dénombrer mes cicatrices ?* Non sans effort, il étouffa le brasier d'amertume qui enflait dans sa poitrine. *Pourquoi en vouloir ainsi à un inconnu ? Je n'ai pas de père à haïr.*

# Chapitre 3

Seuls deux garçons reçurent leurs gages le lendemain matin, l'un pour avoir fait preuve de couardise et l'autre pour avoir témoigné à plusieurs reprises d'une technique de combat défaillante. Un piteux résultat qui, aux yeux de Vaelin, ne valait pas tout le sang versé, tous les os brisés lors de cette cruelle épreuve, loin de là. Mais l'Ordre ne remettrait jamais en question ses rituels, car ils découlaient de la Foi et la Foi était inébranlable. Nortah reprit rapidement des forces, tout comme Dentos. Barkus, pour sa part, écopa d'une vilaine cicatrice en travers du dos.

À mesure que le froid de l'hiver s'intensifiait, leur entraînement se fit plus exigeant. Les passes à l'épée de maître Sollis atteignirent bientôt des sommets de complexité et des notions de manœuvres militaires s'invitèrent dans leur initiation à la hache d'armes. On leur apprit à marcher au pas, à avancer en ordre serré, à former des compagnies et à obéir aux nombreux ordres à même de transformer un groupe d'individus en formation guerrière disciplinée. L'apprentissage s'avéra douloureux pour un grand nombre de disciples, les coups de baguette pleuvant chaque fois que l'un d'entre eux se trompait de direction ou perdait la cadence. Il leur fallut plusieurs mois d'entraînement rigoureux avant de saisir pour de bon ce qu'on attendait d'eux, et au moins deux de plus pour que les maîtres semblent se satisfaire de leurs efforts. En parallèle, on exigea qu'ils continuent à pratiquer l'équitation, activité à laquelle ils durent consacrer toutes leurs soirées d'hiver, à mesure que le crépuscule gagnait sur le jour. Ils s'étaient déniché un parcours hors de la Loge, une piste longue de six kilomètres contournant le mur d'enceinte depuis la berge. Entre son sol inégal, ses multiples fondrières et ses obstacles périlleux, elle répondait aux intraitables exigences de maître Rensial. Ce fut lors d'une de leurs courses nocturnes que Vaelin rencontra la fillette.

Il avait mal évalué la hauteur d'un saut au-dessus d'un tronc de bouleau effondré et Écume, armé de sa coutumière mauvaise grâce, s'était violemment cabré, propulsant son cavalier dans une impressionnante culbute qui s'acheva sur la terre gelée. Il entendit ses camarades rire, puis s'éloigner à toute vitesse.

— Sale carne ! pesta Vaelin. (Il se redressa et massa son postérieur endolori.) Tu es mûr pour la suifferie, ce coup-ci.

Écume montra les dents et traîna un sabot sur le sol, puis s'éloigna au petit trot vers un petit buisson qu'il entreprit de mâchouiller sans entrain. Au cours d'un de ses rares moments de lucidité, maître Rensial avait mis les disciples en garde contre la tendance naturelle des cavaliers à projeter des émotions humaines sur un animal dont le cerveau n'excédait pas la taille d'une pomme sauvage. « Seuls les chevaux peuvent comprendre les chevaux, les avait-il prévenus. Leurs sentiments et leurs désirs nous échappent, tout comme leur échappent nos propres pensées. » À en juger par l'affectation avec laquelle Balafre lui tournait la croupe, Vaelin ne put s'empêcher de songer que sa monture, par quelque miracle, avait acquis l'extraordinaire faculté de mimer l'indifférence humaine.

— Ton cheval ne t'aime pas beaucoup.

Mû par l'instinct, Vaelin avait déjà agrippé la poignée de son épée quand son regard s'arrêta sur la petite fille. Elle devait avoir une dizaine d'années et portait une épaisse pelisse, dont la capuche fourrée révélait un minois blafard. À moitié cachée derrière le tronc d'un large chêne, elle tenait dans ses moufles un petit bouquet de fleurs jaune pâle. *Des ellébores*, reconnut Vaelin. Elles proliféraient dans les bois alentour, où les citadins se plaisaient à venir les cueillir. Pour quelle raison, il l'ignorait, maître Hutril leur ayant souvent répété qu'elles ne possédaient aucun intérêt médicinal ou nutritif.

— Je crois qu'il préférerait retrouver ses steppes, répondit Vaelin en s'asseyant sur le bouleau abattu pour réajuster son ceinturon.

À sa grande surprise, la fillette s'approcha et s'installa près de lui.

— Je m'appelle Alornis, dit-elle. Et toi, Vaelin Al Sorna.

— En effet.

Il avait pris l'habitude d'être reconnu depuis la foire des Eaux-d'Été. Chaque fois qu'il s'aventurait en ville, on ne se privait pas de l'épier avec curiosité ou de le montrer du doigt.

— Maman dit que je ne devrais pas te parler, poursuivit Alornis.

— Vraiment ? Et pourquoi ça ?

— Je ne sais pas. Je pense que c'est surtout papa qui n'aimerait pas.

— Alors pourquoi es-tu là ?

— Parce que j'aime bien faire le contraire de ce qu'on me dit. Je suis une vilaine fille, tu sais. Je fais tout de travers.

Vaelin se rendit compte qu'il souriait.

— Ah oui ?

— Je n'aime pas coudre et je n'aime pas les poupées et je joue à des jeux auxquels je ne devrais pas jouer et je fais des dessins que je ne devrais pas dessiner et je suis tellement plus intelligente que les garçons qu'ils se sentent tout bêtes à côté de moi.

Vaelin s'apprêtait à éclater de rire quand il vit la mine grave de la fillette. Elle paraissait l'étudier, examiner chaque ligne, chaque trait de son visage. Loin de s'en trouver mal à l'aise, il trouva cet examen minutieux tout à fait charmant.

— Des ellébores, dit-il en désignant les fleurs du menton. Tu as le droit de les cueillir ?

— Oh oui ! Je vais les dessiner et les répertorier dans mon herbier. Je dessine toutes les fleurs que je croise dans un gros livre. Papa m'apprend leurs noms. Il connaît toutes les fleurs et toutes les plantes par cœur. Et toi, tu t'y connais aussi ?

— Un peu. Je sais reconnaître les fleurs empoisonnées, celles qui se mangent et celles qui servent à soigner.

Elle avisa les fleurs serrées dans ses moufles, les sourcils froncés.

— On peut les manger, celles-ci ?

Il secoua la tête.

— Non, ni même en tirer des remèdes. À vrai dire, elles ne sont bonnes à rien.

— Elles rendent la nature plus jolie, répliqua-t-elle, son front lisse barré d'un petit pli. C'est déjà quelque chose, non ?

Il ne put s'empêcher de rire, cette fois-ci.

— Tu as raison. (Il leva les yeux autour de lui, à la recherche des parents de la petite.) Tu es venue seule ?

— Maman est dans les bois. Je me suis cachée derrière le chêne pour te voir faire la course. C'était rigolo quand tu es tombé.

Vaelin avisa Écume, qui tourna dédaigneusement la tête dès qu'il croisa son regard.

— Mon cheval pense la même chose.

— Comment il s'appelle ?

— Écume.

— C'est moche, comme nom.

— Et ça lui va à merveille. Mais j'ai un chien encore plus moche.

— J'ai entendu parler de ton chien. Il est gros comme un roussin et pour le dompter, il t'a fallu le combattre toute une nuit et toute une journée pendant l'Épreuve de la Nature. J'en connais plein, des histoires sur toi. Je les ai toutes notées, mais je dois cacher mon registre pour éviter que papa et maman tombent dessus. Je sais même que t'as écrabouillé dix soldats à toi tout seul et qu'on t'a déjà désigné comme prochain Aspect du Sixième Ordre.

*Dix ?* songea Vaelin. *Aux dernières nouvelles, ils étaient sept. À ce rythme, on m'en attribuera une centaine d'ici à mes trente ans.*

— Ils étaient quatre, la corrigea-t-il, sans compter que j'avais un ami avec moi. Quant au prochain Aspect, sa désignation n'aura pas lieu avant la mort ou la démission de l'Aspect actuel. Et non, mon chien n'est pas aussi gros qu'un roussin et non, je n'ai pas eu à le combattre toute une nuit et toute une journée pour le dompter. Si je devais me mesurer à lui, je ne tiendrais pas cinq minutes.

—Oh ! (Elle semblait quelque peu déconcertée.) Je vais devoir reprendre mes notes.

—Navré.

Elle haussa les épaules.

—Quand j'étais petite, maman disait que tu viendrais vivre avec nous pour devenir mon grand frère, mais tu n'as pas voulu. Papa était très triste.

Le raz-de-marée d'émotions qui soudain s'abattit sur Vaelin lui souleva le cœur. L'espace d'un instant, le monde parut tournoyer à toute vitesse autour de lui et le sol se dérober sous ses pieds, menaçant de le faire basculer en arrière.

—Comment ?

—ALORNIS !

Depuis l'orée de la forêt, une femme se précipitait vers eux. Une femme brune et bouclée parfaitement ravissante, vêtue d'une simple houppelande en laine.

—Alornis, viens ici tout de suite !

La fillette afficha une petite moue contrariée.

—Je vais devoir y aller.

—Pardonnez-moi, mon frère, haleta la femme, hors d'haleine, en les rejoignant.

Elle saisit la main de la fillette et l'attira à elle. Malgré son affolement, Vaelin remarqua la douceur de ses mouvements et le bras protecteur qu'elle passa autour de la petite.

—Ma fille est la curiosité même. J'espère qu'elle ne vous a pas trop embêté.

—Elle s'appelle Alornis ? lui demanda Vaelin.

Dans son esprit, le trouble avait laissé place à un brouillard hébété. Les bras de la femme se resserrèrent autour de l'enfant.

—Oui.

—Et votre nom, ma dame ?

—Hilla. (Elle exhiba un sourire forcé.) Hilla Justil.

Ce nom ne lui disait rien. *Je ne connais pas cette femme.* Il crut lire quelque chose en elle, une émotion autre que la seule inquiétude pour sa fille. *La surprise. Elle m'a reconnu.* Il reporta son attention sur la fillette, qu'il dévisagea longuement. *Une jolie frimousse, comme sa mère, la même mâchoire, le même nez… mais des yeux différents. Des yeux noirs.* La révélation qui se fit jour dans son esprit balaya sa stupeur dans une bourrasque glacée, la remplaçant par une froide et terrible certitude.

— Quel âge as-tu, Alornis ?

— Dix ans et huit mois, répondit-elle du tac au tac.

— Presque onze ans, donc. J'avais onze ans quand mon père m'a offert à l'Ordre.

Il remarqua que ses moufles étaient vides. Elle avait laissé tomber ses fleurs.

— Je me suis toujours demandé pourquoi il avait fait ça.

Il se pencha pour ramasser les ellébores, prenant soin de ne pas briser les tiges, puis s'accroupit devant Alornis.

— Ne va pas les oublier, lui dit-il avec un sourire.

Comme elle lui souriait en retour, il s'efforça de graver son visage dans sa mémoire.

— Frère…, commença Hilla.

— Vous ne devriez pas vous éterniser ici.

Il se redressa et rejoignit Écume, dont il saisit les rênes avec force. Le cheval, visiblement au fait de l'humeur sombre de son cavalier, se laissa enfourcher sans renâcler.

— Ces bois peuvent se révéler dangereux pendant l'hiver. À l'avenir, vous feriez mieux d'aller cueillir vos fleurs ailleurs.

Il regarda Hilla serrer sa fille contre elle et tenter de dominer sa peur.

— Merci, mon frère, dit-elle enfin. Nous n'y manquerons pas.

Il jeta un dernier coup d'œil sur Alornis avant de talonner les flancs d'Écume. Cette fois-ci, l'animal franchit le tronc d'arbre sans la moindre hésitation et s'élança dans la forêt, laissant derrière la fillette et sa mère.

*Je me suis toujours demandé pour quelle raison il m'avait abandonné… Maintenant, je sais.*

Les mois se succédèrent et les frimas de l'hiver laissèrent place au dégel printanier sans que Vaelin, muré dans un silence maussade, desserre les dents. Il avait beau s'entraîner, regarder naître puis grandir les chiots de Balafre, écouter les anecdotes enjouées de Frentis et chevaucher sa monture irascible, seul le strict nécessaire échappait à ses lèvres obstinément fermées. Le froid glacé, l'engourdissement douloureux qui l'avait transi lors de sa rencontre avec Alornis le pénétraient désormais tout entier. Où qu'il tourne son regard, il voyait le visage de la fillette et ses grands yeux sombres. *Dix ans et huit mois...* Sa mère était morte il y avait un peu moins de cinq ans. *Dix ans et huit mois...*

Caenis le poussait pourtant au dialogue, l'abreuvant d'innombrables récits de bataille pour le sortir de sa torpeur. Pour la énième fois, il lui contait l'Offensive de la Forêt d'Urlish, qui avait opposé pendant un jour et une nuit les troupes de Renfaël à celles d'Asraël. L'histoire remontait aux heures sombres précédant l'avènement du Royaume, du temps où Janus n'était encore qu'un seigneur et où les quatre Fiefs s'entre-déchiraient avec ferveur et application. Mais Janus les avait rassemblés, par le tranchant de sa lame, la sagesse de son âme et l'appui de la Foi. Ce fut ce désir d'unité qui lui rallia le Sixième Ordre, cette vision d'un Royaume gouverné par un monarque au service de la Foi et d'elle seule. L'assaut des frères du Sixième Ordre avait ainsi fait voler en éclats la position renfaëline et offert la victoire à Janus. Vaelin écoutait parler son ami sans l'interrompre. Il avait déjà entendu cette histoire.

— ... et quand on traîna Theros, le seigneur de Renfaël, enchaîné et blessé aux pieds du roi, il cracha son mépris au visage du souverain, préférant mourir plutôt que se prosterner devant un petit nobliau arriviste. L'éclat de rire du roi Janus surprit toute l'assemblée. « Je ne te demande pas de te prosterner, mon frère, dit-il. Et encore moins de mourir. Quelle valeur aurait ton cadavre pour le Royaume ? » À quoi le seigneur Theros répondit...

— « Ton Royaume n'est qu'un rêve d'aliéné », déclama Vaelin à sa place. Et le roi de rire à nouveau. Par la suite, les deux hommes passèrent un jour et une nuit à s'invectiver, et quand les invectives cédèrent aux arguments, le seigneur Theros comprit que le projet de Janus était sage et bon. Depuis lors, il est resté le plus fidèle vassal du roi.

Les traits de Caenis se décomposèrent.

— Je te l'ai déjà racontée, on dirait.

— Une fois ou deux.

Ils se trouvaient près du fleuve, où ils observaient Frentis et son groupe de novices folâtrer avec les chiots de Balafre. La chienne avait accouché d'une portée de six bâtards, quatre mâles et deux femelles, six inoffensives petites boules de poil qui n'avaient pas tardé à atteindre la moitié de la taille d'un chien adulte, quand bien même ils gambadaient et trébuchaient sur leurs propres pattes comme tout chiot normalement constitué. Si Frentis avait reçu le privilège de pouvoir les baptiser, son choix de noms s'était avéré quelque peu dépourvu d'imagination.

— Massacreur ! hélait-il son préféré, le plus gros de la portée, en agitant un bâton. Viens là, mon grand !

— Qu'y a-t-il, mon frère ? demanda Caenis. Pourquoi ce silence ?

Vaelin regarda Frentis rouler au sol, emporté par la charge de Massacreur qui s'appliquait désormais à le noyer de coups de langue.

— Il se plaît ici, fit-il remarquer.

— L'Ordre lui a profité, sans aucun doute, acquiesça Caenis. Il a bien dû grandir d'une tête depuis son arrivée, et il apprend vite. Les maîtres l'apprécient, car ils n'ont pas besoin de lui répéter deux fois un ordre pour qu'il s'exécute. Je ne suis même pas sûr qu'il ait déjà eu droit à une bastonnade.

— Je me demande à quoi pouvait bien ressembler sa vie pour que la Loge lui plaise tant… (Vaelin se tourna vers Caenis.) Lui a choisi de vivre en ces murs. Nous autres, non. Il a choisi cette existence. Il n'a pas été lâché ici par un père dénué d'amour.

Caenis s'approcha et, presque dans un murmure, dit :

— Ton père a voulu te récupérer, Vaelin. Tu ne devrais pas l'oublier. Tout comme Frentis, tu as choisi de rester ici.

*Dix ans, huit mois... Maman disait que tu viendrais vivre avec nous pour devenir mon grand frère... mais tu n'as pas voulu...*

— Pourquoi ? Pourquoi a-t-il voulu me récupérer ?

— Le remords ? La culpabilité ? Comment savoir ce qui pousse un homme à agir ?

— Un jour, l'Aspect m'a dit que ma présence ici marquait l'allégeance de mon père à la Foi et au Royaume. Qui sait si sa décision n'avait pas pour but de sceller son différend avec le roi.

Une ombre passa sur le visage de Caenis.

— Tu le tiens en bien piètre estime, mon frère. Je sais qu'on nous apprend à oublier nos familles, mais il n'est jamais bon pour un fils de haïr ainsi son père.

*Dix ans, huit mois...*

— Pour haïr quelqu'un, encore faut-il le connaître.

# Chapitre 4

À l'approche de l'été débutèrent les préparatifs pour la semaine d'échange avec les frères et les sœurs des autres Ordres, à commencer par le choix de la Loge qui les accueillerait sept jours durant. D'ordinaire, les disciples du Sixième Ordre arrêtaient naturellement leur choix sur le Quatrième, soit celui avec lequel ils travailleraient le plus étroitement après leur confirmation. Vaelin, pour sa part, opta pour le Cinquième.

— Le Cinquième Ordre ? (Maître Sollis sourcilla.) L'Ordre du Corps. L'Ordre de la Guérison. Tu souhaites aller là-bas ?

— Oui, maître.

— Que crois-tu donc pouvoir apprendre chez eux ? Plus important encore : que crois-tu pouvoir leur apporter ?

Sa baguette vint tambouriner sur le dos de la main de son élève, où s'entrecroisaient les cicatrices dues à l'entraînement ou aux éclats de métal fondu de la forge de maître Jestin.

— Ces mains-là ne sont pas faites pour guérir.

— J'ai mes raisons, maître.

Il était conscient qu'une telle réponse risquait de lui valoir un coup de badine, mais il y avait bien longtemps que celle-ci avait perdu son mordant. Maître Sollis se contenta de grommeler, puis poursuivit sa revue.

— Et toi, Nysa ? As-tu envie d'éponger le front des faibles et des nécessiteux, toi aussi ?

— Je songeais plutôt au Troisième Ordre, maître.

Sollis lui jeta un long regard déçu.

— Les scribouilleurs et les rats de bibliothèque.

Il secoua la tête avec tristesse.

Barkus et Dentos ne prirent pas de risques et sélectionnèrent le Quatrième Ordre, contrairement à Nortah qui, pour sa part, prit un malin plaisir à arrêter son choix sur le Deuxième.

— L'Ordre de la Contemplation et de l'Édification, dit Sollis d'une voix monocorde. Tu comptes passer une semaine au sein de l'Ordre de la Contemplation et de l'Édification ?

— J'ai le sentiment que mon âme pourrait profiter d'une telle retraite afin de méditer les grands mystères, maître, répondit Nortah, son sourire équivoque découvrant deux impeccables rangées de dents.

Pour la première fois depuis des mois, Vaelin éprouva l'envie de rire.

— Dis plutôt que tu veux passer une semaine le cul dans un fauteuil, grinça Sollis.

— La position assise est en effet la plus indiquée pour la méditation, maître.

N'y tenant plus, Vaelin éclata de rire. Trois heures plus tard, alors qu'il achevait son quarantième tour du terrain d'entraînement, il en gloussait encore.

— Frère Vaelin ?

L'homme en robe grise qui l'accueillit derrière la grille lui adressa un sourire éclatant. Bien qu'il soit vieux, maigre et chauve, ses dents étaient d'un blanc de nacre, une denture parfaite qui rappelait à Vaelin celle de Nortah, même si la franchise de ce sourire-là ne faisait aucun doute. Le vieux frère était seul et passait la serpillière sur les pavés de la cour, s'attardant sur une tache brune manifestement fort tenace.

— Je dois me présenter devant l'Aspect, répondit Vaelin.

— Oui, nous avons été avertis de ta venue. (Le vieux frère leva le loquet de la grille et en tira un battant.) Rares sont les frères du Sixième Ordre à nous rendre visite.

— Vous travaillez seul, mon frère ? demanda Vaelin en franchissant le portail. J'aurais pourtant cru qu'on tiendrait cet endroit sous haute surveillance.

Contrairement à la Loge du Sixième Ordre, l'immense bâtisse cruciforme qui abritait le Cinquième Ordre se trouvait dans l'enceinte de la capitale, érigée au beau milieu des taudis du quartier sud. Tel un phare d'espérance, ses hautes façades blanchies à la chaux dominaient l'enchevêtrement compact et branlant des bicoques massées en bordure des quais. Vaelin, qui n'avait jusqu'alors jamais mis les pieds dans le quartier sud, comprit bien vite la répugnance des nantis à s'y hasarder. Entre ses venelles noyées d'ombre et ses passages encombrés de détritus, l'endroit constituait un dédale inextricable fort propice aux embuscades. Il s'était frayé un passage dans les méandres des ruelles sans quitter le sol des yeux, de peur de se présenter aux portes du Cinquième Ordre avec des bottes crottées, prenant soin d'enjamber les corps recroquevillés des noceurs de la veille et d'ignorer les obscures invites de ceux qui avaient soit trop bu, soit pas assez. Ici et là, des catins promenaient sur lui leurs regards languides, sans pour autant déployer leurs appas. Les gamins de l'Ordre ne roulaient pas sur l'or, c'était bien connu.

— Oh ! personne ne vient nous embêter, lui dit le vieillard. (Comme il refermait la grille, Vaelin remarqua l'absence de verrou.) Ça fait une paie que je monte la garde ici et je n'ai jamais eu de problème.

— Alors pourquoi monter la garde ?

Le vieux frère lui décocha un regard perplexe.

— Il s'agit de l'Ordre de la Guérison, mon garçon. Les gens viennent quérir notre aide. Il faut bien quelqu'un pour les recevoir.

— Oh ! Évidemment.

— Ça ne m'empêche pas de garder au chaud ma bonne vieille Bess.

Le vieux frère partit chercher dans la petite guérite en brique qui lui servait de corps de garde un épais gourdin en bois de chêne.

— Juste au cas où.

Il tendit son arme à Vaelin, comme dans l'attente d'un avis d'expert.

— Euh… (Vaelin soupesa le gourdin et esquissa deux moulinets avant de le rendre à son propriétaire.) Une fort belle arme, mon frère.

Le vieil homme semblait ravi.

— Je l'ai taillée moi-même quand l'Aspect m'a posté à la grille. J'ai les mains trop roides pour raccommoder les os ou recoudre les plaies, tu comprends ? (Il fit volte-face et s'éloigna à grandes enjambées vers la Loge.) Allez, suis-moi, je t'emmène chez l'Aspect.

— Vous êtes là depuis longtemps ? demanda Vaelin en lui emboîtant le pas.

— Environ cinq ans, sans compter la formation, bien sûr. J'ai passé le plus clair de ma charge dans les ports du Sud. Crois-moi ou pas, mais il n'est pas de vérole ou de peste sur cette terre qu'un marin ne puisse attraper.

Au lieu de conduire Vaelin devant la vaste porte d'entrée de la Loge, le vieux frère lui fit contourner le bâtiment jusqu'à une entrée latérale, qui ouvrait sur un long couloir aux murs nus baigné de relents à la fois aigres et fruités.

— Vinaigre et lavande, confia le vieillard à Vaelin en le voyant plisser le nez. Ça permet de couvrir les mauvaises odeurs.

Ils dépassèrent de nombreuses pièces encombrées de lits vides, puis débouchèrent dans une salle circulaire carrelée de porcelaine du sol au plafond. Au centre de la pièce, un jeune homme gisait sur une table, nu et agité de convulsions. Deux frères solidement charpentés et vêtus de frocs gris le maintenaient immobile, afin de permettre à l'Aspect Elera Al Mendah d'examiner la plaie béante qui creusait son ventre ceint d'un bandage rudimentaire. Une bande de cuir fourrée entre les dents du patient étouffait ses cris. Tout autour de la salle, des frères et des sœurs de tous âges contemplaient la scène depuis leurs gradins. Le froissement de leurs robes grises résonna sous le toit en voûte quand ils reportèrent en chœur leur attention sur Vaelin.

— Aspect, lança le vieil homme, sa voix amplifiée par la configuration de la pièce. Le frère Vaelin Al Sorna, du Sixième Ordre.

L'Aspect Elera leva les yeux, son visage souriant orné d'une éclaboussure de sang frais en travers du front.

— Vaelin, comme tu as grandi.

— Aspect, dit le garçon avec un salut formel. Je suis votre humble serviteur.

Sur la table, le jeune homme se cabra douloureusement, un gémissement plaintif échappant de son bâillon.

— Tu me surprends au milieu d'une opération des plus pressantes, lui répondit l'Aspect.

Elle s'empara d'une paire de ciseaux sur une console voisine et entreprit de couper le pansement souillé qui cachait la blessure de son patient.

— Cet homme a reçu un coup de couteau au ventre, au petit matin. Une dispute concernant les faveurs d'une demoiselle, semblerait-il. Au vu des quantités de bière et d'andrinople déjà présentes dans son sang, nous ne pouvons lui en administrer davantage sans risquer de le tuer. Il nous faut donc œuvrer malgré sa souffrance.

Elle reposa les ciseaux et tendit une main. Une jeune sœur vêtue de gris plaça dans sa paume un instrument à lame longue.

— Pour ajouter à ses tourments, poursuivit l'Aspect Elera, la pointe de l'arme qui l'a transpercé s'est brisée à l'intérieur de son estomac. Il nous faut donc l'extraire au plus vite. (Elle leva les yeux sur les gradins.) Quelqu'un peut-il me dire pourquoi ?

La plupart des membres de l'assistance levèrent une main et l'Aspect hocha la tête en direction d'un homme aux cheveux gris, assis au premier rang.

— Frère Innis ?

— Pour prévenir l'infection, Aspect, répondit-il. L'éclat d'acier pourrait corrompre la plaie et engendrer un foyer de suppuration. Il a pu également se loger près d'un vaisseau sanguin ou d'un organe.

— Très bien, mon frère. Voilà pourquoi nous devons sonder la lésion.

Elle se pencha au-dessus du jeune homme, écarta de la main gauche les lèvres de la plaie et y enfonça la sonde. Le hurlement du blessé fut tel qu'il recracha sa muselière, emplissant la salle de ses cris affolés. L'Aspect Elera suspendit son examen et leva la tête vers les deux robustes frères qui le maintenaient allongé.

— Tenez-le bien, mes frères.

Le jeune homme se mit soudain à se débattre, ruant de tout son corps pour se dégager, sa tête frappant violemment la table. À force de convulsions, il parvint à libérer un de ses bras et manqua de peu d'assener un coup de pied à l'Aspect, qui fut forcée de reculer de quelques pas.

Vaelin s'élança vers la table d'opération et plaqua une main contre la bouche du jeune homme. D'une pression du bras, il le força à se rallonger, puis se pencha vers lui pour accrocher son regard.

— La douleur, dit-il. La douleur est une flamme. (La peur envahit le regard du jeune homme quand Vaelin emplit son champ de vision.) Concentre-toi. La douleur est une flamme qui brûle dans ton esprit. Cherche cette flamme. Cherche-la ! (S'il respirait toujours avec force contre la paume du disciple, le jeune homme ne s'agitait plus.) La flamme se réduit. Elle rétrécit. Elle brille toujours fort, mais elle rétrécit. Tu la vois ? (Vaelin approcha la tête.) Tu la vois ?

Le blessé répondit par un hochement de tête quasi imperceptible.

— Concentre-toi sur elle. Empêche-la de grandir.

Vaelin demeura ainsi, à lui parler et à soutenir son regard, pendant que l'Aspect Elera nettoyait la plaie. Le jeune homme avait beau gémir et détourner les yeux, Vaelin parvenait toujours à le ramener à lui, jusqu'au moment où retentit le tintement d'un objet métallique tombant dans une cuvette.

— Du fil et une aiguille, sœur Sherin, demanda l'Aspect.

— Maître Sollis t'a bien instruit.

Ils se trouvaient dans l'étude d'Elera, encore plus envahie de livres et de parchemins que celle de l'Aspect Arlyn. Cependant, là où le bureau de l'Aspect du Sixième Ordre croulait sous un déferlement de papiers et d'ouvrages en désordre, celui-là témoignait d'un soin méticuleux et d'une propreté à toute épreuve. Les murs disparaissaient sous d'innombrables gravures et planches d'anatomie, autant de représentations d'écorchés ou de squelettes aux positions parfois obscènes. Une image en particulier attira le regard du jeune disciple : un homme bras et jambes écartés, ouvert de l'entrejambe jusqu'au cou par une profonde entaille dont les pans de chair s'écartaient pour révéler tous ses organes, croqués dans leurs plus petits détails par la main experte du dessinateur.

— Pardonnez-moi, Aspect ? dit-il en s'arrachant à la contemplation du sinistre tableau.

— Cette technique de contrôle de la douleur dont tu as fait usage, expliqua-t-elle. Sollis a toujours été mon élève le plus assidu.

— Votre élève, Aspect ?

— Oui. Nous avons servi ensemble le long de la frontière nord-est, il y a bien longtemps. Les jours d'accalmie, j'enseignais aux frères du Sixième Ordre des techniques de relaxation et de contrôle de la douleur. Une manière comme une autre de passer le temps. Frère Sollis se montrait très attentif.

*Ils se connaissent. Ils ont fait campagne ensemble.* L'idée même que ces personnages en tout point opposés aient pu converser l'un avec l'autre lui paraissait incroyable, mais il savait que jamais l'Aspect ne mentirait.

— La sagesse de maître Sollis nous honore, Aspect, jugea-t-il préférable de répondre.

Ses yeux se posèrent à nouveau sur l'illustration, attirant le regard d'Elera.

— Une œuvre remarquable, n'est-ce pas ? Je la dois à maître Benril Lenial du Troisième Ordre. Il a passé une semaine à nos côtés, à dessiner les malades et les dépouilles récentes, dans l'espoir de capturer sur le papier la souffrance de l'âme. Un travail préparatoire à sa fresque commémorant les ravages de la Main Rouge. Nous étions bien évidemment ravis de lui ouvrir nos portes et quand il a eu fini, il a généreusement fait don de ses croquis à l'Ordre. Je m'en sers pour enseigner aux novices les mystères du corps. Les illustrations de nos vieux grimoires manquent de clarté. (Elle se retourna vers lui.) Tu as bien agi, ce matin. Je crois que les autres frères et sœurs ont profité de ton exemple. Ainsi, la vue du sang ne t'indispose pas ? Elle ne te rend pas malade, ne te fait pas tourner de l'œil ?

*Est-ce qu'elle plaisante ?*

— J'ai pris l'habitude de voir le sang couler, Aspect.

Une ombre passagère voila le regard de son interlocutrice, mais son sourire coutumier reprit bientôt le dessus.

— Je ne saurais dire à quel point je suis heureuse de te voir si épanoui et de constater que la compassion habite ton cœur. Toutefois, je dois te demander : pourquoi as-tu choisi de venir ici ?

Il ne pouvait pas mentir, pas à elle.

— Je pensais trouver auprès de vous des réponses à mes questions.

— Et de quelles questions s'agit-il ?

À quoi bon tergiverser ?

— Quand mon père a-t-il engendré son bâtard ? Pourquoi m'avoir confié au Sixième Ordre ? Que faisaient ces assassins à mes trousses lors de l'Épreuve de la Course ?

Elera ferma les paupières, son visage impassible, sa respiration égale. Elle demeura ainsi plusieurs minutes durant, à tel point que Vaelin finit par se demander si elle comptait reprendre la parole.

C'est alors qu'il la vit, une unique larme dévalant sa joue. *Elle emploie une technique de contrôle de la douleur*, songea-t-il.

Elle rouvrit les yeux et affronta le regard du disciple.

— Je regrette de ne pouvoir répondre à tes questions, Vaelin. Sache néanmoins que tu es le bienvenu en ces murs. Tu y apprendras beaucoup, j'en suis persuadée. À présent, je te prie de te rendre dans l'aile ouest, où t'attend sœur Sherin.

Il trouva Sœur Sherin, la jeune femme qui épaulait l'Aspect lors de l'opération, dans une pièce au bout du couloir de l'aile ouest, occupée à panser la taille du convalescent. La pellicule de sueur et le teint blême, presque grisâtre de la peau du blessé trahissaient son état, mais sa respiration semblait régulière et il n'avait pas l'air de souffrir.

— Il va vivre ? demanda Vaelin.

— Je pense que oui. (Sœur Sherin finalisa son bandage à l'aide d'une épingle, puis se lava les mains dans une bassine d'eau.) Même si mon expérience au sein de cet Ordre m'a enseigné que la mort peut souvent déjouer nos attentes. Prenez-moi ça. (Elle hocha la tête en direction d'une pile de vêtements ensanglantés jetés dans un coin de la pièce.) Il faut les laver. Il aura besoin de trouver de quoi s'habiller à sa sortie. La buanderie se trouve dans l'aile sud.

— La buanderie ?

— Oui.

Elle lui adressa un mince sourire. Bien malgré lui, Vaelin ne pouvait s'empêcher de détailler la jeune femme. Avec son port élancé, ses cheveux noirs et bouclés coiffés en chignon et son visage pétillant, elle exerçait sur lui une fascination indéniable, même si ses yeux témoignaient d'un vécu dépassant de loin le nombre des années. Ses lèvres épelèrent le mot avec précision.

— La buanderie.

Il ne comprit pas tout de suite, obnubilé qu'il était par la courbure de ses pommettes, l'arc plein de ses lèvres, l'éclat de ses yeux… puis il s'ébroua. Il rassembla en vitesse les hardes souillées du jeune homme et partit à la recherche de la buanderie, où il fut soulagé d'apprendre qu'il n'aurait pas à laver les vêtements lui-même. Après l'accueil plutôt glacial de sœur Sherin, la chaleureuse hospitalité que lui manifestèrent les occupants de la pièce noyée de vapeur le surprit quelque peu.

—Frère Vaelin! tonna un homme énorme, taillé comme un ours, dont le torse velu scintillait de sueur. (Sa lourde main s'abattit sur l'épaule du garçon.) Dix ans que j'attends qu'un frère du Sixième Ordre franchisse nos portes et quand mon souhait est enfin exaucé, on m'envoie le plus célèbre d'entre eux.

—Je suis ravi d'être ici, mon frère, lui assura Vaelin. Mais je dois nettoyer ces vêtements et…

—Allons donc! (L'homme lui arracha les fripes des mains pour les jeter dans l'une des larges cuves de pierre où peinaient les lavandiers.) On s'en charge. Viens, tout le monde veut te rencontrer.

Le colosse, nommé Harin, se révéla être un maître plutôt qu'un simple frère. Quand il n'était pas de corvée de buanderie, il inculquait aux novices les subtilités de l'ossature.

—L'ossature, maître?

—Oui, mon garçon. Toute la délicate charpente des os. Comment ils fonctionnent, comment ils s'emboîtent. Comment les retaper. Je ne compte plus les fois où j'ai dû remettre en place une épaule démise. Tout est dans le poignet. Je te montrerai avant ton départ… en espérant que je ne te casserai pas le bras!

Il éclata d'un rire sonore qui emplit l'immense pièce.

Animés par un enthousiasme déconcertant, les autres frères et sœurs présents se mirent en cercle afin de mieux saluer Vaelin, qui se retrouva assailli d'une multitude de visages, de noms et de questions.

—Dis-nous, mon frère, s'enquit l'un d'eux, un gringalet nommé Curlis, est-il vrai que vos épées sont forgées dans de l'argent météore?

— Un simple mythe, mon frère, répliqua Vaelin, soucieux de respecter le secret de maître Jestin. Nos épées, par ailleurs d'excellente facture, sont de simple acier.

— On vous force vraiment à vivre en pleine nature ? demanda une jeune sœur grassouillette répondant au nom de Henna.

— Seulement pendant dix jours. Il s'agit de l'une de nos épreuves.

— On vous renvoie si vous échouez, non ?

— Si vous n'êtes pas mort avant, intervint sœur Sherin. (Elle se tenait dans l'embrasure de la porte, les bras croisés.) Ai-je raison, mon frère ? Je crois savoir que de nombreux novices périssent lors de ces épreuves. Des garçons de onze ans à peine.

— Une existence draconienne exige un entraînement draconien, lui rétorqua Vaelin. Ces épreuves nous forment à la mission qui est la nôtre, à savoir défendre la Foi et le Royaume.

Sœur Sherin haussa un sourcil.

— Si maître Harin ne requiert pas votre présence plus avant, l'auditoire aurait besoin d'un bon coup de balai.

Il partit donc balayer l'auditoire, et dans la foulée toutes les pièces de l'aile ouest. Quand il eut fini, sœur Sherin lui fit bouillir une mixture composée d'alcool pur et d'eau afin d'y tremper tous les accessoires métalliques utilisés par l'Aspect pendant l'opération du jeune blessé. « Pour les stériliser », lui confia-t-elle. Il passa le reste de sa journée à trimer ainsi, armé d'un balai, d'une brosse et d'un baquet. Ses mains pourtant endurcies l'élançaient douloureusement, irritées par le savon et les mouvements répétitifs des tâches ménagères, lorsque sœur Sherin lui accorda enfin le droit de se restaurer.

— Quand vais-je apprendre à guérir ? demanda-t-il.

Elle se trouvait dans l'auditoire, où elle disposait tout un éventail d'instruments sur un carré de tissu blanc. Il avait passé deux heures à les astiquer, si bien qu'ils scintillaient dans la lumière déversée par la baie vitrée du plafond.

— Jamais, répondit-elle sans même lever les yeux vers lui. Vous êtes ici pour travailler. Quand je l'estimerai opportun, vous aurez le droit d'assister à une séance de soins.

Un large choix de reparties s'offrit à Vaelin, certaines mordantes, d'autres plus spirituelles, mais toutes risquant de le faire passer pour un gamin capricieux.

— Comme il vous siéra, ma sœur. À quelle heure aurez-vous besoin de moi ?

— Nous commençons nos journées à la cinquième heure, ici. (Elle plissa le nez avec ostentation.) Avant de vous présenter demain, je vous prierais de procéder à de vigoureuses ablutions afin d'atténuer, si possible, l'âcre fumet que vous dégagez. Vous ne vous lavez donc pas, au Sixième Ordre ?

— Tous les trois jours, nous allons nager dans le fleuve. Il est glacial, même en été.

Sans mot dire, elle plaça un curieux instrument sur le carré de tissu : deux lames parallèles jointes par un système d'écrou.

— Qu'est-ce que c'est ? demanda Vaelin.

— Un écarteur. Il permet d'accéder au cœur.

— Au cœur ?

— Il arrive qu'après un arrêt cardiaque un massage délicat de l'organe lui permette de repartir.

Vaelin avisa les mains de la jeune femme, admirant les mouvements précis de ses doigts effilés.

— Vous savez faire ça ?

Elle secoua la tête.

— C'est une technique qu'il me reste encore à apprendre. L'Aspect la maîtrise, cependant, comme presque toutes les autres.

— Elle vous l'enseignera un jour.

Sœur Sherin lui jeta un coup d'œil circonspect.

— Vous devriez aller dîner, mon frère.

— Vous ne mangez pas, vous ?

— Je prends mes repas après les autres. J'ai encore beaucoup à faire, ici.

—Alors je reste. Nous n'aurons qu'à dîner ensemble.

Sans cesser de récurer une cuvette en fer, elle lâcha :

—Je préfère manger seule, merci.

Il étouffa un soupir d'exaspération.

—Comme vous voudrez.

Le repas fut accompagné d'une telle rafale de questions et d'une telle curiosité à son égard que Vaelin en vint presque à regretter l'indifférence marquée de sœur Sherin. Les maîtres du Cinquième Ordre mangeant avec leurs disciples, maître Harin l'invita à la table qu'il partageait avec un groupe de novices. L'écart d'âge entre les novices attablés ne manqua pas de le surprendre, le plus jeune affichant à peine quatorze ans tandis que le plus vieux accusait facilement une cinquantaine d'années.

—Les gens rejoignent parfois notre Ordre dans la fleur de l'âge, expliqua maître Harin. Moi-même, je n'y suis entré qu'à trente-deux ans. Je servais dans la Garde du Royaume avant ça. Le trentième régiment d'infanterie, dit « les Sang-Liés ». Tu les connais sûrement.

—Leur renommée leur fait honneur, maître, mentit Vaelin, qui n'en avait jamais entendu parler. Depuis quand sœur Sherin officie-t-elle ici ?

—Depuis toute petiote. Elle trimait en cuisine, à l'époque, pour ne commencer sa formation qu'à quatorze ans. Nous n'acceptons pas les novices en dessous de cet âge. Pas comme chez toi, hein ?

—Une différence parmi tant d'autres…

Harin partit d'un grand rire chaleureux, puis mordit à pleines dents une cuisse de poulet. La pitance du Cinquième Ordre ressemblait presque en tout point à celle du Sixième… excepté la quantité. Cette menue distinction occasionna à Vaelin une bouffée de honte passagère lorsque, après s'être jeté sur les plats dès leur arrivée pour en engloutir d'énormes portions, il s'attira les regards ébahis des autres convives.

— C'est que nous devons manger en vitesse, dans ma Loge, bafouilla-t-il. Une minute d'inattention et les assiettes sont déjà reparties.

— À ce qu'on raconte, on vous prive de nourriture pour vous punir, dit sœur Henna, la jeune femme potelée croisée dans la buanderie.

Elle lui posait plus de questions que tous les autres réunis et semblait ne jamais vouloir le quitter des yeux.

— Nos maîtres disposent de châtiments bien plus concrets, ma sœur.

— À quel moment vous font-ils combattre à mort ? demanda Innis, le gringalet.

La question était posée avec un tel aplomb, une telle sincérité que Vaelin ne parvint même pas à en prendre ombrage.

— L'Épreuve de l'Épée prend place lors de notre septième année au sein de l'Ordre. Elle constitue notre ultime examen.

— Et vous devez vous affronter les uns les autres jusqu'à la mort ? piaula sœur Henna, sidérée.

Vaelin secoua la tête.

— Chacun d'entre nous se verra confronté à trois criminels condamnés. Des meurtriers et des brigands de la pire espèce. S'ils l'emportent, ils bénéficient d'une amnistie totale dans la mesure où les Défunts ne les auront pas acceptés dans l'Au-Delà. Si nous parvenons à les vaincre, nous sommes jugés dignes de lever notre épée au nom de l'Ordre.

— Brutal, mais efficace, commenta maître Harin avant de lâcher un rot retentissant, une main pressée contre son ventre. Les rituels du Sixième Ordre peuvent nous paraître cruels, mes enfants, mais n'oubliez pas que ses membres se dressent entre la Foi et ceux qui souhaiteraient la détruire. Par le passé, ils ont bien souvent donné leur vie pour nous protéger. Sans eux, nous ne pourrions aujourd'hui prodiguer des soins aux Fidèles. Pensez-y.

Une rumeur d'approbation parcourut la tablée, après quoi la conversation dévia enfin vers d'autres sujets. Les bandages, les herbes médicinales, les différentes variétés de maladies et cette infection éternelle et honnie, leur sujet préféré, semblaient constituer l'essentiel des préoccupations des frères et des sœurs du Cinquième Ordre. Bien que décontenancé par son évocation de l'Épreuve de l'Épée, Vaelin fut surpris de découvrir qu'elle ne lui inspirait rien de plus qu'un léger malaise. Dès ses premiers jours au sein de l'Ordre, l'épreuve fatidique avait plané telle une nuée noire sur ses camarades et lui. Point d'orgue de leur formation, elle avait fini par devenir un événement annuel attirant une grande partie de la populace castelvarine. Si les novices de l'Ordre n'avaient pas le droit de s'y rendre, on lui avait rapporté maintes histoires de combats interminables et de frères malchanceux tombés sur plus forts qu'eux. Mais il n'avait plus peur, désormais. Il n'y voyait rien de plus qu'un énième obstacle sur le chemin de sa vie. Les épreuves servaient peut-être à cela, en fin de compte : les immuniser contre le danger, les forcer à intégrer la peur au cœur même de leur existence.

— Vous organisez des épreuves, vous aussi ? demanda-t-il à maître Harin.

— Non, mon garçon. Pas d'épreuves ici. Les frères et les sœurs novices habitent la Loge cinq ans durant, le temps de leur formation. Beaucoup abandonnent en cours de route ou finissent congédiés, mais ceux qui restent acquièrent la maîtrise des arts de la guérison et héritent d'une mission adaptée à leurs capacités. Pour ma part, j'ai passé vingt ans dans la capitale cumbraëline, à veiller sur la petite communauté des Fidèles installée là-bas. Ce n'est pas chose facile, crois-moi, que de vivre parmi ceux qui renient la Foi.

— La Charte royale stipule pourtant que les Cumbraëliens sont nos frères dans le Royaume, tant qu'ils cantonnent leurs croyances à leur fief.

— Peuh ! cracha maître Harin. Si le glaive du roi a su annexer de force Cumbraël à la patrie, il n'en reste pas moins qu'elle ne cesse de promouvoir son impiété. Je ne saurais dire combien de zélateurs de tel ou tel dieu ont tenté de me convertir pendant mon séjour chez eux. Aujourd'hui encore, Cumbraël les déverse par centaines hors de ses frontières, dans l'espoir de distiller son hérésie dans la congrégation des Fidèles. J'ai bien peur que ton Ordre et le mien aient beaucoup à faire en Cumbraël, dans les années à venir. (Il secoua la tête d'un air triste.) Quel dommage, il n'est rien de plus terrible que la guerre.

On attribua à Vaelin une cellule dans l'aile sud, une austère petite chambre dotée d'une unique chaise et d'un lit simple. Il se dévêtit en vitesse et se glissa sous les draps, étourdi par leur fraîcheur et leur propreté, mais le sommeil ne vint pas. En dépit du confort aussi moelleux qu'inédit de sa couche, il ne pouvait s'empêcher de repenser à maître Harin, troublé par sa condamnation sans appel de Cumbraël. *« Il n'est rien de plus terrible que la guerre. »* Pourtant, quelque chose dans le regard du maître trahissait son envie de châtier dans le sang le fief hérétique.

La froideur de sœur Sherin ne manquait pas non plus de le préoccuper. De toute évidence, la jeune femme n'avait aucune envie de frayer avec lui, ce qui le chagrinait beaucoup, et méprisait en tout point le Sixième Ordre, ce dont il se souciait comme d'une guigne. Le lendemain matin, se promit-il, il essaierait de gagner sa confiance. Il obéirait à chacun de ses ordres sans se plaindre ni poser de questions ; il avait l'intuition qu'elle apprécierait son application.

Cependant, la véritable raison de son insomnie restait l'étrange réaction de l'Aspect Elera. Il s'était à ce point persuadé qu'il obtiendrait d'elle les réponses tant attendues que la perspective d'un tel refus ne l'avait pas même effleuré. *Elle sait*, songeait-il, sûr de son fait. *Alors pourquoi se taire ainsi ?*

Le sommeil vint le cueillir sans qu'il s'en rende compte, tourmenté qu'il était par la litanie obsédante de ses questions. Ses rêves ne lui apportèrent aucune réponse.

Il quitta sa couche à contrecœur aux premières lueurs du jour, se nettoya vigoureusement dans le bassin de la cour et se rendit au travail un peu avant la cinquième heure, histoire de faire bonne mesure. Sherin l'avait toutefois précédé.

— Allez chercher des compresses dans la réserve, lui dit-elle. Les malades vont bientôt se présenter au portail. (Elle sourcilla quand il passa à côté d'elle.) Vous sentez... moins fort qu'hier.

Imitant la rouerie de Nortah, il afficha un sourire forcé.

— Merci, ma sœur.

Le premier patient à se présenter fut un vieillard perclus de rhumatismes. Sœur Sherin enduisit de baume ses articulations douloureuses, tout en écoutant patiemment ses intarissables récits d'ancien matelot, puis lui remit un pot d'onguent à rapporter chez lui. Le suivant, un jeune homme maigre aux mains tremblantes et aux yeux injectés de sang, se plaignait d'atroces douleurs au ventre. Après lui avoir palpé l'estomac, examiné les veines du poignet et posé quelques questions, sœur Sherin déclara que le Cinquième Ordre n'avait pas vocation à fournir de l'andrinople aux drogués.

— Va crever, salope d'ordonnancée ! cracha le jeune homme.

— Tiens ta langue, gronda Vaelin.

Il s'apprêtait à saisir l'indélicat par le collet, mais le regard noir que lui jeta Sherin suffit à l'en dissuader. Impassible, elle endura les violentes injures du jeune homme une bonne minute durant avant que ce dernier, manifestement troublé par la présence de Vaelin, finisse par quitter la pièce, l'écho de ses imprécations résonnant dans le couloir.

— Je n'ai pas besoin de garde du corps, lâcha-t-elle après son départ. Vos... compétences ne sont pas requises ici.

— Pardonnez-moi, dit-il entre ses dents, échouant cette fois-ci à esquisser le moindre sourire hypocrite.

S'ensuivit un défilé de malades de toutes tailles et de tous âges, hommes, femmes, mères accompagnées de leurs enfants, sœurs flanquées de leurs frères, qui souffraient d'estafilades, d'ecchymoses, d'élancements ou d'une multitude d'autres indispositions. Sœur Sherin, manifestement capable de reconnaître d'emblée la nature des maux de chacun des patients, travaillait d'arrache-pied, accordant à tous la même attention. Assis en retrait, Vaelin la regardait faire, s'exécutant sur-le-champ quand elle lui demandait d'aller quérir pansements ou potions. Il s'efforçait d'apprendre de la jeune femme, mais la fascination qu'il éprouvait pour elle sapait sa concentration. L'expression de son visage quand elle travaillait, la disparition progressive de son ombrageuse sévérité au profit d'une compassion profonde et d'un humour de bon aloi lorsqu'elle plaisantait, la chaleur avec laquelle elle accueillait ses patients réguliers, tout cela l'éblouissait. *C'est pour ça qu'ils viennent la voir*, comprit-il. *Parce qu'elle se soucie d'eux.*

Lui-même ne ménageait pas sa peine : il filait à la réserve, en revenait les bras chargés, maintenait immobiles les visiteurs craintifs ou paniqués, dispensait de maladroites paroles de réconfort aux épouses, aux sœurs ou aux enfants des malades en attente de traitement. La plupart d'entre eux n'avaient besoin que d'un simple remède ou de quelques points de suture ; les autres, ceux que Sherin connaissait bien, souffraient de maladies de longue durée, leurs cas nécessitant des soins prolongés que Sherin agrémentait de questions ou de conseils amicaux. À deux reprises, on leur amena un grand blessé. Le premier, renversé par un chariot en fuite, avait le ventre écrasé. Après avoir sondé sa veine jugulaire, sœur Sherin plaqua ses deux mains contre son sternum et entreprit un massage cardiaque.

— Son cœur ne bat plus, expliqua-t-elle sans cesser de comprimer la poitrine du patient.

Lorsqu'un filet de sang jaillit des lèvres de l'homme, elle s'interrompit et s'éloigna de la table.

— Il est mort. Allez chercher un brancard dans la réserve et emportez le corps à la morgue. Dans l'aile sud. Et nettoyez son visage. Autant éviter que sa famille le voie dans cet état.

Vaelin avait déjà contemplé la mort en face, mais le sang-froid apparent de la jeune femme le surprit.

— C'est tout ? Il n'y a rien d'autre à tenter ?

— Le chariot d'une demi-tonne qui lui est passé sur l'estomac a réduit ses viscères en bouillie et fait voler sa colonne vertébrale en éclats. Donc, non, il n'y a rien d'autre à tenter.

Le deuxième grand blessé, un homme trapu à l'épaule transpercée par un carreau d'arbalète, leur fut présenté par la Garde du Royaume dans la soirée.

— Désolé, ma sœur, s'excusa le sergent quand lui et deux autres gardes hissèrent le blessé sur la table. J'ai horreur de vous faire perdre votre temps avec de telles ordures, mais le capitaine va nous faire passer un sale quart d'heure si on lui ramène un nouveau cadavre. (Il jeta à Vaelin un regard méfiant, intrigué par la couleur bleu foncé de son froc.) Tu as dû te tromper de Loge, mon frère.

— Frère Vaelin est ici pour apprendre les arts de la guérison, l'informa Sherin en se penchant sur le blessé pour inspecter sa blessure. Un tir de vingt pas ? s'enquit-elle.

— Plutôt trente, renifla l'un des gardes avec fierté en brandissant son arbalète. Et il courait, le bougre.

— Vaelin, murmura le sergent. (Son regard posé sur le disciple se fit inquisiteur.) Al Sorna, je parie ?

— C'est mon nom, oui.

Les trois gardes éclatèrent de rire, une hilarité rauque aux accents si déplaisants que Vaelin regretta soudain d'avoir laissé son épée dans sa cellule.

— Le disciple qui a étalé dix Faucons à lui seul, dit le plus jeune des gardes. T'es plus grand que ce qu'on raconte.

— Ils n'étaient pas dix…, commença Vaelin.

— J'aurais aimé voir ça, le coupa le sergent. Je ne peux pas encadrer ces foutus Faucons, toujours à parader comme des poulets de concours. J'ai entendu dire qu'ils prévoyaient de se venger, cela dit. Tu ferais bien de surveiller tes arrières.

— Je ne fais que ça.

— Mon frère, intervint Sherin. Il me faut du fil, une aiguille, une sonde, un bistouri, de l'andrinople et de l'huile de corr en pommade. Oh ! et une autre bassine d'eau.

Vaelin partit sans demander son reste, ravi de pouvoir échapper l'espace d'un instant aux regards scrutateurs des soldats. Une fois dans la réserve, il se hâta de disposer sur un plateau le matériel requis, puis reprit le chemin de l'officine… où régnait le chaos le plus complet. Le gaillard blessé s'était retranché dans un coin de la salle, son poing épais fermé autour de la gorge de sœur Sherin. L'un des gardes gisait au sol, un poignard fiché dans la cuisse. Les deux autres avaient dégainé leur épée et hurlaient au criminel de se rendre, écumant de rage.

— Je me tire d'ici ! rugit l'homme.

— Tu ne vas nulle part ! aboya le sergent. Libère-la et tu auras la vie sauve.

— Si vous me bouclez, le Borgne me fera la peau. Poussez-vous ou je lui brise la nuque, à cette sal…

Si le bistouri récupéré dans la réserve pesait plus lourd que les couteaux de jet auxquels il était habitué, le tir en lui-même ne posa aucun problème à Vaelin. Il évita sciemment de viser la gorge à découvert de l'agresseur, craignant qu'un spasme d'agonie intempestif contracte sa main sur la nuque de sœur Sherin. La lame vint donc se planter dans l'avant-bras de l'homme, provoquant l'ouverture réflexe de son poing et la chute de sa captive. Vaelin en profita pour bondir par-dessus la table, éparpillant un peu partout dans la pièce le contenu du plateau, et assommer le vigoureux lascar de quelques coups de poing bien placés aux centres nerveux du visage et de la poitrine.

— Ne…, hoqueta Sherin, recroquevillée par terre. Ne le tuez pas.

Vaelin regarda l'homme s'effondrer au sol, les yeux vides.

— Je n'en avais pas l'intention, dit-il en aidant la sœur à se relever. Vous êtes blessée ?

Elle secoua la tête et s'écarta.

— Remettez-le sur la table, lui ordonna-t-elle d'une voix rauque. Sergent, veuillez m'aider à porter votre camarade dans une autre pièce.

— Tu lui aurais fait une faveur en le butant, ce corniaud, grommela le sergent alors qu'il redressait le soldat estropié. On le conduit à la potence demain.

Vaelin dut redoubler ses efforts pour soulever le prisonnier inconscient, dont la carrure imposante se doublait d'une impressionnante musculature. Avec un grognement de douleur quand Vaelin l'allongea sur la table, l'homme battit des paupières et ouvrit les yeux.

— À moins que tu aies caché un autre poignard, lui dit le disciple, je te déconseille de faire le moindre geste.

L'homme lui décocha un regard farouche, mais tint sa langue.

— Ce Borgne dont tu parlais, qui est-ce ? l'interrogea Vaelin. Pourquoi voudrait-il ta mort ?

— Je lui dois de la picaille, répondit le prisonnier, le front en sueur et les traits tirés de douleur.

Vaelin se remémora les récits de Frentis au sujet de sa vie dans la rue et du tir de couteau qui l'avait poussé à chercher refuge à la Loge.

— Ton tribut ?

— Trois couronnes. J'ai des arriérés. Et le Borgne ne porte pas les mauvais payeurs dans son cœur.

L'homme fut pris d'une violente quinte de toux, suivie d'un filet de sang. Vaelin versa de l'eau dans un gobelet et le porta à ses lèvres.

— Un ami à moi m'a parlé d'un certain Hunsil, dit-il. Un gamin lui aurait crevé l'œil d'un coup de couteau.

L'eau apaisa la toux du prisonnier, qui vida le gobelet à petites gorgées.

— Frentis. Si seulement le morveux avait pu lui régler son compte, à cette enflure. Le Borgne dit qu'il l'écorchera vif pendant une année entière quand il lui mettra la main dessus.

*Tôt ou tard, il va falloir que j'aie une petite explication avec ce Borgne*, décida Vaelin. Il examina le carreau d'arbalète planté dans l'épaule du prisonnier.

— Qu'as-tu fait pour mériter ça ?

— Me suis fait pincer alors que je sortais d'un entrepôt avec un sac plein d'épices sur le dos. De la bonne qualité, en plus. J'aurais pu en tirer six couronnes au bas mot.

*Il va mourir pour un sac d'épices*, déplora Vaelin. *Pour ça, pour avoir poignardé un garde et tenté d'étrangler sœur Sherin.*

— Ton nom ?

— Gallis. Gallis la Grimpe, qu'on m'appelle. Y a pas de mur que je n'puisse escalader. (Avec une grimace, il souleva son avant-bras blessé, auquel pendait toujours le bistouri.) Va peut-être falloir que je change de branche, cela dit. (Il eut un petit rire, avant qu'un spasme de douleur le réduise au silence.) Un peu d'andrinople ne serait pas de refus, mon frère.

— Préparez-lui une teinture. (Sœur Sherin était de retour, le sergent sur ses talons.) Trois mesures d'eau pour une seule d'andrinople.

Vaelin inclina la tête et observa le cou de sœur Sherin, rouge et marbré d'ecchymoses à l'endroit où Gallis avait refermé son poing.

— Vous devriez faire examiner ça.

Un éclair de colère momentané passa dans le regard de la jeune femme qui, à en juger par ses mâchoires serrées, ravalait quelque cinglante repartie. Si elle enrageait d'avoir eu tort ou si elle en voulait à Vaelin de lui avoir sauvé la vie, il l'ignorait.

— Occupez-vous de cette teinture, s'il vous plaît, lâcha-t-elle d'une voix sèche.

Elle s'occupa de Gallis une heure durant. Après lui avoir administré l'andrinople, elle s'attaqua en premier au carreau d'arbalète : elle rompit le fût à la moitié de sa longueur, puis agrandit la plaie afin d'en extirper prudemment le fer barbelé. Gallis hurla tout du long, ses cris étouffés par la bande de cuir passée entre ses dents. Elle se chargea ensuite de son bras, une opération plus délicate étant donné la proximité de l'artère radiale, mais dix minutes lui suffirent à extraire le bistouri. Elle paracheva son œuvre en recousant les blessures, non sans les avoir badigeonnées au préalable de baume de corr. Gallis, qui avait fini par perdre conscience, affichait désormais un teint cendreux.

— Il a perdu beaucoup de sang, déclara-t-elle au sergent. Il faut le laisser se reposer.

— Pas trop longtemps, j'espère ? Il passe devant l'échevin demain matin.

— La clémence du tribunal est-elle envisageable ? demanda Vaelin.

— J'ai un homme avec la cuisse embrochée dans la pièce voisine, répondit le soldat. Sans oublier que ce salopard a tenté de tuer la sœur.

— Je n'en ai aucun souvenir, déclara Sherin en se lavant les mains. Et vous, mon frère ?

*Un sac d'épices vaut-il une vie ?*

— Absolument pas.

Le visage du sergent prit une teinte écarlate.

— Cet homme est un voleur, un ivrogne et un priseur d'andrinople notoire. Il nous aurait tous tués pour s'échapper.

— Frère Vaelin, dit Sherin. Quand le meurtre est-il justifié ?

— Lorsqu'il permet de défendre la vie, répondit promptement Vaelin. Hors de cette éventualité, tout meurtre constitue une transgression de la Foi.

Le sergent retroussa les lèvres, l'air écœuré.

— Pauvres bigots d'ordonnancés, grommela-t-il avant de quitter la pièce d'un pas furieux.

— Vous savez qu'ils comptent le pendre demain, quoi qu'il arrive ? demanda Vaelin.

Sherin leva les mains hors de la bassine ensanglantée et le garçon lui tendit une serviette. Elle planta ses yeux dans les siens, leurs regards se croisant pour la première fois de la journée.

— Personne ne mourra si je peux l'empêcher, déclara-t-elle, sa voix empreinte d'une conviction presque effrayante.

Vaelin sauta le dîner, incapable d'affronter le déferlement de questions, les regards admiratifs et le regain de célébrité que ne manquerait pas de susciter son intervention musclée du début de soirée. Il préféra donc se terrer dans le corps de garde avec frère Sellin, la vénérable sentinelle qui l'avait accueilli la veille. Le vieux frère, manifestement ravi de cette compagnie inattendue, se garda bien de l'interroger ou de mentionner les événements de la journée, ce qui lui valut la reconnaissance de Vaelin. À la demande du jeune disciple, le vieillard lui narra ses tribulations au service du Cinquième Ordre, prouvant ainsi que les soldats n'avaient pas le monopole de la guerre ni de ses atrocités.

— Celle-là, je l'ai reçue sur le pont de l'*Aigrembrun*. (Sellin exhiba une curieuse cicatrice en forme de fer à cheval, gravée sous son avant-bras.) Je suturais la plaie ventrale d'un pirate meldénéen quand le type se rebiffe et me mord jusqu'au sang. Un peu plus et il me touchait l'os, le sagouin. Faut dire que le Seigneur de Guerre venait tout juste d'incendier sa cité, donc j'imagine que sa colère était justifiée. Nos matelots l'ont balancé par-dessus bord. (Le souvenir lui arracha une grimace.) Je les ai implorés de l'épargner, mais les hommes sont capables du pire quand le sang leur monte à la tête.

— Que faisiez-vous sur un navire de guerre ? demanda Vaelin.

— Oh ! j'ai servi comme médecin attitré de l'amiral Merlish pendant un temps. Il m'avait à la bonne depuis que je l'avais guéri de sa vérole, quelques années plus tôt. Un sacré capitaine, que c'était. Il aimait l'océan et tous les marins comme une mère aime ses enfants. Même les Meldénéens avaient son respect. Les meilleurs navigateurs au monde, qu'il les appelait. Ça lui a brisé le cœur quand le Seigneur de Guerre leur a brûlé leur cité. Il lui a passé un de ces savons, mon vieux...

— Ils se sont disputés ?

Frère Sellin était l'une des rares personnes de sa connaissance à ne pas spontanément associer son nom à celui de son père, ce qui ne manquait pas d'intriguer Vaelin. À vrai dire, le vieux frère semblait tout à fait ignorer le lien qui unissait son jeune interlocuteur et l'illustre Seigneur de Guerre, quand bien même Vaelin attribuait ce manquement à la longue expérience du vieillard au sein de l'Ordre. Dissocier les combattants de leurs origines familiales était sans doute devenu pour lui une seconde nature.

— Oh ! que oui, répondit Sellin. L'amiral Merlish l'a traité de boucher, de tueur d'enfants, l'a accusé d'avoir entaché à jamais l'honneur du Royaume. Tous ceux dont les oreilles traînaient derrière la porte pensaient que le Seigneur de Guerre allait le passer par le fil de son épée, mais il s'est contenté de dire : « La loyauté est ma force, monseigneur. »

Sellin poussa un profond soupir et but au goulot d'une petite flasque en cuir, que Vaelin soupçonnait de contenir une mixture comparable au Compagnon du Frère de Makril.

— Pauvre vieux Merlish. L'a pas quitté sa cabine de tout le voyage de retour et l'a même refusé de se présenter devant le roi à notre arrivée. Il n'a pas tenu longtemps, après ça. Son cœur a lâché au cours d'un périple en Extrême-Occident.

— Vous l'avez vue ? demanda Vaelin. Vous avez vu la cité brûler ?

— Ah çà !… (Frère Sellin s'accorda une longue rasade d'alcool.) Je n'aurais pas pu la manquer. Elle a embrasé le ciel sur des kilomètres à la ronde. Mais c'est pas de la voir qui m'a glacé le sang, c'est de l'entendre. On avait jeté l'ancre à un demi-mille de la côte, mais on entendait encore les cris. Des milliers d'hommes, de femmes, d'enfants s'égosillant dans les flammes.

Il tressaillit et siffla une nouvelle gorgée.

— Navré, mon frère, dit Vaelin. Je n'aurais pas dû.

Sellin haussa les épaules.

— C'est le passé, petit frère. On ne peut pas le changer. Juste s'assurer qu'il ne se reproduise pas. (Il cligna des yeux dans le crépuscule naissant.) Tu ferais mieux de rentrer si tu veux avoir droit à un repas.

Vaelin trouva le réfectoire vide, à l'exception de sœur Sherin qui mangeait seule, comme à son habitude. La jeune femme s'abstint de tout commentaire lorsque Vaelin s'assit face à elle, surpris de ne pas essuyer un refus. Le personnel des cuisines avait garni sa table d'appétissantes victuailles, mais elle semblait s'accommoder d'une simple assiette de pain et de fruits.

— Puis-je ? dit-il avec un geste en direction des plateaux garnis.

Comme elle haussait les épaules, il se servit de généreuses portions de jambon et de poulet, puis les engloutit avec voracité.

Le regard clairement dégoûté qu'il ne manqua pas de s'attirer fit naître un large sourire sur ses traits. La gêne évidente de la sœur lui procurait une joie coupable.

— J'ai faim.

L'ombre d'un sourire passa sur ses lèvres quand elle détourna les yeux.

— Personne ne mange seul au Sixième Ordre, lui dit-il. Chacun fait partie d'un groupe. On vit ensemble, on mange ensemble, on combat ensemble. Notre appellation de « frères » est amplement justifiée. Ici, les choses semblent différentes.

— Mes frères et sœurs respectent mon intimité.

— Parce que vous êtes à part ? Parce que vous savez faire des choses dont ils ne sont pas capables ?

Elle mordit dans sa pomme, sans répondre.

— Comment se porte notre voleur ? demanda-t-il.

— Plutôt bien. Ils l'ont transféré au dernier étage. Le sergent a posté deux hommes devant sa porte.

— Vous avez l'intention de plaider sa cause à l'audience ?

— Bien sûr. Et je pense que votre témoignage lui serait d'un grand secours. Quelque chose me dit que votre parole aura plus d'impact que la mienne.

Il accompagna sa bouchée de jambon d'une gorgée d'eau.

— Dites-moi, ma sœur, pourquoi vous soucier à ce point d'un gredin tel que lui ?

Les traits de la jeune femme se durcirent.

— Pourquoi vous en soucier si peu ?

S'ensuivirent quelques longues minutes de silence.

— Saviez-vous que ma mère avait été formée ici même ? Elle était sœur, tout comme vous, avant de quitter le Cinquième Ordre pour épouser mon père. J'ignorais tout de son passage à la Loge, elle m'a toujours caché cette partie de sa vie. Je suis venu ici pour trouver des réponses, en savoir plus sur elle, sur mon père et sur moi. Mais l'Aspect n'a rien voulu me dire. À la place, elle m'a confié à vous, ce qui je crois constitue une réponse en soi.

— Comment ça ?

— J'ai pu comprendre qui était ma mère. Et en partie qui je suis. Je ne suis pas comme vous. Je n'ai rien d'un guérisseur. J'aurais tué cet homme, aujourd'hui, si j'avais pu. J'ai déjà tué par le passé. Vous, en revanche, en seriez incapable, tout comme elle. Voilà qui elle était.

— Et votre père ?

« Des milliers d'hommes, de femmes, d'enfants s'égosillant dans les flammes… La loyauté est ma force. »

— Il a incendié une ville parce que le roi lui en avait donné l'ordre. (Il repoussa son assiette et sortit de table.) Je plaiderai la cause de Gallis devant l'échevin. À demain, à la cinquième heure.

Au petit matin, ils apprirent que leur présence au tribunal ne serait pas nécessaire, Gallis ayant profité de la nuit pour s'échapper. Les gardes qui, à l'aube, avaient fait irruption dans sa chambre avaient trouvé son lit vide et sa fenêtre ouverte. Celle-ci donnait sur une façade haute de dix mètres et dépourvue de la moindre prise apparente.

Penché à la fenêtre, Vaelin contemplait la cour en contrebas.

— Gallis la Grimpe, marmonna-t-il.

— Avec ses blessures, il n'aurait même pas dû pouvoir marcher.

Sœur Sherin s'approcha pour inspecter à son tour le mur emprunté par l'évadé, effleurant le garçon qui trouva cette soudaine proximité à la fois enivrante et intimidante. La jeune femme, pour sa part, ne paraissait nullement incommodée.

— Je ne comprends pas comment il a réussi son coup.

— D'après maître Sollis, un homme ne découvre sa véritable force que lorsqu'il craint pour sa vie.

— Le sergent a juré de lui mettre le grappin dessus, même s'il doit y passer le restant de ses jours. (Elle s'éloigna de la fenêtre, laissant Vaelin en proie à un mélange d'hébétude et de regret.) Il y parviendra sans doute. Ça ou bien quelqu'un d'autre le traînera ici de force, avec une nouvelle blessure à soigner.

— S'il est malin, il sera monté à bord d'un navire et aura pris le large d'ici à ce soir.

Sherin secoua la tête.

— Les gens ne quittent pas la ville, mon frère. Peu importent les périls qu'ils encourent, ils restent ici et vivent leur vie.

Vaelin regarda de nouveau par la fenêtre. Le quartier sud s'éveillait peu à peu, le ciel pâle déjà envahi par les rejets de cheminée qui pèseraient sur les toits jusqu'au crépuscule, les ombres en fuite révélant des ruelles souillées de détritus et d'excréments, jonchées çà et là par les corps recroquevillés d'un ivrogne, d'un drogué ou de sans-abri. Déjà résonnaient les premiers râles de colère, annonciateurs de rixe ou de dispute conjugale, et Vaelin se demanda combien de nouveaux patients défileraient dans la Loge aujourd'hui.

— Mais pourquoi ? reprit-il. Qui choisirait de rester dans un tel endroit ?

— Moi, répondit-elle. Alors pourquoi pas d'autres ?

— Vous êtes née ici ?

Elle acquiesça.

— J'ai eu la chance de pouvoir achever ma formation en l'espace de deux ans. L'Aspect m'a proposé une affectation n'importe où dans le Royaume. J'ai choisi d'officier ici.

L'hésitation perceptible dans sa voix apprit à Vaelin qu'il était probablement le premier à qui la jeune femme révélait ainsi les détails de son passé.

— Parce que vous vouliez rester… chez vous ?

— Parce que j'avais l'impression que c'était ma mission. (Elle gagna la porte.) Allons, le travail nous attend.

Les jours suivants s'avérèrent pour Vaelin aussi pénibles qu'enrichissants, en grande partie grâce à sœur Sherin qu'il ne quittait plus d'une semelle. La succession de malades et d'éclopés qui franchissaient quotidiennement la porte lui offrit maintes occasions d'enrichir ses maigres connaissances dans les arts de la guérison. Sous la direction de la jeune femme, qui avait consenti à lui inculquer les rudiments de son savoir-faire, il apprit à suturer les plaies et à respecter les proportions de simples à même de soigner les maux de ventre ou de tête. Néanmoins, il devint bientôt évident qu'il n'atteindrait jamais le niveau de sa préceptrice, dont l'œil sûr et l'infaillible intuition médicinale lui rappelaient sa propre affinité avec l'épée. Par chance, il n'eut plus besoin d'exercer ses talents guerriers au sein de l'officine, l'agressivité des patients ayant considérablement diminué depuis son premier jour à la Loge. Son intervention musclée avait fait grand bruit dans le quartier sud, de sorte que même les individus les plus louches qui se présentaient en quête de soins apprenaient à tenir leur langue et à refréner leurs accès de violence en sa présence.

Seule ombre au tableau, l'attention constante que lui vouaient les autres frères et sœurs de l'Ordre avait fini par exaspérer Vaelin. Un soir qu'il partageait le dîner tardif de sœur Sherin, comme il en avait pris l'habitude, il vit rappliquer une bande de novices avides de l'entendre conter ses aventures de disciple du Sixième Ordre ou de lui arracher des détails au sujet de ce qu'ils avaient fini par nommer « le sauvetage de sœur Sherin ». Apparemment, quelques jours avaient suffi pour élever son exploit au rang de légende mineure de l'Ordre. La palme de la spectatrice la plus assidue revenait comme toujours à sœur Henna, qui buvait littéralement ses paroles.

— N'avez-vous pas eu peur, mon frère ? demanda-t-elle en posant ses grands yeux bruns sur lui. Quand cette grosse brute s'apprêtait à étrangler sœur Sherin, n'avez-vous pas tremblé ?

Sœur Sherin, qui jusqu'alors avait enduré l'intrusion quotidienne des novices avec un calme stoïque, laissa délibérément tomber ses couverts sur son assiette.

— J'ai… J'ai appris à contrôler ma peur, répondit-il.

La suffisance de ses propres mots le frappa soudain.

— Pas aussi bien que sœur Sherin, cependant, reprit-il en toute hâte. Elle a su garder la tête froide tout du long.

— Bah ! rien ne l'atteint jamais. (Henna agita la main avec dédain.) Mais pourquoi l'avoir épargné ?

— Ma sœur ! s'étrangla frère Curlis.

Elle baissa les yeux, le rouge aux pommettes.

— Pardonnez-moi, bredouilla-t-elle.

— Peu importe, ma sœur.

Vaelin lui tapota maladroitement la main, ce qui eut pour effet d'empourprer encore un peu plus ses joues rondes.

— Frère Vaelin et moi avons eu une longue journée, déclara sœur Sherin. Nous aimerions pouvoir nous restaurer en paix.

Sans pour autant porter le titre de maîtresse, la jeune femme jouissait manifestement d'une grande autorité, car la petite assemblée se dispersa sur-le-champ pour regagner les dortoirs.

— Ils vous respectent, fit remarquer Vaelin.

Elle haussa les épaules.

— Sans doute. Mais ils ne m'apprécient pas. La plupart de mes frères et sœurs éprouvent à mon endroit rancœur et jalousie. L'Aspect m'avait prévenue que ce serait le cas.

Son ton indiquait qu'elle s'en souciait peu. Elle ne faisait qu'exposer un fait.

— Vous les jugez peut-être un peu trop vite. Si vous vous mêliez un peu plus à eux…

— Je ne suis pas là pour eux. Le Cinquième Ordre me permet simplement d'aider ceux qui ont besoin de moi.

— Mais l'amitié, dans tout ça ? Vous n'éprouvez pas le besoin de vous confier, de partager votre fardeau avec un ou une camarade ?

Sœur Sherin jeta à Vaelin un coup d'œil circonspect.

— Vous l'avez dit vous-même, mon frère. Les choses sont différentes ici.

— Eh bien, même si vous ne l'approuvez pas, sachez que vous avez mon amitié.

Elle garda le silence, immobile, les yeux rivés sur son assiette à moitié vide.

*En allait-il ainsi pour ma mère ?* se demanda-t-il. *Son savoir-faire avait-il fini par l'isoler, elle aussi ? Lui valait-il la rancœur de ses congénères ?* Il peinait à se l'imaginer. Il se rappelait une femme douce, chaleureuse, ouverte d'esprit. Jamais elle n'aurait pu se couper ainsi de ses émotions. *La froideur de Sherin est le fruit de ses expériences hors de la Loge*, comprit-il. *De ce qu'elle a vécu là-dehors, dans le quartier sud. Ma mère n'a probablement pas connu le même parcours.* Une pensée s'imposa à lui, une facette de l'histoire de sa mère qu'il n'avait encore jamais prise en compte. *Qui était-elle avant son arrivée ici ? J'ignore jusqu'à son nom de famille. Qui étaient mes grands-parents ?*

Rongé par ces questions, il se leva subitement de table.

— Je vous souhaite une bonne nuit, ma sœur. À demain matin.

— Ce sera votre dernier jour parmi nous, n'est-ce pas ?

Ses yeux semblaient curieusement plus brillants qu'à l'accoutumée, comme embués de larmes, mais Vaelin écarta sans tarder cette idée absurde.

— En effet. Même si j'espère encore en apprendre beaucoup avant mon départ.

— Oui. (Elle détourna le regard.) Oui, bien sûr. Bonne nuit.

— À vous aussi, ma sœur.

Assis en tailleur sur son lit et guetté par l'insomnie, Vaelin ruminait sa prise de conscience. Que savait-il de sa mère, au fond ? Rien, hormis qu'elle avait appartenu au Cinquième Ordre, qu'elle avait épousé son père et lui avait donné un fils avant de mourir. Du reste, il n'en savait guère plus sur le passé de son père, dont il ne pouvait brosser qu'un bien triste portrait : soldat distingué par le roi pour sa bravoure, Seigneur de Guerre, incendiaire de cités et père de deux enfants nés de mères différentes. Mais qui était-il avant tout cela ? Vaelin ignorait tout de lui. Où était-il né ? Où avait-il grandi ? Quel métier exerçait son propre père ? Était-il soldat, fermier ou tout autre chose ?

Une tempête de questions faisait rage sous son crâne. Il ferma les yeux et tenta de maîtriser sa respiration, comme le lui avait enseigné maître Sollis – une technique qu'il tenait à n'en pas douter de l'Aspect du Cinquième Ordre, ce qui soulevait encore d'autres interrogations… *Concentre-toi*, se reprit-il. *Respire, doucement et régulièrement…*

Une heure plus tard, alors qu'il avait réussi à dissiper les rafales anxieuses qui soufflaient dans son esprit, une série de coups frappés à sa porte, à la fois légers et insistants, le tira de sa torpeur. Après avoir enfilé une chemise, il ouvrit le battant pour découvrir sur le palier sœur Henna, un timide sourire aux lèvres.

— Mon frère, dit-elle, sa voix un léger murmure. Est-ce que je vous dérange ?

— Je ne dormais pas. (*Ne me dites pas qu'elle veut entendre une autre histoire*, songea-t-il.) J'ignore ce que vous attendez de moi, mais cela ne peut-il attendre le matin ?

— Ce que j'attends de vous ?

Le sourire de la novice s'élargit quelque peu. Avant même qu'il puisse l'en empêcher, elle l'avait contourné pour entrer dans sa cellule.

— J'attends de vous que vous pardonniez mon impudence de ce soir, mon frère. J'ai parlé sans réfléchir.

Le cœur de Vaelin, qu'il avait eu tant de mal à apaiser, se mit à tambouriner dans sa poitrine.

— Il n'y a rien à pardonner, voyons…

— Oh que si ! chuchota-t-elle presque férocement.

Comme elle s'approchait, il eut un brusque mouvement de recul et son dos buta contre la porte qui se referma derrière lui.

— Quelle imbécile je fais, parfois. Je ne peux m'empêcher de proférer des idioties. Des idioties plus grosses que moi.

Elle s'avança encore un peu plus, pressant son corps contre celui du jeune disciple. Au contact de ses seins généreux contre son torse, Vaelin sentit une goutte de sueur lui dévaler le dos et un frisson malvenu lui parcourir l'entrejambe.

— Dites que vous me pardonnez, implora-t-elle d'une voix frémissante, son front posé sur la poitrine de Vaelin. Dites que vous ne me détestez pas !

— Euh…

Il avait beau chercher une réponse adéquate, la vie au sein de l'Ordre l'avait préparé à tout sauf à ce genre de situation.

— Bien sûr que je ne vous déteste pas, dit-il en la repoussant délicatement, un sourire forcé plaqué sur sa bouche. Vous ne devriez pas vous tourmenter pour si peu.

— Oh ! mais si, reprit-elle, le souffle court. Je tremble à l'idée de vous avoir offensé, vous plus que n'importe qui. (Elle détourna le regard, rouge de honte.) C'est plus que je n'en pourrais supporter.

— Vous m'accordez bien trop d'importance, ma sœur. (Il tâtonna derrière lui à la recherche de la poignée de porte.) Vous feriez mieux d'y aller, à présent…

Elle fit courir ses doigts sur son torse, éprouvant ses muscles à travers sa chemise.

— Si dur, susurra-t-elle. Si fort.

— Ma sœur. (Il posa ses mains sur celles de sœur Henna.) Nous ne devrions…

Sans comprendre ce qui lui arrivait, il sentit la jeune fille se presser au plus près de son corps et plaquer ses lèvres contre les siennes. Submergé par cette sensation inconnue, il sentit un courant d'excitation lui traverser le corps. *C'est mal*, pensa-t-il tandis que la langue de la sœur se faufilait entre ses lèvres. *Je devrais l'arrêter. Sans attendre… Maintenant… Encore une petite seconde et j'y mets fin…*

Ce fut un bruit étouffé qui lui sauva la mise, une note plaintive portée par le vent à travers sa fenêtre qu'il négligea tout d'abord, troublé qu'il était par le baiser de la sœur. Pourtant, quelque chose l'interpella dans ce lointain soupir, quelque chose de familier qui l'arracha à l'étreinte de la jeune fille.

— Mon frère ? fit-elle, la chaleur de son souffle caressant ses lèvres.

— Vous avez entendu ?

Un pli amusé barra le front de la sœur.

— Je n'ai rien entendu du tout. (Elle gloussa et se blottit contre lui.) Sinon les battements de mon cœur et du vôtre…

Le bruit gagna en intensité, jusqu'à s'imposer à lui. Un cri d'alerte.

— Un loup, dit-il.

— Un loup, en pleine ville ? (Nouveau gloussement.) Ce n'est que le vent, ou alors un chien…

— Les chiens ne hurlent pas comme ça. Et ce n'est pas le vent, mais un loup. J'en ai déjà vu un, autrefois. Dans la forêt.

*Juste avant qu'on tente de m'assassiner.*

Sans toutes ces années passées à scruter les visages de ses adversaires sur le terrain d'entraînement, à l'affût du moindre tic, du moindre subtil changement d'expression avant une attaque, jamais il n'aurait remarqué l'étincelle qui miroita dans le regard de la sœur.

— Cessez donc de vous inquiéter, dit-elle en lui caressant le visage de sa main gauche. Laissez-vous aller, mon frère. Laissez-moi vous aider à…

Brouillée par la vitesse, la dague qu'elle dissimulait sous sa robe fila vers la gorge de Vaelin, l'acier de sa lame accrochant la lumière blafarde de la fenêtre. Une offensive virtuose, exécutée avec une vitesse et une précision d'expert.

Vaelin s'enroula sur lui-même, la dague lui éraflant l'épaule, et assena une violente claque dans le thorax de son adversaire qui partit s'écraser contre le mur opposé. Elle se rétablit sans tarder, ses traits tordus par une rage féline, pour lui enchaîner un coup de pied à la tête et un coup de dague circulaire au ventre. Dans un seul et même mouvement, Vaelin parvint à esquiver son coup de pied et à lui saisir le poignet, qu'il tordit jusqu'à entendre un craquement hideux. *Ce n'est ni une femme ni une sœur, mais un ennemi*, songea-t-il en réprimant un haut-le-cœur.

L'assassin contre-attaqua par un coup de paume ascendant dirigé vers la base de son nez, une frappe mortelle qu'il connaissait pour l'avoir étudiée avec maître Intris. Il pencha la tête en avant, essuyant l'impact sur l'arcade sourcilière. Bien qu'étourdi, il agrippa le cou de la jeune fille et la plaqua au mur, où elle se débattit comme une tigresse, crachant et sifflant, toutes griffes dehors. D'une pression du poing, il la força à relever la tête et la souleva au-dessus du sol afin qu'elle cesse ses ruades. Sous ses doigts, les os de la nuque de Henna crissaient affreusement.

— Vous êtes très douée, ma sœur, fit-il remarquer.

Un grondement de douleur et de rage mêlées monta de la gorge de la jeune fille. Vaelin sentait sous sa main la chaleur de sa peau.

— Peut-être pourriez-vous me dire d'où vous tenez vos talents d'assassin, et pourquoi vous avez éprouvé le besoin de les exercer sur moi ?

Les yeux de Henna, deux brasiers scintillants, glissèrent sur la chemise déchirée de Vaelin et la fine estafilade qui barrait son épaule. Un sourire pervers, pétri de malveillance, tordit alors ses lèvres.

— Tout va… pour le mieux, mon frère ? grinça-t-elle. Trop tard… pour la sauver… maintenant…

Et d'un coup il comprit : cette chaleur dans sa poitrine, la pellicule de sueur qui le recouvrait, ce flou grisâtre à la périphérie de sa vision. *Du poison ! Elle avait empoisonné sa lame !*

Il approcha son visage de celui de la sœur et affronta la sourde animosité qui couvait dans son regard.

— Sauver qui ?

Le rictus de la jeune fille se mua en un rire grotesque.

— Autrefois… ils étaient… sept ! cracha-t-elle, ses yeux empreints d'une haine si féroce qu'ils luisaient tels deux flambeaux dans l'obscurité.

Puis elle rejeta la tête en arrière, bravant l'asphyxie pour ouvrir la bouche et la refermer dans un claquement de dents sonore. Au bout du bras de Vaelin, elle se mit à convulser, la bouche écumante et le corps parcouru d'incontrôlables soubresauts. Il desserra son poing et la laissa s'écrouler par terre, où elle se tordit frénétiquement, ses pieds frappant le sol carrelé. Quand enfin elle s'immobilisa, ses yeux exorbités fixaient le vide.

Vaelin contempla le cadavre de la jeune fille, le front en sueur, la poitrine consumée par le brasier qui enflait en lui.

*Du poison sur la lame… Trop tard pour la sauver, maintenant… Autrefois, ils étaient sept… Trop tard pour la sauver… la sauver… LA SAUVER!*

*L'Aspect!*

Il gagna le mur contre lequel reposait son épée, la tira hors de son fourreau, ouvrit la porte et s'élança dans le couloir en direction de l'escalier.

*Du poison sur la lame…* Combien de temps lui restait-il ? Il s'efforça de balayer cette pensée inquiète. *Suffisamment!* décréta-t-il alors qu'il montait les marches quatre à quatre. *Il m'en reste suffisamment.*

Les quartiers de l'Aspect se trouvaient au dernier étage. Il y parvint en quelques secondes, dévalant le couloir jusqu'à sa porte, à l'affût de la moindre menace…

Le scintillement d'une lame fendit l'obscurité, un croissant d'acier manié avec une telle force, une telle précision qu'il aurait décapité le garçon si ce dernier n'avait esquivé au tout dernier moment. Vaelin exécuta une roulade, les cheveux fouettés par le déplacement d'air de l'attaque, et se rétablit en une garde haute qui lui permit d'intercepter l'arme adverse. Profitant de la puissance de l'impact, il s'enroula sur lui-même, mit un genou en terre et tendit son bras armé, sentant une secousse le parcourir quand sa lame mordit la chair de son adversaire. S'ensuivirent un cri de douleur étouffé et le bref crépitement d'une giclée de sang sur les carreaux du couloir. Entièrement vêtu de noir, son attaquant dissimulait son visage derrière un masque, ses paupières et ses sourcils maculés d'une couche de suie. Depuis le sol où il s'était effondré, les mains crispées sur la profonde entaille dans sa cuisse, il levait vers Vaelin un regard plus surpris que véritablement furieux.

Le disciple l'acheva d'un coup d'estoc en pleine gorge, enjamba la mare de sang où s'agitait faiblement l'assassin et reprit sa course, malgré le flamboiement de douleur qui envahissait à présent sa poitrine et sa vision de plus en plus trouble. Il s'efforçait de se concentrer sur la porte de l'Aspect, cette porte qui vacillait à quelques pas de là. Il tituba, s'écroula contre le mur et, avec un grognement, se redressa dans un suprême effort de volonté.

*SAUVE-LA!*

Deux nouvelles lames miroitèrent dans la pénombre du couloir. Une seconde plus tard, une autre silhouette vêtue de noir l'assaillait d'une pluie de coups. Vaelin para les deux premières bottes, recula d'un pas pour laisser les suivantes siffler à un doigt de son visage, puis pénétra la garde de son adversaire et, d'une fente puissante, lui brisa le sternum. Emporté par sa lancée, il plongea son épée jusqu'à la garde sous les côtes de l'assassin et trouva le cœur. L'homme en noir fut parcouru d'un spasme bref et cracha un filet de sang avant de s'effondrer telle une poupée de chiffon, transpercé de part en part par l'épée de Vaelin. Entraîné par le poids du cadavre, le bras couvert d'une couche de sang, le jeune homme s'effondra sur le corps sans vie de son agresseur. Sans le poison qui coulait dans ses veines, l'odeur de la chair éventrée lui aurait probablement arraché un haut-le-cœur.

*Si fatigué*… Une lassitude telle qu'il n'en avait jamais connu le clouait au sol, pesant sur lui comme une tonne de plomb. L'étau qui comprimait sa poitrine parut se desserrer, refluant devant l'irrépressible appel du sommeil.

— Tu sembles mal en point, mon frère.

Une voix anonyme, désincarnée, perdue parmi les ombres.

*Un rêve?* se demanda-t-il. *Une illusion qui précède la mort?*

— Je constate qu'elle est passée te voir, reprit la voix.

Lui parvint le crissement étouffé d'une pointe d'épée grattant la pierre.

*Un rêve bien informé, alors.* Mâchoires serrées, Vaelin referma le poing sur la poignée de son épée.

— Je l'ai tuée! s'écria-t-il dans le noir.

— Je n'en doute pas. (L'homme parlait d'une voix mesurée, dépourvue d'accent ou d'intonation particulière.) Dommage.

J'appréciais son déguisement. Sa cruauté me manquera. L'as-tu baisée, au moins, avant de l'abattre ? Je pense qu'elle aurait apprécié.

Ce n'était qu'une légère inflexion, une modulation infime dans le rythme de sa réponse, mais Vaelin perçut que le propriétaire invisible de la voix allait passer à l'attaque.

Les muscles tremblants, il s'arracha au sol et arracha son épée du cadavre.

*Il a trop attendu*, songea-t-il. *Il aurait dû me tuer quand j'étais à terre. Peut-être attend-il que le poison agisse à sa place ?*

— Vous avez peur, marmonna Vaelin dans les ténèbres. Vous ne pouvez pas me battre et vous le savez.

Seul le silence accueillit sa diatribe. Le silence et l'obscurité, entrecoupés par le crépitement du sang gouttant de son épée sur le sol.

*Pas le temps*, pensa-t-il en sentant sa vision défaillir et une insidieuse torpeur transir peu à peu chacun de ses membres. *Pas le temps d'attendre.*

— Autrefois, lâcha-t-il dans un cri rauque. Autrefois, ils étaient sept !

Comme en réponse, les cliquetis d'une serrure et d'un loquet qu'on tire se firent entendre derrière lui, suivis par le grincement de gonds grippés. À la lueur d'une bougie, le doux visage de l'Aspect apparut dans l'embrasure de la porte, barré d'un léger pli de contrariété.

— Pourrait-on m'expliquer la raison de ce vacarme… ?

Le poignard surgit des ténèbres en tournoyant, un tir précis et puissant dirigé droit vers l'œil de la maîtresse du Cinquième Ordre.

Le bras comme lesté de plomb, Vaelin invoqua ses dernières forces pour contrer le projectile d'un coup d'épée. Dévié de sa trajectoire, le poignard partit se perdre dans l'obscurité du couloir. À aucun moment il ne vit l'assassin redoubler son attaque, à aucun moment il ne le vit tirer une dague et allonger une botte mortelle en direction de son ventre… car il n'en avait pas besoin. Il sentit venir l'assaut adverse comme s'il pouvait lire dans les pensées de son adversaire, comme s'il pouvait prédire ses intentions. Sa riposte se fit immédiate, cinglante, instinctive. Il pivota sur lui-même, les deux mains sur la poignée de son arme, et frappa. La lame trancha le cou de son adversaire sans qu'il s'en aperçoive. Terrassé par ce dernier sursaut, Vaelin entendit plus qu'il ne vit la fontaine de sang qui repeignait les murs et le plafond, au gré des derniers pas sidérés du corps décapité de l'assassin avant qu'il ne s'effondre. La seule chose dont il avait encore conscience, c'était l'appel irrésistible du sommeil.

Sa joue rencontra au ralenti les carreaux du sol, dont il apprécia la fraîcheur bienvenue. Il sentit sa respiration ralentir, au rythme de sa poitrine apaisée. Il se demanda s'il rêverait de loups…

— Vaelin !

Des mains puissantes l'agrippèrent, le secouèrent, mille pieds s'agitèrent autour de lui, accompagnés du tumulte de mille voix grondant comme un torrent impétueux. Il émit un grommellement mécontent.

— Vaelin ! Réveille-toi !

Quelqu'un lui assena une violente gifle, lui arrachant une grimace.

— Debout, Vaelin ! Ne t'endors pas, tu m'entends ?

De nouvelles voix, mêlées les unes aux autres en une clameur assourdissante.

— Allez chercher sœur Sherin, vite !

— Qu'on l'emmène à l'auditoire…

— Oubliez-les, ils sont morts…

— De quoi souffre-t-il ?

— On dirait une blessure de couteau, mais où est l'arme ?

— Voulait s'excuser, dit Vaelin, jugeant préférable de se rendre utile. Venue dans ma chambre… M'aurait tué sans le loup…

— Fouillez sa cellule ! (La voix de Sherin, plus stridente et plus paniquée que jamais.) Cherchez un couteau, mais gardez-vous bien de toucher la lame.

D'autres voix s'élevèrent, des mains le saisirent, après quoi il éprouva une vague impression de mouvement. Bientôt, la fraîcheur du sol carrelé laissa place à la dureté rectiligne de la table d'opération. Vaelin gémit par anticipation, conscient malgré son esprit embrumé de la douleur à venir.

— Morte ? (La voix de l'Aspect.) Comment ça, morte ?

— Du poison, semblerait-il, tonna la grosse voix de maître Harin. Une capsule cachée dans une dent creuse. Il y a longtemps que je n'avais pas vu ça…

Quand Vaelin décida d'ouvrir les yeux, il n'aperçut qu'une mosaïque d'ombres nébuleuses penchées au-dessus de lui. Il lui fallut battre des paupières pour dissiper, l'espace d'une seconde, le voile terne qui troublait sa vue et distinguer sœur Sherin. La jeune femme, les narines dilatées, humait le poignard de sœur Henna.

— Le Trait du Chasseur, dit-elle. Il nous faut de la racine de jeoffril.

— Il pourrait en mourir.

Au lieu de s'inquiéter de l'effroi perceptible dans la voix de l'Aspect, Vaelin était obsédé par une question, une question qui lui brûlait les lèvres.

— Il mourra si nous ne faisons rien ! lâcha Sherin, le visage grave mais déterminé malgré la peur. Il est jeune et fort. Il peut y survivre.

Un court silence, suivi d'un soupir navré.

— D'accord. Qu'on nous apporte du jeoffril et quantité d'andrinople.

— Non ! intervint Sherin. Non, ça risque d'atténuer les effets de la racine. Surtout pas d'andrinople.

— Par la Foi ! ma sœur. (Pour la toute première fois, la silhouette massive de maître Harin s'interposa dans le champ de vision de Vaelin.) Vous avez conscience de l'effet du jeoffril ?

— Elle a raison, répliqua l'Aspect avec anxiété.

— Aspect ? dit Vaelin.

Il sentit la maîtresse du Cinquième Ordre nouer ses doigts aux siens, puis une main délicate lui caresser le front.

—Vaelin, ne bouge pas, je t'en prie. Nous allons devoir t'administrer une drogue puissante. Tu risques d'avoir mal… Tiens bon.

—Aspect… (Il lutta de toutes ses forces pour river ses yeux sur elle, en dépit du vertige qui brouillait sa vision.) S'il vous plaît, comment s'appelait ma mère ?

*Vardrian.*

Seul ce mot surnageait dans l'océan de douleur où on l'avait plongé. *Vardrian.* Le nom de famille de sa mère. Malgré la sueur étouffante qui baignait son corps, malgré le brasier qui consumait sa poitrine et l'obscurité qui voilait son regard, ce nom le maintenait à flot, une ancre de miséricorde reliée au monde des vivants.

Sœur Sherin avait serré une bande de cuir autour de son bras avant de lui injecter la teinture de jeoffril en pleine veine, à l'aide d'une longue seringue. La douleur fut presque instantanée. La pièce vola en éclats et disparut, les paroles de réconfort de l'Aspect s'évanouirent. Au loin flottait le visage apeuré de Sherin, tache blême noyée par les ténèbres montantes.

*Vardrian.*

La souffrance, curieusement, avait pour effet de dilater le temps, d'étirer chaque seconde de cette indicible torture jusqu'à l'infini, jusqu'à la folie. Il avait conscience d'arquer le dos, sa colonne vertébrale tendue comme un arc, et sentait des mains puissantes le maintenir contre la table tandis qu'il délirait et ruait à la manière d'un forcené. Il en avait conscience, mais il n'y pouvait rien. Tout cela se déroulait très loin de son esprit, quelque part au-delà de la douleur.

*Ildera Vardrian.* Sa mère. Un nom simple, dépourvu de particule de noblesse ou de la plus petite aura de notoriété, un nom originaire des champs ou des faubourgs de la ville. À l'instar de son père, elle devait sa position à ses mérites plutôt qu'à sa naissance. Une femme d'exception. Son visage lui apparut soudain, clair et radieux, et l'éclat de son sourire comme la compassion de son regard dissipèrent les ténèbres environnantes. Elle se dressait tel un phare dans la tourmente, un point fixe vers lequel diriger sa volonté, sa rage de vivre.

Combien de temps dura son supplice ? Il n'en sut jamais rien. Il finit par s'effondrer, terrassé par l'épuisement et la torture du jeoffril. On lui apprit plus tard qu'il avait assommé bon nombre des frères les plus vigoureux que comptait le Cinquième Ordre, agoni d'injures tous les membres de l'assistance et même tenté de mordre l'Aspect. Il n'en garda heureusement aucun souvenir. La seule chose qu'il se rappelait, c'était ce nom. *Ildera Vardrian.*

Le nom qui lui avait sauvé la vie.

# Chapitre 5

Dans son rêve, la douleur n'existait pas. Dans son rêve, une lumière douce et dorée filtrait par la fenêtre pour danser dans sa chambre et sœur Sherin tournait vers lui un sourire radieux.

— Tu as survécu, dit-elle. Je savais que tu en étais capable.

*Un rêve… dans un rêve, on peut dire ce qu'on pense.*

— Vous êtes belle, déclara-t-il.

Le sourire de la jeune femme se changea en rire.

— C'est la fièvre qui parle, mon frère. Essaie de dormir, tu dois te reposer. Il y a dehors plusieurs jeunes guerriers à la mine farouche qui risquent de m'en vouloir si tu ne reprends pas des forces.

— Nous devrions partir, tous les deux, poursuivit-il d'une voix enjouée, exalté par la liberté de ton que lui accordait cette illusion. Nous enfuir. Trouver un coin tranquille, loin du monde, où vous pourriez exercer vos talents de guérisseuse et moi, devenir autre chose qu'un tueur…

— Chut ! (Elle posa un doigt sur ses lèvres, l'air à présent grave.) Vaelin, je t'en prie…

— Je n'ai rien senti quand j'ai tué ces hommes. Rien du tout. Ce n'est pas normal…

— Tu as sauvé l'Aspect. Tu n'avais pas le choix.

*L'homme en noir serra sa cuisse en charpie ; quand l'épée de Vaelin plongea dans son cou, l'assassin émit un petit sanglot d'enfant…*

— J'ai déshonoré la mémoire de ma mère. Comparé à elle, je ne suis rien…

— Au contraire. (Tout en lui caressant le front, sœur Sherin approcha sa tête de celle de Vaelin et déposa un bref baiser sur ses lèvres.) Tu es un protecteur, un guerrier qui combats pour défendre les plus faibles. Ta force n'a d'égale que ton intégrité. Ne l'oublie jamais. Et n'oublie jamais que tu peux compter sur moi. Si jamais tu as besoin de mon aide, fais-le-moi savoir et je mettrai mes compétences à ton service.

À mesure que la fatigue gagnait Vaelin, le rêve se mit à se dissiper.

— Je préférerais qu'on s'enfuie tous les deux…

Une douleur familière l'accueillit à son réveil, bien différente du supplice auquel l'avait soumis la racine de jeoffril : l'élancement des muscles dû à la déshydratation. Des taches aux formes curieuses maculaient ses draps et l'estafilade empoisonnée enflammait toujours son épaule. Il s'apprêtait à refermer ses paupières, ravi de replonger dans les bras accueillants de son rêve… quand il remarqua qu'il n'était pas seul.

Assis dans un angle de la pièce, maître Sollis croisait les bras, son épée posée sur ses genoux. Ses cernes violacés laissaient penser qu'il n'avait pas fermé l'œil de la nuit.

— Tu en as mis du temps, à te réveiller, lâcha-t-il.

— Pardon, maître.

Sollis se leva, gagna la table de chevet où trônait un pichet en argile et versa un gobelet d'eau à Vaelin.

— Tiens. (Il porta le récipient aux lèvres du disciple.) Par petites gorgées, hein. Ne va pas tout siffler d'un coup.

Jamais l'eau n'avait eu meilleur goût. Il laissa le liquide emplir sa bouche, dévaler sa gorge sèche.

— Merci, maître.

— Sœur Sherin recommande de boire au moins un verre par heure. Elle m'a donné des consignes très strictes pour ta convalescence.

*Sherin… Nous devions nous enfuir, tous les deux…* Une vague d'amertume souleva sa poitrine et il se prit à regretter son rêve. Découvrir sa nature illusoire lui était insupportable.

Il baissa les yeux sur son drap taché.

— Ils ont dû m'ouvrir ?

Une vision sinistre s'imposa à son esprit : l'écarteur, plongé dans son torse.

— Apparemment, la racine de jeoffril provoque des suées de sang. Une des manifestations de son effet purgatif, m'a-t-on dit. (Sollis traîna sa chaise jusqu'au lit.) Je dois savoir ce qui s'est passé ici.

Vaelin lui raconta alors son séjour à la Loge du Cinquième Ordre, sans omettre aucun détail. Sollis l'écouta en silence, haussant à peine un sourcil quand Vaelin évoqua la visite nocturne de sœur Henna ou le hurlement du loup qui lui avait sauvé la vie. Seule la mention de la formule « Autrefois, ils étaient sept » lui arracha une réaction perceptible : un frémissement du regard qui, bien qu'infime, en disait long. *Il sait*, comprit Vaelin. *Il sait ce que ça signifie et je pourrais parier un sac de couronnes qu'il ne va rien me dire.* Sollis ne trahit pas la moindre émotion par la suite et, une fois le récit du disciple achevé, se contenta de poser quelques questions.

— Comment évaluerais-tu leurs aptitudes, à ces assassins ?

— Ils se débrouillaient en escrime, mais le sens tactique leur faisait défaut. J'étais faible, empoisonné… Ils auraient pu me tuer mille fois en me prenant de front. Au lieu de ça, ils m'ont attaqué l'un après l'autre, chacun placé en embuscade.

Maître Sollis absorba ces informations en silence, s'accordant un temps de réflexion que Vaelin, tenté par le sommeil, trouva bien long. Il était en effet formellement interdit pour un frère novice de dormir en présence d'un maître.

— Sœur Sherin va-t-elle revenir ? finit par demander Vaelin, dans l'espoir qu'un échange, même bref, le tienne éveillé. Je… J'aimerais savoir depuis combien de temps je suis alité.

— Elle s'occupe des blessés. Je crains fort que tu ne la revoies pas de sitôt. Il y a eu du grabuge en ville, ces deux derniers jours.

*Deux jours.* Il rêvait et transpirait du sang depuis deux jours.

— Du grabuge, maître ?

— Des émeutes. À peine la nouvelle des attaques était-elle tombée que des rumeurs de conspirations ourdies par les Apostats se sont mises à circuler. Bientôt, il était de notoriété publique qu'une armée clandestine de Cumbraëliens attendait la nuit, terrée dans les égouts, afin de nous égorger dans nos lits. (Il secoua la tête d'un air dégoûté.) Dès lors qu'ils ont peur, les ignorants sont prêts à croire n'importe quoi.

Perplexe, Vaelin demanda :

— Il y a eu plusieurs attaques ?

— Les assassins ont pris pour cibles d'autres Aspects, oui. Ceux du Deuxième et du Quatrième Ordre sont morts, les autres ont survécu. L'Aspect Hendrahl, pour sa part, s'en tire avec une grave blessure. Il semblerait que la lame du poignard était trop courte pour atteindre le cœur à travers toute sa graisse.

La tête de Vaelin lui tournait. Deux Aspects assassinés… Une situation inconcevable. Il se rappelait bien l'Aspect Corlin Al Sentis, présent lors de l'Épreuve du Savoir. L'homme à la mine grave et solennelle l'avait interrogé sur ses rencontres dans la forêt. Difficile de l'imaginer criblé de coups de dague empoisonnée… Un sinistre tableau qui éveilla soudain l'inquiétude de Vaelin.

— Et l'Aspect Arlyn ?

— En pleine forme. Les trois hommes envoyés pour l'abattre ont cru bon de passer par les souterrains, où ils furent accueillis par maître Grealin. Ne jamais sous-estimer un obèse pendant un combat.

C'était bien la première fois que maître Sollis se fendait d'un compliment, même acide, envers le maître des Chais.

— Il est blessé ?

— Non, juste quelques bleus. Il s'en veut terriblement de n'avoir pas pu en épargner un pour lui arracher quelques réponses, cependant.

— Et mes frères ?

— Ils se portent à merveille. Frère Nortah a réussi l'exploit de se faire renvoyer du Deuxième Ordre au bout de seulement deux jours.

Frère Caenis s'est distingué en tuant l'assassin qui avait poignardé l'Aspect Hendrahl. Quant aux autres, tout indique qu'ils cuvaient un tonnelet de bière chacun quand l'Aspect Corlin a trouvé la mort. La moitié de nos novices partis batifoler à la Loge du Quatrième Ordre et pas un pour empêcher trois assassins de trancher la gorge de l'Aspect. Un châtiment sévère les attend, tu peux me croire.

Vaelin se rallongea sur son matelas, soudain écrasé de fatigue.

— Pardonnez-moi, maître, dit-il. J'aurais dû en laisser un en vie. Le poison a émoussé mon entendement…

À mesure qu'il sombrait dans le sommeil, Vaelin vit le visage inexpressif de son maître refluer dans les ténèbres.

Barkus fulminait, Dentos blaguait, Nortah riait et Caenis se faisait discret. En les revoyant tous, Vaelin se rendit compte à quel point ils lui avaient manqué.

— Comment est-ce possible ? gronda Barkus, le front barré d'un pli soucieux. Qu'est-ce qui se passe, enfin ?

— De toute évidence, des ennemis se cachent dans nos rangs, mon frère, répondit Caenis. Nous devons nous montrer prudents.

— Mais pourquoi ? Pourquoi s'en prendre aux Aspects ?

Vaelin était épuisé. Sa cicatrice à l'épaule avait pris une teinte bleuâtre et les tourments dus au jeoffril s'étaient mués en un élancement sourd dans chacun de ses membres. Plusieurs visiteurs s'étaient succédé dans sa chambre toute la matinée. Maître Harin avait ouvert le bal dès son réveil en venant le complimenter de façon maladroite, lâchant pour faire bonne mesure quelques bordées de son rire tonitruant. En dépit de sa joie de le savoir en vie, le visage du maître trahissait la peine profonde que lui causait la trahison de sœur Henna, une recrue en laquelle il avait placé beaucoup d'espoirs. Frère Sellin resta une bonne heure au chevet de Vaelin, ses mains noueuses serrées sur son cher gourdin, à lui expliquer combien il aurait aimé pouvoir s'en servir contre les assassins s'il en avait eu l'occasion. La vision du vieillard gisant dans son corps de garde, la gorge ouverte d'une oreille à l'autre, s'imposa à l'esprit de Vaelin.

— Ils ont bien fait de garder leurs distances, mon frère, préféra-t-il répondre.

Le vieil homme parut s'en contenter et déclara qu'il reviendrait le lendemain avec un petit brouet revigorant de son invention. Sœur Sherin quant à elle brilla par son absence, au point de plonger Vaelin dans des affres d'inquiétude. L'évitait-elle à cause des embarrassantes divagations marmonnées pendant son sommeil ?

— Comment va Frentis ? demanda-t-il.

— Il est en colère, répondit Nortah. Une colère débordante, qui le pousse constamment à chercher des noises aux autres. On a déjà dû intervenir trois fois. Il a supplié l'Aspect de le laisser nous accompagner, mais son comportement lui a valu une journée de corvées à l'écurie.

— Gardez un œil sur lui à votre retour. Je n'aime pas le savoir seul avec maître Rensial. Dites-lui que je vais bien et que je reviens bientôt. Ah ! et qu'il rende visite à Balafre tous les jours.

Nortah acquiesça. Il avait été tacitement admis que le commandement lui revenait, le temps de la convalescence de Vaelin.

— On raconte que tu en as tué quatre, dit-il. Impressionnant.

— Trois. Il y avait une fille, qui se faisait passer pour une sœur depuis des années. Elle s'est suicidée après avoir manqué son coup.

— Une fille ? (Un sourire salace étira les lèvres de Nortah alors qu'il examinait la nouvelle cicatrice de son condisciple.) Aurait-elle pénétré tes défenses, mon frère ?

— On peut dire ça.

*Une leçon que je n'oublierai pas de sitôt.*

— Frère Nillin officiait au sein du Troisième Ordre depuis plus de douze ans, dit Caenis. Un érudit des plus respectés, auteur de trois ouvrages de linguistique et professeur de langues dialectales auprès des frères novices… Et pendant tout ce temps, il attendait de pouvoir assassiner l'Aspect Hendrahl.

— Le gros pourceau te doit la vie, commenta Nortah. Comment as-tu compris ce qui se tramait ?

— Je n'ai rien compris du tout. Je lui rapportais un livre qu'il m'avait prêté quand je l'ai entendu crier. Alors j'ai enfoncé sa porte. (Caenis s'interrompit, son humeur maussade manifestement ravivée par ce souvenir.) Malgré ses quarante-sept ans, frère Nillin était un adversaire coriace.

— Tu lui as réglé son compte comment ? demanda Dentos.

— Je n'avais pas d'arme – à quoi bon m'encombrer avec une épée dans la Loge du Quatrième Ordre ? – alors j'ai dû m'en charger à mains nues.

— Ça a dû être coton, commenta Barkus. Affronter un type à poil.

— Disons qu'il avait du talent, mais…

Caenis haussa les épaules.

— Il n'était pas l'un des nôtres, conclut Vaelin.

Son ami hocha la tête.

— Ce qui soulève la question suivante : pourquoi attendre que les Ordres grouillent de disciples du Sixième Ordre pour passer à l'acte ?

— Toute cette histoire n'a aucun sens, fit Nortah en bâillant. Même si je comprends qu'on puisse vouloir faire la peau à l'Aspect du Deuxième Ordre. Une minute de plus à écouter ce vieux fossile débiter ses âneries, et je crois bien que je l'étranglais moi-même.

— C'est pour ça qu'ils t'ont renvoyé ? s'enquit Vaelin.

Dentos émit un petit ricanement et le sourire de Nortah parut pour une fois authentique.

— Il y a eu comme qui dirait un petit malentendu avec une des sœurs. Apparemment, les massages de relaxation ne peuvent pas dépasser une certaine limite. Du moins je crois que c'est ce qu'elle m'a dit avant de me gifler et de s'enfuir en courant.

Vaelin les laissa s'esclaffer pendant quelques secondes avant de reprendre la parole, croisant le regard de chacun de ses amis tour à tour.

— J'ignore ce qui s'est passé ici, mes frères. Je n'y comprends rien, moi non plus. Mais je sais que nous vivons des heures périlleuses et que nous devons resserrer les rangs. Écoutez les ordres de maître Sollis, obéissez à l'Aspect et, par-dessus tout, veillez chacun l'un sur l'autre.

La porte s'ouvrit alors et sœur Sherin fit irruption dans la pièce, un bol d'eau fumante à la main. Sa première visite de la matinée.

— Dehors ! ordonna-t-elle. Frère Vaelin doit faire sa toilette et vous autres avez passé suffisamment de temps en sa compagnie.

— Sa toilette, voyez-vous ça…

Nortah haussa un sourcil grivois et se pencha vers Sherin au moment où elle déposait son bol sur la table. Vaelin le vit reluquer la jeune femme de la tête aux pieds.

— J'espère qu'aucune partie de son anatomie ne vous échappera, ma sœur.

Sherin lui adressa ce regard las teinté d'indifférence qu'elle réservait d'ordinaire aux ivrognes lubriques hantant son officine.

— Ne serait-il pas temps d'aller astiquer votre petite épée, mon frère ?

Nortah émit un rire grinçant, puis sortit à la suite de ses camarades.

— Ton ami aurait bien besoin d'apprendre les bonnes manières, fit observer Sherin en installant le bol sur la table de chevet. Son comportement ne sied pas à un frère.

— Mon Ordre comporte bien des frères dans ses rangs, certains font preuve de plus de bienséance que d'autres.

Étonnée par cette repartie, sœur Sherin garda le silence, plongea un linge dans l'eau chaude et s'apprêtait à soulever les draps quand Vaelin reprit la parole :

— J'ai repris assez de forces pour me laver tout seul, ma sœur.

Il avait parlé d'une voix douce, mais serrait fermement ses couvertures, ce qui lui valut un regard perplexe.

— Tu peux me croire, mon frère, si je te dis qu'il n'y a rien là-dessous que je n'aie déjà vu. À ton avis, qui a fait ta toilette pendant que tu gisais inconscient ?

Sans pour autant desserrer les poings, Vaelin s'efforça de reléguer cette image embarrassante dans le tréfonds de son esprit.

— Quand bien même. J'ai repris des forces.

— Comme tu voudras. (Elle laissa tomber le linge dans le bol et recula.) Puisque tu es si fort, à présent, rien ne t'empêche d'aller t'entretenir avec l'Aspect. Elle m'a demandé de tes nouvelles. Tu la trouveras dans les jardins, à midi. Je pourrai t'aider à t'y rendre, si tu supportes que je t'offre mon bras.

Sur ces mots, elle quitta la pièce sans même lui jeter un regard. Il fallut à Vaelin un petit moment avant de comprendre qu'il l'avait vexée.

Les vastes jardins du Cinquième Ordre couvraient plusieurs arpents d'une terre luxuriante, où les frères et les sœurs cultivaient les myriades d'herbes et de plantes médicinales essentielles à leur travail. Agencés en longues séries de rectangles, ils formaient un damier homogène de marron et de vert, heureusement parsemé ici ou là d'îlots de couleur, de chatoyants massifs ou de cerisiers en fleur.

— Nous avons des jardins dans notre Ordre, confia Vaelin à Sherin tandis qu'elle l'aidait à remonter l'une des allées de gravier séparant les carrés de culture.

Ses jambes et sa poitrine l'élançaient terriblement et il dut s'appuyer sur l'épaule de la jeune femme bien plus souvent qu'il n'aurait voulu, conscient du malaise que lui procurait ce contact physique. Elle n'avait pas prononcé un mot à son arrivée dans sa chambre, un peu avant midi, et avait pris soin d'éviter son regard.

— C'est maître Smentil qui s'en occupe, la plupart du temps tout seul. Il ne communique que par gestes, depuis que les Lonaks lui ont coupé la langue…

Il finit par se taire. De toute évidence, sœur Sherin n'était pas d'humeur bavarde.

Elle s'arrêta près d'un alignement de parterres floraux. Non loin, la silhouette élancée de l'Aspect Elera évoluait entre les pétales bigarrés.

— L'Aspect se chargera de te raccompagner, dit Sherin en se dérobant.

Le bras de Vaelin glissa de l'épaule de la sœur et retomba sur son flanc.

— Merci, ma sœur.

Elle hocha la tête, puis tourna les talons.

— Ma sœur. (D'un geste mal assuré, il effleura le poignet de la jeune femme.) Un instant, s'il vous plaît.

Elle sursauta à son contact et retira prestement sa main, mais finit par se retourner, l'observant d'un œil méfiant.

— Je ne vous ai pas remerciée, reprit-il. De m'avoir sauvé la vie.

— Je n'ai fait que mon devoir, mon frère.

— Au cours de mon… traitement, j'ai beaucoup rêvé. Des rêves étranges. Je crains d'avoir parlé dans mon sommeil. Si jamais j'ai pu dire quoi que ce soit… si jamais je vous ai offensée…

— Tu n'as rien dit, mon frère. (Elle leva les yeux vers lui, trouva son regard et esquissa un sourire.) Rien d'inconvenant, du moins.

Elle croisa les bras sur sa poitrine et son sourire s'évanouit.

— Tu vas bientôt nous quitter pour retrouver cet endroit affreux et servir dans quelque épouvantable guerre. Nous… Nous ne nous reverrons peut-être plus jamais.

Sans même y penser, il lui prit les mains.

— Nous nous reverrons, je vous le promets.

— Vaelin !

L'Aspect Elera se tenait à l'orée de la promenade florale, un petit canif entre les doigts. Un sourire éclatant éclairait son visage.

— Je vois que tu as repris du poil de la bête.

— Grâce aux bons soins de sœur Sherin, Aspect.

— Pardonnez-moi, Aspect. (Sœur Sherin inclina la tête.) Je ferais mieux d'y aller…

— Je ne vous chasse pas, ma sœur. Mais la ville reste en émoi. J'ai bien peur qu'on ait cruellement besoin de vos talents, aujourd'hui encore.

Sherin acquiesça et adressa à Vaelin un dernier regard d'adieu, un sourire triste flottant sur ses lèvres, avant de lâcher ses mains pour retrouver le chemin de la Loge. Vaelin la regarda s'éloigner jusqu'à ce qu'elle disparaisse.

— Que sais-tu des fleurs, Vaelin ? l'interrogea Elera Al Mendah.

Après lui avoir offert son bras, elle le guida dans la promenade florale.

— Maître Hutril m'a appris à repérer les plus toxiques. D'après lui, les moudre et les badigeonner sur les pointes de flèche peut s'avérer utile.

*Et j'ai une sœur qui raffole des ellébores.*

— Fort utile, je n'en doute pas. Connais-tu cette variété ?

Elle s'arrêta près d'un massif de fleurs mauves aux calices étranges et contournés, eux-mêmes encadrés de quatre longs pétales.

— Je n'en avais jamais vu avant, Aspect.

— Des orchidées marliennes, originaires du sud de l'Empire Alpiran. À vrai dire, il s'agit d'hybrides. Je les ai croisées avec certaines de nos orchidées indigènes pour les doter d'un peu plus de vigueur, afin qu'elles puissent résister aux rigueurs de notre climat. Il en va souvent ainsi, avec les plantes. Arrachez-les à leur sol d'origine, et elles ne tarderont pas à faner, puis à mourir.

Un message couvait sous ces paroles, un message qu'il n'avait aucune envie d'entendre.

— Je comprends, Aspect.

La réponse appropriée, présumait-il.

— Sherin est à part, poursuivit l'Aspect. Elle aime son prochain. Elle compatit aux souffrances d'autrui plus vivement que la plupart d'entre nous, y compris les frères et sœurs de cet Ordre. Cette compassion a sans doute une part dans son talent. Car elle est douée, crois-moi. Elle me surpasse déjà sur bien des points, même s'il ne faut pas le lui dire. Un tel talent ne manquera pas d'engendrer la solitude. Rares sont ceux qui prennent le temps ou la peine de découvrir son caractère d'exception. Mais tu y es parvenu, tout comme je l'espérais. C'est pour cette raison que je t'ai confié à elle. Je ne m'attendais pas, cependant, à ce que vous nouiez des liens si forts.

— Rien ne proscrit l'amitié entre les serviteurs de la Foi, il me semble.

Son impertinence arracha à l'Aspect un haussement de sourcil, mais elle poursuivit sans relever.

— S'il faut en effet chérir l'amitié, celle-ci ne doit pas entraver le rôle qui vous échoit, à toi comme à elle. Sherin représente pour notre Ordre ce que tu représentes pour le tien.

— C'est-à-dire ?

— L'avenir. Il est impératif que vous le compreniez. Ta mère, elle, n'a pas pu ou pas voulu comprendre. L'amour a parfois ses revers… Il peut vous détourner du chemin que la Foi vous a tracé. Quand elle a quitté la Loge pour épouser ton père, le Cinquième Ordre a perdu son prochain Aspect.

— Je suis persuadé que ma mère a agi selon son cœur.

Elera cilla, percevant l'amertume qui teintait la voix de Vaelin.

— Oui, à n'en pas douter. Je ne faisais qu'exprimer un regret, non une critique. Sache qu'elle était ma meilleure amie. Elle m'a tout appris à mon arrivée à la Loge. Sans elle, je ne serais rien.

Elera fit halte près d'un petit banc en bois et invita le disciple à s'asseoir. Il lui en fut reconnaissant, tant il avait l'impression que ses jambes menaçaient de se dérober sous lui à tout instant.

— Puis-je vous demander, Aspect, ce que vous avez appris des hommes qui vous ont attaquée ?

Elle secoua la tête.

— Trop peu, malheureusement. L'autopsie des corps n'a rien révélé, hormis qu'ils dissimulaient tous une capsule de poison dans leurs dents, à l'instar de sœur Henna. Leurs visages ne disaient rien à personne. La Garde du Royaume et le Quatrième Ordre mènent l'enquête. J'ai bon espoir qu'ils tireront tout cela au clair, en temps voulu.

Pour une femme qui venait d'échapper à la mort, elle semblait curieusement indifférente à l'identité de ses assaillants.

—Vous ne craignez pas qu'ils recommencent ?

Elle fronça les sourcils, comme si cette éventualité ne lui était jamais venue à l'esprit.

—Eh bien, qu'ils essaient. Je ne vois guère comment les empêcher de revenir à la charge. La Foi nous apprend à accepter les événements sur lesquels nous n'avons pas prise.

—Sœur Henna officiait à la Loge depuis fort longtemps. Sa trahison doit vous peiner.

—Sa trahison ? Je doute qu'elle ait jamais voué la moindre loyauté à notre Ordre, de sorte qu'il me paraît difficile de parler de trahison. Elle n'a fait qu'obéir à ceux qui l'ont envoyée ici. Je dois admettre que son dévouement m'impressionne. Vivre ainsi dans le mensonge des années durant, sans jamais tomber le masque…

—Elle m'a dit quelque chose avant de mourir. « Autrefois, ils étaient sept. » Sauriez-vous ce que cela signifie ?

Une ombre passa sur les traits de l'Aspect, une réaction similaire à celle de maître Sollis, mais teintée d'une peur presque tangible. Une seconde plus tard, elle avait disparu.

—Je te trouve bien curieux, aujourd'hui. Nos conversations prennent souvent le même tour, semblerait-il.

*Encore une qui ne va rien me dire.*

—Pardonnez-moi, Aspect.

Le rire d'Elera dissipa l'inquiétude de Vaelin.

—Après ce que tu as fait pour moi, je te dois bien une réponse. Alors j'écoute. Mais attention, tu n'as droit qu'à une seule question.

*Une seule question*… Il trouvait à cette proposition une certaine cruauté, comme si l'Aspect souhaitait se jouer de lui. Il traînait derrière lui ce cortège d'interrogations depuis si longtemps qu'une seule réponse ne risquait pas de l'en débarrasser. Après une longue minute de réflexion, cependant, il arrêta son choix sur le mystère qui l'obsédait depuis des mois.

— Que savez-vous au sujet de ma sœur ?

— Ah ! (Elle marqua un temps d'hésitation, son visage soudain empreint de tristesse.) Je sais qu'il s'agit d'une petite fille dégourdie. Je sais que ses parents l'aiment très fort. Et je sais qu'elle est née il y a un peu plus de dix ans.

— Du temps où ma mère était encore en vie.

L'Aspect poussa un profond soupir.

— Vaelin, sans vouloir te faire de la peine, tu dois comprendre que toutes les unions ne connaissent pas le bonheur marital. Tes parents s'aimaient beaucoup, mais ils étaient également très différents. Ta mère avait la guerre en horreur. Elle la connaissait bien, pour l'avoir traversée à maintes reprises en tant que disciple du Cinquième Ordre. Cela ne l'a toutefois pas empêchée d'accepter la nomination de ton père au rang de Seigneur de Guerre, parce qu'elle l'aimait et parce qu'il était un homme de bien. Elle savait qu'il faisait son possible pour réprimer les pires excès de la Garde. Mais quand se profila la troisième guerre meldénéenne, elle se découvrit incapable d'en supporter davantage. Elle avait eu vent de l'ordre qu'avait reçu ton père et l'avait supplié de le braver. Mais comment aurait-il pu désobéir à son roi ?

— La cité.

*Hommes, femmes et enfants… s'égosillant dans les flammes.*

— Oui. Cet épisode les a hantés tous les deux, au point de provoquer leur séparation. Elle a fini par se détourner de lui, tandis qu'il passait de plus en plus de temps loin du foyer. Comment il a rencontré celle qui lui donnerait sa fille, je l'ignore. Mais après la mort de ta mère et ton départ pour la Loge du Sixième Ordre, toutes deux sont venues le rejoindre en sa demeure. Lorsqu'il a demandé la permission de convoler en secondes noces et de légitimer sa fille, il a essuyé un refus du roi. La conduite d'un Seigneur de Guerre se doit d'être exemplaire, une source d'inspiration pour le peuple.

C'est peu après cette rebuffade que ton père a abdiqué sa place auprès de Janus.

— Ma mère était-elle au courant ? Pour la fille ?

— Je ne le pense pas. Sa santé avait déjà commencé à décliner, à l'époque. Seul ton avenir la préoccupait. (Elera écarta d'une caresse une mèche de cheveux tombée sur le front du disciple.) Elle nourrissait de grands espoirs pour toi. En dépit de tout le bien qu'elle avait pu dispenser, de tous les êtres qu'elle avait pu sauver, tu restais son plus grand motif de fierté.

— Alors je remercie les Défunts de l'avoir rappelée auprès d'eux avant qu'elle puisse voir ce que je suis devenu.

Comparé aux nombreux coups qui avaient émaillé sa formation, la gifle qu'elle lui assena n'avait rien de fulgurant. Elle fut toutefois si inattendue qu'il ne parvint pas à l'esquiver.

— Je t'interdis de parler ainsi ! lâcha-t-elle d'une voix chargée de colère tandis qu'il frottait sa joue endolorie. Ce que tu es devenu ? Un jeune homme courageux qui m'a sauvé la vie. Sans oublier celle de sœur Sherin. L'âme de ta mère doit vibrer de fierté à ta vue.

— Mais je suis un tueur. Je ne sais rien faire d'autre.

— Tu te trompes. Tu es un guerrier au service de la Foi. N'oublie jamais cela. La portée de ce rôle t'échappe peut-être aujourd'hui, mais tu finiras par comprendre.

— Ce n'est pas ce qu'elle voulait. M'abandonner dans cet endroit pour que mon père puisse installer sa catin chez nous…

— Ton père n'a rien à voir avec cette décision.

— Un énième ordre du roi, alors. Un gage de son dévouement…

— C'était la dernière volonté de ta mère.

Vaelin eut l'impression de recevoir une nouvelle gifle mille fois plus puissante. La tête lui tourna, une brume diffuse envahit son esprit. *MENSONGE ! Elle ment ! Jamais ma mère n'aurait pu m'infliger ça…*

— Vaelin ?

Pris de vertiges, il se releva pour s'éloigner en titubant de l'Aspect. Au bout de quelques pas seulement, ses jambes cédèrent sous lui et il s'effondra sur un parterre de précieuses orchidées, aveuglé par un incontrôlable torrent de larmes.

— Vaelin. (L'Aspect le serrait contre elle, le berçant tel un enfant apeuré.) Je suis désolée. Il fallait que tu saches.

— Mais pourquoi ? bredouilla-t-il au creux de sa poitrine. Pourquoi aurait-elle fait ça ?

— Parce qu'elle a eu le courage de lire dans ton cœur et de découvrir l'homme que tu deviendrais. Elle a prié les Défunts pour que tu hérites de son don, que tu empruntes la voie des guérisseurs, mais elle a vite compris en te voyant grandir que c'était la force de ton père qui coulait dans tes veines. En tant que fils du Seigneur de Guerre, tu aurais vécu une vie bien différente. Une vie de devoir, certes, mais de devoir au service du roi et non de la Foi. Crois-moi ou pas, mais Janus avait des projets pour toi. En temps et en heure, tu lui aurais été très utile. Ta mère, qui avait déjà perdu un époux sur l'autel de l'ambition royale, refusait d'y sacrifier son fils. À mesure que son état de santé empirait, elle prit conscience qu'elle ne pourrait pas toujours te protéger, et que ton père resterait éternellement fidèle à son roi. Connaissant bien l'Aspect Arlyn pour l'avoir épaulé lors des guerres meldénéennes, elle lui a demandé de t'accepter au sein de sa Loge. Il a bien évidemment accepté, quand bien même la situation le mettait en porte-à-faux vis-à-vis de la Couronne. Ton père fulminait quand elle lui a annoncé sa décision, il écumait littéralement de rage. Mais ta mère se mourait et elle lui a arraché l'ultime promesse qu'il te livrerait à l'Ordre après sa disparition. Ce fut le dernier acte de loyauté de ton père envers elle.

*La loyauté est notre force… loyauté envers un roi… loyauté envers une épouse bafouée…*

Un murmure franchit les lèvres de Vaelin, un murmure qui charriait un secret enfoui au plus profond de son être.

— Je l'ai entendue, une fois. Pendant ma première nuit à la Loge, alors que je tremblais de peur. Je l'ai entendue prononcer mon nom.

Les bras de l'Aspect l'étreignirent un peu plus fort.

— Elle t'aimait tant. Quand je t'ai déposé dans ses bras, elle resplendissait de joie.

Il eut un mouvement de recul. Devant sa mine perplexe, Elera sourit et déposa un baiser sur son front.

— C'est moi qui t'ai mis au monde, Vaelin Al Sorna. Et je peux t'assurer que j'ai rarement vu un bébé si potelé et si braillard.

*Des questions. Tant de questions.* Pour la toute première fois, cependant, il préférait les laisser sans réponses. Ce qu'il venait d'apprendre lui suffisait pour l'instant. Elera le serra contre elle un long moment, le temps que ses larmes s'assèchent, avant de le raccompagner à la Loge. Il plia bagage deux jours plus tard, en présence des frères et des sœurs du Cinquième Ordre rassemblés pour un émouvant dernier adieu. Seule sœur Sherin ne put assister à son départ, l'Aspect l'ayant dépêchée la veille sur la côte sud, où de nouveaux soulèvements avaient fait de nombreuses victimes. Cinq ans devaient s'écouler avant que leurs chemins se croisent à nouveau.

# Chapitre 6

Vaelin se rétablit en quelques jours, sans conserver d'autres séquelles qu'une toux persistante lors des matins de grand froid et une méfiance fermement enracinée à l'encontre des femmes trop entreprenantes – une espèce guère répandue au sein du Sixième Ordre. Les maîtres accueillirent son retour avec indifférence, une froideur étudiée qui contrastait fortement avec les adieux chaleureux des membres du Cinquième Ordre. Ses frères, bien entendu, se comportèrent tout autrement, témoignant à son égard d'une prévenance presque étouffante. Ils l'entouraient de soins constants, le clouant au lit une semaine entière et profitant de la moindre occasion pour le gaver de force. Même Nortah se prêtait au jeu ; il en profitait cependant pour souligner le statut d'infirme de son camarade avec un certain sadisme, un large sourire aux lèvres tandis qu'il bordait les draps de Vaelin ou lui tenait sa cuillère à soupe devant la bouche. De tous ses gardes-malades improvisés, Frentis était de loin le pire. Il passait son temps libre dans la tour, à le veiller d'une mine apeurée et à s'inquiéter du moindre toussotement ou signe avant-coureur de maladie. Sollis lui infligea même sa toute première volée de badine pour avoir manqué un entraînement d'escrime, affolé qu'il était par une légère fièvre contractée par Vaelin pendant la nuit. Pour finir, l'Aspect décida de lui interdire l'accès au dortoir, sous peine d'exclusion.

Quand il eut repris suffisamment de forces pour quitter son lit de lui-même, Vaelin se rendit tout d'abord au chenil. Transporté de joie, Balafre le renversa dès son entrée dans la cage pour l'assaillir de coups de langue râpeux, bientôt rejoint par sa portée de chiots qui les encerclèrent en glapissant de joie.

— Pousse-toi, grosse brute ! grogna Vaelin.

Au prix d'un effort surhumain, il parvint à soulever l'animal qui lui écrasait la poitrine. Balafre gémit un peu, refroidi par le reproche de son maître, et s'excusa en posant affectueusement la tête sur son torse.

— Je sais, je sais. (Le garçon lui gratta les oreilles.) Toi aussi, tu m'as manqué.

Il rendit ensuite visite à l'écurie, où Écume lui réserva à son tour un accueil tout personnel. Celui-ci dura deux minutes entières, au bout desquelles maître Rensial déclara solennellement qu'il n'avait, de toute sa carrière, jamais entendu un cheval péter si longtemps.

— Sale carne, grommela Vaelin en offrant malgré tout une carotte à sa monture. L'Épreuve du Cheval approche. Ne me déçois pas, d'accord ?

Il retrouva Caenis sur le champ de tir, où son ami s'exerçait à décocher salve après salve le plus rapidement possible en prévision de l'Épreuve de l'Arc. Aux yeux de Vaelin, Caenis n'avait guère besoin d'entraînement. La vitesse avec laquelle il enchaînait les touches au centre de la cible située à dix mètres de là était telle que Vaelin peinait à discerner ses mouvements. Malgré ses progrès réguliers dans la maîtrise de l'arc, Vaelin avait conscience qu'il n'égalerait jamais l'adresse de son ami, seulement éclipsée par l'impressionnante dextérité de Dentos et Nortah.

— Il te manque quelques points, fit-il remarquer, en dépit de la marge d'erreur dérisoire de son camarade. Tes derniers coups tirent vers la gauche.

— Oui, acquiesça Caenis. J'ai tendance à perdre en précision après les quarante premières flèches. (Il banda la corde de son arc, les muscles fuselés de son bras se tendant sous l'effort, puis décocha un trait en plein dans le mille.) Voilà qui est mieux.

— J'aurais voulu te parler de l'assassin que tu as tué.

Une ombre passa sur le visage de Caenis.

— Combien de fois vais-je devoir rabâcher cette histoire ? Ne vous en ai-je pas suffisamment rebattu les oreilles, à toi, aux autres et aux maîtres ? Je suis sûr que toi aussi, tu en as assez qu'on te pose la question.

— A-t-il dit quelque chose ? reprit Vaelin. Avant que tu lui règles son compte.

— Oui. Il a dit : « Ne t'approche pas, mon garçon, ou je t'étripe. » Pas de quoi en tirer une chanson de geste, hein ? Je pense enjoliver la réplique quand j'aborderai l'épisode dans mes Mémoires.

— Comment ça ?

— J'ai bien l'intention de coucher par écrit le récit de nos aventures au service de la Foi. Je déplore la négligence de notre Ordre à consigner son histoire. Savais-tu que nous étions le seul des six Ordres à ne pas disposer de notre propre bibliothèque ? J'espère bien amorcer une nouvelle tradition.

Il décocha une nouvelle flèche, puis deux de plus en moins d'une seconde. Aucune des trois ne fit mouche.

*La mort de cet homme pèse sur sa conscience*, comprit Vaelin. *Un fardeau aussi difficile à supporter qu'à évoquer.*

— Tu l'appréciais, ce frère Nillin ?

— Je le trouvais intéressant. Il était féru de légendes, même si je me suis rendu compte après coup qu'il privilégiait les récits les plus anciens. Les Vieux Chants, comme on les appelle, qui remontent à une époque d'avant la Foi. Des sagas pleines de sang, de guerres et de Ténèbre.

*La Ténèbre… Un loup dans la forêt, un loup à ma fenêtre.*

— « Autrefois, ils étaient sept », ça te dit quelque chose ?

La question cueillit Caenis au moment où il bandait son arc. Lentement, il relâcha la tension qu'il exerçait sur la corde.

— Où as-tu entendu ça ?

— Je le tiens de sœur Henna. C'est ce qu'elle a dit juste avant d'absorber son poison. Qu'est-ce que ça signifie, mon frère ? Tu le sais, j'en suis persuadé.

Caenis saisit la flèche qu'il s'apprêtait à tirer, la replaça dans le carquois battant sa hanche, puis déposa délicatement son arc sur son havresac.

— Il s'agit d'une légende. Un récit comparable aux Vieux Chants, mais qui se rapporte à la Foi. À dire vrai, je n'y ai jamais cru. On l'évoque rarement et les archives des Ordres n'en font mention nulle part.

— Mais encore ?

— De nos jours, six Ordres s'emploient à servir la Foi. Mais jadis, selon certains, il y en avait un septième. Un Septième Ordre né en même temps que tous les autres. Chacun des Ordres incarne, tu le sais, l'un des aspects principaux de la Foi – d'où le titre d'Aspect décerné au frère ou à la sœur élu à la tête d'une Loge. Le Septième Ordre, à ce qu'on raconte, était l'Ordre de la Ténèbre. Ses membres en sondaient les mystères, y quêtant savoir et pouvoir afin de mieux servir les Défunts. On considère en général le recours à la Ténèbre comme un attribut des croyances apostates, mais s'il faut en croire cette fable, elle faisait jadis partie intégrante de notre dogme. Jusqu'au jour où, une centaine d'années après l'avènement de la Foi, une crise survint. Le Septième Ordre se mit à gagner en puissance, profitant de sa maîtrise de la Ténèbre pour étendre son empire sur les autres Ordres. Forts de leur savoir, ses frères se targuaient d'évoluer au plus près des Défunts, d'entendre leurs voix et d'interpréter leurs préceptes avec plus de clarté que les Ordres inférieurs. Selon eux, ce privilège leur accordait un ascendant sur les autres, une mainmise naturelle sur la Foi ; une présomption évidemment intolérable, car la Foi requiert l'équilibre entre les Ordres. Aucun ne peut prévaloir sur les autres. Une guerre éclata donc au sein de la congrégation des Fidèles, un conflit sanglant qui aboutit à la destruction de la Septième Loge, provoquant un tel chaos que le Royaume vola en éclats. Ainsi virent le jour les quatre Fiefs, qui restèrent désunis jusqu'au règne de Janus, notre illustre roi. Faut-il croire cette histoire ? Nul ne le sait. S'il s'avérait qu'elle dise vrai, les événements qu'elle décrit dateraient de plus de six cents ans et aucun des rares ouvrages à avoir résisté aux ravages du temps ne les ont consignés.

— Ce qui ne t'empêche pas de les connaître sur le bout des doigts.

— Tu me connais, mon frère. (Caenis eut un petit sourire.) J'ai toujours eu un faible pour les légendes. Plus fantaisistes elles sont, plus je les porte dans mon cœur.

— Tu y crois, n'est-ce pas ?

Son ami prêtait foi à cette histoire, Vaelin en aurait donné sa main à couper. Quelque chose dans le fantôme de sourire qui flottait sur les lèvres de Caenis, dans la rapidité avec laquelle il avait répondu à sa question lui avait mis la puce à l'oreille.

— Tu savais. Tu avais déjà compris que le Septième Ordre était derrière tout ça.

— Disons que je m'en doutais. Certains récits, des fables tout au plus, avancent que le Septième Ordre n'a jamais été complètement détruit, qu'il a survécu et prospère en secret depuis lors, fomentant sa vengeance dans l'ombre, prêt à reconquérir cette suprématie qu'il revendiquait autrefois.

— Allons voir maître Sollis et l'Aspect. Il faut les mettre au courant.

— Ils le sont, mon frère. Je leur ai fait part de mes soupçons dès mon retour à la Loge. J'ai d'ailleurs eu l'impression de ne rien leur apprendre qu'ils ne savaient déjà.

Vaelin se remémora la réaction de Sollis et le mutisme de l'Aspect Elera quand il leur avait répété les paroles de l'assassin. *Ils savent*, songea-t-il. *Ils savent tous. Un secret transmis d'Aspect en Aspect depuis des siècles. Autrefois, ils étaient sept… Et le Septième Ordre qui attend son heure, à l'abri des ténèbres. Ils savent.*

En dépit du soleil éclatant, un frisson glacé parcourut ses membres.

— Merci de ton aide, mon frère, dit Vaelin en serrant ses bras sur sa poitrine pour se réchauffer.

— Tu peux compter sur moi, Vaelin, lui répondit Caenis. Il n'y a pas de secret entre nous, tu le sais bien.

Deux mois plus tard prit place l'Épreuve du Cheval, un parcours d'un kilomètre et demi sur terrain inégal, à travers bois et champs, suivi d'une séance de tir monté au cours de laquelle les disciples durent toucher au galop trois cibles successives. Sans surprise, Nortah passa l'épreuve haut la main, établissant au passage un nouveau record. Les autres s'en tirèrent avec les honneurs, même Barkus qui n'était pourtant guère plus à l'aise en selle que Vaelin. Ce dernier souffrit d'un démarrage calamiteux, en grande partie dû au caractère revêche d'Écume qui n'accepta de partir au galop qu'au terme d'une longue litanie de menaces. Une fois lancés, Vaelin et sa monture traversèrent le parcours avec difficulté, réalisant le plus mauvais temps de la journée. À cette performance médiocre succéda une épreuve d'archerie remportée de peu, chaque cible atteinte de justesse par un Vaelin aussi excédé qu'heureux d'en avoir fini. Pour une fois, aucun des autres frères n'échoua, un exploit fêté dignement dans le réfectoire le soir venu. Leur célébration sauvage, ponctuée de tonnelets de bière de contrebande et de batailles de nourriture, leur valut à tous une traversée glaciale du fleuve à la nage le lendemain matin, suivie de cinq tours de terrain d'entraînement nus comme des vers. Malgré la punition, aucun d'entre eux ne regretta les agapes de la veille.

Les semaines qui suivirent leur apportèrent de nouveaux échos des soulèvements et des émeutes qui ébranlaient le Royaume par-delà les murailles de la Loge. Des Apostats, réels ou fantasmés, se faisaient lyncher par centaines et la Garde du Royaume peinait à maintenir l'ordre. Au bout d'un certain temps, comme l'été laissait place à l'automne, le calme revint sur le Royaume. Contrairement aux prévisions de nombreux sujets, les assassinats cessèrent et jamais l'armée de Cumbraëliens cachée dans les égouts ne pointa le bout de son nez. Pour tout dire, il y avait près d'une décennie que le Fief hérétique n'avait connu telle accalmie. L'Été de Feu, comme on finit par l'appeler, ne devint bientôt plus qu'un mauvais souvenir, traînant dans son sillage quantité de cadavres, de larmes et de cendres.

On fit entrer dans la salle les deux Aspects potentiels, une femme d'une trentaine d'années et un homme au visage taillé à la serpe que Vaelin reconnut immédiatement. Simple et sereine d'apparence dans sa robe de couleur bistre, la femme qui répondait au nom de maîtresse Liesa Ilnen du Deuxième Ordre affrontait les regards des occupants de la salle avec calme et circonspection. À l'inverse, l'œil farouche que promenait sur l'assistance Tendris Al Forne du Quatrième Ordre, tout de noir vêtu, se teintait d'une lueur de défi. Disparu ce curieux enjouement qui l'animait encore trois ans plus tôt, lors de sa rencontre avec Vaelin ; aujourd'hui, seul le fanatisme demeurait. Comme il passait en revue l'auditoire, son regard de braise tomba sur Vaelin et il interrompit son examen le temps de saluer le disciple d'un petit signe de tête.

Avec Caenis, Vaelin avait été choisi pour accompagner l'Aspect Arlyn à la cérémonie, officiellement en tant qu'escorte, la discorde permanente qui agitait le Royaume ayant appelé au loin la plupart des frères confirmés de la Loge. Mais le disciple soupçonnait qu'une autre raison avait motivé la décision de l'Aspect : celui-ci souhaitait leur montrer comment les Ordres administraient la Foi.

Le Conclave s'était réuni dans la chambre des délibérés de la Loge du Troisième Ordre, une vaste pièce au plafond en voûte et aux longues travées de bancs. En plus des Aspects, de nombreux maîtres appartenant au chapitre de chaque Ordre prenaient part aux débats. Caenis et Vaelin, pour leur part, avaient vite compris que leurs avis n'intéresseraient personne.

— Jamais je n'aurais cru qu'on me permettrait un jour d'entrer ici, mon frère, jubilait Caenis à mi-voix, presque tremblant d'excitation tandis qu'ils s'asseyaient derrière l'Aspect Arlyn. Assister à la confirmation de deux nouveaux Aspects. Un privilège inouï…

Vaelin remarqua que son ami avait apporté une épaisse liasse de parchemins et un crayon de charbon.

— Tu as déjà commencé à écrire *La Légende de frère Caenis*, à ce que je vois.

— En fait, je pensais l'appeler *Le Livre des cinq frères.*

— Six, en comptant Frentis.

— Oh ! il aura droit à une page ou deux, ne t'inquiète pas.

L'Aspect Silla Colvis du Premier Ordre était présent, accompagné d'une vingtaine de ses maîtres à robe blanche, tous hommes d'une soixantaine d'années ou plus, leurs visages ravinés empreints de l'impénétrable quiétude de la méditation intérieure... ou bien du sommeil, c'était selon. L'Aspect Elera disposait d'une escorte composée de seulement trois frères et deux sœurs. Avec un pincement au cœur, Vaelin découvrit que Sherin ne faisait pas partie du voyage.

Avoir frôlé la mort de si près n'avait pas réussi à l'Aspect Dendrish Hendrahl, dont le teint cendreux jurait avec sa carnation porcine de naguère. Ses yeux, désormais enchâssés tout au fond du masque adipeux de sa face, évoquaient deux cailloux enfoncés dans un bloc de gelée fraîche. Il avait amené avec lui une trentaine de maîtres, bien plus que les autres Aspects, des hommes pour la plupart qui tous semblaient partager une caractéristique commune : l'ignoble odeur qu'ils dégageaient. Une brève lueur passa dans le regard de l'Aspect quand il aperçut Caenis, mais il ne se fendit pas même d'un salut pour le jeune homme qui lui avait sauvé la vie. Bien au contraire, Vaelin crut lire dans l'attitude de Dendrish Hendrahl une certaine rancœur. *Savoir qu'il doit sa vie à l'un des nôtres...*, présuma-t-il. *Voilà qui a dû le torturer autant que le poison.*

— Devant leurs pairs rassemblés, deux postulants se présentent, déclara l'Aspect Silla à l'assemblée représentative des Ordres. La Foi exige que nous examinions leurs mérites respectifs afin de promulguer leur désignation. Place aux questions, à présent.

L'Aspect Dendrish fut le premier à lever la main, s'adressant à Liesa Ilnen.

— Le regretté Aspect que vous souhaitez remplacer, commença-t-il avant de se couvrir la bouche d'un mouchoir en dentelle, interrompu par une bruyante quinte de toux. L'Aspect que vous souhaitez remplacer, disais-je, a dirigé le Deuxième Ordre pendant plus de vingt ans. Pensez-vous pouvoir égaler son expérience ?

La femme répondit sans la moindre hésitation, d'une voix égale et affirmée :

— Un Aspect n'a besoin de nulle expérience. Un Aspect se doit d'incarner les valeurs de son Ordre, voilà tout.

— Et quel juge a-t-il décrété que vous incarniez ces valeurs, je vous prie ? reprit l'Aspect Dendrish, les joues cramoisies.

Un accès de colère quelque peu surjoué, estima Vaelin.

— Le seul juge qui vaille : moi-même, répliqua maîtresse Liesa Ilnen. La Foi nous enjoint de devenir nos propres juges, car nul ne connaît mieux le cœur d'un Fidèle que lui-même.

— Maîtresse Liesa, intervint l'Aspect Elera sans laisser à Hendrahl le temps de contre-attaquer. Que connaissez-vous du Royaume ?

— J'ai visité les quatre Fiefs et passé un an en mission dans les Hauts Confins, à tenter d'apporter la Foi aux tribus nomades des grandes plaines.

— Une noble entreprise. Fut-elle couronnée de succès ?

— Malheureusement, les nomades ont tendance à se défier des étrangers et à s'accrocher à leurs illusions. Si par bonheur le titre d'Aspect m'échoit, je compte envoyer de nouvelles missions dans le Nord. La Foi est une bénédiction qu'il nous faut propager au-delà de nos frontières.

— Cet engagement envers le monde extérieur, dit l'Aspect Silla, semble contredire les prescriptions de votre Ordre. Après tout, ne s'est-il pas érigé, à l'écart des vicissitudes de notre Royaume, en bastion de contemplation et de méditation ? Affronter ainsi les rigueurs du monde temporel ne risque-t-il pas de nuire à ces objectifs ?

— La méditation n'est possible qu'en présence d'un sujet à méditer. Une vie dépourvue d'expérience n'offre aucune prise à la méditation. Ceux qui n'ont pas vécu ne peuvent pénétrer les mystères de la vie.

Bien qu'impressionné par la logique imparable de la candidate, Vaelin sentit une certaine agitation parcourir les rangs des maîtres, une rumeur étouffée qui enflait de travée en travée. Près de lui, Caenis griffonnait sans relâche.

L'Aspect Arlyn leva la main, mettant fin au murmure de l'assistance.

— Maîtresse Liesa, pourquoi selon vous votre Aspect a-t-il été assassiné ?

La maîtresse pencha la tête, un voile de tristesse momentanée passant sur ses traits.

— Qu'on puisse envisager de commettre un tel forfait me dépasse. Je ne puis concevoir qui en est le responsable, ni quelle était sa raison.

À son côté, le frère Tendris Al Forne prit la parole pour la première fois :

— Si notre sœur peine à concevoir qu'on puisse nous attaquer, je pense pour ma part en être capable.

— Personne ne vous a encore interrogé, le reprit l'Aspect Silla.

— Faites donc preuve d'un peu de respect, jeune homme, renchérit l'Aspect Dendrish, un sifflement dans la voix.

Vaelin remarqua des taches de sang dans son mouchoir.

— Loin de moi l'idée de manquer de respect à cette assemblée, dit Al Forne. Je ne fais qu'énoncer la vérité, une vérité que certains d'entre nous craignent d'affronter.

— Et de quelle vérité s'agit-il ? s'enquit l'Aspect Elera.

Al Forne prit une profonde inspiration, comme s'il rassemblait ses forces. Sur le siège voisin de Vaelin, Caenis maintenait avec impatience son crayon au-dessus d'un parchemin.

— Nous avons péché par orgueil, finit par proclamer Al Forne. Par négligence, nous avons laissé la faiblesse nous gagner.

Le Sixième Ordre qui jadis affrontait les ennemis de la Foi patrouille désormais le long des frontières du Royaume, à la botte de la Couronne, permettant aux sectes apostates de prospérer et d'ourdir leurs maléfices dans l'ombre.

» Par le passé, le Cinquième Ordre n'offrait ses soins qu'aux seuls adeptes de la Foi, mais voilà qu'il ouvre ses bras à tous, même aux Infidèles. Comment s'étonner, dès lors, que ces derniers gagnent en force et en confiance puisqu'ils savent qu'ils auront beau comploter contre nous, nous continuerons de les choyer ?

» Mon propre Ordre conservait dans ses archives d'innombrables rapports ayant trait aux Apostats et à leurs pratiques impies, certains vieux de plusieurs siècles. Il y a de cela trois mois, il nous a fallu tout détruire afin d'entreposer les minutes royales qu'il nous revient à présent de conserver. J'ai conscience que mes paroles choqueront ou troubleront nombre d'entre vous, mais croyez-moi, frères et sœurs, quand je vous dis que nous avons enchaîné la Foi au Royaume et à la Couronne. Et voilà pourquoi nous avons été attaqués, parce que nos ennemis ont su repérer ces faiblesses que nous souhaitons ignorer.

Un silence de mort accueillit sa tirade, entrecoupé seulement par les hoquets de rage de l'Aspect Dendrish, qui parvint à gargouiller :

— Vous osez vous présenter devant nous pour proférer cette… cette hérésie et vous espérez devenir Aspect ?

— Je me présente devant cette assemblée afin d'exprimer une vérité et dans l'espoir de remettre la Foi dans le droit chemin. Quant à votre approbation, je m'en passerai. Mon Ordre m'a choisi. Mon élection fut unanime et aucun de mes frères n'essaiera de prendre ma place. Les articles de la Foi exigent que vous soyez consultés avant mon accession, mais votre rôle s'arrête là. Ai-je tort, Aspect Silla ?

Le vénérable Aspect hocha sa tête grise avec raideur, muet de stupeur ou de colère.

— Vous voilà donc consultés et je vous remercie de votre attention. J'espère que vous tiendrez compte de mes paroles. À présent, je me dois de retrouver mon Ordre, car le travail m'attend.

Après une brève révérence, il tourna les talons et s'éloigna prestement. Une explosion de fureur secoua alors le Conclave, chacun se levant de son siège pour agonir l'impertinent d'injures, au premier rang desquelles revenaient les mots « hérétique » et « traître ». Al Forne ne se retourna pas, quittant la chambre des délibérés d'un pas égal, sans même leur adresser un dernier coup d'œil. Loin de calmer les esprits, son départ excita un peu plus les passions. On en appela à des sanctions, certains maîtres demandèrent même à l'Aspect Arlyn de s'emparer d'Al Forne pour l'écrouer à Castelnoir. Le maître de la Loge du Sixième Ordre, cependant, ne quitta pas son siège et garda le silence.

Vaelin remarqua que Caenis avait épuisé sa liasse de parchemins et fouillait désespérément dans ses poches à la recherche d'un support d'écriture.

— Est-ce que c'est déjà arrivé avant ? s'écria-t-il à tue-tête pour se faire entendre dans le vacarme.

— Jamais, répondit Caenis. (Il mit la main sur un morceau de parchemin, qu'il entreprit de couvrir à toute vitesse d'inintelligibles pattes de mouche.) Dans toute l'histoire de la Foi, jamais.

# Chapitre 7

Avec l'automne vint l'Épreuve de l'Arc à laquelle, une fois encore, aucun novice n'échoua. Sans surprise, Caenis, Nortah et Dentos se surpassèrent là où Barkus et Vaelin n'offrirent qu'une performance tout juste passable, du moins au regard des exigences de l'Ordre. En guise de récompense, on leur accorda à tous une permission pour se rendre à la foire des Eaux-d'Été, repoussée de deux mois en raison des soulèvements récents.

Vaelin et Nortah choisirent tous deux de rester à la Loge. D'après les rumeurs, les Faucons n'avaient toujours pas digéré l'affront de l'année précédente et il semblait inutile de s'exposer à leur vengeance sur le lieu même de leur humiliation. En outre, Nortah n'avait aucune envie de participer à un événement qui lui rappelait l'exécution de son père. Ils passèrent donc la journée à chasser dans la forêt en compagnie de Balafre, qui ne tarda pas à flairer la piste d'un cerf. Nortah embrocha d'une flèche la gorge de l'animal, pourtant à cinquante pas de là. Au lieu de traîner la carcasse jusqu'aux cuisines de la Loge, les deux disciples décidèrent de la dépecer sur place et de bivouaquer pour la nuit. Ils passèrent une agréable soirée dans les sous-bois, assis sur le tapis cuivré des premières mues automnales, dans la lumière irisée des rayons obliques, entre les branches dénudées.

—Il y a pire, comme endroit, fit remarquer Vaelin en découpant une tranche dans le cuissot de cerf passé à la broche au-dessus du feu de camp.

—Ça me rappelle le pays, dit Nortah en lançant un morceau de viande à Balafre.

Vaelin cacha sa surprise. Depuis l'exécution de son père, Nortah n'évoquait que rarement sa vie d'avant l'Ordre.

—Où était-ce, ton pays ?

—Dans le Sud, trois cent cinquante arpents de terre bordés par le cours sinueux de l'Hebril. La demeure de mon père se dressait sur la rive du lac Rihl. C'était un château dans son enfance, mais il l'avait beaucoup modifié. Nous disposions de soixante pièces et d'une écurie capable d'accueillir quarante chevaux. Quand il ne partait pas pour Castelvarin en mission pour le roi, nous allions souvent chevaucher dans les bois.

—Il t'a dit ce qu'il faisait pour le roi ?

—À maintes reprises, oui. Pour que j'apprenne. Il a dit un jour que je servirais le prince Malcius de la même manière qu'il servait le roi Janus. Que notre famille avait pour devoir de conseiller le roi.

Il ponctua sa remarque d'un petit rire amer.

—Et t'a-t-il jamais parlé de la guerre contre les Meldénéens ?

Nortah lui jeta un regard en biais.

—Quand ton père a incendié leur cité, tu veux dire ? Il ne l'a évoquée qu'une fois. D'après lui, les Meldénéens ne pouvaient pas nous haïr plus qu'ils ne le faisaient déjà. De plus, ils savaient pertinemment ce qu'ils risquaient s'ils continuaient de harceler nos navires et nos côtes. Mon père était un homme pragmatique. Raser une ville ennemie ne le dérangeait pas outre mesure.

—Tu ignores pourquoi il t'a envoyé ici, n'est-ce pas ?

Nortah secoua la tête. Il commençait à se faire tard et ses pupilles reflétaient la flambée du feu de camp, son beau visage plongé dans l'ombre arborant un air lugubre.

—Il m'a seulement dit que j'étais son fils et qu'il souhaitait me faire admettre au sein du Sixième Ordre. Je me rappelle qu'il s'était disputé avec ma mère le soir d'avant. Ça m'avait marqué parce qu'ils ne se querellaient jamais ; d'ailleurs, c'était à peine s'ils s'adressaient la parole. Au petit matin, elle ne s'est pas présentée au petit déjeuner et je n'ai pas eu le droit de lui faire mes adieux quand le chariot est arrivé. Je ne l'ai jamais revue depuis.

Un lourd silence s'installa entre eux. Vaelin préférait se taire, ses pensées tournées vers des questions qu'il valait mieux laisser sans réponse.

—Je sais à quoi tu penses, dit Nortah.

—Je ne pense à…

—Oh que si ! Et tu as raison. Mon père m'a offert à l'Ordre parce que ton propre père t'y avait envoyé. Je t'ai dit qu'ils étaient rivaux, mais tu ne sais pas tout. Mon père détestait le Seigneur de Guerre, il le haïssait de tout son cœur. Pendant un moment, il n'avait que ça à la bouche : comment ce boucher, ce misérable va-nu-pieds arriviste ne cessait de saper son autorité à la cour. Il souffrait beaucoup de la popularité de ton père auprès du peuple, une estime qui lui avait toujours été refusée. Né de haute lignée, il ne faisait pas partie de la populace, contrairement à ton père qui ne devait son ascension sociale qu'à son seul mérite. T'envoyer ici constituait pour le Seigneur de Guerre une marque de dévotion à la Foi et au Royaume sans pareille, un sacrifice public que mon père ne pouvait égaler que d'une seule manière.

—Je suis désolé…

—Ne t'excuse pas. Tu es tout autant une victime de ton père que je le suis du mien. J'ai passé des années à m'interroger sur sa décision, jusqu'au jour où j'ai compris. Il a bradé son fils pour consolider sa position à la cour. (Il esquissa un sourire sans joie.) Son geste, semblerait-il, n'a guère ému notre roi bien-aimé.

*Je ne suis pas la victime de mon père*, songea Vaelin. *C'est ma mère qui m'a envoyé ici. Pour me protéger.* Il garda cette pensée pour lui, conscient que Nortah la trouverait difficile à accepter.

—Il y a là une certaine ironie, tu ne trouves pas ? reprit Nortah au bout d'un moment. Si nous n'avions pas atterri ici, nous serions probablement ennemis, comme nos pères. Et nos fils nous auraient imités, suivis des leurs, et ainsi de suite jusqu'à la fin des temps. Notre bannissement aura au moins servi à éviter ça.

—Tu sembles presque satisfait d'appartenir à l'Ordre.

— Satisfait ? Non, mais disons que j'accepte ma condition. Voici ma vie, à présent. Qui peut dire ce que lui réserve l'avenir ?…

Balafre ouvrit la gueule sur un long bâillement, ses crocs accrochant la lueur des flammes, puis rejoignit Vaelin pour se blottir contre lui et fermer les yeux. Après l'avoir caressé, le garçon s'allongea sur son tapis de sol et attendit le sommeil, à l'affût de formes familières dans la multitude des astres.

— Je… J'ai une dette envers toi, mon frère, dit Nortah.

— Une dette ?

— Je te dois la vie.

Vaelin prit conscience qu'à sa manière toute personnelle Nortah tentait de le remercier. Une fois encore, il se demanda quel genre d'homme serait devenu son ami si son père ne l'avait pas confié à la Loge. Un futur Premier Conseiller ? Une Épée du Royaume ? Ou même le Seigneur de Guerre, pourquoi pas ? Dans tous les cas, Vaelin doutait qu'il fût jamais capable d'abandonner son propre fils pour prendre le pas sur un rival.

— J'ignore ce que l'avenir nous réserve, finit-il par dire à son ami. Mais j'ai dans l'idée que les occasions de régler ta dette ne manqueront pas.

Contre toute attente, plus les garçons grandissaient et plus leur entraînement devenait difficile. Après les avoir dégrossis, l'Ordre, tel un forgeron exigeant, comptait bien affûter leurs aptitudes guerrières comme on aiguise une lame. À mesure que l'hiver prenait le pas sur l'automne, on doubla, puis tripla leurs heures d'escrime, de sorte qu'ils eurent bientôt l'impression de vivre l'épée à la main. Maître Sollis devint leur seul et unique maître, les autres refluant dans l'ombre, lointaines silhouettes chargées de mater la bleusaille. Leur arme occupait toute leur vie. Il n'y avait pas de mystère à cela : l'année prochaine surviendrait l'Épreuve de l'Épée, au cours de laquelle ils devraient se mesurer à trois condamnés, l'épée à la main, pour un combat à mort.

L'entraînement d'escrime débutait après la septième heure pour se poursuivre toute la journée, interrompu seulement le temps d'un rapide déjeuner et de courtes retrouvailles avec leur arc ou leur monture. Chaque matin, maître Sollis leur présentait une nouvelle passe d'armes, enchaînant dans une valse folle parades, fentes et bottes fulgurantes, qu'il leur ordonnait ensuite de reproduire. Ceux qui échouaient à l'imiter écopaient d'un tour de terrain à la course. Les après-midi les voyaient échanger leurs armes pour des répliques en bois et disputer d'impitoyables tournois qui marbraient leur peau d'un spectaculaire assortiment de bleus.

Vaelin avait conscience d'être la fine lame du groupe. Dentos les surpassait tous dans la maîtrise de l'arc, Barkus excellait au combat à mains nues, Nortah était un cavalier hors pair et Caenis semblait capable de survivre dans n'importe quel environnement, mais nul ne pouvait l'égaler à l'épée. Vaelin n'aurait pu expliquer la sensation que l'arme lui procurait. Il avait l'impression qu'elle faisait partie de lui, qu'elle prolongeait son bras et aiguisait sa perception du combat, lui permettant d'anticiper les gestes de l'adversaire avant même qu'il les esquisse, de parer des coups qui auraient terrassé n'importe qui d'autre et de passer des gardes réputées imprenables. Avant peu, maître Sollis cessa de l'opposer à ses camarades.

— À partir de maintenant, c'est moi que tu affronteras, dit-il un jour à Vaelin en se campant devant lui.

— C'est un honneur, maître, répondit le disciple.

L'arme factice de Sollis s'abattit sur son poignet, lui arrachant des mains son épée de bois. Vaelin tenta de reculer d'un pas, mais l'instructeur redoubla son attaque à la vitesse de l'éclair, plongeant sa lame en frêne dans le ventre du disciple qui s'effondra au sol, le souffle coupé.

— Il est toujours bon de respecter son adversaire, déclara Sollis à ses camarades tandis que Vaelin s'efforçait de réprimer un haut-le-cœur. Mais pas trop.

Avec l'hiver vint le moment pour Frentis de braver l'Épreuve de la Nature. Vaelin et ses amis se réunirent dans la cour pour lui souhaiter bonne chance et lui prodiguer quelques précieux conseils.

— Évite les grottes, dit Nortah.

— Tue et mange tout ce que tu pourras trouver, lui confia Caenis.

— Ne perds pas ton briquet, rappela Dentos.

— En cas de tempête, dit Vaelin, terre-toi dans ton abri et n'écoute pas les voix du vent.

Seul Barkus n'avait aucun conseil à offrir. La découverte du cadavre de Jennis lors de sa propre épreuve restait un souvenir douloureux et ses adieux se résumèrent à une affectueuse petite tape sur l'épaule du novice.

— J'ai hâte d'y être, j'vous dis que ça, leur lança jovialement Frentis en hissant son havresac sur son dos. Cinq jours dehors. Sans entraînement, sans coups de badine. On croit rêver.

— Cinq jours de froid et de faim, le corrigea Nortah.

Frentis haussa les épaules.

— La faim, je connais déjà. Le froid aussi. M'est avis que ça me reviendra très vite.

Vaelin fut soudain frappé par la force qu'avait acquise le jeune garçon depuis son admission au sein de l'Ordre, deux ans plus tôt. Il était désormais presque aussi grand que Caenis et sa carrure semblait s'étoffer de jour en jour. À l'instar de son corps, son tempérament avait changé, lui aussi. Sa voix s'était affermie, presque débarrassée des accents plaintifs de sa jeunesse, et il abordait chaque nouveau défi avec une assurance et un aplomb certains. Sans surprise, il avait pris la tête de son groupe de novices, malgré la colère et les accès de violence avec lesquels il accueillait parfois la critique.

Ils le regardèrent grimper dans le chariot avec les autres garçons. Maître Hutril fit claquer les rênes et le véhicule s'ébranla pour franchir le portail. Tout du long, Frentis leur adressait de grands signes d'adieux, un large sourire au visage.

— Il va s'en sortir, dit Caenis à Vaelin.

— Un peu qu'il va s'en sortir, renchérit Dentos. L'est du genre à rentrer plus gras qu'il n'est parti.

Les jours s'écoulèrent lentement, ponctués de passes d'armes et d'ecchymoses, chaque aube nouvelle procurant à Vaelin une bouffée d'inquiétude pour son jeune protégé. Quatre jours après le départ de Frentis, une sourde angoisse se mit à dominer ses pensées, au point d'émousser son aptitude au combat et de l'accabler de bleus livides qu'il remarquait à peine. Un mauvais pressentiment s'était emparé de lui, une crainte tenace qui lui collait à la peau et dont il n'arrivait pas à se défaire. Cette ombre familière, qu'il avait appris à reconnaître et à dompter, refusait à présent de quitter ses pensées. Elle pesait sur son âme, aussi entêtante et obstinée qu'une mélodie flottant à la périphérie de sa mémoire.

Au soir du cinquième jour, emmitouflé dans sa cape, il se posta derrière la grille pour scruter les ténèbres croissantes, à l'affût du chariot qui ramènerait Frentis à la Loge.

— Qu'est-ce qu'on fait là, déjà ? demanda Nortah, son visage pour une fois enlaidi par le froid mordant de cette soirée d'hiver.

Leurs condisciples avaient réintégré le dortoir. Encore plus exigeant qu'à l'accoutumée, l'entraînement de la journée leur avait laissé de nombreuses entailles à soigner avant le repas du soir.

— J'attends Frentis, répondit Vaelin. Rentre, si tu as froid.

— Qui a dit que j'avais froid ? grommela Nortah, sans bouger pour autant.

Quand le ciel dégagé s'assombrit suffisamment pour laisser poindre les étoiles, le chariot apparut à l'horizon. À mesure qu'il s'approchait en bringuebalant de la grille, Vaelin put voir que maître Hutril ramenait quatre novices, soit trois de moins qu'au départ, cinq jours plus tôt. Avant même que les sabots des chevaux claquent contre les pavés de la cour, il acquit la certitude que Frentis ne se trouvait pas parmi eux.

— Où est-il ? demanda-t-il au cocher quand celui-ci brida son attelage.

Sans s'offusquer de son insolence, maître Hutril adressa à Vaelin un regard terne.

— Pas trouvé, dit-il en sautant à terre. Dois voir l'Aspect. Ne bouge pas.

Sur ces mots, il partit d'un pas pesant vers les quartiers de l'Aspect. Vaelin accomplit l'exploit de patienter dix secondes pleines avant de se précipiter derrière lui.

Maître Hutril demeura plusieurs minutes dans l'étude de l'Aspect. À sa sortie, il dépassa Vaelin sans lui accorder le moindre coup d'œil ni répondre à ses questions. Comme la porte du bureau restait obstinément fermée, Vaelin se surprit à s'avancer vers elle, le poing fermé. Il s'apprêtait à y frapper quand Nortah lui saisit le poignet.

— Non ! Aurais-tu perdu la tête ?

— Je dois savoir.

— Tu dois attendre.

— Attendre quoi ? Le silence ? Que toute trace de sa présence disparaisse, comme pour Mikehl et Jennis ? Qu'on allume un bûcher, qu'on prononce quelques prières pour accepter sa disparition et qu'on finisse par l'oublier ?

— L'Épreuve de la Nature est sans pitié, mon frère…

— Pas pour lui ! Pour lui, c'était une partie de plaisir…

— Tu n'en sais rien. Par-delà ces murailles, tout peut arriver.

— Je sais que ni la faim ni le froid n'auraient pu venir à bout de lui. Il était trop fort.

— Ce n'était qu'un enfant, malgré sa force. Tout comme nous quand on nous a envoyés dans le froid et la nuit pour éprouver notre endurance.

Vaelin dégagea son poignet, puis se passa nerveusement les mains dans les cheveux.

— Je ne crois pas qu'il ait jamais été un enfant.

L'écho d'un claquement de bottes attira leur attention vers le couloir, que maître Sollis remontait à grandes enjambées.

— Que faites-vous là, tous les deux ? lâcha-t-il en s'immobilisant devant la porte de l'Aspect.

— Nous attendons des nouvelles de notre frère, maître, répondit Vaelin d'une voix égale.

Une brève lueur de colère flamboya dans les prunelles de Sollis quand il tourna la poignée.

— Eh bien, continuez.

Sur ce, il entra.

Ils n'eurent que cinq minutes à patienter, cinq longues minutes qui semblaient ne jamais devoir s'écouler, après quoi la porte s'ouvrit brutalement et la tête de Sollis apparut pour les autoriser à entrer. Ils trouvèrent l'Aspect installé derrière son bureau, son visage toujours aussi inexpressif. Il leva cependant sur Vaelin un regard calculateur, comme si ce qui se jouait ici avait plus d'importance qu'il n'y paraissait de prime abord.

— Frère Vaelin, dit-il. Connaissais-tu à frère Frentis des ennemis par-delà nos murs ?

*Des ennemis…* Vaelin sentit son cœur se serrer. *Il l'a retrouvé. Il l'a retrouvé et je n'ai pas su le protéger.*

— Il y aurait bien un homme, Aspect, répondit le disciple d'une voix blanche. Le seigneur de la pègre castelvarine. Avant son admission, frère Frentis lui a planté un poignard dans l'œil. J'ai ouï dire qu'il lui vouait une rancune tenace.

Maître Sollis poussa un soupir d'exaspération ; chose rare, même Nortah semblait à court de mots.

— Et tu n'as pas cru bon, dit l'Aspect, de partager cette information avec maître Sollis ou moi ?

Vaelin se contenta de secouer la tête en silence, comme hébété.

— Petit sot arrogant, pesta Sollis en articulant chaque mot.

— Oui, maître.

— Ce qui est fait est fait, reprit l'Aspect. Saurais-tu où cet homme à l'œil crevé a pu emmener notre frère ?

Vaelin releva vivement la tête.

— Il est en vie ?

— Maître Hutril a découvert un corps, mais pas celui de frère Frentis. Enfoncé dans la poitrine de l'infortuné, il a trouvé un couteau de chasse appartenant à notre Ordre. Les empreintes au sol témoignent d'une violente altercation, confirmée par de nombreux filets de sang. Mais de frère Frentis, point.

*D'une manière ou d'une autre, ils ont appris qu'il s'était réfugié ici. Comment ai-je pu croire que les serviteurs du Borgne ne retrouveraient pas sa trace ? Ils ont dû suivre le chariot, le capturer.* Les paroles de Gallis la Grimpe lui revinrent soudain en mémoire : « *Le Borgne dit qu'il l'écorchera vif pendant une année entière quand il lui mettra la main dessus...* »

— Je peux le retrouver, déclara-t-il à l'Aspect, une froide détermination dans la voix. Je tuerai ceux qui l'ont fait prisonnier et je le ramènerai à la Loge. Mort ou vif.

Les yeux de l'Aspect glissèrent sur maître Sollis.

— De quoi as-tu besoin ? lui demanda l'instructeur.

— D'une demi-journée de permission, de mes frères et de mon chien.

Balafre parut comprendre immédiatement ce qu'on attendait de lui. Il renifla la chaussette trouvée sous le grabat de Frentis, poussa un petit jappement et partit au galop. Vaelin avait attendu de se trouver sur la route de la porte nord de Castelvarin pour lui présenter l'objet, cette sortie impromptue plongeant le chien dans un ravissement extatique que venait seulement nuancer la mine sombre de son maître et de ses compagnons. Ils s'élancèrent à sa poursuite, peinant à suivre la trajectoire tortueuse que l'animal, tout à sa quête du gibier, traçait à l'écart de la route, en direction des berges de la Saline. Il pataugeait dans la boue des hauts-fonds quand Vaelin le rattrapa, un gémissement plaintif s'échappant de sa gorge tandis qu'il désignait du bout du museau une forme à la surface du fleuve. Un cadavre... un cadavre dérivant sur le ventre, recouvert d'une houppelande bleue. À sa vue, le cœur de Vaelin fit une embardée.

Il sauta dans l'eau et nagea jusqu'au corps, bientôt rejoint par ses frères qui l'aidèrent à le retourner.

— C'est qui, ce gars-là ? s'enquit Dentos.

À peine plus grand que Frentis, le mort arborait une trogne marquée par la variole. Une estafilade récente barrait sa joue. Intrigué par la pâleur de sa peau, Nortah déchira sa cotte et découvrit son bas-ventre labouré par une profonde entaille.

— On l'a saigné à blanc. L'œuvre de notre petit frère, vous croyez ?

Vaelin ôta sa houppelande au cadavre et entreprit de la fouiller, en quête d'indices, mais ne récolta qu'une poignée de tabac à pipe détrempé.

— Je compte cinq chevaux, dit Caenis. (Accroupi, il examinait les reliefs boueux de la berge.) Il a dû tomber de sa selle pendant qu'ils passaient à gué. Ils se sont alors contentés de le dépouiller de ses biens et de le laisser se vider de son sang.

— Et moi qui prenais les brigands pour des gens de valeur, commenta Nortah.

— Mon frère, dit Barkus en alertant Vaelin d'un coup de coude.

Le museau fermement rivé à l'herbe de la rive, Balafre semblait avoir flairé une piste. Au bout d'un moment, il releva la tête et fila le long de la berge, les disciples sur les talons. Il s'arrêta un peu plus loin, à une centaine de pas des murailles de la ville, et se mit à tourner autour de deux profonds sillons parallèles creusés dans la terre.

— Des ornières, dit Caenis. Ils ont dû le cacher dans un chariot pour lui faire passer la porte.

Balafre était déjà reparti, en direction de la porte nord cette fois-ci. Bien qu'interloqués par la course folle du cerbère et de son escorte, les gardes de faction leur firent signe de passer sans même leur adresser la parole. On ne discutait pas les décisions de l'Ordre. Sans surprise, Balafre les entraîna vers le quartier sud.

Les rues étaient presque désertes, à l'exception de l'habituelle compagnie d'ivrognes et de filles de joie qui, à la vue de cinq frères du Sixième Ordre poursuivant un gigantesque chien, trouvèrent bien vite de nombreuses raisons de s'égailler dans la nature. Balafre finit par s'arrêter et s'immobiliser complètement, une patte repliée sous son corps, comme à l'affût. Son museau pointait droit sur une taverne nichée au cœur d'une ruelle enténébrée. L'enseigne accrochée au-dessus de la porte affichait : *Au Sanglier Noir*. Les fenêtres opaques déversaient sur les pavés une lumière pâle doublée d'un chœur de voix paillardes aux accents enivrés.

Balafre se mit à gronder, une vibration aussi basse que menaçante. Vaelin s'agenouilla et lui gratta le front.

— Tu restes ici, ordonna-t-il.

Le molosse émit un gémissement plaintif en voyant les garçons s'éloigner vers la taverne, mais il obéit à son maître.

— C'est quoi le plan ? demanda Dentos sur le pas de la porte.

— Je pensais leur demander où ils retenaient Frentis, répondit Vaelin. Après, j'imagine que nous allons découvrir si notre formation a porté ses fruits.

L'irruption des disciples jeta un froid dans la taverne, la gaieté tapageuse des clients rassemblés mourant lentement. Une mer de gueules crasseuses et prématurément flétries se tourna vers eux, un mélange de crainte et de haine dans le regard. Debout derrière le comptoir, un colosse chauve les toisait tour à tour. De toute évidence, il goûtait peu leur présence dans son établissement.

— Bonsoir, l'ami ! le salua Nortah en se dirigeant vers lui. Un bel estaminet que vous avez là.

— On n'accepte pas les ordonnancés, ici, répliqua le patron. (Vaelin remarqua la fine pellicule de sueur qui perlait sur sa lèvre supérieure.) Z-avez rien à faire ici. Tirez-vous.

— Oh ! n'allez point vous tracasser, mon bon. (Nortah assena une claque sur l'épaule de l'homme.) Nous ne venons pas chercher querelle, juste notre petit frère. Celui qui a planté un couteau dans l'œil de votre maître il y a quelques années de ça. Ayez la gentillesse de nous dire où il se cache et je vous promets qu'on ne tuera aucun de vos clients.

Un grondement parcourut la foule et le patron se lécha les lèvres, son crâne chauve luisant à présent de transpiration. L'espace d'une seconde, son regard s'égara vers la droite avant d'affronter à nouveau celui de Nortah.

— Un frangin ? dit-il. On n'a pas de ça ici.

Nortah lui offrit l'un de ses sourires les plus éclatants.

— Permettez-moi d'en douter, mon bon. À propos, saviez-vous qu'un homme peut survivre encore plusieurs heures, dans d'atroces souffrances bien entendu, après qu'on lui a ouvert le ventre ?

Suivant la direction du coup d'œil du patron, Vaelin n'aperçut tout d'abord qu'un sol gris de poussière foulé par les pas nerveux de certains clients. Près de la cheminée, cependant, il remarqua un petit carré de parquet curieusement propre. Comme il s'en approchait pour l'examiner de plus près, un homme quitta brusquement sa table pour l'en empêcher. Puissant et musclé, il arborait un nez bossué de querelleur professionnel.

— Où c'est qu'tu crois aller, mon p'tit… ?

Sans même s'arrêter, Vaelin le faucha d'un coup de poing en pleine gorge, laissant son adversaire s'effondrer sur le parquet crasseux. S'ensuivit une cacophonie de grincements de chaises à mesure que les autres clients se redressaient, une rumeur de colère passant de lèvres en lèvres. Vaelin s'accroupit pour inspecter le carré de parquet intact, qui ne résista pas longtemps à son examen. *Une trappe*, comprit-il. *Et discrète avec ça*. Du bout des doigts, il tenta d'en déterminer les contours.

— Z-avez pas le droit ! s'écriait le patron, droit comme un piquet. Z-avez pas le droit de débarquer ici et d'frapper mes habitués ! J'me trompe, les gars ?

Un murmure d'assentiment enfla dans la taverne. La plupart des clients s'étaient redressés, à présent, un poignard ou un gourdin à la main.

— Sales clébards d'ordonnancés, cracha l'un d'entre eux en brandissant un couteau à lame large. Z-êtes venus là où qu'y fallait pas. Ça vous dirait qu'on vous taillade vos p'tites gueules ?

L'épée de Nortah jaillit hors de son fourreau en un éclair. Battant des paupières, l'homme au couteau baissa les yeux sur ses doigts sectionnés au moment même où la lame tintait contre le sol.

— Évitons toute grossièreté, je vous prie, le réprimanda Nortah d'un air sévère.

La foule s'écarta quelque peu et le silence s'installa dans la pièce, brisé seulement par les lamentations de l'homme à la main mutilée et les halètements rauques du bagarreur terrassé par Vaelin. *Ils ont peur*, jugea le garçon en observant les visages rassemblés autour de lui. *Mais pas assez pour s'enfuir. Leur nombre les rassure.*

Il glissa deux doigts dans sa bouche, puis émit un sifflement sonore et strident. Il s'attendait à ce que Balafre emprunte la porte, mais le chien lui préféra la fenêtre pour une entrée d'autant plus fracassante. Dans une gerbe d'éclats de verre, la silhouette sombre et massive du molosse atterrit au milieu de la salle, ses mâchoires d'acier claquant au nez des malchanceux qui se trouvaient là.

La taverne se vida en quelques secondes à peine. Ne restaient que les deux clients blessés et le patron. Ce dernier, pantelant, serrait dans ses poings un épais gourdin.

— Qu'est-ce que tu fous encore là, toi ? lui demanda Dentos.

— Si je m'enfuis sans m'battre, il me fera la peau, répondit le chauve.

— Le Borgne ne verra pas l'aube se lever, lui promit Vaelin. Allez file, maintenant.

Le patron leur adressa un dernier coup d'œil fébrile, puis il lâcha son arme et se rua vers la porte de derrière.

— Barkus, dit Vaelin. Un coup de main, s'il te plaît.

Les deux garçons glissèrent leurs couteaux de chasse dans la fine rainure séparant la trappe du parquet et s'en servirent comme leviers. Le battant bascula pour révéler un orifice plongeant tout droit dans une cave obscure. À une dizaine de pas en contrebas,

Vaelin distinguait le crépitement de flammes lointaines sur des dalles de pierre. Il recula, tira son épée et s'apprêta à sauter. Aiguillonné par l'odeur proche de Frentis, Balafre le devança et bondit dans le trou. Au bout d'une seconde ou deux résonnèrent dans la cave des grognements hargneux, puis des cris de stupeur et de douleur mêlées. De toute évidence, le cerbère avait débusqué de nouveaux ennemis.

— Tu crois qu'il va nous en laisser ? s'inquiéta Barkus avec une grimace.

Vaelin se laissa tomber dans la trappe et se réceptionna d'une roulade sur le sol pavé, l'épée levée en garde haute. Ses frères ne tardèrent pas à l'imiter. Volumineuse, la cave mesurait bien six mètres de large, éclairée de chaque côté par des rangs de torches fixées aux murs. Dans la paroi de droite s'ouvrait une galerie. Deux cadavres gisaient au sol, tous deux des hommes massifs à la gorge arrachée. Perché sur le torse de l'un d'eux, Balafre léchait sa truffe ensanglantée. À la vue de Vaelin, il s'élança dans le tunnel avec un petit jappement.

— Il est toujours sur la piste de Frentis.

Vaelin s'empara d'une torche et partit à sa poursuite. Le tunnel eut beau leur paraître interminable, il ne leur fallut que quelques minutes pour déboucher dans une large salle au plafond en coupole. À en juger par le raffinement des piliers fuselés montant de toutes parts pour former l'élégante voûte en surplomb, la structure ne datait pas de la veille. Une courte volée de marches carrelées taillées dans la brique menait à une sorte de foyer circulaire, au milieu duquel trônait une immense table en chêne couverte d'argenterie et d'accessoires somptueux. Assis autour de la table, six hommes jouaient aux cartes, une bonne centaine de couronnes éparpillées devant eux. Chacun levait vers Vaelin et Balafre un regard stupéfait.

— T'es qui, toi ? demanda l'un d'entre eux, un homme de haute taille au visage livide. Et par la Foi ! qu'est-ce que tu fiches ici ?

Vaelin nota l'arbalète chargée posée sur le fauteuil voisin. Les cinq autres hommes disposaient tous d'une épée ou d'une hache à portée de main.

— Où est mon frère ? lança Vaelin.

Celui qui avait parlé observa tour à tour le disciple et son chien, prenant note du sang qui barbouillait les babines de l'animal, puis pâlit à vue d'œil quand Barkus et les autres surgirent de la galerie pour se poster derrière Vaelin.

— Tu es mal tombé, mon frère, reprit l'échalas, parvenant presque à contrôler le tremblement de sa voix. Le Borgne n'apprécie guère les…

Sa main plongea vers l'arbalète. Telle une bourrasque de muscles et de crocs, Balafre bondit sur la table et referma la gueule sur la gorge de l'homme au moment même où il appuyait sur la détente, le carreau d'arbalète partant se planter dans le plafond. Les cinq autres se levèrent d'un bond et saisirent leurs armes. Malgré leur peur évidente, ils ne comptaient pas s'enfuir. *La discussion est close*, songea Vaelin en passant à l'attaque.

L'homme râblé qu'il prit pour cible amorça une feinte sur la gauche, dans l'espoir sans doute de ramener sa hache sous la garde de Vaelin. Malheureusement pour lui, son adversaire fut plus rapide et lui transperça la gorge avant même qu'il puisse esquisser son coup. Empalé sur la lame, il roula de grands yeux exorbités, un filet de sang au coin des lèvres. Vaelin extirpa son épée d'un coup sec, laissant sa victime agonisante s'effondrer par terre.

Il fit volte-face et découvrit que ses frères avaient déjà expédié leurs adversaires. Barkus, la mine grave, essuyait la lame de son épée sur le pourpoint de l'homme qu'il avait tué, ses bottes plantées dans une mare de sang épais. Accroupi, Dentos arrachait un couteau de jet planté dans le sternum de son ennemi, et Vaelin crut le voir chasser des larmes naissantes d'un battement de paupières. Nortah contemplait l'homme qu'il venait d'occire, la pointe de son épée ruisselante, son visage pareil à un masque crispé. Seul Caenis semblait ne pas s'émouvoir de son meurtre ; il agitait son épée pour la débarrasser du sang de sa victime, dont il s'assura d'un coup de pied qu'elle ne respirait plus. Il avait déjà tué par le passé, certes, mais Vaelin ne pouvait s'empêcher de trouver déconcertant l'inébranlable sang-froid de son camarade. *Peut-être ne suis-je pas le seul tueur-né du groupe, après tout?* songea-t-il.

Pour faire bonne mesure, Balafre imprima une dernière torsion sur le cou de sa proie et lui brisa la nuque. Après avoir lâché le corps, il leva la truffe et fit le tour de la salle au petit trot, cherchant à retrouver la piste de Frentis.

— Quelle structure étonnante, constata Caenis en s'approchant d'une des colonnes qui s'élançaient jusqu'au plafond. (Il éprouva d'une main la surface lisse et unie des briques empilées.) Impressionnant. On ne trouve plus d'ouvrage d'une telle qualité de nos jours. Pas à Castelvarin, en tout cas. Cet endroit est ancien.

— J'aurais cru que ça faisait partie des égouts, commenta Dentos d'une voix morne.

Il tournait le dos à la dépouille de l'homme qu'il avait abattu et serrait ses bras sur sa poitrine, comme transi de froid.

— Oh non! reprit Caenis. Cet endroit servait à autre chose, j'en suis sûr. Vous avez vu ce motif, là? (Il désignait un étrange bas-relief taillé dans la brique.) Un grimoire et une plume. L'ancien écusson du Troisième Ordre, un emblème primitif de la Foi qui n'a plus cours aujourd'hui. Cette salle remonte aux premières années de la ville, du temps où la Foi était encore jeune.

Malgré l'attention qu'il portait à Balafre, Vaelin se sentit intrigué par les déductions de son ami. Il balaya la pièce du regard et dénombra sept colonnes se réunissant en croisée d'ogives au plafond, chacune ornée à sa base d'un emblème différent.

— Autrefois, ils étaient sept, murmura-t-il.

— Mais bien sûr! s'écria Caenis, exalté. (Il s'élança au pied de chaque montant.) Sept colonnes. Nous tenons la preuve, mon frère. Autrefois, ils étaient sept.

— C'est quoi votre charabia? demanda Nortah, dont les joues avaient repris un peu de couleur.

Au contraire de Dentos, il semblait incapable de s'arracher à la contemplation du cadavre de son ennemi vaincu. Son épée ensanglantée gouttait toujours sur le sol carrelé.

— Sept colonnes, expliqua Caenis. Sept Ordres. Nous nous trouvons dans un ancien temple de la Foi. (Il s'immobilisa près d'un montant pour en observer l'écusson.) Un serpent et une coupe. L'emblème du Septième Ordre, je parie.

— Du Septième Ordre ? (Nortah finit par quitter son cadavre des yeux.) Il n'y a pas de Septième Ordre.

— Plus maintenant, non, répondit Caenis. Mais jadis…

— L'heure n'est pas aux histoires, mon frère, l'interrompit Vaelin avant de se tourner vers Nortah. Ta lame risque de rouiller si tu ne l'essuies pas.

Barkus examinait les richesses entassées sur la table, effleurant l'opulente argenterie et les dorures éclatantes du bout des doigts.

— Quel trésor, lâcha-t-il avec admiration. Si j'avais su, j'aurais apporté une besace.

— Je me demande où ils ont trouvé tout ça, dit Dentos en soupesant un plateau en argent finement ouvragé.

— Ils l'ont volé, répondit Vaelin. Vous pouvez vous servir, tant que ça ne vous ralentit pas.

Balafre poussa un petit glapissement, le museau pointé sur une paroi située à la gauche de Vaelin. Barkus s'en approcha et poussa les briques du poing à plusieurs reprises.

— Juste un mur, dit-il.

Balafre trottina jusqu'à la base du mur, qu'il flaira avidement avant d'en gratter le mortier du bout des pattes.

— Il y a peut-être un passage secret. (Caenis s'approcha afin de tâter la paroi.) On doit bien pouvoir trouver un loquet ou un levier quelque part…

Vaelin arracha sa hache à la main inerte de son adversaire, puis entreprit de fracasser le mur. Il abattit l'arme encore et encore, jusqu'à fendre les briques de la paroi et révéler le trou qui s'ouvrait derrière elles. Balafre aboya de nouveau, mais Vaelin n'eut pas besoin des sens aiguisés du molosse pour sentir l'effluve écœurant et doucereux qui montait de la fosse.

Il échangea un coup d'œil avec Caenis, puisant un réconfort dans le regard de son ami.

*Frentis... J'veux m'faire frérot... J'veux t'ressembler...*

Il redoubla ses efforts avec sa hache, abattant briques et mortier dans un nuage de poussière rouge et gris. Ses frères l'imitèrent à l'aide du premier outil qu'ils purent trouver, Barkus brandissant une hachette dérobée à un cadavre et Dentos un pied de fauteuil cassé. Bientôt, la section de mur effondrée fut assez grande pour leur permettre de s'y faufiler.

Ils s'engagèrent dans une salle étroite et longue, où des torches promenaient leur lueur vacillante sur une scène de cauchemar.

— Par la Foi ! s'exclama Barkus, épouvanté.

Un corps renversé oscillait dans le vide, ses chevilles prisonnières d'une chaîne accrochée au plafond et ses bras ceinturés par une bande de cuir passée en travers de sa poitrine. Il y avait plusieurs jours qu'il pendait là, comme en témoignaient son teint livide, ses chairs flasques et ses os saillants. La plaie béante dans son cou ne faisait aucun mystère sur la façon dont on l'avait tué. Une jatte désormais noire de sang séché avait été disposée sous le corps. Cinq autres cadavres pendaient dans la pièce, chacun égorgé et placé au-dessus d'un récipient similaire au premier. Sous le léger courant d'air créé par la paroi démolie, ils se balançaient doucement d'avant en arrière, dégageant une innommable odeur de putréfaction. Balafre rasait les murs, incommodé par l'infecte exhalaison de la pièce ; le museau en berne, il se tenait le plus éloigné possible des charognes. Dentos, quant à lui, trouva un coin où vomir. Luttant contre une envie de l'imiter, Vaelin se déplaçait de corps en corps afin d'examiner chaque visage. Il n'en reconnut aucun.

— Qu'est-ce que ça veut dire ? demanda Barkus, estomaqué par l'horreur de leur découverte. Je croyais qu'on avait affaire à un truand, rien de plus.

— Un truand pour le moins ambitieux, dans ce cas, fit remarquer Nortah.

— Tout ça n'a rien à voir avec de simples rapines, déclara Caenis à mi-voix en étudiant de plus près l'un des pendus. Il s'agit… d'autre chose. (Il avisa la jatte noire de sang posée au sol.) Quelque chose de bien pire.

— Mais pourquoi… ? commença Nortah.

D'un geste, Vaelin le réduisit au silence.

— Écoutez ! siffla-t-il.

Leur parvenait un bruit étrange, étouffé… une voix d'homme en train de psalmodier une litanie indistincte. Vaelin suivit le son jusqu'à une alcôve, où il trouva une porte entrebâillée. L'épée en garde basse, il poussa le battant du bout du pied et découvrit une autre salle, crûment taillée dans la roche, baignée d'une lueur rougeâtre et traversée d'ombres profondes. À la vue du spectacle qui l'y attendait, il dut étouffer un cri d'épouvante.

Nu, la bouche couverte d'un bâillon, Frentis était attaché à un cadre en bois au pied d'un brasier flamboyant. Une multitude d'entailles formaient un curieux motif tracé à même sa poitrine, d'où s'écoulaient des ruisseaux de sang. Ses yeux exorbités scintillaient de douleur. À la vue de Vaelin, ils s'agrandirent encore un peu plus.

Près du novice se tenait un homme au torse nu, armé d'une dague. Tout son corps rayonnait de force, des muscles noueux de ses bras jusqu'aux traits âpres et anguleux de son visage… un visage pourvu d'un seul œil. Dans l'autre orbite était enchâssée une pierre noire, dont la surface polie reflétait en un unique point rougeoyant la lumière des flammes quand l'homme tourna la tête vers Vaelin.

— Ah ! dit-il. Et voilà donc le mentor.

Vaelin n'avait jusqu'alors jamais ressenti l'envie de tuer ni éprouvé de véritable soif de sang. Mais en cet instant, il la sentit bouillonner en lui, un chant de fureur éclipsant la voix de sa raison. Le poing serré sur la poignée de son épée, il prit son élan, se rua sur son adversaire et…

… s'écroula au sol. Pour quelle raison ? Il l'ignorait, tout comme il n'aurait pu expliquer l'étrange paralysie qui pétrifiait ses membres. Tout ce qu'il savait, c'était qu'il gisait à terre, tétanisé, les poumons en feu et désarmé. Ses pieds et ses mains, comme engourdis, ne lui obéissaient plus. Il voulut se relever, mais son corps transi semblait incapable de s'appuyer au sol. Tandis qu'il s'agitait dans le vide comme un ivrogne, l'homme s'écarta de Frentis, son poignard pareil à un croc jaune taché de sang dans la lueur fauve du brasier.

— Eh ! N'a-Qu'un-Œil ! s'écria Barkus en s'élançant comme ses camarades à la rescousse de Vaelin. Tu peux faire tes prières !

Le Borgne leva une main – un geste bref, presque nonchalant – et un rideau de flammes se dressa devant eux, interrompant leur charge. Le mur de feu se déploya ensuite pour occuper toute la largeur de la salle, du sol au plafond, tel un incendie vertical.

— J'aime le feu, déclara le Borgne, avant de tourner son visage anguleux vers Vaelin. Il n'y a rien de plus beau que la danse d'une flamme, tu ne trouves pas ?

Vaelin tenta d'atteindre le couteau de lancer caché dans sa houppelande, mais ne parvint qu'à remuer la main, secoué d'incontrôlables spasmes.

— Impressionnant, constata le cyclope. D'habitude, ils ne peuvent pas bouger du tout.

Il jeta un regard vers Frentis. Les yeux exorbités, le corps ruisselant de sang, le garçon luttait de toutes ses forces pour se libérer de ses entraves.

— Tu es venu le chercher, poursuivit le Borgne. C'est toi qui dois venir me tuer, à l'en croire. Al Sorna, dompteur de Faucons, tueur d'assassins, progéniture du Seigneur de Guerre. J'ai beaucoup entendu parler de toi. Et toi, me connais-tu ?

Il esquissa un sourire sans joie.

À sa surprise, Vaelin découvrit qu'il pouvait encore cracher. Son jet de salive atterrit droit sur les bottes du Borgne, dont le sourire s'effaça instantanément.

— Il semblerait que oui. Qu'a-t-on pu te raconter à mon sujet ? Que j'étais un brigand ? un seigneur de la pègre ? Tout cela est vrai, bien sûr, mais seulement en partie. Je me doute que tu as dû pourfendre bon nombre de mes employés pour arriver jusqu'à moi. T'es-tu demandé pourquoi ils ne s'enfuyaient pas ? pourquoi je leur inspirais encore plus de peur que toi ?

Le cyclope s'accroupit et approcha son visage de celui de Vaelin, puis lâcha entre ses dents :

— Toi qui oses venir ici avec ton épée, tes frères et ton roquet, as-tu seulement idée de ta misérable insignifiance ?

Il inclina la tête, offrant au disciple une vue directe de la pierre sertie dans son orbite.

— Tu me prends pour un monstre de foire, n'est-ce pas ? Pourtant, c'est un présent, un présent incomparable que m'a offert ton jeune frère. Oh ! si tu savais quel pouvoir il m'a conféré… Grâce à lui, j'ai pu me hisser au sommet de la vermine de cette ville. Grâce à lui, je suis devenu le roi des tire-laine et des coupe-jarrets. J'ai mangé à même des plateaux d'argent, écarté les cuisses des catins les plus prisées. J'ai obtenu tout ce qu'un homme peut désirer, mais pourtant… pourtant il est une chose que je ne puis oublier, une chose qui trouble mon sommeil… (Il se redressa et vint se camper près de Frentis.) La douleur d'un œil arraché par un petit crève-la-faim.

Le garçon se débattit, son visage déformé par la rage et la haine. Vaelin percevait ses jurons étouffés à travers le bâillon.

— Il n'a pas dit un mot, tu sais, lança le cyclope à Vaelin par-dessus son épaule. Tu peux être fier de lui. Il n'a pas révélé le moindre petit secret de votre Ordre. Mais maintenant que tu es là en personne, j'ai bon espoir d'obtenir toutes les réponses à mes questions.

Il pressa sa dague contre la poitrine de Frentis, enfonça la pointe d'un demi-pouce dans sa chair et l'entailla jusqu'au nombril. Le novice poussa un hurlement de douleur, ses dents blanches plantées dans le bâillon.

Vaelin tenta de ramener ses bras sous son torse. Une fois ses membres en position, il lutta de toutes ses forces contre le poids qui le maintenait à terre.

— Tu t'épuises en vain, dit le cyclope en se retournant vers lui, le couteau maculé de sang. Tu es bien asservi, crois-moi.

Les mâchoires serrées, Vaelin parvint à s'arracher au sol, tout son corps vibrant sous l'effort.

— Plus qu'impressionnant ! s'exclama le Borgne. Mais je crains de ne pouvoir l'accepter.

L'engourdissement glacé submergea de nouveau Vaelin, inondant ses bras et ses jambes avant d'envahir son torse et son aine. Écrasé par le poids de son propre corps, il s'effondra une fois encore.

— Ressens-tu ma puissance ? exulta le Borgne. Elle m'a effrayé, au départ. Même un être tel que moi peut frémir en plongeant son regard dans l'abîme, mais la peur finit par se dissiper. (Il brandit le poignard entaché du sang de Frentis.) À présent, je connais le secret. Ce savoir qui me permet de triompher de tous mes ennemis.

Il pressa la pulpe d'un doigt sur le fil de son arme pour en extraire une perle de sang, qu'il fit ensuite tomber sur sa langue.

— Qui aurait pu se douter que c'était si facile ? Régner sur les brigands ne demande qu'une chose : faire couler le sang en abondance. Au cours de ces dernières années, je m'y suis littéralement baigné, à mesure que j'assouvissais sur d'autres la colère attisée par ton jeune frère ici présent. Et plus je m'y baignais, plus mes pouvoirs croissaient, à tel point qu'aujourd'hui même un gaillard tel que toi se plie à ma volonté. Moi qui te croyais destiné à…

Caenis franchit d'un bond le mur de flammes, son épée levée au-dessus de sa tête. Il l'abattit à l'instant même où ses pieds touchaient le sol et sa lame fendit le corps du Borgne de l'épaule au sternum. Une expression stupéfaite se peignit sur les traits du seigneur de la pègre, traversé de part en part par l'épée du garçon.

— Du feu qui ne brûle pas, lâcha Caenis, ce n'est pas du feu.

À peine le Borgne s'était-il effondré que le mur de flammes s'évanouit, de même que l'étrange paralysie qui plaquait Vaelin au sol. Ce dernier sentit des mains le soulever, ses membres engourdis toujours parcourus de tremblements, puis Barkus et Nortah coupèrent les liens qui retenaient Frentis et lui arrachèrent son bâillon. Libéré de ses entraves, le jeune garçon explosa de rage et déversa un torrent d'injures sur le corps coupé en deux du Borgne, avant de s'emparer de son poignard pour le larder de coups.

— Sale raclure ! hurlait-il. Tu pensais pouvoir me couper en rondelles, gros porc puant !

D'un signe, Vaelin intima aux autres de rester à l'écart, laissant Frentis profaner le cadavre jusqu'à ce qu'il s'écroule sur son ravisseur, à bout de forces.

— Mon frère, dit Vaelin en posant sa houppelande sur les épaules du garçon. Il faut soigner tes blessures.

# Chapitre 8

— Sœur Sherin n'est toujours pas rentrée de sa mission dans le Sud, lui apprit frère Sellin à l'entrée du Cinquième Ordre.

Les yeux du vieillard glissèrent sur la forme sanguinolente et inconsciente de Frentis, soutenue par Barkus et Nortah.

— Dans l'intervalle, maître Harin la remplace. Suivez-moi, mes frères. (Il ouvrit grande la grille et leur fit signe d'entrer.) Je vais vous conduire jusqu'à lui.

Maître Harin passa plus d'une heure à recoudre et désinfecter les blessures du jeune novice. Excédé par les conseils incessants et les questions inquiètes du groupe, il finit par les congédier de l'officine. L'Aspect Elera les retrouva dans le couloir.

— Il semblerait que votre journée n'ait pas été de tout repos, mes frères, dit-elle. Si vous avez faim, une table vous attend dans le réfectoire.

Ils mangèrent en silence, gênés par l'intérêt que leur portaient les nombreux membres du Cinquième Ordre présents dans la salle. Les guérisseurs n'avaient d'yeux que pour ces intrus aux mines graves et aux robes bleues. Parmi eux, certains visages familiers vinrent saluer Vaelin, mais n'obtinrent pour toute réponse qu'un sévère hochement de tête. En dépit de l'abondance des victuailles empilées sur leur table, le disciple découvrit qu'il n'avait pas faim. Le léger tremblement de ses mains – vestige du sortilège du Borgne – et la vision obsédante de Frentis se vidant de son sang lui coupaient l'appétit.

L'Aspect Elera les rejoignit une heure plus tard.

— Votre jeune frère est tiré d'affaire, me fait savoir maître Harin. Il devra toutefois demeurer parmi nous quelques jours de plus, le temps de sa convalescence.

— Il est réveillé, Aspect ? demanda Vaelin.

— Maître Harin lui a administré une potion d'endormissement. Il en a pour la nuit. Vous pourrez lui rendre visite dès demain matin.

— Je vous remercie, Aspect. J'aurais une autre requête à vous adresser. Serait-il possible d'avertir notre Ordre ? L'Aspect Arlyn attend mon rapport.

Après avoir dépêché frère Sellin à la Loge du Sixième Ordre, Elera les installa dans une chambre de l'aile ouest où Barkus, Nortah et Dentos ne tardèrent pas à s'endormir. Vaelin ayant insisté pour veiller Frentis, il demeura à son chevet toute la nuit, bientôt rejoint par Caenis. Afin de tuer le temps, ce dernier s'employa à nettoyer son épée et ses couteaux, qu'il disposa amoureusement sur le sol avant de lustrer chaque lame à l'aide d'un carré de tissu, jusqu'à ce que l'acier reflète la lueur des bougies. Balafre, enfermé dans une stalle vide de l'écurie, dédaigna l'écuelle qu'on lui apporta et passa sa nuit à hurler à la mort, une plainte continue qui parvint aux garçons malgré l'épaisseur des murs de la Loge.

Vaelin examinait la dague à lame longue qu'il avait arrachée à Frentis, celle-là même dont le Borgne s'était servi pour graver dans la chair du novice son étrange lacis de cicatrices. Elle revenait de droit à Caenis, mais son ami avait refusé d'y toucher avec une grimace de dégoût. Sur un coup de tête, Vaelin avait ainsi décidé de la conserver. Il s'agissait d'une arme d'excellente facture au modèle singulier, dotée d'une bonne trempe et d'un manche élégamment ciselé lesté d'un pommeau d'argent. Gravée sur la garde, une inscription en lettres inconnues échappait à sa compréhension. Tout portait à croire que cette dague avait traversé l'océan. Manifestement, le Borgne avait le bras long.

— Ces flammes n'étaient qu'une illusion, dit Vaelin.

Sa voix terne, monocorde, lui rappelait le ton désabusé de frère Makril quand il évoquait ses récits de massacre et d'incendie.

Caenis leva la tête et acquiesça, sans cesser pour autant de briquer ses armes.

— La Ténèbre, reprit Vaelin. Il tirait son pouvoir du sang. C'est à ça que servaient les corps.

Caenis acquiesça une fois encore, tête baissée.

Vaelin sentit ses mains tressaillir à nouveau et une bouffée de colère monta en lui au souvenir de son impuissance. Le Borgne l'avait tenu à sa merci. Alors que Caenis… Caenis pouvait franchir d'un bond un feu né de la Ténèbre et trancher en deux l'homme qui l'avait invoqué. *Tu en sais bien plus long que tu ne le dis, mon frère*, comprit Vaelin. *Comme toujours.*

— Il n'y a pas de secrets entre nous, dit Vaelin.

Caenis se figea en plein mouvement, le carré de tissu arrêté sur la lame de son épée. Quand ses yeux croisèrent ceux de Vaelin, ce dernier crut voir une ombre passer dans le regard de son ami, une ombre de rancœur occultant l'espace d'une brève seconde toute l'affection et tout le respect qu'il y trouvait d'ordinaire.

Maître Sollis choisit cet instant pour ouvrir la porte et faire irruption dans la pièce, accompagné de l'Aspect Elera.

— Vous deux devriez dormir, leur lança-t-il d'une voix sèche.

Il s'approcha du lit de Frentis, embrassant d'un coup d'œil les bandages ensanglantés qui recouvraient son torse et ses bras.

— Gardera-t-il des cicatrices, Aspect ?

— Ses plaies étaient profondes. Maître Harin ne manque pas de talent, mais… (Elle écarta les mains.) Nous ne pouvons pas faire de miracle. Par bonheur, ses muscles sont intacts. Il devrait bientôt reprendre des forces.

— Vous avez tué l'homme qui a fait ça ? demanda l'instructeur à Vaelin.

— Oui, maître, répondit le disciple avec un geste en direction de Caenis. Mon frère s'en est chargé.

Sollis avisa Caenis.

— Un combattant doué ?

— Doué, oui, mais pas avec les armes, maître.

Caenis lança un coup d'œil hésitant vers l'Aspect Elera.

— Parle en toute liberté, lui enjoignit maître Sollis.

Caenis raconta donc les événements qui avaient suivi leur départ de la Loge, depuis la taverne du *Sanglier Noir* jusqu'à leur confrontation avec le Borgne dans les entrailles de la ville.

— L'homme était versé dans les secrets de la Ténèbre, maître. Il a su invoquer un mur de flammes fantômes et paralyser frère Vaelin par la seule force de sa volonté.

— Mais pas toi ? s'étonna Sollis, un sourcil levé.

— Non. Je pense l'avoir pris par surprise en perçant à jour son illusion.

— Il est bien mort, vous êtes sûr ?

— Tout ce qu'il y a de plus mort, maître, affirma Vaelin.

L'instructeur et l'Aspect Elera échangèrent un regard fugace.

— J'ai cru comprendre que l'Aspect avait eu l'amabilité de vous offrir une chambre pour la nuit, déclara Sollis en se tournant vers Frentis. Ne pas en profiter reviendrait à l'insulter.

Conscients qu'il leur donnait congé, les deux disciples quittèrent la pièce.

— N'en parlez à personne d'autre, leur ordonna maître Sollis alors qu'ils franchissaient la porte. Et faites en sorte que ce maudit chien la boucle une fois pour toutes !

Le lendemain matin, maître Sollis leur arracha l'itinéraire menant au repaire du Borgne et à l'ancien temple de la Foi qu'ils avaient découvert. Vaelin proposa de l'y accompagner, mais essuya un refus cinglant. Une fois satisfait des indications de ses élèves, il les somma de regagner la Loge.

— Mais frère Frentis…, commença Vaelin.

— … ne guérira pas plus vite, que vous restiez à son chevet ou que vous retourniez vous entraîner, comme il se doit. Il ne reste plus que huit semaines avant l'Épreuve de l'Épée et aucun de vous n'est encore prêt.

Après en avoir appelé une fois encore à leur discrétion, maître Sollis partit sur les traces de leur équipée souterraine, laissant ses disciples prendre à contrecœur le chemin de leur Loge. Balafre traîna des pattes et poussa des gémissements déchirants au moment du départ, de sorte que son maître dut le rassurer longuement avant qu'il accepte de quitter le Cinquième Ordre.

À leur retour dans le dortoir de la tour nord, Vaelin éprouva un curieux sentiment d'étrangeté, comme si la pièce avait rétréci en leur absence. Après cette nuit de terreur et de mystères, il avait l'impression de se retrouver dans une chambre d'enfant, nimbé d'une innocence qu'il croyait avoir depuis longtemps perdue. Il remisa son équipement, s'allongea sur son étroite couche et ferma les yeux, l'esprit hanté par le mur de flammes du cyclope et le corps supplicié de son jeune protégé. *Moi qui pensais avoir beaucoup appris*, songea-t-il. *Je ne sais rien, rien du tout…*

Lorsque les membres du groupe de Frentis vinrent le questionner, Vaelin, fidèle aux directives de maître Sollis, leur répondit que leur ami avait été attaqué par un lion des montagnes lors de l'Épreuve de la Nature, qu'il se rétablissait à la Loge du Cinquième Ordre et reviendrait d'ici à quelques jours. À son retour, Sollis ne jugea pas nécessaire de partager avec eux les conclusions de son enquête dans le repaire du Borgne et l'Aspect ne requit à aucun moment leur présence. L'enlèvement de Frentis devint un énième non-événement de l'histoire de l'Ordre. « L'Ordre combat et, bien souvent, il combat dans l'ombre. » Plus il vieillissait et plus Vaelin prenait la mesure du précepte de maître Sollis.

Frentis lui-même ne souffla mot de l'incident quand il reparut à la Loge, préférant s'adonner à son entraînement avec une vigueur renouvelée qui ne manqua pas de perturber Vaelin. Il ne ménageait pas ses efforts, comme si les souffrances qu'il s'imposait lui permettaient de conjurer celles infligées par le Borgne. Son comportement avait changé, lui aussi ; autrefois gouailleur et jovial, Frentis ne souriait plus que rarement et se murait bien souvent dans un silence maussade. Plus revêche que jamais, il déclenchait de nombreuses bagarres, au point d'intimider ses propres condisciples et de pousser les maîtres à l'avoir à l'œil. Seule la compagnie de Balafre et de Vaelin semblait l'apaiser quelque peu et le rendre à son ancien enjouement. Pourtant, malgré l'enthousiasme qu'il mettait au dressage des chiots bâtards du cerbère, jamais il n'évoquait la terrible épreuve qu'il avait subie. De temps à autre, Vaelin le surprenait à retracer du bout des doigts les glyphes gravés dans sa chair, l'air pensif, comme s'il tentait d'en comprendre le sens.

— Ça fait mal ? lui demanda Vaelin, un soir d'Eltrian.

Épuisés par la battue à laquelle les avait soumis maître Hutril la journée durant, les chiots se contentaient de mordiller paresseusement les restes que les garçons jetaient dans leur cage. Dans un sursaut, Frentis écarta sa main.

— Un peu. De moins en moins, cela dit. L'Aspect Elera m'a filé un baume, ça soulage les douleurs.

— Tout est ma faute…

— Arrête.

— Si seulement j'avais prévenu l'Aspect…

— Arrête, j'ai dit !

Frentis tourna un visage crispé vers les cages. Massacreur, son chiot préféré, dut percevoir son agitation, car il s'approcha pour lui lécher la main.

— Il est mort, reprit Frentis, plus calme à présent. Moi pas. Alors oublie. On ne peut pas le tuer deux fois.

Ils regagnèrent la forteresse ensemble, emmitouflés dans leurs houppelandes pour se prémunir du froid persistant de cette fin d'hiver. Autour d'eux, le printemps naissant parait de nuances verdoyantes les jeunes frondaisons.

— Plus qu'un mois avant l'Épreuve de l'Épée, dit Frentis. Inquiet ?

— Pourquoi ? Tu crois que je devrais ?

— J'ai parié toute ma collection de lames que tu étaleras les trois en moins de deux minutes. Je pensais à l'après. Ils vont t'envoyer au front, non ?

— J'espère bien.

— Tu crois qu'on pourra servir ensemble après ma confirmation ? Ça me ferait plaisir.

— Et à moi donc. Mais je ne pense pas qu'on nous laissera le choix. On ne se reverra pas de sitôt, c'est tout ce que je peux te dire.

Ils s'attardèrent quelques instants dans la cour, Vaelin pressentant que Frentis avait autre chose à dire.

— Je..., commença le novice avant de s'interrompre, manifestement mal à l'aise. Je te suis reconnaissant de t'être porté garant pour moi, à mon arrivée, reprit-il au bout d'un moment. Je me sens bien ici, comme si j'avais trouvé ma place. Tout ça pour dire que tu ne dois pas te sentir coupable si j'ai des ennuis, d'accord ? Quoi qu'il arrive à partir de maintenant, ce n'est pas ta faute et tu n'es pas obligé de venir à ma rescousse.

— Parce que toi, tu ne viendrais pas à ma rescousse, peut-être ?

— C'est pas pareil.

— Oh que si ! c'est exactement la même chose. (Vaelin assena une claque affectueuse sur l'épaule du novice.) Tu as besoin de repos, mon frère.

Il avait devancé son protégé de quelques pas quand il l'entendit murmurer quelque chose d'une voix presque inaudible.

— Celui Qui Attend va nous détruire.

Vaelin fit volte-face et découvrit un garçon affaibli et voûté. Les bras serrés sur sa poitrine, la mine inquiète, il évitait le regard de Vaelin.

— Pardon ?

— C'est ce qu'il m'a dit.

Frentis grimaça, comme sous l'effet d'une profonde douleur, et Vaelin prit conscience qu'il revivait le supplice auquel l'avait soumis le Borgne.

— Quand il a compris qu'il n'obtiendrait rien de moi, il s'est énervé. Il n'arrêtait pas de me poser des questions sur les épreuves, sur tout ce qu'on apprenait ici. Cet abruti croyait qu'on nous enseignait la Ténèbre. J'avais bien l'intention de la fermer, de toute façon. Alors il a continué de me couper en tranches et à un moment, il a dit : « Celui Qui Attend viendra détruire ton précieux petit Ordre, mon garçon. »

*Celui Qui Attend…*

— Il n'a pas développé ?

— Je suis tombé dans les pommes quand il s'est remis à me charcuter. Il venait tout juste de me ranimer quand vous avez débarqué.

— Tu en as parlé à l'Aspect ?

Frentis secoua la tête.

— J'saurais pas dire pourquoi. J'avais l'impression que toi seul devais savoir.

Un frisson s'empara soudain de Vaelin, un vent glacé qui n'avait rien à voir avec les rigueurs du climat. L'espace d'un instant, il se retrouva projeté dans la forêt, en pleine Épreuve de la Course, à écouter les assassins de Mikehl mettre en doute l'identité de leur victime. *L'autre… « T'as entendu ce que disait l'autre… M'a donné la chair de poule, ça oui… »*

— Garde ça pour toi, décréta Vaelin. Le Borgne ne t'a rien dit, d'accord ? (Voyant Frentis grelotter, il esquissa un sourire.) À quoi bon te tracasser pour ce détraqué ? Il délirait, voilà tout. Mais mieux vaut que ça reste entre nous. Autant éviter d'inquiéter nos frères pour rien.

Vaelin regarda son protégé acquiescer puis s'éloigner d'un pas vif, enroulé dans sa cape, ses doigts sans doute plaqués contre ses cicatrices. *Rêvera-t-il cette nuit ?* songea Vaelin avec amertume, accablé d'une pointe de remords. *Si seulement c'était moi qui avais pu tuer le Borgne…*

# Chapitre 9

Quand vint le jour de l'Épreuve de l'Épée, une violente averse fit rage dès le matin et mua la terre en boue, ce qui n'aida guère à remonter le moral des troupes. L'épreuve devait avoir lieu dans une arène du quartier nord de Castelvarin, un ancien et somptueux édifice de granit érodé par les siècles et les intempéries. On ne lui connaissait qu'un seul nom, le Cercle, et Vaelin eut beau demander, personne ne put lui dire quand et pour quelle raison on l'avait érigé. Dès son arrivée, il lui trouva de nombreuses similitudes avec le temple des sept Ordres qu'ils avaient découvert sous la ville. La courbure parfaite des arcades soutenant les gradins évoquait l'élégance fuselée du monument souterrain ; ici ou là, les entrelacs d'antiques bas-reliefs rappelaient les motifs mieux préservés du temple. Il tenta d'attirer l'attention de Caenis sur certains d'entre eux tandis que maître Sollis les conduisait dans la pénombre des arcades, mais n'obtint pour toute réponse qu'un grognement distrait. En ce jour fatidique, l'inquiétude prenait le pas sur la curiosité, même chez Caenis.

Si Vaelin pouvait lire la peur ou l'incertitude sur le visage de ses frères, il s'avérait curieusement incapable de les ressentir. L'émotion qui avait fait rendre son petit déjeuner à Dentos et laissait Nortah blanc comme un linge lui échappait complètement. Il n'avait pas peur et il ignorait pourquoi. Aujourd'hui, il allait affronter trois hommes, l'arme à la main. Soit il les tuerait tous les trois, soit il tomberait sous leurs coups. La perspective de la mort aurait pourtant dû le glacer jusqu'aux os… Fallait-il attribuer cette soudaine témérité à la simplicité de la situation ? Elle ne soulevait en effet nulle question, nul mystère, nul secret. À l'issue du combat, il allait soit vivre soit mourir, voilà tout. Quelque chose en lui le tourmentait, pourtant, une petite voix à la lisière de ses pensées lui chuchotant des mots qu'il ne voulait pas entendre : *Si tu ne crains pas l'épreuve, c'est peut-être que tu brûles d'y prendre part…*

Bien malgré lui, il se remémora l'Épreuve du Savoir et la terrible confession que les Aspects lui avaient soutirée. « *Je suis capable de tuer. Je suis capable d'ôter la vie sans hésiter. Combattre est ma vocation.* » Soudain, tous les meurtres qu'il avait commis déferlèrent dans son esprit : l'archer dans la forêt, les assassins sans visage de la Loge du Cinquième Ordre, l'homme de main du Borgne. Chaque fois, il n'avait rien ressenti. Mais avait-il vraiment savouré ces instants ?

— Vous attendrez ici.

Maître Sollis mena les disciples dans une salle située à l'écart de l'entrée principale. Malgré l'épaisseur des murs, ils pouvaient entendre le tumulte de la foule rassemblée dans le Cercle. L'Épreuve de l'Épée constituait l'un des événements majeurs dans la vie de la ville, mais seuls les plus fortunés pouvaient s'offrir un billet. Par conséquent, le public se composait essentiellement des sujets les plus riches du Royaume, qui en profitaient bien souvent pour parier de grosses sommes d'argent. Toutes les recettes de la journée viendraient alimenter les caisses du Cinquième Ordre au profit des malades et des nécessiteux, une ironie qui ne manqua pas d'arracher un sourire à Vaelin.

— Qu'y a-t-il de si drôle ? l'interrogea Nortah.

Vaelin secoua la tête et s'assit sur un banc de pierre pour attendre son tour. Le groupe d'aujourd'hui comportait vingt frères. Sur les trois cents novices de dix à onze ans admis au sein de l'Ordre la même année que lui, il n'en restait plus que soixante-dix, dont cinquante avaient déjà foulé le sol de l'arène la veille et l'avant-veille. Jusqu'ici, dix avaient trouvé la mort et huit autres en étaient sortis si affreusement mutilés qu'ils ne pourraient plus servir l'Ordre. Bon nombre des survivants, quant à eux, avaient reçu de graves blessures qui leur vaudraient des semaines de convalescence. Le défilé de disciples éclopés ou prostrés de retour de l'arène avait, ces deux derniers jours, ajouté à la peur insidieuse qui collait à la peau des garçons. Une peur qui semblait n'avoir épargné que Vaelin et Barkus.

— Canne à sucre ? proposa ce dernier en s'asseyant sur le banc.

— Merci, mon frère.

En dépit d'une légère acidité sans doute due à sa fraîcheur, la tige sucrée formait un agréable contraste à l'humeur morose de ses compagnons.

— Je me demande qui va passer en premier, dit Barkus au bout d'un moment. Tu sais comment ils choisissent ?

— On vous tire au sort, répondit maître Sollis depuis la porte. Nysa. À toi d'ouvrir le bal. En route.

Caenis acquiesça lentement, les traits figés, puis se leva. Il tenta de prendre la parole, sa voix pareille à un souffle presque inaudible :

— Mes frères… (Il s'interrompit, la gorge serrée.) Je…

Il bégaya ainsi pendant quelques secondes avant que Vaelin lui étreigne le bras.

— Nous comprenons, Caenis. Je t'attends ici. Nous t'attendons tous.

Dans un même mouvement, les cinq amis se levèrent pour former un cercle et joindre leurs mains. Dentos, Barkus, Nortah, Caenis et Vaelin… Ce dernier les observa tour à tour, se remémorant les enfants qu'ils étaient autrefois. Barkus, massif et empoté. Caenis, chétif et inquiet. Dentos, hâbleur et fanfaron. Nortah, amer et taciturne. Les gamins déboussolés d'alors avaient laissé place à de jeunes hommes sveltes, puissants et déterminés. Des tueurs, voilà ce que l'Ordre avait fait d'eux. *Aujourd'hui, quelque chose s'achève*, comprit Vaelin. *Quoi qu'il arrive dans l'arène, nos vies changeront à jamais.*

— On en a fait, du chemin, déclara Barkus. Si on m'avait dit que j'irais si loin… J'y serais jamais arrivé sans vous, les gars.

— J'échangerais ma place pour rien au monde, fit Dentos. Chaque jour, je remercie la Foi de pouvoir servir l'Ordre.

Les traits tendus, le front plissé, Nortah s'efforçait visiblement de tenir sa peur en bride. Vaelin crut d'abord qu'il garderait le silence, mais il finit par balbutier :

— Je… J'espère que vous allez vous en sortir.

— Bien sûr qu'on va s'en sortir. (Vaelin leur empoigna la main, chacun leur tour.) On s'en sort toujours. Combattez bien, mes frères.

— Nysa, lança maître Sollis depuis la porte, une note d'impatience dans la voix. (Vaelin trouvait étonnant qu'il leur ait accordé ce bref intermède.) En piste.

Se voir ainsi plongé dans l'expectative quant au sort de ses amis fit bientôt découvrir à Vaelin une forme de torture inédite, qui faisait passer l'ingestion de racine de jeoffril pour une dégustation de thé. Ses frères partirent les uns après les autres, convoqués par maître Sollis. S'ensuivait un court instant suspendu avant que retentissent les vivats de la foule, une clameur fluctuante dont les variations reflétaient les événements du combat. Au bout d'un moment, il se découvrit capable de suivre le cours d'un affrontement – mais pas son issue, malheureusement – rien qu'aux réactions du public. Certains combats, tel celui de Caenis, s'achevaient en quelques secondes. Bon signe ou non, Vaelin l'ignorait. D'autres duraient plus longtemps, à l'instar des interminables prestations de Barkus et Nortah.

Dentos fut le dernier appelé avant Vaelin. Un sourire plaqué sur son visage, il saisit la poignée de son épée et suivit maître Sollis sans même un coup d'œil en arrière. À en juger par les vociférations de la foule, qui tour à tour retenait son souffle et rugissait d'assourdissantes ovations, son combat s'avéra riche en rebondissements. Quand l'ultime déferlante sonore submergea l'antichambre, Vaelin ne savait pas si Dentos avait survécu.

*Que la chance t'accompagne, mon frère*, songea-t-il, désormais seul dans la pièce. *Où que tu sois, je te rejoindrai peut-être bientôt.* Il serrait si fort la poignée de son arme que ses phalanges pâlissaient. *Serait-ce la peur ?* se demanda-t-il. *Ou juste le trac ?*

— Sorna. (Debout dans l'embrasure de la porte, maître Sollis couvait Vaelin d'un regard plus intense que jamais.) C'est l'heure.

La galerie qui menait à l'arène lui parut interminable, comme si le temps prenait un malin plaisir à ralentir ses pas. Tout au long de la minute ou de l'heure que dura ce trajet, la clameur de la foule ne cessa de monter en puissance, à tel point qu'il baignait littéralement dans le son lorsqu'il prit pied sur le sol sablonneux de l'arène.

Du haut des gradins érigés tout autour de lui, dix mille spectateurs au bas mot l'acclamaient. Ils formaient une masse grouillante, gesticulante, une multitude sans visage qui le prit de court. Aucun des membres du public ne semblait se soucier de la pluie battante qui, poussée par le vent violent, cinglait les tribunes. Le sang des combattants précédents balafrait le sol ; on avait beau ratisser l'arène pour empêcher la formation de flaques, des mares rouge vif continuaient de poisser le sable. Trois hommes l'attendaient, chacun armé d'une épée de facture asraëline.

— Deux meurtriers et un violeur, lui confia maître Sollis avec un léger tremblement dans la voix que Vaelin mit sur le compte du vacarme de la foule. Ils méritent la mort. Sois sans pitié. Prends garde au grand, il a l'air de savoir tenir une épée.

Vaelin avisa le plus grand de ses trois adversaires, un vigoureux trentenaire aux cheveux ras et à la posture assurée : souple sur ses jambes, les pieds alignés avec ses épaules, l'épée en garde basse. *Il est entraîné*, pensa-t-il.

— Un soldat.

— Soldat ou guérisseur, peu importe. Il reste un meurtrier. (Courte pause.) La chance t'accompagne, mon frère.

— Merci, maître.

Vaelin dégaina son épée, tendit le fourreau à son instructeur puis s'avança dans l'arène. Les cris de la foule redoublèrent à son entrée et il perçut ici ou là des mots épars.

— … Sorna… !

— … Tueur de Faucons… !

— … Écrabouille-les, mon gars… !

Quand il vint se poster à une dizaine de pas des trois hommes pour les jauger tour à tour, les hurlements des spectateurs se muèrent en fébriles chuchotements. *Deux meurtriers et un violeur.* Ils n'avaient pas l'air de criminels. Celui de gauche tremblait comme une feuille. Mal rasé, il tenait son épée d'une main vacillante, criblé par la pluie torrentielle et la haine de dix mille âmes impatientes de le voir mourir. *Violeur,* estima Vaelin. Celui de droite, plus puissant, se montrait moins inquiet. Les yeux rivés sur ceux de Vaelin, les sourcils froncés, il déportait le poids de son corps d'un pied sur l'autre et multipliait les moulinets avec son épée, dont la lame projetait alentour des nuages de gouttelettes. Il prononça quelque chose entre ses lèvres ruisselantes, mais son juron ou sa menace se perdit dans le vent et la pluie. *Meurtrier.* Le troisième homme, le soldat, arborait une mine sereine. N'éprouvant ni le besoin d'agiter son arme ni celui d'intimider son adversaire, il se contentait d'attendre, le regard inflexible, adoptant cette position d'escrimeur que Vaelin connaissait si bien. *Un tueur, assurément. Mais un meurtrier ?*

Comme il s'en doutait, ce fut l'homme de droite qui déclencha les hostilités d'une botte plongeante que le disciple n'eut aucun mal à dévier, faisant suivre sa parade d'une riposte dirigée vers la gorge de son adversaire. Bien plus rapide que sa carrure imposante le laissait supposer, ce dernier se déroba juste à temps pour éviter la pointe assassine, qui ne fit que lui ouvrir la joue. Croyant pouvoir profiter de la distraction momentanée du garçon, l'homme de gauche le chargea en hurlant, l'épée brandie au-dessus de sa tête. Il voulut l'abattre sur l'épaule de Vaelin, mais celui-ci pivota au tout dernier moment et la lame le manqua d'un pouce pour rebondir sur le sable. Au terme de sa volte-face, Vaelin cueillit l'homme mal rasé sous le menton, la pointe de son épée perforant la langue et les os jusqu'à s'enfoncer dans la cervelle. Il s'empressa d'arracher son arme au crâne transpercé et recula d'un pas, conscient que le soldat choisirait ce moment pour attaquer.

L'homme lui allongea une fente rapide et parfaitement exécutée en pleine poitrine, que Vaelin enveloppa d'un coup ascendant, laissant à découvert le torse du soldat. Vaelin lui opposa un contre fulgurant dont la vitesse aurait pris de court n'importe lequel de ses frères, mais que son adversaire para sans la moindre difficulté. L'homme fit un pas en arrière, jambes fléchies, l'épée près du sol, les yeux rivés sur Vaelin.

Une main plaquée sur sa joue balafrée pour juguler l'hémorragie, le deuxième combattant titubait d'avant en arrière et maudissait le disciple d'injures inaudibles, la bouche rouge de sang.

Vaelin feignit d'attaquer les jambes du soldat pour le forcer à battre en retraite, puis plongea sous la ligne de défense du deuxième homme, esquivant sans mal une contre-offensive maladroite. Une fois passé derrière son adversaire, il le transperça de part en part, sa lame trouvant son cœur avant d'émerger à l'air libre. D'une poussée du pied, il envoya culbuter son adversaire et dégagea son arme juste à temps pour esquiver une botte meurtrière du soldat. Alors même que l'arme de son adversaire filait au-dessus de sa tête, il crut la voir fendre une goutte de pluie en plein vol.

Tous deux s'écartèrent pour se tourner autour, prêts à bondir, tandis que le troisième homme agonisait sur le sable. Quand enfin il rendit son dernier souffle, son corps sans vie bascula sur le dos, offert à la pluie battante.

Vaelin éprouva soudain cette sensation d'anomalie qu'il connaissait bien, ce pressentiment qui l'avait déjà assailli à plusieurs reprises par le passé ; dans la forêt, dans la Loge du Cinquième Ordre avant que sœur Henna tente de l'assassiner, ou alors qu'il guettait le retour de Frentis au terme de l'Épreuve de la Nature. Il n'aurait su dire exactement quoi, mais quelque chose le gênait chez son dernier adversaire. Tout en lui, de son regard franc et fier à l'aplomb de son maintien, semblait hurler cette terrible et implacable vérité : *Cet homme n'est pas un criminel ! Cet homme n'est pas un meurtrier !* Il ignorait d'où il tenait cette conviction, mais jamais encore son intuition ne s'était accompagnée d'une telle évidence, d'une telle certitude.

Vaelin se figea et baissa son arme, ses traits crispés par le combat soudain détendus. Pour la toute première fois depuis son entrée dans l'arène, il sentit la pluie crépiter sur sa peau et laissa un léger frisson le parcourir. L'air perplexe, le soldat regarda Vaelin se redresser au mépris de sa garde, laissant son épée pendre contre son flanc et la pluie nettoyer sa lame du sang de ses deux premières victimes, puis lever la main gauche et écarter les doigts en signe de paix.

— Qui êtes… ?

L'homme s'élança, son épée levée à l'horizontale pareille à une flèche dirigée droit vers le cœur de Vaelin. Jamais le disciple n'avait vu quelqu'un se mouvoir si vite, même maître Sollis, et l'assaut faillit lui coûter la vie. Mais il parvint à l'éviter malgré tout, pivotant juste à temps pour que le fil de l'épée ne fasse qu'entailler sa cotte et labourer son torse.

La tête du soldat reposait sur l'épaule de Vaelin, à présent. La lueur farouche qui habitait son regard l'avait déserté, ses lèvres entrouvertes laissaient échapper un léger gargouillis et sa peau blêmissait à vue d'œil.

— Qui êtes-vous ? lui demanda Vaelin dans un souffle.

L'homme chancela en arrière et l'épée de Vaelin produisit un son écœurant en s'arrachant à son ventre déchiqueté. Le soldat se laissa peu à peu glisser au sol ; une fois à genoux, il planta son arme dans le sable et posa son menton sur le pommeau. Le voyant remuer les lèvres, Vaelin s'accroupit près de lui.

— Ma… femme…, murmura le mourant, comme s'il voulait se justifier.

Une fois encore, Vaelin croisa son regard et crut y lire quelque chose. Une excuse ? Des regrets ?

Il le rattrapa de justesse alors qu'il tombait et sentit la vie le quitter dans un ultime soubresaut. Il serra longuement la dépouille du soldat, laissant la pluie et la ferveur sanguinaire de la foule le submerger.

Vaelin n'avait encore jamais connu l'ivresse. Il trouvait la sensation fort déplaisante, comparable au vertige qui s'emparait de lui lorsqu'il recevait un coup à la tête lors de l'entraînement, mais en plus prolongé. La bière laissait un goût amer sur sa langue et sa première gorgée lui avait arraché une grimace de dégoût.

— Tu vas t'y faire, lui avait assuré Barkus.

Nichée au pied du mur occidental de la ville, la taverne accueillait principalement des soldats du Guet municipal au repos et des négociants du cru. Si la plupart des clients évitaient d'importuner les cinq frères, Vaelin avait fait l'objet de nombreux éloges depuis son arrivée.

— Le meilleur pari de toute ma vie, lui lança un vieillard à la mine joviale en levant sa chope. Tu m'as rapporté un sacré pactole aujourd'hui, mon frère. À dix contre un que j'ai pu miser quand l'autre a failli t'embro…

— La ferme, l'interrompit Nortah d'une voix sans appel.

Malgré son bras gauche en écharpe et son front bandé, il lui suffit d'un coup d'œil pour faire pâlir le vieil homme, qui se rassit en silence.

Ils trouvèrent une table vide et Barkus alla commander les boissons. Boitant à cause d'une blessure au mollet, il arrosa généreusement le parquet sur le chemin du retour.

— Quel empoté, celui-là, grommela Dentos. La prochaine fois, c'est moi qui m'y colle.

Contrairement aux autres, il s'en était sorti sans une égratignure. Son regard, toutefois, brillait d'une lueur apeurée et il clignait rarement des yeux, comme s'il craignait d'affronter ce qui l'attendait derrière ses paupières closes.

Caenis sirotait sa bière, le front barré d'un pli dubitatif.

—À voir tout le monde courir après cette mixture, je m'attendais à lui trouver meilleur goût.

Huit points de suture barraient le contour de sa mâchoire. Le frère du Cinquième Ordre qui l'avait recousu lui avait dit qu'il garderait la cicatrice à vie.

—Eh bien, dit Nortah en levant haut sa chope. Nous avons survécu.

—Ouais. (Dentos l'imita pour trinquer avec lui.) Alors, à… à la survie, j'imagine.

Ils burent, Vaelin sifflant sa chope cul sec malgré l'amertume de la bière.

—Doucement, mon frère, l'avertit Barkus.

Les yeux braqués sur la lie restée au fond de sa chope, Vaelin sentit ses frères échanger des regards embarrassés par-dessus la table, un malaise dû à l'esclandre qu'il avait provoqué dans les vestiaires du Cercle peu après son combat, quand il avait exigé de connaître l'identité du soldat.

—Un meurtrier, avait sèchement répondu maître Sollis.

—Je n'en crois pas un mot, insista Vaelin, dont la fureur croissante éclipsait son habituelle déférence envers l'instructeur. (Le visage exsangue du soldat refusait de quitter son esprit.) Maître, qui était cet homme ? Pourquoi fallait-il que je le tue ?

—Chaque année, le Guet nous présente une sélection de condamnés, répondit Sollis, sa patience visiblement à bout. Nous choisissons parmi eux les plus forts et les plus habiles. Peu importe qui ils sont, pour nous comme pour toi, Sorna.

—Pas aujourd'hui !

Bouillonnant de colère, Vaelin s'avança d'un pas vers Sollis.

—Mon frère…, l'avertit Caenis en tentant de le retenir.

—J'ai tué un innocent, aujourd'hui, cracha Vaelin à l'adresse de son maître. (Il repoussa son ami et continua d'avancer.) Et pour quoi ?

Pour vous prouver que j'en étais capable ? Vous le saviez déjà. Vous l'avez choisi exprès, je me trompe ? Vous l'avez choisi parce qu'il savait manier l'épée. Vous l'avez choisi pour qu'il m'affronte.

— Une épreuve facile n'en est pas une.

— *Facile ?*

Alors qu'une brume écarlate troublait sa vision, il sentit sa main se poser sur son épée.

— Vaelin !

Dentos et Nortah s'interposèrent entre eux deux, Barkus le tira en arrière et Caenis retint son bras.

— Hors de ma vue ! ordonna Sollis tandis qu'ils le traînaient vers la sortie, écumant de rage. Vous avez quartier libre ce soir. Faites en sorte que votre frère reprenne ses esprits.

Vaelin doutait que la bière fût le meilleur moyen d'y parvenir. Au lieu d'apaiser sa colère, l'obstination que mettait l'alcool à faire tournoyer la pièce autour de lui avait plutôt tendance à l'exacerber.

— Pour ce qu'est de lever le coude, personne y l'arrivait à la cheville de l'oncle Derv, déclara Dentos en hochant la tête, après avoir reposé sa quatrième chope. Z-organisaient un concours à chaque foire des Eaux-d'Été. On venait de lieues à la ronde pour lui rafler son titre, mais y a personne qu'a jamais pu le battre. Grand Gosier de la Haute-Chopine pendant cinq ans d'affilée, qu'il était. L'aurait gagné l'année d'après s'y s'était pas soûlé à mort pendant l'hiver. (Il s'interrompit le temps d'un rot extravagant.) Pauvre vieille baderne.

— Comment peut-on aimer ça ? demanda Caenis, qui s'agrippait des deux mains à la table de peur de basculer.

— Moi, ça me plaît bien, gloussa Barkus, le visage barré d'un sourire ravi.

Au vu de sa cotte trempée, il ne semblait guère se soucier des rigoles de bière qui ruisselaient le long de son menton chaque fois qu'il levait sa chope.

— Deux frères…, balbutiait Nortah.

Il ressassait les détails de son épreuve depuis plus d'une heure, une divagation incohérente dont Vaelin avait cru saisir quelques fragments. Apparemment, deux des hommes qu'il avait occis étaient frères, tous deux repris de justice.

— Des jumeaux… je crois. Ils se ressemblaient comme deux gouttes d'eau. Ils ont fait le même bruit en mourant…

Pris d'un soudain haut-le-cœur, Vaelin comprit qu'il était sur le point de vomir.

— Vais m'aérer, marmonna-t-il avant de se lever pour tanguer jusqu'à la porte, se découvrant incapable de marcher en ligne droite.

L'air glacé du dehors eut beau lui rafraîchir les poumons et atténuer quelque peu sa nausée, il n'eut d'autre choix que de s'incliner vers le caniveau. Une fois purgé, il s'adossa au mur de la taverne et se laissa glisser sur les pavés, enveloppé par la vapeur de son souffle. « Ma femme », avait dit le soldat. Sans doute avait-il cru la voir dans une ultime hallucination… À moins qu'il ait tenté de convoquer le souvenir de sa bien-aimée avant sa mort, afin d'emporter son visage dans l'Au-Delà.

— Pour un homme avec tant d'ennemis, se montrer si vulnérable relève de l'imprudence.

Penché sur Vaelin, un homme au visage maigre et raviné le dévisageait.

— Erlin, dit le disciple en relâchant le manche de son couteau. Vous n'avez pas changé. (Il jeta un coup d'œil hagard sur la rue déserte.) C'est vraiment vous ou j'ai des visions ?

— C'est vraiment moi, répondit Erlin en lui tendant la main. Et je pense que tu as eu ton compte pour ce soir.

Vaelin saisit la main tendue et se redressa laborieusement. À sa grande surprise, il découvrit qu'il dépassait le voyageur d'une demi-tête. À leur dernière rencontre, il atteignait à peine son épaule.

— Tu as bien grandi, dit Erlin. Je m'en doutais.

— Et Sella ? demanda Vaelin.

— Elle se portait à merveille à notre dernière rencontre. Elle n'a pas oublié ce que tu as fait pour nous, sois-en certain.

*Je combattrai, mais je n'assassinerai pas.* Lui revint en mémoire sa résolution d'alors, cette promesse enfantine qu'il s'était juré de tenir après les avoir secourus dans la tempête. *Je tuerai les hommes qui m'affronteront sur le champ de bataille, mais jamais je ne passerai d'innocents au fil de mon épée.* Elle lui paraissait si fantaisiste, à présent, si naïve. Il se rappela le dégoût que lui inspiraient jadis frère Makril et ses récits d'exécution d'Apostats. *Suis-je si différent de lui, aujourd'hui?*

—J'ai conservé son foulard, dit-il, dans l'espoir d'orienter ses pensées vers des sujets plus plaisants. Pourriez-vous le lui rendre?

Il fouilla gauchement sa chemise pour en tirer le carré de tissu.

—J'ignore si je parviendrais à la retrouver, même si je le souhaitais. Et puis, je pense qu'elle voudrait que tu le gardes. (Il saisit le garçon par le coude et le tira à l'écart de la taverne.) Marche un peu avec moi. Une petite promenade devrait t'éclaircir les idées. Et j'ai des choses à te dire.

Guidé par Erlin, Vaelin erra donc au gré des rues désertes et des rangées d'ateliers qui valaient à ce secteur de Castelvarin l'appellation de quartier des artisans. Le temps qu'ils atteignent les berges, le disciple comprit à la douleur lancinante à l'arrière de son crâne et à son équilibre croissant qu'il commençait à dessoûler. Ils s'arrêtèrent sur le chemin de halage surplombant le fleuve, d'où ils purent admirer les reflets miroitants de la lune sur l'eau noire brassée par les courants.

—À ma première visite ici, déclara Erlin, le fleuve puait tellement qu'on ne pouvait pas s'en approcher. Il charriait toutes les ordures de la ville, jusqu'à ce qu'on creuse les égouts. Aujourd'hui, il est si propre qu'on pourrait y boire.

—Je vous ai vu, fit Vaelin. À la foire des Eaux-d'Été, il y a quatre ans de ça. Vous assistiez à un spectacle de marionnettes.

—Oui. J'avais certaines affaires à régler dans le coin.

À en juger par le ton de sa voix, il n'avait pas l'intention de s'étendre sur le sujet.

— Vous risquez gros à revenir ici. Frère Makril ne vous aura pas oublié, j'en suis certain. Je le vois mal abandonner une traque.

— Et tu as raison. La preuve, il m'a rattrapé l'hiver dernier.

— Mais alors comment… ?

— Une longue histoire. Pour faire court, il m'a coincé sur un versant de montagne, en Renfaël. Nous nous sommes battus, j'ai perdu et il m'a laissé partir.

— Il vous a laissé partir ?

— Oui. J'en suis le premier surpris.

— Il a dit pourquoi ?

— Il n'a pas dit grand-chose. Après m'avoir ligoté pour la nuit, il s'est assis au coin du feu avec la ferme intention de boire jusqu'à l'évanouissement. Au bout d'un moment, j'ai moi-même perdu conscience, affaibli par mes blessures. À mon réveil le lendemain matin, il avait dénoué mes liens et disparu.

Vaelin se remémora les larmes qui embuaient les yeux du pisteur. *Peut-être l'ai-je mal jugé.*

— Je t'ai vu combattre, aujourd'hui, reprit Erlin.

Le disciple sentit l'étau de douleur se resserrer sur sa nuque.

— Au prix du billet, vous devez avoir la bourse bien garnie.

— Loin de là. Il y a un accès au Cercle que peu connaissent, un passage sous la façade qui offre une vue de choix sur l'arène.

S'ensuivit un long silence. Vaelin n'avait aucune envie d'évoquer son épreuve, d'autant plus qu'il sentait un nouvel accès de nausée lui soulever l'estomac.

— Vous vouliez me dire quelque chose ? finit-il par demander, à la fois curieux et pressé de détourner son attention du haut-le-cœur qui agitait ses tripes.

— L'un des hommes que tu as tués avait une épouse.

— Je sais. Il me l'a dit. (Il jeta un coup d'œil à Erlin, qui le couvait d'un regard perçant.) Vous le connaissiez ?

— Un peu. Par le biais de sa femme, surtout. Elle m'a été d'une grande aide par le passé. Je la compte parmi mes bons amis.

— Une Apostate ?

— Selon tes termes, oui. Pour sa part, elle préfère celui de Questrice.

— Et son mari partageait-il sa... croyance ?

— Oh non ! Il s'appelait Urlian Jurahl. Et même frère Urlian, autrefois. C'était un membre du Sixième Ordre, tout comme toi, avant qu'il rende son tablier pour rejoindre Illiah, son épouse.

*Voilà qui explique ses talents de combattant.*

— Je l'ai pris pour un soldat.

— Il s'était reconverti dans la construction navale après son départ de l'Ordre et jouissait d'une excellente réputation, à tel point qu'il a fini par posséder son propre chantier. Les meilleures barges du fleuve en sortaient, d'après certains.

Vaelin secoua la tête, attristé par cette révélation. *Exécuter un constructeur de bateaux, voilà comment j'ai servi la Foi.*

— Que faisait-il dans l'arène ? Ce n'était pas un meurtrier, j'en suis convaincu.

— Ça remonte aux émeutes. J'ignore comment, mais des citadins ont eu vent des croyances d'Illiah. Peut-être son fils les a-t-il mentionnées au détour d'un jeu quelconque, les enfants peuvent se montrer si confiants... Ils sont venus la chercher, dix hommes munis d'une corde. Urlian en a tué deux et blessé trois. Les autres ont déguerpi, avant de revenir escortés du Guet municipal. Après l'avoir maîtrisé, ils l'ont bouclé dans les geôles de Castelnoir, sa femme avec lui.

— Et leur fils ?

— Son père lui a ordonné de se cacher au plus fort du combat. Il est à l'abri, désormais. Chez des amis à moi.

— Si Urlian défendait sa femme, alors on ne pouvait l'accuser de meurtre. Cela n'aura pas échappé au prévôt.

— Assurément. Mais le prévôt en question a su s'entourer de compagnons florissants capables de flairer une juteuse opportunité quand elle se présente. Sache que tu étais si bien coté que ton combat n'aurait rien rapporté. À quoi bon miser sans risque ? La présence d'Urlian dans l'arène changeait la donne et intéressait la partie. Ils lui ont donc proposé d'avouer son crime afin de le faire concourir, sachant pertinemment que ses talents d'escrimeur n'échapperaient pas à tes maîtres. Après qu'il t'aurait tué, sa femme et lui auraient recouvré la liberté.

Vaelin se sentait complètement dégrisé, désormais. Même sa nausée refluait devant l'implacable cynisme de l'engrenage dans lequel on les avait entraînés, son adversaire et lui.

— Son épouse est toujours enfermée à Castelnoir ?

— Oui. La nouvelle de la mort d'Urlian a dû lui parvenir, à l'heure qu'il est. Je crains sa réaction.

— Le prévôt et ses amis fortunés, vous connaissez leurs noms ?

— Que feras-tu si je te les donne ?

Vaelin lui lança un regard glacial.

— Je les tuerai. Tous. C'était votre intention, n'est-ce pas ? Assouvir à travers moi votre vengeance ? Eh bien, soyez rassuré. Vous n'avez qu'à me donner les noms.

— Tu te méprends, Vaelin. La vengeance ne m'intéresse pas. Et même si c'était le cas, tu ne pourrais pas tous les abattre. Les nantis savent s'entourer de gardes du corps et de sentinelles. Tu parviendrais peut-être à en tuer un, mais pas plus. Et ta mort ne fera pas sortir Illiah de Castelnoir.

— Alors pourquoi venir me raconter tout ça, si je ne peux rien y faire ?

— Au contraire. Tu pourrais intercéder en sa faveur. Ta voix portera. Si jamais tu te présentais devant ton Aspect pour lui exposer…

— C'est une Apostate. L'Ordre n'acceptera de l'aider que si elle abjure son hérésie.

— Elle n'en fera rien. Ses croyances sont bien plus fermement enracinées en son âme qu'on ne peut le concevoir. Je doute qu'elle parvienne à y renoncer, quand bien même elle le choisirait. La compassion de ton Aspect est de notoriété publique, Vaelin. Il prendra sa défense.

— Même si c'était le cas, la protection de Castelnoir ne relève plus des attributions du Sixième Ordre depuis le dernier Conclave. La forteresse est passée sous la juridiction du Quatrième Ordre. J'ai rencontré l'Aspect Tendris, et je crois deviner qu'il refusera d'aider une Apostate impénitente.

Vaelin se détourna vers le fleuve, la colère et la frustration se disputant son cœur, l'esprit assailli par les dernières paroles qui avaient franchi les lèvres blêmes d'Urlian.

— Il n'y a donc rien à faire ? lâcha Erlin.

La résignation qui teintait sa voix fit prendre au garçon la mesure de son désespoir, et le risque qu'il avait pris en venant demander son aide.

— Sachez que votre confiance m'honore, dit-il. Merci.

— J'ai vécu assez longtemps pour apprécier la valeur d'un être. (Il recula d'un pas et tendit la main à Vaelin.) Pardonne-moi de t'avoir accablé avec cette triste affaire. Je te laisserai en paix, désormais.

— Plus je grandis et plus il m'apparaît que la vérité n'est jamais un fardeau, mais un présent. (Vaelin serra la main tendue.) Donnez-moi leurs noms.

— Je refuse de t'envoyer à la mort.

— Vous ne m'envoyez nulle part. Faites-moi confiance. Je sais déjà comment je vais m'y prendre.

# Chapitre 10

Il arrêta son choix sur la porte orientale du palais, moins animée que l'entrée principale. Malgré l'heure tardive, cette dernière grouillait de gardes, soit autant de témoins capables de répéter comment Vaelin Al Sorna s'était présenté pour solliciter une audience auprès du roi.

— Débarrasse-moi le plancher, gamin, lui lança le sergent de faction sans même se donner la peine de quitter son corps de garde. Va donc cuver ailleurs.

Vaelin prit conscience qu'il devait empester la bière.

— Je me présente : frère Vaelin Al Sorna du Sixième Ordre, déclara-t-il, insufflant à sa voix un accent d'impérieuse autorité, comme s'il avait tous les droits de se présenter au palais. Je viens demander audience au roi Janus.

— Par la Foi…, soupira le sergent, exaspéré. (Il sortit et posa sur Vaelin un regard farouche.) Sais-tu combien de coups de fouet on encourt à décliner une fausse identité devant un officier de la Garde Royale ?

Un garde plus jeune apparut derrière le sergent, une expression de stupeur muette peinte sur ses traits.

— Euh, sergent…

— Mais il est tard et je suis de bonne humeur, poursuivit l'officier en marchant sur le disciple, les poings serrés, son visage tendu par l'appel de la violence. Alors je vais me contenter de te flanquer une petite raclée avant de te laisser poursuivre ton chemin.

— Sergent ! chuchota le jeune soldat d'une voix pressante, le retenant par le bras. C'est lui.

L'officier avisa tour à tour son subalterne et Vaelin, qu'il jaugea de la tête aux pieds.

— Tu es sûr ?

— Si je vous le dis. J'étais de service au Cercle ce matin, vous vous rappelez ?

Le sergent décrispa ses poings, sans pour autant se détendre.

— Et qu'est-ce que tu lui veux, au roi ?

— Je ne m'en ouvrirai qu'à lui. Annoncez-moi et il me recevra. Par ailleurs, je sais qu'il lui déplairait fort d'apprendre qu'on m'a éconduit.

*Un mensonge bien troussé*, s'applaudit Vaelin. En vérité, le roi ne lui devait rien et le disciple n'avait pas la moindre idée de ce que serait sa réaction.

Le sergent rumina longuement sa décision. Ses cicatrices, nombreuses, retraçaient une existence émaillée de combats. De toute évidence, il goûtait peu qu'on bouscule le paisible quotidien qu'il coulait ici en attendant sa retraite prochaine.

— Mes respects et mes excuses au capitaine, dit-il au jeune garde. Réveille-le et parle-lui de notre visiteur.

La sentinelle s'exécuta, déverrouillant à la hâte le petit guichet aménagé dans l'énorme battant de bois du portail pour s'y engouffrer. Après son départ, Vaelin et l'officier se regardèrent en chiens de faïence.

— Paraît que t'aurais saigné cinq assassins apostats pendant la nuit du massacre des Aspects, finit par grommeler le sergent.

— Cinquante, en fait.

Une éternité parut s'écouler avant que le guichet s'ouvre à nouveau. En émergea la sentinelle, suivie d'un jeune homme tiré à quatre épingles vêtu d'un uniforme de capitaine de la Garde Montée du roi. Il adressa un bref coup d'œil à Vaelin avant de lui tendre la main.

— Frère Vaelin, dit-il, sa voix teintée d'un léger accent renfaëlien. Capitaine Nirka Smolen, pour vous servir.

— Pardonnez-moi d'écourter ainsi votre nuit, capitaine, répliqua le garçon, quelque peu désarçonné par l'élégance de son interlocuteur.

Du lustre de ses bottes jusqu'à la taille impeccable de sa moustache, chaque détail témoignait du soin apporté par le jeune officier à son apparence. Il n'avait pas du tout l'air d'un homme qu'on venait de tirer du lit.

— Je vous en prie. (Le capitaine Smolen désigna d'un geste le guichet ouvert.) Après vous.

Le décor miteux de l'aile orientale du palais s'accordait bien mal avec les fastes étincelants des souvenirs d'enfance de Vaelin. Après avoir traversé une petite cour, le capitaine l'entraîna dans un dédale de couloirs remplis de caisses poussiéreuses et de cadres enveloppés de tissu.

— Cette aile sert principalement de remise, lui expliqua le capitaine Smolen devant sa mine sidérée. Le roi reçoit de nombreux présents.

Galeries et antichambres se succédèrent ainsi jusqu'à ce qu'ils parviennent dans une vaste pièce au sol en damier. Accrochés aux murs, plusieurs tableaux imposants attirèrent immédiatement l'attention du disciple. Chacun mesurait au moins quatre mètres de haut sur autant de large et illustrait une bataille. Si l'arrière-plan changeait au gré des œuvres, un même personnage occupait le centre de chaque composition : un bel homme aux cheveux de feu juché sur un destrier blanc, l'épée fièrement brandie au-dessus de sa tête. *Le roi Janus*. Le temps avait sans doute émoussé ses souvenirs, mais Vaelin ne se rappelait pas avoir trouvé au monarque une mâchoire si volontaire ni des épaules si carrées.

— Les six batailles qui ont forgé le Royaume, déclara le capitaine Smolen. Signées de la main même de maître Benril Lenial. Il lui a fallu trois ans pour les achever.

Vaelin se rappelait les croquis de maître Benril exposés dans les quartiers de l'Aspect Elera, la finesse avec laquelle il avait reproduit chaque détail, chaque texture, au point que les viscères mis à nu semblaient s'échapper du parchemin. Cette époustouflante précision n'apparaissait pas ici. Les couleurs, bien que vives, ne vibraient pas d'intensité et les guerriers, pourtant bien représentés, manquaient singulièrement de naturel, comme s'ils tenaient la pose au lieu de combattre.

— Maître Benril nous a habitués à mieux, n'est-ce pas ? commenta le capitaine Smolen. Une œuvre de commande. Je le soupçonne d'avoir quelque peu déconsidéré le sujet qui lui était imposé. Avez-vous déjà vu sa fresque commémorative des victimes de la Main Rouge, dans la Grande Bibliothèque ? À couper le souffle, vraiment.

— Je n'ai jamais mis les pieds dans la Grande Bibliothèque, répondit Vaelin, qui songeait que le capitaine Smolen et Caenis ne manqueraient pas de se trouver des affinités.

— Vous devriez, c'est l'une des merveilles du Royaume. Vos armes, je vous prie.

Vaelin déboutonna sa houppelande dont les replis abritaient quatre couteaux de lancer, déboucla son épée, décrocha le couteau de chasse pendu à son ceinturon et tira de sa botte gauche la longue dague du Borgne.

— Jolie, dit le capitaine en admirant cette dernière. Alpirane ?

— Je ne sais pas. Je l'ai trouvée sur un cadavre.

— Votre équipement vous attendra ici. (Smolen déposa toutes les armes sur une table voisine.) Personne n'y touchera.

Sur ces mots, il gagna un pan de mur, y plaqua ses mains et poussa. Une section de la paroi pivota vers l'intérieur, révélant une cage d'escalier plongée dans l'ombre.

— Montez les marches jusqu'en haut.

— Il est là-dedans ?

Vaelin s'attendait à rencontrer le roi dans la salle du trône ou au moins dans une salle d'audience.

— En effet. Je vous conseille de ne pas le faire attendre.

Vaelin remercia le jeune officier d'un hochement de tête et s'engagea dans l'escalier dérobé. Les lampes à huile fixées au mur dispensaient une lumière diffuse et la pénombre s'intensifia lorsque Smolen referma l'accès derrière lui. Vaelin gravit les marches, bientôt assourdi par l'écho retentissant de ses bottes claquant contre la pierre dans l'espace confiné du passage. Au sommet l'attendait une porte entrouverte, ourlée par la lumière vive de la pièce attenante. Il en poussa le battant dans un grincement sonore, révélant un bureau derrière lequel se tenait un homme qui ne sembla pas même remarquer son entrée fracassante. Le dos voûté, il grattait férocement de sa plume un rouleau de parchemin, qu'il couvrait de lignes d'écriture serrées. Malgré son âge avancé – plus de soixante ans –, il demeurait large d'épaules ; autrefois d'un roux flamboyant, les longs cheveux gris qui retombaient sur son visage avaient conservé un léger éclat cuivré. Simplement vêtu d'une chemise blanche en lin aux manches tachées d'encre, il n'arborait comme seule parure qu'une chevalière à l'annulaire de sa main droite – un cachet dont le sceau représentait un cheval cabré.

— Votre Majesté…, commença Vaelin en mettant un genou en terre.

Le roi leva la main gauche, lui signifiant de se relever et de s'asseoir dans un fauteuil sans jamais que sa plume quitte le parchemin. S'approchant du fauteuil, Vaelin en trouva l'assise occupée par une pile branlante de livres et de parchemins. Il hésita un court instant avant de les déposer précautionneusement par terre pour s'asseoir.

Puis il attendit.

Seul le grattement incessant de la plume du roi sur le parchemin troublait le silence de la pièce. Vaelin se demanda s'il devait prendre la parole à nouveau, mais devina qu'il valait mieux se taire. Il préféra donc examiner ses environs. Même l'impressionnante collection d'ouvrages qui garnissait l'étude de l'Aspect Elera pâlissait en comparaison du capharnaüm du bureau royal, dont les murs disparaissaient derrière de hautes piles d'ouvrages atteignant presque le plafond. Entre ces amoncellements instables apparaissaient ici et là des casiers de parchemins enroulés ; certains, effrités et jaunis, avaient mal résisté à l'usure du temps. L'unique décoration de la pièce était une immense carte du Royaume déployée au-dessus de la cheminée et couverte de notes illisibles. Curieusement, certaines de ces annotations avaient été écrites à l'encre rouge et d'autres en noir. Sur un bord de la carte se trouvait une liste dont chaque élément, d'abord écrit en noir, se voyait barré d'un trait rouge. La liste n'en finissait pas.

— Tu es le portrait craché de ton père, mais tu observes ce qui t'entoure avec les yeux de ta mère.

Vaelin reporta son attention sur le roi. Carré au fond de son fauteuil, il avait reposé sa plume. Il contemplait Vaelin de ses yeux verts qui, enchâssés dans son visage âpre et buriné, brillaient d'une lueur matoise. Malgré lui, Vaelin ne put s'empêcher de s'arrêter sur les balafres écarlates qui zébraient le cou du monarque, vestiges de sa contamination par la Main Rouge lorsqu'il était enfant.

— M-majesté ? bégaya-t-il.

— Les choses de la guerre n'avaient aucun secret pour ton père, mais pour le reste, je dois dire qu'il était bête à manger du foin. Rien à voir avec l'intelligence de ta mère. Tu lui ressemblais, à l'instant, pendant que tu regardais ma carte.

— La haute opinion que vous avez d'elle l'aurait comblée, Votre Majesté, j'en suis sûr.

Le roi haussa un sourcil.

— N'essaie pas de me flatter, mon garçon. J'ai bien assez de domestiques pour ça. De plus, tu ne sais pas t'y prendre. Voilà au moins un trait que tu partages avec ton père.

Vaelin sentit ses joues s'empourprer et ravala une excuse. *Il a raison, je ferais un piètre courtisan.*

— Je m'excuse de vous déranger, Majesté. Je suis venu quérir votre aide.

— Comme la plupart de ceux qui se présentent devant moi. Même s'ils accompagnent en général leur requête de présents hors de prix et d'interminables flagorneries. Comptes-tu ramper à mes pieds, petit frère ?

Un sourire sans joie plissait la bouche du roi.

— Non. (L'appréhension de Vaelin cédait rapidement à une froide colère.) Non, Majesté, ce n'est pas mon intention.

— Et pourtant te voilà, à cette heure indue, prêt à me demander une faveur.

— Je ne demande rien.

— Mais tu espères quelque chose. Quoi donc ? De l'argent ? J'en doute. L'argent importait peu à tes parents et j'ose croire qu'il en va de même pour toi. Mon appui pour une proposition de mariage, peut-être ? Quelque jouvencelle t'aura tapé dans l'œil, mais son père ne veut pas d'un frère sans le sou pour gendre ? (Le roi inclina la tête, comme pour étudier son visiteur avec soin.) Oh ! non, pas ton genre. Mais que viens-tu demander, alors ?

— Justice, déclara Vaelin. Justice pour un homme injustement assassiné et sa famille.

— Assassiné, hein ? Et par qui ?

— Par moi, Majesté. Aujourd'hui, j'ai tué un homme lors de l'Épreuve de l'Épée. Un homme innocent, accusé à tort dans le seul but de l'opposer à moi dans l'arène.

Toute trace d'humour déserta le visage du roi, laissant place à une expression aussi grave qu'indéchiffrable.

— Parle.

Vaelin n'omit aucun détail, de l'arrestation d'Urlian à l'emprisonnement de son épouse à Castelnoir, en passant par les noms des responsables : Jentil Al Hilsa, le prévôt qui avait condamné Urlian, et Mandril Al Unsa et Haris Estian, les deux nantis qui cherchaient à tirer profit de sa mort.

— Et d'où tiens-tu ces informations ? lui demanda le roi quand il eut fini.

— D'un homme qui est venu à ma rencontre ce soir, un homme digne de confiance. (Vaelin marqua une pause, faisant appel à toute sa volonté pour ce qu'il s'apprêtait à dire.) Un homme qui en sait long sur les persécutions dont sont victimes les Apostats dans le Royaume.

— Ah ! Pour un membre de ton Ordre, tu te choisis d'étranges fréquentations.

— La Foi nous apprend à rester ouverts à la vérité, d'où qu'elle vienne.

— Je constate que tu as également hérité de l'éloquence de ta mère.

Le roi tira un parchemin vierge d'une liasse posée sur son bureau, trempa sa plume dans une fiole d'encre noire et griffonna un court paragraphe. Il essuya ensuite le bec de sa plume sur l'une de ses manches, le plongea dans un flacon d'encre rouge et rédigea une courte liste sous le premier texte. Il paracheva le document d'une signature complexe, s'empara d'une bougie et porta à la flamme un pain de cire à cacheter, dont il aspergea le pied du parchemin. Après avoir soufflé sur l'éclaboussure, il y pressa sa chevalière.

— Chaque fois que j'appose ma signature sur un acte comme celui-ci, dit-il en reposant sa plume, je dois modifier ma carte.

Vaelin tourna la tête vers l'immense plan accroché au mur et en survola la liste. Des mots noirs barrés de rouge. *Des noms*, comprit-il. *Les noms de tous ceux dont il a ordonné la mort. Le père de Nortah doit s'y trouver.*

— Je ferai exécuter ces scélérats, reprit le roi. Sur la seule foi de ton témoignage. Ils n'auront pas droit à un procès : un décret royal est au-dessus des lois. Cela me vaudra la haine éternelle de leurs familles, mais dans la mesure où j'entends leur confisquer tous leurs biens et les dépouiller de leur fortune, je ne crains pas de représailles.

Vaelin chercha en vain dans le regard du roi une trace de mensonge. *Il parle sérieusement.*

— Le crime d'un homme ne devrait pas rejaillir sur sa famille.

— Il en va ainsi avec les nobles. Si j'ai le malheur de leur laisser leur argent, ils l'emploieront contre moi tôt ou tard. Par ailleurs, je connais ces hommes et je connais leurs parents. Vils et cupides, tous autant qu'ils sont. Découvrir la rue leur fera le plus grand bien.

— Vous m'accordez beaucoup de crédit. Je pourrais mentir…

— Ce n'est pas le cas. Trente ans de règne apprennent à discerner le vrai du faux.

*Une justice draconienne que celle du roi*, songea Vaelin. Parviendrait-il à faire face aux conséquences de sa dénonciation ? L'expression décidée du monarque lui fit comprendre qu'il n'avait de toute façon plus le choix. Dès le moment où Vaelin avait ouvert la bouche, il avait signé l'arrêt de mort des trois hommes et la ruine de leurs proches.

— Et pour l'épouse d'Urlian ?

— Là, en revanche, nous risquons d'avoir un problème. Il s'agit après tout d'une impénitente. L'Aspect Tendris souhaitera sans aucun doute en décorer les murailles de la ville. Si elle survit à la question, bien entendu.

— Votre Majesté, en tant que roi et champion de la Foi, vous devriez pouvoir…

— Je *devrais*, dis-tu ? (Un mélange de colère et d'amusement se peignit sur les traits du vieillard.) Je pense avoir fait mon devoir, ce soir, ajouta-t-il en désignant l'ordre d'exécution qu'il venait de rédiger. Car un roi se doit de dispenser la justice quand il le peut. Pour avoir bafoué les lois du Royaume, ces hommes méritent la mort. L'épouse de leur victime, en revanche, a commis une infraction qui ne relève pas de ma compétence. Dès lors, il ne s'agit plus de ce que je dois faire, mais de ce que je pourrais faire, dans la mesure où cela sert mes intérêts. Alors, cher Vaelin Al Sorna, dis-moi donc en quoi sauver la vie de cette femme servirait mes intérêts ? J'attends. Tu as invoqué ton nom pour entrer ici, n'as-tu rien d'autre à ajouter ?

*Mère, pardonnez-moi.*

— Je sais que Votre Majesté avait des projets pour moi, avant que mon père me confie à l'Ordre. S'il vous sied, je m'y soumettrai en échange de la libération d'Illiah Jurahl.

Le roi s'empara d'un carafon en cristal sur son bureau et versa un doigt de vin rouge dans un verre.

— Du cumbraëlien. Dix ans d'âge. Une cave bien garnie, voilà l'un des avantages les plus appréciables de la royauté. (Il tendit le carafon à Vaelin.) Une petite goutte ?

Le crâne toujours martelé par ses excès de la taverne, Vaelin préféra refuser.

— Non merci, Votre Majesté.

— Ton père non plus ne voulait jamais boire avec moi. (Le roi vida lentement son verre.) Mais il faut dire que lui n'a jamais eu l'audace de me proposer un marché. J'ordonnais et il exécutait.

— La loyauté est notre force.

— Oui. Une devise remarquable, j'en suis très fier. Je l'ai choisie pour lui, tout comme je vous ai choisi le faucon pour blason. Une petite plaisanterie, pour tout t'avouer. Ton père avait la fauconnerie en horreur. C'est une activité d'aristocrates, après tout. (Il but une autre gorgée de vin, puis essuya ses lèvres rougies d'une manche maculée d'encre.) Sais-tu pourquoi il a renoncé à ses fonctions ?

— J'ai cru comprendre que vous vous opposiez à ses secondes noces et à la légitimation de ma sœur.

— Ainsi, tu as entendu parler d'elle ? Ç'a dû te faire drôle. En effet, j'ai repoussé la demande de remariage de ton père, qui en a conçu une profonde colère. Mais en vérité, je pense qu'il a résolu de me quitter dès l'instant où j'ai décrété l'exécution de mon Premier Conseiller. Ces deux-là avaient beau se détester cordialement depuis des années, ton père fut le seul à oser prendre la défense d'Al Sendahl, une fois son larcin révélé au grand jour. Une disparition tragique, mais nécessaire. Peu d'hommes égalaient les dons d'argentier d'Artis Al Sendahl.

— Je sers au côté de son fils depuis mon enfance, Votre Majesté. Il ne peut concevoir que son père ait pu vous dérober de l'argent.

— Oh ! ce n'était pas l'or qu'il convoitait, Vaelin, mais le pouvoir. Il n'est rien de plus envoûtant que le pouvoir, mon jeune ami. Mais celui qui souhaite l'exercer se doit de l'exécrer autant qu'il l'adule. Voilà ce que le seigneur Artis n'a jamais voulu comprendre.

Intégralement dictées par l'ambition, ses décisions ont commencé à compromettre la paix du Royaume. Je l'ai donc tué.

— Et confisqué la fortune de sa famille ?

— Évidemment. J'ai toutefois pris soin de mettre son épouse et ses filles à l'abri du besoin. Je lui devais bien ça. Le Seigneur de la Tour Al Myrna a eu l'amabilité de les accueillir et d'offrir à dame Sendahl des terres dans les Hauts Confins, sous un nom d'emprunt, bien entendu. Mes nobles auraient tôt fait de prendre cet accès de compassion pour un signe de faiblesse.

— Si je pouvais en faire part à mon frère, il en serait grandement rassuré.

— Je n'en doute pas. Mais je te l'interdis.

Le roi posa son verre, massa ses jambes ankylosées avec un grognement de douleur puis partit se poster devant la carte installée au-dessus de la cheminée.

— Le Royaume Unifié, déclara-t-il. Quatre Fiefs jadis divisés par la guerre et la haine, à présent réunis sous ma bannière… Un tissu de mensonges, naturellement. Nilsaël s'est vendue à moi pour en finir avec les pillages continuels des armées de passage. Le seigneur Theros de Renfaël, après avoir perdu la moitié de ses chevaliers au combat, a vite compris qu'il perdrait la moitié restante s'il ne déposait pas les armes. Et si Cumbraël me craint autant qu'elle me hait, elle redoute à tel point la Foi qu'elle demeurera loyale tant que je l'en préserve. Voilà le Royaume pour lequel j'ai fait couler tant de sang. À travers toi, j'aurais pu l'empêcher de s'entredéchirer à ma mort.

» Tu as tout à fait raison. J'avais des projets pour toi, de grands projets. Le fils du Seigneur de Guerre et d'une ancienne maîtresse du Cinquième Ordre, et tous deux roturiers avec ça… Ta présence m'aurait permis d'emporter l'adhésion du peuple, pas seulement en Asraël mais dans tous les Fiefs. Et une fois le cœur des manants conquis, leurs nobles auraient pu gesticuler et s'égosiller tout leur soûl qu'aucun ne répondrait à leur appel. Oh ! oui, j'avais des projets pour toi, jeune faucon. (Il balaya la carte du regard et poussa un long soupir.) Mais ta mère aussi. En persuadant l'Aspect Arlyn de t'accepter au sein du Sixième Ordre, elle a fait de toi un frère assujetti à la Foi plutôt qu'à son roi.

— Votre Majesté, si vous souhaitez que je quitte l'Ordre…

— Il est trop tard pour ça. Tout le monde verrait dans ton reniement de la Foi une basse manœuvre royale. Et priver l'Ordre de son élément le plus célèbre ne plaiderait guère ma cause auprès du peuple. Non, les ambitions que je nourrissais pour toi ont pris l'eau, purement et simplement.

À court d'arguments, Vaelin ne savait plus que dire. Pour autant, l'idée d'abandonner l'épouse d'Urlian à une mort lente et cruelle aux mains des bourreaux de Castelnoir lui était insupportable. En proie à la panique, il se mit à échafauder d'invraisemblables scénarios d'évasion. Oui, il s'introduirait dans la forteresse et libérerait cette femme. Ses frères l'aideraient, sans aucun doute, quand bien même une telle entreprise leur coûterait sûrement la vie…

— Je ne suis pas le premier, tu sais, reprit le roi d'une voix douce, les yeux levés vers une petite liste griffonnée au sommet de la carte. Il y en a eu cinq avant moi. (Janus tapota les cinq noms de la liste.) Cinq rois depuis que Varin, guidant notre peuple, est parvenu à repousser les Seordah dans les forêts et les Lonaks dans les montagnes. Et en cinq cents ans, aucune famille régnante n'a pu tenir le Royaume plus d'une génération.

— Le prince Malcius est un homme de valeur, Votre Majesté.

— Tout comme mon boucher, petit ! lâcha le roi dans un brusque accès de colère. Tout comme mon connétable ou bien l'homme qui balaie dans ma cour le crottin qui s'y entasse. Oui, mon fils est un homme de valeur, mais la valeur ne suffit pas pour faire un roi. Le jour de son accession au trône, tu devais te tenir à ses côtés et lui prêter main-forte. Aujourd'hui, je ne puis qu'espérer rendre ce Royaume si monumental que ceux qui souhaiteraient en saper les fondations craindraient de finir écrasés par sa chute.

Il regagna son fauteuil et s'y installa avec raideur.

— Le temps est donc venu pour moi de reconsidérer mes ambitions et d'établir un nouveau projet. Un projet au sein duquel tu auras, toi, Vaelin Al Sorna, un grand rôle à jouer. (Il parcourut une pile de feuillets posée sur son bureau et en tira un document cacheté à la cire noire.) Je croule sous les conseils dévoués et les humbles requêtes de l'Aspect Tendris, toujours avide de nouvelles mesures à même d'éradiquer le fléau des Infidèles. Tiens, ici... (Le roi choisit le premier feuillet de la pile.) Il suggère que la Garde du Royaume s'applique à flageller tout sujet incapable de réciter sur commande le Catéchisme de la Foi.

— L'Aspect est un fervent serviteur des Défunts, Votre Majesté.

— Un dangereux fanatique, tu veux dire. Mais même avec un illuminé de sa trempe, il reste possible de transiger. (Le roi choisit un nouveau document et en fit la lecture.) « J'aimerais en toute humilité attirer l'attention de Sa Majesté sur les comptes-rendus faisant état de rassemblements d'Infidèles sans précédents dans la forêt de Martishe. Selon des sources fiables, il s'agirait d'adeptes on ne peut plus véhéments de l'hérésie déiste cumbraëline. Ils sont armés et, toujours d'après mes sources, résolus à répondre par la violence à toute tentative de les déloger. J'implore donc respectueusement Sa Majesté d'envisager une intervention ferme et décisive à leur encontre. »

Le roi jeta le parchemin de côté.

— Qu'en déduis-tu ?

— L'Aspect souhaite que vous dépêchiez la Garde du Royaume dans la Martishe pour y débusquer des Apostats.

— En effet, comme si mes soldats n'avaient rien de mieux à faire que de courir dans des bois où chaque arbre peut cacher un archer cumbraëlien. Non, mon jeune ami, la Garde du Royaume ne mettra pas un pied dans la Martishe. Mais toi, si.

— Moi, Votre Majesté ?

— Oui. Je vais octroyer à l'Aspect Arlyn l'affectation à la Martishe d'un petit détachement de frères, dont tu feras partie.

Ainsi qu'un jeune homme nommé Linden Al Hestian. Ça te dit quelque chose ?

— Al Hestian.

Vaelin se remémora l'homme hautain se frayant un passage dans la foule à coups de cravache, le jour de l'exécution du père de Nortah à la foire des Eaux-d'Été.

— J'ai croisé un haut maréchal qui portait ce nom.

— Lakrhil Al Hestian, haut maréchal de mon vingt-septième régiment de cavalerie. Un officier capable et l'un de mes nobles les plus fortunés. À l'instar de feu mon Premier Conseiller, il est dévoré par l'ambition, surtout en ce qui concerne Linden, son fils aîné.

Vaelin sentit un nœud glacé se former au creux de son estomac.

— Son fils, Votre Majesté ?

— Un jeune homme exquis pourvu d'admirables qualités, parmi lesquelles il convient cependant de déplorer l'absence totale d'humilité ou d'intelligence. Ce cher enfant a su s'entourer d'un large cercle d'amis, en réalité une bande d'admirateurs et de flagorneurs de la pire espèce. Rien au monde ne suscite plus facilement l'amitié qu'un savant mélange de fortune et d'arrogance, à tel point qu'il a fini par devenir la nouvelle coqueluche de ma très chère cour. Duels, tournois, damoiselles, rien ne lui résiste. Un parcours tristement prévisible, si tu veux mon avis. Un godelureau à qui tout réussit dès son plus jeune âge et qui, encouragé par la complaisance d'un père ambitieux, s'est mis à croire à sa propre légende. Il est de loin le jeune homme le plus en vue de la cour, bien plus que mon propre fils, qui n'a jamais brillé par son ostentation. Pas un jour ne s'écoule sans qu'on me conjure de mandater le jeune Al Hestian, afin qu'il prouve sa valeur et entreprenne l'accomplissement de sa glorieuse destinée. Eh bien, soit. Je vais en faire une Épée du Royaume et lui confier son propre bataillon, qu'il conduira dans la Martishe pour la débarrasser des Apostats qui l'infestent. Malheureusement, je crains qu'il s'agisse d'une longue et périlleuse campagne. Et au bout de… (Le roi s'interrompit le temps d'une courte réflexion.) Disons six mois, notre jeune officier trouvera tragiquement la mort au cours d'une embuscade apostate.

Leurs regards se croisèrent et Vaelin, perdu entre colère et désespoir, sentit son estomac se soulever. *Quel imbécile je fais*, se dit-il. *Une souris cherchant à pactiser avec un rapace.*

— Et l'épouse d'Urlian, Votre Majesté ? s'enquit-il d'une voix rauque.

— Oh ! je suis sûr de trouver l'Aspect Tendris bien plus accommodant une fois que je lui aurai fait part de notre petite croisade dans la Martishe, surtout si tu es du voyage. Il t'apprécie beaucoup, tu sais. Je me porterai garant pour cette femme, dont la future rédemption ne fait aucun doute. Si elle joue le jeu, elle devrait recouvrer sa liberté demain soir.

— Pouvez-vous me garantir qu'elle et son fils ne manqueront de rien ? (Vaelin s'efforça de garder les yeux rivés sur ceux du roi.) Il en va de ma participation à votre… croisade.

— Le Seigneur de la Tour Al Myrna saura bien accueillir un autre exilé ou deux. La distinction entre Fidèles et Apostats s'efface dans les Hauts Confins. (Le roi lissa un parchemin vierge et leva sa plume.) Tu recevras ton ordre de mission dans les prochains jours.

Puis il se remit au travail, concentré sur sa page.

Il fallut quelques instants à Vaelin pour comprendre que le roi venait de le congédier. Pris d'un léger vertige – de colère ou d'abattement, il n'aurait su le dire –, il quitta son fauteuil.

— Je vous remercie de m'avoir accordé un peu de votre temps, Votre Majesté, marmonna-t-il avant de gagner la porte.

— Souviens-toi, jeune faucon, lui lança le roi sans même quitter des yeux son parchemin. Cela ne constitue que la première étape de notre collaboration. J'ai bien d'autres projets pour toi. J'ordonne, tu exécutes. Voilà, en substance, le marché que nous avons conclu ce soir. (Il leva la tête et scruta le garçon.) Tu comprends ?

— Je comprends parfaitement, Votre Majesté.

Le roi soutint son regard quelques secondes de plus avant de reprendre la rédaction de son document, sans même adresser un mot à Vaelin quand celui-ci quitta la pièce.

Le capitaine Smolen l'attendait à la sortie du passage dérobé.

— Votre entrevue est achevée, mon frère ?

Vaelin acquiesça, puis se hâta de récupérer ses armes, pressé de fuir cet endroit. Il avait besoin de réfléchir, seul, et de démêler l'inextricable écheveau de questions que soulevait son impensable accord avec le roi. À la suite de Smolen, il retraversa les innombrables couloirs encombrés de présents, obnubilé par les dernières paroles du roi : « Cela ne constitue que la première étape de notre collaboration. J'ai bien d'autres projets pour toi. »

— Me pardonnerez-vous si je vous abandonne ici ? lui dit Smolen au coin de la galerie débouchant sur la porte orientale du palais. Des affaires pressantes m'appellent ailleurs.

Vaelin avisa la pénombre du couloir, puis reporta son attention sur le jeune officier, dont les traits crispés trahissaient un trouble certain.

— Des affaires pressantes, capitaine ?

— Oui, toussa Smolen. Fort pressantes.

Il recula d'un pas et le salua formellement, avant de tourner les talons pour rebrousser chemin.

Le cœur battant la chamade, Vaelin sonda une nouvelle fois les ténèbres du couloir qui s'étirait devant lui, étreint par un mauvais pressentiment. *Un guet-apens*, songea-t-il. *Tous les serviteurs du roi ne sont pas dignes de confiance, semblerait-il.* L'espace d'un instant, il envisagea de rattraper Smolen pour l'obliger à l'escorter jusqu'à la sortie, mais s'en trouva incapable. La nuit avait été longue. De plus, il pourrait sans doute le retrouver plus tard pour une petite explication, si nécessaire. La main plongée dans les replis de sa houppelande, il ferma le poing sur le manche d'un couteau de lancer et s'avança dans le couloir.

Lui qui anticipait une attaque dans le recoin le plus obscur de la galerie, près de la porte, en fut pour ses frais. Aucun homme en noir armé d'un sabre ne surgit des ténèbres pour le défier. À la place, Vaelin huma une légère odeur dans l'air, aussi subtile et aussi fruitée qu'un parfum de fleurs en plein été…

— On m'avait dit que tu étais beau…

Dans un même geste, Vaelin pivota en direction de la voix et dégaina son couteau. L'arme venait tout juste de quitter sa main quand il l'aperçut. Une jeune femme, cachée dans l'ombre. Il parvint à tordre son poignet à la dernière seconde pour dévier son tir, le projectile venant se ficher dans le mur à deux doigts du visage de l'inconnue. Elle lança un bref coup d'œil vers le couteau, puis s'avança dans la lumière. Vaelin avait déjà vu de belles femmes par le passé, et parmi elles l'Aspect Elera qu'il considérait comme l'incarnation même de la beauté, mais cette fille-là était différente. Tout en elle, de sa peau de porcelaine à la courbe douce de ses pommettes en passant par la splendeur mordorée de sa chevelure, relevait de la perfection.

— Ce n'est pas le cas, reprit-elle en s'approchant. (La tête inclinée, elle l'étudiait de ses grands yeux verts.) Mais ton visage ne manque pas d'intérêt.

Les doigts tendus, elle leva une main caressante vers lui, mais Vaelin recula d'un pas avant qu'elle puisse le toucher. Il mit un genou en terre et courba la tête.

— Votre Altesse.

— Relève-toi, s'il te plaît, dit la princesse Lyrna Al Nieren. Comment veux-tu qu'on discute si ton nez touche le sol ?

Vaelin se redressa et attendit la suite avec appréhension, luttant contre l'envie de la dévisager.

— Pardonne-moi si je t'ai surpris, s'excusa la princesse. Le capitaine Smolen a eu l'amabilité de m'informer de ta visite. J'ai pensé venir à ta rencontre.

Vaelin garda le silence, toujours en proie à son mauvais pressentiment. Ce tête-à-tête présageait quelque indéfinissable danger.

En dépit de ce malaise tenace qui refusait de le quitter, il s'avérait parfaitement incapable de prendre congé. L'esprit vide, il ne désirait qu'une chose : entendre sa voix et sentir sa présence, une faiblesse qui lui inspira soudain un profond mépris.

— J'avais l'intention de te voir combattre, ce matin, poursuivit la princesse. Mais mon père n'a pas voulu, comme il fallait s'en douter. Un tournoi exaltant, à ce qu'on m'a dit.

Elle lui adressa un sourire éblouissant, dont la candeur enjôleuse et la sincérité savamment calculée éclipsaient de loin les talents d'acteur de Nortah. *Elle espère me flatter*, comprit Vaelin.

— Son Altesse requiert-elle mes services ? Comme le capitaine Smolen, des affaires pressantes m'attendent ailleurs.

— Oh ! n'en veux pas à notre petit capitaine, d'ordinaire si irréprochable. Je crains d'exercer sur lui une bien mauvaise influence.

Elle se retourna et gagna le mur pour en extirper le couteau de Vaelin, non sans difficulté.

— J'aime ce qui brille, dit-elle en examinant la lame, ses doigts fins courant sur l'acier. Les hommes me couvrent de bijoux, mais personne ne m'a jamais offert d'arme.

— Gardez-le, fit Vaelin. À présent, si Votre Altesse veut bien m'excuser.

Il exécuta une brève révérence et s'apprêtait à partir quand elle lâcha d'une voix impérieuse :

— Sûrement pas. Nous sommes loin d'en avoir fini. Viens. (D'un geste du couteau, elle l'invita à l'accompagner.) Allons poursuivre cette conversation sous les étoiles, toi et moi. Comme dans une chanson.

*Je pourrais m'en aller*, se dit-il. *Je la vois mal m'en empêcher… quoique…* Goûtant peu l'idée de devoir se tailler un passage à coups d'épée à travers une horde de gardes, Vaelin suivit la princesse jusqu'à une porte aménagée dans une discrète alcôve, qui ouvrait sur un petit jardin aux parterres somptueux, même à la faveur de la lune.

D'innombrables variétés de fleurs semblaient y avoir trouvé refuge, bien plus encore que dans le jardin de l'Aspect Elera.

— Il faut le voir en plein jour, déclara la princesse Lyrna. (Elle referma la porte, dépassa Vaelin et s'arrêta devant un rosier.) En outre, l'année est sur le déclin et le froid a déjà flétri bon nombre de mes petites chéries.

Elle gagna un banc de pierre installé au centre du jardin, sa robe épousant avec grâce chacun de ses pas. Subjugué par ce spectacle, Vaelin préféra reporter son attention sur les massifs. Quelle ne fut pas sa surprise de découvrir, niché au pied d'un petit érable, un buisson de bulbes jaunes qu'il n'eut aucun mal à reconnaître.

— Des ellébores.

— Tu t'y connais en fleurs ? s'enquit la princesse d'un air surpris. Et moi qui croyais les frères du Sixième Ordre exclusivement versés dans les arts de la guerre.

— On nous apprend beaucoup de choses.

Elle s'assit sur le banc et leva les bras, embrassant d'un geste les massifs qui l'entouraient.

— Alors, que dis-tu de mon jardin ?

— Il est splendide, Votre Altesse.

— Quand j'étais petite, mon père m'a demandé un jour quel cadeau d'Hiveriade me ferait le plus plaisir. Moi qui ai grandi au palais, entourée à toute heure de gardes, de dames de compagnie et de précepteurs, sais-tu ce que je lui ai répondu ? Que je voulais un endroit isolé, un endroit où me retirer dans la solitude. Alors il m'a amenée ici. Ce n'était alors qu'une vieille cour désaffectée, mais j'en ai fait un jardin. Nul n'a le droit d'y pénétrer et je n'y ai jamais invité personne… jusqu'à maintenant.

Elle l'étudiait avec intensité, comme pour jauger sa réaction.

— Je… J'en suis honoré, Votre Altesse.

— Et tu m'en vois ravie. Bien, à présent que je t'ai fait la grâce d'une confidence, peut-être sauras-tu me rendre la pareille. Pourquoi cette entrevue avec mon père ?

Le silence, il s'en doutait, ne constituerait pas une réponse valable. Une succession de mensonges lui passa par la tête, mais il pressentait que la princesse, à l'instar de son père, ne s'en laisserait pas conter.

— Le roi Janus n'apprécierait sans doute pas que j'en dévoile la raison, dit-il au bout d'un moment.

— Vraiment ? Me voilà donc forcée de jouer aux devinettes. Dis-moi si je chauffe ou non. L'un des hommes que tu as terrassés aujourd'hui n'avait pas sa place dans l'arène et tu es venu réclamer justice à mon père. Alors ?

— Rien ne vous échappe, Votre Altesse.

— Malheureusement, si. Un peu trop à mon goût, d'ailleurs. Mon père a-t-il accédé à ta demande ?

— Il m'a fait cet honneur, oui.

— Oh ! (Une note d'apitoiement teinta sa voix.) Pauvre seigneur Al Unsa. Lui qui me faisait tant rire à chaque bal de la Conjuration. Tu l'aurais vu se trémousser sur la piste de danse…

— Je suis persuadé que vos tendres réminiscences lui seront d'un grand réconfort quand il montera sur l'échafaud, Votre Altesse.

Le sourire de la princesse s'évanouit.

— Tu me trouves cruelle ? Peut-être as-tu raison. Mais j'ai connu bien des seigneurs au fil des ans. Tous plus affables et plus prévenants les uns que les autres, tous à m'offrir des friandises, à me couvrir de présents et à me répéter combien j'étais ravissante, dans l'espoir de s'attirer les faveurs de mon père. Il en a renvoyé certains, gardé d'autres auprès de lui. Le reste, il les a fait tuer.

Vaelin prit conscience que son propre père avait dû compter parmi cette foule de nobles et de châtelains. Avait-il dû courtiser la princesse, lui aussi ?

— Mon père vous a-t-il offert des cadeaux ?

— Tout ce que ton père m'a jamais offert, c'est un regard sévère. Pas aussi sévère, cependant, que celui que ta mère m'a lancé. Ils se méfiaient de moi, sans doute en raison du projet que mon père avait arrêté pour nous.

— Pour nous, Votre Altesse ?

Elle haussa un sourcil.

— Nous devions nous marier. L'ignorais-tu ?

*Nous marier ?* C'était absurde, ridicule. Épouser une princesse, lui ? Et cette princesse-ci ? Lui revint en mémoire la petite fille dédaigneuse croisée lors de sa première visite au palais, il y avait bien longtemps. *« Je ne t'épouserai pas. Tu es sale. »* Le roi avait-il vraiment espéré l'adjoindre à sa lignée par ce biais ?

— Non, l'idée ne m'a jamais enchantée, moi non plus, dit la princesse devant son expression. Mais aujourd'hui, j'apprécie à sa juste valeur l'élégance du procédé. Les décisions de mon père mettent souvent plusieurs années à révéler leur portée véritable. Dans ce cas précis, il souhaitait faire d'une pierre deux coups : te placer au côté de mon frère d'une part et assurer ma position de l'autre. Ensemble, nous aurions influencé le règne de mon frère.

— Peut-être n'en aura-t-il pas besoin.

Elle leva son visage parfait vers la voûte étoilée piquetée d'astres innombrables.

— L'avenir nous le dira. Je devrais venir ici plus souvent la nuit. C'est un spectacle envoûtant. (La princesse se tourna vers Vaelin, l'air grave cette fois-ci.) Que ressent-on quand on prend la vie d'autrui ?

Elle avait parlé sans arrière-pensée, mue par la seule curiosité. De deux choses l'une : soit elle ne mesurait pas l'étendue de son effronterie, soit elle s'en moquait. Au grand étonnement de Vaelin, cependant, il ne s'en offusqua pas. Personne n'avait jamais osé lui poser pareille question, même s'il ne connaissait que trop bien la réponse.

— Comme si on venait de souiller son âme, dit-il, voilà ce qu'on ressent

— Et pourtant, tu continues dans cette voie.

— Jusqu'à ce jour, tuer n'a jamais été… nécessaire.

— Et pour apaiser ta culpabilité, tu t'es présenté devant mon père. Quel prix t'a-t-il demandé en échange, je me demande ?

Il t'aura recruté pour servir ses intérêts, à n'en pas douter. Un espion infiltré dans les rangs du Sixième Ordre, voilà un atout de taille.

*Un espion ? Si seulement ce n'était que ça…*

— Si vous avez réponse à tout, Votre Altesse, pourquoi m'avoir fait venir ici ?

À sa grande surprise, elle éclata de rire, un rire chaud et sincère.

— Oh ! Vaelin, Vaelin… Tu ne m'accables pas de flatteries, tu ne me chantes pas de ballades, ne me récites pas de sonnets. Je trouve ton manque de charme et d'arrière-pensées tout à fait rafraîchissant. (Elle baissa les yeux sur le couteau de lancer.) Sans compter que tu es bien le seul à m'avoir jamais fait peur. Une fois encore, je dois m'incliner devant la perspicacité de mon père.

Elle posait sur lui un regard d'une troublante intensité, qu'il se força à affronter en silence.

— Ce que j'ai à te proposer est simple, reprit-elle. Quitte l'Ordre et viens servir mon père, à la cour comme à la guerre. En temps voulu, il fera de toi une Épée du Royaume et nous pourrons convoler, comme prévu.

Vaelin sonda les traits de la jeune femme, en quête d'un pli moqueur ou d'une ombre d'hypocrisie, mais il n'y trouva qu'une froide détermination.

— Vous consentiriez donc à ce mariage, Votre Altesse ?

— Je ne consens qu'à une chose : faire honneur à mon père.

— Votre père a renoncé à son projet me concernant. Je ne lui serais d'aucune utilité si je quittais l'Ordre aujourd'hui. Votre requête le dessert.

— J'en parlerai avec lui. Il a toujours prêté l'oreille à mes arguments, et je ne doute pas qu'il finira par entendre raison.

C'est alors qu'il l'aperçut, une faible lueur au fond des yeux de la princesse. Son sentiment d'anomalie redoubla soudain, au souvenir d'une lueur comparable… celle qu'il avait décelée dans le regard de sœur Henna, juste avant qu'elle tente de l'assassiner. Il s'agissait moins d'une étincelle de pure malveillance que d'un curieux mélange de rouerie et d'avidité. Mais là où sœur Henna avait désiré sa mort, la princesse espérait quelque chose d'autre, quelque chose qui n'avait rien à voir, Vaelin s'en doutait bien, avec une vie d'épouse dévouée à son côté.

— C'est trop d'honneur que vous me faites, Votre Altesse, dit-il du ton le plus formel qu'il put convoquer. Mais vous comprendrez, j'en suis sûr, que j'ai consacré ma vie au service de la Foi. En tant que frère du Sixième Ordre, je ne puis donner suite à cet entretien. Par conséquent, je vous saurais gré si vous me permettiez de me retirer.

Elle baissa les yeux, un petit sourire rusé flottant sur ses lèvres.

— Bien entendu, mon frère. Et je vous prie d'excuser mon inconvenance. Je n'aurais pas dû vous retenir ainsi.

Après une brève révérence, il lui tourna le dos et s'éloigna. Il s'apprêtait à ouvrir la porte quand elle déclara :

— Je suis ambitieuse, Vaelin.

Elle avait parlé d'une voix sérieuse et sincère, dénuée de sarcasme ou d'affectation. *Sa véritable voix*, songea-t-il.

Il se figea sur le seuil. Sans se retourner, il attendit la suite.

— Et même si ton aide m'aurait été précieuse, je saurais m'en passer. Sache que je ne tolérerai aucun obstacle. Crois-moi quand je te dis qu'il me peinerait de voir en toi un ennemi.

Il lui jeta un coup d'œil par-dessus son épaule.

— Merci de m'avoir montré votre jardin secret, Votre Altesse.

Elle inclina la tête, puis leva son visage vers le ciel, mettant fin à leur entretien. Le souffle court, il profita une dernière fois du spectacle de cette femme splendide, la plus belle qu'il eût jamais vue, baignant dans la clarté lunaire. Un tableau fascinant, à n'en pas douter, et qu'il espérait bien ne plus jamais revoir de sa vie.

# Troisième partie

*J'ai le plaisir de vous faire part des excellents résultats obtenus par le bataillon du seigneur Al Hestian. Maints Apostats ont payé le prix fort pour leur hérésie ou fui la forêt de peur d'y laisser la vie. Le moral des hommes est au plus haut. Rarement ai-je croisé soldats plus dévoués à leur cause.*

Frère Yallin Heltis, membre du Quatrième Ordre,
lettre adressée à l'Aspect Tendris Al Forne
lors de la campagne de la Martishe,
archives du Quatrième Ordre

# Le Témoignage de Verniers

*Il s'était tu, mais ma plume continuait de gratter fiévreusement le parchemin. Autour de moi gisaient les dix rouleaux que j'avais déjà noircis. Dehors, la nuit tombait et notre seule source de lumière, une lanterne accrochée à un barrot du pont supérieur, oscillait au gré de la houle. Après toutes ces heures de rédaction courbé sur le tonneau que j'avais choisi comme support d'écriture, mon poignet et mon dos m'élançaient, mais c'était à peine si je m'en rendais compte.*

*—Et ensuite ? le pressai-je.*

*Éclairé par la lueur blafarde de la lanterne, son visage arborait une expression sombre et distante. Je dus le héler une seconde fois pour qu'il revienne à lui.*

*—J'ai soif, dit-il en saisissant l'outre que le capitaine lui avait permis de plonger dans la barrique d'eau douce. En cinq ans, je n'ai pas dû prononcer plus d'une dizaine de mots. J'ai la gorge en feu.*

*Je reposai ma plume et m'adossai à la coque, au grand soulagement de ma colonne vertébrale.*

*—L'avez-vous revue par la suite ? demandai-je. La princesse ?*

*—Non. En refusant d'entrer dans son jeu, je ne lui étais sans doute plus d'aucune utilité. (Il porta l'outre à ses lèvres et but longuement.) Mais sa renommée s'est accrue au fil des ans, sa beauté légendaire et son abnégation ont fait le tour du pays. On la croisait souvent dans les quartiers les plus pauvres de la ville ou du Royaume, à donner l'aumône aux nécessiteux, financer la construction d'écoles et entretenir des dispensaires du Cinquième Ordre. De nombreux nobles l'ont courtisée, mais aucun n'a trouvé grâce à ses yeux. Aux dires de beaucoup, cette obstination dans le célibat irritait grandement son père, qui aurait*

*préféré la voir au bras de quelque noble puissant et fortuné. Mais elle lui a tenu tête, quand bien même elle souffrait de leur différend.*

*— Vous pensez qu'elle vous attend toujours ? (Il y avait là matière à tragédie et mon âme d'auteur n'y put résister.) Qu'elle multiplie les bonnes actions pour reconquérir son amour enfui, sachant qu'elles seules pourraient lui valoir votre approbation ? Alors même qu'elle vous croit mort depuis cinq ans ?*

*Il tourna alors vers moi de grands yeux teintés d'incrédulité. Au bout d'un moment, il éclata de rire. Un rire profond, chaleureux et sonore qui semblait ne jamais devoir s'arrêter.*

*— Un jour, monseigneur…, commença-t-il une fois passé son accès d'allégresse. Un jour, que vos dieux vous en préservent, il se peut que vous croisiez la route de la princesse Lyrna. Si cela devait vous arriver, suivez mon conseil : tournez les talons et filez dans la direction opposée. Il lui suffirait d'un regard pour vous briser le cœur, je le crains.*

*Il me lança l'outre d'eau et je bus à mon tour, espérant ainsi lui cacher ma colère. Tout ce qu'il m'avait dit jusqu'alors au sujet de la princesse brossait le portrait d'une femme d'intelligence et de devoir, une femme qui souhaitait à la fois contenter son père et servir son peuple. J'aurais à coup sûr eu grand plaisir à m'entretenir avec une dame de ce rang.*

*— Si elle refuse toute union, c'est parce qu'elle estime qu'un époux ne ferait que la gêner, reprit Vaelin Al Sorna. Quant à ses bonnes actions, elles n'ont pour seul objectif que de lui gagner les faveurs du peuple. Elle flatte ses sujets pour mieux les conquérir. S'il s'avère qu'elle possède un cœur, c'est le pouvoir qui le fait battre, et non la passion.*

*Je résolus de mener ma propre enquête sur la vie de la princesse Lyrna. Plus j'écoutais ce Boréen me parler et plus j'avais envie d'explorer son pays natal. S'il ne semblait guère porter d'intérêt au génie artistique et culturel de ses congénères, il n'en allait pas de même pour moi. Je voulais parcourir les ouvrages de la Grande Bibliothèque et admirer les fresques que maître Benril Lenial avait consacrées à la Main Rouge. Je brûlais de contempler les arcades anciennes du Cercle, au pied desquelles il avait fait couler le sang de trois hommes. Nous prenions le peuple du*

*Royaume Unifié pour une bande de barbares illettrés, à l'image de la plupart de leurs guerriers. Mais je comprenais à présent que leur histoire avait bien plus à offrir qu'une interminable litanie de batailles et d'actes de sauvagerie. En quelques heures à peine, j'en avais plus appris sur nos voisins du Nord qu'en plusieurs années de recherche pour mon histoire de la guerre. Il avait éveillé quelque chose en moi, le désir d'écrire une autre histoire, plus imposante et plus riche encore que toutes mes œuvres précédentes. L'histoire de son royaume.*

*— Le roi a-t-il tenu sa promesse ? demandai-je. A-t-il fait valoir la justice et libéré la captive de Castelnoir ?*

*— Les hommes que j'avais dénoncés furent exécutés le lendemain, et la femme et son fils expédiés dans les Hauts Confins quelques jours plus tard. (Il s'interrompit, le visage soudain empreint de tristesse.) Je suis passé la voir avant son départ, Erlin avait arrangé notre rencontre. J'ai imploré son pardon. Elle m'a craché dessus et traité d'assassin.*

*Je relevai ma plume et notai ses paroles, prenant toutefois la liberté de remplacer « me cracha dessus » par « invoqua sur moi la fureur de ses dieux apostats ». J'aime ajouter un peu de souffle à mon récit, par endroits.*

*— Et vous avez tenu parole envers le roi ? repris-je. Vous avez tué Linden Al Hestian ?*

*Il baissa les yeux sur ses mains et remua les doigts, faisant apparaître veines et tendons sous le lacis de cicatrices.* Des mains de tueur, *songeai-je, conscient qu'elles pourraient m'étrangler en quelques secondes.*

*— Oui, dit-il. Je l'ai tué.*

# Chapitre premier

Taillé dans du cœur de bois d'if, un arc long cumbraëlien mesure un peu moins de deux mètres sans sa corde. S'il peut atteindre une cible à soixante mètres de distance – cent dans les mains d'un archer émérite –, il s'avère parfaitement capable de percer une armure de plates à courte portée. D'un diamètre un peu plus épais que la moyenne, celui que tenait Vaelin comportait une branche lisse, une abrasion qui témoignait d'un usage répété. Doté d'un œil vif et d'une main experte, son propriétaire venait de crever d'une flèche à pointe d'acier la poitrine d'un certain Martil Al Jelnek, un jeune noble affable porté sur la poésie et affligé d'une pénible propension à vanter les charmes de sa promise, qu'il présentait comme la plus belle et la plus douce des pucelles d'Asraël, sinon du monde. Malheureusement pour lui, il ne la reverrait plus jamais. Ses yeux sans vie fixaient le vide. À en juger par le sang qui souillait ses lèvres, il avait souffert le martyre ; les archers cumbraëliens avaient coutume d'enduire la pointe de leurs flèches d'un mélange de racine de jeoffril et de venin de vipère. Le propriétaire de l'arc gisait à quelques pas de là, le bras transpercé par le trait de Vaelin et le cou rompu par sa chute du bouleau dans lequel il s'était embusqué.

— Rien à signaler, dit Barkus en piétinant dans la neige, flanqué de Caenis et Dentos. On dirait bien qu'il était seul.

Il assena un violent coup de pied dans la tête de l'archer mort, le crâne vrillant selon un axe impossible, puis s'agenouilla pour faire les poches du cadavre.

— Où sont passés les gars ? demanda Dentos.

— Évanouis dans la nature, répondit Vaelin. On les retrouvera sans doute au campement. Pour la plupart, en tout cas.

— Quelle bande de pleutres. (Dentos baissa les yeux sur Martil Al Jelnek.) Ils ne l'aimaient donc pas ? Je le trouvais plutôt sympathique, moi. Pour un sang bleu, je veux dire.

— Ces soi-disant soldats sont en réalité la lie des cachots de Castelvarin, mon frère, déclara Caenis. Ils ne vouent de loyauté à personne, sinon à eux-mêmes.

— Vous avez trouvé son cheval ? s'inquiéta Vaelin, qui goûtait peu l'idée de devoir porter la dépouille du noble jusqu'au campement.

— Nortah le ramène, dit Barkus en se redressant.

Il fit tinter les quelques piécettes trouvées sur le cadavre de l'archer, puis lança à Vaelin le carquois cumbraëlien. Celui-ci contenait plusieurs flèches au fût de frêne teint en noir et à l'empenne en plumes de corbeau. La signature de leurs ennemis.

— Tu comptes le garder ? (Barkus hocha la tête en direction de l'arc.) Je pourrais en obtenir dix couronnes d'argent à notre retour en ville.

Vaelin préféra garder l'arme.

— Je pensais apprendre à m'en servir.

— Alors bonne chance. Ces salopards naissent pratiquement avec, à ce qu'il paraît. Leur Vassal les force à s'entraîner tous les jours. (Barkus contempla son maigre butin dans la paume de sa main.) Dommage qu'il ne les paie pas un peu plus.

— Ceux-là combattent pour leur dieu, pas pour leur suzerain, dit Caenis. L'argent ne les intéresse guère.

Au retour de Nortah, ils extirpèrent Al Jelnek de son armure et le hissèrent sur sa monture. La main de Barkus s'aventura près de l'aumônière du cadavre, mais Nortah la repoussa d'une claque.

— C'est pas comme s'il allait en avoir besoin, si ?

— Ça fait sept mois qu'on a quitté la Loge, par la Foi ! gronda Nortah. Tu n'as plus besoin de voler.

Barkus haussa les épaules.

— C'est l'habitude.

*Sept mois*, songea Vaelin tandis qu'ils reprenaient le chemin du campement. Sept mois passés à chasser les Apostats cumbraëliens dans les sous-bois de la Martishe avec l'appui, dans le sens le plus large du terme, de Linden Al Hestian et de son bataillon d'infanterie fraîchement mobilisé. Linden Al Hestian, toujours éclatant de santé un mois plein après la date fixée par le roi… À chaque nouvelle aube, Vaelin sentait le poids de son accord passé avec Janus accabler un peu plus sa conscience.

Le cadre de leur mission ne faisait rien pour alléger son humeur. Bien plus sombre que l'Urlish, la Martishe était par endroits si dense qu'elle en devenait infranchissable. À cela s'ajoutait la nature délicate du terrain, parsemé de cuvettes et de ravines aussi propices aux embuscades qu'impraticables pour les chevaux. C'était donc à pied qu'ils sillonnaient la forêt, l'arc à la main et prêt à l'emploi. Seuls les nobles de leur bataillon continuaient d'enfourcher leurs montures, offrant des cibles de choix aux archers cumbraëliens perchés dans les arbres. Sur les quinze jeunes écuyers qui avaient accompagné Linden Al Hestian dans la Martishe, quatre étaient morts et trois autres si grièvement blessés qu'il avait fallu les évacuer. Ils restaient cependant mieux lotis que leurs hommes ; sur les six cents soldats volontaires ou enrôlés de force, un tiers avaient disparu, victimes de leurs ennemis ou perdus dans la forêt, certains profitant de l'épaisseur de la Martishe pour déserter à la première occasion. Il leur arrivait souvent de retrouver, gelés dans la neige ou bien ligotés à un arbre et torturés à mort, des hommes qui manquaient à l'appel depuis des semaines. Leurs ennemis ne faisaient pas de prisonniers.

Malgré les pertes, leur petit détachement avait remporté quelques victoires. Un mois plus tôt, ils avaient traqué un groupe d'une vingtaine de Cumbraëliens qui suivaient le cours d'un ruisseau, une initiative astucieuse mais peu à même de déjouer les talents de pisteur de Caenis. Ils suivirent des heures durant ces hommes au visage dur, vêtus de peaux de daim et de fourrures de zibeline, jusqu'à ce qu'ils s'arrêtent pour manger, se croyant à l'abri. La première salve en faucha la moitié et les survivants firent demi-tour pour s'enfuir le long du ruisseau. Troquant leurs arcs contre leurs épées, les frères les pourchassèrent jusqu'au dernier, sans faire de quartier ; aucun ne demanda grâce et aucun ne survécut. Caenis avait raison, leurs ennemis combattaient pour leur dieu et mourir pour lui ne leur posait aucun problème.

Une petite demi-heure de marche leur suffit pour rejoindre le campement, qui s'apparentait plutôt à une simple palissade. À leur arrivée sept mois plus tôt, ils avaient tenté d'instaurer des quarts de garde, mais les sentinelles affectées à la surveillance des environs n'avaient fait qu'offrir à leurs ennemis des cibles idéales pour l'entraînement au tir de nuit. Fort de cette déconvenue, Linden Al Hestian n'avait eu d'autre choix qu'ordonner l'abattage de plusieurs arbres afin d'ériger la palissade, un lugubre cercle de troncs taillés en pointe planté au milieu d'une des rares clairières que la Martishe avait à offrir. Comme presque tous les membres de son détachement, Vaelin exécrait la moiteur étouffante de l'endroit et passait le plus clair de son temps dans la forêt, à patrouiller en petits groupes et à établir des bivouacs temporaires, engagé dans un mortel jeu de piste avec les Cumbraëliens tandis que les soldats d'Al Hestian se terraient derrière leur barricade. La sortie de l'infortuné Martil Al Jelnek avait été la première depuis des semaines. Pour autant, il avait fallu menacer les hommes du fouet avant qu'ils acceptent de le suivre et une seule flèche avait suffi à les pousser à la fuite.

Un frère trapu au regard noir et aux sourcils broussailleux ornés de givre attendait à l'entrée de la palissade. Près de lui se tenait un gigantesque chien à la robe mouchetée de gris. Les yeux de la bête le disputaient à son maître en termes de férocité.

— Frère Makril, le salua Vaelin avec une brève révérence.

Bien que peu porté sur le cérémonial, Makril dirigeait leur détachement et méritait à ce titre le respect de ses troupes, surtout devant la soldatesque d'Al Hestian dont certains représentants rôdaient devant le portail, leurs yeux craintifs avisant tour à tour le cadavre d'Al Jelnek et la muraille obscure de la forêt, à l'affût d'une flèche cumbraëline.

Vaelin était parvenu à masquer sa surprise lorsque, répondant à une convocation de l'Aspect, il avait trouvé Makril installé dans l'étude du maître de la Loge. Le pisteur attendait, les yeux rivés sur le carré de tissu rouge qu'il tenait à la main, sa mine revêche traversée d'un éclair de perplexité.

— Vous vous connaissez déjà, je crois, avait dit l'Aspect.

— Nous nous sommes rencontrés lors de mon Épreuve de la Nature, Aspect.

— Frère Makril a été nommé à la tête de notre expédition dans la Martishe. Tu devras lui obéir sans poser de questions.

Apparemment, nul ne connaissait mieux la Martishe que Makril, à l'exception de maître Hutril que ses obligations envers les disciples retenaient à la Loge. Leur groupe comptait seulement trente frères, des combattants pour la plupart chevronnés détachés de leur poste le long de la frontière nord, et qui semblaient de prime abord partager la méfiance de Vaelin à l'égard de Makril. Ils n'avaient toutefois pas tardé à trouver en lui un habile tacticien, malgré sa vision quelque peu abrupte du commandement.

— Une putain d'heure ? grogna-t-il. Vous étiez censés ratisser le secteur sud pendant deux jours.

— Les hommes du seigneur Al Jelnek ont déguerpi, dit Nortah. À quoi bon continuer sans eux ?

— Je t'ai parlé, le morveux ? lui lança Makril.

S'il semblait les avoir tous immédiatement pris en grippe, il réservait à Nortah le plus dur de son animosité. Près de lui, son bâtard nommé Brute émit un grondement approbateur. Vaelin ignorait où il avait pu dénicher cet animal ; dépité par son expérience avec Balafre, Makril avait de toute évidence préféré délaisser les cerbères volariens au profit du molosse le plus massif et le plus hargneux qu'il avait pu trouver, sans guère se soucier de le dompter. Plusieurs soldats arboraient des cicatrices attestant l'aversion de Brute pour les caresses ou le simple contact visuel.

Nortah toisa Makril d'un œil dont l'hostilité n'avait rien à envier à celle du commandant. Vaelin s'inquiétait souvent de ce qui pourrait advenir si les deux frères devaient un jour se retrouver seuls.

— Nous avons jugé préférable de rapporter le corps au campement, mon frère, intervint-il. Nous repartirons en patrouille ce soir.

Makril tourna son regard noir vers Vaelin.

— Certains des hommes sont revenus. À les entendre, cinquante crevures vous seraient tombées sur le râble. (Makril qualifiait constamment les Cumbraëliens de « crevures ».) Sur le tas, vous en avez eu combien ?

Vaelin brandit l'arc long dérobé à leur ennemi.

— Un.

Les sourcils épais de Makril se froncèrent.

— Un seul sur cinquante ?

— Un seul sur un seul, mon frère.

Le pisteur poussa un profond soupir.

— Nous ferions mieux d'en rendre compte à sa seigneurie. Il a une nouvelle missive à écrire.

Le seigneur Linden Al Hestian était un beau et fringant jeune homme au sourire facile et au caractère enjoué. Valeureux combattant, il savait aussi bien manier l'épée que la lance. Contrairement au portrait qu'en avait brossé le roi, il était en outre doté d'un esprit vif et s'avérait moins arrogant que fier, empreint de cette aura d'assurance propre à la jeunesse à qui tout réussit et qui se plaît à le faire savoir. Vaelin, à son grand regret, éprouvait une certaine sympathie pour le jeune noble, qui faisait au demeurant un bien piètre meneur d'hommes – il manquait de sévérité, tout simplement. Il avait beau menacer ses troupes, il n'avait jusqu'alors châtié personne, malgré l'ivrognerie, la couardise et l'insalubrité évidentes qui régnaient dans son campement.

— Mes frères ! les accueillit-il avec un grand sourire alors qu'ils approchaient de sa tente.

Son sourire se dissipa quand il vit le cadavre juché en travers du cheval. De toute évidence, aucun des fuyards n'avait jugé bon de lui annoncer la nouvelle.

— Mes condoléances, monseigneur, dit Vaelin, qui savait que l'amitié des deux hommes remontait à leur plus tendre enfance.

Linden Al Hestian s'approcha du corps et, accablé de douleur, effleura les cheveux de son défunt camarade.

— Est-il mort l'arme à la main ? demanda-t-il au bout d'un moment, la voix étranglée par l'émotion.

Voyant Nortah ouvrir la bouche pour répondre, Vaelin préféra le devancer. Les penchants cruels de son ami avaient tendance à refaire surface en présence du seigneur Al Hestian, qu'il n'hésitait pas à accabler d'insultes et de railleries à peine camouflées.

— Il est mort en héros, monseigneur.

En réalité, Martil Al Jelnek avait pleuré comme un enfant, la panse crevée par la flèche cumbraëline, ses mains agrippant Vaelin au gré des convulsions brèves et désespérées qui secouaient son corps à l'agonie, tandis que la lueur de la vie désertait ses yeux. Il avait tenté de prononcer quelque chose sur la fin, Vaelin en était persuadé, mais n'était parvenu qu'à émettre un incompréhensible charabia entre deux effusions de bile. Peut-être un message pour sa bien-aimée. Nul ne le saurait jamais.

— En héros, répéta Al Hestian, un faible sourire aux lèvres. Oui, c'est tout à fait son genre.

— Ses hommes ont fui, dit Nortah. Une flèche et ils ont détalé comme des lapins. Vous n'avez sous vos ordres qu'un ramassis de misérables sans vergogne.

— Il suffit ! aboya frère Makril.

Le sergent Krelnik choisit ce moment pour s'avancer et saluer fièrement Al Hestian. À l'approche de la cinquantaine, cet homme de forte carrure au visage couturé se montrait particulièrement redoutable envers les hommes. Membre de la Garde du Royaume depuis ses seize ans, il était l'un des rares soldats chevronnés du bataillon. En tant que tel, Al Hestian avait eu l'intelligence de le nommer sergent-chef chargé de la discipline des troupes. Malgré ses efforts, cependant, Nortah avait raison : Al Hestian ne dirigeait qu'une bande de chiens de guerre mal dressés.

— Je vais ordonner la construction d'un bûcher, monseigneur, annonça le sergent Krelnik. Nous devrions pouvoir livrer son corps aux flammes dès ce soir.

Al Hestian acquiesça et s'écarta du cadavre.

— Oui. Merci, sergent. Et merci à vous, mes frères, de l'avoir ramené. (Il se dirigea vers sa tente.) Frère Makril, frère Vaelin, puis-je vous parler un instant ?

Le pavillon d'Al Hestian, à la différence des quartiers des autres nobles, ne s'encombrait pas d'ornements et de riches décorations. À la place s'alignaient des râteliers d'armes et d'armures, qu'il nettoyait et entretenait lui-même. La plupart des autres seigneurs du bataillon s'attachaient les services d'un ou deux serviteurs, mais le seigneur Al Hestian semblait capable de subvenir à ses propres besoins.

— Je vous en prie, mes frères.

Il les invita à s'asseoir et gagna le petit bureau portatif sur lequel il s'acquittait des nombreuses tâches administratives qu'exigeait son rôle de commandant de bataillon.

— Une missive royale, dit-il en s'emparant d'une enveloppe sur son bureau.

Le cœur de Vaelin se mit à battre un peu plus vite à la vue du sceau du roi Janus.

— « À l'attention du seigneur Linden Al Hestian, commandant du trente-cinquième régiment d'infanterie, de la part de Sa Majesté Janus Al Nieren », lut le jeune noble. « Monseigneur, permettez-moi avant tout d'applaudir le maintien de votre unité sur une période si prolongée. Des officiers de moindre envergure auraient à n'en pas douter choisi d'expédier leur mission et de soumettre sans retard la Martishe à l'autorité du Royaume. Vous, cependant, semblez vouloir mettre en œuvre une stratégie autrement plus subtile, si subtile à vrai dire que je peine à en esquisser les contours depuis mon lointain palais. Il ne vous aura pas échappé que l'Aspect Arlyn vous a fait grâce d'un détachement du Sixième Ordre, autant de frères de valeur qu'il apprécierait de pouvoir réaffecter au plus vite. J'ai cru comprendre que le fils de mon précédent Seigneur de Guerre en faisait partie, un jeune homme qui aura, sans l'ombre d'un doute, hérité de l'aptitude de son père à exécuter sans délai les ordres du roi. Peut-être vous serait-il profitable de soumettre vos plans à ces frères, dont la généreuse disposition devrait vous garantir de précieux conseils. »

Frappé d'horreur, Vaelin s'aperçut que ses mains tremblaient. Il s'empressa de les cacher sous sa cape, espérant que les autres n'y verraient qu'un frisson passager dû au froid.

— Voilà, mes frères, dit Al Hestian en tournant vers eux une expression de franc désespoir. Il semblerait qu'il me faille quérir vos lumières.

— Mes lumières, vous les connaissez, monseigneur, dit Makril. Flagellez-moi quelques hommes, envoyez au front les plus couards et les plus fainéants sans leurs armes et lâchez la bride au sergent Krelnik.

Al Hestian se massa les tempes, les traits empreints d'une profonde lassitude.

— Avec de telles mesures, nos soldats ne vont pas me porter dans leur cœur, mon frère.

— Rien à foutre de leur cœur. Rares sont les commandants capables de susciter la ferveur de leurs troupes. La plupart ne parviennent à régner que par la terreur. Faites-vous craindre d'eux et ils vous respecteront. Alors, peut-être qu'ils commenceront à tuer quelques Cumbraëliens.

— Je déduis du ton de la lettre de Sa Majesté que nous n'avons guère plus que quelques semaines pour en finir avec notre mission. Et, malgré les conjectures du roi, je dois avouer ne disposer d'aucune stratégie particulière pour vaincre Flèche Noire et ses acolytes.

Même si j'adoptais les mesures que vous préconisez, nous n'aurons jamais le temps de remporter la victoire dans cette maudite forêt.

*Flèche Noire*. Ils tenaient ce nom de l'unique prisonnier capturé en sept mois, un archer abattu par Nortah qui avait vécu suffisamment longtemps pour les agonir d'insultes, puis implorer son dieu d'accepter son âme et de lui pardonner son échec. Il avait répondu à leurs questions par des ricanements ; il n'est pas grand-chose dont on puisse menacer un mourant. Pour finir, Vaelin avait renvoyé ses camarades, avant de s'asseoir et de tendre sa gourde au blessé.

— Soif ?

Les yeux de l'homme scintillaient d'une nuance de défi, mais l'insatiable soif engendrée par l'hémorragie l'empêchait de refuser.

— Je ne te dirai rien.

— Je sais. (Vaelin lui porta la gourde aux lèvres et l'inclina à mesure qu'il buvait.) Tu penses qu'il va te pardonner ? Ton dieu.

— Le Père Universel est grand dans Sa miséricorde. (Le mourant crachait chaque mot, le regard farouche.) Il m'accueillera en son sein et m'aimera pour mes défauts comme pour mes qualités.

Vaelin vit l'homme agripper la flèche qui trouait son flanc, ses lèvres ouvertes sur une faible plainte.

— Pourquoi nous détestez-vous ? demanda-t-il. Pourquoi nous tuez-vous ?

Le gémissement de douleur du blessé se mua en ricanement rauque.

— Je peux te retourner la question, mon frère.

— Vous avez enfreint le traité qui confine votre dieu à votre Fief. Un traité signé de la main même de votre Vassal…

— La parole divine ne connaît pas de frontières et ne craint pas les serviteurs d'une foi mensongère. Flèche Noire nous a guidés jusqu'ici pour défendre les victimes des massacres que vous perpétrez au nom de votre hérésie. Il a compris que ce traité de paix n'était qu'une trahison, un vil blasphème…

Une violente quinte de toux l'interrompit. Vaelin eut beau tenter de lui soutirer d'autres informations, l'homme ne fit que divaguer sur son dieu, son discours de moins en moins cohérent à mesure que la vie le quittait. Il finit par perdre connaissance et son souffle s'éteignit quelques minutes plus tard. Sans trop savoir pourquoi, Vaelin regretta de ne pas lui avoir demandé son nom.

— Et vous, frère Vaelin ? (La question d'Al Hestian ramena le disciple au présent dans un sursaut.) Notre roi semble avoir foi en votre jugement. Que conseillez-vous pour mettre un terme à cette campagne ?

*Sifflez la fin de cette mascarade et levez le camp*, songea Vaelin. Il se garda bien de le répéter à voix haute, cependant. Seule la victoire, ou quelque chose qui s'en approchait, permettrait à Linden Al Hestian de quitter cette forêt. *Sauf que le roi ne souhaite pas le voir quitter cette forêt du tout*, se rappela-t-il. *Tu as un engagement à tenir. Sans quoi Sa Majesté risque fort de revenir sur sa parole...*

— Les archers de Flèche Noire prennent vos hommes pour cibles dès leur sortie du campement, dit Vaelin. Il en va autrement pour mes frères et moi, nous sommes les chasseurs dans cette forêt et les Cumbraëliens nous fuient. J'en déduis que vos hommes, ou du moins ceux parmi eux qui en sont capables, doivent devenir des chasseurs à leur tour.

Makril renifla.

— On ne pourrait même pas leur apprendre à pisser droit, alors la chasse...

— Il y en a forcément dans le tas qu'on peut entraîner. La Foi nous apprend que même l'être le plus méprisable peut faire preuve de valeur. Je suggère d'en sélectionner quelques-uns, une trentaine environ. Nous nous chargerons de les former et ils officieront sous nos ordres. Ensemble, nous lancerons un assaut sur l'une des positions de Flèche Noire et nous l'anéantirons. Cette première victoire contre les Cumbraëliens devrait remonter le moral des troupes. (Il s'interrompit, le temps de rassembler suffisamment de volonté pour ce qu'il s'apprêtait à dire.) Ce triomphe les inspirerait d'autant plus si vous preniez la tête de cette incursion, monseigneur. Les soldats respectent les commandants qui s'exposent aux mêmes périls qu'eux.

*Et il peut se passer bien des choses au cœur de la cohue, une flèche peut facilement manquer sa cible…*

Al Hestian caressa le duvet clairsemé qui lui couvrait le menton.

— Frère Makril, vous approuvez cette opération ?

Makril jeta un regard en biais vers Vaelin, ses épais sourcils froncés par la méfiance. *Il sent quelque chose*, comprit le garçon. *Il le sent comme un limier qui flaire une odeur inconnue.*

— Ça vaut le coup d'essayer, répondit Makril au bout d'un moment. Reste à dénicher leur campement. Une autre paire de manches, ça. Ces crevures savent effacer leurs traces.

— La forêt n'a aucun secret pour les frères du Sixième Ordre, dit Al Hestian. Si ce campement existe, vous le trouverez, j'en suis sûr. (Il fit claquer sa main sur son genou, exalté par la proposition.) Merci, mes frères. Ce plan devrait fonctionner à merveille.

Il se redressa, s'empara d'une fourrure de loup pendue au dossier de sa chaise et la passa sur ses épaules.

— Allons. Le travail nous attend !

Aucun des soldats ne semblait posséder de nom de famille. En guise de patronyme, la plupart s'affublaient d'un surnom lié à leurs crapuleuses activités passées – Lestemain, Rougelame, Tire-Laine et ainsi de suite. La sélection des trente recrues s'opéra par le biais d'un expédient aussi simple que radical : après avoir fait courir tout le bataillon autour de la palissade, Vaelin et ses frères choisirent les derniers tombés. Alignés sur trois rangs, ils écoutaient Makril énumérer les règles qui gouverneraient désormais leur existence sans cacher la profonde animosité qu'il leur inspirait.

— Tout homme retrouvé ivre sans permission recevra le fouet. Passé cette sanction, toute nouvelle incartade se soldera par le renvoi du bataillon. Pour les plus minables d'entre vous qui y verraient un moyen de retrouver le trou à rats d'où ils sont sortis, sachez qu'il leur faudra quitter la Martishe à pied et désarmés.

Makril laissa planer cette dernière menace quelques secondes. Le candidat au suicide qui tenterait de traverser la Martishe armé de ses seuls poings n'irait pas bien loin avant de se retrouver ficelé à un arbre, un poignard dans les tripes.

— Une dernière chose, bande de vermines pouilleuses, grogna Makril. Le Sixième Ordre a obtenu du seigneur Al Hestian la permission de vous former comme bon lui semble. Vous nous appartenez, à présent.

— J'ai pas signé pour ça, marmonna un soldat au teint cireux installé au premier rang. Moi, c'est dans l'armée du roi qu'je...

Le poing de Makril le cueillit en pleine mâchoire et l'homme s'effondra au sol.

— Frère Barkus ! aboya-t-il en enjambant le soldat à terre. Dix coups de fouet pour celui-ci. Privé de rhum pendant une semaine. (Makril toisa les autres recrues d'un air mauvais.) Quelqu'un d'autre veut discuter de sa réaffectation ?

Caenis et Dentos s'enfoncèrent dans la forêt dès le lendemain, avec pour mission de débusquer le campement cumbraëlien avant la fin de l'entraînement de leur escouade. Les membres de cette dernière, sous la menace combinée du fouet et du renvoi, se découvrirent quant à eux des trésors insoupçonnés de motivation et d'endurance. Ils s'empressaient d'obéir au doigt et à l'œil à tous les ordres qu'on pouvait leur donner, qu'il s'agisse de courir dans la neige sur plusieurs kilomètres, d'essuyer de cuisantes leçons d'escrime et de combat à mains nues, ou d'écouter dans un silence respectueux les rudiments de la survie en forêt que leur assenait Makril. Vaelin craignait même de les rendre trop soumis, trop craintifs, pour en faire de bons soldats.

— T'inquiète pas, va, lui dit Makril. Tant qu'ils ont plus peur de nous que des crevures d'en face, tout se passera bien.

Vaelin prit en charge les cours d'escrime tandis que Barkus, fort d'une approche plutôt fruste de l'enseignement, s'occupait de former les recrues terrifiées au pugilat. Nortah abandonna bien vite son projet d'initiation à l'arc, aucun des hommes ne disposant des muscles ou du talent requis, et préféra s'en tenir à l'arbalète, une arme que même le plus lourdaud des hommes parviendrait à maîtriser en quelques jours. Au bout d'une semaine d'entraînement, leur petit groupe s'avérait capable de courir une dizaine de kilomètres sans rechigner, ne craignait plus de dormir hors du campement et parvenait, pour la plupart des hommes, à atteindre une cible située à vingt pas de distance. Leurs aptitudes à l'épée et au pugilat demeuraient insuffisantes, mais Vaelin estimait qu'ils en savaient assez pour survivre à un premier accrochage avec les hommes de Flèche Noire.

Comme d'habitude, la légende qui auréolait Vaelin l'avait précédé ; le mélange de peur et d'admiration dans le regard des hommes en témoignait. S'il leur arrivait d'échanger une phrase ou deux avec Nortah et Barkus, ils se muraient dans un silence déférent en présence de Vaelin, comme si un seul mot de travers pouvait leur valoir une mort expéditive – une crainte aggravée par la morosité du jeune frère, qui l'incitait à jouer du bâton dont il se servait pour mener les cours d'escrime. Lui-même se découvrait parfois d'étonnantes ressemblances avec maître Sollis, ce qui ne faisait rien pour améliorer son humeur.

Al Hestian avait pour sa part décidé de s'entraîner au côté de ses hommes. Il courait avec eux et comparait ses bleus aux leurs après l'entraînement. Bretteur fort capable, il s'avérait suffisamment grand et fort pour tenir tête à Barkus au combat à mains nues. Tout au long de la semaine, il ne cessa d'encourager les soldats : il relevait ceux qui, épuisés, s'écroulaient au sol, poussait les coureurs les plus lents à se dépasser et applaudissait chacun de leurs rares progrès à l'épée. Au fil des jours, Vaelin vit croître l'estime de ces hommes pour le jeune noble. Du « jeune coq attardé » des débuts, ils l'appelaient à présent « sa seigneurie ». Le moral des troupes avait beau rester maussade – les recrues ne portaient ni Vaelin ni ses frères dans leur cœur –, Al Hestian avait fini par s'attirer leur loyauté. Chaque fois qu'il l'observait croiser le fer avec ses hommes, Vaelin sentait sa dépression s'aggraver un peu plus. *Meurtrier.*

La voix s'était mise à le harceler dès le premier jour de l'entraînement, un murmure cruel accompagnant chacune de ses pensées, qui lui chuchotait d'atroces vérités. *Assassin. Tu ne vaux pas mieux que les salopards qui ont tué Mikehl. Le roi a fait de toi sa chose…*

— Qu'en pensez-vous, mon frère ?

Al Hestian foulait la neige à grandes enjambées pour rejoindre Vaelin, son visage rougi par l'effort et vibrant d'optimisme.

— Ils feront l'affaire ?

— Pas avant une dizaine de jours, monseigneur, répondit Vaelin. Ils ont encore beaucoup à apprendre.

— Mais vous devez admettre qu'ils ont fait d'énormes progrès. Au moins, ils n'usurpent plus le titre de « soldats ».

*Des soldats que je vais livrer en pâture à Flèche Noire. Un leurre pour te tromper. Des appâts pour le piège que je te tends.*

— En effet, monseigneur.

— Dommage que frère Yallin ne soit plus là pour voir ça, hein ?

En tant qu'unique frère du Quatrième Ordre affecté à leur expédition, frère Yallin avait eu pour mission de rapporter leurs progrès à l'Aspect Tendris. Prétextant qu'enseigner le Catéchisme de la Dévotion aux hommes était de première importance, Yallin avait refusé de s'aventurer hors de la palissade après leur arrivée. Malheureusement pour lui, il n'avait pas tardé à succomber à une virulente attaque de dysenterie qui l'avait emporté en quelques jours. Pour être honnête, il n'avait pas laissé un souvenir impérissable dans le campement.

— Je trouve curieux que l'Aspect Tendris n'ait pas dépêché de remplaçant pour reprendre le poste de frère Yallin, observa Vaelin.

Al Hestian haussa les épaules.

— Peut-être juge-t-il le voyage trop périlleux.

— Peut-être. À moins qu'il n'ait pas eu vent de la mort de son informateur. Dans ce cas, on pourrait supposer que quelqu'un d'autre se fait passer pour frère Yallin et continue de renseigner l'Aspect Tendris.

— Quelle drôle d'idée, mon frère !

Ponctuant sa remarque d'un éclat de rire, Al Hestian fit volte-face et s'éloigna pour encourager un groupe d'hommes en plein exercice, à quelques pas de là. *Si seulement il avait été odieux…*, songea Vaelin. *Il m'aurait au moins facilité la tâche.* La réponse de la voix fut immédiate, implacable : *Parce qu'un meurtre devrait être facile, selon toi ?*

# Chapitre 2

— Environ soixante-dix hommes en tout, déclara Dentos en mastiquant du bœuf séché. À quinze kilomètres à l'ouest d'ici. Un site bien choisi, bordé par une ravine à l'est, des rochers au sud et une pente raide au nord et à l'ouest. Difficile à prendre par surprise.

Les deux éclaireurs étaient rentrés au quatorzième jour de l'entraînement, Caenis portant sous le bras un plan détaillé de la position cumbraëline. Une fois rejoints autour du feu de camp par Al Hestian et Makril, ils entreprirent de planifier l'assaut.

— Soixante-dix, ça commence à faire beaucoup pour nos gars, fit remarquer Barkus. Même avec nos frères, nous restons inférieurs en nombre.

— Chacun de nos frères vaut au moins trois des leurs, répliqua Makril. De plus, un ennemi pris par surprise est souvent vaincu avant même d'avoir tiré son épée.

Il s'interrompit un instant, le temps d'examiner la carte de Caenis, puis fit glisser un doigt épais le long de la ravine menant à la lisière orientale du campement.

— Comment surveillent-ils ce couloir ?

— Trois hommes la journée, répondit Caenis. Cinq la nuit. Flèche Noire est prudent, il sait qu'il y a plus de chances que nous l'attaquions à la faveur de l'obscurité. Il y a un autre accès, cependant. (Il désigna l'amas rocheux qui obstruait la bordure sud du campement.) J'ai pu m'approcher assez pour sentir la fumée de leurs pipes. Le problème, c'est qu'un seul homme peut emprunter ce passage. Y aller à plus nous ferait repérer.

— Cinq sentinelles à l'entrée et un seul homme pour nous ouvrir la porte, réfléchit Makril. Enfin, s'il parvient à traverser le campement en un seul morceau.

— Nous avons récupéré certaines de leurs armes et quelques vêtements, dit Vaelin. Dans le noir, ils pourraient me prendre pour un des leurs.

— Toi ? s'étonna Caenis. Ce serait plutôt à moi de m'en charger.

— Mais cinq hommes de front…

— Frère Makril n'a-t-il pas l'habitude de dire qu'un ennemi pris par surprise est plus facile à tuer ? Du reste, je suis le seul à connaître le passage.

— Il a raison, fit Makril. Je mènerai nos frères dans la ravine. Monseigneur… (Il avisa Al Hestian.) Je suggère que vous et votre formation vous postiez au sud du campement. Quand la clameur du combat s'élèvera, vous entrerez en jeu. Nous devrions avoir suffisamment clairsemé leurs rangs pour vous permettre de les prendre à revers.

Al Hestian hocha la tête.

— Un bon plan, mon frère.

— Je ferais mieux d'accompagner le seigneur Al Hestian, dit Vaelin. La présence d'un des nôtres devrait empêcher nos recrues de traîner des pieds pendant la charge.

Au regard que Makril posa sur lui, il comprit que l'homme continuait de nourrir des soupçons à son encontre. *Il sait*, siffla la voix dans son esprit. *Les autres ne se doutent de rien, mais lui sait. Il le sent sur toi, il le flaire comme une traînée de sang.*

— Mieux vaudrait laisser Sendahl et Jeshua épauler sa seigneurie, proposa Makril, ses yeux plissés toujours braqués sur Vaelin. Ton bras nous sera plus utile quand nous investirons le campement.

— Ils craignent bien plus Vaelin qu'ils ne nous craignent nous, rétorqua Barkus. Ils seront moins enclins à fuir s'il les escorte.

— Pour ma part, je serais honoré de combattre au côté de frère Vaelin ! s'exclama Al Hestian. L'idée est excellente, ma foi.

Makril reporta lentement son attention sur le plan.

— Comme il vous plaira, monseigneur. (Il indiqua la pente située au nord du campement.) Si tout se passe bien, ils dévaleront ce talus pour s'enfuir par la rivière. L'endroit rêvé pour les acculer. Avec l'aide des Défunts, nous les exterminerons jusqu'au dernier. (Il leva la tête, une lueur farouche au fond des yeux.) Mais c'est un combat sanglant qui nous attend. Ces crevures ne nous feront pas de quartier. Dites à vos hommes d'aller au contact et d'utiliser leurs épées, sans laisser aux arcs ennemis l'occasion d'entrer en jeu. Faites-leur comprendre qu'une défaite entraînerait notre mort à tous. Nous ne nous replierons pas : si nous ne les massacrons pas, c'est eux qui le feront.

Il enroula le plan et se redressa.

— Je nous accorde cinq heures de sommeil et en route. Nous serons plus discrets en voyageant de nuit. Parcourir quinze kilomètres sur terrain enneigé prend du temps, il nous faudra donc presser le pas. Tout homme incapable de tenir le rythme ou de la boucler aura la gorge tranchée. Le rhum est proscrit d'ici à la fin de l'opération. (Il lança le plan à Caenis.) Mon frère, tu ouvriras la marche.

À l'heure dite, ils entamèrent leur pénible progression, la menace d'une mort expéditive aux mains de Makril poussant les recrues à braver la neige, le froid et la fatigue croissante sans rechigner. En tête de colonne marchaient les frères du Sixième Ordre, leurs arcs bandés, à l'affût du moindre éclaireur cumbraëlien. Si les hommes de Flèche Noire avaient eu l'habitude de harceler le campement de quelques flèches enflammées décochées par-dessus la palissade, ils avaient appris à espacer leurs attaques nocturnes depuis que Makril et Caenis les pourchassaient après le coucher du soleil – une initiative qui leur avait permis de faucher quatre archers en autant de nuits. À présent, les Cumbraëliens s'aventuraient rarement près de leur campement, de sorte que leur troupe put avancer sans interruption.

Il leur fallut huit heures de marche acharnée pour atteindre une clairière repérée par Caenis, dont le terrain en pente douce montait jusqu'à l'amas rocheux qui abritait le campement ennemi. Sur la droite, ils pouvaient entrevoir la tranchée sombre de la ravine d'où Makril et son détachement mèneraient l'assaut. Sans s'attarder, l'ancien pisteur leur souhaita bonne chance et traversa la clairière, suivi par les dix-huit frères en ordre dispersé.

— *Besoin de quelque chose ?* demanda Vaelin à Caenis en langue des signes.

Son camarade secoua la tête et tira une lanière afin d'ajuster son pourpoint doublé de zibeline volé à l'ennemi. Un arc long de Cumbraël et une hachette passée à son ceinturon achevaient de compléter son déguisement, grâce auquel il faisait parfaitement illusion. Il avait toutefois choisi de conserver son épée sanglée dans son dos, les hommes de Flèche Noire ayant arraché suffisamment de lames asraëlines aux mains des soldats d'Al Hestian pour ne pas compromettre sa couverture.

— *Que la chance t'accompagne, mon frère*, lui communiqua Vaelin, une main sur son épaule.

Caenis esquissa un bref sourire, puis s'élança, couvrant à toute vitesse la distance qui les séparait des rochers. *Il va s'en sortir*, se rassura Vaelin. Depuis leur arrivée dans la Martishe, il avait pu apprécier l'étendue des aptitudes de son frère d'armes. Le gamin efflanqué qui jadis frissonnait de peur en entendant maître Grealin évoquer les rats géants des souterrains de la Loge était devenu un guerrier aux réflexes félins, un tueur implacable dénué de remords.

Dans un léger crissement de neige, Al Hestian s'accroupit près de Vaelin.

— Combien de temps avant l'assaut, mon frère ? chuchota-t-il.

Devant l'expression grave du jeune noble, Vaelin dut réprimer un soudain élan de culpabilité. *Tu espères qu'il mourra sans savoir que c'était toi, hein ?* lui souffla le murmure familier. *Tu espères qu'il rejoindra l'Au-Delà en te croyant son ami…*

— À peu près une heure, monseigneur, répondit Vaelin à mi-voix. Peut-être moins.

— De quoi laisser un peu de répit à nos hommes.

Sur ces mots, Al Hestian s'éloigna pour passer en revue ses soldats et leur chuchoter des paroles de réconfort ou d'encouragement que Vaelin s'efforça de ne pas écouter, préférant se concentrer sur les arêtes imprécises des rochers. Encore sombre, le ciel se teintait peu à peu de cette nuance bleutée qui annonce l'aurore. Makril avait choisi d'attaquer à l'aube, à l'heure où les gardes postés à l'embouchure de la ravine commenceraient à fatiguer.

Vaelin reprit le contrôle de sa respiration et parvint à la stabiliser. Il compta les secondes et tenta d'établir le moment le plus approprié pour mettre son plan à exécution, l'esprit fermé à toute pensée capable de retenir son bras. Il serrait son arc si fort que sa main l'élançait. Quand il fut certain qu'une demi-heure s'était écoulée, il rejoignit Al Hestian et s'accroupit pour lui murmurer à l'oreille :

— Je crains qu'il y ait des gardes dans ces rochers. Mon frère les aura sans doute épargnés, de peur qu'ils donnent l'alerte. Même s'ils ne sont pas assez nombreux pour contenir notre assaut, leurs traits risquent d'éclaircir nos rangs. (Il brandit son arc.) Je vais me faufiler là-bas et m'assurer qu'ils ne nous gêneront pas au moment de l'attaque.

Al Hestian se releva.

— Je vous accompagne.

Vaelin le retint d'un bras ferme.

— Vos hommes ont besoin de vous, monseigneur.

D'un coup d'œil, le jeune noble avisa les traits tirés et inquiets des recrues, puis acquiesça à contrecœur.

— Bien sûr.

Vaelin lui adressa un sourire forcé.

— Nous prendrons notre petit déjeuner dans la tente même de Flèche Noire.

*Menteur !*

— La chance soit avec vous, mon frère.

Se découvrant incapable de croiser le regard d'Al Hestian, Vaelin hocha la tête et fila en direction des rochers. Il eut l'impression de franchir la clairière en un éclair, le temps de quelques battements de cœur à peine, avant de s'abriter parmi les imposants blocs de pierre qui saillaient de la neige tels des monstres endormis. Il jeta un bref coup d'œil alentour, à l'affût d'une sentinelle, mais n'aperçut personne. Une faible odeur de feu de bois montait du campement. Compte tenu du silence paisible qui régnait en contrebas, Vaelin déduisit que Caenis n'était pas encore passé à l'action. Il tendit la main vers son carquois, en tira une flèche enveloppée de tissu – une flèche au fût de frêne noir et à l'empenne en plumes de corbeau, récupérée sur le cadavre de l'archer qui avait abattu le pauvre seigneur Al Jelnek… l'instrument de son crime. Une flèche qui faucherait le seigneur Al Hestian alors même qu'il menait l'assaut d'un campement ennemi. *Une fin prestigieuse*, fit la voix. *Son père sera fier de lui, à n'en pas douter. Tu te rappelles ce que tu as dit ? Tu te rappelles ta promesse ? « Je combattrai, mais je n'assassinerai pas… »*

*Laisse-moi tranquille !* rugit Vaelin. *Je ne fais que mon devoir. Je n'ai pas le choix. J'ai passé un marché avec le roi.*

Les mains tremblantes et le cœur battant la chamade, il encocha la flèche. *Ça suffit !* Il remua vivement les doigts pour se remettre d'aplomb. *Je ne fais que mon devoir. J'ai déjà tué par le passé. Qu'est-ce qu'une mort de plus ?*

Derrière lui résonna le fracas étouffé de l'acier rencontrant l'acier, suivi par le claquement de plusieurs cordes d'arc et d'une soudaine clameur affolée. La clairière s'emplit bientôt des échos d'une violente bataille et Vaelin vit l'escouade d'Al Hestian surgir de la ligne des arbres pour entamer sa charge. Le jeune noble était facile à repérer, il devançait ses hommes de plusieurs foulées et brandissait son épée au-dessus de sa tête, la cape au vent. Depuis sa cachette, Vaelin pouvait entendre les cris d'encouragement qu'il adressait aux recrues, les exhortant à avancer. Curieusement, il éprouva une certaine fierté à la vue de la troupe s'élançant derrière son officier comme un seul homme, lui qui s'attendait à ce que beaucoup tournent les talons.

Il inspira profondément, l'air glacé lui brûlant les poumons, leva son arc, ramena la corde jusqu'à ses lèvres, au point de sentir les plumes de corbeau lui caresser la joue, et visa la silhouette d'Al Hestian. *Tuer est un jeu d'enfant*, songea-t-il, la corde pressée dans la pulpe de ses doigts. *Comme souffler une bougie.*

Quelque chose gronda dans les ténèbres, quelque chose qui déportait son poids d'un flanc sur l'autre et grattait la neige. Vaelin sentit se hérisser les poils de sa nuque et ses mains trembler à nouveau, étreint par sa coutumière sensation d'anomalie. Lentement, il abaissa son arc et se retourna.

Les babines retroussées, le loup découvrait un impressionnant râtelier de crocs, ses yeux scintillant dans l'obscurité, son pelage hérissé pareil à un manteau d'aiguilles argentées. Quand leurs regards se croisèrent, l'animal cessa de grogner et se redressa, quittant sa posture d'attaque pour toiser le jeune guerrier avec intensité – une confrontation silencieuse qui ramena Vaelin des années en arrière, en pleine Épreuve de la Course.

Le temps parut se suspendre. Comme hypnotisé par le regard du loup, Vaelin se découvrit incapable du moindre mouvement, l'esprit envahi par une pensée lancinante : *Mais que suis-je donc en train de faire ? Je ne suis pas un assassin !*

Le loup cligna des yeux, fit volte-face et s'élança dans la neige, un tourbillon de givre et d'argent disparu en moins d'une seconde.

Les hurlements croissants des hommes d'Al Hestian tirèrent Vaelin de sa stupeur. Il tourna la tête et s'aperçut qu'ils avaient presque atteint les rochers. À moins de dix mètres de là, une silhouette tout de noir vêtue levait un arc long et armait une flèche dirigée droit sur la poitrine d'Al Hestian. Le trait de Vaelin cueillit l'archer en plein ventre. Le disciple fut sur lui dans l'instant, l'achevant d'un coup de sa longue dague effilée.

— Merci, mon frère ! lui lança Al Hestian au moment où il le dépassait, emporté par sa charge.

Délaissant son arc pour son épée, Vaelin s'engouffra dans son sillage et plongea dans le chaos de la bataille. En contrebas, le campement était en proie aux flammes et aux ravages des frères. Les Cumbraëliens égalaient peut-être les talents d'archers des frères du Sixième Ordre, mais ils ne faisaient pas le poids au corps à corps. De nombreuses dépouilles jonchaient déjà la neige entre les tentes embrasées. Un Cumbraëlien titubant surgit d'une colonne de fumée, un bras ensanglanté pendant le long de son flanc, l'autre armé d'une hachette qu'il abattit brutalement sur la tête d'Al Hestian. Le noble esquiva sans mal le coup maladroit et pourfendit son agresseur d'un coup d'estoc. Les yeux écarquillés de peur et de panique, un autre ennemi prit Vaelin pour cible et tenta de l'empaler sur sa guisarme. Le jeune guerrier plongea sous l'arme d'hast, en saisit la hampe juste sous le fer et attira d'un coup sec son adversaire sur son épée levée. L'une des recrues en profita pour embrocher de part en part la poitrine du Cumbraëlien et pousser un cri de triomphe qui se mêla aux hurlements de ses camarades. Dans le sillage d'Al Hestian, les soldats tuaient tous ceux qu'ils trouvaient.

Vaelin suivit le jeune noble derrière un rideau de fumée, où il le vit occire deux hommes l'un après l'autre. Un troisième lui sauta sur le dos, noua ses jambes autour de son torse et brandit une dague. Il s'apprêtait à frapper quand le couteau de jet de Vaelin s'enfonça dans son dos. Al Hestian se débarrassa du corps à l'agonie de son adversaire et l'acheva d'un coup d'épée en plein cœur. Il leva son arme en remerciement et reprit sa course.

Le carnage se mua en véritable boucherie à mesure que le groupe progressait dans le campement, fauchant impitoyablement les rares Cumbraëliens encore capables de résister ou égorgeant les blessés à même le sol. Au gré de sa course, Vaelin croisa des tableaux proprement cauchemardesques : un soldat levant la tête décapitée d'un Cumbraëlien pour laisser le sang pleuvoir sur son visage ; trois hommes se relayant pour en poignarder un autre qui rampait dans la neige ; une poignée de recrues ricanant devant un blessé qui tentait de replacer ses boyaux dans son ventre béant. Il avait déjà vu des hommes ivres auparavant, mais jamais ivres de sang. Après des mois de peur et de détresse, les soldats d'Al Hestian comptaient bien profiter de leur revanche sur leurs persécuteurs.

Il rattrapa Al Hestian et trouva le jeune noble penché au-dessus d'une silhouette agenouillée, un jeune Cumbraëlien d'à peine quinze ans. Les yeux fermés, l'enfant avait délaissé ses armes pour joindre ses mains sur sa poitrine et murmurer une prière.

Vaelin s'arrêta, le temps de reprendre son souffle et d'essuyer le sang qui ruisselait sur la lame de son épée. Depuis la rivière lui parvint le tumulte d'une mêlée – ses frères étaient en train d'exterminer les derniers hommes de Flèche Noire. L'aube se levait, à présent, et sa lumière pâle révélait dans toute son horreur l'étendue du massacre. Le campement était jonché de cadavres ou de mourants convulsés de douleur et les flammes qui consumaient les tentes se reflétaient dans la neige imprégnée de sang. Les hommes d'Al Hestian erraient dans ce spectacle de désolation, détroussant les morts et achevant les blessés.

— Que va-t-on faire de lui ? demanda Al Hestian.

Le jeune noble leva vers Vaelin un visage sombre, strié de sueur et de cendres. La soif de sang qui s'était emparée de ses hommes l'avait épargné ; il n'aimait pas tuer. Ce constat réjouit Vaelin, qui se félicita d'avoir manqué à sa parole.

*Le roi sera furieux*, lui susurra son invisible témoin.

*Eh bien soit*, rétorqua-t-il. *Qu'il prenne ma vie s'il le souhaite. Au moins, je ne mourrai pas en assassin.*

Vaelin observa le jeune garçon. Concentré sur sa prière, il semblait hermétique à leur conversation comme aux hurlements d'agonie qui emplissaient le campement. Il parlait une langue inconnue du guerrier, une langue que sa litanie teintait de sonorités douces, presque mélodieuses. S'il implorait son dieu d'accepter son âme ou bien de le préserver de la mort, Vaelin l'ignorait.

— Il semblerait que vous teniez là notre premier prisonnier, monseigneur. (Il poussa l'enfant du bout du pied.) Allez, debout ! Et cesse donc tes jérémiades.

Le garçon l'ignora. L'expression inchangée, il poursuivit sa prière.

— J'ai dit debout !

Comme Vaelin se penchait pour saisir l'enfant par le collet, il sentit un déplacement d'air effleurer son cou, suivi du chuintement sec d'un trait crevant la chair. Il leva les yeux sur Al Hestian qui, le regard tourné vers la flèche noire enfoncée dans son épaule, clignait des paupières avec une expression surprise.

— Par la Foi ! eut-il le temps de murmurer avant de s'écrouler lourdement dans la neige, déjà pris de convulsions à mesure que le poison se diffusait dans ses veines.

Vaelin tournoya sur lui-même et entrevit un nuage de poudreuse retomber au sol, en bordure d'un bosquet voisin. Étranglé de rage, il s'élança à la poursuite de l'archer, sa vision envahie par une brume écarlate.

— Vous, là-bas ! hurla-t-il vers un groupe de soldats. Occupez-vous de sa seigneurie, il lui faut un guérisseur !

Il gagna le bosquet en quelques secondes. Tous les sens aux aguets, il s'ouvrit à la voix de la forêt, prêt pour la chasse. Il perçut vers la gauche le crissement étouffé d'un pas dans la neige et bondit dans cette direction, ses narines captant le fumet d'une sueur malsaine. Jamais encore il ne s'était senti si pénétré par la voix de la forêt, si possédé par le désir de tuer. La salive inondait sa bouche et l'appel du sang occultait sa raison. Il ne garderait aucun souvenir de cette traque, sinon des impressions éparses comme au sortir d'un rêve – un rêve d'arbres brouillés par la vitesse, d'odeurs à demi oubliées et de course folle dans le tréfonds de la forêt, à la poursuite de sa proie. Il courait sans relâche, infatigable, insensible à la douleur de ses muscles. Plus rien n'existait sinon la chasse et son gibier.

Comme il faisait irruption dans une petite clairière, il sentit s'infléchir la voix de la forêt. Ici, les oiseaux ne pépiaient plus pour accueillir le jour, réduits au silence par une présence importune. Il se figea, s'efforçant d'apaiser les hoquets affolés de sa poitrine afin de tendre chacun de ses sens vers l'archer en fuite, à l'affût du moindre signe de son passage. Le soleil levant baignait l'endroit de lumière, et dardait ses rayons sur une pierre de forme étonnante dressée au centre de la clairière. Quelque chose dans ce rocher attira son attention et il perdit quelque peu sa concentration, la voix de la forêt refluant pour laisser place à son esprit conscient. La formation rocheuse mesurait environ un mètre vingt de hauteur ; pourvue d'une base étroite, elle s'évasait au sommet pour former un plateau bombé. Le tout évoquait un champignon géant en partie étouffé par des plantes grimpantes. En se rapprochant, Vaelin s'aperçut qu'il ne s'agissait pas du tout d'une formation naturelle mais d'une sculpture taillée dans l'un des nombreux blocs de granit qui tapissaient la Martishe.

Des sens moins aiguisés que les siens n'auraient jamais perçu le claquement feutré de la corde. Il plongea au sol et la flèche fila au-dessus de sa tête telle une traînée noire. L'archer surgit des broussailles la hachette à la main et poussa un cri de guerre aussi perçant que sauvage. L'épée de Vaelin mordit le poignet de son adversaire et la hachette s'envola, suivie de la main qui la tenait. D'un mouvement du poignet, le jeune guerrier ramena son arme à l'horizontale et trancha dans la foulée la gorge de son adversaire qui, hébété, chancela en arrière. Il mourut en quelques secondes à peine, vidé de son sang.

Les genoux de Vaelin flanchèrent, son corps soudain délaissé par la fièvre de la chasse et gagné par les crampes du combat et de la course, ses oreilles assourdies par les battements effrénés de son cœur. Il s'éloigna en titubant, s'adossa contre la pierre et se laissa glisser au sol, appelant l'oubli. Son regard se posa sur le corps de l'archer, dont les rides et la peau tannée trahissaient une plus longue expérience du terrain que la plupart des autres Cumbraëliens.

*Flèche Noire ?* se demanda Vaelin, bien trop exténué cependant pour fouiller le cadavre à la recherche de preuves.

Affalé par terre, le menton posé sur la poitrine, il entendit à nouveau le murmure de la forêt. Du haut de leurs branches, les oiseaux reprenaient leurs gazouillis. Il s'ébroua en sentant une chaleur diffuse envahir ses membres et cilla dans la lumière vive qui baignait la clairière. Le soleil trônait haut dans le ciel, à présent, et il lui fallut quelques instants pour comprendre qu'il s'était endormi. *Imbécile !* Il se redressa en toute hâte, entreprit de brosser la neige sur sa cape et… Il s'interrompit, soudain ahuri. Il n'y avait de neige nulle part, ni sur sa cape, ni sous ses bottes, ni sur le sol et encore moins sur les arbres. À la place, la clairière était recouverte de brins d'herbe luxuriants et les arbres semblaient ployer sous le poids de leur feuillage. L'air caressait sa peau au lieu de mordre ses poumons, tandis qu'il apercevait à travers les frondaisons le bleu profond du ciel. *L'été… Je suis en été !*

Il jeta un coup d'œil autour de lui. Le corps de Flèche Noire, s'il s'agissait bien de lui, avait disparu. La formation rocheuse qui avait retenu son attention à son entrée dans la clairière était à présent dégagée du lierre qui l'étouffait, révélant un socle en granit gris finement ouvragé coiffé d'un plateau parfaitement plat, à l'exception d'un orifice circulaire creusé en son centre. Il s'approcha et tendit une main pour en éprouver la surface.

— Tu ferais mieux de ne pas y toucher.

Vaelin pivota, l'épée levée, et découvrit une femme de taille moyenne, uniquement vêtue d'une robe aux mailles lâches de facture inconnue. Ses longs cheveux noirs qui roulaient en cascade sur ses épaules encadraient un visage pâle et anguleux. Cependant, ce furent ses yeux qui le sidérèrent. Ou plutôt leur absence. Dénués de pupilles, ils étaient d'un rose laiteux et uni. À mesure qu'elle s'approchait, un mince sourire aux lèvres, il remarqua le réseau de fines veines qui les parcourait, tels deux orbes de jaspe enchâssés dans ses orbites. *Une aveugle ?* Mais c'était impossible. Il aurait pu jurer qu'elle *l'observait*. D'ailleurs, ne l'avait-elle pas vu tendre la main vers la pierre ? Les traits singuliers de l'inconnue éveillèrent soudain en lui un souvenir vieux de plusieurs années, celui d'un homme grave aux pommettes saillantes et au nez aquilin hochant tristement la tête et parlant une langue que Vaelin ne comprenait pas.

— Seordah, dit-il. Vous appartenez aux Seordah Sil.

Son sourire s'élargit quelque peu.

— Oui. Quant à toi, tu es Beral Shak Ur des Marelim Sil. (Elle leva les bras et embrassa d'un geste la clairière.) Et voici le lieu et le moment de notre rencontre.

— Je… Je m'appelle Vaelin Al Sorna, bafouilla-t-il d'une voix indécise. Je suis un frère du Sixième Ordre.

— Vraiment ? Qu'est-ce que c'est ?

Il coula vers elle un regard perplexe. Les Seordah avaient tendance à se couper du monde, certes, mais comment pouvait-elle parler sa langue sans connaître l'Ordre ?

— Un guerrier qui combat au service de la Foi, expliqua-t-il.

— Oh ! tu en es encore là.

Elle s'approcha encore un peu, fronça les sourcils et inclina la tête sur le côté, rivant sur lui les billes de jaspe qui lui servaient d'yeux le temps d'un examen prolongé.

— Ah ! si jeune… J'ai toujours pensé que tu serais plus âgé lors de notre rencontre. Tu as encore beaucoup à accomplir, Beral Shak Ur. J'aimerais pouvoir te dire que le chemin qui t'attend est facile.

— Vous parlez par énigmes, ma dame. (Il regarda autour de lui, toujours incapable de croire à cette impossible journée d'été.) Tout cela n'est qu'un rêve, une illusion qui prend place dans mon esprit.

— Les rêves n'ont pas leur place ici.

Elle le dépassa pour étendre la main au-dessus de la cavité circulaire creusée au centre du plateau.

— Seuls le temps et la mémoire résident ici, enfermés dans cette pierre jusqu'à ce que les siècles la réduisent en poussière.

— Qui êtes-vous ? demanda-t-il. Et que me voulez-vous ? C'est vous qui m'avez amené ici ?

— Tu es venu de ton propre fait. (Elle retira sa main et se tourna vers lui.) Pour répondre à tes questions, je me nomme Nersus Sil Nin et ce que je veux, tu ne peux me l'offrir.

Il se rendit compte qu'il brandissait toujours son épée et, se sentant un peu bête, la rengaina dans son fourreau.

— L'homme que j'ai tué, où est-il passé ?

— Tu as tué un homme en ce lieu ? (Elle ferma les yeux et sa voix se teinta d'un soupçon de tristesse.) Nous sommes donc devenus si faibles ? J'espérais me tromper, j'osais croire que ma vue m'avait fait défaut... Mais s'il est possible de verser le sang ici, alors le pire est arrivé. (Elle rouvrit les paupières.) Mon peuple est aux abois, n'est-ce pas ? Ils se terrent dans les forêts tandis que vous les pourchassez jusqu'au dernier ?

— Vous ignorez le sort de votre propre peuple ?

— S'il te plaît. Dis-moi.

— Les Seordah Sil vivent dans la Grande Forêt du Nord. Mon peuple ne s'y aventure pas. On ne les chasse pas. Ils sont bien trop craints pour ça. Plus encore que les Lonaks.

— Les Lonaks ? Ainsi, ils ont survécu à la venue de tes semblables. J'aurais dû me douter que la Grande Prêtresse saurait trouver un moyen.

Elle tourna vers lui son regard vide, une fois encore, et le soumit à un examen plus intense que jamais. Passé au crible de ces yeux morts, Vaelin sentit son impression d'anomalie résonner en lui plus fortement que jamais. Pourtant, il n'éprouva pas le besoin de fuir ni d'affronter un danger. Il s'agissait moins cette fois-ci d'un avertissement que d'une curieuse sensation de vertige, comme s'il venait d'achever l'ascension d'une falaise et regardait le sol en contrebas.

— Ah ! reprit Nersus Sil Nin, la tête penchée. Tu es capable d'entendre la voix de ton sang.

— De mon sang ?

— Ce que tu viens d'éprouver. Ce n'est pas la première fois, si ?

— Non. Ça m'est déjà arrivé à plusieurs reprises. La plupart du temps quand un danger me guette. Ça m'a… sauvé la mise, par le passé.

— Tu as bien de la chance d'être aussi Doué.

— Doué ?

Il n'aimait pas le ton qu'elle avait employé en prononçant ce mot. Elle lui conférait une gravité qui le mettait mal à l'aise.

— Il s'agit de l'instinct de survie, rien de plus. Une intuition commune à tous, j'en suis sûr.

— Tout le monde possède le Don, oui, mais tous ne peuvent pas l'entendre aussi nettement que toi. Et la voix du sang recèle bien d'autres harmonies que la seule mise en garde contre le danger. Avec le temps, tu apprendras à distinguer ses mélodies.

*La voix du sang ?*

— Vous insinuez que je suis atteint par la Ténèbre, c'est ça ?

Une moue amusée incurva la bouche de son interlocutrice.

— La Ténèbre ? Ah oui ! le nom que ton peuple donne à ce qu'il craint et refuse de comprendre. La voix du sang peut se voiler de ténèbres, Beral Shak Ur, mais elle peut également briller de mille feux.

*Beral Shak Ur…*

— Pourquoi m'appelez-vous ainsi ? J'ai un nom, vous savez.

— Les hommes tels que toi ont tendance à collectionner les noms comme autant de trophées. Et tous ceux dont tu te verras gratifié ne seront pas aussi flatteurs, crois-moi.

— Qu'est-ce qu'il veut dire ?

— Mon peuple voit dans le corbeau un présage de bouleversement. Quand l'ombre du corbeau passe sur votre cœur, votre vie s'apprête à changer. Pour le meilleur ou pour le pire, impossible de le savoir. Notre mot pour « corbeau » est Beral et celui pour « ombre » est Shak. Et toi, Vaelin Al Sorna, guerrier au service de la Foi, tu es l'Ombre du Corbeau.

Son intuition – cette voix du sang, comme elle l'appelait – continuait de chanter en lui. Elle résonnait avec plus d'intensité, à présent. Sans être désagréable, la sensation l'inquiétait quelque peu.

— Et votre nom à vous ?

— Je suis la Voix du Vent.

— Mon peuple croit le vent capable de porter les voix des Défunts depuis l'Au-Delà.

— Alors ton peuple en sait plus long que je ne pensais.

— Ce… Cet endroit… (Vaelin désigna la clairière.) Il se trouve dans le passé, n'est-ce pas ?

— D'une certaine manière, oui. Il s'agit en fait d'un souvenir, mon souvenir de ce lieu, emprisonné dans la pierre. Je l'y ai enfermé parce que je savais que le jour viendrait où tu la toucherais et que nous pourrions nous rencontrer.

— C'était il y a combien de temps ?

— Bien des étés avant ton époque. Cette terre appartient encore aux Seordah Sil et aux Lonaks. Bientôt, ton peuple, les Marelim Sil ou enfants de la mer, abordera nos rivages pour nous ravir notre bien et nous retournerons nous abriter dans les forêts. Tout cela, j'en fus témoin. Ton don consiste en la voix du sang qui chante en toi, le mien en cette vue qui traverse le temps. Et mes yeux ne voient que lorsque j'y ai recours. Tel est le prix que je paie.

— Vous utilisez votre don en ce moment ? Alors ça veut dire que je suis… (Il cherchait le mot exact.) Une vision ?

— En partie, oui. Nous devions nous rencontrer. Voilà qui est fait.

Elle tourna les talons et s'éloigna vers les arbres.

— Attendez !

Il voulut la retenir mais sa main passa à travers elle et ne rencontra que le vide, comme s'il avait voulu saisir une nappe de brume.

— Ceci est mon souvenir, pas le tien, lui dit Nersus Sil Nin sans s'arrêter. Tu n'as aucun pouvoir en ce lieu.

— Pourquoi devions-nous nous rencontrer ? (En lui, le timbre de la voix du sang montait dans les aigus, comme pour lui arracher sa question.) Pourquoi m'avoir fait venir ici ?

Elle gagna l'orée de la clairière et se retourna, levant vers lui un visage funeste mais dénué de malveillance.

— Pour que tu apprennes ton nom.

— VAELIN !

Il cligna des paupières et tout disparut, le soleil, l'herbe luxuriante sous ses bottes, Nersus Sil Nin et ses impossibles mystères. Envolés. Après la chaleur de cette immémoriale journée d'été, l'air glacé du présent lui fit l'effet d'une gifle. Aveuglé par la blancheur de la neige, il dut se couvrir les yeux.

— Vaelin ? (Nortah l'observait, penché sur lui, l'air aussi inquiet que perplexe.) Tu es blessé ?

Il était toujours affalé contre le socle, qu'enserraient à nouveau d'innombrables tiges de lierre.

— Un… Un petit coup de fatigue.

Il accepta la main tendue de Nortah et se redressa. Près d'eux, Barkus détroussait le cadavre du vieil archer.

— Vous m'avez pisté jusqu'ici ? demanda Vaelin à Nortah.

— Ça n'a pas été facile, sans Caenis. Tu ne laisses pas beaucoup de traces.

— Caenis est blessé ?

— Il a récolté une entaille au bras en réglant leur compte aux sentinelles. Rien de trop grave, mais il va devoir lever le pied un bon bout de temps.

— La bataille ?

— Terminée. On décompte soixante-cinq cadavres côté cumbraëlien. Frère Sonril y a laissé un œil et cinq des hommes d'Al Hestian sont partis rejoindre les Défunts.

Les yeux embués, Nortah arborait la même expression hallucinée qu'après son tout premier meurtre, dans le temple souterrain du Borgne. Contrairement à Caenis et aux autres, tuer n'était pas devenu chez lui une seconde nature. Il eut un rire sans joie.

— Une victoire, mon frère.

Vaelin se remémora le sifflement de la flèche qui l'avait manqué de peu pour se ficher dans l'épaule d'Al Hestian. *Une victoire... une victoire au goût amer.*

— Il n'a pas trop souffert ?

Nortah sourcilla.

— Qui ça ?

— Le seigneur Al Hestian. A-t-il souffert longtemps ?

— Il souffre encore, le pauvre bougre. La flèche ne l'a pas tué, mais frère Makril ignore s'il va survivre. Il te demande.

Vaelin réprima un frisson de désespoir coupable. Il rejoignit Barkus qui continuait de détrousser le cadavre ennemi en quête d'un objet de valeur.

— Une idée de qui c'est ?

— Pas vraiment.

Son camarade se hâta d'empocher une poignée de piécettes d'argent et tira une liasse de feuilles de la besace rejetée sur l'épaule de l'homme.

— J'ai trouvé quelques lettres. Si ça peut t'aider.

Nortah s'empara des pages et haussa un sourcil à la lecture des premières lignes.

— Alors ? s'enquit Vaelin.

Nortah replia soigneusement les feuillets.

— Voilà qui devrait intéresser l'Aspect. Mais quelque chose me dit que notre petite guerre risque de s'étendre au-delà de cette forêt.

Étendu sur une peau de loup, le seigneur Linden Al Hestian aspirait de longues et rauques goulées d'air, sa peau blême baignée de transpiration. Frère Makril avait extrait la flèche et appliqué un cataplasme sur la plaie afin d'en absorber le poison, autant de mesures palliatives qui ne servaient en réalité qu'à soulager les derniers instants du condamné. En dépit de ses protestations, on lui avait administré une dose d'andrinople afin d'apaiser ses souffrances, mais le poison continuait de le tourmenter à mesure qu'il se répandait dans son corps. L'odeur atroce qui régnait dans le pavillon érigé à la hâte pour l'accueillir rappelait à Vaelin les tourments que lui avait infligés la racine de jeoffril.

—Monseigneur ? dit Vaelin en s'asseyant près de lui.

—Mon frère. (L'ombre d'un sourire passa sur les lèvres du jeune noble.) On m'a dit que vous aviez pris Flèche Noire en chasse. Vous l'avez eu ?

—Il... Il a rejoint son dieu, à présent, répondit Vaelin, quand bien même il ignorait la véritable identité de l'homme qu'il avait égorgé.

—Ah ! l'heure du retour a donc sonné. De quoi satisfaire le roi, vous ne croyez pas ?

Vaelin soutint le regard d'Al Hestian et y lut toute la douleur, toute la peur qui suffoquaient le jeune homme, ainsi qu'une terrible certitude : lui ne retrouverait pas son foyer, lui ne reverrait pas les siens. Bientôt, il ne serait plus de ce monde.

—De quoi le ravir, même.

Al Hestian se laissa retomber sur les fourrures.

—Ils ont tué le gamin, vous savez. J'ai beau eu leur ordonner de lui laisser la vie sauve, ils l'ont taillé en pièces. Il n'a même pas crié.

—Ils n'écoutaient que leur colère, monseigneur. Ces hommes vous tiennent en haute estime. Tout comme moi.

—Quand je pense que mon père m'avait mis en garde contre vous...

—Monseigneur ?

—De nombreux différends, de nombreuses querelles nous ont toujours opposés, mon père et moi. Pour tout avouer, je n'apprécie guère le personnage, fût-il mon père ou non. J'en suis parfois venu à croire qu'il me détestait de ne pas nourrir les mêmes ambitions que lui. Et les hommes d'ambition voient des ennemis partout, surtout à la cour où les intrigues foisonnent. Avant mon départ, il m'a fait part de rumeurs évoquant une cabale ourdie contre moi, sans pour autant me préciser l'identité de son instigateur. D'après lui, je devais me méfier de vous.

*Des rumeurs de cabale… La princesse n'a pas chômé, à ce que je vois.*

— Que vous puissiez vouloir me nuire, je ne saurais le concevoir, poursuivit Al Hestian d'une voix râpeuse. Promettez-moi de le lui dire, d'accord ? Dites-lui que nous étions amis.

— Vous le lui direz vous-même.

Le jeune noble eut un faible ricanement.

— Nul besoin de me ménager, mon frère. Vous trouverez une lettre dans mon pavillon, au campement. Je l'ai rédigée juste avant notre départ. Je vous serais reconnaissant de bien vouloir la remettre à sa destinataire. Il s'agit de… d'une dame de ma connaissance.

— Une dame, monseigneur ?

— Oui, la princesse Lyrna. (Il s'interrompit et poussa un soupir peiné.) Je comptais sur cette expédition pour m'attirer les faveurs du roi. À mon retour, il aurait consenti à notre union.

Les dents serrées, Vaelin retint un juron. Comment avait-il pu se montrer si stupide ? Dès sa première rencontre avec Al Hestian, il avait jugé le portrait du jeune noble que lui avait brossé le roi au mieux fantaisiste, mais il ne comprenait que maintenant la véritable raison de sa mission. On l'avait chargé de débarrasser la princesse d'un fiancé encombrant.

— La princesse a dû s'inquiéter de vous voir braver ainsi le danger, dit Vaelin.

— Sa force d'âme est sans pareille. L'amour doit vaincre ou périr, voilà ce qu'elle m'a dit.

*« Je suis ambitieuse et ne tolérerai aucun obstacle… »* Vaelin sentit une vague de dégoût le submerger. *À nous deux, princesse, nous avons tué un homme de grande valeur.*

— Mon frère cadet, Alucius, reprit Al Hestian. J'aimerais que mon épée lui revienne. Dites-lui… Dites-lui qu'il vaut mieux la garder dans son fourreau. La guerre, je m'en rends compte à présent, n'a rien de glorieux… (Il s'interrompit, son corps traversé par une violente contraction.) Lyrna… je ne veux pas qu'elle sache comment…

La gorge nouée, le menton maculé de sang, il se cabra sous l'effet d'un nouveau spasme de douleur. Vaelin tendit la main vers lui, mais Al Hestian se mit à convulser sur sa couche. Incapable de soutenir ce spectacle, Vaelin quitta le pavillon et trouva frère Makril assis au coin du feu. Sa flasque à la main, il avalait gorgée sur gorgée de Compagnon du Frère.

— N'y a-t-il aucun espoir ? l'implora Vaelin. Rien que vous puissiez faire ?

Makril lui accorda à peine un coup d'œil.

— Il a eu droit à toute l'andrinople qui nous restait. Il mourra si nous le déplaçons. Un guérisseur du Cinquième Ordre pourrait atténuer ses souffrances, mais pas le tirer d'affaire.

Un cri de douleur déchirant monta de la tente et Vaelin grimaça.

— Tiens. (Makril lui tendit sa flasque.) Ça devrait t'aider à supporter le bruit de fond.

— On ne peut pas le laisser dans cet état.

Makril leva les yeux vers Vaelin. Le doute habitait encore le regard du pisteur ; d'une manière ou d'une autre, il percevait la culpabilité qui rongeait le jeune guerrier. Au bout d'un moment, il détourna la tête et s'apprêta à se relever.

— Je m'en charge.

— Non. (Vaelin fit demi-tour en direction du pavillon.) Non… c'est à moi de le faire.

— La jugulaire. C'est le plus rapide. Il ne devrait rien sentir.

Vaelin acquiesça, puis s'éloigna vers la tente, les jambes en coton. *Le roi aura réussi à faire de moi un meurtrier, en fin de compte…*

Le regard vitreux et absent, Al Hestian ne parut s'éveiller qu'au moment où il aperçut l'éclat du couteau. S'ensuivit un instant de peur flottante, puis un long soupir – de délivrance ou d'accablement, Vaelin ne le saurait jamais. Quand leurs yeux se croisèrent, le jeune noble sourit et hocha la tête. Vaelin le prit contre lui, posa sa tête au creux de son bras et plaça la lame contre son cou.

Les traits tordus par une nouvelle vague de douleur, Al Hestian prononça ses derniers mots dans un murmure :

— Je… suis heureux… que ce soit vous… mon frère.

# Chapitre 3

— Et vous avez trouvé cette correspondance sur le corps de ce dénommé Flèche Noire ?

Ses mains étendues sur les lettres telles deux araignées pâles, l'Aspect levait son visage oblong vers Makril et Vaelin pour les couver d'un regard attentif. Tout juste revenus de la Martishe après un périple de douze jours, les deux frères fourbus et crasseux avaient sans doute bien piètre allure. L'Aspect ne semblait pourtant guère se soucier de leur apparence. Après avoir écouté leur compte-rendu, il avait exigé de voir les lettres et les avait brièvement parcourues.

— Nous pensons qu'il s'agissait de Flèche Noire, Aspect, répondit Vaelin. Mais ce n'est qu'une supposition.

— Je vois. La prochaine fois, sois moins prompt à assener le coup de grâce, mon frère.

— J'ai fait preuve de négligence. Pardonnez-moi, Aspect.

L'Aspect balaya ses excuses d'un signe de tête à peine perceptible.

— Avez-vous conscience de l'importance de ccs documents ?

— Sendahl nous en a fait la lecture, dit Makril.

— Des éléments extérieurs à l'Ordre ont-ils pu surprendre votre conversation ?

— Les hommes d'Al Hestian ont eu droit à une double ration de rhum, cette nuit-là. Je doute qu'ils aient surpris quoi que ce soit.

— Bien. Faites passer le mot à vos frères : qu'ils n'en parlent à personne, même entre eux.

Il rassembla les lettres et les plaça dans un petit coffre en bois posé sur son bureau, qu'il s'empressa de refermer et de verrouiller à l'aide d'un épais cadenas.

— Vous devez être fatigués, mes frères. Au nom de l'Ordre, je vous félicite pour votre travail dans la Martishe. Frère Makril, tu as amplement mérité le titre de Frère Commandant. Pour l'heure, tu resteras parmi nous. Maître Sollis conduit en ce moment une escouade déployée sur la côte sud, où la violence des contrebandiers à l'encontre des percepteurs de l'impôt royal ne connaît plus de bornes. Tu le remplaceras en qualité de maître escrimeur. M'est avis que l'épée t'est suffisamment familière pour que tu puisses l'enseigner.

— Sans aucun doute, Aspect.

— Frère Vaelin, présente-toi à l'écurie à la huitième heure demain matin. Tu m'accompagneras au palais.

— Félicitations, mon frère, dit Vaelin alors qu'ils s'acheminaient vers le terrain d'entraînement où cantonnait la compagnie d'Al Hestian.

En l'absence de baraquement disponible en ville, l'Aspect avait permis aux soldats de séjourner dans l'enceinte de la Loge. Vaelin soupçonnait le roi d'avoir sciemment omis d'apprêter une caserne pour le régiment, persuadé qu'aucun des hommes ne reviendrait vivant de la Martishe.

Makril s'arrêta pour le toiser avec intensité.

— Passer maître et commandant dans la même journée, poursuivit Vaelin, décontenancé par le silence du pisteur. Bel exploit, mon frère.

Sans crier gare, Makril se pencha vers lui et inspira profondément, les narines dilatées – un geste si agressif, si provocateur que Vaelin fut tenté de tirer son couteau de chasse.

— Ton odeur m'a toujours débecté, mon frère, lâcha le pisteur. Y a quelque chose de pas naturel, chez toi. Et maintenant, voilà que tu pues la honte. Tu peux m'expliquer ?

Sans attendre de réponse, il tourna les talons et s'éloigna à grandes enjambées vers l'entrée du donjon. Quand l'obscurité eut presque englouti sa silhouette trapue, il émit un bref et puissant sifflement et son molosse surgit des ténèbres pour lui emboîter le pas.

Le dortoir occupé pendant tant d'années par Vaelin et ses camarades hébergeait à présent un nouveau groupe de novices, de sorte qu'ils n'avaient d'autre choix que de bivouaquer avec la compagnie. Le jeune homme trouva ses frères réunis autour du feu de camp, où ils régalaient Frentis de leurs aventures dans la Martishe.

— … embroché deux ennemis d'un coup, disait Dentos. Une seule flèche, je te jure. Jamais rien vu de tel.

Vaelin prit place à côté de son protégé. Balafre, qui s'était lové aux pieds de Frentis, se redressa, s'approcha de lui et poussa sa main du museau, en quête de caresses. Tout en lui grattant les oreilles, Vaelin se rendit compte à quel point le cerbère lui avait manqué. Il ne regrettait pourtant pas de l'avoir abandonné à la Loge. L'animal s'en serait donné à cœur joie dans la Martishe et Vaelin craignait qu'il prenne goût au sang humain.

— L'Aspect nous félicite pour notre rôle dans la Martishe, déclara-t-il en levant ses mains devant le feu. Nous devons garder le silence au sujet des lettres que nous avons trouvées.

— Quelles lettres ? s'enquit Frentis.

En guise de réponse, il reçut une cuisse de poulet entamée sur le front, avec les compliments de Barkus.

— Il t'a parlé de notre prochaine affectation ? demanda Dentos à Vaelin en lui passant une coupe de vin.

Vaelin secoua la tête.

— Je dois l'accompagner au palais demain.

Nortah renifla et siffla une gorgée d'alcool.

— Pas besoin de pratiquer la Ténèbre pour prédire notre avenir. (Il parlait à voix forte et bafouillait, le menton rougi par le vin.) Hardi, compagnons, marchons sur Cumbraël ! (Il se redressa et leva sa coupe en l'air.) Aujourd'hui la forêt, demain le Fief. Allons leur apporter la Foi, à ces chiens d'Apostats. De gré ou de force !

— Nortah…

Caenis tendit la main vers lui pour le faire s'asseoir, mais Nortah le repoussa sans ménagement.

— Et puis vous avez songé à tous ces Cumbraëliens qu'il nous reste à occire ? Pour ma part, je n'en ai crevé que dix dans cette maudite forêt. Et toi, mon frère ? (Il chancela vers Caenis.) Tu me dépasses de loin, hein ? Tu t'en es payé au moins le double, je dirais. (Il se tourna vers Frentis.) T'aurais dû voir ça, mon gars. On s'est baignés dans plus de sang d'un seul coup que ton vieux pote le Borgne en toute une vie.

Une ombre passa sur le visage du novice, qui n'aurait pas manqué de bondir si Vaelin ne l'avait pas retenu d'une main sur l'épaule.

— Ressers-toi, mon frère, dit-il à Nortah. Ça t'aidera à dormir.

— Dormir ? (Nortah se laissa glisser au sol.) Il y a longtemps que ça ne m'est pas arrivé.

Il tendit sa coupe à Caenis, puis posa sur les flammes un regard morose.

Un silence pesant s'était installé entre eux. Au grand soulagement de Vaelin, un soldat assis autour d'une flambée voisine ne tarda pas à leur offrir une distraction bienvenue. Musicien accompli, l'homme tirait de sa mandoline, sans doute trouvée sur le cadavre d'un Cumbraëlien dans la forêt, une mélodie si belle et si mélancolique que tout le campement se tut pour l'écouter. Bientôt entouré d'un cercle de spectateurs, il entonna une ballade que Vaelin connaissait sous le nom de *Complainte du Guerrier.*

*Le guerrier chante en solitaire*
*Sa voix un feu trop tôt éteint*
*Il chante la mort de ses frères*
*Batailles perdues, sanglants destins...*

Un tonnerre d'applaudissements accueillit la fin de son morceau et de nombreuses voix s'élevèrent pour en réclamer un autre. Vaelin profita de cet intermède pour se frayer un chemin dans la petite foule jusqu'au musicien, un jeune homme d'une vingtaine d'années dont il reconnut le visage émacié. Il faisait partie des trente recrues choisies pour l'assaut final contre le campement de Flèche Noire. L'entaille recousue qui lui barrait le front témoignait de son rôle au combat. Comme il peinait à retrouver son nom, Vaelin éprouva une bouffée de honte passagère : à aucun moment il n'avait jugé utile de retenir les noms des hommes qu'il avait formés. Peut-être, à l'instar du roi, avait-il estimé qu'aucun ne survivrait.

— Tu joues très bien, dit-il.

L'homme esquissa un sourire nerveux. Aucun des soldats n'avait réussi à se départir de la peur que leur inspirait Vaelin et rares étaient ceux qui osaient l'aborder. La plupart évitaient même son regard.

— J'étais l'apprenti d'un ménestrel, mon frère, répliqua le jeune musicien.

À la différence de ses camarades, il s'exprimait avec une minutie qui confinait au raffinement.

— Alors que fais-tu dans l'armée ?

L'homme haussa les épaules.

— Mon maître avait une fille.

Les soldats rassemblés ricanèrent d'un air entendu.

— En tout cas, ses leçons t'ont profité, reprit Vaelin. Comment t'appelles-tu ?

— Janril, mon frère. Janril Norin.

Vaelin repéra le sergent Krelnik dans la foule.

— Du vin pour ces hommes, sergent. Demandez à frère Frentis de vous conduire dans le cellier. Vous direz à maître Grealin que je réglerai la note. Et qu'il vous donne un bon cru, surtout.

Alors qu'un murmure approbateur montait du cercle de soldats, Vaelin piocha dans sa bourse quelques couronnes d'argent et les glissa dans la main de Janril.

— Joue donc, Janril Norin. Quelque chose d'entraînant. Un air de fête.

Le jeune homme fronça les sourcils.

— Et que fêtons-nous, mon frère ?

Vaelin lui assena une claque sur l'épaule.

— La vie, mon ami ! (Il leva sa coupe et se tourna vers l'assemblée.) Buvons à la vie !

Le Conseil du roi prenait place dans une vaste salle au sol en marbre poli, au plafond ouvragé décoré de feuilles d'or et de somptueuses moulures en plâtre et aux murs ornés de tableaux et tapisseries. Tirés à quatre épingles, des soldats au garde-à-vous formaient un large cercle autour de la longue table rectangulaire où se tenait le Conseil. Au centre de la table, vêtu d'un manteau doublé d'hermine et le front ceint d'une tiare en or, le roi Janus n'avait plus rien à voir avec le vieillard barbouillé d'encre qui avait reçu Vaelin, plusieurs mois auparavant. Assis de part et d'autre du souverain, dix ministres aux toilettes plus ou moins étudiées observaient Vaelin avec attention tandis qu'il achevait son rapport, l'Aspect Arlyn à son côté. Installés à une table voisine, deux scribes couchaient par écrit chaque mot prononcé dans la salle, afin d'établir le rigoureux procès-verbal qu'exigeait invariablement le roi après la séance plénière. Chacun des conseillers avait ainsi dû décliner son nom et sa charge avant de pouvoir s'asseoir.

— Et l'homme qui détenait ces lettres, dit le roi. Son identité reste inconnue ?

— Faute de prisonnier, il n'a pu être identifié, Votre Majesté. Les hommes de Flèche Noire n'avaient pas l'intention de se rendre.

— Seigneur Molnar.

Le roi tendit les documents à l'homme corpulent assis à sa gauche, un certain Lartek Molnar, ministre des Finances, comme l'avait appris Vaelin en début de séance.

— Vous connaissez aussi bien que moi la plume du Vassal Mustor. Qu'en dites-vous ?

Le seigneur Molnar examina longuement les feuillets.

— À mon grand regret, Majesté, la main qui a rédigé ces missives ressemble à s'y méprendre à celle du Vassal, à tel point qu'il m'est impossible de les différencier. Même sans signature, j'aurais reconnu l'auteur de ces lignes, tant la tournure des phrases rappelle sa prose.

— Mais pourquoi ? demanda l'amiral Al Junril, le barbu assis à la droite du roi. La Foi m'en soit témoin, je ne porte pas le Vassal de Cumbraël dans mon cœur, mais le bougre est loin d'être idiot. Pourquoi accorderait-il un sauf-conduit à un fanatique dont le but est de faire voler le Royaume en éclats ?

— Frère Vaelin, dit le seigneur Molnar. Vous qui avez affronté ces hérétiques plusieurs mois durant, avaient-ils l'air bien nourris ?

— Ils ne semblaient pas affaiblis par la faim, monseigneur.

— Et comment estimeriez-vous la qualité de leurs armes ?

— Ils disposaient d'arcs d'excellente facture et de lames à l'acier bien trempé, même s'ils ne manquaient pas de se servir sur les cadavres de nos soldats.

— Je résume : bien équipés, bien nourris, et ce au plus fort de l'hiver, quand le gibier se fait rare dans la Martishe. Tout indique, Votre Majesté, que ce Flèche Noire a bénéficié d'un appui considérable.

— Et nous savons désormais de la part de qui, déclara Kelden Al Telnar, ministre des Œuvres Royales, le plus richement vêtu de tous les conseillers attablés. Avec ces documents, le Vassal Mustor montre enfin son vrai visage. J'ai longtemps soutenu que son adhésion à la paix royale n'était qu'une façade camouflant de plus sinistres intentions. N'oublions pas la sanglante défaite qu'il aura fallu infliger aux Cumbraëliens pour qu'ils daignent intégrer notre Royaume. Ils n'ont jamais cessé de nous haïr, nous comme notre Foi bien-aimée. Par bonheur, les Défunts ont guidé notre brave frère Vaelin vers la vérité. Je vous en conjure, Majesté, il faut sévir au plus…

D'un geste, le roi lui intima le silence.

— Seigneur Al Genril. (Le roi se tourna vers un homme à la barbe grise assis deux sièges plus loin.) En tant que Juge Suprême et Grand Justicier du Royaume, j'en appelle à votre sagacité.

Ces documents constituent-ils une preuve suffisante pour instruire un procès ou, à défaut, une enquête ?

Le Grand Justicier caressa sa longue barbe argentée d'un air pensif.

— D'un point de vue strictement juridique, Votre Majesté, je dirais que ces lettres requièrent des éclaircissements, qui seuls pourraient entraîner d'éventuels chefs d'inculpation à l'encontre de leur auteur. Il me serait impossible d'envoyer quiconque au gibet pour haute trahison sur la foi de ces seuls documents.

Le seigneur Al Telnar voulut reprendre la parole, mais le roi le réduisit à nouveau au silence.

— Quelles sortes d'éclaircissements, monseigneur ?

Le seigneur Al Genril s'empara des lettres et les parcourut rapidement.

— Je remarque que ces lettres autorisent leur porteur à franchir librement les frontières de Cumbraël et lui assurent le concours de tout officier ou tout soldat du Fief. Par ailleurs, en admettant l'authenticité de la signature et du cachet, il s'agit bien de sauf-conduits délivrés par le Vassal en personne. Mais notez qu'aucun n'est nominatif. En outre, nous ignorons le nom de l'homme qui les détenait. S'ils ont bien été rédigés par le Vassal, encore faudrait-il savoir s'il comptait effectivement les confier à Flèche Noire ou s'ils ont été dérobés et détournés de leur usage initial.

— Un instant, dit le seigneur Al Molnar. Êtes-vous en train de suggérer que nous devrions soumettre le Vassal à la question ?

Le Juge Suprême s'accorda quelques longues secondes de réflexion. À en juger par ses traits crispés, la gravité de sa décision ne lui avait pas échappé.

— Je le crains, oui.

Sur ces mots, la porte s'ouvrit brusquement et le capitaine Smolen fit son entrée. Il vint se poster fièrement devant le roi et se mit au garde-à-vous.

— J'en déduis que vous l'avez trouvé ? fit le roi.

— En effet, Votre Majesté.

— Au bordel ou à la fumerie d'andrinople ?

Le capitaine Smolen battit deux fois des paupières, seule manifestation de son embarras.

— Au bordel, Votre Majesté.

— Est-il en état de parler ?

— Il a fait de son mieux pour dessoûler.

Le roi poussa un soupir et se massa les tempes avec lassitude.

— Très bien. Faites-le entrer.

Dans un claquement de talons, le capitaine quitta la pièce à grandes enjambées pour reparaître quelques instants plus tard, accompagné d'un homme aussi sale que richement vêtu. Il progressait à pas lents, de cette démarche précise qu'adoptent ceux qui craignent à tout moment de basculer. Ses yeux cramoisis, son teint jaunâtre et son menton mal rasé dénotaient plusieurs heures d'excès. S'il paraissait âgé d'une quarantaine d'années, Vaelin le soupçonnait d'être en réalité bien plus jeune, mais abîmé par une vie de débauche. L'homme s'arrêta près de l'Aspect Arlyn et le salua d'un bref hochement de tête, avant d'exécuter une révérence aussi instable qu'extravagante en direction du roi.

— Votre Majesté. Cette convocation, comme toutes les autres, me comble d'honneurs.

*Un accent cumbraëlien à couper au couteau*, reconnut Vaelin.

— Veuillez noter la présence, lança le roi à l'adresse des deux scribes, de Son Excellence le seigneur Sentes Mustor, héritier du Fief de Cumbraël et représentant attitré des intérêts cumbraëliens à la cour du roi Janus. (Il leva un regard patient vers l'ambassadeur.) Seigneur Mustor. Comment vous portez-vous ce matin ?

Le seigneur Al Telnar émit un ricanement narquois.

— À merveille, Votre Majesté, répliqua le Cumbraëlien. Votre cité m'a toujours accueilli à bras ouverts.

— Vous m'en voyez ravi. Vous connaissez bien sûr l'Aspect Arlyn. Et voici le frère Vaelin Al Sorna, tout juste revenu de la forêt de Martishe.

Le seigneur Mustor jaugea Vaelin d'un œil circonspect et hocha formellement la tête.

— Ah ! le guerrier à qui je dois mes dix couronnes gagnées lors de l'Épreuve de l'Épée, lâcha-t-il d'une voix joviale un peu trop appuyée. Un plaisir de vous rencontrer, mon jeune ami.

Vaelin le salua en retour, mais garda le silence. La simple évocation de l'Épreuve de l'Épée avait suffi à assombrir son humeur.

— Frère Vaelin nous a apporté certains documents. (Le roi reprit les lettres des mains du seigneur Al Genril.) Des documents qui soulèvent certaines questions. J'ai bon espoir que votre précieux jugement nous permettra d'en saisir la teneur.

Après un court instant d'hésitation qui n'échappa pas à Vaelin, le seigneur Mustor s'avança et s'empara des lettres que lui tendait le roi.

— Ce sont des sauf-conduits, dit-il après un rapide examen des pages.

— Signés de la main de votre père, n'est-ce pas ?

— Il… Il semblerait bien, Votre Majesté.

— Alors peut-être pourrez-vous nous expliquer par quel miracle notre jeune frère ici présent a pu les trouver sur le corps d'un hérétique cumbraëlien, en pleine forêt de Martishe.

L'ambassadeur regarda tour à tour Vaelin et le souverain, ses yeux injectés de sang subitement envahis par une lueur inquiète.

— Votre Majesté, jamais mon père ne confierait à un rebelle des documents d'une telle valeur. Quelqu'un les aura volés. À moins qu'il s'agisse de faux…

— Votre père pourrait peut-être nous fournir un avis plus arrêté sur le sujet.

— S-sans aucun doute, Votre Majesté. Il vous suffit de lui écrire et je ne doute pas qu'il…

— Je n'en ferai rien. Il me l'expliquera de vive voix, ici même.

Le seigneur Mustor recula d'un pas, à présent livide de peur. L'humiliation qu'il éprouvait était palpable ; pour une fois qu'on le mettait à l'épreuve, il ne se montrait pas à la hauteur.

— V-votre Majesté, balbutia-t-il. Mon père… Ce n'est pas juste…

Le roi laissa échapper un long soupir exaspéré.

— Seigneur Mustor, j'ai mené deux guerres contre votre grand-père, en qui j'ai trouvé un ennemi aussi habile que courageux. Sans l'avoir jamais apprécié, j'ai toujours éprouvé pour lui un profond respect. Je suis donc soulagé qu'il ne soit plus là pour voir son dévoyé de petit-fils bafouiller comme un ivrogne alors même que son Fief menace de sombrer dans la guerre.

Le roi invita d'un geste le capitaine Smolen à s'approcher.

— Le seigneur Mustor restera notre hôte au palais jusqu'à nouvel ordre. Veuillez l'escorter dans des quartiers dignes de lui et vous assurer qu'aucun visiteur indésirable ne vienne l'importuner.

— Vous savez pertinemment que mon père ne viendra pas, déclara sans ambages l'ambassadeur. Jamais il n'acceptera d'être soumis à la question. Emprisonnez-moi si vous le souhaitez, mais cela n'y changera rien. Croyez-vous qu'un homme tel que lui aurait placé son fils préféré entre les mains de son ennemi ?

Janus hésita, ses yeux plissés braqués sur le seigneur cumbraëlien. *Il t'a pris de court*, songea Vaelin. *Tu ne pensais pas qu'il aurait le cran de te tenir tête.*

— Nous verrons bien comment votre père réagira, dit enfin le roi.

Il hocha la tête en direction du capitaine Smolen, qui entraîna l'ambassadeur hors de la pièce, deux gardes dans leur sillage.

— Préparez-moi une lettre à l'intention du Vassal de Cumbraël exigeant sa présence au palais sous trois semaines, lança le roi à l'un de ses scribes. (Il repoussa son fauteuil et se redressa.) La séance est levée. Aspect Arlyn, frère Vaelin, veuillez me suivre dans mes quartiers.

Depuis l'impeccable alignement des tapis de soie sur le carrelage en marbre jusqu'à la disposition méticuleuse des piles de feuilles sur l'immense bureau en bois de chêne, chaque objet, chaque meuble de l'étude du roi contribuait à l'écrasante impression d'ordre et de symétrie qui y régnait. Une méticulosité qui cadrait mal avec le cabinet secret noyé de registres et de parchemins dans lequel Vaelin avait rencontré Janus huit mois plus tôt. *C'est là-bas qu'il travaille*, comprit-il. *Mais c'est ici qu'il veut faire croire qu'il travaille.*

— Asseyez-vous, mes frères. (Comme il prenait place à son bureau, le roi leur désigna deux fauteuils.) Je peux nous faire servir quelques rafraîchissements, si vous le désirez.

— Sans façon, Votre Majesté, répliqua l'Aspect d'une voix neutre.

Il restait debout, forçant Vaelin à l'imiter.

Le regard du roi s'attarda quelques instants sur l'Aspect avant de glisser sur le jeune guerrier, sa barbe retroussée autour d'un large sourire.

— Note le ton employé, mon garçon. Ni respectueux ni provocant. Souviens-t'en, cela pourrait te servir à l'avenir. Quelque chose me dit que j'ai irrité ton Aspect. Je me demande bien pourquoi.

Vaelin regarda l'Aspect. Immobile, celui-ci gardait le silence.

— Eh bien ? insista le roi. J'attends, mon frère. Apprends-moi ce qui me vaut le courroux de ton Aspect.

— Je ne peux parler à sa place, Votre Majesté. C'est l'Aspect qui parle en mon nom, comme au nom de tous les frères.

Avec un petit ricanement, le roi fit claquer la paume de sa main sur le bureau.

— Qu'en dis-tu, Arlyn ? On croirait entendre sa mère. Son portrait craché. C'en est presque troublant, par moments, tu ne trouves pas ?

La voix de l'Aspect demeura inchangée :

— Non, Majesté.

— Non. (Le roi secoua la tête et, sans cesser de rire, s'empara d'un carafon de vin sur son bureau.) Non, j'imagine que non.

Il remplit sa coupe et se laissa retomber dans son fauteuil.

— Ton Aspect, poursuivit-il à l'adresse de Vaelin, m'en veut parce qu'il estime que je viens de conduire notre Royaume sur le chemin de la guerre. Il considère, non sans raison d'ailleurs, que le Vassal de Cumbraël préférera me laisser décapiter son ivrogne de fils plutôt que de quitter ses frontières. En retour, je me verrai dans l'obligation d'envoyer la Garde du Royaume le débusquer dans son Fief. S'ensuivront batailles et bains de sang, des villes et des cités en cendres et des victimes par milliers. Malgré sa vocation de guerrier, et à ce titre d'expert dans l'art de donner la mort, ton Aspect y voit une regrettable initiative. Pourtant, il ne m'en dira rien. Il en a toujours été ainsi.

Un silence à couper au couteau s'installa entre les deux hommes. Tandis qu'ils s'affrontaient du regard, Vaelin eut une soudaine révélation : *Ils se détestent. Le roi et l'Aspect du Sixième Ordre se vouent une haine sans borne.*

— À ton avis, mon frère, reprit le roi. (Il s'adressait à Vaelin, mais gardait les yeux rivés à ceux de l'Aspect.) Quelle sera la réaction du Vassal quand il apprendra la détention de son fils et sa convocation au palais ?

— Je ne saurais dire, Votre Majesté. Je ne le connais pas…

— L'homme n'a rien de compliqué, Vaelin, je t'assure. Fais fonctionner tes méninges. J'ose croire que tu as hérité d'un peu du discernement de ta mère, ne me donne pas tort.

Pris d'une soudaine aversion pour la complaisance avec laquelle le souverain évoquait le souvenir de sa mère, Vaelin s'efforça malgré tout de répondre :

— Il… Il sera en colère, se sentira menacé par votre décision. Il se tiendra sur ses gardes, battra le rappel de ses troupes et fera surveiller ses frontières.

— Bien. Et ensuite ?

— Deux choix s'offrent à lui : obéir à votre ordre ou l'ignorer et aller au-devant de la guerre.

— Faux. Il lui reste une troisième option. Il peut attaquer, lancer toutes ses forces dans la bataille. Crois-tu qu'il s'y résoudra ?

— Je doute que l'ost cumbraëlien puisse rivaliser avec la Garde du Royaume, Majesté.

— Et tu aurais raison. Cumbraël ne possède pas de véritable armée, en dehors de quelques centaines de gardes dévoués à leur Vassal. En revanche, elle dispose de milliers de paysans rompus au maniement de l'arc, prêts à prendre les armes en cas de besoin. Une force formidable. Pour avoir chargé sous une pluie de flèches ou deux au cours de ma vie, j'en sais quelque chose. Mais en l'absence de cavalerie et d'infanterie, Cumbraël ne peut se permettre d'attaquer Asraël ni d'affronter la Garde du Royaume sur le champ de bataille. Sans égaler l'intelligence de son père, le Vassal Mustor est loin d'être idiot et ne peut ignorer ses faiblesses.

Le roi sourit à nouveau, détourna son regard de l'Aspect et leva une main en signe d'apaisement.

— Ne t'inquiète donc pas, Arlyn. D'ici à quinze jours, le Vassal enverra un émissaire ramper à mes pieds, afin de me signifier qu'à son grand regret il ne pourra rejoindre la cour et de me servir une explication plausible, sinon convaincante, à l'existence de ces lettres. Le tout probablement accompagné d'un coffre rempli d'or. Par amour pour la paix, mon fils déploiera des trésors de sagesse afin de me persuader de faire machine arrière et de libérer le jeune débauché. Après cet épisode, je doute que le Vassal se risque à distribuer de nouveaux sauf-conduits à des Apostats fanatiques. Plus important encore, il sera rappelé à sa véritable place au sein du Royaume.

— Dois-je en déduire, Votre Majesté, dit l'Aspect, que vous êtes convaincu de la trahison du Vassal ?

— Convaincu ? Non. Mais c'est fort probable. Sans que ce soit un fanatique de la trempe de ces dégénérés que notre bon Vaelin a décimés dans la Martishe, je le crois fermement attaché à son dieu. Sans doute espère-t-il s'assurer une place dans les Prés Éternels à présent qu'il a passé sa cinquantième année. Dans tous les cas, qu'il ait effectivement rédigé ces lettres ou non importe peu. Leur simple existence pose un problème. Une fois que j'en ai eu connaissance, je n'avais d'autre choix que d'agir. Au moins, de cette manière, le Vassal se sentira redevable envers mon fils quand celui-ci me succédera sur le trône. (Le roi termina sa coupe et quitta son fauteuil.) Mais assez parlé politique, il y a d'autres sujets dont j'aimerais vous entretenir, mes frères. Suivez-moi.

Il les mena dans une pièce voisine. Plus petite et tout aussi richement décorée que la précédente, elle s'en distinguait cependant par l'impressionnant arsenal qui recouvrait chaque mur. Ici, point de tableaux ni de tapisseries, mais des épées du sol au plafond, plus d'une centaine de lames dont l'acier scintillant accrochait la lumière des bougies. Outre quelques armes de facture asraëline, Vaelin découvrit de nombreux modèles qui lui étaient encore inconnus : d'imposantes claymores longues de presque deux mètres ; des sabres aux allures de faucille, à la lame si incurvée qu'elle formait presque un demi-cercle ; de longues rapières fines comme des aiguilles, privées de tranchant et dotées d'une garde en coquille ; des épées d'apparat à la lame d'or ou d'argent, des métaux pourtant bien trop mous pour donner des armes efficaces.

—Jolies, n'est-ce pas ? commenta le roi. Il y a des années que j'ai commencé ma collection. Certaines sont des présents, d'autres des prises de guerre et d'autres encore de simples acquisitions. De temps à autre, j'offre l'une d'entre elles… (Il tourna un sourire radieux vers Vaelin.) À de jeunes hommes de valeur tels que toi, mon frère.

Vaelin éprouva une fois encore ce malaise diffus qui s'était emparé de lui lors de sa première rencontre avec le roi – la prise de conscience déconcertante qu'il n'était que le rouage minuscule d'un plus vaste et invisible engrenage. Sa sensation d'anomalie coutumière, celle-là même que Nersus Sil Nin nommait la voix du sang, baignait ses pensées d'une lointaine mélodie. *S'il me donne une épée…*

—Je ne suis qu'un frère du Sixième Ordre, Votre Majesté, dit-il en tentant d'imiter la voix neutre de l'Aspect. Ce serait me faire trop d'honneur.

— Un honneur amplement mérité dans ton cas, jeune Faucon, contrairement aux incompétents qui en profitent d'habitude, répliqua le roi. Voilà donc une occasion exceptionnelle à plus d'un titre. (Il engloba d'un geste ample la collection d'épées.) Choisis-en une.

Vaelin se tourna vers l'Aspect, guettant sa réaction. Les yeux légèrement plissés, le maître du Sixième Ordre gardait le silence, son visage de marbre dénué d'expression. Quand enfin il prit la parole, ce fut sur le même ton qu'auparavant, ni déférent, ni provocateur :

— Le roi t'honore, mon frère. Et à travers toi, c'est l'Ordre tout entier qu'il récompense. Tu dois accepter.

— Mais je ne comprends pas, Aspect. Comment pourrait-on être à la fois un frère et une Épée du Royaume ?

— C'est déjà arrivé autrefois. Il y a bien longtemps.

Le regard perçant de l'Aspect s'adoucit quelque peu quand il quitta le roi pour se poser sur Vaelin. Ce fut cependant d'une voix impérieuse qu'il ordonna :

— Il te faut accepter le présent du roi, frère Vaelin.

*Mais je n'en veux pas !* songea-t-il. *Ce n'est pas d'un présent qu'il s'agit, mais d'une rétribution, le salaire d'un meurtrier. Ce vieil intrigant espère ainsi me lier définitivement à lui.*

Mais il n'avait pas le choix. L'Aspect lui avait donné un ordre et le roi lui faisait un honneur insigne. Vaelin devait choisir une épée.

Il réprima un soupir irrité et balaya les murs du regard, passant d'une lame à l'autre. Il joua un instant avec l'idée d'opter pour l'une des armes en or massif, qu'il pourrait toujours revendre par la suite, mais finit par se raviser. S'il devait profiter d'une largesse royale, autant qu'elle puisse lui servir au combat. Mais laquelle choisir ? Aucune lame asraëline ne pourrait égaler sa propre épée en argent météore, et il ne s'imaginait pas brandir les armes les plus exotiques de la collection du roi. Ses yeux s'arrêtèrent alors sur un glaive à lame large, doté d'une sobre garde en bronze et d'une poignée en bois. Il s'en empara, le soupesa quelques secondes puis enchaîna quelques passes, lui trouvant maintes qualités : une prise en main agréable, un poids bien réparti, un tranchant acéré et un acier aussi pur qu'inaltéré.

— Un glaive volarien, dit le roi. Aussi peu élégant qu'efficace, et fort utile quand la bataille fait rage et que la cohue interdit d'allonger ses coups. Bon choix. (Il tendit la main et Vaelin lui passa l'arme.) En temps normal, tu aurais droit à une cérémonie farcie de serments et de génuflexions, mais je t'en fais grâce. Vaelin Al Sorna, je t'adoube Épée du Royaume. Jures-tu de mettre ton glaive au service du Royaume Unifié ?

— Je le jure, Majesté.

— Alors fais-en bon usage. (Le roi lui rendit l'arme volarienne.) À présent, ton nouveau titre appelle une fonction digne de toi. Je te nomme donc à la tête du trente-troisième régiment d'infanterie. L'Aspect ayant obligeamment hébergé mon bataillon au sein de sa Loge, il me paraît tout naturel de confier à l'Ordre le commandement de ces hommes. Il te reviendra ainsi de les entraîner et, quand l'heure sera venue, de les mener au combat.

Vaelin observa l'Aspect du coin de l'œil, mais le visage austère du vieil homme demeurait indéchiffrable.

— Pardonnez-moi, Votre Majesté, mais si ce bataillon doit passer sous le contrôle de l'Ordre, alors je pense que frère Makril serait plus à même de…

— Le célèbre chasseur d'Apostats ? Oh ! je ne crois pas, non. Il me serait difficile de lui offrir une épée, n'est-ce pas ? Seul un homme anobli par la Couronne peut prendre la tête d'une unité de la Garde du Royaume. Combien de temps te faudra-t-il pour les entraîner, selon toi ?

— Nous avons souffert de lourdes pertes dans la Martishe, Majesté. Les hommes sont épuisés et attendent leur solde depuis des semaines.

— Vraiment ?

Le roi jeta un regard étonné vers l'Aspect.

— L'Ordre prendra tous les frais du bataillon à sa charge, déclara l'Aspect. Quoi de plus normal si nous devons en prendre le commandement ?

— Fort généreux, Arlyn. Quant à vos pertes, vous n'aurez qu'à les compenser en puisant dans les geôles de la ville et en recrutant des hommes de la rue. Pensez donc, servir sous les ordres de l'illustre frère Vaelin… De quoi faire naître des vocations parmi la jeunesse castelvarine. (Il lâcha un petit rire froid.) La guerre est toujours une aventure pour ceux qui ne l'ont jamais vécue.

# Chapitre 4

— Pas de violeurs, pas d'assassins et pas de priseurs d'andrinople. (Avec une courte révérence, le sergent Krelnik tendit au Grand Guichetier l'ordre du roi.) Et pas de demi-portions non plus. Ce sont des soldats que nous voulons former.

— Difficile de garder la forme derrière les barreaux, répliqua le Guichetier. (D'un coup d'œil, il s'assura de l'authenticité du sceau royal et parcourut la missive.) Mais nous tâcherons de satisfaire Sa Majesté, comme d'habitude, d'autant plus qu'elle nous gratifie de la visite du plus célèbre guerrier du Royaume.

Il adressa à Vaelin un sourire doucereux, dont l'ironie implicite disparaissait sous l'épaisse couche de crasse qui lui recouvrait la figure. Le jeune guerrier l'avait d'abord pris pour un prisonnier, abusé par ses misérables guenilles et sa saleté, mais le volume de son ventre et l'imposant jeu de clés à sa ceinture trahissaient son rang.

La prison royale siégeait dans un ancien complexe de bastides érigé près du port, qui aurait dû tomber en désuétude après la construction des murailles de la ville, deux siècles plus tôt. Les souverains successifs avaient toutefois trouvé dans leurs vastes souterrains l'endroit idéal pour accueillir la vermine locale. Le nombre exact de prisonniers semblait échapper à tout recensement.

— Ils meurent si souvent qu'on ne peut pas tenir les comptes, expliqua le Grand Guichetier. Plus y sont costauds, plus y sont méchants, et plus y durent longtemps. Ils peuvent se battre pour la nourriture, vous comprenez.

Vaelin scruta les ténèbres qui régnaient par-delà la solide grille de fer barrant l'entrée des souterrains. La puanteur nauséabonde qui montait des geôles était telle qu'il dut se retenir d'enfouir son visage dans sa cape.

— Vous en libérez beaucoup pour la Garde Royale ? demanda-t-il.

— Tout dépend de l'urgence. Quand la guerre meldénéenne a éclaté, c'était quasiment désert ici.

Le Grand Guichetier gagna la grille, son trousseau de clés battant sa hanche dans un concert de cliquetis. D'un geste, il intima à quatre matons de le suivre.

— Bien, allons voir si la pêche est bonne, aujourd'hui.

La pêche en question consistait en une petite centaine d'hommes au degré d'émaciation varié, vêtus de guenilles et couverts d'une épaisse couche de sang, de crasse et d'ordure. Éblouis par la lumière du jour, ils jetaient des regards méfiants aux matons qui, depuis les remparts ceinturant la cour principale, braquaient sur eux des arbalètes chargées.

— C'est tout ce que vous avez à proposer ? grommela le sergent Krelnik, l'air sceptique.

Le Grand Guichetier haussa les épaules.

— Faut voir que vous arrivez un lendemain de pendaison, aussi. On peut quand même pas les garder à vie.

Le sergent Krelnik secoua la tête avec dépit et entreprit d'aligner les prisonniers à coups de badine.

— Un peu d'ordre là-dedans, bande de chiens ! Et tenez-vous droits, la Garde Royale n'a que faire de bossus !

Il les malmena de la sorte jusqu'à ce qu'ils forment deux rangées inégales, après quoi il se tourna vers Vaelin et le salua.

— Recrues prêtes pour l'inspection, monseigneur.

*Monseigneur.* Vaelin n'arrivait décidément pas à s'y faire. Il continuait d'agir et de se vêtir comme un frère du Sixième Ordre, et ne se sentait pas l'âme d'un quelconque seigneur. Lui qui ne possédait rien – ni terres, ni domestiques, ni richesses – ne devait ce titre qu'aux manigances du roi. Un mensonge… un mensonge parmi tant d'autres.

Il adressa un signe de tête au sergent et passa les troupes en revue, trouvant difficile d'affronter les regards terrifiés tournés vers lui. Certains prisonniers avaient gardé fière allure, d'autres un semblant d'hygiène, mais la plupart étaient si maigres, si décharnés, qu'ils ne tenaient encore debout que par miracle. Et tous puaient, un remugle écœurant que Vaelin ne connaissait que trop bien. Ces hommes empestaient leur propre mort.

Il poursuivit ainsi son inspection le long de la rangée jusqu'au moment où il s'arrêta, intrigué par un prisonnier dont les yeux demeuraient rivés au sol. Plus grand que les autres, plus large d'épaules également, l'homme rayonnait encore de force. La chair flasque de sa poitrine laissait deviner un torse autrefois puissant, désormais affaissé par une longue période de malnutrition. Le relief d'une blessure mal cicatrisée apparaissait sous la crasse qui lui recouvrait l'avant-bras.

— Ça grimpe toujours ? lui demanda Vaelin.

Gallis leva la tête et croisa son regard à contrecœur.

— À l'occasion, mon frère.

— Que s'est-il passé, cette fois-ci ? Un autre sac d'épices ?

Une ombre amusée traversa le visage blême du monte-en-l'air.

— De l'argenterie. Raflée tout droit dans les placards d'une grande famille. Je m'en serais tiré si mon guetteur avait su garder son sang-froid.

— Depuis quand croupis-tu ici ?

— Un mois ou deux. C'est qu'on perd vite la notion du temps dans les basses-fosses. Z-auraient dû m'emmener à l'échafaud hier, mais le chariot était plein.

Vaelin indiqua d'un coup de menton son bras couturé.

— Tu en souffres encore ?

— Ça m'élance un peu en hiver. Mais j'peux toujours vous escalader un mur plus vite que n'importe qui, pouvez me croire.

— Bien. Un grimpeur pourrait m'être utile. (Vaelin s'approcha d'un pas, accrochant le regard du prisonnier.) Mais sache que je n'ai pas oublié ce que tu as essayé de faire à sœur Sherin. Si jamais tu t'avises de déserter…

— Ça n'arrivera pas, mon frère. J'ai beau être un voleur, je n'ai qu'une parole. (Gallis ramena ses épaules en arrière et bomba le torse, s'efforçant d'adopter une posture militaire.) Ce serait un honneur de marcher au côté de…

— Parfait.

D'un geste, Vaelin le réduisit au silence avant de reculer et d'entonner d'une voix puissante :

— Je me nomme Vaelin Al Sorna, frère du Sixième Ordre et commandant du trente-troisième régiment d'infanterie. Le roi Janus a gracieusement consenti à commuer votre peine et à vous octroyer le privilège de servir dans la Garde du Royaume. En retour, il vous faudra défiler et combattre en son nom pendant les dix prochaines années. Vous serez nourris, vous serez payés et vous devrez m'obéir sans poser de questions. Tout acte d'insubordination, toute manifestation d'ébriété sera passible du fouet. Les déserteurs, quant à eux, seront exécutés.

Il guetta leur réaction quelques secondes durant, mais leurs traits n'affichaient qu'un soulagement hébété. De toute évidence, les rigueurs de toute une vie de soldat pâlissaient en comparaison d'une heure passée dans les cachots de la prison royale.

— Sergent Ķrelnik.

— Monseigneur !

— Je vous laisse les ramener à la Loge. J'ai à faire en ville.

La maison Al Hestian siégeait dans le quartier nord, le plus riche et le plus prospère de Castelvarin. Leur demeure, une impressionnante résidence aux façades de grès rouge percées d'innombrables fenêtres, se dressait au milieu d'un parc immense, aux contours délimités par un mur épais hérissé d'une rangée de pitons de fer. Après l'avoir écouté formuler sa requête avec une indifférence étudiée, le portier à la mise impeccable qui avait reçu

Vaelin à la grille d'entrée lui demanda d'attendre et s'éclipsa à l'intérieur pour l'annoncer. Il réapparut quelques minutes plus tard.

— Notre jeune maître vous attend dans le jardin situé à l'arrière de la maison, monseigneur. Il vous souhaite la bienvenue et vous prie de le rejoindre sans délai.

— Et le haut maréchal ?

— Le seigneur Al Hestian a été convoqué au palais ce matin. Nous ne l'attendons pas avant ce soir.

Vaelin étouffa un soupir de soulagement. Affronter le père en plus du frère aurait rendu l'épreuve qui l'attendait d'autant plus pénible.

Une fois passé le portail, il croisa un groupe de gardes royaux qui musardaient sur la pelouse, l'un d'entre eux tenant la bride d'une superbe jument blanche. Le soulagement passager éprouvé plus tôt se dissipa quand il comprit la raison de leur présence. Les soldats s'inclinèrent sur son passage ; de toute évidence, plus personne n'ignorait son adoubement récent. Après les avoir salués en retour, Vaelin poursuivit son chemin à la hâte, pressé d'en finir et de regagner la Loge afin d'entraîner son bataillon. *Mon bataillon*. L'idée même lui paraissait inconcevable. Il avait à peine dix-neuf ans et voilà que le roi lui offrait sa propre unité. Si Caenis avait été prompt à lui dérouler la liste des guerriers célèbres ayant accédé au commandement dès leur plus jeune âge, l'absurdité de la situation n'en manquait pas moins de tourmenter Vaelin. Il avait bien tenté d'arracher une explication à l'Aspect sur le chemin du retour à la Loge, après leur entretien au palais, mais le maître du Sixième Ordre s'était contenté de l'exhorter à suivre les ordres. Le pli soucieux qui barrait le front du vieil homme n'avait pas manqué d'interpeller le jeune frère. Manifestement, la décision du roi le plongeait lui aussi dans des abîmes de perplexité.

En ce début de printemps, le jardin était un vaste dédale de haies et de parterres en fleurs. Il trouva ses hôtes assis sous un érable, à l'abri du soleil. Plus ravissante que jamais, la princesse jouait avec sa flamboyante chevelure rousse et tournait un sourire radieux vers son voisin, un jeune homme de quinze ans à la mine grave qui lisait à voix haute des passages d'un petit carnet. Avec ses traits juvéniles et délicats, presque féminins, et sa crinière de boucles noires cascadant sur ses épaules, Alucius Al Hestian n'affichait qu'une lointaine ressemblance avec ce frère dont, tout de noir vêtu, il portait le deuil. Vaelin serra le poing sur le fourreau de l'épée qu'il avait rapportée, inspira profondément et s'avança d'un pas qu'il espérait ferme et résolu. À mesure qu'il s'approchait, il entendit la cadence mélodieuse des paroles du jeune noble : « *Je t'implore de sécher tes larmes, ô mon amour, qu'aucun sanglot de toi ne berce mon trépas, lève ton visage au ciel, embrasse le jour, et laisse le soleil te guider pas à pas…* »

Il se tut quand l'ombre de Vaelin tomba sur eux.

— Monseigneur Al Sorna !

Alucius se leva pour l'accueillir d'une poignée de main, au mépris de toutes ces convenances en usage à la cour que Vaelin trouvait si assommantes.

— C'est un véritable honneur. Mon frère faisait grand cas de vous dans toutes ses lettres.

La belle assurance de Vaelin fondit comme neige au soleil.

— Votre frère pouvait se montrer bien trop généreux, messire. (Il serra la main du jeune homme, puis se fendit d'une courte révérence pour la princesse Lyrna.) Votre Altesse.

Elle inclina la tête.

— Quel plaisir de te revoir, mon frère. À moins que tu ne préfères qu'on t'appelle « monseigneur », désormais ?

Comme il croisait son regard, il sentit monter en lui une telle vague de rage qu'il craignit de parler inconsidérément.

— Comme il vous plaira, Votre Altesse.

Elle fit mine de s'absorber dans une profonde réflexion et caressa son menton – incrusté de joyaux minuscules, le vernis bleu pâle de ses ongles scintillait au soleil.

— Je préfère m'en tenir à « mon frère ». Cela te sied bien mieux, selon moi.

Vaelin releva sans mal le fiel presque imperceptible qui teintait la voix de la princesse, sans pour autant parvenir à en déterminer la nature. Fallait-il y voir le courroux d'une femme bafouée, encore humiliée par la rebuffade du jeune guerrier, ou bien une simple moquerie devant ce sot qui avait osé refuser sa proposition et ce pouvoir qu'elle brûlait de posséder ?

— Splendide poème, messire. (Il se tourna vers Alucius afin d'échapper au regard de la princesse.) Un classique ?

— Loin de là. (Soudain mal à l'aise, le jeune noble s'empressa de reposer son carnet.) Une simple bagatelle, rien de plus.

— Allons, Alucius, pas de fausse modestie, le reprit la princesse. Frère Vaelin, tu as eu l'honneur d'assister à une récitation de l'un des poètes les plus prometteurs du Royaume. Tout porte à croire que tu pourras t'en vanter dans les années à venir.

Alucius haussa les épaules, l'air penaud.

— Lyrna espère me flatter. (Son regard tomba sur l'épée de son visiteur et son visage se voila de douleur.) Est-ce pour moi ?

— Votre frère souhaitait qu'elle vous revienne, dit Vaelin en lui tendant l'arme. Il a demandé que vous la laissiez dans son fourreau.

Après quelques secondes d'hésitation, le garçon s'empara de l'épée et en saisit fermement la poignée, une lueur farouche au fond des yeux.

— Linden s'est toujours montré plus clément que moi. Ceux qui ont pris sa vie le paieront. J'en fais le serment.

*Une promesse d'enfant*, songea Vaelin, qui se sentit soudain très vieux. *Des mots sortis tout droit d'un récit ou d'un poème.*

— L'homme qui a tué votre frère est mort, messire. Vous n'avez pas besoin de le venger.

— Les Cumbraëliens ont pourtant déployé leurs hommes dans la Martishe, n'est-ce pas ? En ce moment même, ils conspirent contre nous. Mon père en a eu vent. C'est sur ordre du Vassal de Cumbraël que ces hérétiques ont occis Linden.

*Les murs du palais manquent d'épaisseur, à ce que je vois.*

— Le roi a pris l'affaire en main. Je suis persuadé qu'il saura remettre le Royaume sur le droit chemin.

— Le seul chemin que je compte emprunter, c'est celui de la guerre.

La sincérité du jeune homme ne faisait aucun doute. Des larmes miroitaient dans ses yeux.

— Alucius, le consola la princesse d'une voix douce, une main sur son épaule. La dernière chose qu'aurait voulue Linden, c'est que la haine encombre ton cœur. Écoute ce que te dit frère Vaelin. Au lieu de tenter d'assouvir une vaine vengeance, chéris plutôt la mémoire de Linden et laisse son épée dans son fourreau, comme il le désirait.

Sa sollicitude semblait si authentique que Vaelin faillit en oublier la colère qu'elle lui inspirait, colère bientôt ravivée par le souvenir qui s'imposa soudain à son esprit – le visage de Linden, blanc comme un linge, dans l'attente du coup de grâce. Les paroles de la princesse parvinrent néanmoins à apaiser le garçon. S'il continuait à pleurer, la haine avait déserté son visage.

— Je vous prie de me pardonner, balbutia-t-il. Mieux vaut que je m'isole. J'aimerais… J'aimerais beaucoup vous reparler à l'occasion, vous entendre évoquer mon frère et votre campagne à ses côtés.

— Vous me trouverez à la Loge du Sixième Ordre, messire. Je répondrai à toutes vos questions avec grand plaisir.

Alucius hocha la tête, déposa un rapide baiser sur la joue de la princesse et regagna la demeure, toujours en larmes.

— Pauvre garçon, soupira la jeune femme. Il s'est toujours montré extrêmement sensible, même quand nous étions enfants. Savais-tu qu'il a l'intention de demander une affectation au sein de ton régiment ?

Vaelin se tourna vers elle et découvrit qu'elle ne souriait plus, son visage sans défaut empreint d'une gravité concentrée.

— Je l'ignorais.

— Des rumeurs font état d'une guerre imminente. Il s'imagine marcher avec toi sur la capitale cumbraëline, où vous ferez tous deux rendre gorge au Vassal. Il me plairait grandement que tu lui refuses cet honneur. Ce n'est qu'un enfant. Même adulte, je pense qu'il ferait moins un bon soldat qu'un beau cadavre.

—Les beaux cadavres n'existent pas. S'il présente cette requête, je la repousserai.

Les traits de la princesse s'adoucirent, ses lèvres couleur cerise esquissant un sourire délicat.

—Merci.

—Je n'aurais pu l'accepter de toute manière, mon Aspect ayant décidé de choisir les officiers du régiment dans les rangs du Sixième Ordre.

—Je vois.

Quand elle comprit qu'il refusait d'entrer dans son petit jeu de faveurs et d'obligations, le sourire princier se mua en rictus chagriné.

—Crois-tu qu'il y aura la guerre ? Avec les Cumbraëliens ?

—Le roi ne le pense pas.

—Mais toi, mon frère, qu'en penses-tu ?

—Je pense que nous devons nous fier à la sagacité du roi.

Vaelin s'inclina avec raideur et tourna les talons, prêt à partir.

—J'ai récemment eu le bonheur de rencontrer une amie à toi, poursuivit-elle. (Il se figea.) Sœur Sherin, si je ne m'abuse ? Elle administre un dispensaire du Cinquième Ordre à Lancrage. Je m'y rendais afin d'y faire l'aumône au nom de mon père. Une adorable jeune femme, quoiqu'un peu trop dévouée à mon goût. Je lui ai fait part de notre récente relation et elle m'a demandé de te saluer. Bien qu'elle semble croire que tu l'aies oubliée.

*Ne dis rien*, songea-t-il. *Ne laisse rien paraître. Son arme, c'est le savoir.*

—Aurais-tu quelque message à lui faire parvenir ? insista la princesse. Je pourrais demander au chevaucheur royal de le lui apporter. Il m'est insupportable de voir des amitiés dépérir inutilement.

Elle arborait un sourire radieux, à présent, semblable à celui de leur entrevue dans son jardin privatif, un sourire qui témoignait d'une confiance en soi inattaquable et d'une intelligence politique qui excédait de loin ses jeunes années. Un sourire qui signifiait : « Je sais tout de toi. » Comme il gardait le silence, elle reprit :

— Quel bonheur que le destin nous ait réunis, une fois de plus. Je me suis longuement penchée, ces derniers temps, sur une question qui devrait t'intéresser.

Il ne dit rien. Les yeux rivés sur elle, il refusait de se laisser entraîner dans son jeu de pouvoir et de manipulation.

— J'ai un penchant prononcé pour les énigmes, fit-elle. J'ai naguère résolu un problème mathématique qui taraudait les grands esprits du Troisième Ordre depuis plus d'un siècle. Personne n'est au courant, évidemment. Il ne sied pas à une princesse d'éclipser des savants.

Sa voix s'était teintée d'amertume.

— La profondeur de votre entendement vous fait honneur, Votre Altesse, dit Vaelin.

Elle inclina la tête pour le remercier, insensible en apparence à la vacuité de son compliment.

— Le sujet qui m'occupe ces jours-ci ne manquera pas de t'interpeller, car tu y fus étroitement mêlé. Il s'agit du massacre des Aspects, même si je peine à comprendre pourquoi il porte ce nom quand seulement deux d'entre eux ont trouvé la mort.

— Pourquoi vous attarder sur une affaire si déplaisante, Votre Altesse ?

— Par goût du mystère, bien sûr. De l'énigme. Pourquoi des assassins choisiraient-ils cette nuit-là pour attaquer les Aspects, une nuit où des novices du Sixième Ordre occupent trois des six Loges ? D'un point de vue stratégique, cette décision apparaît hautement discutable.

Bien malgré lui, elle avait piqué sa curiosité. *Elle a une information à partager. Mais pourquoi ? Quel avantage espère-t-elle en tirer ?*

— Et à quelles conclusions avez-vous abouti, Altesse ?

— Il existe un jeu alpiran nommé *Keschet*, l'équivalent du mot « ruse » dans notre langue. Fort complexe, il se compose de vingt-cinq pièces distinctes disposées sur un plateau de cent cases. Les Alpirans vouent un amour inconsidéré à la stratégie, aux affaires comme à la guerre. Un aspect de leur culture qui, je l'espère, n'échappera pas à mon père par les temps qui courent.

— Votre Altesse ?

— Passons, dit-elle en agitant une main. Les parties de *Keschet* peuvent durer des jours, et des hommes de grande valeur ont consacré leur vie à en maîtriser toutes les subtilités.

— Une prouesse que vous avez sans aucun doute déjà accomplie, Votre Altesse.

Elle haussa les épaules.

— Ce n'était pas si dur. Tout se joue dans l'ouverture, pour laquelle on ne dénombre qu'environ deux cents variantes possibles. La plus célèbre se nomme l'Attaque du Menteur, une combinaison créant l'illusion d'un placement purement défensif, mais qui dissimule en réalité une séquence offensive capable d'emporter la partie en seulement dix tours, quand elle est parfaitement exécutée. S'il veut réussir cette attaque, le joueur se doit d'attirer l'attention de son adversaire sur un autre point du plateau. La clé de cette offensive secrète, c'est la convergence de toutes les forces vers un seul et unique objectif, à savoir la prise de l'Érudit qui, sans être la pièce la plus puissante du plateau, s'avère essentiel à toute défense digne de ce nom. L'adversaire, cependant, croit voir s'ouvrir plusieurs lignes de front.

— Attaquer tous les Aspects servait de diversion, dit-il. Ils n'avaient l'intention d'en tuer qu'un seul.

— Peut-être, ou peut-être deux. D'ailleurs, si l'on part de ce postulat, qui peut dire que tu n'étais pas la véritable cible et les Aspects de simples victimes secondaires ?

— Est-ce là votre conclusion ?

Elle secoua la tête.

— Toute théorie part d'une hypothèse. Dans l'affaire qui nous intéresse, je pose comme hypothèse que le commanditaire de cet attentat, quel qu'il soit, avait pour but de porter préjudice aux Ordres et à la Foi. La mort de plusieurs Aspects y participe, bien entendu, mais il n'est rien de plus facile que de nommer de nouveaux Aspects pour les remplacer... tel Tendris Al Forne, dont on peut dire sans exagérer que son accession a semé la discorde au sein des Ordres. Vu sous cet angle, l'objectif est atteint.

— Insinuez-vous que toute l'attaque visait à élever Al Forne au rang d'Aspect du Quatrième Ordre ?

Elle leva le visage vers le ciel et ferma les yeux, laissant le soleil réchauffer sa peau.

— En effet.

— Une opinion dangereuse, Votre Altesse.

Elle sourit, les yeux clos.

— Que je ne partage qu'avec toi. D'ailleurs, j'apprécierais que tu m'appelles Lyrna.

*La promesse du pouvoir n'a pas suffi à me rallier à sa cause*, songea-t-il. *Par conséquent, elle espère me tenter avec des informations.*

— Et Linden, il vous appelait comment ?

Elle ne marqua qu'un infime temps d'arrêt avant de se détourner du soleil pour croiser son regard.

— Il m'appelait Lyrna quand nous étions seuls. Notre amitié remonte à l'enfance. Il m'a adressé bien des lettres depuis la Martishe, de sorte que je sais combien il t'admirait. L'annonce de sa mort m'a fait l'effet d'un coup de massue...

— L'amour doit vaincre ou périr.

Il avait conscience de la colère qui imprégnait sa voix et de l'étincelle de rage qui couvait dans ses yeux. De même qu'il remarqua qu'elle avait cessé de sourire.

— N'est-ce pas ce que vous lui avez dit ?

L'espace d'une seconde, il vit l'ombre d'un regret passer sur le visage de la princesse dont la voix, pour la toute première fois, se fit hésitante.

— A-t-il beaucoup souffert ?

— Le poison dans ses veines l'a fait hurler de douleur et transpirer du sang. Il m'a avoué son amour pour vous. Son départ pour la Martishe, disait-il, avait pour seul but de s'attirer les faveurs de votre père en vue de votre union. Avant que je lui tranche la gorge, il m'a demandé de vous faire parvenir une lettre. Je l'ai brûlée quand nous avons donné son corps aux flammes.

Elle ferma brièvement les yeux, l'illustration même de la beauté endeuillée. Quand elle les rouvrit, toutefois, toute tristesse avait disparu et ce fut d'une voix neutre qu'elle répliqua :

— Je ne fais qu'obéir à mon père. Tout comme toi, mon frère.

Cette vérité fit à Vaelin l'effet d'une gifle. Elle avait raison. Ils étaient complices, coupables de meurtre l'un comme l'autre. S'il n'avait pu relâcher la corde de son arc, il avait lui-même placé Linden sur la trajectoire du trait qui lui avait coûté la vie, tout comme la princesse l'avait envoyé dans la Martishe. Un terrible pressentiment s'imposa soudain à lui : et si tout cela avait fait partie du plan du roi depuis le départ, les lier l'un à l'autre dans la culpabilité de ce meurtre sordide ?

Il comprenait à présent que l'hostilité qu'il éprouvait pour la princesse n'était qu'une illusion, une tentative de minimiser sa responsabilité dans l'affaire. Pour autant, il ne parvenait pas à s'en départir. *Elle est glaciale, manipulatrice, indigne de confiance.* Mais ce qu'il lui reprochait par-dessus tout, c'était l'emprise indéniable qu'elle exerçait sur lui, la facilité avec laquelle elle parvenait à se jouer de lui.

Elle posa sur Vaelin un regard intense, dans lequel il crut apercevoir une lueur nouvelle, l'éclat d'un sentiment qu'il ne connaissait que trop bien. *La peur*, jugea-t-il. *Je suis le seul qui parvienne à lui faire peur.*

Il s'inclina à nouveau, le cœur empli d'une satisfaction coupable.

— Si vous voulez bien m'excuser, Votre Altesse.

Aussi potelée qu'avenante, sœur Gilma avait le sourire facile, des yeux bleus étincelants et l'air d'être en permanence sur le point d'éclater de rire.

— Au nom de la Foi, déridez-vous, mon frère ! avait-elle lancé à Vaelin lors de leur première rencontre, avant de pousser légèrement du poing le menton du jeune guerrier. On croirait que vous portez tout le poids du Royaume sur vos épaules. Frère Tristemine, qu'on vous appelle.

— Tu es vraiment sûr de vouloir affecter une guérisseuse au bataillon ? avait grincé Nortah.

— Oh ! je sens qu'on va s'entendre, toi et moi ! gloussa-t-elle avec son fort accent de Nilsaël, avant d'assener à Nortah un coup de poing un peu moins joueur sur le bras.

Vaelin avait éprouvé une profonde déception à l'arrivée du membre du Cinquième Ordre. L'Aspect Elera n'avait pas jugé bon de répondre à sa requête en lui envoyant sœur Sherin, comme il l'avait espéré. Fallait-il s'en étonner, cependant ?

— Nous mettrons à votre disposition tout ce dont vous pourrez avoir besoin, ma sœur.

— Y a intérêt, fit-elle avant de partir d'un grand éclat de rire.

Au cours du mois qui avait suivi son incorporation, Vaelin avait remarqué la tendance de la nouvelle venue à badiner quand elle parlait sérieusement et, au contraire, à employer un ton grave lorsqu'elle s'adonnait à son penchant pour la moquerie, domaine dans lequel elle excellait.

— Encore deux bras de cassés, aujourd'hui, lui signifia-t-elle avec un pouffement et un salut narquois quand il fit son entrée sous la grande tente qui lui servait d'infirmerie.

Quatre hommes gisaient sur des lits de camp, bandés et endormis. Deux autres se faisaient soigner par les assistants que sœur Gilma avait recrutés avec insistance dans les rangs du bataillon. À la grande surprise de Vaelin, elle avait choisi deux des prisonniers enrôlés de force dans les geôles royales, de petits gabarits à l'esprit vif et aux gestes soigneux qui auraient probablement fait de piètres soldats de toute façon.

— Continuez de mener la vie dure à ces hommes, mais n'allez pas vous étonner si, d'ici à un mois, il ne vous reste plus que des éclopés à envoyer au combat.

Son éternel sourire vissé aux lèvres, elle le regardait de ses grands yeux bleus pétillants.

— Le combat est une affaire sérieuse, ma sœur. Un entraînement délicat engendrera des soldats délicats, qui à leur tour donneront des cadavres délicats.

Le sourire de la guérisseuse faiblit quelque peu.

— Vous pensez donc qu'il leur faudra combattre ? La guerre se profile ?

*La guerre*. La question était sur toutes les lèvres. Il y avait quatre semaines déjà que le roi avait convoqué le Vassal de Cumbraël et sa réponse se faisait toujours attendre. Les soldats de la Garde du Royaume, à présent confinés dans leurs casernes, se voyaient refuser toute demande de permission. Les rumeurs se propageaient à une vitesse alarmante : les Cumbraëliens seraient en train de masser leurs troupes à la frontière ; des archers du Fief auraient été repérés dans l'Urlish ; des sectes apostates clandestines comploteraient toutes sortes de Ténébreuses ignominies. Partout régnait une telle inquiétude, une telle appréhension que Vaelin s'efforçait régulièrement de pousser ses hommes dans leurs derniers retranchements. Si jamais la guerre devait éclater, il voulait s'assurer qu'ils seraient prêts.

— Je n'en sais pas plus que vous, ma sœur, répondit-il. De nouveaux cas de petite vérole ?

— Pas depuis ma dernière visite au campement de ces dames.

Le bataillon avait récemment connu une épidémie de variole, dont on n'avait pas tardé à déterminer le foyer d'infection : un bordel de campagne établi dans les bois sur l'initiative de quelques industrieuses maquerelles, à moins de trois kilomètres de là. Craignant la réaction de l'Aspect quand il apprendrait l'existence d'un repaire de catins aux portes de la Loge, Vaelin avait chargé le sergent Krelnik de lever une formation de soldats dignes de confiance afin de renvoyer ces femmes à Castelvarin. Le peu d'enthousiasme du vétéran n'avait toutefois pas manqué de le surprendre :

— Vous êtes sûr de vous, monseigneur ?

— J'ai sur les bras vingt hommes si vérolés qu'ils ne peuvent s'entraîner, sergent. Ce bataillon combat sous la bannière de l'Ordre, dois-je vous le rappeler ? Nous ne pouvons tolérer que nos hommes se faufilent hors du campement pour… assouvir leurs appétits de la sorte.

Le sergent battit des paupières. Ses traits grisonnants et balafrés demeuraient impassibles, mais Vaelin sentait qu'il se retenait de sourire. Lorsqu'il s'entretenait avec Krelnik, le jeune guerrier se sentait parfois dans la peau d'un gamin autoritaire donnant des ordres à son grand-père.

— Euh… Si je peux me permettre, monseigneur, ce bataillon appartient peut-être à l'Ordre, mais pas ses hommes. Ce ne sont pas des frères, mais des soldats, et les soldats s'attendent à voir une femme de temps à autre. Empêchez-les d'assouvir leurs… appétits, comme vous dites, et il pourrait y avoir du grabuge. N'y voyez pas un manque de respect à votre égard, monseigneur, surtout pas. Pour tout vous avouer, de toute ma carrière je n'ai jamais vu un commandant inspirer une telle terreur à ses troupes. Mais bon, ces gars-là ne forment pas la fine fleur du Royaume et on ne les ménage pas. Si on les prive de trop, ils pourraient bien se mettre en tête de déserter, pendaison ou pas.

— Et pour la petite vérole ?

— Oh ! le Cinquième Ordre ne manque pas de remèdes pour ça. Sœur Gilma en fera son affaire. Demandez-lui de rendre une petite visite à ces filles et elle réglera le problème en un tournemain.

Ils s'étaient donc rendus auprès de sœur Gilma qui, la mine glaciale, avait écouté Vaelin bégayer sa requête.

— Vous voulez m'envoyer dans un lupanar ambulant pour débarrasser les putains de leur variole ? lâcha-t-elle d'une voix rogue.

— Sous bonne garde, ma sœur, bien entendu.

Elle pencha la tête et ferma les yeux, tandis que Vaelin refrénait une forte envie de déguerpir.

— Cinq ans de formation à la Loge, dit-elle dans un souffle. Quatre de plus sur la frontière septentrionale, à endurer les assauts des barbares et les tempêtes de glace. Et tout ça pour quoi ? Pour vivre avec la lie du Royaume et chaperonner leurs ribaudes ? (Elle secoua tristement la tête.) En vérité, je suis maudite par les Défunts.

— Ma sœur, je ne pensais pas à mal !

— Oh ! dans ce cas, ça va ! déclara-t-elle avec un large sourire. Je cours chercher ma trousse. Je n'aurai pas besoin d'escorte, cependant, seulement d'un guide pour m'y emmener. (Elle haussa un sourcil.) J'imagine que vous ne connaissez pas le chemin, mon frère ?

Il avait rougi et bafouillé une réponse dont le souvenir lui arracha une grimace. Le sergent Krelnik avait eu raison, il devait en convenir. L'épidémie de variole avait fait long feu et les hommes semblaient satisfaits – ou du moins aussi satisfaits que possible après des semaines d'entraînement exigeant aux mains de ses frères. Après mûre réflexion, il avait préféré ne pas mentionner auprès de l'Aspect ce regrettable incident, que d'un commun accord tous les frères choisirent de passer sous silence.

— Vous avez tout ce qu'il vous faut ? demanda-t-il à sœur Gilma. Si jamais vous manquez de matériel, je peux tout à fait dépêcher un chariot à la Loge du Cinquième Ordre.

— Mes réserves devraient suffire, pour l'instant. Le jardin des simples de maître Smentil m'a été d'un grand secours. Quel amour, celui-là. Il m'a même appris la langue des signes, regardez. (Ses mains agiles exécutèrent une série de signes signifiant à peu de chose près : « Je suis une insupportable truie. ») Ça veut dire : « Je m'appelle Gilma. »

Vaelin acquiesça sans rien laisser paraître.

— Maître Smentil est un professeur d'exception.

Sur ces mots, il tourna les talons et laissa la guérisseuse à ses blessés. Dehors, les recrues s'exerçaient sans relâche. Au sein de chaque compagnie de soldats, un frère débordé s'efforçait d'enseigner en l'espace de quelques mois des compétences acquises au terme d'une vie d'entraînement. Il en retirait bien souvent une certaine frustration, tant ses élèves manquaient d'adresse et de rapidité, ou semblaient ignorer les principes les plus élémentaires du combat. À cela s'ajoutait l'interdiction de la badine décrétée par Vaelin, une décision âprement discutée par ses frères.

— On ne peut pas dresser un chien sans le cravacher, avait fait remarquer Dentos.

— Ce ne sont pas des chiens, répliqua Vaelin. Ni des enfants, en tout cas pour la plupart. Punissez-les par autant d'heures d'entraînement supplémentaires, de corvées ingrates ou de privations de rhum que vous estimerez nécessaire. Mais pas de châtiment corporel.

Le bataillon avait fini par atteindre son plein effectif, alimenté d'un côté par les prisonniers choisis dans les geôles royales, de l'autre par un afflux continu de jeunes recrues attirées par l'aura de légende de Vaelin, exactement comme l'avait prédit le roi. Certains avaient même parcouru des centaines de kilomètres pour s'engager dans son corps de troupe.

— La plupart du temps, ce sont les gargouillis de son estomac qui poussent un homme à s'enrôler dans l'armée, avait fait un jour remarquer le sergent Krelnik. Mais tous ceux-là n'ont faim que d'une chose : partager la gloire d'avoir servi sous les ordres du jeune Faucon.

Semaine après semaine, l'entraînement finit par porter ses fruits et par fortifier les hommes, aidé par une alimentation saine dont beaucoup n'avait jusqu'alors jamais pu profiter. Ils se tenaient plus droits, se déplaçaient plus vite et maniaient leurs armes avec plus d'adresse qu'auparavant, même s'il leur restait encore beaucoup à apprendre. Gallis la Grimpe ne tarda pas à s'étoffer, galvanisé par ses visites répétées au bordel de campagne. Il devint l'un des personnages les plus appréciés du bataillon, toujours prompt à égayer le quotidien de ses camarades d'une saillie au cynisme bien senti, même s'il avait l'intelligence de tenir sa langue lors des séances d'entraînement. Si la badine était proscrite, les frères connaissaient mille façons de châtier un homme au détour d'un exercice. Aux yeux de Vaelin, le plus gratifiant restait cependant leur discipline : ils se battaient rarement entre eux et ne discutaient jamais les ordres. En outre, il n'avait eu à déplorer jusqu'ici aucune tentative de désertion, ce qui lui avait épargné d'ordonner la flagellation ou, pire encore, la pendaison du fautif. Il redoutait le jour où une telle éventualité se présenterait. *Seule la guerre révélera leur valeur véritable*, avait-il compris. Il n'avait pas oublié ces mois épouvantables passés dans la Martishe et les nombreux hommes qui avaient préféré braver la forêt infestée de Cumbraëliens plutôt que de passer un jour de plus dans cette palissade maudite.

Il retrouva Nortah sur le champ de tir, où il enseignait l'archerie aux recrues les plus puissantes. Une séance d'initiation imposée à tous les nouveaux venus avait permis aux frères d'estimer les capacités de chacun : si la plupart s'avéraient incapables de décocher une flèche, certains, dotés d'un œil vif, avaient pu intégrer une compagnie d'arbalétriers ; d'autres enfin, beaucoup plus rares, avaient fait montre d'assez de force et d'adresse pour se garantir une formation plus approfondie. Ils n'étaient qu'une trentaine, tout au plus, mais le bataillon ne pouvait se dispenser d'archers de talent, même en petit nombre. Une fois encore, Nortah avait déployé ses dons de professeur ; tous ses élèves faisaient mouche à quarante pas de distance, un ou deux parvenant même à égaler la vitesse d'exécution des frères du Sixième Ordre.

— On n'embrasse pas la corde, lança-t-il à l'un de ses élèves, un gaillard musclé qui répondait au nom de Brak, ou Brax.

Braconnier notoire, il avait été surpris par les forestiers du roi en train de dépecer un cerf fraîchement abattu dans l'Urlish, ce qui lui avait valu un long séjour dans la prison royale où Vaelin était allé le repêcher.

— Il faut ramener la flèche derrière ton oreille avant chaque tir.

Brak ou Brax s'exécuta, bandant ses muscles avant de décocher son trait. Celui-ci toucha la cible à quelques centimètres au-dessus de la mire.

— Pas mal, dit Nortah. Mais tu persistes à relâcher le poignet après le tir. Rappelle-toi, il s'agit d'un arc de guerre, tu n'es pas en train de chasser le gibier. Retends-moi cette corde au plus vite. (Il remarqua Vaelin et tapa dans ses mains pour attirer l'attention de sa compagnie.) Bien. Reculez les cibles de dix pas. Le premier à mettre dans le mille aura droit à une ration de rhum supplémentaire ce soir.

Il fit volte-face et gratifia son ami d'une révérence appuyée, tandis que ses hommes s'éloignaient.

— Mes hommages, monseigneur.

— Arrête avec ça. (Vaelin jeta un regard vers les soldats qui plaisantaient et riaient en arrachant leurs flèches aux cibles.) Ils sont de bonne humeur, on dirait.

— Et ils ont raison. De la nourriture à foison, du rhum quotidien et des catins bon marché à deux pas, que rêver de mieux ? Pour la plupart, c'est déjà plus qu'ils n'auraient jamais osé espérer.

Vaelin étudia de près le visage de son frère, affligé du même air hanté qui continuait d'embuer ses yeux depuis leur séjour dans la Martishe. Quand il n'était pas en service, il semblait las et distant, et vouait un intérêt un peu trop appuyé aux nombreuses concoctions à base de rhum que les hommes s'offraient le soir venu. Une fois encore, Vaelin faillit lui révéler le sort de sa famille, mais l'ordre du roi l'en dissuada. *Il paraît si vieux*, songea-t-il. *Il n'a pas encore vingt ans et possède déjà le regard d'un vieil homme.*

— Tu as vu Barkus ? demanda Vaelin. On l'attend pour son cours de hache d'armes.

— À la forge, comme d'habitude. Il n'en sort presque jamais, ces derniers temps.

Depuis leur retour de la Martishe, Barkus avait repris goût au travail du métal. Il s'était présenté auprès de maître Jestin, qu'il aidait sans relâche à forger les innombrables armes requises par le bataillon. L'armurerie de maître Grealin avait beau regorger d'équipements, ses râteliers ne pouvaient subvenir aux besoins de tous les hommes sans léser les frères et novices de l'Ordre. Vaelin ne voyait pas d'objection à ce que Barkus reprenne le marteau, d'autant plus que cela semblait le rendre heureux, mais il n'acceptait pas qu'en pâtissent ses devoirs envers le bataillon. Il allait devoir lui parler, tout comme il allait devoir parler à Nortah.

— Tu en as bu combien, hier soir ?

Nortah haussa les épaules.

— J'ai arrêté de compter après la sixième coupe. Je n'ai pas eu de mal à dormir, en tout cas.

— Je veux bien te croire. (Il poussa un soupir, chagriné d'avance par ce qu'il s'apprêtait à dire.) Je n'ai rien contre le fait que tu boives, mon frère, mais n'oublie pas ton grade d'officier. Si tu souhaites t'enivrer, fais-le à l'écart des hommes.

— Mais les gars m'apprécient, protesta Nortah d'une voix faussement indignée. « Viens donc licher avec nous », qu'ils disent. « Tu n'es pas comme le jeune Faucon. Avec toi, au moins, on ne fait pas dans nos braies, ah ça non ! » Ils m'ont même invité à venir foutre quelques catins en leur compagnie. Ça m'a ému. (L'expression horrifiée de Vaelin lui arracha un éclat de rire.) Ne t'inquiète pas, va, je ne suis pas encore tombé si bas. Et puis, si j'en crois la rumeur, mieux vaut éviter le campement si on ne veut pas se retrouver avec les chausses en feu.

Jugeant préférable de taire à son ami leur récente victoire contre la petite vérole, Vaelin hocha la tête en direction des archers.

— Ils seront prêts dans combien de temps ?

— À vue de nez, je dirais six ou sept ans. Tu crois que les Cumbraëliens nous laisseront tant de répit ?

— Si seulement… Mais sois franc avec moi, s'il te plaît. Pourront-ils affronter l'ennemi ? Pourront-ils combattre ?

Nortah contempla ses hommes, le regard égaré et lointain. Sans doute les imaginait-il sur le champ de bataille, ensanglantés et mourants.

— Oh ! ils combattront, finit-il par déclarer. Les pauvres bougres. Ça, pour combattre, ils combattront.

# Chapitre 5

Il rêvait de la Martishe. De retour dans la mystérieuse clairière, il méditait l'insoluble charade de Nersus Sil Nin quand Frentis vint le tirer du sommeil. Cette fois-ci, cependant, les yeux de jaspe de la prophétesse étaient d'un noir de jais, à l'image de l'orbite vide du Borgne. Le soleil estival qui baignait la clairière lors de sa vision avait disparu. Le sol disparaissait sous une épaisse couche de neige et l'air glacé lardait ses poumons. Le discours de la femme, s'il demeurait mystérieux, trahissait un accent de cruauté.

— Tu tueras et tueras encore, Beral Shak Ur, lui dit-elle dans un sourire écœurant, d'infimes éclats de lumière scintillant dans les orbes noirs de ses yeux. Tu seras témoin d'une moisson de mort sous un soleil rouge sang. Tu tueras pour ta foi, pour ton roi et pour la Reine de Feu après son avènement. Ta légende se répandra à travers le monde, un chant de sang qui résonnera sur tous les continents.

Un genou en terre, il serrait le manche de sa dague, sa lame empoissée de sang accrochant la clarté lunaire. Derrière lui gisait un corps, dont il sentait la chaleur se répandre dans la neige. Il pressentait confusément qu'il connaissait le visage du cadavre, qu'il s'agissait d'un proche. Un proche qu'il avait tué.

— Je n'ai jamais voulu ça, dit-il. Je n'ai jamais voulu ça !

— Vouloir n'est rien. Seule compte la destinée. Tu n'es que le jouet du destin, Beral Shak Ur.

— Moi seul peux choisir mon destin, déclara-t-il.

Il avait parlé d'une voix blanche, presque éteinte, tel un enfant craignant de s'opposer à une mère indifférente. Elle lui répondit par un gloussement moqueur.

— Le choix est un mensonge. Le mensonge suprême.

Les traits tordus par la haine de Nersus Sil Nin s'évanouirent quand il sentit une main lui secouer l'épaule.

— Mon frère !

Vaelin s'éveilla en sursaut et ses yeux embués mirent du temps à distinguer le visage pâle et inquiet de Frentis.

— Un messager du palais est arrivé, lui apprit le garçon. L'Aspect te demande.

Vaelin s'habilla rapidement et prit le chemin du donjon, s'efforçant d'oublier ce cauchemar tenace qui continuait de hanter son esprit. Il retrouva l'Aspect dans ses quartiers, où il lisait un parchemin orné du sceau royal.

— Le Vassal de Cumbraël est mort, lui lança l'Aspect sans préambule. Il semblerait que son fils, son deuxième fils, l'ait assassiné et se soit emparé du Fief. Il appelle tous les Cumbraëliens dévoués et tous les véritables fidèles de leur dieu à le rejoindre pour renverser l'oppresseur et l'hérétique roi Janus. Il a ordonné à tous les adeptes de la Foi de quitter le Fief sous peine d'exécution. À en croire les rumeurs, certains rôtiraient déjà sur le bûcher. (Il s'arrêta, le temps d'étudier la réaction du jeune guerrier.) Comprends-tu ce que cela signifie, Vaelin ?

La réponse s'imposa à lui sur-le-champ, aussi glaçante qu'évidente :

— La guerre.

— En effet. Nous allons assister à de nouveaux massacres, de nouvelles batailles. Une fois encore, villages et cités seront la proie des flammes, déclara le maître de la Loge, la voix teintée d'amertume, avant de jeter la missive royale sur son bureau. Sa Majesté a sonné le rassemblement de la Garde du Royaume. Notre bataillon devra se trouver à la porte nord demain midi.

— Je m'en charge, Aspect.

— Ils sont prêts ?

Les paroles de Nortah et sa propre appréciation de leur discipline lui revinrent en mémoire.

— Ils combattront, Aspect. Si nous avions plus de temps, ils se battraient mieux, mais ils combattront.

— Très bien. Frère Makril, à la tête d'un groupe de trente éclaireurs, viendra appuyer ton bataillon en tant que patrouille de reconnaissance. J'aurais préféré t'accorder un détachement plus important, mais nos troupes sont éparpillées à travers le Royaume et nous ne pourrons les mobiliser en temps voulu.

L'Aspect s'approcha, son visage plus grave que jamais.

— Surtout, n'oublie pas : ton bataillon a beau dépendre du roi, il appartient également à l'Ordre et l'Ordre est le glaive de la Foi. Jamais le sang des innocents ne doit entacher sa lame. En Cumbraël, tu seras témoin de bien des choses. Des choses terribles. Ses habitants rejettent la Foi et persistent dans leur égarement déiste, mais ils n'en restent pas moins des sujets du Royaume. À maintes reprises, tu seras tenté de châtier ces Infidèles et de lâcher la bride à tes hommes. Résiste à cette tentation. Les violeurs, les pillards, tous ceux qui tourmenteront les petites gens devront périr par le fouet ou la pendaison. Il te faudra déployer des trésors de générosité auprès du bas peuple de Cumbraël. Ainsi, tu leur montreras que la Foi n'est pas vengeresse.

— Je n'y manquerai pas, Aspect.

Le vieil homme regagna son bureau et s'assit lourdement, nouant ses longs doigts fins sur ses genoux, son regard sinistre accentué par la fatigue qui tirait ses traits.

— Moi qui espérais ne plus jamais voir ce Royaume déchiré par la guerre de mon vivant…, finit-il par déplorer. C'était pourtant pour cette raison que nous l'avons rejoint, que nous avons uni la Foi à la Couronne. Pour la paix et… (il esquissa un mince sourire)… l'unité.

— Je… doute que le roi ait souhaité que cette crise dégénère, hasarda Vaelin.

L'Aspect tourna brusquement la tête vers lui et sa mélancolie passagère s'envola, remplacée par cet aplomb impassible que Vaelin lui connaissait depuis son enfance.

— Les aspirations du roi ne nous concernent pas. N'oublie pas ce que je t'ai dit. Reste fidèle à la Foi. Et puissent les Défunts guider ta main.

Le bataillon avançait sous un ciel couleur d'ardoise, le soleil de cette fin d'été occulté par un banc de nuages aussi sombre que l'humeur des troupes. Il leur avait fallu plus de temps que prévu pour se préparer et se mettre en mouvement, un retard qui fit enrager Vaelin tout au long du trajet vers Castelvarin.

— Ramasse-moi ça et en vitesse, triple buse ! lança-t-il à un soldat maladroit qui venait de faire tomber sa hache d'armes. Elle vaut plus cher que ta peau. Sergent, pas de rhum pour cet imbécile ce soir.

— Oui, monseigneur !

Le sergent Krelnik, qui ne le quittait pas d'une semelle, couvait le jeune guerrier d'un œil circonspect. Si Vaelin préférait d'ordinaire ignorer la tendance de l'officier à ménager les soldats, il n'en allait pas de même aujourd'hui et il comptait bien s'assurer que Krelnik appliquerait les blâmes qu'il distribuait.

Ils parvinrent au pied de la porte nord une heure avant midi et s'établirent de part et d'autre de la route ; épuisés par leur longue marche ininterrompue, certains s'autorisèrent quelques grommellements aussi maussades que discrets.

— Où se cachent-ils ? demanda Barkus face à la plaine vide. On n'était pas censés retrouver toute la Garde du Royaume ici ?

— Ils sont peut-être en retard, suggéra Dentos. On les aura coiffés au poteau tellement on avance vite.

— Frère Makril saura nous éclairer, j'en suis sûr.

Caenis hocha la tête en direction de la porte que Makril, à la tête de son petit peloton d'éclaireurs montés, franchissait au galop.

— La Garde se rassemble sur la route de l'Ouest, leur apprit-il en bridant sa monture dans un nuage de poussière. Le Seigneur de Guerre nous a donné l'ordre d'attendre ici.

— Le Seigneur de Guerre ? s'étonna Vaelin.

Il n'y avait pourtant plus de Seigneur de Guerre depuis la démission de son père.

— Le roi a conféré cet honneur au maréchal Al Hestian. Il a ordre de mener la Garde du Royaume en Cumbraël et de prendre la capitale dans les plus brefs délais.

*Al Hestian… Le roi a confié la Garde du Royaume au père de Linden.* Vaelin regretta soudain de n'avoir pu rencontrer le haut maréchal lorsqu'il avait remis l'épée de Linden à son frère. Il aurait donné cher pour prendre la mesure de sa haine et de sa soif de vengeance. Si celle-ci était avérée, alors l'Aspect avait raison de craindre pour les Cumbraëliens innocents.

Il se tourna vers le sergent Krelnik.

— Assurez-vous que les hommes économisent l'eau. Et je ne veux pas de feux. Nous ignorons combien de temps nous devrons rester ici.

— Bien, monseigneur.

À mesure qu'ils attendaient, écrasés sous les nuages menaçants de ce ciel de plomb, les soldats se regroupèrent pour s'adonner aux dés ou aux lames, le bataillon ayant repris à son compte avec un enthousiasme certain le passe-temps de prédilection des frères du Sixième Ordre. Comme à la Loge, les couteaux de lancer servaient à la fois de monnaie de substitution et de marqueur de popularité. Vaelin avait cependant pris soin d'éviter à d'autres traditions de l'Ordre, telles que les rapines ou les inévitables rixes au moment des repas, de contaminer le bataillon.

— Par la Foi, Barkus ! qu'est-ce que c'est que ça ?

Dentos observait l'objet que Barkus venait de tirer de sa sacoche. Long d'un mètre environ et doté d'un manche en fer torsadé, il s'achevait sur une lame à double tranchant au scintillement presque anormal dans la pénombre ambiante.

— Une hache de guerre, répondit Barkus. Maître Jestin m'a aidé à la forger.

À cette vue, Vaelin sentit frémir en lui la voix du sang, son trouble aggravé par ce qu'il savait de l'affinité Ténébreuse de son camarade pour le métal.

— La lame, c'est de l'argent météore ? demanda Nortah tandis qu'ils se rassemblaient autour de l'arme.

— Bien sûr. Enfin, seulement les tranchants. La poignée est creuse pour plus de légèreté. (Il lança la hache en l'air, où elle fit un tour sur elle-même avant d'atterrir dans sa main.) Vous avez vu ça ? Je pourrais faucher un moineau en plein vol, si je voulais. Essayez-la.

Il tendit l'arme à Nortah, qui après quelques passes finit par hausser les sourcils, impressionné par la fluidité avec laquelle l'acier fendait l'air.

— On croirait l'entendre chanter. Écoutez.

Il exécuta un nouveau moulinet et la hache produisit une note légère, presque musicale. À l'écoute de ce son, la voix du sang vibra franchement aux oreilles de Vaelin. Pris d'une soudaine nausée, le jeune guerrier recula involontairement d'un pas.

— Tu veux l'essayer, mon frère ? proposa Nortah en lui offrant la hache.

Le regard de Vaelin tomba sur la lame imposante de l'objet, attiré par le scintillement de l'argent météore coulé dans ses fils et par l'inscription frappée à même le métal.

— Tu lui as donné un nom ? demanda-t-il à Barkus, sans pour autant toucher à la hache.

— Bendra. En souvenir de ma… Une femme que j'ai connue, autrefois.

Nortah examina la lame de plus près.

— J'arrive pas à lire. C'est en quelle langue ?

— Maître Jestin m'a dit qu'il s'agissait de haut volarien. Par tradition, les forgerons s'en servent pour marquer les lames. Je ne saurais pas dire pourquoi.

— Les Volariens comptent parmi les meilleurs forgerons du monde, dit Caenis. On raconte qu'ils furent le premier peuple à fondre le fer. La plupart des secrets de la forge trouvent leur origine chez eux.

— Assez joué, mes frères, les coupa Vaelin, pressé de mettre le plus de distance possible entre l'arme et lui. Regagnez vos compagnies. Assurez-vous qu'aucune d'entre elles ne s'est arrangée pour semer de l'équipement en chemin.

Il leur fallut attendre une heure de plus pour qu'un nouveau groupe d'hommes en armes franchisse la porte : vingt cavaliers de la Garde Montée menés par un grand jeune homme roux juché sur un impressionnant étalon noir. À son côté chevauchait le capitaine Smolen, que Vaelin reconnut sans mal à sa mise impeccable.

— Formez les rangs ! aboya le jeune guerrier à l'intention du sergent Krelnik. Et que rien ne dépasse. Nous avons un visiteur royal.

Il partit saluer le prince tandis que le bataillon s'organisait par compagnies et se mettait au garde-à-vous, soulevant au passage un épais nuage de poussière. Quand le prince et son escorte eurent bridé leurs montures, Vaelin mit un genou en terre et baissa la tête.

— Votre Altesse.

— Debout, mon frère, lui intima le prince Malcius. Trêve de civilités, le temps nous manque. Tenez. (Il lui lança un rouleau de parchemin frappé du sceau royal.) Votre feuille de route. Ce bataillon est à ma disposition jusqu'à nouvel ordre.

Il jeta un coup d'œil par-dessus son épaule en direction d'un homme voûté installé aux premiers rangs de l'escorte princière. Son teint cireux, ses cernes rougeâtres et son front plissé témoignaient de son goût pour les excès de toutes sortes.

— Vous avez déjà rencontré le seigneur Mustor, si je ne m'abuse, dit le prince.

— En effet. Mes condoléances pour la mort de votre père, monseigneur.

Si l'héritier de Cumbraël avait entendu le témoignage de sympathie de Vaelin, il n'en montra rien, préférant se tortiller sur sa selle et bâiller à s'en décrocher la mâchoire.

— Le seigneur Mustor nous accompagne, l'informa le prince. (Il embrassa du regard les rangs irréprochables des soldats.) Sont-ils prêts à se mettre en route ?

— Ils n'attendent plus que votre ordre, Votre Altesse.

— Alors ne traînons pas ici. Nous prendrons la route du Nord afin d'atteindre le pont qui enjambe la Saline avant la nuit.

Vaelin évalua rapidement la distance à parcourir. *Une bonne trentaine de kilomètres, et ce sur la route du Nord, à l'écart de l'itinéraire de la Garde du Royaume.* Bien qu'assailli d'innombrables questions, il hocha formellement la tête.

— Très bien, Votre Altesse.

— Je pars devant afin d'établir le campement. (Le prince gratifia Vaelin d'un bref sourire.) Nous parlerons ce soir. Nul doute que vous souhaitez des explications, après les derniers événements.

Sur ces mots, il éperonna sa monture et s'élança au galop, suivi de près par son escouade de gardes. Comme ils le dépassaient, Vaelin repéra parmi eux un autre visage familier qui tourna vers lui un regard aussi fugace qu'exalté, comme s'il quêtait sa reconnaissance ou son approbation. *Alucius Al Hestian. Il part donc pour la guerre avec nous.* Puis Vaelin fit volte-face et se mit à distribuer ses ordres d'une voix forte.

La nuit commençait à tomber quand le bataillon parvint au pied du pont en bois jeté par-dessus le cours tumultueux de la Saline. Vaelin ordonna l'installation du campement et l'organisation de quarts de garde.

— Pas de distribution de rhum de tout le voyage, dit-il au sergent Krelnik en sautant à bas d'Écume et en massant ses hanches endolories. De longues journées de marche nous attendent et je ne veux pas que l'alcool ralentisse les hommes. J'invite les mécontents à me faire part de leurs griefs en personne.

— Personne ne trouvera à y redire, monseigneur, lui assura Krelnik avant de s'éloigner à grands pas, faisant pleuvoir de sa voix rocailleuse un déluge d'ordres sur les soldats.

Après avoir abandonné Écume aux bons soins d'un des frères de l'unité de Makril, Vaelin retrouva le groupe du prince au pied d'un saule, à proximité du pont.

— Seigneur Vaelin. (Le capitaine Smolen l'accueillit d'un salut parfaitement exécuté.) C'est un plaisir de vous revoir.

— Capitaine.

Vaelin, qui n'avait pas oublié le rôle joué par le jeune officier lors de son entrevue avec la princesse Lyrna, restait sur ses gardes. Il lui semblait toutefois malvenu de lui en vouloir ; lui-même était bien placé pour savoir combien la princesse pouvait se montrer convaincante.

— Retourner sur le terrain me réjouit, je dois dire. (Le capitaine inclina la tête en direction du feu de camp, où une silhouette voûtée et enveloppée dans sa cape contemplait les flammes, un carafon de vin à la main.) J'ai choyé le nouveau Vassal un peu trop longtemps à mon goût.

— J'en déduis qu'il s'agit d'un fardeau encombrant.

— Pas tant que ça. J'ai surtout pour mission de l'approvisionner en vin et de lui refuser toute visite galante. Quand il ne réclame pas l'un ou l'autre, c'est à peine si on l'entend. (Le capitaine désigna le pavillon érigé à quelques pas de là.) Son Altesse souhaite vous rencontrer au plus vite.

Vaelin trouva le prince courbé au-dessus d'une table, les yeux rivés sur une carte déployée devant lui. Assis dans un coin de la tente, Alucius Al Hestian leva la tête du parchemin sur lequel il écrivait.

— Mon frère, le salua chaleureusement le prince en s'avançant pour lui serrer la main. Quelle diligence ! Je ne vous attendais pas avant une heure ou deux.

— Mes hommes ont le pied sûr.

— Vous m'en voyez ravi, car le chemin sera long avant notre arrivée. (Il s'éloigna de la table et avisa Alucius.) Du vin pour frère Vaelin, Alucius.

— Je vous remercie, Votre Altesse, mais je préfère m'en tenir à l'eau.

— Comme vous voudrez.

Le jeune poète emplit un gobelet d'eau et le tendit à Vaelin. En dépit de sa réserve, il semblait avide de reconnaissance.

— Je suis heureux de vous revoir, monseigneur.

— Moi de même, messire.

Vaelin s'était efforcé de répondre d'une voix égale, mais à en juger par le sursaut du jeune noble, son visage avait sans doute trahi ses pensées.

— Pourrais-tu t'occuper des chevaux, Alucius ? demanda le prince. Fougue peut se montrer belliqueux quand il n'est pas convenablement pansé.

— Tout de suite, Votre Altesse.

Le jeune homme s'inclina et sortit, jetant un dernier coup d'œil inquiet en direction de Vaelin avant que le rabat de la tente se referme sur lui.

— Il m'a supplié, dit le prince Malcius. Il menaçait de suivre notre armée même si je le lui interdisais. Je n'avais d'autre choix qu'en faire mon écuyer.

— Votre écuyer, Altesse ?

— Une coutume renfaëline. De jeunes nobles sont confiés à des chevaliers aguerris afin d'apprendre le métier des armes. (Il se tut en voyant l'expression de Vaelin.) Je constate que vous partagez la désapprobation de ma sœur.

— Son frère ne voulait pas qu'il s'engage dans cette voie. Il en a même fait sa dernière volonté.

— Eh bien, ça me désole de l'apprendre. Mais un homme se doit de forger son propre destin.

— Un homme, peut-être. Mais ce n'est qu'un enfant. Tout ce qu'il sait du combat lui vient des livres.

— J'avais à peine quatorze ans quand j'ai accompagné notre flotte dans l'archipel Meldénéen. Moi qui voyais dans la guerre une exaltante aventure, j'ai bien vite compris mon erreur. Et il en ira de même pour Alucius. Seules les leçons que nous dispense la vie permettent aux enfants de devenir des hommes.

— A-t-il au moins été entraîné ?

— Son père a tenté de le rompre au maniement de l'épée, mais il semblerait qu'il fasse un bien piètre escrimeur. J'ai chargé le capitaine Smolen de poursuivre son instruction.

— Le capitaine Smolen m'a tout l'air d'un officier de grande valeur, Votre Altesse, mais si je peux vous demander une faveur, m'accorderez-vous le droit de former moi-même ce garçon ?

Le prince Malcius réfléchit un instant.

— Vous lui vouez donc la même amitié qu'à son frère ?

— Je parlerais plus volontiers de responsabilité.

— Ah ! la responsabilité. Un concept qui m'est par trop familier. Très bien, vous pouvez former ce garçon si vous le souhaitez, même si j'ignore où vous en trouverez le temps. Jetez donc un coup d'œil là-dessus. (Il se retourna vers la carte.) Notre mission risque de s'avérer assez périlleuse.

Il s'agissait d'une représentation détaillée de la frontière entre Cumbraël et Asraël, depuis la côte sud jusqu'à la chaîne montagneuse faisant office de démarcation naturelle entre le Fief rebelle et Nilsaël.

— Notre campement se trouve ici. (Le prince désigna le pont sur le bras le plus occidental de la Saline.) Le Seigneur de Guerre Al Hestian, de son côté, mène la Garde du Royaume le long de la route ouest, jusqu'au gué situé au nord de la Martishe. Depuis cette position, il marchera sur la capitale cumbraëline, ne laissant vraisemblablement que ruines et dévastation dans son sillage. Une vingtaine de jours devraient lui suffire pour atteindre la capitale – peut-être vingt-cinq si les Cumbraëliens parviennent à lever suffisamment d'hommes pour ralentir sa progression. Mais il ne fait aucun doute qu'une fois parvenu à Altor il incendiera la cité. Et avec elle, de nombreuses âmes innocentes. (Le prince Malcius soutint le regard de Vaelin, une lueur intense au fond des yeux.) Comment les Ordres de notre Foi accueilleraient-ils une telle éventualité, mon frère ? Par des lamentations ou des cris de joie ? Pensez donc, des milliers d'Apostats réduits en cendres…

— Jamais de véritables Fidèles ne se réjouiraient de la mort d'innocents, Votre Altesse. Fussent-ils des Apostats.

— Vous convenez donc qu'il nous faut saisir la moindre occasion d'interrompre un tel carnage avant qu'il ait lieu ?

— Bien sûr.

— Parfait ! (Le prince abattit son poing sur la table et s'approcha de l'entrée du pavillon.) Vassal Mustor, si vous voulez bien nous rejoindre ?

Le Vassal de Cumbraël mit une bonne minute à répondre à la convocation, son visage hirsute encore plus défait que dans les souvenirs de Vaelin. Bien qu'encore sous l'emprise de l'alcool, ce fut d'une voix ferme qu'il prit la parole :

— Frère Vaelin. J'ai cru comprendre que des félicitations étaient de mise.

— En quel honneur, monseigneur ?

— Le roi vous a élevé au rang d'Épée du Royaume, je me trompe ? Il semblerait que votre promotion survienne en même temps que la mienne.

Il ponctua sa remarque d'un éclat de rire grinçant.

— J'entretenais frère Vaelin de notre plan, seigneur Mustor, lui fit savoir le prince. Il partage notre point de vue.

— Voilà qui me réjouit. Il me déplairait de ne devoir hériter que de cendres et de cadavres, vous comprenez.

— Tout à fait, marmonna le prince en se retournant vers la carte. Le Vassal Mustor a eu l'obligeance de nous fournir ce qu'il considère comme des informations de première main relatives au dispositif de son usurpateur de frère. Si le Seigneur de Guerre s'attend à le débusquer dans la capitale cumbraëline, le seigneur Mustor est convaincu que nous le trouverons en réalité ici.

Son doigt vint tapoter un point situé au nord, un étroit défilé ouvert dans les Grises Cimes, la chaîne montagneuse séparant Cumbraël d'Asraël. Vaelin étudia la carte avec attention.

— Je ne vois rien du tout, Votre Altesse.

Le Vassal Mustor émit un petit rire.

— Vous ne trouverez sa cachette sur aucune carte, mon frère. Mon père et tous ses aïeux ont pris soin de garder son existence secrète. Elle s'appelle le Haut Rempart, et je peux vous assurer qu'elle est à la… hauteur de sa réputation. Il s'agit de la forteresse la plus imprenable du Fief, sinon du Royaume. Des murailles de granit hautes de trente mètres et une vue plongeante sur les environs. Personne n'a jamais pu s'en emparer. C'est là que se terre mon pauvre petit frère bercé d'illusions, vraisemblablement entouré de quelques centaines de fanatiques dévoués à sa cause. Ils passent sans doute leur temps à citer les Dénaires, nos dix Livres sacrés, à pleins poumons et à se flageller les uns les autres pour châtier leurs pensées impures. (Il s'interrompit le temps d'un examen plein d'espoir du pavillon.) À tout hasard, prince Malcius, auriez-vous quelque chose à boire ? J'ai le gosier affreusement sec.

Vaelin vit le prince ravaler une repartie cinglante avant de désigner la bouteille de vin posée sur un guéridon.

— Ah ! c'est fort aimable.

— Pardonnez-moi, monseigneur, dit Vaelin. Mais si cette forteresse s'avère réellement si imprenable, comment pourrions-nous atteindre l'usurpateur ?

— Grâce à l'un des secrets les mieux gardés de ma famille, mon frère. (Le Vassal s'accorda une longue rasade de vin.) Ah ! du rouge de la vallée de Werlishe. Excellent choix, Votre Altesse.

Il but une nouvelle gorgée, plus généreuse encore.

— Quel secret, monseigneur ? le relança Vaelin.

Le Vassal fronça les sourcils, l'air momentanément perplexe.

— Oh ! la forteresse, oui. Le secret de famille, transmis seulement à l'aîné de chaque génération. L'unique point faible du Haut Rempart. Alors voici : il y a bien longtemps, du temps où notre lignée siégeait encore là-bas, l'un de mes ancêtres en vint à se défier de ses propres sujets et à se convaincre que sa garde personnelle, de mèche avec des intrigants, cherchait à le renverser.

Afin de s'en défendre, il fit creuser une galerie sous la montagne et, après avoir discrètement empoisonné les mineurs, n'en confia l'emplacement qu'à l'aîné de ses fils. Il semblerait qu'en fin de compte, sa crainte perpétuelle d'une cabale œuvrant contre lui n'ait été qu'un symptôme de la petite vérole. La maladie – qui peut affecter aussi bien l'esprit d'un homme que son membre viril – finit par l'emporter quelques mois plus tard. (Il vida son verre.) Vraiment, ce cru est excellent.

— Vous savez tout, dit le prince Malcius. Le Vassal nous guidera jusqu'à l'entrée de la galerie, vos hommes pourront prendre la forteresse d'assaut et l'usurpateur, sous bonne garde, se verra contraint d'affronter la justice du roi.

— Hautement improbable, Votre Altesse, commenta le seigneur Mustor en s'emparant une nouvelle fois de la bouteille. Tout porte à croire que mon frère redoublera ses efforts pour mourir en martyr du Père Universel. M'est avis, néanmoins, que frère Vaelin et sa bande de coupe-jarrets devraient se montrer à la hauteur de la tâche.

— Quelque chose m'échappe, seigneur Mustor, dit Vaelin. Votre frère a assassiné votre père afin de s'arroger la domination du Fief, et pourtant le voilà qui s'enferme dans un nid d'aigle tandis que la Garde du Royaume marche sur sa capitale.

— Mon frère Hentes est un fanatique, répondit le seigneur Mustor avec un haussement d'épaules. Quand il est apparu que mon père comptait courber l'échine devant le roi Janus, il l'a convoqué à une réunion secrète et lui a planté son épée dans le cœur, afin de l'offrir en sacrifice au Père Universel. S'il ne fait aucun doute que les plus véhéments de nos prêtres ou nos bigots les plus fervents ne désapprouvent pas son acte, jamais Cumbraël ne pourrait tolérer un Vassal accédant au pouvoir grâce au meurtre de son propre père. Quoi qu'en pense le bas peuple, les vassaux de mon père ne rallieront jamais la cause de Hentes. Ils combattront votre armée, certes – ils n'ont guère le choix, après tout –, mais seulement pour défendre le Fief. Voilà pourquoi, en dehors du Haut Rempart, mon frère n'a nulle part où aller.

— Et une fois l'usurpateur… délogé ? demanda Vaelin au prince.

— Cette guerre n'aura plus lieu d'être. Mais tout est question de temps.

Il reporta son attention sur la carte et retraça du doigt l'itinéraire reliant le pont de la Saline au défilé du Haut Rempart.

— À vue de nez, la passe se trouve à plus de trois cents kilomètres d'ici. Si nous souhaitons arriver à nos fins, il nous faudra l'atteindre suffisamment vite pour permettre à un messager d'alerter le Seigneur de Guerre. (Il s'empara d'un rouleau de parchemin.) Le roi a déjà rédigé un ordre de repli pour la Garde du Royaume en cas de succès de notre opération.

Vaelin calcula rapidement la distance séparant le défilé de la capitale cumbraëline. *Cent cinquante kilomètres environ, soit deux jours de chevauchée pour un destrier rapide. Nortah pourrait s'en charger, ou même Dentos. Le plus dur sera de gagner la forteresse en temps et en heure. Le bataillon devra parcourir une bonne trentaine de kilomètres par jour.*

— Cela vous paraît envisageable, mon frère ? s'enquit le prince.

Vaelin considéra les chapelets de villages cumbraëliens alignés le long de la route de l'Ouest et se demanda combien, parmi les habitants de ces hameaux, pressentaient le cataclysme qui les menaçait. À l'issue de cette guerre, sans doute faudrait-il établir une nouvelle carte. *« En Cumbraël, tu seras témoin de bien des choses. Des choses terribles. »*

— Tout à fait, Votre Altesse, lâcha-t-il avec assurance.

*Je les ferai fouetter jusqu'au sang, s'il le faut.*

Et ainsi, le bataillon se mit en marche, par segments de quatre heures d'affilée, douze heures par jour. Une marche pénible, harassante, qui les entraîna des prairies situées au nord de la Saline jusqu'aux collines et vallées qui s'étendaient au-delà, pour atteindre enfin les contreforts marquant leur entrée dans la province frontalière. Un coup de pied ou de cravache suffisait en général à remotiver les traînards, tandis que ceux qui s'écroulaient se voyaient accorder une demi-journée de fourgon avant de reprendre la route. Après avoir décrété que seuls les hommes prêts à rejoindre les Défunts pourraient abandonner le convoi, Vaelin comptait sur leur peur pour les mener de l'avant. Jusqu'ici, la menace semblait fonctionner. Les hommes arboraient des mines maussades, peinaient sous le poids des armes et des provisions, leur humeur encore assombrie par la privation de rhum, mais ils continuaient de le craindre. Et ils avançaient.

Tous les soirs, Vaelin consacrait deux heures à l'entraînement d'Alucius, une attention qui ne manqua pas, au départ, de ravir le jeune garçon.

— C'est un grand honneur que vous me faites, monseigneur, dit-il avec gravité, son épée brandie à bout de bras comme s'il tenait un balai.

Vaelin la lui arracha des mains d'une simple torsion du poignet.

— Ne soyez pas honoré, mais concentré. Ramassez-la.

Une heure plus tard, il fallut se rendre à l'évidence : Alucius avait peut-être tout d'un poète, mais rien d'un escrimeur.

— Relevez-vous, lui intima Vaelin après lui avoir fauché les jambes d'un coup assené du plat de l'épée.

Il venait de répéter la même attaque pour la quatrième fois de suite sans que le garçon remarque son manège.

— Je, euh… manque d'entraînement…, commença Alucius, les joues empourprées et les yeux embués de larmes.

— Messire, vous n'êtes pas taillé pour ça, le coupa Vaelin. Vous êtes lent, maladroit et peu combatif. Je vous en supplie, demandez votre démobilisation au prince Malcius et rentrez chez vous.

— C'est *elle* qui vous influence ! (Pour la toute première fois, la voix d'Alucius se teintait d'hostilité.) Lyrna. Toujours à vouloir me protéger. Eh bien, je refuse qu'on me protège, monseigneur. La mort de mon frère demande réparation, et je l'obtiendrai. Même si je dois marcher seul sur la forteresse de l'usurpateur.

*Encore des bravades d'enfant.* Mais non dénuées de force, cette fois-ci, ni d'une certaine conviction.

— Votre courage vous fait honneur, messire. Mais une telle initiative ne pourrait que se solder par votre mort.

— Alors apprenez-moi.

— J'ai essayé…

— C'est faux ! Vous avez tenté de me décourager, rien de plus. Apprenez-moi à combattre pour de vrai. Si j'échoue, je ne pourrai m'en prendre qu'à moi-même.

Il avait raison, bien entendu. Vaelin avait cru à tort qu'une heure ou deux d'humiliation suffiraient à convaincre ce garçon de regagner sa demeure. Mais pouvait-il vraiment le former au métier des armes en quelques jours ? Il étudia la prise d'Alucius sur son épée, la façon dont il la tenait près du corps pour en équilibrer le poids.

— Celle de votre frère, dit-il en reconnaissant le saphir du pommeau.

— Oui. J'estime lui rendre hommage en la portant à la guerre.

— Il était plus grand et plus fort que vous.

Après un instant de réflexion, Vaelin partit sous sa tente et en revint avec le glaive volarien que lui avait offert le roi Janus.

— Tenez. (Il lança l'épée à Alucius.) Un présent royal. Voyons voir comment vous vous débrouillez avec.

S'il demeurait encore maladroit et trop facilement berné par les feintes de son instructeur, le jeune noble gagna en rapidité. Il para quelques fentes et parvint même à placer une contre-attaque ou deux.

— Ça suffit pour aujourd'hui, dit Vaelin en notant le front baigné de sueur d'Al Hestian et sa respiration saccadée. Mieux vaut laisser l'épée de votre frère pendre à votre selle, dorénavant. Demain matin, levez-vous tôt et répétez les passes d'armes que je vous ai enseignées une heure durant. Nous reprendrons la formation demain soir.

Ladite formation les occupa les neuf jours suivants. Chaque soir, après une exténuante journée de marche, Vaelin s'efforçait de changer un poète en spadassin.

— On ne bloque pas la lame adverse, on l'enroule, dit-il à Alucius d'une voix qui lui rappelait un peu trop celle de maître Sollis à son goût. Il faut dévier la puissance du coup, pas l'absorber.

Il feignit d'allonger une botte en direction du ventre de son élève, puis infléchit son arme afin de lui balayer les jambes. Alucius recula juste à temps, la lame manquant sa cible de quelques centimètres à peine, et répondit par une fente de son cru ; plutôt gauche, déséquilibrée et facile à parer, mais nerveuse. Malgré ses doutes, Vaelin devait s'avouer impressionné.

— Très bien. Ça ira pour aujourd'hui. Allez affûter votre arme et reposez-vous.

— C'était mieux, n'est-ce pas ? s'enquit Alucius. Je progresse, hein ?

Vaelin glissa son épée dans son fourreau et tapota l'épaule de son élève.

— Il semblerait bien qu'un guerrier se cache en vous, en fin de compte.

Au dixième jour de leur campagne, l'un des éclaireurs de frère Makril signala que le défilé se trouvait à moins d'une demi-journée de marche. Vaelin ordonna au bataillon d'établir le campement et partit en compagnie du prince Malcius et du seigneur Mustor afin de localiser l'entrée de la galerie secrète, sous bonne escorte de l'unité de Makril. Les collines verdoyantes laissèrent bientôt place à des versants rocailleux sur lesquels les chevaux peinaient à progresser, gênés par les cailloux instables qui se dérobaient sous leurs sabots. Fidèle à lui-même, Écume manifesta son agacement en s'ébrouant et en renâclant avec violence.

— C'est une monture au caractère bien trempé que vous avez là, mon frère, fit remarquer le prince Malcius.

— Le terrain l'incommode. (Vaelin mit pied à terre et décrocha ses arc et carquois de la selle.) Mieux vaut confier les chevaux à l'un des hommes de frère Makril et poursuivre à pied.

— Est-ce indispensable ? gémit le seigneur Mustor. Il reste encore quelques kilomètres.

Ses traits bouffis trahissaient une énième nuit d'ivresse, à tel point que Vaelin trouvait surprenant qu'il ait tenu en selle jusque-là.

— Raison de plus, monseigneur, pour ne pas traîner.

Ils poursuivirent leur ascension pendant une heure ou deux, dominés par la majesté sombre et oppressante des Grises Cimes. Le linceul de brume qui semblait constamment envelopper leurs sommets occultait le soleil, baignant le paysage d'une grisaille uniforme. Bien que l'été tire à sa fin, l'air glacial s'alourdissait d'une écœurante humidité qui imprégnait leurs vêtements.

— Par le Père ! je déteste cet endroit, hoqueta le seigneur Mustor quand ils firent étape.

Il s'effondra contre un affleurement rocheux et se laissa glisser au sol. Une fois assis, il déboucha une flasque.

— De l'eau, dit-il en réponse au coup d'œil désapprobateur que lui lança le prince. Pour tout vous avouer, j'espérais ne jamais remettre les pieds en Cumbraël.

— Que le propre héritier d'un Fief déplore de retrouver ses terres, rétorqua Vaelin, voilà qui me dépasse.

— Oh ! mais je n'avais pas vocation à occuper la Chaire. Cet honneur revenait à Hentes, mon assassin de frère, que mon père chérissait tant. Ç'a dû lui briser le cœur, au vieux sagouin, quand il est tombé tout cru dans la gueule des prêtres. Hentes a toujours été son préféré, vous comprenez. Le meilleur à l'arc, le meilleur à l'épée, le plus vif d'esprit, le plus grand et le plus beau. À vingt-cinq ans, il avait déjà engendré trois bâtards, c'est vous dire.

— Ce n'est pas exactement le portrait d'un homme pieux que vous nous brossez là, fit remarquer le prince Malcius.

— Parce qu'il n'avait rien de pieux, à l'époque. (Mustor lampa une longue gorgée, si longue que Vaelin le soupçonna d'avoir rempli sa flasque avec un peu plus que de l'eau.) Mais c'était avant qu'il se prenne une flèche en pleine gueule lors d'une échauffourée avec un groupe de brigands. Le médecin de mon père a pu en extraire la pointe, mais une fièvre soudaine s'est emparée de Hentes, le laissant pour mort quelques jours durant – certains racontent même que son cœur avait cessé de battre. Mais le Père a cru bon de l'épargner et, une fois remis sur pied, il avait changé du tout au tout. De guerrier jouisseur et coureur de jupons, il se mua en adepte des Dénaires aussi fervent que balafré. Hentes Justelame, qu'on l'appelait. Il se détourna de ses anciens amis et dédaigna ses nombreuses conquêtes au profit des prêtres les plus exaltés, les plus radicaux qu'il put trouver. Il s'improvisa prédicateur et décrivit à longueur de sermons passionnés les visions aperçues sur son lit de mort. Il prétendait que le Père Universel lui avait parlé, qu'il lui avait montré la voie de la rédemption, celle-ci passant notamment par la conversion de vous autres étrangers hérétiques aux enseignements des Dénaires, de gré ou de force. Mon père n'a eu d'autre choix que de le bannir, lui et sa clique toujours grandissante de zélateurs.

— Et selon vous, il aurait tué votre père sur ordre de votre dieu ?

— Les croyances de mon frère sont fort nébuleuses, même pour ses disciples. Cependant, la possibilité même que le Vassal de Cumbraël puisse aller ramper aux pieds du roi Janus le frappait d'anathème à ses yeux, d'autant plus qu'il voyait dans cette humiliation les conséquences des persécutions infligées par frère Vaelin aux guerriers sacrés de la Martishe. Il a donc sollicité une entrevue à mon père, sous le prétexte de vouloir négocier son retour d'exil. Et là, en l'absence de gardes, il l'a liquidé.

Mustor s'interrompit le temps d'une nouvelle gorgée, les yeux braqués sur Vaelin.

— À en croire mes sources, mon frère, vous êtes désormais célèbre en Cumbraël. Si les miens ont surnommé Hentes le Justelame, vous êtes le Sombrelame. Un nom tiré du Cinquième Livre, le Livre de la Prophétie. Il y a des centaines d'années, un oracle a mentionné la venue d'un guerrier hérétique quasi invincible : « Il châtiera les croyants et opprimera ceux qui œuvrent au service du Père Universel. Vous le reconnaîtrez par son épée, forgée par le feu sorcier et guidée par la voix de la Ténèbre. »

*Sombrelame ?* Vaelin songea à la voix du sang et à son origine évoquée par Nersus Sil Nin. *Peut-être ont-ils raison.* Il se redressa.

— En route, nous perdons du temps.

— Bordel de merde, tout ça pour ça ?

Le Frère Commandant Makril cracha au sol, à quelques centimètres des bottes du seigneur Mustor. Ce dernier recula d'un pas, une lueur inquiète au fond des yeux.

— C'était encore praticable il y a dix ans, laissa-t-il échapper d'une voix faible, presque gémissante.

Vaelin examina l'entrée du tunnel, une brèche étroite ouverte dans la paroi d'une falaise abrupte et battue par les vents. Sans le seigneur Mustor, ils ne l'auraient jamais remarquée. Malgré la pénombre de la galerie, il parvint à discerner ce qui avait causé le courroux de Makril : d'énormes rochers empilés du sol au plafond empêchaient toute progression. Par ailleurs, leur masse imposante les rendait impossibles à déplacer pour leur petite troupe. Makril avait raison, la galerie ne servait à rien.

— Je ne comprends pas, dit le seigneur Mustor. Il était d'une solidité à toute épreuve. Hormis mon père et moi, personne ne connaissait son existence.

Vaelin se faufila dans l'entrée du passage. D'une main, il éprouva les contours d'une des pierres éboulées. Comme il s'en doutait, sa surface était par endroits lisse et par endroits rugueuse, et ses doigts finirent par trouver les reliefs aigus de violents coups de burin.

— Ce rocher n'est pas tombé tout seul. Si je ne me trompe pas, on l'y a aidé tout récemment.

— Il semblerait que votre grand secret n'en soit plus un, monseigneur, commenta le prince Malcius. Si, comme vous nous l'avez suggéré, votre père vous préférait votre frère, alors peut-être aura-t-il jugé bon de lui révéler l'existence de cette galerie.

— Mais qu'allons-nous faire, à présent ? lâcha Mustor d'une voix plaintive. Il n'y a pas d'autre moyen d'accéder au Haut Rempart.

— À moins de l'assiéger, répliqua le prince. Or, nous ne disposons ni des hommes, ni des engins, ni du temps nécessaires pour mener un siège à bien.

Vaelin émergea de la galerie.

— Existe-t-il par ici un endroit d'où nous pourrions observer la forteresse sans être vus ?

L'ascension du raidillon étroit et jonché de cailloux indiqué par Mustor s'avéra périlleuse, mais ils gagnèrent le sommet en peu de temps, malgré les jérémiades incessantes du futur Vassal au sujet de ses ampoules aux pieds. Une fois regroupés, ils gagnèrent une corniche protégée du vent par un énorme affleurement rocheux.

— Penchez-vous, conseilla le seigneur Mustor. Je doute qu'une sentinelle puisse nous apercevoir, mais autant rester prudents. (Il s'avança jusqu'au bord de la saillie et pointa le doigt.) Là, vous voyez ? Elle ne brille pas par son raffinement architectural, n'est-ce pas ?

Le Haut Rempart était difficile à manquer, ses murailles surgissant de la montagne tel un fer de lance émoussé taillé à même la roche. Le seigneur Mustor avait raison de souligner son manque d'élégance. Il était dépourvu de toute ornementation, statue ou minaret, et seule une profusion de meurtrières venait briser l'austère uniformité de ses parois. Sur une longue lance fichée au sommet de la barbacane surplombant la herse d'entrée, une bannière frappée de la flamme blanche du dieu cumbraëlien claquait au vent. Le seul accès à la forteresse était une piste escarpée montant des profondeurs du défilé. Ils se trouvaient au niveau des créneaux et Vaelin aperçut les silhouettes noires de sentinelles postées sur le chemin de ronde.

— Vous voyez, seigneur Vaelin ? dit Mustor. Elle est imprenable.

Vaelin se pencha en avant afin de scruter les fondations du bâtiment, dont les murailles dénuées d'aspérités émergeaient d'une irrégulière couronne de pierre. *Ces rochers ne poseront pas de problème, mais la paroi ?*

— Ce mur, monseigneur, combien mesure-t-il, déjà ?

— Tu es sûr d'en être capable ?

Gallis la Grimpe passa le rouleau de corde au-dessus de sa tête, l'installa sur son épaule et leva les yeux sur l'écrasante silhouette de la forteresse.

— J'aime les défis, m'seigneur.

Tout à son effort de taire les doutes qui l'assaillaient, Vaelin lui tendit une dague.

— Rends-moi ce service, et il se pourrait bien que j'oublie notre petit différend.

— Honnêtement, je préférerais ce cruchon de picrate que vous m'avez promis.

Gallis sourit à Vaelin, glissa la dague dans sa botte et se retourna vers la paroi rocheuse. Les mains plaquées sur le granit, il explora chaque prise, ses doigts courant sur la pierre avec agilité et précision. Au bout de quelques secondes, il banda ses muscles et entama l'ascension de la falaise. La fluidité avec laquelle son corps évoluait le long de l'à-pic était proprement spectaculaire ; comme animés d'une volonté propre, ses pieds et ses mains semblaient trouver des prises invisibles à l'œil nu. Au bout d'une trentaine de mètres, Gallis s'interrompit le temps d'un coup d'œil en direction de Vaelin, un large sourire aux lèvres.

— Jusqu'ici, c'est plus facile qu'une baraque de marchand.

Vaelin le regarda passer de la falaise à la muraille ; à mesure qu'il progressait, sa silhouette rapetissait, tant et si bien qu'il finit par ressembler à une fourmi perchée sur le tronc d'un arbre géant. À aucun moment il ne faiblit ni ne glissa. Désormais rassuré par les capacités de son grimpeur, Vaelin se tourna vers les frères et soldats tapis dans les ténèbres alentour. Son détachement comprenait les meilleurs archers de Nortah et quelques membres du peloton de Makril, soit vingt hommes en tout et pour tout – un effectif bien insuffisant face à la multitude qui protégeait l'usurpateur, mais seul à même de leur garantir un tant soit peu de discrétion. Le reste du bataillon attendait au pied du long chemin en côte menant à l'entrée de la place forte. À sa tête, frère Makril et le prince Malcius sonneraient la charge de cavalerie dès l'ouverture de la porte et Caenis suivrait avec le corps d'infanterie. Vaelin avait dû batailler ferme pour s'imposer comme meneur du raid d'infiltration, notamment contre Caenis qui lui avait froidement déclaré que sa place était auprès des hommes.

— On m'a chargé d'arrêter l'usurpateur, avait répondu Vaelin. Et j'ai bien l'intention de m'emparer de lui, vivant si possible. J'aimerais en outre pouvoir lui parler. Je suis sûr qu'il détient des informations intéressantes.

— Avoue plutôt que tu veux te mesurer à lui, avait rétorqué Makril. Les dires de sa seigneurie sur ses talents de combattant te laissent rêveur, hein ? Tu crèves d'envie de savoir s'il est aussi fort que toi.

*Et s'il disait vrai ?* songea Vaelin. Pourtant, il n'éprouvait ni le besoin ni l'envie de croiser le fer avec le Justelame. Pour être franc, il ne doutait pas une minute de pouvoir lui faire mordre la poussière. Mais il souhaitait le rencontrer, entendre sa voix. Le récit du seigneur Mustor avait en effet attisé sa curiosité. L'usurpateur croyait accomplir une mission divine, tout comme le Cumbraëlien qu'il avait occis dans la Martishe. *Qu'est-ce qui les y pousse ? Comment un homme en vient-il à tuer au nom de son dieu ?* Mais il y avait autre chose… À peine son regard s'était-il posé sur le Haut Rempart que Vaelin avait senti la voix du sang s'éveiller en lui. Le lointain carillon qui occupait alors son esprit avait gagné en intensité à mesure que la nuit tombait. Il ne s'agissait pas exactement d'un avertissement, mais plutôt d'un impératif, d'un appel à découvrir ce qui l'attendait derrière ces murailles.

Il fit signe à Dentos et Nortah d'approcher. Dans l'air glacial des montagnes, son murmure l'enveloppa de fins panaches de vapeur.

— Nortah, tu te charges des remparts. Une fois les sentinelles expédiées, tu couvriras la cour. Dentos, les frères et toi investirez le corps de garde. Remontez la herse et gardez-la levée jusqu'à l'arrivée du bataillon.

— Et toi, mon frère ? demanda Nortah en haussant un sourcil.

— J'ai à faire dans la forteresse. (Il leva les yeux vers la silhouette minuscule de Gallis.) Nortah, dis à tes hommes de ne pas hurler s'ils tombent. Les Défunts n'admettent pas les lâches dans l'Au-Delà. Que la chance vous accompagne, mes frères.

En tant que premier à grimper à la corde, il dut lutter contre les assauts du vent qui, tel un monstre invisible et hurlant, menaçait de le projeter dans le vide à tout moment. Quand enfin il rejoignit Gallis, ses bras crispés par l'effort l'élançaient et il ne sentait plus ses doigts frigorifiés. L'ancien voleur s'était pour sa part perché en dessous du parapet, les mains agrippées à l'encorbellement et les jambes arc-boutées contre la paroi. Vaelin peinait à imaginer la puissance requise pour tenir si longtemps dans cette position. Comme Vaelin parvenait au niveau du grappin accroché à un créneau, Gallis hocha la tête et le gratifia d'un « m'seigneur » emporté par le vent. Vaelin saisit le grappin, prit pied sur le rebord et agita les doigts de sa main droite insensible avant d'interroger Gallis du regard.

— Un, articula celui-ci en inclinant la tête en direction des remparts. L'a l'air de s'ennuyer.

Vaelin se hissa sur la pointe des pieds afin de jeter un bref coup d'œil par-dessus le parapet. Le garde se trouvait à quelques mètres de là ; réfugié dans une petite guérite aménagée le long du chemin de ronde, il s'était emmitouflé dans sa cape et tenait au-dessus de sa tête une torche dont les flammes vacillantes déversaient des pluies de flammèches dans la noirceur alentour. Occupé à se frotter vigoureusement les mains, il avait déposé sa lance et son arc le long d'un mur et soufflait de longs nuages de vapeur. Vaelin s'empara de son épée, inspira profondément et enjamba le parapet d'un bond. Il avait compté sur l'effet de surprise pour abattre l'homme avant qu'il puisse donner l'alarme, mais il fut lui-même surpris par l'absence de réaction de la sentinelle : comme paralysé, l'homme s'était laissé trancher la gorge sans même un geste en direction de ses armes.

Vaelin laissa le cadavre glisser au sol et fit signe à Gallis de le rejoindre.

— Tiens, chuchota-t-il en délestant le cadavre de sa houppelande trempée de sang pour la confier au monte-en-l'air. Enfile ça et pavane-toi. Essaie d'avoir l'air cumbraëlien. Si jamais un garde t'adresse la parole, tue-le.

Malgré une brève grimace à la vue du sang qui empoissait la cape, Gallis la passa autour de ses épaules sans se plaindre, remonta la capuche afin de dissimuler son visage et quitta la guérite à pas comptés. Entre sa démarche empesée et la lassitude avec laquelle il se frottait les mains sous sa cape, il avait tout d'une sentinelle peu enthousiasmée par sa faction nocturne.

Vaelin regagna le grappin et secoua la corde, une fois tout d'abord, puis à deux reprises. Une éternité plus tard, la tête de Nortah surgit derrière les créneaux ; il lui fallut attendre encore un peu plus longtemps pour que tous ses hommes prennent pied sur le chemin de ronde. Dentos fut le dernier à monter. Il franchit le parapet avec difficulté et se laissa lentement couler à terre, les mains parcourues de tremblements qui n'étaient pas dus au froid ; il avait toujours eu le vertige.

Vaelin compta les têtes et lâcha un grognement satisfait en constatant qu'aucun membre de son détachement n'avait lâché prise.

— Pas le temps de se reposer, mon frère, murmura-t-il à Dentos avant de l'aider à se relever. Tu connais la suite. Faites-vous aussi discrets que possible.

Les deux groupes se séparèrent afin d'accomplir leur mission : Nortah et ses archers sur le qui-vive partirent à gauche le long du chemin de ronde ; Dentos et les frères s'élancèrent dans la direction opposée, à l'assaut du corps de garde. Bientôt résonnèrent les claquements secs des arcs à mesure que les disciples de Nortah s'occupaient des autres sentinelles. Quelques cris étouffés retentirent, mais sans parvenir à donner l'alerte aux occupants de la place forte. Vaelin trouva les marches menant à la cour et les dévala quatre à quatre. Le seigneur Mustor leur avait décrit à grand-peine l'agencement de la forteresse – ses souvenirs demeuraient plutôt vagues et embrumés –, mais il avait insisté sur un point : son frère se trouverait à coup sûr dans la suite seigneuriale, située au cœur du Haut Rempart. On pouvait y accéder depuis une porte aménagée en face de l'entrée principale.

Vaelin s'y rendit au pas de charge, la voix du sang de plus en plus forte à présent, sa mélodie empreinte d'une tonalité plus sombre, plus impérieuse : *Trouve-le.* Il ouvrit la porte à la volée et tomba nez à nez avec deux solides gaillards noyés dans un nuage de fumée qui, penchés l'un vers l'autre, rallumaient leurs pipes à la flamme d'une bougie. Ils étaient assis de part et d'autre d'une petite table, sur laquelle trônaient une bouteille de cognac à moitié vide et un livre ouvert. Le premier mourut avant même de pouvoir se relever, le torse labouré par un coup foudroyant qui fendit chairs et os dans un éclair d'acier. Le second parvint à s'emparer de la dague passée à son ceinturon avant que Vaelin ramène son arme pour lui ouvrir la gorge, une attaque désordonnée qui ne suffit pas à le tuer du premier coup. L'homme vacilla, un cri montant de sa trachée tailladée, et Vaelin dut plaquer une main sur sa bouche ensanglantée pour étouffer le bruit avant de plonger son épée dans le ventre de son adversaire, qu'il maintint au sol le temps de l'agonie.

Puis il essuya sa main sanguinolente sur le pourpoint du cadavre et se redressa pour évaluer la situation. Dans la petite pièce s'ouvraient, face à lui, un passage plongeant dans les entrailles du donjon et, sur sa gauche, une cage d'escalier. Le seigneur Mustor lui ayant confié que la suite seigneuriale se trouvait au niveau du sol, Vaelin s'engagea dans le passage. Il redoublait de prudence, désormais ; chaque alcôve plongée dans l'ombre pouvait abriter une menace potentielle. Il parvint bientôt au pied d'une lourde porte en bois qui, légèrement entrebâillée, laissait filtrer la lumière de la salle voisine.

*De combien d'hommes sera-t-il entouré ?* se demanda-t-il, la main prête à pousser le battant. *C'est ridicule. Je ferais mieux d'attendre les autres…* Mais la voix du sang, désormais assourdissante, l'empêchait de reculer. *Trouve-le !*

Personne ne l'attendait derrière la porte, seulement une vaste salle plongée dans l'obscurité au-delà des six piliers de pierre qui soutenaient le plafond. Tout au bout de la pièce, un homme de haute stature et large d'épaules siégeait sur une estrade, son beau visage enlaidi par une profonde cicatrice à la joue gauche. Sur ses genoux reposait une épée nue, une arme simple à lame étroite, dont l'absence de garde révélait l'origine renfaëline ; s'ils étaient réputés pour leurs fabricants d'arcs, les Cumbraëliens ne brillaient pas par leurs qualités de forgerons. L'homme garda le silence quand Vaelin fit son entrée. Depuis son fauteuil, il l'observait avec intensité, le regard dénué de peur.

À présent qu'il se dressait face à sa proie, la voix du sang se faisait moins stridente, jusqu'à s'abîmer en un doux murmure baignant ses pensées. *Est-ce parce qu'elle est arrivée à ses fins ?* songea-t-il. *Ou parce que je me trouve là où je devais me trouver ?* Dans tous les cas, il voyait peu d'intérêt à tergiverser.

— Hentes Mustor ! clama-t-il en s'avançant. Vous êtes appelé à répondre devant la justice du roi d'accusations de trahison et de meurtre. Lâchez votre épée et rendez-vous.

L'usurpateur, toujours silencieux, laissa Vaelin s'approcher sans quitter son fauteuil ni saisir son arme. Ce fut seulement quand il fut parvenu à quelques mètres de l'estrade que le jeune guerrier remarqua la chaîne nouée au poignet de la main gauche de l'usurpateur, une chaîne dont les maillons d'acier se perdaient dans l'ombre au-delà des piliers. D'un coup de poignet aussi fluide que puissant, Mustor fit claquer la chaîne comme un fouet, arrachant aux dalles une volée d'étincelles. Des ténèbres émergea une silhouette chancelante et fluette, la bouche couverte d'un bâillon et les mains entravées. Elle s'effondra à genoux aux pieds de Mustor ; Vaelin eut à peine le temps de remarquer sa robe grise et sa cascade de cheveux noirs que l'usurpateur se jeta sur elle et plaqua son épée contre sa gorge.

— Mon frère, dit-il d'une voix douce, presque peinée. Je crois que cette jeune femme ne vous est pas inconnue.

Les yeux de la captive brillaient d'une lueur apeurée, implorante. Le bâillon avait beau assourdir ses cris, ses gesticulations frénétiques ne laissaient aucun doute sur leur signification. Le regard de la jeune femme accrocha celui de Vaelin et il comprit ce qu'elle tentait de lui dire : « Ne te sacrifie pas pour moi ! » Malgré le bâillon, malgré les années écoulées depuis leur dernière rencontre, Vaelin la reconnut immédiatement. *Sherin !*

# Chapitre 6

— Votre arme, mon frère, lui intima Hentes Mustor d'une voix doucereuse.

Vaelin aurait dû éprouver de la rage, une déferlante de colère le poussant à catapulter un couteau de lancer dans le bras de l'usurpateur et à lui plonger son épée dans la gorge. Mais quelque chose en lui contint cet élan destructeur. Ce n'était pas seulement la prudence qui retenait son bras, même si les réflexes de Mustor semblaient bien plus vifs que ceux de Gallis la Grimpe, tant d'années auparavant. Il y avait autre chose. L'espace d'une seconde, Vaelin tenta d'identifier les raisons de son désarroi, puis il comprit : la mélodie de la voix du sang n'avait pas changé. Elle continuait de baigner son esprit d'un murmure serein et lancinant, dénué de cet accent d'avertissement ou d'anomalie qu'il connaissait si bien.

Son épée atterrit à grand bruit aux pieds de Mustor, le tintement métallique se mêlant aux sanglots étouffés de Sherin.

—Ainsi soit-il. (D'un coup de pied, Mustor envoya valser l'épée dans les ténèbres.) Une fois encore, la vérité de Sa parole éclate au grand jour, dit-il d'un ton révérencieux, sans jamais quitter Vaelin des yeux. Toutes vos armes, à présent. Lentement.

Vaelin obtempéra et jeta ses couteaux de lancer et sa dague dans l'ombre.

—Me voilà désarmé, déclara-t-il. Est-il encore besoin de menacer ma sœur ?

Mustor jeta un coup d'œil au visage cramoisi de Sherin, comme s'il se rappelait soudain sa présence.

— Votre sœur… D'après ce qu'Il m'a confié, elle est un peu plus que ça, pour vous. Vous l'aimez, n'est-ce pas ? Elle seule peut vous faire oublier votre foi.

— Rien ne peut me faire oublier la Foi, monseigneur. Je n'ai fait que vous abandonner mon épée, rien de plus.

— En effet. (Mustor hocha la tête, un accent de certitude dans la voix.) Comme Il l'avait prédit.

*Serait-il fou ?* se demanda Vaelin. L'homme avait une réputation de fanatique, mais cela faisait-il de lui un déséquilibré ? Le récit de sa conversion par Sentes Mustor lui revint en mémoire. *« Il prétendait que le Père Universel lui avait parlé… »*

— Votre dieu ? dit Vaelin. Votre dieu vous a prévenu de mon arrivée ?

— Il ne s'agit pas de *mon* dieu, mais du Père Universel, qui a créé toutes choses et qui toutes choses unit dans Sa miséricorde, même les hérétiques tels que vous. Et Il m'a accordé Sa voix. Il m'a révélé votre venue et mis en garde contre vous. Il m'a appris que la Ténèbre vous rendait invincible à l'épée, même si, aveuglé par ma fierté pécheresse, je brûlais de vous affronter sans employer cette ruse. Il m'a guidé jusqu'au dispensaire où œuvrait cette femme. Et tout s'est déroulé comme Il l'avait prédit.

— Vous a-t-il prédit que vous tueriez votre père ?

— Mon père… (Mustor perdit sa belle assurance et cligna des yeux, l'air réticent.) Mon père se fourvoyait. Il s'était détourné de l'amour du Père Universel.

— Il ne s'est jamais détourné de vous, en tout cas. Ne vous a-t-il pas offert cette forteresse ? Sans oublier les sauf-conduits vous permettant de la rallier sans courir de risque. Il vous a même confié le secret le plus précieux de la famille : la galerie sous la montagne. Il a agi ainsi pour vous protéger. Rares sont ceux à faire l'objet d'un tel amour. Et comment l'avez-vous remercié ? En lui transperçant le cœur.

— Il profanait les commandements des Dénaires. Sa tolérance pour votre royaume impie ne pouvait perdurer. Je n'avais d'autre choix que d'agir…

— Quel dieu curieux que le vôtre. Il vous aime tant qu'il vous pousse à assassiner votre propre père.

— Taisez-vous ! rugit Mustor d'une voix vibrante de chagrin. (Il repoussa Sherin sur le côté et marcha sur Vaelin, l'épée levée.) Pas un mot de plus ! Je sais ce que vous êtes. N'allez pas croire qu'Il ne m'a pas tout dit. Vous êtes un adepte de la Ténèbre. Vous fuyez l'amour du Père. Vous ne savez rien.

Imperturbable, la voix du sang continuait de fredonner sa douce mélodie, alors même que l'arme de l'usurpateur approchait de sa poitrine.

— Êtes-vous prêt ? demanda Mustor. Êtes-vous prêt à mourir, Sombrelame ?

Vaelin remarqua le tremblement qui agitait la main de son adversaire, ainsi que ses yeux rougis, embués de larmes naissantes, et sa mâchoire crispée.

— Et vous, êtes-vous prêt à me tuer ?

— Je ferai ce que mon devoir m'impose.

Il parlait d'une voix râpeuse, à présent, comme incapable de desserrer les dents. Tout son corps parut tressaillir et sa respiration se fit chevrotante. Pour Vaelin, il avait tout d'un homme en guerre avec lui-même. La pointe de son épée vacillait, mais demeurait suspendue en l'air, sans avancer ni reculer.

— Pardonnez-moi, monseigneur, dit Vaelin, mais je doute que vous parveniez à commettre un nouveau meurtre.

— Encore un dernier, murmura Mustor. Encore un dernier, voilà ce qu'Il exige de moi. Alors, je pourrai enfin connaître le repos. Alors, je pourrai fouler l'herbe des Prés Éternels qui m'étaient jusqu'alors refusés.

Derrière la porte retentirent les premiers échos de la bataille. Plusieurs voix s'élevèrent pour donner l'alerte, bientôt noyées par le crépitement de sabots ferrés et le fracas métallique de l'acier contre l'acier.

— Comment ? (Interloqué, Mustor avisait tour à tour Vaelin et la porte.) Qu'est-ce que ça veut dire ? Vous en appelez à la Ténèbre pour convoquer un mirage et détourner mon attention ?

Vaelin secoua la tête.

— Mes hommes prennent votre forteresse d'assaut.

— Vos hommes ? (Une expression de profond désarroi se peignit sur son visage.) Mais vous êtes venu seul. Il disait que vous viendriez seul.

Il laissa tomber son épée au sol et chancela en arrière de quelques pas, le regard lointain, perdu dans le vide.

— Il disait que vous viendriez seul…

*Tue-le maintenant !* hurla une voix dans l'esprit de Vaelin, une voix dont il croyait s'être débarrassé dans la Martishe, cette voix qui raillait sans relâche ses préparatifs pour l'assassinat d'Al Hestian. *Il est à ta portée, écarte son arme et brise-lui la nuque !*

La voix avait raison : Hentes faisait une proie facile. La folie ou le délire qui éclipsait sa raison le laissait sans défense. Mais en lui, la mélodie demeurait inchangée… tandis que les paroles de l'usurpateur soulevaient bien des questions.

— On vous a trompé, monseigneur, dit Vaelin à Mustor d'un ton calme. Cette voix que vous entendez, quelle qu'elle soit, s'est jouée de vous. J'ai sous mes ordres tout un bataillon d'infanterie, ainsi qu'une compagnie de cavaliers. Et je doute fort que ma mort, la mienne comme celle de n'importe qui d'autre, puisse vous garantir une place dans l'Au-Delà.

Mustor titubait, à présent, et manqua de s'écrouler par terre. Puis, l'espace d'un court instant, il se figea complètement, pareil à une statue de glace. Quand il se ressaisit, son expression de profonde hébétude s'évanouit, laissant place au visage d'un homme parfaitement maître de lui-même. Il eut beau hausser un sourcil d'un air de consternation amusée, ses yeux crépitaient de haine.

Une voix que Vaelin avait déjà entendue auparavant jaillit des lèvres de Mustor, pour affirmer avec une froide conviction :

— Tu ne cesses de me surprendre, mon frère. Mais je n'en ai pas terminé avec toi.

Puis le visage de Mustor se détendit et retrouva son expression égarée. De toute évidence, le jeune noble n'avait pas conscience de ce qui venait de lui arriver. *Quelque chose hante son esprit*, comprit Vaelin. *Quelque chose qui parle à travers lui. Et il n'en sait rien.*

— Hentes Mustor, dit-il. Vous êtes appelé à répondre devant la justice du roi d'accusations de trahison et de meurtre. (Il tendit la main.) Votre épée, monseigneur.

Mustor baissa les yeux sur son arme et en tourna la lame jusqu'à ce qu'elle scintille à la lueur des torches.

— Je l'ai briquée, encore et encore. Je l'ai affûtée des heures durant. Mais le sang ne part pas, il ne part pas…

— Votre épée, monseigneur, répéta Vaelin en s'approchant d'un pas.

— Oui…, souffla Mustor. Oui. Mieux vaut me l'enlever…

Il inversa sa prise sur la poignée et tendit l'arme à Vaelin.

Un bruit comparable à un battement d'ailes de faucon emplit la pièce, suivi d'un souffle d'air sur la joue de Vaelin et d'un tourbillon d'acier. Dans l'esprit du guerrier, la voix du sang se mua en un rugissement d'une telle puissance qu'il chancela et manqua de s'effondrer. Par réflexe, il tendit la main vers le fourreau vide passé en travers de son dos et vit, impuissant, la hache frapper la poitrine de Hentes Mustor. L'impact fit décoller l'usurpateur qui atterrit quelques mètres plus loin, les bras en croix, sur les dalles de pierre.

— Je l'ai eu, ce fils de putain ! s'exclama Barkus en émergeant des ombres. Un tir plutôt réussi, si je peux me permettre…

Le poing de Vaelin le cueillit en pleine mâchoire et l'envoya rouler au sol.

— Il était sur le point de se rendre ! (La flambée de colère dévastatrice qui montait en lui, attisée par la voix du sang, lui fit regretter d'être désarmé.) Il capitulait, espèce d'abruti !

— Je pensais…, commença Barkus avant de cracher quelques gouttes de sang. Je croyais qu'il allait te tuer… Il avait une épée, pas toi… J'ai vu la sœur allongée par terre… Je n'ai pas réfléchi.

Il semblait plus stupéfait qu'énervé. Vaelin prit alors conscience de l'élan meurtrier qu'il éprouvait contre son frère, et le choc de cette révélation le priva soudain de toute colère. Il se pencha en avant et lui offrit sa main.

— Allez, viens.

Barkus le considéra d'un air méfiant pendant quelques secondes, sa mâchoire tuméfiée enflant à vue d'œil.

— Tu m'as salement amoché, tu sais.

— Pardonne-moi.

Barkus saisit sa main et se releva. Vaelin observa le corps de Mustor et la mare écarlate qui s'en échappait.

— Occupe-toi de notre sœur, ordonna-t-il à Barkus en s'approchant de l'usurpateur.

L'ignoble hache de son camarade restait fichée dans sa poitrine. *Est-ce pour cette raison que je n'ai pas pu la toucher ? La voix du sang savait-elle à quoi elle servirait ?*

Il espérait trouver chez Mustor une dernière étincelle de vie, un dernier souffle qui lui permettrait d'élucider le mystère de son dieu fourbe et meurtrier. Mais la lumière avait déserté le regard du jeune noble, dont les traits inertes commençaient déjà à se figer. La hache de Barkus avait accompli son œuvre.

Il s'agenouilla près du cadavre et se rappela ses paroles exaltées : « Alors, je pourrai fouler l'herbe des Prés Éternels qui m'étaient jusqu'alors refusés. » Une main sur le torse du mort, il récita d'une voix douce :

— Qu'est-ce que la mort ? La mort est un passage vers l'Au-Delà, l'union avec les Défunts. Elle est tout à la fois terme et commencement. Craignez-la et acceptez-la.

— Pas très approprié, dans son cas.

Sentes Mustor, désormais Vassal incontesté de Cumbraël, toisait le cadavre de son frère d'un regard où se mêlaient colère et dégoût.

Le poing fermé sur une épée à la lame immaculée, il respirait à grand-peine, la face rougie par l'effort. Sa présence surprit Vaelin, étonné qu'il soit parvenu à se faufiler jusqu'ici si vite sans pour autant prendre part aux combats.

— Il aurait préféré la Prière de l'Adieu tirée du Dixième Livre, reprit le seigneur Mustor. Les préceptes du Père Universel…

— Tout dieu est mensonge, cita Vaelin sans aménité. (Il se redressa et gratifia le Vassal d'une brève révérence.) Je pense que votre frère avait fini par le comprendre.

— Combien ?

— Quatre-vingt-neuf en tout. (Caenis hocha la tête en direction des corps alignés dans la cour, en contrebas.) Pas de quartier, d'un côté comme de l'autre. Ça m'a rappelé la Martishe.

Il se retourna vers Vaelin, la mine grave.

— Nous avons perdu neuf hommes. Plus dix blessés, que sœur Gilma a pris sous son aile.

— Impressionnant, commenta le prince Malcius qui venait de les rejoindre, enveloppé dans sa cape doublée de fourrure et décoiffé par le vent violent qui balayait le chemin de ronde. Si peu de pertes face à tant d'ennemis…

— Entre nos haches d'armes et les archers de Nortah postés sur les remparts… (Caenis haussa les épaules.) Ils étaient condamnés, Votre Altesse.

— Quelles sont les consignes du Vassal en ce qui concerne les dépouilles cumbraëlines ? demanda Vaelin au prince.

Le seigneur Mustor brillait par son absence depuis la fin de la bataille. Tout portait à croire qu'il avait pris sur lui d'inspecter de fond en comble la cave à vin de la forteresse.

— Brûlez-les ou précipitez-les du haut des murailles. Je doute qu'il soit assez sobre pour s'en soucier, quoi que vous fassiez.

La voix du prince se teintait d'amertume, ce matin. Vaelin savait qu'il se trouvait en première ligne lors de l'assaut du portail, talonné de près par Alucius Al Hestian. Lors de l'échauffourée qui les avait opposés dans la cour à une vingtaine de partisans de l'usurpateur, Alucius avait chu de sa monture et disparu dans la mêlée. Après la bataille, on l'avait retrouvé sous une pile de cadavres, encore vivant mais inconscient, son glaive noir de sang séché et le front orné d'une bosse énorme. On l'avait confié aux bons soins de sœur Gilma, mais il n'avait toujours pas repris connaissance.

*Voilà ce qui arrive quand on offre une épée à un enfant et qu'on le convainc qu'il est un guerrier*, songea Vaelin, le cœur lourd. *J'aurais mieux fait de le ligoter à sa selle dès le premier jour et de le renvoyer à la ville.* Il s'efforça de ravaler sa culpabilité, puis s'adressa à Caenis :

— Tu y connais quelque chose, toi, aux pratiques funéraires cumbraëlines ? Que font-ils de leurs morts ?

— Ils les enterrent, principalement. Les pécheurs, eux, sont démembrés et laissés à pourrir en plein air.

— Charmant, grommela le prince.

— Forme un groupe, dit Vaelin à son ami. Charge-les sur un chariot, transporte-les au pied de la montagne et enterre-les. Le plan indique un village, à huit kilomètres au sud du défilé. Envoie un cavalier y chercher un prêtre. Il pourra se charger de leur oraison.

Caenis jeta un regard incertain vers le prince.

— Pour l'usurpateur aussi ?

— Lui aussi.

— Les hommes ne vont pas apprécier…

— Je me contrefous de ce qu'ils peuvent bien apprécier !

Les joues cramoisies, Vaelin contint son accès de rage. L'état d'Alucius pesait sur sa conscience et altérait son jugement, il s'en rendait bien compte.

— Lance un appel à volontaires, finit-il par soupirer. Double ration de rhum et une couronne d'argent pour les vingt premiers à se proposer. (Il s'inclina devant le prince Malcius.) Avec votre permission, Altesse, d'autres affaires m'appellent…

— J'en déduis que vous avez déjà dépêché vos meilleurs cavaliers, mon frère ? s'enquit le prince.

— Frère Nortah et frère Dentos. Si le vent leur est favorable, l'ordre de repli parviendra dans les mains du Seigneur de Guerre d'ici à deux jours.

— Parfait. Il me déplairait d'avoir accompli tout cela en vain.

Vaelin songea à l'expression concentrée d'Alucius, rouge de fatigue après une énième heure d'escrime.

— Et à moi donc, Votre Altesse.

Il avait la peau blême et moite au toucher, et ses cheveux collaient à son front baigné de sueur. Le mouvement régulier, presque serein, de sa poitrine ne suffisait pas à apaiser la culpabilité de Vaelin.

— Il se remettra bien assez tôt. (Sœur Sherin posa une main sur le front d'Alucius.) La fièvre est déjà retombée, sa bosse commence à s'atténuer et, tiens, regarde ça.

Elle désigna les paupières de l'adolescent. Sous la peau fine, les yeux d'Alucius roulaient dans leurs orbites.

— Qu'est-ce que ça veut dire ?

— Qu'il rêve. Son cerveau est donc probablement indemne. Il devrait se réveiller d'ici à quelques heures. Pas au mieux de sa forme, sans doute, mais il se réveillera. (Elle croisa le regard de Vaelin et lui adressa un sourire aussi chaleureux qu'éclatant.) Je suis ravie de te revoir, Vaelin.

— Moi aussi.

— Il semblerait que tu sois éternellement destiné à me tirer des griffes de mes ravisseurs.

— C'est par ma faute qu'on vous a enlevée.

Il jeta un regard circulaire sur le réfectoire que sœur Gilma avait converti en infirmerie temporaire. Elle se trouvait près de la cheminée, où elle riait aux éclats avec Janril Norin, l'apprenti ménestrel, qui la régalait d'une chanson grivoise tandis qu'elle lui recousait une plaie au bras.

— Pouvons-nous discuter ? demanda-t-il à Sherin. J'aimerais en savoir plus sur votre captivité.

Le sourire de la jeune femme faiblit légèrement, mais elle acquiesça.

— Bien sûr.

Il l'emmena sur les remparts, loin des oreilles indiscrètes. Dans la cour en contrebas, les soldats chargés d'entasser les cadavres cumbraëliens dans des tombereaux échangeaient des rires forcés, seuls à même d'exorciser le sang séché et les membres raidis qui les entouraient de toutes parts. À en juger par la démarche mal assurée de certains, Vaelin soupçonnait Caenis d'avoir quelque peu anticipé la distribution de rhum.

— Vous allez les enterrer ? demanda Sherin.

L'absence de dégoût dans sa voix le surprit tout d'abord, puis il se rappela que la mort faisait partie intégrante de son quotidien de guérisseuse.

— Ça me paraissait la meilleure chose à faire.

— Je doute que leurs compatriotes leur auraient accordé cette faveur. N'ont-ils pas péché contre leur dieu, après tout ?

— Eux pensaient le servir. (Il haussa les épaules.) De plus, je ne le fais pas pour eux. Tout le Fief saura bientôt ce qui s'est passé ici. De nombreux fanatiques cumbraëliens s'empresseront d'y voir et de dénoncer un massacre. Si le peuple apprend que nous avons respecté ses coutumes funéraires, peut-être sera-t-il moins réceptif aux messages de haine que nos ennemis voudront colporter.

— On croirait entendre un Aspect.

À la vue de son beau sourire, plus franc, plus ouvert que jamais, Vaelin éprouva un pincement au cœur, qui le ramena cinq ans en arrière. Elle avait changé ; la disciple ombrageuse qu'il avait rencontrée pendant son noviciat avait laissé place à une jeune femme pleine d'assurance. Mais fondamentalement, elle était restée elle-même, comme le prouvaient la douceur avec laquelle elle avait touché le front d'Alucius, ou encore son courage quand, bâillonnée, elle l'avait imploré de ne pas se sacrifier pour elle. La compassion continuait d'habiter son cœur.

— Nous nous trouvons toujours d'un bout à l'autre du Royaume, toi et moi, poursuivit-elle. J'ai eu l'honneur de rencontrer la princesse Lyrna, l'année dernière. Quand j'ai appris que vous étiez amis, je lui ai demandé de te saluer de ma part.

*Amis, la princesse et moi ? Cette femme ment comme elle respire.*

— Elle l'a fait.

Manifestement, elle n'était au courant de rien. L'Aspect Elera ne lui avait pas expliqué pourquoi leurs devoirs les tenaient constamment éloignés l'un de l'autre. Vaelin décida brusquement de ne rien lui révéler.

— Vous a-t-il fait du mal ? demanda-t-il. Mustor. A-t-il... ?

— Un bleu ici et là, au moment de ma capture. (Sherin lui montra les traces des fers sur ses poignets.) En dehors de ça, je suis indemne.

— Quand vous a-t-il enlevée ?

— Il y a sept ou huit semaines. Peut-être plus longtemps. J'ai fini par perdre la notion du temps, derrière ces murailles. Après en avoir fini avec Lancrage, j'avais hâte de retrouver mon ancien poste à la Loge, mais l'Aspect Elera m'a affectée à la recherche de nouveaux remèdes. Une tâche à mourir d'ennui, Vaelin. On y passe son temps à piler des simples et à touiller des décoctions, dont la plupart dégagent une odeur épouvantable. Je m'en suis plainte à l'Aspect, mais elle m'a rétorqué qu'il me fallait acquérir une compréhension plus vaste du fonctionnement de l'Ordre. Quoi qu'il en soit, j'admets avoir sauté de joie quand un messager en provenance de mon ancien dispensaire est venu nous annoncer une résurgence de la Main Rouge. Je travaillais justement sur un composé offrant quelque espoir de guérir cette maladie ou au moins d'en soulager les symptômes les plus virulents. Le maître local m'a donc fait demander en personne.

La Main Rouge. Cette épidémie qui avait ravagé les quatre Fiefs avant la formation du Royaume. Au cours des deux années de son règne infernal, elle avait fauché hommes, femmes et enfants par milliers. Pas une famille n'avait été épargnée, et aucune autre maladie n'inspirait une telle terreur aux sujets du Royaume. Mais il y avait bien cinquante ans qu'elle n'avait pas refait surface.

— Un piège, comprit-il.

Elle acquiesça.

— Je suis partie seule, de peur de tomber sur un foyer d'infection. Mais seule la mort m'attendait là-bas. À mon arrivée, j'ai trouvé le dispensaire étrangement silencieux – sans doute vide, pensai-je alors. À l'intérieur, il n'y avait que des cadavres, mais pas des victimes de la Main Rouge. Des cadavres éventrés, égorgés, du personnel jusqu'aux patients alités. Les partisans de Mustor les avaient tous massacrés. J'ai eu beau essayer de m'enfuir, ils n'ont eu aucun mal à me rattraper. Ils m'ont ensuite passé les fers et traînée ici.

— Je suis désolé.

— Tu n'es pas responsable. Que tu puisses seulement l'imaginer me peine grandement.

Leurs regards se croisèrent et son pincement au cœur s'accentua.

— Mustor vous a-t-il dit quelque chose ? N'importe quoi qui puisse expliquer son revirement ?

— Il me rendait visite dans ma cellule presque tous les jours. Au départ, il semblait surtout s'inquiéter de mon bien-être, venait s'assurer que je ne manquais ni d'eau ni de nourriture et m'apportait même livres et parchemins si j'en faisais la demande. Il finissait toujours par parler, oui, comme si on l'y poussait, mais son discours tenait rarement debout. Il divaguait sur son dieu ou citait des passages de ces Dénaires que les Cumbraëliens vénèrent tant. J'ai d'abord pensé qu'il espérait me convertir à sa foi, mais j'ai fini par comprendre qu'il ne me parlait pas vraiment. Mon opinion lui importait peu. Il avait seulement besoin de se confier, d'énoncer à haute voix ce que ses partisans ne pouvaient entendre.

— Quoi, par exemple ?

— Ses doutes. Hentes Mustor doutait de son dieu. Il ne remettait pas en cause son existence, non, mais son jugement, ses intentions. J'ignorais alors qu'il avait assassiné son père, apparemment pour obéir à une injonction divine. Peut-être le remords l'avait-il rendu fou, ce dont j'essayais de le persuader. Je lui disais que s'il pensait pouvoir m'utiliser contre toi, alors il avait définitivement perdu la raison. Que tu me tuerais sans hésiter. Il semblerait que j'avais tort. (Elle posa sur Vaelin un regard intense.) Avait-il vraiment perdu l'esprit, Vaelin ? Est-ce la folie qui l'a poussé à agir ainsi ou bien… autre chose ? J'ai comme l'impression que tu en sais plus long que tu ne veux l'admettre.

Il aurait voulu tout lui raconter, il brûlait de se libérer de ce poids, de le partager avec quelqu'un. Le loup dans l'Urlish, puis dans la Martishe, sa rencontre avec Nersus Sil Nin, Celui Qui Attend et la voix, cette maudite voix échappée des lèvres de deux ennemis sur le point de mourir… Mais quelque chose l'en empêcha. Il ne s'agissait pas de la voix du sang, cette fois-ci, mais d'un simple constat à l'évidence irréfutable. *Ces informations sont dangereuses. Et je l'ai déjà suffisamment exposée comme ça.*

— Je ne suis qu'un simple frère combattant, ma sœur. Plus les années passent, plus je prends la mesure de mon ignorance.

— Ça ne t'a pas empêché de me sauver la vie. Ni de deviner que Mustor ne pouvait plus tuer qui que ce soit. J'étais persuadée que tu le mettrais en pièces en découvrant qu'il m'avait capturée… Si tu savais comme je suis fière de toi, fière que tu n'aies pas cédé à la haine. Fou ou non, meurtrier ou non, je n'ai pas perçu de noirceur en lui. Seulement de la douleur et du remords.

Des cris montèrent soudain de la cour. Vaelin baissa les yeux et vit le seigneur Mustor réprimander Caenis en agitant une bouteille, dont le vin éclaboussait les pavés. Sa tignasse échevelée, sa barbe de trois jours et son phrasé difficile ne laissaient aucune place au doute : le Vassal de Cumbraël était plus ivre que jamais.

— Qu'on les laisse pourrir ! Oui, oui, vous m'avez bien entendu, mon frère ! On n'enterre pas les pécheurs, en Cumbraël, ah ! ça non ! On leur coupe le sifflet – couic ! – et on les jette à la foule…

Il dérapa sur une flaque de sang et s'effondra lourdement au sol en s'arrosant de vin. Il poussa un juron tonitruant et repoussa d'une claque la main que lui tendait Caenis.

—Laissez-les pourrir, je vous dis ! Je suis ici chez moi. Prince Malcius ? Seigneur Vaelin ? Cette forteresse m'appartient !

—Qui est cet homme ? demanda Sherin. Il m'a l'air… mal en point.

—Admirez le nouveau Vassal des Cumbraëliens, que la Foi leur vienne en aide. (Il adressa à Sherin un sourire d'excuses.) Je ferais mieux d'aller le calmer. Mon bataillon cantonnera ici en attendant les prochaines directives du roi. Je m'arrangerai auprès du Frère Commandant Makril pour vous fournir une escorte qui vous raccompagnera jusqu'à votre Ordre.

—Je préférerais rester encore un peu. Sœur Gilma, je crois, a bien besoin d'un coup de main. Par ailleurs, c'est à peine si nous avons eu le temps de discuter. J'ai beaucoup à te dire.

Ce même sourire chaleureux, suivi du même pincement au cœur. *Chasse-la d'ici*, lui ordonna sa voix intérieure. *Si tu ne veux pas souffrir, ne la garde pas auprès de toi.*

—Seigneur Vaelin ! (Le rugissement du Vassal attira de nouveau l'attention du jeune guerrier sur la cour.) Sortez d'votre trou ! Arrêtez ces hommes !

—J'ai beaucoup à vous dire, moi aussi, déclara Vaelin avant de tourner les talons.

Le refus de Vaelin d'interrompre l'inhumation des corps fit d'abord enrager le Vassal Mustor, qui réaffirma haut et fort son titre de propriétaire de la forteresse et l'autorité naturelle dont il jouissait sur ses terres. Quand Vaelin lui avait rétorqué qu'en tant que serviteur de la Foi il n'était pas assujetti aux exigences d'un Vassal, le courroux de Mustor s'était mué en bouderie maussade. Le prince Malcius n'ayant pas mieux accueilli ses suppliques – il s'était contenté de toiser le seigneur de Cumbraël d'un regard sévère et désapprobateur –, Mustor s'était réfugié dans les quartiers de son frère, où il avait rassemblé une bonne partie de la cave à vin.

Ils séjournèrent dans le Haut Rempart huit jours de plus, à attendre fébrilement l'annonce de la fin de la guerre. Afin d'occuper ses hommes, Vaelin les soumit à un programme d'entraînement draconien agrémenté de patrouilles dans les montagnes, auquel ils se plièrent de bonne grâce. Le moral était bon, stimulé par la victoire, tandis que le butin récupéré dans la forteresse ou sur les dépouilles, bien que maigre, assouvissait le penchant naturel de la soldatesque au pillage.

— Offrez-leur des victoires, un peu d'or dans leur bourse et une femme de temps à autre, avait confié un soir le sergent Krelnik à Vaelin, et ils vous suivront jusqu'au bout du monde.

Comme l'avait prédit sœur Sherin, Alucius Al Hestian récupéra vite de ses blessures. Il reprit connaissance le troisième jour et passa avec succès les différents examens permettant d'établir si, oui ou non, son cerveau avait subi des dommages définitifs, même s'il ne se rappelait ni la bataille, ni la façon dont il avait écopé de sa blessure.

— Alors, il est mort ? demanda-t-il à Vaelin. (Ils se trouvaient dans la cour, à regarder les soldats exécuter leurs manœuvres du soir.) L'usurpateur.

— Oui.

— Vous pensez que c'est lui qui a donné les sauf-conduits à Flèche Noire ?

— Je vois mal comment ils auraient pu lui parvenir autrement. Il semblerait que l'ancien Vassal était prêt à tout pour protéger son fils.

Alucius resserra sa cape sur ses épaules. Ses yeux caves lui donnaient l'air d'un vieillard caché sous un masque d'adolescent.

— Tout ce sang versé pour quelques lettres. (Il secoua la tête.) Linden en aurait pleuré.

Il ouvrit sa houppelande et déboucla le glaive passé à son ceinturon.

— Tenez, dit-il en tendant à Vaelin la poignée de l'arme. Je n'en aurai plus besoin.

— Gardez-le. Je vous en fais cadeau. En souvenir de votre passage dans l'armée.

— Je ne peux pas accepter. Le roi vous l'a offert…

— Et je vous l'offre à vous.

— Je ne… Je ne pense pas le mériter.

À la vue du poing crispé de l'adolescent et de ses doigts tremblants, Vaelin se remémora le sang qui poissait la lame volarienne quand on l'avait extrait de la pile de cadavres, au soir de la bataille. *Le visage de la guerre est toujours plus laid quand on le contemple pour la première fois.*

— Qui le mérite plus que vous ? dit Vaelin en repoussant délicatement l'arme tendue vers lui. Accrochez-le au mur de votre chambre, une fois rentré. Et n'y touchez plus. Je ne viendrai pas le chercher.

Le garçon parut vouloir formuler une objection, mais il se ravisa et reboucla l'arme à son ceinturon.

— Comme vous voudrez, monseigneur.

— Comptez-vous raconter cette bataille par écrit ? Notre fait d'armes mérite-t-il un poème, selon vous ?

— Il en vaut cent, j'en suis sûr, mais je doute d'en écrire un seul. Depuis mon réveil, les mots me viennent bien plus difficilement qu'auparavant. J'ai essayé, pourtant ; j'ai beau m'attabler avec une plume et un parchemin, rien ne vient.

— Il faut du temps pour se remettre d'une telle blessure. Reposez-vous et mangez avec appétit. Votre talent reviendra, j'en suis persuadé.

— Je l'espère. (Il esquissa un maigre sourire.) J'écrirai peut-être à Lyrna. Pour elle, au moins, je suis sûr de trouver les mots.

Vaelin, qui lui aussi aurait bien aimé adresser quelques mots de son cru à la princesse, hocha la tête et inspecta les soldats en manœuvre. Échauffé par la mention de Lyrna, il passa ses nerfs sur un pauvre bougre qui brandissait sa hache d'armes trop haut pour leur formation défensive.

— Baisse-la donc, triple buse ! Comment espères-tu étriper un cheval au galop en pointant ton arme vers le ciel ? Sergent, une heure d'exercice supplémentaire pour cet abruti.

Vaelin passait toutes ses soirées en compagnie de Sherin. Installés dans la suite seigneuriale, ils devisaient et comparaient leurs expériences des heures durant. Il apprit qu'elle avait bien plus voyagé que lui, dépêchée de dispensaire en dispensaire aux quatre coins du Royaume. Elle avait même vogué jusqu'à l'enclave des Hauts Confins, que le Seigneur de la Tour Vanos Al Myrna administrait au nom du roi.

— Un endroit chaleureux, malgré le froid, lui dit-elle. Et qui accueille tant de peuplades différentes. La plupart des fermiers sont en fait des réfugiés du sud de l'Empire Alpiran. Un peuple grand et magnifique, à la peau noire. Il semblerait qu'ils aient courroucé l'Empereur et dû prendre la mer pour échapper à l'extermination. Ils auraient rallié les Hauts Confins il y a plus de cinquante ans. La Garde du Seigneur de la Tour se compose en grande partie d'exilés, à la réputation redoutable.

— Je les ai rencontrés une fois, sa fille et lui. Je ne crois pas qu'elle m'ait beaucoup apprécié.

— La célèbre orpheline lonake ? Elle était absente pendant mon séjour là-bas, partie dans la forêt avec les Seordah. Ils semblent lui vouer, à elle comme à son père, un immense respect. Quelque chose à voir avec la grande bataille contre la Horde des Glaces.

Il lui narra ses mois passés dans la Martishe et le douloureux épisode de la mort d'Al Hestian, sans pour autant lui révéler le rôle que lui avait confié le roi – une lâche omission au goût amer d'imposture...

— Tu as fait preuve de miséricorde, Vaelin, dit-elle en lui prenant la main, consciente que la culpabilité continuait de le ronger. Le laisser souffrir, voilà ce qui aurait contrevenu à la Foi.

— J'ai fait bien des choses au nom de la Foi.

Il contempla la chair couturée de sa main juxtaposée à la sienne, pâle et lisse. *Des mains de tueur, des mains de guérisseuse. Par la Foi ! pourquoi est-elle si chaude ?*

— Tout ce que nous pourrions regretter, reprit-elle, ce serait d'avoir mal agi au nom de la Foi. Est-ce ton cas, Vaelin ?

— J'ai tué des hommes, des hommes que je ne connaissais pas. Certains étaient des criminels, d'autres des assassins – de la racaille, rien de plus. Mais certains, comme les fanatiques égarés qui habitaient ces lieux, ne faisaient qu'adhérer à une autre croyance. Avec tous ces hommes, j'aurais pu me lier d'amitié si nous nous étions rencontrés en d'autres lieux, en d'autres temps.

— Ceux qui vivaient ici étaient des meurtriers. Ils ont massacré tous les occupants d'un dispensaire de mon Ordre dans le seul but de m'enlever. Penses-tu pouvoir agir ainsi ?

*Elle ne comprend pas*, songea-t-il. *Elle ne voit pas le tueur en moi.*

— Non, répondit-il. (Une fois encore, il se sentit dans la peau d'un imposteur.) Non, j'en serais incapable.

Au fil des jours, il se mit à éprouver l'espoir secret que le roi et l'Ordre leur accorderaient le droit de rester ici, d'y former une garnison permanente en terre cumbraëline. Sa nomination à la tête de la forteresse rappellerait ainsi le prix de la rébellion aux déistes fanatiques. Sherin pourrait quant à elle fonder un dispensaire, afin d'offrir des soins aux malades de ce territoire sauvage et reculé. À eux deux, ils serviraient la Foi et le Royaume à leur manière, isolés et heureux des années durant. Il se berçait d'illusions, il s'en rendait bien compte, mais le rêve n'en prenait pas moins racine dans son esprit, éclatante et séduisante chimère qui gagnait en intensité à chaque rêverie. Caenis pourrait diriger la bibliothèque du Haut Rempart, établir une école et enseigner aux enfants des environs l'écriture, la lecture et la vérité de la Foi. Barkus superviserait la forge, Nortah l'écurie et Dentos deviendrait grand veneur. Balafre et Frentis pourraient les rejoindre. Ce n'était qu'un beau rêve, une plaisante illusion dont il se berçait chaque soir, en quittant Sherin. Parce qu'il n'avait pas envie que les choses changent, parce qu'il souhaitait éprouver aussi longtemps que possible la paix intérieure que la présence de la jeune femme lui procurait. Il avait même commencé à composer sa demande officielle à l'Aspect Arlyn, une missive imaginaire qu'il reformulait constamment, tout en repoussant le moment où il lui faudrait demander à Caenis de la coucher sur le papier. L'énoncer à haute voix risquait d'en dévoiler toute l'absurdité, et il préférait encore rêver.

L'ampleur de son aveuglement lui fut révélée au matin du neuvième jour. Il s'était réveillé de bonne heure afin de procéder à une inspection du corps de garde et du chemin de ronde avant d'aller prendre son petit déjeuner. Bien que frigorifiées, les sentinelles lui avaient paru curieusement enjouées – sans doute s'étaient-elles accordé quelques larmes de Compagnon du Frère pendant leur quart. Il s'était arrêté l'espace d'un instant avant de redescendre dans la cour, afin d'embrasser du regard l'austère majesté du paysage. *Un endroit bien inhospitalier pour y passer le restant de ses jours. Mais si calme, si merveilleusement calme…*

Bien des années après, il se rappellerait encore ce moment dans ses moindres détails : le scintillement bleu argent du soleil levant sur les sommets enneigés, l'azur éclatant du ciel, le vent vif et pénétrant sur son visage. Il n'oublierait jamais ce matin-là, ce matin où tout avait basculé.

Il s'apprêtait à tourner les talons quand son regard s'arrêta sur le long chemin étroit plongeant dans la vallée, qu'un cavalier remontait à vive allure. Même à cette distance, Vaelin apercevait le panache de buée craché par les naseaux de l'animal au grand galop. *Dentos,* reconnut-il quand le cavalier se fut rapproché. *Dentos, mais pas Nortah.*

Quand son camarade mit pied à terre sur les pavés de la cour, Vaelin remarqua ses traits blêmes et tirés, ainsi que l'ecchymose sombre qui ornait sa joue.

— Mon frère. (Dentos salua Vaelin d'une voix lourde de chagrin et voilée de fatigue.) Il faut qu'on parle.

Il vacilla quelque peu et Vaelin accourut pour le retenir.

— Qu'y a-t-il ? Où est Nortah ?

Dentos esquissa un sourire sans joie.

— À des kilomètres d'ici, j'imagine.

Une ombre passa alors sur son visage et il baissa les yeux, comme s'il craignait d'affronter le regard de son ami.

— Notre frère a tenté de tuer le Seigneur de Guerre. C'est un fugitif, désormais, avec la moitié de la Garde du Royaume à ses trousses.

— Il y a eu une bataille, dit Dentos, assis près de la cheminée du réfectoire, une coupe de lait chaud arrosé de cognac dans les mains.

Dès son arrivée, Vaelin avait réuni Barkus, Caenis, le prince Malcius et sœur Sherin, qui avait appliqué un baume sur sa joue enflée.

— Les Cumbraëliens avaient réussi à mobiliser près de cinq mille hommes pour braver la Garde au Gué de l'Eauverte. Une force bien insuffisante face aux légions du roi, mais j'imagine qu'ils espéraient gagner du temps pour organiser la défense de la capitale. Ils auraient pu faire des ravages pendant que les Faucons traversaient le fleuve, mais le Seigneur de Guerre les a bien bernés. Après avoir placé toute sa cavalerie le long de la rive sud pour faire diversion, il a ordonné à la moitié de son infanterie de franchir le gué au petit matin. Il a perdu une cinquantaine d'hommes dans la manœuvre, emportés par le courant, mais les survivants ont enfoncé le flanc droit des Cumbraëliens avant même qu'ils aient le temps d'endosser leurs carquois. Le temps qu'on les rejoigne, Nortah et moi, tout était déjà fini. On avait l'impression d'entrer dans un ossuaire, le fleuve était rouge de sang.

Dentos s'interrompit pour boire un peu de lait. Jamais Vaelin ne lui avait vu un air si lugubre.

— Ils ont fait quelques centaines de prisonniers après la débâcle, reprit Dentos. À notre arrivée, le Seigneur de Guerre était en train de prononcer leur sentence de mort. Je ne crois pas me tromper en disant que notre intervention ne lui a pas fait très plaisir.

— Vous lui avez remis l'ordre signé de mon père ? intervint le prince.

— Et tout de suite, avec ça, Votre Altesse. Il a jeté un coup d'œil au cachet et nous a convoqués sous sa tente. Après l'avoir lu, il nous a demandé si on avait vu de nos yeux le cadavre de l'usurpateur, si sa mort était vraiment confirmée et tout ça. Au moment où Nortah a pris la parole pour lui garantir que c'était le cas, le Seigneur de

Guerre l'a interrompu. « Les paroles d'un fils de traître n'ont guère plus de valeur à mes oreilles que du fumier de porc », qu'il a fait.

— Nortah a essayé de le tuer à cause de ça ? demanda Barkus.

Dentos secoua la tête.

— Nortah a vu rouge et c'était pas l'envie de lui trouer la panse qui lui manquait, mais il s'est retenu. L'a juste serré les dents et dit : « Je ne suis le fils de personne, monseigneur. Cette missive, signée de la main même du roi, vous informe que la guerre est finie. Comptez-vous vous y conformer ? »

Dentos se tut, le regard soudain perdu dans le vide.

— Mon frère ? le secoua Caenis. Qu'y a-t-il ?

— Le Seigneur de Guerre a répondu que personne n'avait à lui dire comment servir le roi. Qu'avant de guider la Garde du Royaume hors de cette terre d'Infidèles, il lui fallait châtier ceux qui avaient osé prendre les armes contre la Couronne.

— Il voulait poursuivre l'exécution des prisonniers, comprit Vaelin.

Il se souvint de Nortah, à leur retour de la Martishe, et du désespoir accablé qui minait son regard, une souffrance qu'il tentait de noyer dans l'alcool. *« Allons leur apporter la Foi, à ces chiens d'Apostats. »*

— Ouais, soupira Dentos. Nortah a voulu l'en empêcher. C'était contraire à l'ordre du roi, qu'y disait. Alors, le Seigneur de Guerre a éclaté de rire. L'a dit que la missive royale ne mentionnait pas les prisonniers apostats. Et que Nortah, frère du Sixième Ordre ou pas, ferait mieux de dégager s'il ne voulait pas rejoindre son traître de père dans l'Au-Delà.

Vaelin ferma les yeux et dut se contraindre à demander :

— Le Seigneur de Guerre, il l'a salement amoché ?

— Eh ben… Disons qu'il va devoir se torcher le cul avec la main gauche, à partir de maintenant.

— Par la Foi ! souffla Caenis.

— Et merde ! lâcha Barkus.

— Pourquoi ne l'a-t-il pas achevé ?

— Parce que je l'en ai empêché, qu'est-ce que tu crois, répondit Dentos. J'ai pu parer son deuxième coup. Je l'ai supplié de me donner son épée, mais je crois qu'il ne m'a même pas entendu. Il avait perdu la tête, Vaelin, ça se voyait dans ses yeux. Comme un chien enragé, prêt à déchiqueter le Seigneur de Guerre. Celui-là, il était à genoux, comme hypnotisé par son moignon et par le sang qui lui pissait du bras. Nortah et moi, on s'est battus… (Il frotta sa joue bleuie.) J'ai perdu. Heureusement pour le Seigneur de Guerre, ses gardes ont rappliqué, alertés par le boucan. Nortah en a tué deux et a blessé le reste. D'autres Faucons se sont radinés et il en a tué deux de plus avant de foncer sur son cheval. L'a réussi à traverser tout le campement de la Garde. Après tout, qui pourrait croire qu'un frère venait tout juste de trancher la main du Seigneur de Guerre ? J'ai profité de la pagaille pour m'enfuir. On m'aurait sans doute pas fait de cadeau, si j'étais resté. J'ai dû passer un jour à me planquer dans les bois, puis j'ai pris la direction de la forteresse. En chemin, les rumeurs sur le frère fou commençaient déjà à circuler, comme quoi la moitié de la Garde du Royaume l'avait pris en chasse. Aux dernières nouvelles, on l'aurait vu filer vers l'ouest.

— Autant dire qu'il a pris la direction opposée, ou n'importe quelle autre, fit Barkus. Ils ne l'attraperont jamais.

— Une sale affaire, mon frère, déclara le prince Malcius à Vaelin, le visage grave. L'Ordre garantit une certaine protection à ses membres, mais ça… (Il secoua la tête.) Le roi n'aura d'autre choix que de mettre sa tête à prix.

— Alors espérons que notre frère saura trouver refuge quelque part, dit Caenis. Il est peut-être le meilleur cavalier de l'Ordre et sa capacité de survie en extérieur dépasse la moyenne. La Garde du Royaume aura du mal à le débusquer…

— Ce n'est pas la Garde du Royaume qui le débusquera, lança Vaelin.

Il gagna la table où reposait son épée et l'accrocha à son ceinturon, qu'il s'empressa d'ajuster avant d'enfiler sa houppelande. Il sentait le regard de Sherin peser sur lui, mais s'avéra incapable de lever les yeux vers elle.

— Caenis, je te confie le bataillon. Dépêche un messager à la Loge et fais savoir à l'Aspect Arlyn que je pars à la poursuite de frère Nortah afin de le soumettre à la justice. Le bataillon n'aura qu'à attendre ici les prochaines directives du roi.

— Tu pars à sa poursuite ? (Barkus semblait abasourdi.) Tu as entendu le prince. Si tu le ramènes, ils le pendront. C'est de notre frère qu'on parle, là…

— Nous parlons d'un fugitif qui a déshonoré l'Ordre. Et je ne me fais pas d'illusions. Si je le rattrape, il ne me laissera pas le ramener sans résister.

Il se fit violence pour regarder Sherin et chercha en vain des mots d'adieu. « Pardon », voulait-il lui dire, mais il s'en trouvait incapable tant ce qu'il s'apprêtait à faire lui nouait la gorge.

— Qu'est-ce qui te fait croire que tu vas le rattraper, de toute façon ? gronda Barkus. Il est bien meilleur cavalier que toi. Et bien meilleur pisteur.

*Mais il n'a pas la voix du sang pour le guider.* Cette dernière avait commencé à murmurer en lui dès le début du récit de Dentos, une tonalité grave qui bondissait dans les aigus dès que ses pensées se tournaient vers le nord.

— Je le trouverai.

Il se retourna et s'inclina devant le prince Malcius.

— Si vous me permettez, Votre Altesse.

— Vous n'allez tout de même pas partir seul ? s'inquiéta le prince.

— Je crains fort que si.

Il avisa tour à tour chacun de ses frères – Barkus, rouge de colère ; Caenis, troublé ; Dentos, éploré – et se demanda s'ils parviendraient jamais à lui pardonner.

— Prenez soin des troupes, dit-il en quittant la salle.

# Chapitre 7

La cité renfaëline de Cardurin avait été bâtie au pied des montagnes septentrionales. À mesure qu'il approchait des murailles au petit pas, juché sur son cheval au calme peu coutumier, Vaelin fut frappé par la complexité architecturale de la ville, dont chaque rue pavée semblait s'enrouler jusqu'au sommet en une spirale de plus en plus étroite et escarpée. La cité formait un vaste enchevêtrement de bâtiments imbriqués, chaque quartier relié à son voisin par une multitude de passerelles, dont les hautes voûtes surgissaient avec élégance de chaque mur, chaque paroi. Il avait l'impression de contempler une forêt de pierre.

Le lancier qui autorisa Vaelin à entrer le gratifia d'un hochement de tête déférent. Renfaël avait toujours tenu l'Ordre en haute estime, et lui vouait un respect que même les guerres d'Unification, au cours desquelles les Aspects successifs avaient fait régner l'ordre en lieu et place du roi, n'avaient pu ébranler. Passé la porte, les passants lui jetèrent des regards curieux, mais personne ne le dévora des yeux ni ne le pointa du doigt comme il en avait l'habitude à Castelvarin.

Il confia Écume aux bons soins d'un palefrenier posté près de l'entrée de la ville, qui put lui indiquer comment rejoindre la délégation locale du Sixième Ordre.

— J'espère que vous aimez grimper, mon frère, dit l'homme.

Après avoir saisi les rênes d'Écume, il s'apprêtait à lui gratter les naseaux quand Vaelin lui retira brusquement la main.

— Attention ! (Les dents de l'animal se refermèrent sur le vide avec un claquement sec.) Il a un certain… tempérament, disons, et je ne l'ai guère ménagé ces deux dernières semaines.

— Oh ! (Le palefrenier recula d'un pas et sourit à Vaelin.) Z-êtes le seul à pouvoir l'approcher, c'est ça ?

— Non, il me mord aussi.

La délégation du Sixième Ordre se trouvait presque au sommet de la cité et le palefrenier n'avait pas exagéré la difficulté de l'ascension qui attendait le jeune homme. Vaelin avait donc les cuisses en feu quand il fit tinter la clochette pendue près de la porte. Le grand gaillard à la barbe fournie qui lui ouvrit le toisa de sous ses sourcils broussailleux, une lueur matoise au fond de ses yeux bleus.

— Frère Vaelin ? demanda-t-il.

Surpris, le jeune guerrier fronça les sourcils.

— Vous m'attendiez, mon frère ?

— Un messager est arrivé de la capitale il y a deux jours, porteur d'une missive signée de l'Aspect Arlyn qui nous informe de votre mission et me somme de vous apporter toute l'aide que vous pourriez requérir au cas où vous vous présenteriez ici. J'imagine que des lettres similaires ont été envoyées dans chaque délégation du Royaume. Une bien triste histoire. (Il se décala d'un pas.) Mais je vous en prie, vous devez avoir faim.

L'homme entraîna Vaelin le long d'un couloir faiblement éclairé et en haut d'une volée de marches, puis d'une autre, suivie d'une troisième.

— Frère Commandant Artin, se présenta-t-il tandis qu'ils montaient. Désolé pour tous ces escaliers. Les Renfaëliens surnomment Cardurin « la cité des mille ponts », mais « la cité des innombrables marches » conviendrait mieux.

— Puis-je vous demander pourquoi vous ne faites pas garder l'entrée, mon frère ? s'enquit Vaelin.

— Pas besoin. Ça doit être la ville la plus tranquille que je connaisse. Sans compter l'absence de brigands dans les environs. Les Lonaks ne les tolèrent pas.

— Mais les Lonaks eux-mêmes ne représentent-ils pas une menace ?

— Oh ! ils ne viennent jamais jusqu'ici. La puanteur de la ville leur déplaît ; apparemment, ils associent les mauvaises odeurs à la malchance. Quand ils sont d'humeur agressive, ils s'en prennent aux hameaux situés près de la frontière. De temps à autre, l'un de leurs Chefs de Guerre parvient à motiver quelques milliers d'entre eux pour mener une expédition de grande envergure, mais même alors, ils s'aventurent rarement près des murailles de la cité. Les Lonaks ne brillent pas par leurs talents de stratèges, faut dire.

Artin le conduisit dans une vaste salle servant de réfectoire, où il lui servit une écuelle de brouet montée des cuisines. Après le repas, le Frère Commandant déroula une grande carte sur la table.

— Le tout dernier effort de nos frères cartographes du Troisième Ordre. Une description détaillée de la région frontalière. Ici… (Il pointa un pictogramme représentant une cité fortifiée.) Vous avez Cardurin. Au nord, vous trouverez la passe Skellane, protégée par une garnison permanente de trois compagnies de frères. Un obstacle infranchissable pour un fugitif, si fort soit-il. Les Lonaks n'en approchent plus depuis des décennies.

— Mais comment font-ils pour gagner le Sud, dans ce cas ? demanda Vaelin.

— Ils contournent les montagnes par l'est et par l'ouest. Un long détour qui les expose à leurs poursuivants, mais ils n'ont pas le choix s'ils veulent continuer leurs pillages. Comment savez-vous que votre frère compte pénétrer en territoire lonak ?

*Ce n'est plus mon frère, désormais*, se retint de dire Vaelin. Compte tenu des violentes bouffées de colère qu'il éprouvait chaque fois qu'il pensait à Nortah, il jugea préférable d'éluder la question.

— Existe-t-il un accès moins surveillé ? un itinéraire qu'un voyageur pourrait emprunter sans risque d'être repéré ?

Frère Artin secoua la tête.

— Aucune de nos tentatives d'incursion sur leur territoire n'est jamais passée inaperçue. Y envoyer un éclaireur solitaire au plus fort de l'hiver ou une patrouille de frères en plein été n'y change rien. Les Lonaks savent, comme s'ils nous sentaient venir. Sans doute un pouvoir né de la Ténèbre. Ne vous méprenez pas, mon frère, si votre traque vous emmène là-haut, vous croiserez leur chemin. Tôt ou tard.

Vaelin étudia la carte, depuis la masse compacte des sommets dentelés qui formaient les montagnes septentrionales et le cœur du territoire lonak jusqu'à la passe Skellane, fortifiée un siècle plus tôt quand le seigneur de Renfaël avait associé les Lonaks à une véritable menace plutôt qu'un simple désagrément permanent. Ce fut quand son regard tomba sur les contreforts occidentaux qu'il sentit rugir en lui la voix du sang. Son doigt s'arrêta sur un petit pictogramme inconnu.

— Qu'est-ce que c'est ?

— La Cité Déchue ? Il n'ira pas là. Même les Lonaks l'évitent.

— Pourquoi ?

— C'est un endroit néfaste, mon frère. Rien que des ruines et des rochers. Il m'a suffi de l'apercevoir dans le lointain pour en avoir la chair de poule. Il y a quelque chose qui flotte dans l'air, là-bas… (Il secoua la tête.) Quelque chose de nocif. Les Lonaks l'appellent *Maars Nir-Uhlin Sol*, le Lieu des Âmes Ravies. Leur folklore regorge d'histoires de voyageurs qui n'en sont jamais revenus. Il y a un an de ça, un groupe de frères du Quatrième Ordre remontait la piste d'Apostats fuyant vers le nord. Ça se passait après la confirmation de leur nouvel Aspect et le refus de notre Ordre de participer à leurs continuelles traques d'Apostats. D'après leurs informations – qu'ils n'ont jamais voulu me communiquer –, leurs cibles avaient trouvé refuge dans la Cité Déchue et ils insistaient pour aller les y débusquer. Ils n'ont pas écouté mes avertissements. « Les serviteurs de la Foi n'ont rien à craindre de superstitions barbares », disaient-ils. On n'en a retrouvé qu'un seul – et encore, pas entier – gelé dans la neige, trois mois plus tard. Quelque chose l'avait dévoré. Quelque chose d'affamé.

— Peut-être se sont-ils simplement perdus et le froid aura fait le reste. Un loup ou un ours auraient très bien pu tomber sur les corps.

— Il hurlait, mon frère. Son visage transi était ouvert sur un cri. Jamais encore je n'avais vu un homme, mort ou vivant, affublé d'un tel masque de terreur. Une créature bien plus grosse et bien plus hargneuse qu'un loup l'a dévoré vivant. Quant aux ours, ils ne laissent pas de telles marques sur leurs victimes.

Vaelin tourna à nouveau son attention vers la carte.

— Combien de jours pour rejoindre la Cité Déchue à cheval ?

Frère Artin dévisagea longuement Vaelin de ses yeux rusés.

— Vous pensez vraiment le trouver là-bas ?

*J'en suis sûr.*

— Combien de jours ?

— Trois, si vous pressez le pas. J'enverrai un pigeon avertir notre garnison à la Passe de vous envoyer une patrouille. Ça pourrait prendre quelques jours. Vous pouvez loger ici en att…

— Je partirai seul, mon frère. Demain matin.

— Voyager seul en territoire lonak ? Je vous taxerais bien d'imprudence, mais je serais encore loin de la vérité.

— La missive de l'Aspect prohibe-t-elle que je poursuive seul ma mission ?

— Non. Elle ne fait que sommer les représentants de l'Ordre de vous fournir toute l'aide nécessaire à sa mise en œuvre.

— Eh bien… (Vaelin s'écarta de la table et assena une claque amicale sur l'épaule d'Artin.) Fournissez-moi une bonne nuit de sommeil ainsi que des provisions pour mon voyage. Voilà toute l'aide dont j'ai besoin.

— Si vous y allez seul, vous mourrez, déclara froidement son hôte.

— Alors espérons que j'aurai le temps d'accomplir ma mission avant.

Les contreforts occidentaux formaient un paysage aride et rocailleux, parsemé d'interminables successions de ravines au gré desquelles Vaelin dut négocier son voyage vers le nord. L'hiver approchait à grands pas et une pluie drue et glaciale fouettait les collines avec une morne régularité. Écume se montrait plus récalcitrant que jamais, renâclant et soufflant avec opiniâtreté chaque fois que Vaelin montait en selle, et même un approvisionnement continu en morceaux de sucre – récupérés dans la réserve de la délégation de l'Ordre – ne suffisait pas à adoucir son humeur. Vaelin ne parvint à couvrir que vingt-cinq kilomètres le premier jour avant de bivouaquer sous un surplomb rocheux. Emmitouflé dans sa cape, il dut lutter contre l'envie d'allumer un feu, au mépris de l'avertissement formel de frère Artin. Quand il s'endormit enfin, ce fut d'un sommeil troublé et peuplé de rêves fiévreux dont il se souvenait à peine à son réveil, dans la lueur terne de l'aube. Bien qu'assourdie, la voix du sang continuait de chanter et de le guider vers la Cité Déchue, où il savait que l'attendait Nortah.

*Nortah*… Sa colère resurgit, aussi féroce qu'implacable. *Comment a-t-il pu faire ça ? Comment ?* Elle grondait en lui depuis le retour de Dentos et son récit des événements, depuis qu'il avait pris conscience qu'il lui faudrait pourchasser et tuer son frère. Il admettait ne guère compatir aux souffrances du Seigneur de Guerre Al Hestian – difficile de plaindre un homme capable d'exécuter des prisonniers sans défense, même pour venger la mort d'un fils. Mais Nortah… *Il combattra*. Cette effroyable certitude s'imposa à lui. *Il combattra et je le tuerai.*

Il avala une tranche de bœuf séché en guise de petit déjeuner et reprit la route sous une légère bruine matinale, menant Écume par la bride compte tenu de la nature rocailleuse du terrain. Il n'avait parcouru que quelques kilomètres quand le Lonak passa à l'attaque.

Le garçon surgit des rochers en surplomb dans un impressionnant ballet acrobatique, tournoyant en plein air pour atterrir lestement juste en face de Vaelin, torse nu, mince comme un lévrier, une masse dans une main et un long poignard incurvé dans l'autre. Vaelin lui donnait entre quatorze et seize ans. Il avait le crâne rasé et arborait un tatouage complexe au-dessus de l'oreille gauche. Son visage lisse et anguleux crispé par l'appel du combat, il défia son adversaire dans une langue parfaitement inconnue de ce dernier.

— Désolé, dit Vaelin. Je ne comprends pas.

Le jeune Lonak dut interpréter sa réponse comme une insulte ou une provocation, car il s'élança dans les airs, la masse brandie au-dessus de sa tête et son poignard ramené en arrière, en position pour une frappe circulaire. *Un assaut parfaitement exécuté*, reconnut Vaelin en évitant la masse au tout dernier moment, avant d'assommer l'adolescent d'un coup de paume à la tempe.

La main sur son épée, Vaelin scruta les environs et les rochers alentour, à la recherche d'autres ennemis. « Quand il y en a un, il y en a d'autres », l'avait averti frère Artin. « Il y en a toujours d'autres. » Mais rien, ni bruit ni odeur portée par le vent, ne venait troubler le léger crépitement de la pluie sur la pierre. Écume non plus ne semblait pas s'inquiéter, occupé qu'il était à mâchouiller les chausses en cuir du garçon inconscient.

Vaelin bondit à la rescousse de l'enfant, s'attirant les foudres de sa monture qui tenta de l'estourbir d'un violent coup de sabot, puis s'accroupit pour s'assurer de son état. Sa respiration était régulière et ni ses oreilles ni son nez ne saignaient. Après l'avoir allongé de manière qu'il ne puisse s'étouffer avec sa langue, Vaelin saisit la bride d'Écume et poursuivit son chemin.

Une heure plus tard, aux ravines succéda ce que frère Artin nommait l'Enclume de Pierre. Il s'agissait sans doute du paysage le plus étrange, le plus déconcertant que Vaelin ait jamais vu : sur une vaste étendue de roche nue grêlée de petites mares d'eau de pluie saillaient d'innombrables buttes de pierre, comme autant de champignons déformés poussant sur une terre gibbeuse. Le souffle coupé, il tenta d'imaginer par quel prodige la nature avait pu engendrer un tel panorama. Les Cumbraëliens prétendaient qu'il avait suffi d'un clin d'œil à leur dieu pour créer la terre et tout ce qu'elle abritait ; pourtant, les sillons et rigoles qui veinaient les formations rocheuses géantes dressées devant lui démontraient qu'il avait fallu bien des siècles pour que l'érosion confère à cet endroit son aura d'étrangeté.

Vaelin remonta en selle et talonna Écume en direction du nord, où ils parcoururent quinze kilomètres de plus au pas. Il campa à l'abri de la plus haute butte qu'il put trouver, encore une fois embobiné dans sa cape, en quête de sommeil. Ses paupières commençaient enfin à se fermer quand le jeune Lonak revint à la charge.

L'enfant enrageait dans sa langue inconnue tandis que Vaelin, après lui avoir noué les mains derrière le dos, lui ligotait les bras contre le torse. Un bleu violacé lui ornait la tempe et un autre s'apprêtait à enfler sous son nez, à l'endroit où les phalanges de Vaelin avaient percuté le nerf qui l'avait envoyé au tapis.

—*Nisha ulniss ne Serantim!* rugit l'enfant, son visage gonflé vibrant de haine. *Herin! Garnin!*

—Oh, la ferme! lâcha Vaelin d'une voix lasse avant de lui enfoncer un chiffon dans la bouche.

Il le laissa se tortiller dans ses liens et entraîna Écume un peu plus loin à pas prudents, même si la demi-lune éclairait assez pour lui permettre de voir où il marchait. Il s'éloigna jusqu'à ne plus entendre les cris étouffés de l'enfant, trouva refuge près d'un énorme rocher et s'allongea pour dormir.

Le soleil refit son apparition le lendemain, ses rayons crevant les nuages épais pour danser sur les reliefs hallucinés de l'Enclume, jeter des ombres immenses en travers de la plaine de pierre et scintiller sur les parois ravinées des formations rocheuses. *Quelle beauté*, songea Vaelin. Si seulement il avait pu se trouver ici pour une autre raison, une autre mission... Son cœur lourd l'empêchait de jouir du paysage.

L'Enclume s'étirait encore sur une dizaine de kilomètres avant de laisser place à une succession de collines basses émaillées de pins des montagnes, une variété qui semblait proliférer dans le Nord.

À peine avait-il foulé les premiers brins d'herbe qu'Écume s'ébroua, ravi de sentir ses sabots s'enfoncer dans le sol meuble, et s'élança au grand galop en projetant derrière lui des mottes de terre. Vaelin ne s'y opposa pas et le laissa chevaucher dans les collines. L'acrimonie permanente de sa monture ne l'avait pas préparé à ce sursaut de joie soudaine, de sorte qu'il se laissa emporter par cette folle cavalcade avec un plaisir certain. À la tombée de la nuit, ils arrivèrent en vue de l'immense plateau sur lequel se dressait la Cité Déchue. Vaelin établit son bivouac au sommet de la dernière colline, une position qui lui offrait une vue dominante sur les environs et la protection d'un petit bosquet de pins.

Après avoir attaché Écume à une branche basse, il rassembla quelques rameaux et les déposa dans un cercle de pierres, puis ajouta une couche de copeaux arrachés aux troncs en guise de petit bois. Il frappa son briquet et souffla doucement sur les flammes naissantes, qui ne tardèrent pas à danser dans la pénombre. Puis il s'assit en tailleur et attendit, l'épée en travers du dos et l'arc à portée de main, une flèche déjà encochée. Il avait pris conscience qu'on le suivait un peu plus tôt dans la soirée ; dans ces conditions, autant braver la consigne d'Artin et s'accorder la chaleur d'un feu de camp.

La nuit tomba vite, engendrant des ténèbres que le ciel couvert rendait aussi profondes qu'impénétrables au-delà du cercle de lumière dispensé par les flammes. Une heure plus tard, Vaelin perçut un léger clopinement de sabots sur l'herbe et entrevit une haute silhouette qui se dirigeait vers son bivouac. Son visiteur inopiné mesurait au moins deux mètres et arborait des épaules larges, des bras musclés et un torse puissant engoncé dans un gilet en peau d'ours. Au ceinturon qui lui ceignait la taille pendaient un gourdin et une hachette à lame d'acier. Des jambières en peau de chevreuil et des bottes en cuir complétaient sa panoplie. À l'instar du garçon qui avait attaqué Vaelin la veille, un tatouage rehaussait son crâne rasé – un motif labyrinthique qui encerclait sa tête d'une tempe à l'autre. D'autres tatouages lui couvraient les bras, d'étranges spirales aux contours acérés s'étirant des épaules jusqu'aux poignets. Si ses traits minces et anguleux empêchaient d'estimer correctement son âge, ses yeux – sombres, hostiles et surmontés d'épais sourcils – trahissaient une longue expérience de la vie ; de toute évidence, ils avaient vu maintes et maintes batailles. Il menait par la bride un robuste poney qui portait un paquet sur son dos, une forme gesticulante et gémissante ficelée de près.

Le Lonak dégaina sa hachette et son gourdin d'un geste si vif, si expert qu'il faillit échapper à Vaelin. Ce dernier regarda l'homme faire tournoyer ses armes pendant une seconde ou deux, sans céder à l'envie de tirer son épée quand il sentit le souffle des moulinets de l'inconnu lui gifler le visage. Tout au long de sa démonstration de force, les yeux du Lonak restaient rivés aux siens ; ils l'étudiaient, le jaugeaient. Au bout d'un moment, il émit un grognement satisfait et lâcha ses deux armes au sol. Puis il recula d'un pas et leva les mains, sans toutefois se départir de son expression hostile.

Vaelin défit son harnais, déposa son épée à ses pieds et leva les mains à son tour. Le Lonak grogna encore une fois et rejoignit son poney, d'où il rapporta l'enfant saucissonné sur une épaule avant de le lâcher sans cérémonie au coin du feu.

—À toi, dit-il à Vaelin d'une voix à l'accent prononcé, mais claire et distincte.

Vaelin avisa l'adolescent bâillonné par une épaisse sangle en cuir ; la fatigue voilait son regard.

—Je n'en veux pas, répondit-il au Lonak.

L'inconnu l'observa en silence une bonne minute durant, puis vint se camper de l'autre côté du feu pour s'y réchauffer les mains.

—Chez les miens, quand un homme vient en paix autour de votre feu, la coutume veut qu'on lui offre de la viande et de quoi se rassasier.

Vaelin ouvrit ses sacoches, en sortit du bœuf séché et une outre d'eau et les lança au Lonak. Celui-ci tira de sa botte un petit poignard et découpa une lamelle de bœuf, qu'il mâcha et engloutit rapidement. L'eau de l'outre, par contre, lui arracha une grimace de dégoût et il cracha sa gorgée par terre.

— Où est le vin que vous autres *Merim Her* appréciez tant ? exigea-t-il.

— J'en bois rarement. (Vaelin jeta un nouveau coup d'œil au garçon.) Et lui, vous ne lui donnez pas à manger ?

— À toi de décider s'il mange ou pas. Il t'appartient.

— Parce que je l'ai vaincu ?

— Si tu bats ton ennemi et que tu ne daignes pas le tuer, il devient ta propriété.

— Et si je refuse ?

— Il restera allongé ici, jusqu'à ce qu'il meure de faim ou que des bêtes viennent le dévorer.

— Je pourrais couper ses liens, le libérer.

Le Lonak eut un rire âpre.

— La liberté n'a plus de sens pour lui, il est *varnish*, battu, détruit, il ne vaut pas plus que de la merde de chien aux yeux de mon peuple. (L'homme posait sur l'enfant un regard implacable.) Un châtiment de rigueur pour celui qui ose enfreindre Sa loi et qui se laisse aveugler par son arrogance. Libère-le et tu en feras un vagabond, solitaire et désarmé. Mon peuple lui tournera le dos et ne lui offrira aucune hospitalité.

Quand il brava de nouveau Vaelin, sa mâchoire crispée trahissait en lui une autre émotion que la colère, une émotion qu'il ne parvenait pas à dissimuler. *L'inquiétude. Il craint pour l'enfant.*

— S'il m'appartient, déclara Vaelin, alors je peux en faire ce que je veux ?

L'espace d'une seconde, les yeux du Lonak glissèrent sur le garçon à terre. Il acquiesça.

— Alors je vous l'offre. En gage de remerciements pour m'avoir laissé fouler votre territoire.

L'expression du Lonak demeura impassible, mais Vaelin lut un profond soulagement dans son regard.

— Vous autres *Merim Her*…, grinça-t-il. Vous êtes des faibles. Des faibles et des lâches. Seul votre nombre vous confère votre suprématie, mais elle ne durera pas éternellement. Un jour, nous vous repousserons à la mer et votre sang rougira les vagues. (Il se redressa, s'approcha du garçon et trancha ses liens d'un coup de poignard.) J'accepte ton misérable présent, puisque c'est tout ce que tu as à offrir.

—Mais de rien.

Enfin libéré de ses entraves, l'enfant se laissa vigoureusement redresser par le Lonak, puis gémit tandis que le géant le tirait de sa léthargie à grand renfort d'insultes dans sa langue natale. Une fois réveillé, le jeune guerrier aperçut Vaelin et son visage rosit sous l'effet de la haine et de l'animosité. Il se cabra, prêt à passer à l'attaque, mais le grand Lonak le corrigea brutalement – une gifle assenée en travers de la bouche du revers de la main, si puissante qu'elle lui fendit une lèvre. Quand il eut fini de cracher des filets de sang, le géant le traîna violemment jusqu'au poney, le jeta sur le dos de l'animal et désigna d'un air sévère le pied de la colline. L'enfant gratifia Vaelin d'un dernier coup d'œil venimeux avant d'éperonner sa monture et de disparaître dans l'obscurité.

Le Lonak regagna le feu de camp pour récupérer sa tranche de bœuf séché, qu'il dévora d'un air sombre.

—Pas facile d'être père, fit remarquer Vaelin.

Le Lonak braqua sur lui un regard à nouveau teinté d'hostilité.

—Ne crois pas que je te doive quoi que ce soit. Ne crois pas que tu as pu acheter le passage sur nos terres avec la vie de mon fils. Si tu respires encore, c'est uniquement parce qu'Elle le souhaite.

—Elle ?

Le Lonak secoua la tête avec dépit.

—Vous nous avez combattus pendant des siècles et vous en savez si peu sur nous. Elle est notre guide et notre protectrice. Elle est notre sagesse et notre âme. Elle nous gouverne et nous sert tout à la fois.

Vaelin se remémora sa rencontre onirique avec Nersus Sil Nin dans la Martishe. Qu'avait-elle dit au sujet des Lonaks ? *« J'aurais dû me douter que la Grande Prêtresse saurait trouver un moyen. »*

—La Grande Prêtresse ? C'est elle qui dirige votre peuple ?

— Grande Prêtresse… (Le Lonak répétait ce titre comme s'il goûtait un plat inconnu.) Un nom qui en vaut bien un autre. Votre langue bâtarde peine à exprimer nos usages.

— Vous la parlez pourtant couramment, cette langue bâtarde. Où l'avez-vous apprise ?

Le Lonak haussa les épaules.

— Quand nous lançons des attaques, nous faisons des prisonniers, même s'ils ne nous servent pas à grand-chose. Vos hommes sont trop faibles pour travailler aux mines plus d'une saison sans mourir et vos femmes engendrent des enfants malingres. Mais un jour, nous avons capturé un homme en robe grise. Il se faisait appeler frère Kellin. Il savait guérir et il apprenait vite. Quand il a fini par parler notre langue, je lui ai demandé de m'apprendre la sienne.

— Qu'est-il devenu ?

— Tombé malade l'hiver dernier. Il était vieux, nous l'avons laissé dans la neige.

Vaelin commençait à comprendre les raisons du mépris unanime dans lequel on tenait les Lonaks.

— Si je comprends bien, votre Grande Prêtresse vous a ordonné de me laisser passer ?

— L'ordre vient de la Montagne. Le plus grand guerrier des *Merim Her* s'engagerait seul sur nos terres, afin de faire couler le sang de son frère. Il ne devait rien lui arriver.

*Le sang de son frère… Cette Grande Prêtresse en sait long, on dirait.*

— Pourquoi ?

— Elle n'a pas à s'expliquer. On ne discute pas les ordres de la Montagne.

— Et pourtant, votre fils a tenté de me tuer.

— Tous les garçons espèrent s'illustrer par des faits d'armes interdits. Il a eu une vision, dans laquelle il triomphait de toi, la plus fine lame des *Merim Her*, et se couvrait de gloire. Qu'ai-je fait aux dieux pour qu'ils me donnent un fils si stupide ? (Il se racla la gorge et cracha dans le feu, sans quitter Vaelin du regard.) Pourquoi l'as-tu épargné ?

— Je n'avais pas besoin de le tuer. Prendre une vie sans raison est contraire à la Foi.

— Frère Kellin parlait souvent du tissu de mensonges que vous appelez votre Foi. Comment un homme pourrait-il obéir à des principes sans y déroger s'il ne craint pas le châtiment d'un dieu ?

— Tout dieu est mensonge, et un mensonge ne peut châtier quiconque.

Tout en mastiquant une nouvelle lamelle de bœuf, le Lonak secoua la tête d'un air presque peiné.

— J'ai entendu la voix de Nishak, le dieu du Feu, dans l'abîme obscur sous la montagne fumante. Il ne mentait pas, je t'assure.

*Le dieu du Feu ?* De toute évidence, l'homme avait pris l'écho d'une grotte pour une parole divine.

— Que vous a-t-il dit ?

— Bien des choses. Des choses que tu ne mérites pas d'entendre, *Merim Her*. (Il lança le bœuf séché et l'outre à Vaelin.) Vouloir assassiner un frère porte malheur. Pourquoi fais-tu ça ?

Vaelin fut tenté d'ignorer la question et d'attendre en silence le départ du Lonak – leur conversation tournait en rond et il était loin d'apprécier sa compagnie –, mais quelque chose en lui le poussa à formuler les émotions qui le torturaient depuis l'acte de Nortah. *Il est toujours plus facile d'ouvrir son cœur devant un inconnu.*

— Nous ne sommes pas frères de sang, mais frères dans la Foi. Nous appartenons au même Ordre et il a commis une grave infraction.

— Et donc, tu vas le tuer ?

— Je n'aurai pas le choix. Il ne se laissera pas prendre sans résister. La Grande Prêtresse vous a-t-elle recommandé de le laisser passer, lui aussi ?

Le Lonak acquiesça.

— Le cheveux jaunes est arrivé il y a sept jours. Il chevauchait en direction de la *Maars Nir-Uhlin Sol*. Tu comptes le suivre là-bas ?

— Il le faut.

— Alors tu risques de n'y trouver rien d'autre qu'un cadavre aux cheveux jaunes. Seule la mort rôde dans ces ruines.

— C'est ce que j'ai cru comprendre. Mais savez-vous pourquoi ? Connaissez-vous la nature du danger qui hante la Cité Déchue ?

Le Lonak eut une grimace contrariée. Il lui coûtait manifestement d'admettre la peur que l'endroit lui inspirait.

— Mon peuple évite la *Maars Nir-Uhlin Sol*. Il y a plus de cinq hivers que personne n'y met plus les pieds, et même avant nous avions appris à nous en méfier. Il y a quelque chose dans l'air, là-bas... quelque chose qui pèse sur l'âme. Et puis les cadavres ont commencé à se multiplier. Des chasseurs et des guerriers chevronnés mis en charpie par un être invisible, leurs visages déformés par la terreur. Quoi de plus honteux que de mourir dévoré par une bête, même une bête magique ? (Il leva les yeux sur Vaelin.) Si tu y vas, tu finiras aussi mort que ton frère.

— Mon frère n'est pas mort.

Il le savait, le sentait dans la note continue de la voix du sang. Nortah était en vie. Il l'attendait.

Le Lonak s'empara brusquement de ses armes et se redressa, posant sur Vaelin un regard mauvais.

— Nous en avons fini, *Merim Her*. Tu m'as suffisamment souillé de ta présence.

— Vaelin Al Sorna.

Le Lonak plissa les yeux, l'air méfiant.

— Quoi ?

— Mon nom. Vaelin Al Sorna. Et vous, comment vous appelez-vous ?

Le Lonak le toisa en silence quelques longues secondes ; toute trace d'hostilité avait déserté son regard, désormais. Au bout d'un moment, il secoua la tête.

— Ce n'est pas ton nom.

Puis il disparut sans un bruit, englouti par les ténèbres qui entouraient le feu de camp.

La tour devait autrefois culminer à presque soixante mètres de hauteur et Vaelin ne pouvait qu'imaginer combien elle avait dû paraître imposante : une flèche de marbre rouge et de granit lancée à l'assaut des cieux. Désormais effondrée, elle n'était plus qu'une route défoncée, étranglée par les mauvaises herbes, qui le menait tout droit vers le cœur de la cité. En inspectant de plus près les débris, Vaelin s'aperçut que chaque moellon arborait de délicats bas-reliefs représentant une parade ininterrompue et hilare de bêtes et d'humains nus. Les frises de pierre qui décoraient les plus anciens bâtiments de Castelvarin arboraient toutes un caractère martial, et consistaient en des successions de combattants aux armes archaïques livrant des batailles oubliées. Mais il n'était pas question de guerre, ici ; il se dégageait de ces sculptures une aura joviale, souvent crue, mais jamais violente.

Des bourrasques de neige lui cinglaient le visage, vomies par les nuages lourds qui voilaient le soleil naissant et portées par un vent violent qui, il le savait, gagnerait en puissance pendant la journée. Il resserra sa houppelande pour se protéger du froid et pressa Écume des talons. S'il se montrait moins grincheux qu'à l'accoutumée, l'animal faisait preuve d'une fébrilité inédite ; il ouvrait de grands yeux inquiets et piaffait nerveusement à chaque bruit. C'était à cause de la cité, Vaelin s'en rendait bien compte. Le Lonak et frère Artin n'avaient pas exagéré le sentiment d'oppression qui y régnait. Celui-ci s'accentuait à mesure que Vaelin approchait des contours déchiquetés des ruines face à lui, telle une douleur sourde à la base de son crâne. La voix du sang elle-même avait changé, sa note continue se faisait moins lancinante et plus urgente.

Il entreprit de guider Écume sous un porche massif, non loin des anciennes fondations de la tour éboulée. Ils avaient à peine parcouru quelques mètres que l'animal se mit à trembler, à ruer et à secouer la tête avec force, les yeux exorbités de panique.

— Tout doux !

Vaelin tenta de l'apaiser d'une petite tape sur l'encolure, mais le cheval désormais incontrôlable poussa un hennissement strident, se cabra si subitement qu'il fit basculer son cavalier au sol et s'enfuit avant que Vaelin puisse saisir ses rênes.

— Reviens, espèce de sale carne !

Il n'obtint pour seule réponse que le tambourinement lointain d'une cavalcade effrénée.

— J'aurais dû lui trancher la gorge il y a des années, grommela Vaelin.

— Ne bouge pas, mon frère.

Nortah se tenait sous la voûte à demi effondrée. Ses cheveux blonds avaient poussé, atteignant presque ses épaules, et une barbe naissante lui couvrait le menton. En lieu et place de son habit de frère, il portait des jambières en daim et un gilet de cuir. À l'exception du couteau de chasse passé à sa ceinture, il était désarmé. Vaelin, qui s'attendait à trouver Nortah sur la défensive – et à devoir braver sa morgue et son ironie coutumières – fut frappé par son expression inquiète.

— Mon frère, déclara Vaelin d'une voix sombre, l'Aspect Arlyn exige ton retour immédiat à…

Nortah semblait à peine l'entendre. Il s'approchait pas à pas, les mains levées, et Vaelin remarqua que ses yeux ne cessaient de glisser sur le côté, comme s'il fixait quelque chose derrière lui…

Vaelin fit volte-face et dégaina son épée en un éclair.

— Arrête !

Le cri de Nortah lui parvint trop tard. Une créature énorme à la puissance inouïe vint s'écraser dans le flanc de Vaelin. L'impact lui arracha son épée et le propulsa dans les airs. Il s'écrasa au sol trois mètres plus loin, le souffle coupé par la chute.

Il s'empara à tâtons de la dague cachée dans sa botte, engouffrant de l'air à pleins poumons et s'efforçant d'ignorer le poinçon brûlant qui fouaillait sa poitrine. *Une côte brisée, sinon plus.* Il se redressa péniblement, poussa un hurlement de douleur et s'effondra de nouveau, emporté par une vague de nausée qui fit tournoyer la terre sous ses pieds. *Plusieurs côtes.* Il agita la dague devant lui pour repousser son agresseur inconnu, voulut se relever et retomba aussitôt. Nortah se dressait déjà devant lui. Craignant une attaque, il inversa sa prise sur le manche de son arme afin de parer une botte…

Mais Nortah lui tournait le dos. Les mains levées au-dessus de sa tête, il agitait désespérément les bras.

— Non ! Non ! Laisse-le !

Un grondement lui répondit, à mi-chemin entre un râle et un feulement. Un grondement qui n'aurait pu sortir de la gorge d'aucun chien.

Vaelin avait déjà croisé des chats sauvages dans l'Urlishe et la Martishe, mais la créature qui se dressait devant lui à présent leur était si éloignée, tant par la taille que par l'apparence, qu'elle devait appartenir à une espèce totalement différente. Elle mesurait plus d'un mètre vingt au garrot et sa silhouette aussi puissante qu'élancée disparaissait sous une fourrure d'un blanc neigeux striée de noir. Ses pattes massives qui grattaient le sol s'achevaient sur des griffes longues de cinq centimètres chacune et ses yeux d'un vert éclatant, comme enchâssés dans le lacis de zébrures qui lui couvrait la gueule, brillaient d'un éclat malveillant. Quand Vaelin croisa son regard, l'animal cracha, découvrant des crocs pareils à des dagues d'ivoire.

— Non ! s'écria Nortah en s'interposant entre Vaelin et le félin. Non !

Le chat géant émit un nouveau feulement, fouetta l'air d'une patte pour manifester son mécontentement, puis se déporta sur la gauche dans le but de contourner Nortah. Vaelin en restait bouche bée. *Cet animal le craindrait-il ?*

Un claquement de mains retentit, clair et perçant dans l'air glacé des montagnes. Vaelin s'arracha à la contemplation du monstre hérissé et aperçut une jeune femme, campée à quelques pas de là. Une jeune femme mince, dont il reconnut le beau visage ovale encadré de boucles auburn au premier coup d'œil.

— Sella ?

Il grimaça, submergé par une nouvelle vague de douleur qui l'éblouit momentanément. Quand il ouvrit les yeux, Sella se tenait au-dessus de lui et lui souriait. Elle passait la main dans la fourrure du chat qui, blotti contre ses jambes, ronronnait avec délices. Derrière elle, Vaelin distinguait d'autres silhouettes émergeant des ruines, des dizaines d'hommes et de femmes, jeunes et vieux.

— Mon frère ? (Nortah était agenouillé près de lui, blême d'inquiétude.) Tu es blessé ?

— Je…

À la vue de l'angoisse qui brillait dans les yeux de son camarade, Vaelin sentit une bouffée de honte enfler dans sa poitrine. *Je suis venu te tuer, mon ami. Quel genre d'homme suis-je donc ?*

— Je vais bien, répondit-il en se redressant sur un coude.

Puis il s'évanouit, terrassé par la déflagration de douleur qui venait d'exploser dans son torse.

# Chapitre 8

Il fut tiré du sommeil par une conversation ; une conversation menée du bout des lèvres, mais animée.

— … danger pour nous tous, chuchotait un homme avec ardeur.

— Pas plus que moi, répondit une voix familière.

— Tu es un fugitif, mon frère, tout comme nous. Lui appartient encore à un Ordre qui assassine les nôtres.

— Cet homme est sous ma protection. Personne ne lui fera de mal.

— Qui parle de lui faire du mal ? Nous avons d'autres moyens à notre disposition. Nous pourrions prolonger son sommeil…

— Un peu tard pour ça, intervint Vaelin en ouvrant les yeux.

Il gisait sur un lit de fourrures dans une vaste pièce démeublée, aux murs et au plafond peints d'une ribambelle d'animaux et d'étranges créatures marines aux couleurs fanées. Au sol, une mosaïque complexe représentait un poirier chargé de fruits, entouré de symboles inconnus et d'un écheveau de motifs spiralés. Nortah se tenait près de la porte, en compagnie d'un homme frêle aux cheveux grisonnants et au regard méfiant.

— Mon frère, dit Nortah avec un sourire. Comment te sens-tu ?

Vaelin se palpa le flanc, prêt à ciller de douleur, mais ses doigts glissèrent sur une peau lisse et intacte. Il jeta les fourrures sur le côté et découvrit qu'aucune ecchymose violacée ne marbrait son torse.

— Parfaitement bien. Je croyais pourtant que cette bête m'avait fracturé au moins une côte.

— Elle a fait bien plus que ça, déclara l'homme efflanqué. Le Vannier a dû passer la moitié de la nuit à vous raccommoder. Danseneige n'est pas facile à contrôler, même pour Sella.

— Danseneige ?

— Le fauve, expliqua Nortah. Un tigre de guerre abandonné par la Horde des Glaces. Certains d'entre eux ont fini par errer en terre lonake après la débandade de leurs maîtres face au Seigneur de la Tour. Sella a recueilli Danseneige quand elle n'était encore qu'un chaton. Apparemment, elle n'a pas encore atteint sa pleine croissance.

— Mais sa taille et sa férocité suffisent à nous protéger, ajouta l'autre homme. (Il posa sur Vaelin un regard glacial.) Enfin, jusqu'à maintenant.

— Voici Harlick, dit Nortah. Il a peur de toi. Comme la plupart d'entre eux.

— Eux ?

— Ceux qui vivent ici. Une étrange communauté, tu vas voir.

Nortah gagna l'angle de la pièce où l'on avait proprement disposé les armes et vêtements de Vaelin, et lui lança une chemise.

— Habille-toi et suis-moi. Je vais te faire visiter la Cité Déchue.

À l'extérieur, le soleil à son zénith réchauffait l'air et chassait les ombres qui peuplaient les ruines. La demeure d'où ils venaient d'émerger évoquait un bâtiment officiel ; depuis ses dimensions imposantes jusqu'au chapelet de symboles gravés dans le linteau de l'entrée, tout la désignait comme un lieu d'importance.

— Harlick pense qu'il s'agissait d'une bibliothèque, dit Nortah. Et je veux bien le croire, vu qu'il travaillait à l'époque comme haut responsable de la Grande Bibliothèque de Castelvarin. Ce qui est advenu des livres, par contre…

Il haussa les épaules.

— Tombés en poussière il y a des siècles, j'imagine, répliqua Vaelin.

À présent qu'il pouvait admirer la ville de l'intérieur, il ne pouvait se départir d'une impression d'énorme gâchis, de beauté saccagée.

L'élégance de l'architecture, manifeste dans chaque arabesque, chaque bas-relief, avait été irrémédiablement dégradée, défigurée par la déchéance de la cité. À certains endroits, les bâtiments et les statues brisées accusaient des fissures qui devaient moins au passage des ans qu'à de violents coups de burin. Ailleurs, il remarqua que les plus grands édifices s'étaient effondrés dans des directions différentes, comme abattus au petit bonheur la chance. L'ensemble témoignait d'une destruction délibérée, bien plus que des ravages du temps et des éléments.

— Cet endroit a été attaqué, murmura-t-il. Dévasté de fond en comble, il y a des siècles.

— Sella pense la même chose. (Une ombre passa sur le visage de Nortah.) Il lui arrive de faire des rêves. De mauvais rêves, au sujet de ce qui s'est passé ici.

Vaelin se tourna vers lui, quêtant sur ses traits quelque signe d'anomalie. Nortah avait changé, c'était indéniable ; l'abattement qui voilait son regard depuis leur séjour dans la Martishe avait disparu, remplacé par une lueur que Vaelin mit un moment à reconnaître. *Il est heureux.*

— Mon frère, dit-il. Je dois savoir. T'a-t-elle touché ?

L'expression de Nortah se fit à la fois prudente et amusée.

— Mon père m'a dit un jour qu'il est des choses qu'un gentilhomme se doit de garder pour lui.

L'espace d'un instant, Vaelin fut incapable de décider s'il devait maudire ou envier Nortah d'avoir si vite enfreint ses vœux de célibat. *Ni l'un ni l'autre*, finit-il par conclure, à sa grande surprise.

— Je voulais dire…

C'est alors qu'il perçut le crissement de griffes contre la pierre et dut contenir un élan de terreur en voyant Danseneige, le tigre de guerre, bondir vers eux depuis une colonne effondrée. La bête atterrit lestement près de Nortah et pressa sa tête contre ses cuisses avec force ronronnements, manquant de le déséquilibrer au passage.

— Salut, le monstre, l'accueillit Nortah en la grattant derrière les oreilles, comme s'il s'agissait d'un simple chaton domestique.

Vaelin ne put s'empêcher de reculer d'un pas. La puissance évidente de cet animal faisait passer Balafre pour un chiot inoffensif.

— Tu ne risques rien, le rassura Nortah. (Il frotta la mâchoire de Danseneige qui, la gueule inclinée sur le côté, se laissait faire avec ravissement.) Sella l'empêchera de t'attaquer.

Nortah le guida entre les ruines jusqu'à un îlot de bâtiments apparemment moins dégradés que les autres. S'y trouvaient une trentaine de personnes de tous âges, dont quelques enfants courant de-ci de-là. La plupart des adultes considéraient Vaelin d'un air de méfiance doublée d'effroi, et certains lui décochaient des regards ouvertement hostiles. Curieusement, aucun ne semblait craindre Danseneige ; deux enfants accoururent même pour la couvrir de caresses.

— Pourquoi lui as-tu laissé son épée ? lança à Nortah un grand barbu armé d'un épais bâton de combat.

Blottie derrière ses jambes, une petite fille contemplait Vaelin à la dérobée, les yeux écarquillés de peur et de curiosité.

— Parce qu'il ne me revient pas de la lui enlever, répondit Nortah d'une voix égale. Et je ne te conseille pas d'essayer, Rannil.

À mesure qu'ils traversaient le campement, Vaelin fut interpellé par la façon dont toutes les têtes se détournaient sur son passage ; certains se couvrirent même le visage, quand bien même il ne les avait jamais vus auparavant. En lui, la voix du sang se mit à fredonner une note jusqu'alors inédite, presque apaisée.

Nortah s'arrêta près d'un jeune homme puissant qui, contrairement aux autres, ne leur accordait pas la moindre attention. Assis parmi des monceaux de joncs, il nouait ensemble les longues tiges d'un air absent, ses mains expertes œuvrant avec une impressionnante dextérité. Près de lui reposaient de nombreux paniers coniques, tous identiques en apparence.

— Voici le Vannier, le présenta Nortah. C'est lui que tu dois remercier pour tes côtes brisées.

— Vous êtes guérisseur, messire ? demanda Vaelin au jeune homme.

Le Vannier leva vers lui des yeux vides, les lèvres plissées par un vague sourire. Au bout d'un moment, il cligna des paupières, comme s'il reconnaissait enfin son interlocuteur.

— Tout cassé en dedans, bredouilla-t-il à toute vitesse, un torrent de mots que Vaelin eut bien du mal à démêler. Os, veines, muscles, organes. Besoin de raccommoder. Mis longtemps à raccommoder.

— Vous m'avez… raccommodé ? s'enquit Vaelin.

— Raccommodé, répéta le Vannier.

Il cilla de nouveau, puis retourna au travail, ses doigts reprenant sans délai leurs manipulations expertes. Il ne leva même pas la tête quand Nortah et Vaelin s'éloignèrent.

— Il est simple d'esprit ? demanda Vaelin.

— Personne ne sait vraiment. Il passe ses journées à tisser ses paniers, sans décrocher un mot. Et s'il s'arrête de tisser, c'est pour soigner les blessés.

— Comment a-t-il pu apprendre les arts de la guérison ?

Nortah s'arrêta et retroussa la manche de son bras gauche. Une fine cicatrice courait tout le long de son avant-bras, discrète et presque effacée.

— Quand je me suis taillé un chemin hors de la tente du Seigneur de Guerre, un Faucon m'a atteint avec sa lance. J'ai recousu la plaie du mieux que j'ai pu, mais je ne suis pas guérisseur. Le temps que j'atteigne les montagnes, la gangrène s'était installée, la chair autour de la blessure avait noirci et puait la charogne. À mon arrivée ici, le Vannier a lâché ses joncs, il s'est approché de moi et a posé ses mains sur mon bras. J'ai ressenti une… chaleur, presque une brûlure. Quand il a retiré ses mains, la blessure ressemblait à ça.

Vaelin jeta un coup d'œil au Vannier, assis en tailleur, entouré de ses tiges de jonc et de ses paniers, et sentit enfler en lui le murmure de la voix du sang.

— La Ténèbre, dit-il.

Il avisa tour à tour le visage ombrageux de tous les membres de la communauté et comprit soudain la signification de cette nouvelle mélodie.

— Tous sont flétris par la Ténèbre.

Nortah se pencha vers lui.

— Tout comme toi, mon frère, dit-il d'une voix douce. Comment m'aurais-tu retrouvé, sinon ? (L'air stupéfait de Vaelin lui arracha un sourire.) Eh oui, petit cachottier. Tu as pu nous berner toutes ces années, mais pas Sella. Elle m'a raconté comment tu l'as secourue, et je ne t'en remercierai jamais assez. Sans toi, nous ne nous serions jamais rencontrés. Allons, elle nous attend.

Sella avait pris ses quartiers au milieu d'une grand-place située au cœur de la cité. Un filet de fumée s'échappait de son feu de camp, sur lequel bouillonnait une marmite de ragoût. Elle n'était pas seule : Écume s'ébrouait gaiement tandis qu'elle lui flattait les flancs. À l'approche de son maître, les manifestations de joie de l'animal se muèrent en piaffements irrités, comme si l'irruption de Vaelin le dérangeait.

Sella accueillit Vaelin avec un grand sourire et une chaleureuse accolade, même s'il remarqua qu'elle portait des gants afin d'éviter tout contact avec sa peau. Ses mains se déplaçaient toujours avec la même gracieuse fluidité que lors de leur première rencontre.

— *Tu as grandi*, fit-elle.

— Toi aussi.

Il hocha la tête vers Écume, qui broutait à présent un buisson d'ajoncs avec une indifférence étudiée envers son maître.

— Il t'apprécie. L'animal le plus irascible au monde t'apprécie !

— *Il n'est pas irascible,* le corrigèrent les mains de Sella, *mais en colère. Il a bonne mémoire pour un cheval. Il se souvient des plaines où il a grandi. Des prairies infinies, un ciel sans limites. Il n'aspire qu'à une chose : les retrouver.*

Elle s'interrompit le temps de déposer un baiser sur les lèvres de Nortah, qui la pressa spontanément contre lui, une familiarité qui engendra chez Vaelin un court instant de malaise. *Bon, j'ai ma réponse. Elle l'a touché.*

D'un bond, Danseneige fit soudain irruption sur la place. Écume poussa un hennissement affolé et se serait enfui si Sella ne l'avait apaisé d'une caresse à l'encolure. Puis elle accrocha le regard du tigre de guerre, qui se figea sur place, comme paralysé. Tout au long de leur confrontation muette, Vaelin sentit la voix du sang murmurer en lui. Une seconde plus tard, Danseneige battit des paupières et secoua la tête d'un air confus avant de s'élancer dans une autre direction, disparaissant bientôt parmi les ruines.

—*Elle veut jouer avec ton cheval*, dit Sella. *Elle le laissera tranquille, dorénavant.*

La jeune femme regagna le feu de camp et tira la marmite de son trépied.

—Que dirais-tu de manger avec nous, mon frère ? demanda Nortah.

Vaelin prit conscience qu'il mourait de faim.

—Avec plaisir.

Dans le ragoût flottait de la viande de chèvre assaisonnée au thym et à la sauge, deux aromates qui poussaient apparemment en abondance dans les ruines. Comme il expédiait son écuelle avec son indélicatesse coutumière, Vaelin remarqua la grimace d'excuses que Nortah adressait à Sella. La jeune femme se contenta de sourire et hocha la tête.

—Comment va Dentos ? s'enquit Nortah.

—Il est dans un sale état. Tu lui as quasiment fracturé la pommette.

—Il a bien failli me rendre la pareille. J'en déduis que les Faucons ne l'ont pas attrapé ?

—Il a pu rejoindre le Haut Rempart sans encombre.

—Tu m'en vois soulagé. Lui et les autres… ils m'en veulent ?

—Non, ils sont inquiets. Moi, je t'en ai voulu.

Nortah esquissa un sourire léger, presque méfiant.

—Tu es venu me tuer, mon frère ?

Vaelin le regarda droit dans les yeux.

— Je me doutais que tu ne me laisserais pas te ramener.

— Tu te doutais bien. Et maintenant ?

Vaelin désigna le médaillon qui pendait au cou de son ami et lui fit signe de le décrocher. Nortah hésita un court instant, puis saisit le disque de métal à l'effigie du guerrier aveugle du Sixième Ordre, passa la chaîne au-dessus de sa tête et lâcha l'objet dans la paume de Vaelin.

— Maintenant, ce n'est plus nécessaire, décréta ce dernier en passant le médaillon à son cou. Dès l'instant où, aux abois et blessé, tu as commis l'imprudence de pénétrer en territoire lonak, tu étais condamné. Après avoir repoussé plusieurs attaques de guerriers lonaks, tu as fini par succomber au terrible monstre inconnu qui hante les environs de la Cité Déchue. (Il effleura le médaillon.) Sans ceci, je n'aurais pas pu identifier ta dépouille.

— *Ils te croiront ?* demanda Sella.

Vaelin haussa les épaules.

— Ils ont bien gobé ce que je leur ai dit à ton sujet. De plus, c'est ce que voudra croire le roi qui compte, et je soupçonne qu'il adhérera à ma version sans s'étendre sur le sujet.

— Monseigneur est dans le secret des dieux, à ce que je vois, lâcha Nortah d'un ton songeur. On s'en doutait, va. Et le Seigneur de Guerre, il a survécu ?

— Il semblerait. La Garde du Royaume est rentrée en Asraël et le seigneur Mustor règne désormais comme Vassal depuis Altor, sa capitale.

— Et les prisonniers cumbraëliens ?

Vaelin hésita. Frère Artin lui avait appris le sort qui leur avait été réservé et il ignorait comment Nortah réagirait à la nouvelle. En fin de compte, il décida que son ami avait le droit de connaître la vérité.

— Le Seigneur de Guerre jouit d'une grande popularité parmi les Faucons, comme tu le sais. Après ton agression, ils se sont soulevés et ont massacré tous les prisonniers jusqu'au dernier.

Une profonde tristesse se peignit sur le visage de Nortah.

— Alors j'ai fait tout ça pour rien.

Sella lui étreignit brièvement la main.

— *Pas pour rien*, exprima-t-elle. *Puisque nous nous sommes trouvés.*

Le jeune fugitif s'efforça de sourire avant de se relever.

— Je ferais mieux d'aller chasser. (Il déposa un baiser sur la joue de la jeune femme, puis épaula son arc et son carquois.) On commence à être à court de viande et je vous soupçonne d'avoir beaucoup à vous dire, tous les deux.

Vaelin le regarda s'éloigner jusqu'à l'orée nord de la cité. Au bout d'un moment, Danseneige surgit de nulle part pour l'accompagner.

— *Je sais ce que tu penses*, dit Sella quand Vaelin se retourna.

— Tu l'as touché.

— *Pas comme tu l'entends*, insistèrent les mains de la jeune femme. *Tu as quelque chose qui m'appartient, je crois.*

Vaelin acquiesça. D'une main, il tira de sous sa chemise le foulard de soie qu'elle lui avait offert. À contrecœur, il le dénoua et le lui tendit. Il y avait si longtemps que ce carré de tissu l'accompagnait que son absence le troublait.

Avec un sourire triste, Sella déploya le foulard sur ses genoux et fit courir ses doigts sur ses motifs raffinés brodés au fil d'or.

— *Ma mère l'a porté toute sa vie*, reprit-elle. *J'en ai hérité à sa mort. Il comporte un message précieux pour ceux qui adhèrent à notre croyance. Regarde.* (Elle désigna un sceau broché dans la soie, un croissant circonscrit par un cercle d'étoiles.) *La lune, symbole de la contemplation, de la méditation apaisée, d'où découlent toute raison et tout équilibre. Ici.* (Un cercle d'or auréolé de flammes.) *Le soleil, source de passion, d'amour, de colère.* (Son doigt glissa sur l'arbre représenté au centre du foulard.) *Nous existons ici, entre les deux. Issus de la terre, réchauffés par le soleil et rafraîchis par le clair de lune. Le cœur de ton frère avait basculé trop loin dans le domaine du soleil, enflammé par la rage et les regrets. À présent, il s'est apaisé et puise son inspiration dans la lune.*

— De son propre chef ou parce que tu l'as touché ?

Son sourire se fit timide.

— *J'ai d'abord eu peur de lui quand Danseneige m'a avertie de son arrivée. Quand nous l'avons trouvé, il avait chuté de sa monture et délirait sous l'effet de la fièvre. Les autres voulaient le tuer, mais je les en ai empêchés. J'avais reconnu le guerrier en lui et ses aptitudes pouvaient s'avérer utiles. Je l'ai donc touché.* (Elle s'interrompit, les yeux baissés sur ses mains gantées.) *Il ne s'est rien passé. Pour la toute première fois, je n'ai ressenti ni afflux de puissance, ni sentiment d'emprise.* (Peu à peu, ses joues s'empourprèrent.) *Je peux le toucher.*

*Et je suis sûr qu'il s'en réjouit au plus haut point*, songea Vaelin avec une pointe de jalousie.

— Il ne t'obéit donc pas au doigt et à l'œil ? Il n'est pas… (Il chercha les mots justes.) Ton esclave ?

— *Mère l'avait prédit. Un jour, je finirais par rencontrer quelqu'un d'insensible à mon contact, et nous finirions nos jours ensemble. Il en va toujours ainsi pour les détenteurs de mon don. Ton frère est tout aussi libre qu'il l'a jamais été.* (Son sourire s'évanouit et son regard se teinta de compassion.) *Peut-être même plus libre que toi.*

Vaelin se détourna.

— Il m'a raconté ce que le Vannier a fait pour lui, dit-il dans l'espoir de changer de sujet. Tous ces gens sont touchés par la Ténèbre, n'est-ce pas ?

Sella se tordit les mains d'un air irrité, le front barré d'un pli maussade.

— *La Ténèbre est le mot qu'emploient les ignorants. Ces gens, comme tu dis, sont Doués. Leurs pouvoirs varient, leurs compétences aussi. Mais ils ont un don. Tout comme toi.*

Vaelin hocha la tête.

— C'est ce que tu as vu en moi, toutes ces années auparavant. Tu l'as su avant moi.

— *Ton don est rare et précieux. Ma mère l'appelait l'Appel du Chasseur. Du temps des Quatre Fiefs, il avait pour nom la Vision Guerrière. Les Seordah, eux, l'ont baptisé…*

— La voix du sang, conclut-il.

Elle acquiesça.

— *Elle a gagné en intensité depuis notre dernière rencontre, je le sens. Tu l'as affinée, tu t'es ouvert à sa musique. Mais il te reste encore beaucoup à découvrir.*

— Tu pourrais m'apprendre ?

L'espoir qui imprégnait sa voix le surprit lui-même, mais la jeune femme secoua la tête.

— *Non, mais d'autres personnes, plus âgées et plus sages, possèdent le même don. Elles pourront te guider.*

— Comment les reconnaîtrai-je ?

— *Le chant te mènera jusqu'à elles. Il saura les trouver, tu n'auras qu'à le suivre. Mais souviens-toi, c'est un don extrêmement rare que le tien. Il s'écoulera peut-être des années avant que tu rencontres ton mentor.*

Vaelin marqua un temps d'hésitation avant de poser sa prochaine question ; il avait gardé le secret pendant si longtemps que celui-ci semblait lui être devenu une seconde nature.

— Il y a quelque chose que je dois savoir. Comment se peut-il qu'une même voix ait pu me parler par la bouche de deux hommes, juste avant leur mort ?

Le visage de la jeune femme se ferma soudain et Vaelin dut attendre quelques longues secondes avant qu'elle reprenne ses gestes.

— *Ces hommes… ils te voulaient du mal ?*

Il songea à l'assassin dans la Loge du Cinquième Ordre et au désespoir meurtrier de Hentes Mustor.

— On peut dire ça, oui.

Les mains de Sella se déplaçaient avec embarras, presque réticentes à l'idée de poursuivre son explication.

— *Nous autres Doués colportons des histoires… des récits anciens… des mythes… qui ont pour sujet des Doués capables de revenir…*

Vaelin sourcilla.

— Revenir d'où ?

— *Du lieu où tout s'achève… de l'Au-Delà… de la mort. Ils s'emparent des corps des vivants, s'en affublent comme d'une défroque. Si ces légendes possèdent un fond de vérité ou non, je l'ignore. Mais ton témoignage est… troublant.*

— Autrefois, ils étaient sept. Tu sais ce que ça veut dire ?

— *Jadis, ta Foi comportait sept Ordres. Une vieille histoire.*

— Une histoire vraie ?

Elle haussa les épaules.

— *Ta Foi n'est pas la mienne, j'en sais peu sur son passé.*

Vaelin jeta un coup d'œil sur le campement et ses habitants apeurés.

— Tous ces gens adhèrent à tes croyances ?

Elle eut un petit rire.

— *Moi seule ici appartiens à Sol et Lune. Parmi nous se trouvent des Questeurs, des Ascendants, des adeptes du Père Universel et même quelques disciples de ta Foi. Ce n'est pas la religion qui nous lie, mais nos dons.*

— Erlin les a tous conduits ici ?

— *Pas tous. Il n'y avait que Harlick et quelques autres à mon arrivée. Les autres sont venus plus tard, fuyant les craintes et les haines que notre nature inspire, attirés ici par leur don. Cet endroit…* (Elle embrassa d'un geste les ruines alentour.) *Cet endroit renfermait jadis un pouvoir immense. Les Doués étaient à l'abri dans cette ville, et même célébrés. Les échos de cette époque résonnent encore dans le temps, avec suffisamment de force pour nous faire converger ici. Tu le sens, n'est-ce pas ?*

Il acquiesça ; l'atmosphère de la Cité Déchue lui semblait moins oppressante à présent qu'il connaissait son origine.

— Nortah m'a confié que tu faisais des cauchemars. À propos de cette ville et des événements qui s'y sont déroulés.

— *Des cauchemars, oui, mais pas seulement. Parfois, j'entrevois la cité avant sa chute et toutes ses merveilles d'alors, ses artistes, ses poètes, ses chanteurs et ses sculpteurs. Ils connaissaient tant de choses, maîtrisaient tant de domaines qu'ils ont fini par se croire invulnérables.*

*À leurs yeux, les Doués qu'ils abritaient leur offraient toute la protection dont ils avaient besoin. Ils vivaient en paix depuis des siècles et ne disposaient d'aucun guerrier, si bien qu'ils furent complètement désarmés quand vint la tempête.*

— La tempête ?

— *Il y a bien des siècles, avant que notre peuple aborde ces rivages, avant même l'avènement des Lonaks et des Seordah, cette contrée abritait maintes cités pareilles à celle-ci et leurs habitants s'adonnaient à la quête de la beauté. Jusqu'au jour où la tempête vint tout ravager. Un tourbillon d'acier et de corruption. La horde se déversa sur cette ville, cette ville qu'ils honnissaient par-dessus tout, et balayèrent les Doués qui se dressèrent contre eux.* (Elle s'interrompit, parcourue d'un frisson, et resserra son châle sur ses épaules.) *Viols, massacres, immolations d'enfants, actes de cannibalisme, tout y passa. Les pires abjections qu'on puisse imaginer, cette cité les a connues.*

— Qui étaient-ils ? Les responsables de ce carnage ?

Elle secoua la tête, indécise.

— *Les rêves ne me l'apprennent pas. Je ne connais ni leur nom ni leur origine. Sans doute parce que les habitants de cet endroit les ignoraient, eux aussi. Mes rêves n'étant que les échos de leurs vies, ils ne me dévoilent que ce qu'ils savaient.*

Elle ferma les yeux pendant un court instant, comme pour oublier ces souvenirs d'atrocités, puis replia adroitement son foulard et le lui tendit.

— Je ne peux pas, dit-il. Il appartenait à ta mère.

Les mains gantées de la jeune femme pressèrent le carré de tissu dans les siennes.

— *Je t'en fais cadeau. Je te dois tant, Vaelin. Et je n'ai que ça à t'offrir.*

Le soir venu, ils partagèrent les deux lapins que Nortah avait rapportés de sa chasse et régalèrent Sella des épisodes les plus savoureux de leur noviciat. Curieusement, ces anecdotes semblaient datées, nimbées de nostalgie, comme celles qu'échangeraient deux vieillards en souvenir du bon vieux temps. Il apparut à Vaelin que son appartenance à l'Ordre ne définissait plus Nortah ; il était passé à autre chose, ne faisait plus partie de la famille des frères du Sixième Ordre. Il avait Sella, à présent, Sella et les autres Doués qui se terraient dans ces ruines.

— Vous n'êtes pas à l'abri ici, tu sais, dit Vaelin à Sella. Les Lonaks ne toléreront pas longtemps ton tigre de guerre. Et tôt ou tard, l'Aspect Tendris finira par dépêcher un contingent de frères pour élucider le mystère qui plane sur cet endroit.

Elle hocha la tête, ses mains lui répondant à la lueur des flammes.

— *Il nous faudra bientôt partir, trouver refuge ailleurs.*

— Viens avec nous, lui proposa Nortah. Après tout, tu as autant de raisons que moi, sinon plus, de rejoindre notre petite tribu.

Vaelin secoua la tête.

— Ma place est au sein de l'Ordre, mon frère. Et tu le sais.

— Je sais surtout que seules la guerre et la mort t'attendent si tu y retournes. Et quel sort vont-ils te réserver quand ils découvriront ton secret, à ton avis ?

Vaelin haussa les épaules, espérant ainsi dissiper son malaise. Nortah avait raison, bien entendu, mais ses convictions restaient inébranlables. En dépit de tous les secrets qui pesaient sur sa conscience, de tout le sang qu'il avait versé, du désir qu'il éprouvait pour Sherin et de cette sœur qu'il ne connaîtrait jamais, il savait qu'il appartenait à l'Ordre, et rien qu'à l'Ordre.

Il hésita avant de reprendre la parole ; il avait gardé si longtemps le secret qu'il s'apprêtait à dévoiler qu'il ignorait comment se délester de ce poids.

— Ta mère et tes sœurs se trouvent dans les Hauts Confins, avoua-t-il enfin à Nortah. Le roi les a cachées là-bas après l'exécution de ton père.

Son ami se raidit brusquement, les traits voilés d'une expression indéchiffrable.

— Depuis quand le sais-tu ?

— Depuis l'Épreuve de l'Épée. J'aurais dû te le dire plus tôt, pardonne-moi. J'ai cru comprendre que le Seigneur de la Tour Al Myrna fait preuve d'une grande tolérance envers les autres croyances. Peut-être trouverez-vous chez lui un sanctuaire où vous établir en toute sérénité.

Nortah gardait les yeux rivés sur les flammes, les mâchoires serrées. Sella lui passa un bras autour des épaules et pressa sa tête contre sa poitrine. Soudain apaisé, il lui caressa les cheveux.

— Oui, tu aurais dû me le dire, répondit-il. Mais mieux vaut tard que jamais.

Un groupe d'enfants surgit des ténèbres pour s'assembler en riant autour de Nortah.

— Une histoire ! Une histoire ! scandaient-ils. Une histoire ! Une histoire !

Il eut beau protester et invoquer sa fatigue, les garnements le harcelèrent tant et si bien qu'il finit par céder.

— Bon, quel genre d'histoire ?

— Une histoire de bataille ! s'écria un garçonnet tandis qu'ils s'installaient autour du feu.

— Ah non ! pas ça, se plaignit une petite fille – celle-là même qui avait ouvert de grands yeux apeurés en apercevant Vaelin, lors de sa visite du campement. Les batailles, c'est barbant. Une histoire qui fait peur !

Elle grimpa sur les genoux de Sella et se blottit dans ses bras. Les autres enfants reprirent en chœur sa demande et Nortah les réduisit au silence d'un geste, son visage soudain empreint de gravité.

— Va pour une histoire qui fait peur. Mais attention… (Il leva l'index vers le ciel.) Ce que je m'apprête à vous raconter n'est pas pour les âmes sensibles ni les vessies fragiles. Il s'agit en effet de la plus terrifiante, de la plus effroyable de toutes les histoires. Quand elle prendra fin, nul doute que vous me maudirez de lui avoir prêté voix. (Sa voix se mua en murmure et les enfants se penchèrent pour entendre la suite.) Car voici *Le Dit du Bâtard de la Sorcière*.

Il s'agissait d'un vieux conte que Vaelin connaissait bien : dans un village de Renfaël, une sorcière flétrie par la Ténèbre finissait par envoûter le forgeron. De leur union naissait une vile créature qui, sous les traits d'un enfant, finissait par raser le village et assassiner son père. Vaelin s'étonnait du choix de cette histoire, qui constituait une mise en garde évidente contre le pouvoir corrupteur et les dangers de la Ténèbre, mais les enfants buvaient les paroles de Nortah. Les yeux grands ouverts, ils l'écoutaient planter le décor avec un frisson de plaisir.

— Dans le recoin le plus obscur des plus obscures forêts de la vieille Renfaël, bien avant l'avènement du Royaume, se dressait un village. Et dans ce village vivait une sorcière, fort aimable d'apparence, mais au cœur plus noir qu'une nuit sans lune…

Vaelin se releva sans un bruit et se fraya un chemin dans la pénombre jusqu'au campement, où il sentit les regards des réfugiés se poser sur lui depuis leurs abris de fortune. Certains le saluèrent d'un signe de tête timide, mais aucun des Doués n'osa lui adresser la parole. *Ils sentent que je suis comme eux*, songea-t-il. *Mais ils me craignent malgré tout.* Il prit la direction du bâtiment dans lequel il s'était réveillé, ce matin-là, l'endroit que Nortah prenait pour une bibliothèque. Constatant qu'une lueur vacillante s'échappait de la porte d'entrée, il se posta à l'extérieur, le temps de s'assurer qu'il n'entendait pas de voix. Il avait l'intention de s'entretenir en privé avec Harlick, l'ancien bibliothécaire.

Il le trouva en pleine lecture, au coin d'un feu dont la fumée s'échappait par un trou du plafond. Vaelin étudia les flammes de plus près et leur découvrit un combustible inhabituel : au lieu de danser sur du bois, les langues de feu léchaient des pages noircies et des reliures en cuir. Ses doutes furent confirmés quand il vit Harlick tourner la dernière page de son livre, le refermer et le jeter dans l'âtre.

— Et moi qui pensais que brûler un livre était un acte odieux…, lâcha Vaelin, qui se remémorait l'un des innombrables sermons de sa mère sur les bienfaits du savoir.

Harlick se releva d'un bond terrifié et recula de quelques pas.

— Que voulez-vous ? gronda-t-il, le tremblement de sa voix démentant son simulacre d'autorité.

— Discuter.

Vaelin entra dans la pièce et s'accroupit près du feu pour se réchauffer les mains, scrutant les ouvrages dévorés par les flammes. Harlick garda le silence. Les bras croisés, il évitait le regard de l'intrus.

— Vous êtes Doué, reprit Vaelin. Sinon, vous ne seriez pas ici.

Un éclair passa dans les pupilles de Harlick.

— Vous voulez dire « flétri », n'est-ce pas, mon frère ?

— Vous n'avez rien à craindre de moi. Je viens juste poser quelques questions, des questions qu'un érudit tel que vous saura peut-être éclaircir. Un érudit Doué, de surcroît.

— Et si je n'en suis pas capable ?

Vaelin haussa les épaules.

— Alors j'irai chercher mes réponses ailleurs. (Il désigna le feu du menton.) Pour un bibliothécaire, vous manifestez bien peu de respect pour les livres.

Harlick haussa le menton, sa colère prenant le pas sur la peur.

— J'ai consacré ma vie au savoir. Je n'ai pas à me justifier devant quelqu'un qui ne fait que couvrir le Royaume de cadavres.

Vaelin hocha la tête.

— Comme vous voudrez, messire. Mais j'aimerais tout de même vous poser mes questions. À vous de voir si vous souhaitez répondre.

Harlick rumina la proposition en silence quelques longues secondes durant, puis regagna son tabouret couvert de fourrures au coin du feu, s'assit et affronta enfin le regard de Vaelin.

— Allez-y.

— Le Septième Ordre de la Foi a-t-il vraiment disparu ?

Le réfugié détourna immédiatement les yeux, le visage à nouveau blême de terreur. Il ne souffla mot pendant un long moment et ce fut du bout des lèvres qu'il reprit la parole :

— Vous êtes venu me tuer ?

— Bien sûr que non. Et vous le savez.

— Mais vous avez pour mission d'enquêter sur le Septième Ordre.

— J'ai pour seule mission de servir la Foi et le Royaume. (Vaelin fronça les sourcils, réalisant soudain la teneur de la réponse de Harlick.) Vous êtes membre du Septième Ordre ?

Harlick semblait abasourdi.

— Vous voulez dire que vous l'ignoriez ? Mais alors, que faites-vous ici ?

L'homme mettait décidément la patience de Vaelin à rude épreuve. Face à tant d'obstination, le jeune homme hésitait entre éclater de rire ou gifler son interlocuteur.

— Je pourchassais mon frère fugitif, expliqua-t-il calmement. Sans savoir ce que je trouverais à l'arrivée. J'ai entendu parler du Septième Ordre et j'aimerais en savoir plus à son sujet. Voilà tout.

Les traits de Harlick se figèrent, comme s'il craignait que la moindre manifestation d'émotion puisse le trahir.

— Révéleriez-vous les secrets de votre Ordre, mon frère ?

— Bien sûr que non.

— Alors n'attendez pas que je trahisse le mien. Vous pourriez me torturer que je ne dirais rien.

À la vue du tremblement qui s'était emparé de ses mains, Vaelin ne put s'empêcher de lui reconnaître un certain courage. Sa rencontre avec cet homme aussi brave qu'apeuré l'amenait, lui qui considérait jusqu'alors le Septième Ordre, s'il existait encore, comme un rassemblement pernicieux de conspirateurs flétris par la Ténèbre, à réviser son jugement.

— Le Septième Ordre a-t-il orchestré le meurtre des Aspects Sentis et Morvin ? demanda-t-il d'une voix plus sévère qu'il n'escomptait. A-t-il tenté de m'assassiner lors de l'Épreuve de la Course ? A-t-il fait en sorte que Hentes Mustor tue son père ?

Harlick tressaillit, la bouche ouverte sur un bruit qui tenait à la fois du sanglot et du ricanement.

— Le Septième Ordre est le gardien des Mystères, dit-il, comme s'il citait la devise de sa confrérie. Il cultive son art au service de la Foi. Il en a toujours été ainsi.

— Il y a des siècles de cela, une guerre a eu lieu. Une guerre entre les Ordres, initiée par le Septième.

Harlick secoua la tête.

— Faux. Le Septième Ordre est parti en guerre contre lui-même. Il fut victime d'une dissension intestine, qui finit par entraîner les autres Ordres dans le conflit. En découla une guerre fratricide longue et cruelle, où les morts se comptèrent par milliers. Quand elle prit fin, les membres survivants de ma confrérie inspiraient au peuple comme à la noblesse une telle épouvante que le Conclave décréta son entrée en clandestinité. Sa Loge fut détruite, ses livres incendiés, ses frères et sœurs dispersés et cachés à travers les Fiefs. Mais la Foi requiert l'existence d'un Septième Ordre, officiel ou non.

— Si je comprends bien, il n'a jamais été démantelé ? Il continue d'œuvrer en secret ?

— Je vous en ai déjà trop dit. Restons-en là.

— Les Aspects sont-ils au courant ?

Harlick ferma les yeux et garda le silence, ce qui eut pour effet de déchaîner la fureur de Vaelin. Il saisit l'homme par le collet, l'arracha à son tabouret et le plaqua contre un mur.

— Les Aspects sont-ils au courant ? hurla-t-il.

Recroquevillé sur lui-même, tremblant de tous ses membres, Harlick lui répondit d'une voix chevrotante et paniquée :

— Évidemment qu'ils sont au courant ! Ils sont au courant de tout !

À peine avait-il prononcé ces mots qu'une digue céda dans l'esprit de Vaelin, soudain submergé par un torrent de souvenirs : le regard de maître Sollis quand il lui avait dit : « Autrefois, ils étaient sept », le sursaut de peur de l'Aspect Elera à la mention de cette même formule ou encore le coup d'œil qu'ils avaient échangé après qu'il leur eut décrit les pouvoirs du Borgne… Sans oublier l'Aspect Arlyn, qui semblait déjà tout savoir. *Faut-il que je sois bête pour ne m'être rendu compte de rien*, songea-t-il. *Les Aspects mentent aux Fidèles depuis des siècles.*

Il relâcha Harlick et retrouva sa place auprès du feu. Les livres n'étaient plus que cendres, à présent, et le cuir des reliures frémissait, carbonisé, parmi les braises.

— Les autres Doués l'ignorent, hein ? demanda-t-il en observant Harlick du coin de l'œil. Ils ignorent qui vous êtes en réalité.

L'homme hocha la tête en signe d'assentiment.

— Vous êtes ici en mission ?

— Je ne peux rien vous dire de plus, mon frère, s'entendit-il répondre d'une voix fébrile, mais déterminée. Cessez de me poser des questions, je vous en prie.

— Comme vous voudrez, mon frère. (Vaelin gagna l'entrée et admira les ruines baignées de clarté lunaire.) Dans les prochains rapports que vous adresserez à votre Aspect, je vous saurais gré de passer sous silence la présence à vos côtés de frère Nortah.

Harlick haussa les épaules.

— Frère Nortah ne m'intéresse pas.

— Merci.

Vaelin erra dans les ruines pendant des heures, accablé par le tumulte de souvenirs qui faisait rage dans son esprit. *Ils savaient. Ils savaient tout du long.* S'il devait son trouble au sentiment de trahison qu'il éprouvait ou à quelque chose d'autre – quelque chose de plus profond –, il l'ignorait. *Les Aspects incarnent les vertus de la Foi. Ils sont la Foi. S'ils ont menti, alors…*

— J'aimerais tant que tu restes avec nous.

Il leva les yeux et découvrit Nortah, perché sur un gigantesque bloc de pierre. Il fallut un moment à Vaelin pour prendre conscience que son ami se tenait sur la tête en marbre d'un géant barbu, au visage figé dans une méditation éternelle. Sans doute l'une des anciennes sommités de la ville – un philosophe ? un roi ? peut-être même un dieu ? – immortalisée dans la pierre. Vaelin s'approcha du front de la statue, sillonné de rides profondes qu'il suivit du bout des doigts. Qui ou quoi que cet homme ait été, on l'avait oublié aujourd'hui. Ne restait plus de lui qu'une tête monumentale, qui finirait par tomber en poussière dans les ruines d'une cité où plus personne ne se rappelait son nom.

— Je… Je ne peux pas, finit-il par répondre.

— Tu n'as plus l'air aussi sûr de toi.

— Sans doute pas. Mais il me reste encore beaucoup de choses à éclaircir. Et seul l'Ordre pourra me fournir des réponses.

— Des réponses à quoi ?

*Quelque chose couve dans l'ombre. Une menace, un danger qui nous met tous en péril. Je l'ai pressenti il y a longtemps, mais ce n'est qu'aujourd'hui que je m'en rends compte.* Vaelin préféra garder ses soupçons pour lui. Nortah avait choisi une autre voie, désormais, une autre famille. Partager ses craintes avec lui ne servirait à rien.

— Nous cherchons tous des réponses, mon frère, dit-il. Même si tu sembles avoir trouvé les tiennes.

— En effet. (Nortah sauta à bas de la statue et lui tendit son épée.) Tu devrais l'emporter avec le médaillon. Ça te fera une preuve supplémentaire.

— Tu en auras sûrement besoin. Le voyage vers les Hauts Confins risque d'être long et semé d'embûches. Il te faudra protéger ces gens.

— Il y a d'autres manières de les protéger. J'ai fait couler suffisamment de sang avec cette épée. J'ai l'intention de vivre le restant de mes jours sans nouveaux morts sur la conscience.

Vaelin accepta l'épée.

— Quand comptez-vous lever le camp ?

— Avant l'hiver, sans aucun doute. Mais convaincre les autres ne sera pas une mince affaire. Certains vivent ici depuis des années. (Il s'interrompit, l'air soudain penaud.) Je n'ai pas tué l'ours.

— Pardon ?

— Pendant l'Épreuve de la Nature. Je ne l'ai pas tué. Le vent avait soufflé l'abri que je m'étais construit. J'errais dans la neige, frigorifié, aux abois. J'ai fini par trouver une grotte et j'ai remercié les Défunts de m'avoir mené en lieu sûr. Malheureusement pour moi, l'ours qui y avait élu domicile n'appréciait pas les visiteurs. Il m'a pourchassé sur des kilomètres, jusqu'au bord d'une falaise. J'ai pu me rattraper à une branche, mais l'ours n'a pas eu cette chance. Il m'a fourni de quoi manger jusqu'à la fin de l'épreuve.

Vaelin éclata de rire, un bruit étrange, incongru, au milieu des ruines.

— Espèce de sale menteur.

Nortah sourit.

— Avec l'arc, ç'a toujours été ma spécialité. (Son sourire s'évanouit.) Vous allez me manquer, toi et les autres. Pour le Seigneur de Guerre, par contre, je ne peux pas dire que je m'en veuille.

Ils regagnèrent à pied le campement, ravivèrent le feu de camp agonisant, puis discutèrent pendant des heures de l'Ordre et de leurs frères. Quand Nortah partit se coucher dans l'abri qu'il partageait avec Sella, Vaelin s'enroula dans sa cape, bien décidé à se lever aux premières lueurs pour disparaître sans dire adieu. Pourquoi ? La réponse lui parvint alors qu'il sombrait dans le sommeil. *Parce que j'ai envie de rester.*

# Quatrième partie

*En plus de ses nombreux mensonges quant à la perfidie supposée des négociants alpirans, il fallait au roi Janus un motif légal pour appuyer sa déclaration de guerre. Par conséquent, des fouilles d'envergure menées dans les profondeurs des archives royales finirent par exhumer un obscur traité vieux de quatre cents ans. Aussi banale que caduque, cette charte commerciale qui n'avait pour seul but que de fixer les tarifs douaniers entre le seigneur d'Asraël et Untesh et Marbellis, alors cités-États indépendantes, permit au Grand Justicier du roi de s'emparer d'une clause mineure stipulant le concours mutuel de chaque partie dans l'éradication des pirates meldénéens. À grand renfort de traductions douteuses du texte alpiran d'origine et de sophistique de bas étage, cette clause se métamorphosa en modalité d'abandon de souveraineté. Voici comment, sous couvert d'une simple réappropriation de biens au profit de leur roi lésé, les Boréens parvinrent à justifier leur invasion. La flotte toucha la côte alpirane au soixante-neuvième jour du règne de l'Empereur Aluran (que tous exaltent sa sagesse et sa mansuétude). Si la détérioration récente des relations entre notre Empire (puisse-t-il perdurer à jamais) et le Royaume Unifié avait poussé certains conseillers impériaux à craindre une possible agression, la modestie relative de la flotte du roi Janus ne manqua pas de les rasséréner. Le mathématicien impérial Rerien Alturs calcula que pour dépêcher toute la Garde du Royaume sur notre côte, il eût fallu aux Boréens une flotte d'au moins quinze cents navires, là où le Royaume ne disposait que de cinq cents bâtiments à peine, dont seulement la moitié passaient pour des navires de guerre. Malheureusement, nous ignorions encore l'immonde traîtrise dont s'était rendue coupable la nation pirate meldénéenne (puisse l'océan se soulever et engloutir son archipel), qui avait accepté de transporter les troupes du Royaume à travers l'Érinée. Le prix de cette alliance continue de susciter un débat, certaines sources l'estimant à pas moins de trois millions de couronnes d'or et d'autres à la main de la propre fille de Janus, offerte à un Meldénéen de haute lignée ; dans tous les cas, seul un montant exorbitant aurait pu persuader les pirates à mettre de côté la haine farouche qu'ils vouaient aux Boréens depuis l'incendie de leur capitale, vingt ans auparavant.*

*Comble d'infortune, l'Espoir accomplissait à cet instant précis une visite rituelle au temple de la déesse Muisil, à Untesh, accompagné seulement de cent gardes de la Cavalerie Impériale. Il ne se trouvait donc qu'à quinze kilomètres du site de débarquement quand un pêcheur terrifié vint l'alerter qu'une flotte de maraudeurs meldénéens de taille inédite venait de toucher terre. L'Espoir mobilisa sans tarder la garnison locale – quelque trois mille destriers et cinq mille lances – et partit au beau milieu de la nuit à la rencontre des envahisseurs, afin de les rejeter à la mer. Malheureusement, il lui fallut plusieurs heures pour rassembler les troupes et marcher sur la côte. Sans ce bref délai, l'Espoir aurait pu porter un coup puissant, sinon fatal, aux légions ennemies qui prenaient pied sur le littoral. Mais à son arrivée, le tout premier régiment de la Garde du Royaume à accoster avait déjà pris position le long de la piste étroite ralliant la plage entre les hautes dunes. À leur tête se trouvait le plus féroce et le plus fanatique guerrier de la foi hérétique du Royaume Unifié : Vaelin al Sorna (que son nom soit maudit pour toute l'éternité).*

Verniers Alishe Someren, *La Grande Guerre de la Providence*, vol. I (première version), archives impériales d'Alpiran

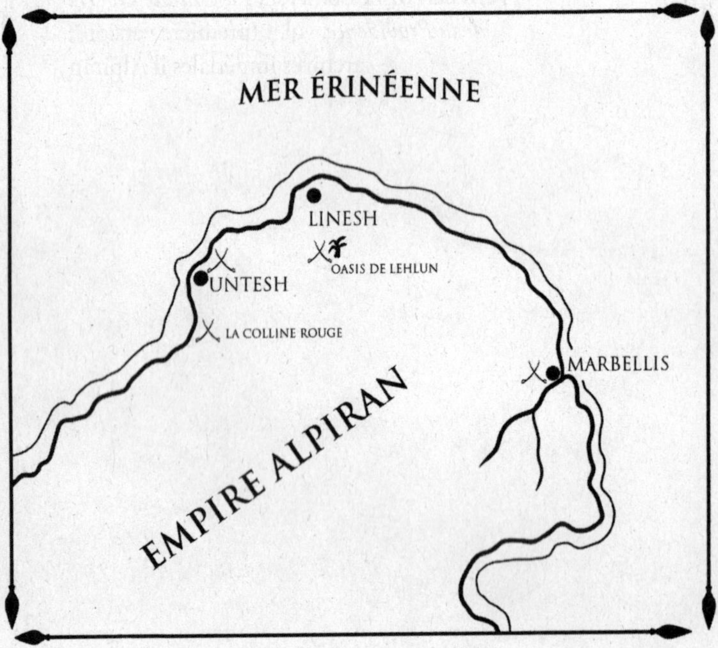
MER ÉRINÉENNE
LINESH
OASIS DE LEHLUN
UNTESH
LA COLLINE ROUGE
MARBELLIS
EMPIRE ALPIRAN

# Le Témoignage de Verniers

*— Je conçois sans mal votre douleur à la vue du cadavre de votre frère, dis-je. Le trouver ainsi… mutilé…*

*Le Boréen se releva, massa ses jambes engourdies et s'étira avec un grognement.*

*— Une bien macabre découverte, en effet. J'ai brûlé sa dépouille, ou plutôt ce qu'il en restait, endossé son épée et rapporté son médaillon à l'Ordre. Le roi et l'Aspect Arlyn ont accepté mon rapport sans poser de questions. Comme je m'y attendais, le Seigneur de Guerre m'accusa pour sa part de mensonge et de traîtrise. Je crois qu'il m'aurait provoqué en duel si le roi ne lui avait pas imposé le silence.*

*— Et la mystérieuse créature qui a tué Nortah ? demandai-je. Avez-vous jamais découvert de quoi il s'agissait ?*

*— On raconte que des loups monstrueux sillonnent le Nord. Quant aux versants orientaux des montagnes, ils abriteraient des gorilles sanguinaires à la gueule de chien et hauts comme deux hommes. (Il haussa les épaules.) La nature recèle de nombreux dangers.*

*Il gagna l'échelle menant sur le pont et y grimpa.*

*— J'ai besoin d'air frais.*

*Je le suivis dans la nuit. Au front du ciel dégagé régnait une lune claire, dont l'éclat bleu pâle baignait les voiles battues par le vent puissant du large. Parmi les membres d'équipage, je ne distinguais que le timonier à la barre et la silhouette ténue d'un gabier perché en haut du grand mât.*

*— Le capitaine vous a ordonné de rester dans la cale, gronda le timonier.*

*—Allez donc le réveiller pour le prévenir, lui suggérai-je avant de rejoindre Al Sorna.*

*Accoudé au bastingage, il admirait les flots lustrés par la lune, le regard distant.*

*—Les Dents de Moesis, dit-il en désignant une rangée de brisants à l'horizon, lointaines taches blanches sur lesquelles venaient s'écraser les vagues. Moesis est le dieu meldénéen de la chasse, un serpent colossal qui aurait combattu Margentis, le dieu orque géant, tout un jour et toute une nuit durant. Si terrible fut leur combat que la mer bouillonna et que les continents se séparèrent. Lorsqu'il s'acheva, Moesis vaincu dérivait au gré de la houle et son cadavre finit par se décomposer, mais son esprit se joignit à l'océan. Seules ses dents demeurèrent, en témoignage de son trépas. Quand les Meldénéens se lancèrent à l'assaut des vagues, c'est lui qu'ils prirent pour guide, car ses dents marquent le chemin de leur patrie. Nous entrons dans les eaux meldénéennes, à présent. Là où votre flotte n'ose pas s'aventurer.*

*—Les Meldénéens ne sont qu'un ramassis de pirates, rétorquai-je simplement. À leurs yeux, n'importe lequel de nos navires ferait une proie de choix.*

*—Et pourtant, c'est ici que le vaisseau de dame Emeren s'est fait aborder.*

*Je gardai le silence. Si ce sujet ne manquait pas de m'interpeller, je me refusais à en discuter avec lui.*

*—Je crois savoir que le navire et l'équipage ont été épargnés et libérés, poursuivit-il. Seule la dame n'a pas eu cette chance.*

*Je toussai.*

*—Les pirates auront sans doute reconnu sa valeur en tant que captive.*

*—Sauf qu'en lieu et place de rançon, ils n'ont exigé qu'une chose : que je vienne affronter leur champion.*

*Sa bouche tressaillit et je compris qu'il espérait me soutirer des informations. Je me rappelai le fiel dans la voix d'Emeren quand elle avait imploré l'Empereur de modifier la sentence du Boréen, juste après son procès.*

*— Une mort demande une mort, fulminait-elle, ses traits délicats déformés par la rage. Les dieux l'exigent. Le peuple l'exige. Mon fils orphelin l'exige. Et je l'exige à mon tour, messire, en tant que veuve de l'Espoir assassiné de cet Empire.*

*Dans le silence glacial qui avait accueilli sa tirade, l'Empereur conserva une posture apaisée, immobile sur son trône, tandis que les soldats et courtisans présents tremblaient d'inquiétude, les yeux rivés au sol. Quand l'Empereur prit enfin la parole, ce fut d'une voix monocorde et dénuée de colère qu'il décréta que dame Emeren l'avait offensé et se retrouvait par conséquent bannie de la cour jusqu'à nouvel ordre. Pour ce que j'en savais, elle et lui ne s'étaient pas reparlé depuis.*

*— Présumez tant que vous voulez, déclarai-je à Al Sorna, mais sachez que l'Empereur n'intrigue pas contre vous. Jamais il ne s'abaisserait à exercer quelque mesquine vengeance. Chacune de ses décisions a pour seul objectif le bien de l'Empire.*

*Il éclata de rire.*

*— Votre Empereur m'envoie dans l'Archipel pour que j'y trouve la mort, monseigneur. Ainsi, les Meldénéens tiendront leur revanche sur mon père et la dame pourra assister à l'exécution de l'homme qui a tué son époux. Je me demande si l'idée ne vient pas d'Emeren, d'ailleurs.*

*Je peinai à trouver une faille dans son raisonnement. Tous attendaient sa mort, bien entendu. Le trépas du Tueur d'Espoir composerait le dernier acte de cette tragédie guerrière, l'épilogue de cette sanglante épopée. Si l'Empereur y songeait au moment d'accepter la proposition meldénéenne, je l'ignorais. Dans tous les cas, Al Sorna semblait à la fois calme et résigné. Pensait-il pouvoir vaincre le Bouclier, que sa renommée célébrait comme la plus fine lame que la terre ait jamais portée ? Le récit du Tueur d'Espoir ne faisait certes aucun doute sur ses talents de combattant, mais des années de captivité n'auraient pas manqué de les émousser. Et même s'il sortait vainqueur du duel, je doutais que les Meldénéens permettent au fils de l'Incendiaire de reprendre la mer indemne. Cet homme courait à sa perte. Je le savais et, apparemment, lui aussi.*

*—À quel moment le roi Janus vous a-t-il confié son projet d'attaque de l'Empire ? demandai-je, soucieux de lui arracher le plus de détails possible avant notre arrivée.*

*—Environ un an avant que la Garde embarque pour les rivages alpirans. Trois années durant, le bataillon a parcouru le Royaume de long en large, matant rebelles et hors-la-loi où qu'ils se manifestent. Des contrebandiers de la côte méridionale aux bandes de coupe-jarrets en Nilsaël, en passant par les fanatiques toujours plus nombreux de Cumbraël. Nous avons passé tout un hiver dans le Nord à combattre les Lonaks quand ceux-ci crurent bon de lancer une nouvelle campagne de pillage. Le bataillon gagna en importance, devint régiment avec l'ajout de deux nouvelles compagnies. Au retour de notre équipée cumbraëline, le roi nous offrit même notre propre étendard, un loup en pleine course surmontant le Haut Rempart. Et voilà comment les hommes se sont baptisés eux-mêmes les Pisteloups. J'ai toujours trouvé le terme un peu ridicule, mais il semblait leur plaire. Pour une raison que je ne m'explique pas, notre bannière attirait un nombre incroyable de jeunes hommes – certains même issus de familles prospères –, de sorte que nous n'avions plus besoin de recruter dans les prisons. Les candidats étaient si nombreux à se présenter aux portes de la Loge que l'Aspect dut mettre en place toute une série d'épreuves pour les départager. Des épreuves de force ou de rapidité, pour la plupart, auxquelles s'ajoutaient des questions sur la Foi. Seuls les plus Fidèles et les plus vigoureux gagnaient le droit de rejoindre nos rangs. Quand vint le moment d'embarquer pour l'invasion, j'avais sous mes ordres mille deux cents hommes, sans doute les soldats les plus chevronnés et les mieux entraînés de tout le Royaume. (Il baissa les yeux sur l'écume pâle qui se déposait sur la coque à l'endroit où celle-ci fendait l'océan, son expression soudain grave.) À la fin de la guerre, j'en avais perdu plus d'un tiers. Pour la Garde, ce fut encore pire. Seul un homme sur dix a pu regagner le Royaume.*

Je ne vais pas les plaindre, *songeai-je. Une pensée que je pris soin de garder pour moi.*

*— Que vous a-t-il dit ? préférai-je demander. Quel motif Janus vous a-t-il donné pour justifier l'invasion ?*

*Il leva la tête et contempla les Dents de Moesis, bientôt englouties par l'horizon ténébreux.*

*— Des saphirs, des épices et de la soie, dit-il d'une voix teintée d'amertume. Des saphirs, des épices et de la soie.*

# Chapitre premier

Le saphir reposait dans la paume de Vaelin. La lumière blafarde du croissant de lune miroitait à la surface lisse du présent royal, dont le bleu uniforme se zébrait d'une fine veinule gris argent. Il s'agissait du plus gros saphir jamais découvert – la plupart dépassaient rarement la taille d'un grain de raisin – et Barkus, fort de sa cupidité coutumière, avait appris à Vaelin qu'il valait suffisamment d'or pour racheter une bonne partie de Renfaël.

—Vous entendez ça ?

Dentos avait parlé d'une voix assurée, mais Vaelin aperçut le petit tremblement de sa paupière inférieure, une séquelle qui remontait à l'année dernière, lorsqu'ils avaient acculé un important groupe de maraudeurs lonaks dans une gorge en cul-de-sac. Comme à leur habitude, les Lonaks avaient refusé de se rendre et chargé droit sur leur position, en hurlant à tue-tête leurs chants de mort. Le combat qui s'ensuivit fut aussi bref qu'impitoyable. Dentos, perdu au milieu de la mêlée, en sortit parfaitement indemne, à l'exception de ce petit tressautement sous l'œil. Celui-ci se réveillait en général juste avant le combat.

—L'orage approche.

Il sourit, l'œil battant la chamade.

Vaelin fit glisser le joyau dans sa gibecière et inspecta la vaste plaine qui bordait la plage, jonchée d'herbes et de broussailles clairsemées noyées dans la pénombre. Manifestement, la côte nord de l'Empire Alpiran ne brillait pas par sa végétation luxuriante. Derrière lui, au vacarme des milliers de soldats de la Garde prenant pied sur le sable s'ajoutaient la rumeur incessante du ressac et les grincements d'innombrables rames, à mesure que leur flotte de mercenaires meldénéens débarquait le reste de l'armée sur la terre ferme. Malgré ce boucan, Vaelin tendit l'oreille et parvint à l'entendre : le crépitement lointain d'un tonnerre de sabots, quelque part dans les ténèbres.

— Ils n'ont pas mis de temps, fit remarquer Barkus. Peut-être qu'ils savaient qu'on arrivait.

— Saloperies de Meldénéens, pesta Dentos en crachant sur le sable. Faut jamais leur faire confiance.

— Peut-être ont-ils tout simplement vu la flotte arriver, suggéra Caenis. Huit cents navires, c'est difficile à manquer. Sans compter que la garnison d'Untesh ne se trouve qu'à deux heures de cheval d'ici.

— Peu importe comment ils l'ont appris, dit Vaelin. Ce qui est fait est fait. À présent, une longue nuit nous attend. Mes frères, à vos compagnies. Dentos, je veux voir les archers sur cette butte. (Il se tourna vers Janril Norin, l'ancien ménestrel devenu clairon et porte-étendard du régiment.) Toutes les compagnies en formation.

Janril acquiesça, porta son instrument à ses lèvres et sonna le rappel des troupes. Les hommes réagirent sur-le-champ, surgissant d'entre les dunes pour rejoindre leurs unités avec efficacité. En à peine cinq minutes, les mille deux cents hommes du régiment se tenaient en rang d'oignons sur la plage, silencieux et impassibles, parés pour la bataille. La plupart d'entre eux avaient déjà vécu ce moment de nombreuses fois, tandis que les nouvelles recrues s'inspiraient du comportement des vétérans.

Vaelin attendit la fin du rassemblement pour passer les troupes en revue, vérifier l'absence de failles dans la formation, en encourager certains d'un signe de tête et en réprimander d'autres au haubert déjeté ou au casque mal sanglé. De toute la Garde du Royaume, les Pisteloups disposaient de la panoplie la plus légère. À la cuirasse d'acier et au large cabasset en vigueur dans l'armée régulière, ils opposaient une simple cotte de mailles et une cervelière de plates capitonnée, un équipement plus propice à la traque des bandes de maraudeurs lonaks et des brigands qu'on leur demandait de pourchasser en montagne ou en forêt.

L'inspection à laquelle se livrait Vaelin aurait dû normalement échoir au sergent Krelnik, mais elle avait fini par devenir une sorte de rituel, un préambule à la bataille. Elle offrait l'occasion à chacun des soldats d'apercevoir son commandant avant la déflagration du combat – une distraction bienvenue face à l'imminence du bain de sang – tout en permettant à Vaelin de s'épargner les beaux discours que ses pairs semblaient tant apprécier. Il devait la loyauté de ses hommes à la peur qu'il leur inspirait et au respect qu'ils éprouvaient pour sa réputation croissante. Ils ne l'aimaient pas, il en avait conscience, mais ils le suivraient où qu'il aille, sermon ou pas.

Il s'arrêta face à un homme autrefois surnommé Gallis la Grimpe, désormais plus connu sous le nom de sergent Gallis de la troisième compagnie. L'ancien monte-en-l'air le salua avec panache.

— M'seigneur !

— Il serait temps de vous raser, sergent.

Gallis sourit. Vaelin lui faisait toujours la même remarque depuis qu'il s'était laissé pousser la barbe.

— Carré d'infanterie, m'seigneur ?

Vaelin jeta un coup d'œil par-dessus son épaule. La nuit continuait d'occulter le paysage, mais le tonnerre des sabots ennemis gagnait en intensité.

— Bien vu, sergent.

— J'espère qu'ils seront plus faciles à tuer que les Lonaks.

— On le saura bien assez tôt.

Il gagna l'arrière-garde où Janril Norin l'attendait avec Écume, dont il tenait la bride d'une main nerveuse, prenant soin de se tenir hors de portée d'un éventuel coup de dents. L'animal s'ébroua à l'approche de Vaelin et se laissa monter sans produire son habituel frisson de déplaisir. Il en allait toujours ainsi avant le combat ; pour une raison inconnue, la perspective du déchaînement de violence à venir semblait l'apaiser. Au cours des quatre années passées, et ce en dépit de son caractère exécrable, Écume s'était imposé comme un formidable cheval de bataille.

— Sale carne, le salua Vaelin en lui flattant l'encolure.

Écume poussa un hennissement puissant et gratta le sable. Le confinement de la cale et l'inconfort de leur traversée de l'Érinée l'avaient éprouvé, mais il paraissait à présent ragaillardi, tant par l'air libre que par la bataille qui se profilait.

Non loin se trouvaient les cinquante éclaireurs montés du groupe de reconnaissance, avec à leur tête un jeune frère musclé aux traits fins et réguliers, et des yeux d'un bleu éclatant. Quand il remarqua Vaelin, Frentis tourna vers lui un mince sourire et leva une main. Vaelin hocha la tête en retour, sentant monter en lui une bouffée de culpabilité. *J'aurais dû faire le nécessaire pour lui épargner cela.* Mais rien n'aurait pu retenir Frentis dans le Royaume : un frère de son acabit ne pouvait, au sortir de son noviciat, qu'atterrir dans son régiment.

Janril Norin monta lestement en selle, éperonna sa monture et vint se poster près de lui.

— Sonne le carré d'infanterie, lui ordonna Vaelin.

Le clairon s'exécuta, soufflant dans son instrument trois notes brèves suivies d'une longue plainte. En réponse, une vague parcourut les rangs de soldats tandis qu'ils s'emparaient des chausse-trapes pendues à leurs ceinturons. Ils devaient cette idée à Caenis, fatigué d'essuyer les charges de poneys lonaks à chaque patrouille, lors de leur séjour dans le Nord. Les pièges métalliques avaient fait de tels ravages que les Lonaks avaient fini par abandonner leur tactique de harcèlement. Fonctionneraient-ils aussi bien contre les Alpirans, cependant ?

Au loin, dans la pénombre, le tonnerre de sabots s'était tu. Vaelin pouvait les distinguer, à présent, leurs silhouettes ourlées par la grisaille de l'aube : une longue rangée de cavaliers en armes, voilée par l'écran vaporeux de la respiration des chevaux et parcourue du scintillement des sabres au clair et des fers de lance. Il se livra à une rapide estimation de leur effectif, ce qui n'améliora guère son humeur.

— Ils sont un bon millier, monseigneur, déclara Janril, sa voix forte et mélodieuse tendue par l'anticipation du combat.

Il avait prouvé à maintes reprises sa valeur au cours des quatre dernières années, mais les minutes qui précédaient la bataille pouvaient ébranler même les cœurs les plus braves.

— Je dirais plutôt deux mille, grogna Vaelin. Et encore, on ne les voit pas tous.

Deux mille et quelques cavaliers contre mille deux cents fantassins. Les chances n'étaient pas de leur côté. Vaelin jeta un coup d'œil sur les dunes, dans l'espoir de voir les lances de la Garde du Royaume apparaître au-dessus du sable. Les éclaireurs qu'il avait dépêchés auprès du Seigneur de Guerre avaient dû le prévenir, à l'heure qu'il était. Mais il doutait qu'Al Hestian s'empresse d'accourir à son aide, tant l'homme entretenait de rancune à son égard. Chaque fois que Vaelin avait l'infortune de se trouver en sa présence, ses yeux étincelaient d'une haine farouche presque palpable, aussi vive et aussi tranchante que le crochet acéré qui avait remplacé sa main. *Irait-il jusqu'à perdre une guerre pour causer ma mort ?*

La ligne des cavaliers alpirans fit halte, pareille à une armée de fantômes reformant ses rangs en préparation de la charge. Une voix lointaine se fit entendre sur la plaine, distribuant ordres et encouragements à l'armée miroitante.

— *Shalmash !* rugirent en chœur les cavaliers.

— Ça veut dire « victoire », monseigneur, traduisit Janril, une fine couche de sueur brillant sur sa lèvre supérieure. *Shalmash*... J'ai croisé quelques Alpirans, dans ma vie.

— Bon à savoir, sergent.

La ligne ennemie s'ébranla, tout d'abord au trot, puis au petit galop, trois lignes à la formation impeccable, chaque homme vêtu d'une cotte de mailles, d'un bassinet pointu et d'une cape blanche. Leur progression parfaitement uniforme témoignait d'une discipline époustouflante. Aucun d'entre eux ne perdit le rythme ni ne rompit les rangs. Vaelin avait rarement vu une charge exécutée avec tant de précision ; même la Garde Montée du roi aurait peiné à reproduire un tel exploit hors de la place d'armes. Quand ils ne furent plus qu'à deux cents pas retentit un tumulte de cris et de sonneries au clairon. Le signal était donné : les cavaliers éperonnèrent leurs montures et s'élancèrent au grand galop, leurs lances à l'horizontale, dressés sur leurs étriers. La belle unité de leur formation vola en éclats, se muant en un raz-de-marée de chair animale et d'acier, prêt à s'abattre sur le régiment tel le poing ganté d'un géant.

L'heure n'était plus aux ordres. Les Pisteloups avaient déjà vécu pareille scène à de nombreuses reprises – mais jamais à si grande échelle, toutefois. Comme un seul homme, la première rangée du carré d'infanterie s'avança et lança ses chausse-trapes aussi loin que possible, puis mit un genou en terre afin de permettre au deuxième, puis au troisième rang de répéter la manœuvre. Le terrain devant eux se trouvait à présent jonché d'étoiles d'acier que la cavalerie adverse ne pouvait plus éviter. Un premier cheval s'écroula dans un hennissement de douleur à cinquante mètres de leur formation, les sabots en sang, emportant dans sa chute l'animal voisin et forçant les cavaliers suivants à brider leurs montures s'ils ne voulaient pas tomber à leur tour. Sur toute sa longueur, la ligne alpirane vacilla à mesure que plus de chevaux s'effondraient ou ruaient de douleur, ralentissant l'assaut sans toutefois l'interrompre. Portés par l'élan initial de leur charge, les cavaliers restants continuaient d'approcher.

En poste sur les dunes à l'arrière, Dentos choisit ce moment précis pour entrer en jeu. Au fil des ans, la compagnie d'archers avait pris de l'ampleur pour atteindre aujourd'hui un effectif constant de deux cents hommes, pour la plupart des vétérans rompus au maniement de l'arc composite cher à l'Ordre, qui avait définitivement remplacé l'arbalète, trop lente à recharger. Au moins cinquante cavaliers s'écroulèrent, fauchés par la première salve que les archers, encochant et décochant à toute vitesse, firent suivre d'un véritable déferlement de flèches. Après les chausse-trapes, cette pluie de projectiles mit un terme à la charge alpirane, dont les trois lignes de cavalerie n'étaient plus qu'un enchevêtrement confus de lances déjetées et de guerriers à terre.

Vaelin hocha la tête en direction de Janril et son clairon sonna trois longues notes, signal de l'assaut. Une clameur monta alors des rangs du régiment, à mesure que les hommes des quatre compagnies s'élançaient ventre à terre vers l'ennemi, leurs haches d'armes brandies devant eux afin d'empaler les cavaliers à hauteur de selle. Ces derniers avaient en grande majorité abandonné leurs lances au profit de sabres en prévision du corps à corps, le tintement de l'acier contre l'acier s'ajoutant bientôt au vacarme de l'affrontement. En première ligne, Vaelin aperçut Barkus, dont la hache de sinistre mémoire se levait et s'abattait au plus fort de la mêlée, fauchant sans distinction hommes et chevaux. Sur la gauche, Caenis menait sa compagnie en une charge oblique dans le flanc des troupes alpiranes, afin de fragiliser leur formation et empêcher toute manœuvre de contournement du régiment.

Vaelin scrutait le face-à-face mortel d'un œil expert, à l'affût de l'inévitable point de bascule qui déciderait du sort de la bataille. Il avait déjà vu ça maintes et maintes fois : les combattants s'écharpaient avec une férocité en apparence sans limites jusqu'au moment où, sans crier gare, l'une des forces en présence baissait les armes, tournait les talons et prenait ses jambes à son cou, comme si quelque instinct primitif avertissait les hommes de leur débâcle prochaine. Cependant, en voyant l'ardeur avec laquelle les guerriers alpirans aux capes blanches rendaient coup pour coup, et ce en dépit de leurs pertes croissantes et de l'incessante pluie de flèches qu'ils essuyaient, Vaelin pressentit que leurs ennemis ne céderaient pas à la panique. Ils faisaient face à des hommes déterminés, disciplinés et, son intuition le lui soufflait, prêts à mourir pour leur cause. Le régiment avait beau faire de nombreuses victimes, la multitude ennemie continuait d'affluer. D'ailleurs, les Alpirans reprenaient le dessus sur le flanc droit, où la compagnie de frère Inish commençait à flancher devant l'ennemi, foulée par les sabots des destriers plongeant dans la formation compacte des carrés d'infanterie. Les archers de Dentos poursuivaient leur tir de barrage, mais les flèches viendraient bientôt à manquer et les Alpirans demeuraient supérieurs en nombre.

Vaelin jeta un nouveau coup d'œil par-dessus son épaule dans l'espoir d'apercevoir des renforts, mais aucun étendard de la Garde ne pointait derrière les dunes lointaines. *Si je survis, le seigneur Al Hestian risque de passer un sale quart d'heure.* Il tira son épée et balaya du regard le champ de bataille, où il finit par remarquer un long fanion de soie bleue frappé d'une roue d'argent. Il attira l'attention de Frentis et pointa son épée sur le drapeau. Le jeune frère hocha la tête, tira sa propre arme et aboya un ordre à son unité.

— Allons-y, dit Vaelin à Janril avant de talonner les flancs d'Écume, entraînant Frentis et ses éclaireurs dans le sillage de sa cavalcade.

Il contourna à bonne distance la compagnie chancelante de frère Inish, de peur de se faire aspirer trop tôt dans la bataille, puis plongea au galop dans le flanc découvert de l'armée alpirane. *Cinquante chevaux contre deux mille. Mais ne perdons pas espoir, une vipère peut tuer un bœuf si elle trouve la bonne veine.*

Le premier Alpiran à tomber sous ses coups était un gaillard imposant à la peau d'ébène, dont la barbe impeccablement taillée dépassait sous le gorgerin de son heaume. Aussi bon cavalier que bon escrimeur, il fit volter sa monture avec souplesse afin de réceptionner la charge de Vaelin, le sabre en garde haute. La lame en acier météore lui trancha le bras au-dessus du coude. Écume se cabra et mordit le destrier alpiran, puis piétina son maître désarçonné, dont le moignon crachait de longues gerbes de sang. Vaelin poursuivit sur sa lancée et balaya la jambe d'un second cavalier, avant de marteler son visage d'une volée de coups de taille. L'homme s'effondra, sa mâchoire en bouillie accrochée à son crâne par un mince fragment de chair, sa bouche ensanglantée ouverte sur un cri silencieux. Un troisième combattant se rua sur lui au galop, la lance dressée, livide de rage et de frénésie guerrière. Vaelin brida Écume, se tordit sur sa selle pour éviter la lance – dont le fer le manqua de quelques centimètres à peine – et abattit son épée sur l'encolure du cheval attaquant. Comme l'animal s'écroulait dans une mare de sang, son cavalier bondit à terre et tira son sabre. Écume se cabra de nouveau et assomma l'Alpiran d'un puissant coup de sabot, projetant son casque au loin.

Vaelin s'arrêta l'espace d'un court instant afin d'évaluer la percée réalisée par son assaut. Près de lui, Frentis embrochait un ennemi à terre, tandis que le reste de la patrouille de reconnaissance se taillait un chemin dans la mêlée – mais déjà trois cadavres vêtus de bleu gisaient au milieu du carnage. Sur sa gauche, la compagnie de frère Inish était parvenue à resserrer les rangs, de manière à absorber le gros de la charge alpirane.

Un cri d'alerte poussé par Frentis lui fit reporter son attention sur la bataille. Un cavalier fonçait sur lui à vive allure, son sabre brandi au-dessus de sa tête. Il ne se trouvait plus qu'à quelques mètres quand une flèche providentielle se ficha dans sa poitrine, le projetant en arrière. Sa monture affolée, cependant, poursuivit sa course ; les yeux exorbités de peur et de panique, elle vint s'écraser sur le flanc d'Écume, la puissance de l'impact les envoyant tous deux valser à terre.

Écume se redressa promptement. Piaffant de rage, il mordit et rossa si bien l'attaquant que celui-ci s'enfuit, terrifié, l'alezan furieux sur ses talons. À peine Vaelin s'était-il relevé qu'il dut esquiver les coups de taille déterminés d'un Alpiran monté sur un étalon gris. En fort mauvaise posture, il fut sauvé par Frentis qui fit irruption devant lui pour taillader la poitrine de son agresseur.

— Ne bouge pas, mon frère ! hurla son ancien protégé, qui s'apprêtait à sauter à terre. Prends mon cheval.

— Reste en selle ! répliqua Vaelin. (Il lui désigna une nouvelle fois le fanion dressé au cœur de l'armée alpirane.) Fonce dans le tas !

— Mais, mon frère…

— Allez, file !

Le jeune frère hésitant perçut l'accent d'autorité dans l'ordre de Vaelin et s'éloigna à contrecœur, bientôt englouti par le tourbillon de la bataille.

Désormais livré à lui-même, Vaelin repéra Janril à quelques mètres de là. Lui aussi désarçonné – son cheval gisait non loin, le ventre crevé –, la jambe labourée d'une profonde entaille, il se retenait à l'étendard du régiment et repoussait à grand-peine les ennemis qui l'entouraient. Vaelin s'élança à sa rescousse, plongeant entre les lances adverses dressées sur son passage, et projeta un couteau de lancer dans la face d'un cavalier qui s'apprêtait à décapiter le ménestrel. L'homme tournoya sur lui-même, le poinçon d'acier enfoncé dans sa joue jusqu'à la garde.

— Janril !

Vaelin rattrapa son camarade juste avant que celui-ci s'écroule, affolé par le teint blafard du clairon et la douleur qui affaissait ses traits.

— Mes excuses, monseigneur, balbutia Janril. Je ne suis pas aussi bon cavalier que vous…

Vaelin l'écarta brusquement de la trajectoire d'une lance alpirane, dont le fer se planta dans le sol. Il trancha la lance d'un coup ascendant, puis ramena son épée sur le mollet du cavalier, qu'il coupa presque en deux. Comme l'homme s'effondrait dans un hurlement, Vaelin s'empara des rênes de sa monture paniquée, l'apaisa du mieux qu'il put et hissa Janril sur son dos.

— Retourne sur la plage, ordonna-t-il. Trouve sœur Gilma.

Il gifla la croupe du cheval avec le plat de son épée et l'animal s'élança, le ménestrel ballotté de-ci de-là au gré de sa cavalcade effrénée dans la tourmente de chair et d'acier.

Vaelin redressa l'étendard et le ficha dans le sable, l'emblème du faucon claquant dans les bourrasques matinales. *Défendre le drapeau*, songea-t-il, un sourire ironique aux lèvres. *Merci, l'Épreuve de la Mêlée.*

À vingt mètres de là, une vague parcourait les rangs alpirans, à mesure que les hommes s'écartaient sur le passage d'un magnifique destrier blanc. Son cavalier, le sabre dressé vers l'ennemi, arborait un plastron en émail laiteux rehaussé d'or, dont le motif circulaire rappelait la roue du fanion qui flottait toujours au-dessus de la légion alpirane. Il ne portait pas de casque, de sorte qu'on voyait son visage barbu écumer de rage. Bizarrement, les hommes alentour semblaient vouloir le retenir – l'un d'entre eux tenta même d'attraper les rênes de sa monture avant de se recroqueviller d'un air déférent, repoussé avec hargne par l'homme à l'armure blanche. Ce dernier s'avança au petit galop, pointa son sabre sur Vaelin en signe de défi, puis le chargea à bride abattue.

Vaelin l'attendait de pied ferme, l'épée en garde basse, en équilibre sur ses jambes, sa respiration lente et régulière. Le cavalier blanc se précipitait sur lui, la bouche tordue par un rictus féroce, les yeux étincelants de haine. *La colère.* Maître Sollis les avait mis en garde contre elle, bien des années plus tôt. « La colère vous tuera. Celui qui attaque un ennemi préparé avec la colère au cœur est condamné avant même de porter son premier coup. »

Comme toujours, Sollis avait raison. Malgré son armure somptueuse et son cheval d'exception, ce courageux cavalier aveuglé par la rage était déjà mort. Et ni sa bravoure, ni ses armes, ni toute sa belle panoplie ne pouvaient rien pour lui. Il avait signé son arrêt de mort au moment même où il avait lancé sa charge.

De toutes les leçons dispensées par ce vieux fou de maître Rensial, la plus périlleuse avait indéniablement eu pour thème : Comment survivre à la charge frontale d'un ennemi au galop. « Quand vous êtes à pied, un ennemi monté ne dispose que d'un seul avantage sur vous, leur avait confié ce jour-là le maître d'écurie aux yeux hagards. Son cheval. Prenez-lui son cheval et il ne sera plus qu'un homme comme les autres. » Une fois cette évidence proclamée, il avait enfourché un cheval de chasse au pied léger et passé l'heure suivante à les pourchasser sur le terrain d'entraînement, cherchant à les renverser. « On plonge et on esquive ! piaillait-il de sa voix stridente d'aliéné. On plonge et on esquive ! »

Vaelin attendit que le sabre du cavalier blanc soit à sa portée pour se déporter sur la droite, puis esquiver d'une roulade le train furieux du destrier. Une fois rétabli sur ses genoux, il ramena son épée en frappe circulaire et faucha la jambe postérieure de l'animal, qui s'effondra au sol avec un hennissement de douleur. Éclaboussé de sang, Vaelin bondit au-dessus du cheval blessé, désarma son adversaire encore étourdi par la chute et l'empala d'un coup d'estoc si puissant qu'il creva l'émail de sa cuirasse. L'homme en blanc tomba en arrière, toussa une giclée de sang et mourut.

Et tous les Alpirans se figèrent.

Ils ne bougeaient plus, comme paralysés. Les sabres levés s'immobilisèrent, avant de retomber mollement le long des flancs des soldats. Des cavaliers en pleine charge bridèrent leur monture, désorientés, abasourdis. Chaque Alpiran témoin de la scène cessa tout bonnement de combattre pour contempler Vaelin et la dépouille du cavalier blanc. Certains, fascinés, ne virent même pas venir la flèche ou le coup qui leur prit la vie.

Vaelin baissa les yeux sur le corps. La roue dorée qui ornait le plastron fracturé chatoyait faiblement dans les premières lueurs du jour, empoissée de sang. *Un homme important, peut-être ?*

— *Eruhin Makhtar !*

Le cri provenait d'un Alpiran désarçonné, qui claudiquait à quelques mètres de là, sa main serrée sur une plaie au bras et son visage sanguinolent strié de larmes. Il y avait quelque chose dans sa voix, quelque chose qui outrepassait la colère ou la condamnation, une intonation de pur désespoir que Vaelin n'avait jusqu'alors jamais entendue. « *Eruhin Makhtar !* » Deux mots qu'on lui répéterait des milliers de fois, au cours des années à venir.

L'homme blessé tituba jusqu'à Vaelin et celui-ci s'apprêta à l'assommer d'un coup de pommeau – il était désarmé, après tout. Mais le soldat ne fit pas mine d'attaquer Vaelin, le dépassant pour s'effondrer près du corps du cavalier blanc, où il se mit à sangloter comme un enfant.

— *Eruhin ast forgallah!* gémit-il.

Sous le regard horrifié de Vaelin, il tira une dague de son ceinturon et la plongea sans hésitation dans sa propre gorge. Un sang bouillonnant jaillit de sa blessure, tandis qu'il s'affalait contre l'armure brisée du cavalier.

Son suicide parut lever le sort jeté sur les Alpirans, qui poussèrent à l'unisson un cri sauvage, leurs yeux braqués sur Vaelin. Comme un seul homme, ils relevèrent leurs lances, brandirent leurs sabres et s'avancèrent, leurs traits déformés par une haine vengeresse.

Retentit soudain une cacophonie pareille au bruit de mille marteaux frappant mille enclumes, et une nouvelle vague parcourut les rangs impériaux. Vaelin vit des hommes projetés en l'air, frappés de plein fouet par la force invisible qui venait de les prendre à revers. Les Alpirans eurent beau tenter de faire volter leurs montures pour affronter cette nouvelle menace, il était trop tard. La déferlante d'acier mordoré qui avait enfoncé leur arrière-garde roulait à présent sur leur armée désemparée.

Juchée sur un puissant destrier noir, une silhouette massive engoncée dans une armure de la tête aux pieds pulvérisait les montures légères des Alpirans, sa masse d'armes brouillée par la vitesse tandis qu'elle rouait de coups tous les hommes et tous les chevaux qui osaient se dresser devant elle. Dans son sillage, des centaines de chevaliers en armure de plates menaient une percée dévastatrice dans les rangs impériaux, leurs épées droites et leurs masses d'armes fauchant l'ennemi avec une implacable férocité. Les Alpirans acculés redoublèrent de violence, et plus d'un chevalier mourut piétiné par une multitude de sabots, mais ils ne disposaient ni du nombre ni de l'armement suffisants pour survivre à un tel assaut. La bataille s'acheva en quelques minutes, une fois tous les Alpirans morts ou blessés.

L'imposant chevalier au destrier noir accrocha sa masse à sa selle, trotta jusqu'à Vaelin et releva sa visière, révélant un visage raviné. Son nez était fracturé en deux endroits, ses yeux cerclés de rides profondes.

Vaelin s'inclina formellement.

— Vassal Theros.

— Seigneur Vaelin. (Le Vassal de Renfaël jeta un regard circulaire sur l'hécatombe alentour, puis émit un rire tonitruant.) Je parie que vous n'avez jamais été aussi heureux de voir un Renfaëlien, pas vrai ?

— En effet, monseigneur.

Un jeune chevalier de haute stature vint se ranger au côté du Vassal, son beau visage maculé de sueur et de sang. Ses yeux bleu sombre toisaient Vaelin avec une malveillance presque palpable.

— Seigneur Darnel, le salua Vaelin. Je tiens à vous remercier, votre père et vous, au nom de tous mes hommes comme au mien.

— Encore en vie, Sorna ? répliqua le jeune chevalier. Voilà qui ravira au moins le roi.

— Tiens ta langue, mon garçon ! le tança le seigneur Theros. Pardonnez-moi, monseigneur Vaelin. Nous l'avons trop gâté. Pour être honnête, la faute en incombe à sa mère. Sur les trois fils qu'elle m'a donnés, voilà le seul qui ne soit pas mort-né. La Foi me vienne en aide…

Ni le tressaillement des mains du jeune chevalier sur le pommeau de son épée ni le rouge qui lui monta aux joues n'échappèrent à Vaelin. *Encore un fils qui déteste son père*, constata-t-il. *Un mal fort répandu, semblerait-il.*

— Si vous voulez bien m'excuser, monseigneur. (Vaelin s'inclina de nouveau.) Mes hommes ont besoin de moi.

Il regagna la plage à grands pas, enjambant morts et mourants. Comme le soleil se levait sur le champ de bataille baigné de sang, il tira le saphir de sa poche et le fit scintiller dans les premiers rayons du jour. Il repensait au jour où le roi le lui avait offert, le jour où le seigneur Darnel était devenu son ennemi, le jour où la princesse Lyrna avait pleuré.

*Le jour où la voix du sang s'était tue.*

— Des saphirs, des épices et de la soie, dit-il dans un souffle.

# Chapitre 2

Si l'ajout d'un tournoi de chevalerie renfaëline aux festivités de la foire des Eaux-d'Été constituait une innovation relativement récente, l'initiative remporta un succès fulgurant auprès du peuple. Exaltée par une joute particulièrement spectaculaire, la foule applaudissait à tout rompre tandis que Vaelin, protégé des regards indiscrets par sa capuche baissée, se frayait un chemin vers le pavillon royal. Sur la lice, un chevalier se faisait arracher à sa selle dans un nuage d'éclisses, désarçonné par la lance que son adversaire victorieux jetait à présent vers les spectateurs déchaînés.

— Et un nouveau bêcheur au dos brisé, un ! ricana un homme au visage rubicond.

La remarque interpella Vaelin. Au fond, que venait vraiment applaudir le public : la beauté des passes d'armes ou la vision des nantis mordant la poussière ?

Les gardes postés à l'entrée du pavillon le gratifièrent d'une révérence bien plus appuyée que ne l'exigeait son rang, ne jetant qu'un coup d'œil distrait au mandat royal qu'il leur exhiba avant de lui ouvrir le volet de la tente. Il n'était rentré du Nord que l'avant-veille, mais les rumeurs de sa victoire prétendument écrasante sur les Lonaks s'étaient déjà répandues.

Lorsqu'il fut délesté de ses armes, on le mena jusqu'à la loge royale où l'attendait la princesse Lyrna. Seule, comme de juste.

— Mon frère.

Elle accueillit Vaelin avec un grand sourire et lui tendit une main, geste qui le décontenança quelque peu. Jamais encore elle ne lui avait accordé une telle faveur, d'autant plus remarquable – et remarquée – que presque toute la population de la capitale en était témoin. Il reprit ses esprits, mit un genou en terre et lui fit le baisemain. Au contact de sa chair, plus chaude qu'il ne s'y attendait, il éprouva un frisson de plaisir involontaire et se maudit intérieurement.

— Votre Altesse, dit-il en se redressant. (Il s'efforça d'adopter une voix égale, sans vraiment y parvenir.) Je me trouve ici sur la requête de votre père, qui…

Elle agita la main.

— Il ne va pas tarder. Il aurait égaré sa pelisse préférée. Il ne quitte plus le palais sans elle, ces derniers temps. (Elle désigna le siège voisin du sien.) Veux-tu bien t'asseoir ?

Il s'exécuta, et tenta de se distraire du spectacle en contrebas. Deux groupes d'environ trente chevaliers se rassemblaient à chaque extrémité de la lice, l'un sous une bannière d'aigle échiquetée de gueules et d'argent, l'autre représentant un renard de gueules sur champ de sinople.

— La mêlée constitue l'apogée du tournoi renfaëlien, expliqua la princesse. Le renard rouge représente la maison du baron Hughlin Banders – c'est lui, là-bas, dans l'armure rouillée –, autrefois grand chambellan du Vassal Theros. L'aigle, lui, appartient au seigneur Darnel, l'héritier du Vassal. Apparemment, la mêlée aurait pour but de régler un vieux différend qui les oppose. (Elle s'empara d'un foulard de soie blanche sur un guéridon voisin.) On m'a implorée d'offrir ceci au rustaud le plus brutal des deux. À ce qu'il paraît, le spectacle de colosses bardés de fer s'assommant l'un l'autre aurait pour effet d'enflammer mon petit cœur de faible femme.

— Une appréciation fort présomptueuse, Votre Altesse.

Elle tourna vers lui un sourire malin.

— Et à laquelle tu ne te risquerais pas, mon frère. Je me trompe ?

— Pas du tout.

Vaelin regarda les deux équipes s'aligner, échanger des saluts compassés puis se charger mutuellement à bride abattue, dans un tourbillon de fléaux et d'épées. Quand elles se télescopèrent, le fracas des armures, des armes et des caparaçons fut tel que Vaelin et la princesse cillèrent de conserve. S'ensuivit une cohue de chevaliers à terre, dominée par le vacarme de l'acier contre l'acier. Vaelin, qui croyait les combattants sommés de frapper avec le plat de l'épée, s'aperçut que la plupart d'entre eux passaient outre cette règle. Au moins trois chevaliers gisaient déjà au sol, immobiles dans le chaos ambiant.

— Voici donc à quoi ressemble une bataille, commenta Lyrna.

— Plus ou moins.

— Que penses-tu de lui ? L'héritier du Vassal ?

Vaelin vit le seigneur Darnel abattre le pommeau de son épée sur le heaume d'un adversaire, qui s'écroula lourdement à terre, la visière gorgée de sang.

— Il sait se battre, Altesse.

— Mais pas aussi bien que toi, j'en suis sûre. D'autant qu'il ne possède ni ta perspicacité, ni ton intégrité. Celles qui coucheront avec lui le feront pour son influence et sa fortune, non par amour. Ceux qui le suivront à la guerre le feront pour leur solde ou par devoir, non par dévotion. (Elle s'interrompit, une ombre de contrariété passant sur ses traits.) Mon père, quant à lui, estime qu'il ferait un excellent parti pour sa fille.

— Votre père veut vous assurer le meilleur…

— Mon père veut me voir procréer, rien de plus. Il souhaite que le palais résonne des braillements de rejetons Al Nieren descendant pour moitié du Vassal de Renfaël. De quoi sceller définitivement leur alliance. Après tout ce que j'ai fait pour ce Royaume, mon père continue de me considérer comme une vulgaire poulinière.

— Le Catéchisme de l'Union est on ne peut plus clair, Votre Altesse. On ne peut obliger un homme ou une femme à convoler contre leur gré.

— Mon gré… (Elle eut un rire amer.) Chaque année qui s'écoule sans épousailles ne fait qu'éroder un peu plus mon « gré », comme tu l'appelles. Toi, tu as ton épée, tes couteaux et ton arc.

Pour seules armes, je n'ai droit qu'à mon intellect, mon visage et la promesse de pouvoir qui siège dans mon ventre.

La franchise de leur conversation ne manquait pas de le troubler. Où était passée leur rancœur mutuelle, cette culpabilité partagée qui les séparait naguère ? *N'oublie pas*, s'avertit-il. *N'oublie pas ce qu'elle est. Ce dont vous êtes responsables, tous les deux.* Il nota la façon dont les yeux de la jeune femme suivaient le seigneur Darnel dans la mêlée, comment ils le jaugeaient, l'évaluaient, ainsi que le rictus de dégoût qui retroussait ses lèvres.

— Votre Altesse, dit-il, je doute que vous ayez arrangé cette entrevue dans le seul but de solliciter mon opinion sur un homme que vous n'avez nullement l'intention d'épouser. Auriez-vous une nouvelle théorie à me communiquer ?

— Si tu veux parler du massacre des Aspects, je crains que mon opinion reste inchangée. Même si j'ai pu découvrir un nouvel élément. Dis-moi, as-tu déjà entendu parler du Septième Ordre ?

Elle posait sur lui un regard intense. S'il s'avisait de mentir, comprit-il, elle le devinerait sans mal.

— Ce n'est qu'une fable. (Il haussa les épaules.) Une légende selon laquelle il existait jadis un Ordre consacré à l'étude de la Ténèbre.

— Tu n'y crois donc pas ?

— Je laisse l'histoire aux bons soins de frère Caenis.

— La Ténèbre, prononça-t-elle avec langueur, comme pour savourer ce mot. Un sujet fascinant, n'est-ce pas ? Une simple superstition, bien entendu, mais étonnamment référencée tout au long des chroniques du Royaume. Je me suis rendue à la Grande Bibliothèque pour consulter tous les ouvrages la concernant. J'ai dû causer un vif émoi aux bibliothécaires, car il est apparu que la plupart des plus vieux volumes avaient été volés.

Vaelin songea immédiatement à frère Harlick et à son autodafé solitaire, dans les ruines de la Cité Déchue.

— Mais quel rapport entre la légende du Septième Ordre et le massacre des Aspects ?

— Eh bien, les témoignages abondent au sujet de ce triste épisode. J'ai entrepris d'en recueillir autant que possible, dans la plus grande discrétion, bien évidemment. La plupart, parfaitement absurdes, sont de ces fariboles qui grossissent à chaque nouvelle redite. Surtout quand tu en es le personnage principal, d'ailleurs. Te rappelles-tu avoir occis, à toi tout seul, dix assassins armés de glaives enchantés capables de boire le sang de leurs victimes ?

— Je crains que non, Votre Altesse.

— Je me disais bien… Pour autant, si saugrenues soient-elles, ces rumeurs possèdent toutes une trame similaire, un motif lié à la Ténèbre, et les plus fantaisistes font unanimement référence au Septième Ordre.

Malgré toute la défiance qu'elle lui inspirait, Vaelin ne put s'empêcher d'admirer son incroyable acuité. Son habileté d'intrigante, dans laquelle il ne voyait jusqu'alors que ruse de bas étage, ne représentait qu'une seule facette d'un esprit considérable. À de nombreuses reprises au cours des trois années passées, il avait tenté de saisir la portée de la confession de Harlick, de démêler l'écheveau de mystère qui entourait le Septième Ordre. Mais aucune des pistes ne semblait devoir se recouper : la trahison manifeste des Aspects à l'encontre des Fidèles, le pouvoir du Borgne, la voix familière de l'inconnu qui hantait le regard de Hentes Mustor… Il avait beau essayer, il n'arrivait pas à établir de correspondances entre ces faits, comme si la réponse flottait quelque part, hors de portée, un courant de vérité si impalpable, si fuyant que même la voix du sang ne pouvait en esquisser les contours. *Mais la princesse y parviendrait-elle ? Et si c'était le cas, puis-je me fier à elle ?* L'idée même de lui accorder ne serait-ce qu'une once de confiance lui semblait risible, bien entendu. Cependant, même les êtres les plus retors pouvaient s'avérer utiles.

— D'après vous, Altesse, dans quelles circonstances un homme qui a voué sa vie à l'étude irait jeter un livre au feu immédiatement après l'avoir lu ?

Elle fronça les sourcils, l'air surprise.

— Est-ce pertinent ?

— Vous poserais-je la question dans le cas contraire ?

— Non. Je doute même que tu ouvrirais la bouche en ma présence si tu n'y voyais pas d'utilité.

Dans la lice en contrebas, une petite dizaine de chevaliers seulement tenaient encore debout. Le seigneur Darnel croisait à présent le fer avec le baron Banders, dont l'armure grinçante et rouillée ne semblait pas devoir entamer la férocité.

— Si l'homme dont tu parles avait vraiment consacré sa vie au savoir, enchaîna la princesse, il est probable qu'il considère comme un terrible crime la destruction d'un livre. L'histoire est pleine d'autodafés, dont le plus célèbre reste celui organisé par Lakril le roi fou, responsable de la mise au bûcher de tous les ouvrages de Castelvarin. À ses yeux, un sujet capable de lire était coupable de haute trahison, un crime passible de la peine de mort. Par bonheur, le Sixième Ordre n'a pas tardé à le destituer. Il y avait cependant une certaine vérité dans la démence de Lakril. La valeur d'un livre repose dans le savoir qu'il contient, et le savoir a de tout temps été la plus formidable des armes.

— Brûler un livre reviendrait donc à conjurer le danger posé par ce savoir ?

— Peut-être. L'homme dont tu parles a tout d'un érudit. Mais quel genre d'érudit ?

Vaelin marqua un temps d'hésitation. Il n'avait aucune envie de lui révéler l'identité de Harlick.

— Il officiait autrefois dans la Grande Bibliothèque.

— Un véritable érudit, donc. (Elle plissa les lèvres.) Sais-tu que je n'ai jamais relu un seul livre ? Je n'en ai pas besoin. Je me souviens de chaque mot à la perfection.

Le ton neutre qu'elle employait fit comprendre à Vaelin qu'elle ne se vantait pas ; bien au contraire, elle ne faisait qu'exposer un fait.

— Un homme doté d'une mémoire comparable à la vôtre, dit-il, n'aurait alors aucun besoin de conserver un livre, surtout un livre dangereux. Une fois ce dernier lu, il deviendrait le dernier détenteur du savoir contenu entre ses pages.

Elle acquiesça.

— Qui sait si cet homme ne cherchait pas à préserver ce savoir précis, plutôt qu'à le détruire.

*Voilà donc la mission de Harlick. C'est lui qui a dérobé les ouvrages traitant de la Ténèbre dans la Grande Bibliothèque. Mais avant de les brûler, il les lit. Ce faisant, il détruit et protège à la fois le savoir qu'ils contiennent. Mais pourquoi ?*

— Tu ne vas rien m'apprendre de plus, n'est-ce pas ? s'enquit la princesse. Par exemple le nom de cet homme. Ou bien l'endroit où tu l'as rencontré.

— Oh ! je ne fais que m'interroger sur un curieux incident dont je fus témoin.

— Je sais combien l'estime que je te porte n'est pas réciproque, mon frère. Je sais quelle opinion tu me portes. Mais par ta franchise, tu as su gagner mon respect. Tu n'as jamais craint de me dire la vérité, si blessante soit-elle. Alors sois franc avec moi, s'il te plaît.

Il croisa son regard et découvrit, stupéfait, qu'elle pleurait. *Des larmes sincères, vraiment ? Comment savoir ?*

— J'ignore si je peux vous faire confiance, lui rétorqua-t-il sèchement. Après le crime que nous avons commis tous les deux…

— Je n'étais pas au courant ! lâcha-t-elle dans un murmure féroce. (Elle se pencha vers lui et sa voix se fit pressante.) C'est Linden qui s'est présenté à moi avec sa folle idée d'expédition dans la Martishe. Mon père m'a ordonné de l'encourager dans cette voie. Jamais je n'ai promis quoi que ce soit à Linden. Je l'aimais, oui, mais comme une sœur aime son frère. Lui, en revanche, me vouait un amour moins chaste, si bien qu'il n'a entendu que ce qu'il voulait entendre. Je te jure que je ne savais rien des intentions véritables de mon père. Après tout, tu étais du voyage, toi aussi, et je te savais incapable de meurtre. (Les larmes dévalaient à présent l'ovale parfait de son visage.) J'ai mené ma propre enquête, Vaelin. Je sais que tu ne l'as pas tué, que tu n'as fait qu'abréger ses souffrances.

Si je te révèle tout cela aujourd'hui, c'est parce qu'il faut que tu me fasses confiance. Écoute-moi bien. Tu dois absolument refuser ce que te demandera mon père aujourd'hui.

— Et que va-t-il me demander ?

— Princesse Lyrna Al Nieren !

Une voix puissante. Autoritaire. Une voix de roi. Vaelin, qui n'avait pas vu Janus depuis plus d'un an, le trouva vieilli. Des rides profondes creusaient son visage, des sillons gris zébraient sa crinière rousse et ses épaules ployaient désormais sous le poids des ans. Mais malgré l'emprise du temps, il conservait sa voix de monarque. Tous deux se levèrent et s'inclinèrent, soudain conscients du silence absolu qui régnait dans les gradins.

— Toi, fille de la lignée royale d'Al Nieren, poursuivit le roi, princesse du Royaume Unifié et seconde héritière du trône.

Une main grêle et parsemée de taches de vieillesse surgit d'entre les pans doublés d'hermine du manteau royal pour désigner la lice derrière eux.

— Tu manques à ton devoir.

Vaelin fit volte-face et découvrit le seigneur Darnel campé, un genou en terre, au pied du pavillon. Derrière lui, les chevaliers vaincus de la mêlée s'éloignaient en titubant ou portés par leurs écuyers, à l'image du baron Banders, toujours engoncé dans son armure cramoisie par la rouille. Malgré sa posture servile, le seigneur Darnel levait la tête, son heaume serré contre son flanc. Ses yeux, rivés à ceux de Vaelin, brûlaient d'une fureur intense.

Lyrna essuya ses larmes d'un geste vif et s'inclina de nouveau.

— Pardonnez-moi, père, dit-elle, un accent de frivolité forcée dans la voix. Il y a si longtemps que j'ai parlé au seigneur Vaelin que…

— Ce n'est pas le seigneur Vaelin qui requiert ton attention en cet instant, ma chère.

Un éclair de colère passa sur les traits de la jeune femme, qui ne tarda pas à se reprendre pour esquisser un sourire.

— Bien sûr. (Elle pirouetta sur elle-même, tendit le foulard de soie et fit signe au seigneur Darnel d'approcher.) Bien combattu, monseigneur.

Le chevalier exécuta une révérence abrupte, saisit le foulard dans sa main gantée et cilla visiblement quand la princesse retira sa main avant qu'il puisse la baiser. Reculant d'un pas, il braqua sur Vaelin le même regard courroucé qu'auparavant.

— J'ai cru comprendre, seigneur Vaelin, déclara-t-il d'une voix tremblante de colère, que les frères du Sixième Ordre n'avaient pas le droit de relever les défis qu'on leur lance.

— En effet, monseigneur.

— C'est fort dommage.

Le chevalier s'inclina à nouveau devant Lyrna et le roi, tourna les talons, puis traversa la lice à grandes et furieuses enjambées, sans se retourner.

— Notre sémillant Renfaëlien n'a pas l'air de te porter dans son cœur, mon garçon, fit remarquer le roi.

Dans l'œil de Janus brillait cette même lueur retorse, ce même air de rapace calculateur qui avait frappé Vaelin lors de leur première entrevue, tant d'années auparavant.

— J'ai pris l'habitude de déplaire, Votre Majesté.

— Eh bien, nous t'apprécions, nous. N'est-ce pas, ma fille ?

La princesse hocha la tête sans mot dire, le visage éteint.

— Peut-être trop, d'ailleurs. Dans sa jeunesse, je lui trouvais un tel cœur de pierre que je craignais de la voir s'aliéner la compagnie des hommes. Aujourd'hui, j'en viendrais presque à espérer que son bel organe se pétrifie à nouveau.

Plongé dans l'embarras, Vaelin tenta de couper court aux sous-entendus du roi.

— Vous m'avez fait demander, Majesté ?

— Oui, répondit le roi, qui soutint le regard de Lyrna quelques secondes de plus. Oui, en effet. (Il se tourna vers l'entrée du pavillon.) J'aimerais te présenter quelqu'un. Ma chère enfant, je t'enjoins de demeurer ici et de rappeler aux roturiers qui nous entourent que nous restons, en dépit des apparences, leurs supérieurs.

— Bien entendu, père, répondit la princesse d'une voix dépourvue d'émotion.

Elle tendit la main à Vaelin, qui mit un genou en terre et déposa un nouveau baiser sur sa peau chaude. *Même les êtres les plus retors peuvent s'avérer utiles.*

— Votre Altesse, lui lança-t-il en se redressant, conscient de la présence de Janus à leur côté. Vous vous méprenez, j'en ai peur.

— Je me méprends ?

Ce qu'il s'apprêtait à faire constituait un tel affront au roi, un tel manquement à l'étiquette, qu'il en frémit d'avance. Il s'avança vers elle, lui planta un baiser sur la joue et murmura à son oreille :

— La Ténèbre n'est pas une superstition. Allez dans le quartier ouest. On vous y racontera l'histoire du Borgne.

— Tu cherches à éprouver ma patience, jeune Faucon ?

Ils avaient quitté le pavillon par l'arrière, escortés par deux gardes. Le roi pataugeait dans la boue, sans s'inquiéter de tacher son beau manteau d'hermine. Il semblait plus petit, bizarrement, comme rabougri par l'âge. Sa tête atteignait à peine l'épaule de Vaelin.

— Éprouver votre patience, Majesté ?

Le roi se jeta pratiquement sur lui.

— Ne t'avise pas de jouer avec moi, mon garçon ! (Les yeux du roi plongèrent dans les siens.) Je te le déconseille.

Vaelin ne détourna pas le regard. Si le roi était resté un rapace, lui n'avait plus rien d'une souris.

— Mon amitié pour la princesse Lyrna vous offense-t-elle, Votre Majesté ?

— Votre amitié ? Peuh ! tu ne peux pas la voir en peinture, et avec raison. (Le roi inclina la tête, les paupières mi-closes.) Elle voulait te montrer son beau chevalier servant, éveiller ta jalousie. Ai-je raison ?

*Le Keschet.* Lui revint en mémoire sa conversation avec Lyrna, dans les jardins d'Al Hestian. *L'Attaque du Menteur. Ou l'art d'escamoter un stratagème au profit d'un autre.* Le seigneur Darnel n'était qu'une diversion, un chiffon agité sous le nez de son père. « *Tu dois absolument refuser ce que te demandera mon père aujourd'hui.* »

Vaelin haussa les épaules.

—Sans doute.

—Que lui as-tu dit ? Je sais bien que tu ne lui as pas volé un baiser.

Vaelin esquissa un sourire timide, presque penaud.

—Je lui ai soufflé que la beauté finit par s'effacer, et avec elle toutes les opportunités qu'elle peut offrir.

Le roi grommela, puis reprit sa pénible progression dans la boue.

—Cesse donc de l'asticoter ainsi. Il faut absolument éviter de t'en faire une ennemie. Dans l'intérêt du Royaume, tu comprends ?

—Je comprends, Votre Majesté.

—Elle ne compte pas l'épouser, n'est-ce pas ?

—J'en doute fort.

—Je le savais. (Le roi poussa un soupir de lassitude.) Si seulement le bougre n'était pas si obtus. Quelle plaie que d'avoir une fille intelligente, je t'assure. Qu'un tel esprit ait pu atterrir dans un corps si ravissant, voilà qui enfreint toutes les lois de la nature. L'expérience m'a appris que la beauté confère aux femmes soit un charme fou, soit une monumentale aigreur. Feu sa mère, ma chère reine à la beauté légendaire, était l'être le plus aigri qu'ait jamais connu ce Royaume. Un défaut compensé par sa cervelle de moineau, bien heureusement.

*Un aveu de façade*, présuma Vaelin. *Rien d'autre qu'un masque de plus. Il feint l'honnêteté pour m'entraîner dans son jeu.*

Ils arrivèrent au pied d'un carrosse somptueusement décoré, aux moulures tapissées de feuilles d'or et aux fenêtres voilées de rideaux de velours noir. Quatre chevaux d'attelage pommelés piétinaient au bout de leurs longes. Le roi fit signe à Vaelin d'ouvrir la portière, grimpa à l'intérieur avec un grognement d'effort et l'invita à le rejoindre. Une fois installé sur une banquette en cuir mou, Janus cogna de son poing le bois de la paroi.

— Au palais ! Et pas trop vite.

De l'extérieur leur parvint le claquement d'un fouet, puis le carrosse se mit en mouvement.

— Un présent, expliqua le roi. Le carrosse, les chevaux. Je les dois au seigneur Telnar. Tu te souviens de lui ?

Vaelin se rappelait parfaitement l'homme richement vêtu qui siégeait dans la Chambre du Conseil.

— Le ministre des Œuvres Royales ?

— Oui, ce vieux renard sournois. Il voulait que je m'octroie un quart des terres du Vassal de Cumbraël, pour le punir de la rébellion de son frère. Bien entendu, il se proposait généreusement d'en endosser l'intendance, à la condition d'en percevoir tous les bénéfices. Après l'avoir remercié pour son carrosse, je me suis emparé d'un quart de ses propres terres, dont j'ai offert les frais de fermage au Vassal Mustor. De quoi lui permettre de mariner dans le vin et les catins quelques années supplémentaires, tout en rappelant au seigneur Al Telnar qu'on ne peut acheter un roi.

Il plongea une main sous son manteau et en tira une bourse en cuir de la taille d'une pomme, qu'il jeta à Vaelin.

— Tiens. Tu sais ce que c'est ?

Vaelin ouvrit la bourse, où l'attendait une gemme bleu veiné de gris.

— Un saphir. Et non des moindres.

— Oui, le plus gros jamais découvert, trouvé dans les mines des Hauts Confins il y a quelque soixante-dix ans de cela, du temps où mon grand-père, le vingtième seigneur d'Asraël, y établissait la première colonie et bâtissait la tour. Combien vaut-il, d'après toi ?

Vaelin admira la pierre précieuse, dont les facettes lisses étincelaient à la lueur de la lampe.

— Beaucoup d'argent, Votre Majesté.

Il referma la bourse et la tendit au vieillard, mais ce dernier conserva ses mains sous son manteau.

— Garde-le. Un cadeau du roi pour la plus estimable de ses Épées.

— Je ne cherche pas fortune, Majesté.

*Moi non plus, on ne peut pas m'acheter.*

— Même un frère du Sixième Ordre peut un jour se trouver dans le besoin. Je t'en prie, garde-le. Considère-le comme un talisman.

Vaelin obéit et accrocha la bourse à son ceinturon.

— Le saphir, poursuivit le roi, est le minéral le plus précieux au monde, prisé par les peuples de toutes les nations, des Alpirans aux Volariens en passant par les Rois Négociants d'Extrême-Occident. Il s'échange à meilleur prix que l'argent, l'or ou le diamant, et il abonde dans le sous-sol des Hauts Confins. Le Royaume ne manque pas de ressources, bien sûr, le vin cumbraëlien, l'acier d'Asraël et ainsi de suite, mais c'est avec le saphir que j'ai pu bâtir ma flotte et avec le saphir encore que j'ai monté la Garde, soit les deux piliers sur lesquels repose le Royaume. Et voilà que le Seigneur de la Tour Al Myrna m'informe que les gisements commencent à se tarir. D'ici à vingt ans, il n'en restera même plus assez pour payer les mineurs chargés de les prospecter. Et alors que se passera-t-il, jeune Faucon ?

Vaelin haussa les épaules, peu au fait des rouages du commerce et de la finance.

— Comme vous l'avez dit, Majesté, le Royaume possède d'autres ressources.

— Mais pas en quantité suffisante, et pas sans devoir écraser nobles et roturiers sous tant d'impôts qu'ils rêveraient de nous voir, mes enfants et moi, pendre aux murailles du palais. Tu es bien placé pour connaître les nombreux troubles qui agitent ce Royaume, alors même que la Garde en assure l'unité. Je te laisse imaginer l'hécatombe qu'occasionnerait la disparition de mon armée. Non, il nous faut plus de saphirs, il nous faut des épices et de la soie.

— Des épices et de la soie, Votre Majesté ?

— La principale route commerciale des épices et de la soie passe par la mer Érinéenne. Les épices viennent des provinces méridionales de l'Empire Alpiran, la soie d'Extrême-Occident, et les deux se rejoignent dans les ports alpirans de la côte nord de l'Empire. Chaque navire qui y jette l'ancre doit s'acquitter auprès de l'Empereur d'un octroi et d'une taxe calculée sur la valeur de la cargaison. Les marchands alpirans ont su tirer parti de cette situation, devenant pour certains plus prospères encore que les Rois Négociants de l'Ouest, et tous règlent à leur tour leur dîme à l'Empereur.

Le malaise de Vaelin s'accrut. *Il n'y pense pas ?*

— Vous souhaitez dévier cette route commerciale vers nos ports ? hasarda-t-il.

Le vieillard secoua la tête.

— Nos ports sont trop clairsemés, nos rades trop étroites et les tempêtes qui balaient nos côtes trop fréquentes. En outre, nous nous trouvons trop au nord pour espérer attirer bon nombre de navires. Non, si nous voulons profiter de ce négoce, nous allons devoir nous en emparer.

— Majesté, l'histoire n'est pas mon fort, mais je ne crois pas me tromper en avançant que jamais ce Royaume, ni l'un de ses Fiefs, n'a eu à subir d'invasion, ni même d'incursion alpirane. Le sang n'a jamais coulé entre nos deux peuples. Or, les catéchismes nous enseignent qu'une guerre ne doit se mener qu'en défense du Royaume, de la vie et de la Foi.

— Mais les Alpirans vouent un culte à leurs dieux, non ? Pense donc, un empire entier qui se détourne de la Foi !

— La Foi éclôt d'elle-même dans le cœur des Fidèles, on ne peut l'imposer de force. Surtout à un empire.

— Et si je te dis qu'ils projettent de propager leurs croyances impies sur nos terres, de nous imposer leurs dieux et d'affaiblir la Foi ? que leurs espions sont partout ; que, déguisés en marchands, ils complotent dans l'ombre, encouragent les hérésies et souillent notre jeunesse au cours de Ténébreux rituels ? Et que pendant tout ce temps, l'Empereur mobilise son armée et agrandit sa flotte ?

— Y a-t-il une once de vérité dans tout cela ?

Le roi esquissa un petit sourire, ses yeux de rapace traversés d'un léger scintillement.

— Bientôt, oui.

— Et vous pensez le Royaume capable d'avaler ces inepties sans broncher ?

— Le peuple croit ce qu'il veut croire, vérité ou non. Souviens-toi du massacre des Aspects, de tous ces Apostats décimés à cause d'une simple rumeur. Offre au peuple le mensonge qu'il attend et il te suivra sans discuter.

Vaelin garda le silence tandis que le carrosse empruntait les rues pavées du quartier nord, terrifié par la certitude grandissante que le roi disait vrai. *Il ne ment pas, il compte vraiment le faire.*

— Que voulez-vous de moi, Majesté ? Pourquoi me révéler tout cela ?

Le roi écarta ses mains décharnées.

— Mais parce que j'ai besoin de ton épée, bien sûr. Tu me vois déclarer une guerre sans le soutien du plus célèbre guerrier du Royaume ? Que penseraient mes sujets si tu refusais de brandir le glaive de la Foi contre l'Empire apostat ?

— Vous espérez que je parte en guerre contre un peuple qui n'a jamais manifesté la moindre animosité envers le Royaume, et ce sur la base de mensonges éhontés ?

— Parfaitement.

— Et pour quelle raison devrais-je obéir ?

— Parce que la loyauté est ta force.

*Le visage d'Al Hestian, de plus en plus blême à mesure que le sang s'échappe de la plaie béante dans son cou…*

— La loyauté n'est qu'un mensonge de plus, un levier vous assurant le concours des âmes simples.

Le roi fronça les sourcils. Il parut sur le point de s'emporter, puis éclata d'un rire retentissant.

— Bien sûr que oui. À quoi sert la royauté, selon toi ? (Son hilarité se dissipa bien vite.) Tu sembles avoir oublié notre marché. J'ordonne et tu exécutes, tu te rappelles ?

— J'ai déjà rompu notre engagement, Majesté. Je ne me suis pas conformé à vos ordres dans la Martishe.

— Et pourtant, Linden Al Hestian réside dans l'Au-Delà, tué par ta main.

— Il souffrait. Je n'ai fait qu'abréger ses souffrances.

— Oui, comme c'est commode.

Le roi agita la main d'un air irrité. Il n'avait manifestement pas envie de s'étendre sur le sujet.

— Peu importe. Tu as passé un marché. Tu m'appartiens, jeune Faucon. Ton adhésion à l'Ordre n'est qu'illusion, et tu le sais aussi bien que moi. J'ordonne, tu exécutes.

— Pas cette fois-ci. Je refuse d'attaquer l'Empire Alpiran pour une simple pénurie de saphirs.

— Tu… refuses ?

— Oui. Pendez-moi s'il le faut. Je m'abstiendrai de toute déclaration. Mais j'en ai assez de vos manigances.

— Te pendre ? (Janus émit un nouveau rire, encore plus sonore que le premier.) Quelle grandeur d'âme, vraiment ! D'autant plus que tu sais pertinemment qu'une telle décision m'attirerait les foudres des Ordres et la grogne du bas peuple. Par ailleurs, je pense que ma fille me hait suffisamment pour ne pas en rajouter.

Brusquement, le roi tira le rideau de velours recouvrant la fenêtre et son visage s'éclaira.

— Ah ! la boulangerie de la veuve Nornah. (Il cogna de nouveau contre la paroi et éleva la voix.) Halte !

Après s'être extrait du carrosse, il repoussa d'un geste les deux soldats de la Garde Montée qui les suivaient en escorte et tourna vers Vaelin un sourire espiègle, presque enfantin.

— Joins-toi à moi, jeune Faucon. Les meilleures pâtisseries de la ville, peut-être même du Fief. Allons, tu peux bien passer son seul caprice à un pauvre vieillard, non ?

Il régnait dans la boulangerie de la veuve Nornah une chaleur d'étuve, ainsi qu'une bonne odeur de pain tout droit sorti du four. À la vue du roi, une grande femme épaisse, aux joues rougies par la chaleur et aux cheveux constellés de farine, accourut depuis le comptoir.

— Votre Majesté ! Messire ! Vous honorez une fois encore mon humble établissement de votre présence ! s'écria-t-elle en multipliant les courbettes maladroites et en jouant des coudes entre ses clients stupéfaits. Place ! Place ! Faites place pour le roi !

— Ma dame. (Le roi lui prit la main et y déposa un baiser, ce qui eut pour effet d'empourprer un peu plus les joues de la commerçante.) Comment manquer une occasion de goûter à vos pâtisseries ? D'autant que le seigneur Vaelin ici présent n'a que rarement le loisir de s'offrir de telles gâteries.

Vaelin sentit les yeux de la boulangère se poser sur lui, le dévorer littéralement avec autant d'insistance que ceux des clients qui, désormais prosternés, le regardaient en coin. Ils lui manifestaient une telle ferveur, une telle adoration qu'il éprouva pour eux une bouffée de haine passagère.

— La pâtisserie n'est en effet pas mon domaine de prédilection, Majesté, répondit Vaelin d'une voix qu'il espérait neutre.

— À tout hasard, disposeriez-vous d'une arrière-salle où nous pourrions nous régaler de vos douceurs ? demanda le roi à la veuve. J'aurais horreur de distraire votre clientèle plus avant.

— Bien sûr, Votre Majesté. Bien sûr.

Elle les entraîna au fond de son établissement et les introduisit dans ce qui ressemblait fort à une réserve bordée d'étagères, où s'entassaient bocaux et sacs de farine. Au centre de la salle, assise devant une table, se trouvait une jeune femme pulpeuse vêtue d'une robe aussi criarde que bon marché, aux cheveux teints en rouge, aux lèvres vermeilles et au corsage plongeant sur un décolleté qui ne laissait rien à l'imagination. Elle se releva à la vue du roi et se fendit d'une révérence parfaitement exécutée.

— Votre Majesté.

Elle parlait d'une voix rauque et avalait les voyelles. Une voix de la rue.

— Derla, la salua Janus avant de se tourner vers la boulangère. Je me laisserais bien tenter par vos biscuits à la pomme, maîtresse Nornah. Avec un peu de thé, si possible.

La veuve s'inclina, puis quitta la pièce en claquant la porte derrière elle. Le roi s'installa sur une chaise et invita la plantureuse jeune femme à se rasseoir.

— Derla, je te présente le seigneur Vaelin Al Sorna, illustre frère du Sixième Ordre ainsi qu'Épée du Royaume. Vaelin, je te présente Derla, simple catin des rues et espionne à ma botte.

La femme posa sur Vaelin un long regard approbateur, un demi-sourire jouant sur ses lèvres.

— Un honneur de vous rencontrer, monseigneur.

Vaelin hocha la tête en retour.

— Ma dame.

À ces mots, le sourire écarlate de la jeune femme s'élargit.

— Pas vraiment, non.

— Tu perds ton temps avec lui, Derla, lui conseilla le roi. Frère Vaelin est un fervent serviteur de la Foi.

Elle haussa un sourcil peint et fit la moue.

— Dommage. Les frangins m'assurent une bonne partie de mon chiffre d'affaires, d'habitude. Ceux du Troisième Ordre, tout particulièrement. Quels chauds lapins, ceux-là, surtout pour des rats de bibliothèque…

— Charmante, n'est-ce pas ? fit remarquer le roi. Une femme à l'intelligence redoutable, mais parfaitement dépourvue de scrupules. Sans oublier son caractère pour le moins… volcanique. À combien de reprises as-tu poignardé ce marchand, Derla ? J'ai oublié.

Vaelin sonda les traits détendus de la jeune femme, n'y trouvant nulle trace de remords ou d'affectation quand elle répondit :

— Une cinquantaine, Majesté. (Elle adressa un clin d'œil à Vaelin.) Le gars voulait me battre à mort et baiser mon cadavre.

— Oui, un dévoyé de la pire espèce, lui concéda le roi. Mais un dévoyé cousu d'or et bien en vue à la cour. Après avoir compris combien tu pouvais m'être utile, j'ai dû dépenser une fortune pour mettre en scène ton suicide et permettre ta libération.

— Vous avez ma reconnaissance éternelle, Majesté.

— J'espère bien. Vois-tu, Vaelin, un roi se doit de remarquer et d'encourager le talent chez ses sujets, de manière à pouvoir les employer au mieux. J'en ai quelques autres comme Derla, dispersés de par les Fiefs, qui m'abreuvent de rapports. Un arrangement qui gonfle d'or leur escarcelle et leur apporte le plaisir d'œuvrer pour la sécurité du Royaume.

Le roi parut soudain écrasé de fatigue. Accoudé à la table, le menton posé dans la paume d'une main, il frotta ses paupières tombantes.

— Ton rapport de la semaine dernière, dit-il à Derla. Répète-le au seigneur Vaelin.

Elle acquiesça et entonna son compte-rendu d'une voix professionnelle :

— Le septième jour du mois de Prensur, je me trouvais dans la ruelle derrière la taverne du *Lion Rampant*, à surveiller une demeure que je savais fréquentée par des membres de la secte apostate des Ascendants. Vers minuit, un petit groupe y est entré, et parmi eux un homme imposant, une femme et une adolescente de quinze ans. Une fois tout ce petit monde à l'intérieur, je me suis faufilée via la glissoire à charbon dans la cave, d'où j'ai pu suivre les rituels hérétiques menés au rez-de-chaussée. Au bout d'environ deux heures, estimant que la réunion touchait à sa fin, j'ai regagné la ruelle afin d'assister au départ des Apostats. Les trois personnes susmentionnées ont quitté la demeure ensemble. L'homme me rappelait quelque chose, si bien que j'ai décidé de les prendre en filature. Ils se sont dirigés vers le quartier nord, jusqu'à une grande maison bordant le chemin de ronde. À la lueur des lampes, j'ai pu apercevoir par la fenêtre le visage de l'homme, ce qui m'a permis de l'identifier comme étant le seigneur Kralyk Al Sorna, ancien Seigneur de Guerre et première Épée du Royaume.

Elle posa sur Vaelin un regard vide, dépourvu de peur ou d'inquiétude. Le roi frotta d'un air absent la barbiche grise qui lui couvrait le menton.

— Il n'en a pas toujours été ainsi, tu sais ? dit-il. Avec les Apostats, je veux dire. Dans mon enfance, on avait beau s'en méfier, on les tolérait sans mal. Mon tout premier maître d'escrime, un homme de grande valeur, était un Questeur. Les Ordres nous mettaient en garde contre ces hérésies, certes, mais aucun n'avait jamais préconisé d'interdire leurs cultes. Nous sommes un peuple d'exilés, après tout, chassés il y a bien des siècles de notre patrie d'origine par ceux qui voulaient nous tuer pour notre Foi et nos dieux. La Foi a toujours dominé, bien entendu, mais elle s'accommodait sans mal des autres croyances. Et si de nombreux Fidèles voyaient d'un mauvais œil ces religions subalternes, la plupart s'en fichaient complètement. Jusqu'à ce que survienne la Main Rouge.

La main du roi glissa sur les taches violacées qui marquaient son cou. Il regardait dans le vide, plongé dans ses souvenirs.

— La Main Rouge tient son nom des cicatrices qu'elle imprime dans la chair de ses victimes, telle une serre de vautour se refermant sur votre cou. Dès l'apparition de ces stigmates, on se savait condamné. Tu te rends compte, Vaelin, un pays entier dévasté en quelques mois ? Essaie de te figurer toutes les personnes que tu connais, hommes, femmes et enfants, riches ou pauvres, peu importe. Maintenant, fais-en disparaître la moitié. Imagine-les à l'agonie, frappés par une maladie débilitante qui les fait convulser, délirer, rendre tripes et boyaux et hurler à la mort. Les cadavres se ramassaient à la pelle, nul n'était à l'abri, la peur devenait la seule foi qui vaille. Parce qu'il ne pouvait s'agir d'une simple épidémie, non. C'était l'œuvre de la Ténèbre. Voilà pourquoi nous avons tourné nos regards vers les Apostats. Ils tombaient comme des mouches, eux aussi, mais leur faible nombre donnait l'impression que le fléau les épargnait. Certaines sectes furent anéanties, leurs croyances perdues à jamais, et d'autres poussées dans la clandestinité. Quand la Main Rouge se dissipa, il ne restait plus que la Foi et le dieu cumbraëlien. Toutes les autres religions se terraient dans l'ombre, tremblantes et apeurées.

Le regard du roi se précisa, à nouveau froid et calculateur, et se posa sur Vaelin.

— Les fréquentations de ton père laissent à désirer, jeune Faucon.

La voix du sang claironna soudain en Vaelin, bruyante et tapageuse, plus puissante que jamais. Pour la toute première fois, il comprenait distinctement son message. Il était en danger : menacé par les informations de cette espionne de mauvaise vie ; menacé par les desseins du roi ; et par-dessus tout, menacé par la voix du sang elle-même, qui lui hurlait de les tuer tous les deux.

— Je n'ai pas de père, grinça-t-il.

— Peut-être pas. Mais tu as une sœur. Un peu jeune pour la confier aux bons soins du Quatrième Ordre, qui ne manquera pas de lui arracher la langue et de la pendre aux murailles après un petit séjour dans les geôles de Castelnoir. Heureusement, sa mère sera là pour lui tenir compagnie. Voisines de cages, elles pourront bégayer tout leur soûl avant de souffrir d'inanition et de sentir les corbeaux picorer leur chair. Tu voulais une meilleure raison pour participer à l'invasion ? Te voilà servi.

Des yeux sombres, comme les siens, des petites mains serrées sur un bouquet d'ellébores. *« Maman disait que tu viendrais vivre avec nous pour devenir mon grand frère… »*

La voix du sang rugit de plus belle. Les mains de Vaelin tressaillirent. *Je n'ai encore jamais tué de femme*, songea-t-il. *Ni de roi.* Il avisa le vieillard – Janus bâillait à s'en décrocher la mâchoire et massait ses genoux endoloris – et comprit combien il serait aisé de briser cette nuque fragile, de l'entendre se rompre comme une brindille sèche. Le plaisir, la satisfaction qu'un tel acte lui procurerait…

Il serra les poings afin de maîtriser ses tremblements, puis s'attabla lourdement.

Et la voix du sang s'éteignit.

— En fin de compte, dit le roi en se redressant, je n'ai plus très faim. Mais régalez-vous, je vous en prie. Avec mes compliments.

Il posa une main étique sur l'épaule de Vaelin. *Une serre de rapace.*

— Je ne pense pas avoir besoin de te souffler les arguments que tu serviras à l'Aspect Arlyn, quand il viendra solliciter tes précieux conseils, si ?

Vaelin garda les yeux au sol, craignant que la vue du roi éveille la fureur de la voix du sang, et secoua la tête avec raideur.

— Excellent. Derla, reste un peu avec lui. Quelque chose me dit que le seigneur Vaelin brûle de te poser certaines questions.

— À vos ordres, Majesté.

Elle ponctua la sortie du souverain d'une impeccable révérence et se tourna vers Vaelin.

— Puis-je m'asseoir, monseigneur ? (En l'absence de réponse, elle prit place en face de lui.) Si je me doutais que j'allais me retrouver en si illustre compagnie, dites donc..., reprit-elle. Je suis gâtée. Même si j'ai l'habitude de fricoter avec des gens de la haute. Sa Majesté n'aime rien tant que connaître les petites manies de ses courtisans. Dans tous les détails.

Vaelin ne dit mot.

— C'est vrai, tout ce qu'on raconte sur vous ? poursuivit-elle. À vous voir, j'ai l'impression que oui. (Elle se tortilla sur sa chaise, troublée par le silence du jeune homme.) Elle en met du temps, cette boulangère.

— Elle ne viendra pas, déclara Vaelin. Et je n'ai aucune question à vous poser. Il vous a laissée ici pour que je vous tue.

Il croisa son regard et y lut, pour la toute première fois, une étincelle d'émotion véritable. Une étincelle de peur.

— La veuve Nornah excelle sans doute dans l'art de se débarrasser discrètement des corps, développa-t-il. M'est avis qu'il a attiré bon nombre de pauvres bougres dans cette arrière-boutique, au fil des ans, tels des moutons à l'abattoir. Des moutons comme nous.

La jeune femme lança un bref coup d'œil vers la porte et tordit sa bouche, comme pour se retenir de l'insulter. Elle savait qu'elle ne faisait pas le poids contre lui.

— Je ne suis pas sans défense.

— Vous cachez un poignard dans votre corsage et un autre au creux de votre dos. Je soupçonne en outre votre épingle à cheveux d'être fort pointue.

— J'ai servi loyalement le roi Janus pendant cinq ans…

— Il s'en moque. Vous détenez des informations bien trop dangereuses.

— J'ai de l'argent…

— L'argent m'importe peu. (La bourse contenant le saphir pesait à son ceinturon.) Pas du tout, même.

— Bon.

Elle s'écarta de la table, laissa ses mains retomber le long de ses flancs et retroussa ses jupes. Les cuisses écartées, elle lui adressa un sourire obscène, aussi authentique que le premier.

— Alors ayez au moins l'élégance de me tringler avant, plutôt qu'après.

Son petit rire mourut sur ses lèvres. Vaelin détourna le regard, les mains serrées sur la table.

— Vous n'avez rien à craindre de moi. Mais de lui, si. Quittez la ville, le Royaume si possible. Et ne revenez jamais.

Elle se releva lentement et gagna la porte à pas lents, une main dans le dos, probablement serrée sur le manche de son poignard. Au moment de tourner la poignée, elle lui lança :

— Votre père peut être fier de son fils, monseigneur.

Puis elle disparut. Le battant de la porte se referma en grinçant sur ses gonds.

— Je n'ai pas de père, dit-il à mi-voix dans l'arrière-salle déserte.

# Chapitre 3

Plus loin dans les terres, la garrigue de la côte alpirane laissait place à une vaste étendue désertique balayée par un puissant vent du sud, qui charriait le sable en tourbillons déchaînés pareils à d'informes spectres de poussière régnant sur les dunes. L'armée cheminait à l'orée de ce désert, une longue colonne de plus de trois kilomètres lancée à l'assaut d'Untesh. Ce spectacle rappela à Vaelin le serpent géant qu'il avait vu s'échapper de sa cage, à bord d'un navire venu d'Extrême-Occident. L'animal déployé mesurait toute la largeur du pont, et ses écailles produisaient au soleil le même scintillement que les lances de la Garde du Royaume à présent.

Perché sur une éminence rocheuse à quelques kilomètres en amont de la colonne principale, il se désaltérait à sa gourde tandis qu'Écume s'appliquait à débarrasser un buisson famélique de ses dernières feuilles. Frentis et son peloton d'éclaireurs, ou plutôt ce qu'il en restait après la bataille de la plage, campaient sur la butte, d'où ils pouvaient surveiller l'horizon oriental.

Vaelin songeait à l'affrontement de l'avant-veille, au cavalier blanc et au groupe venu chercher son corps, quatre soldats impériaux au visage farouche qui avaient surgi du désert pour exiger un entretien avec le Seigneur de Guerre. Al Hestian avait chevauché à leur rencontre en compagnie des officiers les plus gradés, déployant des trésors d'étiquette que les Alpirans avaient superbement ignorés en refusant de quitter leurs montures. Il était en train de leur lire la proclamation officielle d'annexion des cités d'Untesh, Linesh et Marbellis quand l'un des soldats – un homme imposant aux cheveux cendrés, qui parlait couramment la langue du Royaume – l'avait coupé en pleine phrase :

— Garde ta salive, Boréen. Nous sommes venus chercher la dépouille de l'*Eruhin*. Cède-la-nous ou tue-nous, nous ne partirons pas sans.

Al Hestian perdit immédiatement contenance, ses joues empourprées de colère.

— Qui est cet *Eruhin* ?

— L'homme en blanc, dit Vaelin.

On ne l'avait pas convié aux pourparlers, mais il avait suivi la délégation malgré tout, conscient que le Seigneur de Guerre ne le renverrait pas, de peur de causer un esclandre lors de leur première tractation avec l'ennemi.

— Vous parlez bien de l'*Eruhin* ? demanda-t-il au soldat.

L'homme braqua son regard sur lui, l'examina de pied en cap et s'attarda longuement sur son visage.

— C'était toi ? Celui qui l'a tué ?

Vaelin acquiesça. Avec un grondement, l'un des membres de la délégation alpirane s'apprêtait à tirer son sabre quand l'homme aux cheveux gris aboya un ordre bref.

— Qui était-il ? s'enquit Vaelin.

— Il se nommait Seliesen Maxtor Aluran, répondit le soldat. L'*Eruhin*, l'Espoir dans votre langue. L'héritier désigné de l'Empereur.

— Nous adressons toutes nos condoléances à votre Empereur, intervint le Seigneur de Guerre d'une voix doucereuse. Toutefois, bien qu'une telle perte soit éminemment regrettable, nous ne faisons que revendiquer…

— Vous venez conquérir et piller nos terres, l'interrompit à nouveau le soldat. Mais vous n'y trouverez que la mort. Nous n'organiserons aucune autre négociation, aucune autre rencontre. Nous vous massacrerons jusqu'au dernier, comme vous avez massacré notre Espoir. Nous ne vous ferons aucun quartier. À présent, livrez-nous sa dépouille.

Le seigneur Darnel porta sa flasque à ses lèvres, se gargarisa la bouche de vin et cracha sa gorgée sur les sabots de l'Alpiran.

— Ce grossier personnage agit à l'encontre de toutes les règles du protocole, monseigneur, annonça-t-il à Al Hestian. Il le paiera de sa vie.

— Sûrement pas. (D'un coup de talon dans les flancs d'Écume, Vaelin vint s'interposer entre les deux groupes.) Venez, je vais vous escorter jusqu'à son corps.

Sur le chemin de la plage, Vaelin pouvait sentir sur sa nuque la fureur du Seigneur de Guerre et la haine glacée de Darnel, un courant de rancœur qui lui rappela un adage de l'Aspect Arlyn : « Qui se complaît dans l'amour de soi abhorrera quiconque ternira sa gloire. »

Les soldats mirent pied à terre et hissèrent le corps de leur Espoir sur un cheval de bât. Après avoir serré les sangles autour du cavalier blanc, le garde aux cheveux gris se tourna vers Vaelin, les yeux brillants de larmes.

— Comment t'appelles-tu ? demanda-t-il d'une voix rauque.

À quoi bon le lui cacher ?

— Vaelin Al Sorna.

— Alors sache, Vaelin Al Sorna, toi l'*Eruhin Makhtar*, le Tueur d'Espoir, que la considération dont tu as fait preuve à notre égard n'entame en rien mon désir de vengeance. Si mon honneur me dicte de me suicider, seule la haine que je te voue m'en empêche. À partir d'aujourd'hui, je ne vis, ne respire, ne marche plus que dans un seul et unique but : te voir un jour mordre la poussière. Je m'appelle Neliesen Nester Hevren, capitaine de la dixième cohorte de la Garde Impériale. N'oublie pas ce nom.

Sur cette menace, ses camarades et lui remontèrent en selle et repartirent d'où ils étaient venus.

« La Foi exige parfois qu'on lui sacrifie tout. » Un autre précepte énoncé par l'Aspect Arlyn l'hiver dernier, après que Vaelin lui eut exposé le projet d'invasion du roi. Il faisait très froid, ce jour-là, même pour un mois de Weslin, et les frères novices trébuchaient tout autour d'eux sur le terrain d'entraînement tapissé de neige. La cour résonnait de leurs cris, de leurs courses et des sifflements aigus des badines de leurs instructeurs.

— Il s'agit d'une guerre telle que nous n'en avons jamais connu, avait déclaré l'Aspect dans un souffle de buée. Un grand sacrifice nous attend. Beaucoup de nos frères n'en reviendront pas. Tu en as conscience ?

Vaelin avait hoché la tête. L'Aspect avait tant parlé que lui-même se sentait à court de mots.

— Mais toi, tu dois revenir, Vaelin. Bats-toi tant que tu peux, tue autant d'ennemis que nécessaire. Peu importe combien d'hommes et de frères tomberont, il te faut regagner ce Royaume.

Vaelin avait acquiescé une fois encore et l'Aspect avait souri – un sourire que le jeune homme ne lui avait vu qu'une seule fois, lors de leur toute première rencontre à l'entrée de la Loge, tant d'années auparavant. Ce sourire, curieusement, vieillissait l'Aspect. Il creusait le lacis de rides qui ourlait ses yeux et ses lèvres fines. Jamais encore l'Aspect n'avait paru si âgé.

— Tu me rappelles tant ta mère, par moments, avait-il lâché avec tristesse, avant de tourner les talons pour regagner le donjon, sa silhouette longiligne s'éloignant dans la neige sans le moindre faux pas.

Balafre accourut au sommet de la butte, une traînée de poussière dans son sillage et le cadavre d'un lièvre dans la gueule. La garrigue regorgeait de ces lièvres de bonne taille aux pattes longues, qui n'avaient pas tardé à s'attirer les faveurs meurtrières de la Garde du Royaume et du cerbère volarien. Celui-ci déposa l'animal aux pieds de Vaelin et poussa deux courts aboiements.

— Merci, idiot de chien. (Vaelin lui gratta le cou.) Mais je te le laisse.

Il ramassa le lièvre, le lança en bas de la colline et regarda Balafre s'élancer à sa poursuite avec un glapissement joyeux.

— Tu le laisses à la Loge quand on part en campagne, d'habitude, dit Frentis en s'asseyant près de lui pour déboucher sa gourde.

— J'ai pensé qu'il aimerait découvrir un nouveau terrain de chasse.

— Alors, c'était le fils de l'Empereur ou quoi ? Le type à l'armure blanche.

— Son héritier désigné. Il semblerait que l'Empereur choisisse son successeur parmi ses sujets.

Frentis sourcilla.

— Ah ouais ? C'est possible, ça ?

— Ça doit avoir un rapport avec leurs dieux.

— Ben, l'aurait dû choisir quelqu'un qui savait se battre. Le pauvre bougre tenait à peine sur sa selle. (Derrière sa nonchalance de façade, Vaelin sentait poindre l'inquiétude de son jeune frère.) L'avait rien à faire là.

— Ne t'en fais pas pour moi, mon frère. (Vaelin lui décocha un sourire.) On ne peut pas dire que la culpabilité m'étouffe.

Frentis hocha la tête et scruta l'immense étendue du désert qui s'étirait au sud.

— Je me demande quand même ce que le roi peut bien lui trouver, à cet endroit. Y a rien que du sable et des broussailles à perte de vue. On n'a même pas croisé un seul arbre depuis notre arrivée.

— Nous venons revendiquer ce qui nous appartient de droit par la grâce d'un ancien traité, et redresser les torts que nous a causés cet Empire apostat.

— Ouais, bah justement, puisqu'on en parle. Les seuls Alpirans que j'ai jamais vus, c'étaient soit des marins, soit des marchands qui traînaient sur les quais. À part leur accoutrement bizarre, ils ressemblaient à tous les marins et à tous les marchands du monde, à courir la gueuse et la picaille à tous les coins de rue. Et encore, ils se montraient plutôt polis. Et j'ai pas le souvenir qu'un de mes compagnons de misère ait jamais été enlevé, torturé ou sacrifié au nom de la Ténèbre. Moi oui, d'accord, mais le Borgne était tout sauf alpiran.

— Oserais-tu remettre en doute la parole du roi, mon frère ?

Frentis avait enfoui ses mains sous sa houppelande, sans doute pour éprouver comme à son habitude les motifs occultes inscrits dans sa chair.

— La sienne et celle de tous les autres empaffés, ouais.

Vaelin éclata de rire.

— Saine habitude. Continue comme ça.

— Monseigneur ! appela l'un des éclaireurs.

Posté de l'autre côté de la butte, il désignait l'horizon oriental. Vaelin le rejoignit et plissa les yeux : au loin, des ombres vacillantes dansaient dans la brume de chaleur qui s'élevait du sable brûlant.

— Que suis-je censé voir ?

— Je vais te dire ça.

Frentis pressait une longue-vue contre ses paupières ; cet assemblage de tubes en laiton assorti d'une gaine en peau de requin lui battait le flanc depuis le débarquement. Vaelin préférait ignorer où son protégé avait pêché cet objet hors de prix, même s'il croyait se souvenir en avoir vu une identique dans les mains du capitaine de la galère meldénéenne qui les avait déposés sur le rivage. À l'instar de Barkus, le goût de Frentis pour le chapardage avait la vie dure.

— Combien ?

— Les chiffres ne sont pas mon fort, tu le sais. Mais que je sois damné s'ils ne sont pas aussi nombreux que nous, et même rallongés d'un petit tiers pour la forme.

— Tu sais où il se cache, j'en suis sûr.

Les yeux du Seigneur de Guerre crépitaient de haine.

— Monseigneur ?

Vaelin ne l'avait pas écouté, distrait par le spectacle qui se déroulait sur la plaine en contrebas : des milliers de soldats alpirans marchaient en formation offensive sur la butte où ils se trouvaient en cet instant. Le Seigneur de Guerre avait ordonné à Vaelin d'y faire grimper tout son régiment et d'y faire battre son étendard bien en vue, afin d'attirer l'ennemi. Sur le versant ouest, hors de vue des Alpirans, attendaient cinq mille archers cumbraëliens. S'ils représentaient officiellement la contribution du Vassal Mustor à la campagne – un acte d'allégeance destiné à laver l'affront à la Couronne que constituait la Révolte de l'Usurpateur, comme on l'appelait désormais –, il ne s'agissait en réalité que d'un ramassis de mercenaires payés à grands frais par le roi, et qui ne comptait pas dans ses rangs l'ombre d'un dignitaire de Cumbraël. De part et d'autre de la colline, les fantassins de la Garde attendaient l'ennemi de pied ferme, alignés sur quatre rangées, régiment par régiment. À l'arrière piétinaient les cinq mille soldats d'infanterie légère de l'ost nilsaëlien, flanqués à leur droite par les dix mille cavaliers de la Garde du Royaume et à leur gauche par les chevaliers renfaëliens. Encore derrière se tenaient quatre compagnies montées du Sixième Ordre, au côté du prince Malcius qui menait trois compagnies de la Garde Montée. La plus grande armée jamais déployée par le Royaume Unifié s'apprêtait à livrer sa première bataille d'envergure, un événement historique dont le Seigneur de Guerre semblait peu se soucier.

— Le chien qui m'a laissé dans cet état.

Al Hestian leva son bras droit et le crochet acéré qui saillait du tampon de cuir recouvrant son moignon accrocha le soleil de midi. Il toisait Vaelin avec intensité, sans un regard pour la progression de la légion alpirane.

— Al Sendahl. Je sais bien que tu n'as pas découvert son corps dévoré par une bête imaginaire.

Vaelin, surpris par la décision du Seigneur de Guerre de l'accompagner sur la butte, avait d'abord supposé qu'il venait partager sa vue dominante sur le théâtre des opérations. Il comprenait à présent que l'homme souhaitait seulement régler ses comptes avec lui en toute discrétion, même si le choix de ce moment crucial ne manquait pas de l'étonner.

— Monseigneur, cette discussion pourrait peut-être attendre…

— Je sais également que tu n'as pas tué mon fils par pure miséricorde, poursuivit le Seigneur de Guerre. Crois-tu que j'ignore l'identité de celui qui a commandité son meurtre, meurtre dont tu fus l'instrument ? Je retrouverai Al Sendahl, sois-en sûr. Je lui ferai payer l'outrage que j'ai subi. Je gagnerai cette guerre pour le roi. Et ensuite, je m'occuperai de ton cas.

— Monseigneur, si vous n'aviez pas mis tant d'ardeur à vouloir massacrer des prisonniers sans défense, vous n'auriez pas perdu votre main et je n'aurais pas perdu mon frère. Votre fils était mon ami et je n'ai fait qu'abréger ses souffrances. Sur ces deux points, le roi s'est rallié à mon témoignage. En tant que serviteur de la Couronne et de la Foi, je n'ai rien d'autre à ajouter concernant ces faits.

Ils s'affrontèrent du regard en silence ; la fureur du Seigneur de Guerre était telle qu'il tremblait littéralement de rage.

— Cache-toi derrière l'Ordre et le roi tant que tu veux, cracha-t-il entre ses dents. Cela ne te sauvera pas quand j'aurai remporté cette guerre. Ni toi, ni aucun de tes frères. Les Ordres sont la plaie de ce Royaume. À force d'arracher manants et gibiers de potence à la roture qu'ils n'auraient jamais dû quitter, certains finissent par se croire tout permis…

— Père !

Un jeune homme de grande taille aux traits délicats se tenait près d'eux, le visage crispé par l'embarras. Vêtu d'un uniforme de capitaine du vingt-septième de cavalerie au plastron orné d'une longue plume noire, il portait en travers du dos une épée longue au pommeau orné d'un saphir. À son ceinturon pendait un glaive volarien.

— L'ennemi, annonça Alucius Al Hestian en désignant la plaine d'un coup de menton. Il approche à grands pas.

Au lieu de tempêter contre son fils comme Vaelin s'y attendait, le Seigneur de Guerre ravala sa colère, une expression presque penaude se peignant sur son visage. Il jeta un dernier coup d'œil hostile à Vaelin, puis rejoignit prestement sa propre bannière – une délicate rose pourpre dont l'élégance jurait avec le tempérament de son propriétaire –, où l'attendait sa garde rapprochée de Faucons Noirs. Ceux-ci formèrent autour de lui un cordon protecteur, en lorgnant d'un air soupçonneux les Pisteloups qui les entouraient. Les membres des deux régiments se détestaient cordialement et n'aimaient rien tant que transformer les tavernes ou les rues de la capitale dans lesquelles ils avaient le malheur de se croiser en terrains d'affrontement. Vaelin avait bien pris soin de les séparer dans l'ordre de marche.

— Encore une dure journée de labeur qui nous attend, monseigneur, déclara Alucius, un trait d'humour forcé que Vaelin ne manqua pas de relever.

Vaelin avait été déçu d'apprendre la nomination d'Alucius en qualité d'officier dans le régiment de son père, lui qui pensait le jeune poète dégoûté de la guerre depuis l'assaut du Haut Rempart. Ils s'étaient croisés de temps à autre au palais, au fil des ans, à l'occasion d'insignifiantes cérémonies après lesquelles ils échangeaient quelques menues civilités. Il savait qu'Alucius avait recouvré son don pour la poésie, que ses œuvres bénéficiaient d'un large public et que les jeunes femmes se disputaient sa compagnie. Mais une profonde tristesse continuait de hanter son regard, fruit de son expérience sur le Haut Rempart.

— Votre plastron n'est pas assez serré, lui dit Vaelin. Et pouvez-vous seulement dégainer cette arme dans votre dos ?

Un sourire forcé se dessina sur les lèvres d'Alucius.

— Instructeur un jour, instructeur toujours, hein ?

— Que faites-vous ici, Alucius ? Votre père vous a-t-il forcé la main ?

Le sourire du poète s'évanouit.

— À vrai dire, mon père m'a aimablement enjoint de ne quitter ni mes gribouillis ni mes ribaudes au sang bleu. Parfois, je pense lui devoir mon aisance avec les mots… Bref, j'ai fini par le persuader qu'une chronique de sa glorieuse campagne, signée de la main même du jeune poète le plus apprécié du Royaume, ne pouvait qu'ajouter à l'aura de notre famille. Ne vous inquiétez pas pour moi, mon frère.

J'ai interdiction de m'aventurer à plus d'un mètre de distance de mon cher géniteur.

Vaelin observa l'armée alpirane en approche, cet interminable ruban d'acier aux cohortes innombrables, dont les fanions dressés composaient une frémissante forêt de soie. La cacophonie de leurs chants de guerre et des trompettes de cavalerie gagnait peu à peu en intensité.

— Vous ne serez à l'abri nulle part, dans cette bataille, déclara-t-il à Alucius. (Il hocha la tête en direction du glaive passé au ceinturon du jeune homme.) Vous savez encore vous en servir ?

— Je m'entraîne tous les jours.

— Bien. Restez près de votre père.

— Je n'y manquerai pas. (Alucius tendit la main à Vaelin.) C'est un honneur de servir à vos côtés une fois encore, mon frère.

Vaelin lui serra la main – peut-être plus fermement qu'il n'en avait l'intention – et regarda le poète dans les yeux.

— Restez près de votre père.

Alucius acquiesça, esquissa un dernier sourire embarrassé et rejoignit le groupe du Seigneur de Guerre.

*Un double subterfuge*, conclut Vaelin, après avoir interprété la menace d'Al Hestian père. *Janus lui a promis ma mort en échange de la victoire. Je sauve la vie de ma sœur et le Seigneur de Guerre obtient sa vengeance pour le meurtre présumé de son fils.* Il tenta de démêler l'incroyable entrelacs de faux-semblants et d'accords que le roi avait dû tresser pour les entraîner sur ces rivages. Qu'avait-il fait miroiter au Vassal Theros pour le pousser à mobiliser ses meilleurs chevaliers ? À combien s'élevait le dédommagement de leurs convoyeurs meldénéens ? Il se demandait s'il arrivait parfois à Janus de perdre le fil de cette monstrueuse toile qu'il tissait à longueur de temps, s'il arrivait à l'araignée de s'engluer dans son propre piège, mais l'idée même lui parut absurde, impensable. Janus ne pouvait oublier ses intrigues, pas plus que Lyrna ne pouvait oublier ses lectures. Il songea ensuite à l'Aspect, aux ordres qui lui avaient été donnés et comment, en dépit de sa construction baroque, la toile du vieillard finirait inéluctablement par s'effondrer.

— *Eruhin Makhtar!*

Un cri jaillit du gosier de chaque Pisteloup, assez puissant pour porter jusqu'à la légion alpirane, assez puissant pour couvrir ses propres chants et exhortations.

— *Eruhin Makhtar!*

Les hommes brandirent leurs haches d'armes, l'acier accrochant l'éclat du soleil, hurlant à l'unisson les mots qu'on leur avait appris.

— *Eruhin Makhtar!*

Au sommet de la butte, Janril agitait l'étendard au bout d'une hampe de six mètres de haut; le loup figé en pleine course claquait dans le vent du sud, dominant toute la plaine.

— *Eruhin Makhtar!*

Déjà, les cohortes les plus proches commençaient à réagir, leurs rangs parcourus d'un tressaillement à mesure que les soldats pressaient le pas et que les tambours accéléraient leur cadence, aiguillonnés par la provocation des Pisteloups.

— *Eruhin Makhtar!*

*Le Seigneur de Guerre avait raison*, songea Vaelin en voyant la belle discipline de la colonne de tête fondre comme neige au soleil. Les soldats impériaux brisaient leurs formations pour charger aveuglément la colline, leur bouche ouverte sur un hurlement de rage croissante. *Sans le savoir, Neliesen Nester Hevren nous a offert une arme sur un plateau: un titre et une bannière.* Eruhin Makhtar. *Le Tueur d'Espoir est là, venez le chercher.*

Ils avaient mordu à l'hameçon. Déjà, les cohortes de flanc rompaient les rangs pour emboîter le pas aux soldats en pleine charge, la furie guerrière de leurs camarades contaminant de plus en plus d'unités sur toute la longueur de la colonne.

— Autant commencer, dit Vaelin à Dentos. (Il stationnait avec la compagnie d'archers, son propre arc bandé, une flèche encochée.)

Lance la première salve dès qu'ils seront à portée. Ça les fera cavaler un peu plus vite.

Dentos leva son arc, ajusta son tir et décocha son trait, qui s'éleva dans les airs et retomba sur la vague impériale, bientôt suivi d'une nuée de deux cents flèches acérées. Toute une ligne de soldats s'écroula, ce qui n'entama guère la détermination ennemie. La plupart se relevèrent pour poursuivre l'assaut, malgré les pertes. Vaelin crut même en voir certains ramper sur le sol, en dépit des fûts de bois enfoncés dans leur poitrine ou leur cou. Il décocha quatre flèches d'affilée, joignant ses traits au déluge de mort que faisaient pleuvoir les archers sur les lignes adverses, sans jamais que cesse la bravade assourdissante du régiment.

— *Eruhin Makhtar!*

Une bonne centaine d'Alpirans avaient déjà perdu la vie sur le versant de la colline, mais leur charge perdurait – pis encore, elle semblait monter en puissance. Au pied de la butte grouillait à présent une multitude d'hommes en armes, tous pressés de gravir l'escarpement qui les séparait du Tueur d'Espoir. Depuis son poste d'observation, Vaelin put apprécier la confusion que cette offensive désordonnée avait semée dans la légion. Les cohortes de flanc, notamment, hésitaient entre prendre d'assaut la Garde du Royaume déployée devant elles ou bien converger vers la colline. *La bataille est déjà gagnée*, comprit Vaelin. Comme devant un bœuf excité, il avait suffi d'agiter un chiffon pour mener l'armée alpirane à l'abattoir. *Ne reste plus qu'à les massacrer.* Malgré tous ses défauts, Al Hestian était un tacticien hors pair.

Quand la vague impériale ne se trouva plus qu'à deux cents pas, le Seigneur de Guerre ordonna à ses propres porte-enseigne de donner le signal de l'attaque aux archers cumbraëliens. Ceux-ci s'élancèrent ventre à terre vers le sommet de la butte, où les attendait une forêt de flèches fichées dans le sol sablonneux. Sans préambule, ils firent pleuvoir salve après salve de traits assassins sur les lignes ennemies.

Vaelin, qui avait combattu les Cumbraëliens à maintes reprises, connaissait l'étendue de leurs mortels talents d'archers, mais jamais encore il n'avait assisté à un tel déploiement de troupes. Cinq mille flèches noircirent le ciel, fendant l'air avec un sifflement pareil au souffle d'un serpent titanesque, avant de plonger sur la masse alpirane. Au moment de l'impact, un grondement de douleur et de stupéfaction s'éleva des rangs fauchés en pleine course. Les hommes s'effondraient par lignes entières, chaque salve terrassant au bas mot cinq cents victimes en une terrifiante et mortelle chorégraphie. Au-dessus de Vaelin, la tempête de traits cumbraëliens occultait le soleil. Il jeta un coup d'œil par-dessus son épaule et admira la rapidité avec laquelle ils arrachaient les fûts plantés dans le sol, les encochaient et tiraient. L'un d'entre eux eut même le temps de décocher cinq flèches avant que le premier transperce l'ennemi.

La charge alpirane s'essouffla, ralentie par le rideau d'acier dressé devant eux et par les monceaux de cadavres ou de blessés à enjamber. Tous les soldats levaient leurs bras et boucliers, de bien maigres protections pour parer ce déluge de mort. Mais ils continuaient pourtant d'affluer, stimulés par leur furie aveugle, certains progressant sur le tapis de corps de leurs frères tombés malgré les flèches plantées dans leurs cottes de mailles. Quand ils furent parvenus à cinquante pas du sommet, le Seigneur de Guerre intima aux officiers des régiments de la Garde postés de part et d'autre de la colline d'entrer en action. Les troupes s'élancèrent, lances à l'horizontale, pour repousser la première ligne alpirane. Les cohortes ébranlées vacillèrent un court instant, mais ne tardèrent pas à rallier leurs troupes, aidées en cela par une compagnie d'archers montés qui rejoignirent le front à bride abattue, leurs montures leur permettant de viser la Garde par-dessus les têtes de leurs camarades englués dans la mêlée.

Un nuage de fumée enfla sur la droite, soulevé par la cavalerie alpirane lancée au grand galop contre le flanc de la Garde. Le Seigneur de Guerre prit la mesure du danger et ses porte-enseigne s'agitèrent frénétiquement en direction des régiments montés.

Les rangs impeccables de cavaliers de la Garde se mirent en branle, soulevant à leur tour un nuage de poussière tandis qu'ils manœuvraient pour faire face aux troupes impériales. Un tonnerre de trompettes discordantes signala la charge, dix mille chevaux se ruant à l'assaut des lanciers montés alpirans, qu'ils télescopèrent dans une déflagration tonitruante. La poussière soulevée par les sabots masquait le ballet vertigineux de la mêlée, hommes et chevaux basculant et se cabrant au rythme du fracas des armes. Bientôt, le nuage de sable se fit si dense qu'il devint impossible de suivre le cours du combat, mais la manœuvre avait atteint son but : la charge alpirane avait été interceptée. Les fantassins de la Garde du Royaume purent ainsi poursuivre leur incursion dans le flanc impérial, dont les cohortes commençaient à ployer sous la pression.

Quiconque commandait la légion alpirane entreprit de reprendre le contrôle de ses troupes, comme en témoignait l'arrivée de cinq cohortes d'infanterie destinées à combler la ligne de flanc fissurée. Mais il était trop tard : la formation impériale se creusa, chancelante, puis vola en éclats. La Garde du Royaume s'engouffra dans la brèche et pivota afin de prendre à revers les unités voisines, manœuvre qui provoqua l'effondrement total de la légion en l'espace de quelques minutes. Sautant sur cette occasion de pousser son avantage, le Seigneur de Guerre lâcha la bride aux chevaliers du Vassal Theros, dont la cavalcade de chair et d'acier creva les dernières poches de résistance du flanc droit impérial, avant d'obliquer vers la multitude qui continuait d'assaillir le pied de la colline.

Témoins du massacre de leurs camarades, les Alpirans en poste sur le flanc gauche de la colonne se mirent à hésiter. La panique s'empara d'une cohorte, provoquant une débandade que les aboiements des officiers ne purent empêcher. Quand la Garde du Royaume, emportée par sa percée, atteignit le cœur de l'armée impériale, d'autres cohortes se dispersèrent et toute la formation s'écroula. Bientôt, des milliers d'Alpirans s'enfuyaient à travers la plaine, soulevant dans leur sillage un nuage de fumée si dense qu'il éclipsa le soleil et plongea la bataille dans l'ombre.

Sur le flanc de la colline, aux pieds de Vaelin, les Alpirans survivants tentaient d'échapper aux ravages combinés du déluge de flèches et du carnage perpétré par les chevaliers renfaëliens. Certains, trop épuisés pour courir, se contentèrent de s'éloigner clopin-clopant, les mains serrées sur leurs plaies, sans même tenter de se défendre quand les chevaliers les rattrapaient pour les abattre d'un coup de masse ou d'épée. Ici et là, des groupes de soldats luttaient encore, petits îlots de résistance perdus dans le raz-de-marée de montures et d'acier, mais ils ne tardèrent pas à être submergés à leur tour. Pas un seul d'entre eux n'avait pu atteindre le sommet de la butte, et les Pisteloups n'avaient subi aucune perte.

Sur la droite, le brouillard de poussière créé par le combat contre la cavalerie alpirane ne cessait de croître, si bien que le Seigneur de Guerre envoya les compagnies du Sixième Ordre dans la bataille. Les frères à cape bleue s'y précipitèrent, bientôt engloutis par les tourbillons de sable. Quelques minutes plus tard, des cavaliers impériaux surgissaient de la nébuleuse pour filer vers l'ouest, leurs chevaux écumants de fatigue et de panique. Sur les milliers de fiers guerriers montés lancés à l'assaut du flanc de la Garde, seules quelques centaines avaient survécu.

Vaelin leva les yeux sur le disque pâle du soleil, rougi par le sable ocre du désert. *« Tu seras témoin d'une moisson de mort sous un soleil rouge sang… »* Une phrase entendue en rêve, prononcée par le spectre de Nersus Sil Nin. À l'idée qu'un tel présage ait pu se réaliser, il sentit un frisson lui remonter l'échine. Un corps dans la neige, le cadavre d'un être aimé, tué de ses propres mains…

— Par la Foi ! s'exclama Dentos près de lui, les yeux rivés sur l'hécatombe, un mélange de stupeur et d'effroi au visage. J'ai jamais rien vu de tel.

— Et ne t'attends pas à revoir ça de sitôt, répondit Vaelin en secouant la tête, dans l'espoir de dissiper les vestiges de son cauchemar. Nous n'avons eu affaire qu'à un simple regroupement des garnisons de la côte nord. Quand l'Empereur nous enverra sa véritable armée, je doute que nous remportions un triomphe si éclatant.

# Chapitre 4

Le manoir du gouverneur d'Untesh se dressait au sommet d'une pittoresque colline surplombant le port. Depuis ses hautes croisées, les mâts de la flotte marchande sabordée qui crevaient la surface de l'eau évoquaient les troncs de guingois d'une forêt engloutie. Les jardins de la demeure regorgeaient d'oliveraies, de statues et de longues allées d'acacias, entretenues par une petite armée de jardiniers qui poursuivait son travail malgré la réquisition du domaine par le Seigneur de Guerre. Le reste du personnel de la demeure était resté, lui aussi, et vaquait à ses occupations sans mot dire, ce qui n'avait pas suffi à tempérer le sentiment d'insécurité d'Al Hestian. Sa garde rapprochée redoublait de vigilance, criblant les domestiques de regards noirs, et chacun de ses plats était goûté à deux reprises avant d'arriver sur sa table. Pour autant, la servilité muette des serviteurs reflétait plus ou moins l'attitude générale des citadins. En dépit des troubles initiaux qui avaient ponctué l'arrivée des premiers régiments de la Garde – quelques dizaines de soldats éclopés, survivants du massacre désormais plus connu sous le nom de journée de la Colline Rouge, avaient trouvé la mort lors d'un assaut suicidaire sur les grilles du domaine –, la plupart des Alpirans se montraient aussi calmes qu'obéissants. Sans doute fallait-il y voir l'influence de leur gouverneur qui, avant d'absorber avec sa famille une mesure de poison, avait rédigé une proclamation exigeant la soumission pleine et entière de ses concitoyens aux envahisseurs. Officier en charge de plusieurs détachements alpirans le jour de la Colline Rouge, l'homme estimait apparemment avoir suffisamment de morts sur la conscience pour ne pas en rajouter au moment de la pesée de son âme par les dieux.

Malgré la passivité de la population, le ressentiment qu'elle éprouvait était palpable. Outre les regards accusateurs qu'il sentait peser sur lui à chaque sortie en ville, Vaelin percevait la honte profonde qui étreignait ces hommes et ces femmes, ce sentiment d'humiliation qui les isolait de leurs époux, de leurs frères, de leurs voisins. Beaucoup avaient sans nul doute perdu des fils ou des compagnons sur la Colline Rouge et nourrissaient leur rancune en silence, dans l'attente de l'inévitable riposte de l'Empereur. Il en résultait une atmosphère oppressante, aggravée par l'humeur sombre de la Garde du Royaume. Dès leur cantonnement dans le domaine du gouverneur, la jubilation de la victoire avait laissé place à une profonde aigreur engendrée par la décision du Seigneur de Guerre d'abandonner les blessés graves dans le désert et d'interdire tout pillage de la ville conquise. Dès le lendemain de leur arrivée, un échafaud avait été dressé sur la grand-place. Trois corps y pendaient déjà, tous trois membres de la Garde Royale, chacun affublé d'un panneau indiquant le crime dont il s'était rendu coupable : voleur, déserteur et violeur. Les ordres du roi prohibaient formellement toute exaction à l'encontre des habitants ou des villes conquises, et le Seigneur de Guerre comptait bien les appliquer à la lettre. Son intransigeance lui avait même valu le sobriquet de Rose de Sang, une manière pour les hommes de moquer son blason familial. De fait, les aptitudes de stratège d'Al Hestian n'égalaient guère que sa propension à s'attirer la haine de ses troupes.

Vaelin guidait Écume le long de l'allée d'acacias menant de la grille d'entrée à la cour. Arrivé devant le manoir, il mit pied à terre et tendit les rênes à un valet d'écurie. Mais l'homme, les yeux baissés, la tête penchée, le front baigné de sueur sous le soleil de l'après-midi, n'esquissa pas le moindre geste. Vaelin remarqua le tremblement qui agitait ses mains. Un coup d'œil alentour lui apprit que tous les autres valets avaient adopté la même position ; tous immobiles, ils détournaient le regard et refusaient de s'occuper de son cheval, prêts à en subir les conséquences. *Eruhin Makhtar*, songea-t-il avec un soupir. Il se chargea donc de nouer la longe d'Écume à un piquet, en s'assurant de lui laisser assez de mou pour qu'il atteigne l'abreuvoir.

Le conseil de guerre avait déjà commencé dans le grand salon du manoir, une large salle de marbre tapissée de mosaïques illustrant les hauts faits des principaux dieux alpirans. Comme à l'accoutumée, la discussion avait rapidement dégénéré en débat passionné sur la marche à suivre. Le baron Banders, que Vaelin avait vu se faire battre par le seigneur Darnel à la foire des Eaux-d'Été et qui avait depuis regagné son titre de grand chambellan du Vassal Theros, invectivait copieusement le comte Marven, capitaine de l'ost nilsaëlien. Des insultes telles que « paysan parvenu » ou « sale fouteur d'haridelle » fusaient dans la salle, tandis que les deux hommes se pointaient du doigt et repoussaient les mains qui tentaient de les retenir. Il régnait entre les Nilsaëliens et le reste de l'armée une ambiance délétère depuis la Colline Rouge, leur contingent n'ayant reçu l'ordre de l'assaut qu'après la débâcle ennemie. De fait, la plupart des soldats de Nilsaël s'étaient avérés plus prompts à détrousser les cadavres alpirans qu'à poursuivre l'armée en déroute.

— Vous êtes en retard, seigneur Vaelin, tonna la voix du Seigneur de Guerre, mettant un terme à l'altercation.

— Je viens de loin, monseigneur, répliqua Vaelin.

Al Hestian avait ordonné à son régiment de camper dans une oasis, à quelque huit kilomètres des murailles de la ville, officiellement dans le but de protéger une source d'eau douce essentielle à leur prochaine opération. En réalité, il s'agissait surtout de se prémunir contre un soulèvement potentiel des citadins, qui ne manquerait pas d'advenir s'ils apprenaient la présence du Tueur d'Espoir dans l'enceinte d'Untesh. Cette situation permettait en outre au Seigneur de Guerre de le gourmander pour son retard chaque fois qu'il réunissait le conseil de guerre.

— Eh bien, galopez plus vite, rétorqua sèchement Al Hestian à Vaelin.

Le Seigneur de Guerre se tourna vers les deux nobles ennemis, qui s'affrontaient à présent du regard dans un silence pesant.

— Assez de ces enfantillages. Économisez votre énergie pour l'ennemi. Et avant que vous le demandiez, baron Banders, non, je ne lèverai pas l'interdiction sur les duels. Regagnez vos sièges.

Vaelin s'assit dans le dernier fauteuil restant et recensa d'un coup d'œil les membres du conseil. Répondaient présent le prince Malcius et le Vassal Theros, ainsi qu'une bonne partie des officiers généraux de l'armée. Parmi eux se trouvait également un Frère Commandant du Sixième Ordre qui, s'il n'égalait pas les grades de ses voisins, devançait encore Vaelin dans la hiérarchie de l'Ordre. Toujours aussi sec et aussi nerveux d'apparence, maître Sollis n'avait pas changé ; seules quelques rides nouvelles sur son front et plusieurs mèches poivre et sel attestaient le passage du temps. Son regard gris et dur se fixa sur Vaelin sans chaleur ni animosité. Ils ne s'étaient croisés qu'à une seule reprise depuis l'Épreuve de l'Épée, un échange aussi bref que tendu dans l'étude de l'Aspect, qui avait convoqué Vaelin pour un compte-rendu des récents mouvements de troupes lonakes. Vaelin savait que maître Sollis commandait à présent l'une des compagnies de frères déployées sur le front alpiran, mais il n'avait pas tenté de renouer le contact avec lui, craignant la colère et l'inévitable afflux de souvenirs que la vue de son ancien maître d'escrime ne manquerait pas d'éveiller en lui. « *Ma femme*, avait lâché Urlian Jurahl dans un dernier souffle. *Ma… femme…* »

— Je vous ai réunis ici, commença le Seigneur de Guerre, afin de convenir avec vous de notre feuille de route.

Il s'exprimait avec grandiloquence, insufflait à chacun de ses mots une profonde gravité, ce qui lui conférait un certain cachet théâtral… jusqu'au moment où il coula un regard vers son fils, assis à un secrétaire à l'écart du cercle d'officiers, afin de s'assurer qu'il prenait bonne note. Alucius sourit à son père et griffonna quelques lignes dans son petit carnet relié de cuir. Vaelin remarqua toutefois qu'il cessa immédiatement d'écrire dès que son père eut tourné la tête.

— Nous avons sans doute remporté la plus éclatante victoire de toute l'histoire de notre Royaume, poursuivit le Seigneur de Guerre. Mais seul un fou pourrait croire qu'elle met fin à cette guerre. Nous devons frapper au plus vite si nous souhaitons combler les attentes de notre roi. Dans six mois, les tempêtes hivernales qui cingleront l'Érinée risquent de couper notre ligne de ravitaillement. Nous devons donc nous emparer de Linesh et Marbellis d'ici là. Le roi m'a fait savoir que des renforts devraient débarquer à Untesh dans le courant du mois, sept régiments fraîchement mobilisés, cinq à pied et deux montés. Ils permettront de compenser nos pertes et de tenir la ville face à un siège éventuel. Dès leur arrivée, nous pourrons partir. Reste à décider de notre prochaine cible. Par bonheur, nous disposons de nouvelles informations qui nous aideront à établir notre stratégie. (Il se tourna vers Sollis.) Mon frère ?

Sollis entonna son rapport d'une voix plus rugueuse que dans les souvenirs de Vaelin, comme éraillée par toute une décennie passée à hurler après les novices dont il avait la charge.

— Sur ordre du Seigneur de Guerre, j'ai fait une reconnaissance des défenses de Linesh et Marbellis. Au vu des fortifications additionnelles et des bataillons que j'ai pu y décompter, tout porte à croire que les troupes rescapées de la Colline Rouge ont rejoint Marbellis qui, en tant que cité principale de la côte nord, présente le meilleur potentiel de défense. À en juger par le nombre de fermes et villages abandonnés dans les environs, il semblerait que la plupart des roturiers soient partis trouver refuge à la ville, où ils gonfleront l'effectif de la garnison, mais réduiront d'autant son approvisionnement. En comparaison, les préparatifs de Linesh font pâle figure : seules quelques dizaines de sentinelles arpentent ses remparts, sa garnison ne quitte pas l'enceinte et ne fait pas de patrouilles, et ses murailles sont en fort mauvais état, malgré de récents efforts de rénovation. Je n'y ai vu aucune nouvelle fortification et le fossé ceinturant les murailles n'a pas été creusé.

— Une proie facile, commenta le Vassal Theros. D'abord Linesh, donc, puis Marbellis.

— Non, déclara le Seigneur de Guerre.

Il adopta une pose songeuse, un doigt sur son menton, quand bien même il paraissait évident qu'il avait arrêté sa stratégie bien avant la tenue du conseil de guerre.

— Non. Linesh nous ouvre les bras, certes, mais sa conquête nous coûterait de précieuses semaines de marche. Le trajet séparant Untesh de Marbellis est bien plus direct, d'autant plus que Marbellis constitue la clé de la victoire finale. Sans elle, tous nos efforts auront été en vain. J'en conclus qu'il nous faut diviser nos forces. Seigneur Vaelin.

Le regard du Seigneur de Guerre se posa sur le jeune frère, qui se prit une fois encore à regretter la disparition de la voix du sang. En des heures comme celles-ci, ses conseils lui auraient été précieux.

— Monseigneur ?

— Je vous confie trois régiments d'infanterie, les troupes du comte Marven et un cinquième des archers cumbraëliens. À leur tête, vous marcherez séance tenante sur Linesh, prendrez la ville d'assaut et l'occuperez. Le prince Malcius et sa garde demeureront à Untesh afin d'y appliquer la loi du Royaume. Notre force principale, elle, prendra le chemin de Marbellis dès l'arrivée des renforts du roi. Nous aurons ainsi pris possession des trois cités bien avant les premiers frimas.

Un long silence embarrassé accueillit sa déclaration. Plusieurs officiers tiquèrent, clairement surpris ou troublés, mais ce fut le prince Malcius qui le premier manifesta son mécontentement :

— Vous voulez que je me terre ici pendant que la Garde du Royaume brave le plus grand péril de cette campagne ?

— La décision ne m'appartient pas, Votre Altesse. Je ne fais qu'obéir aux directives écrites du roi, qui m'ont été communiquées juste avant l'embarquement. Je dispose d'exemplaires signés, si vous souhaitez vérifier.

Les mâchoires serrées, le prince contenait visiblement sa colère et son humiliation. Au bout d'un moment, il reprit la parole, un tremblement étouffé dans la voix.

— Et vous attendez du seigneur Vaelin qu'il s'empare d'une cité avec à peine huit mille hommes sous ses ordres ?

— Une cité aux défenses branlantes, d'après nos rapports, riposta le Seigneur de Guerre. Et il ne fait aucun doute que l'illustre Épée du Royaume qui nous accompagne se montrera à la hauteur de la tâche.

Le comte Marven toussa plusieurs fois, le visage cramoisi. Entre son crâne rasé, couvert de poils gris et drus, et l'anneau d'or qui pendait à son oreille gauche en partie arrachée – deux traits typiques de la caste guerrière nilsaëline –, il avait tout d'un bandit de grand chemin, une allure qu'il partageait avec la plupart de ses hommes.

— Monseigneur, lança-t-il à l'adresse d'Al Hestian. Sans vouloir manquer de respect au seigneur Vaelin, il me semble que mon rang exige...

— Au combat, le rang le cède aux aptitudes et à l'expérience, le coupa le Seigneur de Guerre. Le seigneur Vaelin a livré et remporté maintes batailles, alors que vous, si je ne m'abuse, n'avez fait qu'engager quelques escarmouches avec les nombreuses bandes de hors-la-loi qui infestent les grand-routes de votre Fief.

Le comte Marven sourcilla, mais encaissa le camouflet sans desserrer les lèvres.

— Je peine à croire, reprit le prince Malcius, que mon père ait pu cautionner ce plan.

— C'est à moi que le roi Janus a confié les rênes de son armée, Votre Altesse.

La courtoisie de façade d'Al Hestian ne laissait aucun doute sur le peu d'estime qu'il vouait au prince, et ce dernier le lui rendait bien.

La dispute s'envenima. Tandis que chacun haussait le ton tour à tour, Vaelin examinait sous tous ses angles la stratégie du Seigneur de Guerre. D'après les dires de Sollis, s'emparer de la cité ne devrait pas poser trop de problèmes. La tenir contre un siège, en revanche, serait une autre affaire. Par ailleurs, personne n'avait encore mentionné l'armée alpirane, probablement considérable, qui marchait sans doute sur le Nord en cet instant même. Dans la mesure où la route principale – un long ruban sinueux traversant les collines à la lisière orientale du désert – aboutissait droit sur Linesh, il était presque certain que la cité constituerait sa première cible, avant qu'elle se rabatte sur Marbellis. Une cible d'autant plus tentante qu'elle abritait le Tueur d'Espoir… Linesh était condamnée, et le Seigneur de Guerre le savait parfaitement.

*Il fait d'une pierre deux coups*, songea Vaelin. *D'une part, il se débarrasse de son rival pour la postérité ; de l'autre, il s'assure que les Alpirans jetteront toutes leurs forces dans le siège de Linesh, s'affaiblissant au passage, tandis qu'il inscrit son nom au panthéon des généraux du Royaume en s'emparant de Marbellis. En outre, m'exposer à la fureur des Alpirans lui permet d'obtenir sa vengeance pour la mort de Linden.* Vaelin fronça les sourcils au souvenir des instructions de l'Aspect. *Vulnérable… évincé du corps principal de l'armée, à l'abri des regards indiscrets… Une cible facile…*

— Ce plan me paraît excellent, lança-t-il d'une voix joviale, mettant fin au vacarme ambiant.

Le prince Malcius posa sur Vaelin un regard scandalisé.

— Monseigneur ?

— Le Seigneur de Guerre doit prendre des décisions difficiles. Cependant, nul ici ne pourrait nier ses qualités de stratège après notre dernière victoire. Nous ne devons pas perdre foi en lui, surtout en cette heure grave. J'accepte avec grand plaisir la mission qu'il m'assigne. (Il gratifia Al Hestian d'une solennelle révérence.) Et je le remercie de l'honneur qu'il me fait.

— Le piège qu'il te tend ne t'a pas échappé, j'espère ?

Vaelin dénoua la longe d'Écume et l'entraîna sur l'allée de gravier, sans un regard pour Sollis.

— Plus grand-chose ne m'échappe ces derniers temps, maître.

—Mon frère, le corrigea Sollis. Ou Frère Commandant, si tu y tiens. Le temps où tu m'appelais « maître » est révolu.

—Et pourtant… (Vaelin resserra la sangle de sa selle, puis épousseta le sable sur les flancs d'Écume.) Je m'en souviens comme si c'était hier.

—Tu n'es plus un enfant, mon frère. Me bouder comme tu le fais ne sied guère à une Épée du Royaume.

Vaelin fit volte-face, la poitrine embrasée par une flambée de colère, mais Sollis affronta son courroux sans ciller ni reculer. Il se trouvait en présence de l'une des rares personnes qui ne le craindraient jamais… une qualité aussi précieuse que profitable, sans aucun doute. Malheureusement, l'Épreuve de l'Épée continuait de se dresser entre eux.

—Je ne fais qu'appliquer les directives de l'Aspect, déclara Vaelin à Sollis. Ou du moins j'essaie. Tout comme vous, j'en suis sûr.

—L'Aspect m'a ordonné d'entraîner ma compagnie dans ce guêpier, sans m'expliquer ses raisons.

—Vraiment ? À moi, il en a dit bien plus que je n'aurais voulu entendre. (Le regard rivé sur son ancien maître, Vaelin guettait l'effet de ses paroles.) Que savez-vous du Septième Ordre, mon frère ? Que pouvez-vous m'apprendre au sujet de Celui Qui Attend ? ou encore du massacre des Aspects ?

Pour toute réaction, Sollis battit des paupières.

—Rien. Rien que tu ne saches déjà.

—Dans ce cas, je m'en retourne à mon piège.

Il mit un pied à l'étrier et monta en selle. Quand il baissa les yeux sur Sollis, il lut sur son visage une expression qu'il ne lui connaissait pas : l'incertitude.

—Si, au terme de cette campagne, vous parvenez à rentrer au Royaume et moi pas, déclara Vaelin, dites à l'Aspect que j'ai fait tout ce qui était en mon pouvoir. Pour le reste, les sept Aspects devraient consulter la princesse Lyrna. Elle seule peut sauver le Royaume.

Puis il éperonna Écume et partit au galop, soulevant dans son sillage un nuage de poussière. Le caractère irrévocable des événements le rendait, paradoxalement, presque euphorique. *Linesh. Je trouverai mes réponses à Linesh.*

—Malin, comme idée.

Sur la face replète de Holus Nester Aruan, le gouverneur de Linesh aux cinquante ans bien tassés, aux doigts boudinés couverts de pierreries et à l'indéniable embonpoint, se peignait une expression de terreur et de colère mêlées. Ils l'avaient débusqué dans un petit boudoir au large du grand hall de son manoir, une dague à la main. Frentis l'avait désarmé d'une clé de bras, comme en témoignait l'ecchymose qui ornait son poignet. Au lieu de répondre à Vaelin, il cracha sur la superbe mosaïque du sol, ferma les yeux et poussa un profond soupir. De toute évidence, il attendait qu'on l'exécute.

—Coriace, le bonhomme, hein ? fit remarquer Dentos.

—Laisser une brèche dans les murailles, reprit Vaelin. Simuler des rénovations dans l'espoir que nous tombions dans la fosse hérissée de pieux aménagée juste derrière. Très malin.

—Tuez-moi, qu'on en finisse, grinça le gouverneur. Je suis déjà suffisamment déshonoré pour ne pas avoir à endurer vos platitudes. (Il renifla bruyamment et plissa le nez.) Tous les Boréens dégagent-ils ce singulier parfum de merde ?

Vaelin avisa ses habits empreints de viscosités brunâtres. Frentis et Dentos, tout aussi souillés que lui, exhalaient une odeur pestilentielle.

—Vos égouts manquent d'entretien, répondit-il. Les conduits engorgés sont légion, là-dessous.

Le gouverneur émit une plainte basse et grimaça.

—La grille d'écoulement du port.

—En effet. Facilement accessible à marée basse, une fois les barreaux descellés. Le frère Frentis ici présent a passé quatre nuits à ramper le long du sable humide pour en gratter le mortier.

Vaelin gagna la fenêtre et pointa du doigt la tourelle d'entrée du domaine. Une torche enflammée s'y agitait dans les ténèbres.

— Un signal de victoire. Nous avons pris les murailles et capturé votre garnison. La cité est à nous, monseigneur.

Les yeux plissés, le gouverneur scruta longuement Vaelin, s'arrêta sur son visage et son uniforme.

— Un grand guerrier à la cape bleue, dit-il dans un souffle. Des yeux charbonneux, habités par une ruse de chacal. Le Tueur d'Espoir. (Un voile de désespoir tomba sur son visage.) Vous nous avez tous condamnés en venant ici. Quand l'Empereur aura vent de votre présence à Linesh, il enverra ses cohortes incendier la ville rien que pour vous réduire en cendres.

— Ça n'arrivera pas, le rassura Vaelin. Mon roi m'en voudrait de laisser détruire ses tout nouveaux territoires.

— Votre roi est un fou, et vous son chien enragé.

Frentis tressaillit.

— Tiens ta langue, gros tas…

Vaelin le réduisit au silence d'un geste.

— Si m'insulter vous permet de soulager votre culpabilité, alors faites. Mais permettez-moi au moins de vous présenter nos conditions.

Le gouverneur fronça les sourcils, déconcerté.

— Vos conditions ? Quelles conditions ? Vous nous avez conquis !

— En tant que sujets du Royaume Unifié, vos concitoyens et vous bénéficiez désormais de tous les droits et privilèges qui accompagnent ce statut. Nous ne venons ni vous réduire en esclavage ni vous piller. Linesh est un port prospère et le roi Janus souhaite qu'il le reste, sans bouleverser le moins du monde son intendance actuelle.

— Si votre roi espère que je travaille pour lui, alors sa folie ne fait aucun doute. Ma vie ne tient plus qu'à un fil. Je dois me donner la mort, comme l'Empereur et l'honneur l'exigent.

— *Hasta !*

Au cri dans le couloir succéda l'irruption dans la pièce d'une jeune adolescente aux yeux exorbités de terreur. Vêtue d'une chemise de nuit blanche, elle serrait un petit couteau dans son poing. Frentis s'avança pour l'intercepter, mais Vaelin le retint d'un geste. La jeune femme courut s'interposer entre le gouverneur et les frères, agitant son couteau et toisant Vaelin d'un air de défi. Elle parlait avec un fort accent et il fallut à Vaelin quelques secondes pour la comprendre.

— Laissez mon père tranquille !

Le gouverneur la prit par les épaules et lui murmura quelque chose à l'oreille. Elle se mit à trembler, les yeux embués de larmes, le couteau tressautant dans son poing. Vaelin remarqua la douceur avec laquelle son père entreprit de la calmer, avant de lui prendre son arme et de l'attirer dans ses bras quand elle éclata en sanglots.

— À Untesh, dit Vaelin, la famille du gouverneur n'a eu d'autre choix que de l'accompagner dans la mort. Vous avez de bien étranges coutumes, dans ce pays.

Le gouverneur lui décocha un regard en coin chargé de ressentiment, sans cesser de bercer sa fille.

— Quel âge a-t-elle ? demanda Vaelin. C'est votre seul enfant ?

L'homme ne répondit pas, mais resserra son étreinte sur l'adolescente.

— Sachez qu'elle n'a rien à craindre de moi ni de mes hommes. Nous avons pour ordre d'éviter toute violence, nous cantonnerons dans des limites strictement délimitées et ne patrouillerons pas dans les rues. Tout bien qui nous paraîtra nécessaire, nous le paierons. Qu'un seul de mes hommes ose lever la main sur l'un de vos citoyens et je le ferai exécuter. Vous continuerez d'administrer la ville et de pourvoir aux besoins de la population. Les impôts existants continueront d'être perçus. L'un de mes officiers, le frère Caenis, vous rencontrera demain pour convenir des détails de notre occupation. Acceptez-vous ces conditions, monseigneur ?

Le gouverneur caressa les cheveux de sa fille et acquiesça avec froideur, le regard voilé de larmes de honte. Vaelin le salua d'une courte révérence.

— Je tiens à m'excuser pour le dérangement. Nous nous reparlerons bientôt.

Ils s'apprêtaient à passer la porte quand la voix du sang se mit à hurler en Vaelin, plus puissante, plus distincte que jamais, aussi brutale qu'un coup de marteau assené en pleine tête. La bouche envahie par un goût métallique, Vaelin se lécha la lèvre supérieure et s'aperçut qu'un épais filet de sang lui coulait des narines. Ses membres soudain glacés cédèrent sous son poids et il tomba à genoux, retenu juste à temps par Dentos qu'avait alerté le crépitement du sang sur les carreaux de la mosaïque. Au ruissellement moite qui baignait ses joues, il comprit que ses oreilles aussi s'étaient mises à saigner.

— Mon frère ? lâcha Dentos d'une voix affolée.

Au bord de la panique, Frentis avait tiré son épée et couvait le gouverneur d'un regard menaçant. L'édile, pour sa part, observait la scène avec un effroi teinté d'hébétude.

Le manoir s'évanouit tout autour de Vaelin qui, la vue brouillée, se sentit assailli d'ombres et de brumes indistinctes. Un bruit se fit entendre dans ce flou nébuleux, un tintement régulier de métal sur la pierre, suivi de la vision trouble d'un burin frappant un bloc de marbre. Le burin se soulevait et s'abattait sans relâche, de plus en plus vite, plus vite qu'il n'était humainement possible, tandis qu'un visage commençait à émerger de la pierre…

— *Il suffit !*

Le cri mental d'une autre voix du sang, comprit Vaelin d'instinct. Une voix du sang qui n'était pas la sienne. Elle possédait une tonalité différente, plus forte, plus affirmée. Une autre voix parlait dans son esprit. Le visage de marbre se dissipa, soufflé comme un tourbillon de sable emporté par le vent, et le martèlement du burin cessa.

— *Votre chant est indompté*, décréta la voix. *Il vous rend vulnérable, vous devriez faire plus attention. Tous les Chanteurs ne sont pas aussi bienveillants que moi.*

Vaelin voulut répondre, mais les mots s'étranglèrent dans sa gorge. *Le chant*, songea-t-il. *Il ne peut entendre que le chant.* De toutes ses forces, il tenta de moduler sa voix intérieure, de composer une réponse, mais n'obtint pour tout résultat qu'un hurlement grêle et terrifié.

— *N'ayez pas peur de moi*, reprit la voix. *Venez me trouver quand vous aurez récupéré. J'ai quelque chose pour vous.*

Vaelin convoqua ses derniers vestiges d'énergie pour concentrer la cacophonie stridente de son esprit en une seule note, un seul mot.

— *Où ?*

Il eut à nouveau droit à la vision du burin et de la pierre. Cette fois-ci, cependant, le bloc de marbre était intact, comme s'il avait réintégré le visage pétrifié dans ses entrailles. Le burin, posé sur le rectangle de roche, attendait.

— *Vous savez très bien où.*

# Chapitre 5

À son réveil, il baignait dans une odeur plus infecte encore que les égouts de Linesh. Un objet humide et rugueux lui râpait le visage. Alors seulement il prit conscience du poids qui lui écrasait la poitrine.

— Descends de là, sale bête !

La voix sévère de sœur Gilma le tira de sa somnolence et il ouvrit grands les yeux, se trouvant nez à truffe avec Balafre qui célébra le retour à la conscience de son maître d'un jappement ravi.

— Salut, idiot de chien, grommela Vaelin.

— Descends, j'ai dit !

Transi par l'éclat de voix de sœur Gilma, Balafre sauta au bas du lit et se coula dans un coin de la pièce avec un geignement irrité. Il avait toujours éprouvé pour la guérisseuse un respect craintif, sans doute parce qu'elle n'avait jamais manifesté la moindre peur en sa compagnie.

Vaelin balaya la pièce du regard, entièrement démeublée à l'exception de son lit et d'une table, où sœur Gilma avait disposé toute une panoplie de fioles et de coffrets contenant ses remèdes. De la fenêtre ouverte lui parvenaient les pleurs des goélands, ainsi qu'une brise légère chargée de parfums d'iode et de poisson.

— Frère Caenis a réquisitionné l'ancienne permanence de la guilde marchande de Linesh, lui expliqua la guérisseuse. (Elle posa une main sur son front et prit son pouls à son poignet.) Toutes les avenues de la ville donnent sur les quais et ce bâtiment s'y dressait, parfaitement vide, comme s'il nous attendait. Un quartier général idéal. Votre chien était dans tous ses états. Il n'a pas arrêté de nous tanner jusqu'à ce qu'on lui ouvre la porte de votre chambre. Il ne vous a pas quitté depuis.

Vaelin grogna et lécha ses lèvres desséchées.

— Combien de temps ?

Les yeux bleu clair de Gilma flottèrent sur lui quelques instants, presque réticents. Puis elle fit demi-tour et regagna la table, où elle versa un liquide verdâtre dans un bol pour y mélanger une poudre pâle.

— Cinq jours, répondit-elle sans se retourner. Vous avez perdu beaucoup de sang. Bien plus que je ne pensais possible, si vous voulez tout savoir.

Elle lâcha un ricanement sarcastique, puis se retourna, son grand sourire coutumier aux lèvres, et porta le bol à sa bouche.

— Buvez-moi ça.

La mixture avait un goût amer, mais pas déplaisant. Dès les premières gorgées, Vaelin sentit sa fatigue le déserter. *Cinq jours.* Cinq jours de trou noir absolu, dont il ne gardait aucun souvenir. Il n'avait même pas rêvé. *Cinq jours volés. Par qui ?* Il percevait encore le chant de l'autre voix du sang, un appel lointain mais insistant, ainsi que l'écho de sa réponse et la vision du bloc de marbre, tous deux gravés dans sa mémoire. D'un coup, les révélations de Sella dans la Cité Déchue prenaient tout leur sens. « D'autres personnes, plus âgées et plus sages, possèdent le même don. Elles pourront te guider. »

— Je dois…, commença-t-il en se redressant.

— Oh Vaelin que non !

Au ton employé par sœur Gilma, il comprit qu'elle ne souffrirait aucune discussion et se laissa repousser par la main potelée de la guérisseuse dans le cocon moelleux du lit. De toute manière, il n'avait même pas la force de lui résister.

— Sûrement pas, mon frère. Vous devez vous rallonger et vous reposer, rien de plus. (Elle remonta les couvertures sous son menton et le borda sans ménagement.) Le calme règne sur la cité. Frère Caenis a la situation bien en main. Vous pouvez dormir tranquille.

Elle recula d'un pas. Pour une fois, elle arborait une mine grave.

— Mon frère, avez-vous la moindre idée de ce qui vous est arrivé ?

— Vous n'avez jamais rien vu de tel, c'est ça ?

Elle secoua la tête.

— Non, en effet. Toute hémorragie découle normalement d'une blessure, d'une coupure ou d'une lésion quelconque. Or, vous êtes parfaitement indemne. Une tumescence cérébrale aurait pu causer de tels saignements, mais seulement au prix de votre vie. Et pourtant, vous voilà. Certains parmi les hommes pensent que le gouverneur Aruan vous a jeté une malédiction, un Ténébreux sortilège ou autre, à tel point que Caenis a dû poster des sentinelles à l'entrée de son manoir et distribuer quelques coups de fouet pour les calmer.

*Des coups de fouet ?* pensa Vaelin. *Je n'ai jamais eu besoin de sévir ainsi.*

— Je ne peux pas vous aider, ma sœur, répondit-il en toute honnêteté. J'ignore ce qui s'est passé.

*Mais je sais ce qui l'a provoqué.*

Il lui fallut patienter deux jours de plus avant que sœur Gilma lui rende sa liberté, une délivrance assortie toutefois de deux sévères injonctions : il lui fallait éviter à tout prix le surmenage et s'assurer d'avaler au moins un litre d'eau par jour. Vaelin convia immédiatement ses capitaines à une réunion dans le corps de garde, d'où ils purent apprécier la progression des travaux de défense. Un épais voile de poussière s'élevait des chantiers, où des soldats s'échinaient à creuser le fossé d'enceinte et réparer les murailles affaiblies par des décennies de négligence.

— Il fera cinq mètres de profondeur, une fois achevé, déclara Caenis en lui désignant le fossé. Nous en sommes presque à trois, pour le moment. La rénovation des murailles prend plus de temps, en raison du petit nombre de maçons chevronnés dans nos rangs.

Vaelin cracha pour dégager sa gorge déshydratée, porta sa timbale à sa bouche et se désaltéra longuement.

— Encore combien de temps ? demanda-t-il enfin, horripilé par le grincement rauque de sa voix.

Il savait pertinemment que son allure n'inspirait guère confiance à ses officiers. Entre les cernes noirs qui soulignaient ses yeux, sa peau livide et son front moite, il n'était plus que l'ombre de lui-même. Il pouvait lire l'inquiétude dans les regards de ses frères, ainsi que l'embarras dans ceux du comte Marven et des autres capitaines. *Ils se demandent si je suis encore apte à commander*, soupçonna-t-il. *Ils n'ont peut-être pas tort.*

— Au moins deux semaines, répondit Caenis. Nous irions plus vite si nous pouvions recruter des travailleurs en ville.

— Non, lâcha Vaelin sur un ton catégorique. Si nous souhaitons vraiment occuper cette région, nous allons devoir gagner la confiance du peuple. Leur fourrer une pelle dans les mains et les envoyer se briser le dos sur un chantier ne risque pas de les rallier à notre cause.

— Mes hommes sont ici pour combattre, monseigneur, déclara le comte Marven d'une voix légère, que démentait la lueur sournoise de son regard. S'ils avaient voulu passer leurs journées à creuser des trous, ils se seraient faits terrassiers et non soldats.

— Le labeur d'un soldat recouvre bien des activités, monseigneur, lui rétorqua Vaelin. Quant au combat, je crains qu'ils n'aient pas à attendre bien longtemps. Faites savoir aux mécontents que je les autorise à quitter la ville. Après tout, seule une petite centaine de kilomètres en plein désert les sépare d'Untesh. Peut-être trouveront-ils là-bas un navire en partance pour le Royaume.

Submergé par une soudaine vague de lassitude, Vaelin s'adossa à un merlon pour leur dissimuler son équilibre précaire. Entre l'inquiétude de ses amis et l'insubordination larvée de ses subalternes, le fardeau du commandement lui pesait de plus en plus. Son exaspération naissante se voyait aggravée par l'insistance de la voix du sang, qui n'avait cessé de l'attirer vers le chant inconnu et le bloc de marbre qui, il le sentait, se cachait quelque part dans la cité.

— Vous ne vous sentez pas bien, monseigneur ? s'enquit le comte Marven, plein d'une sollicitude hypocrite.

Résistant à l'envie de lui faire sauter une rangée de dents d'un coup de poing bien ajusté, Vaelin se tourna vers Bren Antesh, l'archer trapu placé à la tête de la compagnie cumbraëline. De tous ses capitaines, il était de loin le plus taciturne ; il prenait rarement la parole lors des réunions, filait le premier à chaque levée de séance et affichait en permanence un air ombrageux. Tout en lui transpirait le dédain et faisait bien comprendre qu'il ne quêtait ni leur approbation ni leur estime. S'il nourrissait quelque ressentiment à l'idée de servir sous les ordres d'un homme que ses concitoyens nommaient encore le Sombrelame, il le cachait bien.

— Et vos hommes, capitaine ? lui demanda Vaelin. Se plaignent-ils de leur charge de travail ?

Sans se départir de sa morgue, Antesh répondit par ce qui ressemblait fort à un verset des Dénaires :

— Un honnête labeur nous rapproche de l'amour du Père Universel.

Vaelin grogna et se tourna vers Frentis.

— Des nouvelles des patrouilles ?

Frentis secoua la tête.

— Rien à signaler, mon frère. Toutes les voies d'accès restent dégagées et les collines sont vides d'éclaireurs ou d'espions.

— Peut-être se dirigent-ils vers Marbellis, en fin de compte, hasarda le seigneur Al Cordlin, commandant du treizième régiment d'infanterie, baptisé les Geais Bleus en raison des plumes azurées peintes sur leurs plastrons. Il s'agissait d'un homme de solide constitution, quoiqu'un peu nerveux. Il avait le bras en écharpe depuis la Colline Rouge, où il avait perdu un tiers de ses hommes lors de l'assaut meurtrier sur le flanc droit de la colonne alpirane. Vaelin lui trouvait bien peu d'enthousiasme à l'idée de la prochaine bataille, mais il ne pouvait guère lui en vouloir.

Il se tourna vers Caenis.

— Comment se passe la collaboration avec le gouverneur ?

— Il coopère. De mauvaise grâce, mais il coopère. Son autorité lui a permis jusqu'ici d'apaiser la population, et son éloquence d'enjoindre à la guilde des marchands et au conseil municipal de garder la tête froide. À l'en croire, tribunaux et percepteurs d'impôt continuent d'œuvrer au mieux, malgré les circonstances. Mais les affaires sont au plus bas, tu t'en doutes. La plupart des vaisseaux alpirans ont pris le large en apprenant la chute de la cité, et les équipages restants refusent de naviguer, menaçant même d'incendier leurs navires si nous tentons de nous en emparer. Les Volariens et les Meldénéens, pour leur part, comptent bien tirer profit de la situation. Le prix des épices et de la soie est monté en flèche, ce qui signifie que les tarifs ont déjà dû doubler dans le Royaume.

Le seigneur Al Trendil, commandant du seizième d'infanterie, étouffa un soupir d'amertume. En interdisant formellement à l'armée de prendre part au négoce local afin de déjouer toute accusation de corruption, Vaelin avait gravement déçu certains nobles de son corps d'officiers, à la bourse fournie et au flair commercial avéré.

— Et les réserves de nourriture ? s'enquit Vaelin, préférant ignorer Al Trendil.

— Pleines à craquer, répondit Caenis. Suffisantes pour deux mois de siège, au bas mot. Encore plus avec un rationnement rigoureux. L'approvisionnement en eau de la ville provient de puits et de ruisseaux situés à l'intérieur de l'enceinte, donc aucun risque de mourir de soif.

— À condition que les habitants n'aillent pas les empoisonner, intervint Bren Antesh.

— Très juste. (Vaelin hocha la tête en direction de Caenis.) Fais surveiller les puits principaux.

Il se redressa et découvrit que son vertige passager s'était dissipé.

— Nous tiendrons notre prochaine réunion dans trois jours. Je vous remercie de votre attention.

Après le départ des capitaines, Vaelin et Caenis demeurèrent seuls sur le chemin de ronde.

— Comment te sens-tu, mon frère ? demanda Caenis.

— Un peu fatigué, c'est tout.

Vaelin sonda l'immensité sauvage du désert. Au loin, le soleil à son zénith faisait danser l'horizon derrière un voile de chaleur. Le jour viendrait où il monterait sur ces remparts et verrait cet horizon noirci par l'armée alpirane, il en avait conscience. Restait à savoir quand. Lui laisseraient-ils assez de temps pour accomplir sa mission ?

— Crois-tu qu'Al Cordlin puisse avoir raison ? l'interrogea Caenis. Après tout, le Seigneur de Guerre aura entamé son siège de Marbellis, à l'heure qu'il est. Et il s'agit de la plus grande ville de la côte.

— Sauf que le Tueur d'Espoir ne se trouve pas à Marbellis, répliqua Vaelin. Le Seigneur de Guerre a bien joué son coup. Il nous expose au courroux de l'Empereur et s'offre toute latitude pour le siège de Marbellis. Ne nous faisons pas d'illusions.

— Nous les repousserons, va, déclara Caenis avec conviction.

— Ton optimisme te fait honneur, mon frère.

— Cette cité est essentielle au projet royal. Rends-toi compte, mon frère, nous inaugurons ici la marche glorieuse de notre peuple vers un plus grand Royaume Unifié. À terme, ces terres nouvellement conquises formeront le cinquième Fief du Royaume, réunies sous la bannière du roi Janus et de ses descendants avisés, et libérées de leurs superstitions ignorantes comme du joug tyrannique de leur Empereur. Non, mon frère, nous devons tenir bon.

Vaelin eut beau guetter une pointe d'ironie dans la tirade de son ami, il n'y trouva que sa coutumière et aveugle allégeance au roi. Une fois encore, il fut tenté de lui révéler la teneur de ses entretiens avec Janus, se demandant si la dévotion que Caenis vouait au vieillard survivrait à la découverte de la véritable personnalité du roi, mais il se retint, comme toujours. Cette loyauté sans borne permettait à Caenis de se définir, de se protéger des innombrables mensonges et approximations qui émaillaient leur service de la Foi. La raison profonde de cette ferveur échappait à Vaelin, mais il se refusait à ébranler les réconfortantes certitudes de son camarade, si illusoires soient-elles.

— Bien sûr que nous tiendrons, lança-t-il à Caenis avec un sourire sinistre.

*Quand bien même notre survie ou notre disparition ne changera rien à rien.*

Il gagna l'escalier des remparts.

— Je pars me promener en ville, histoire de rattraper le temps perdu.

— Laisse-moi rassembler quelques gardes. Tu ne devrais pas traîner seul.

Vaelin secoua la tête.

— Ne t'inquiète pas pour moi, mon frère. Je sais encore me défendre.

Caenis n'était pas convaincu, mais il acquiesça à contrecœur.

— Comme tu voudras. Oh ! ajouta-t-il alors que Vaelin entamait sa descente. Le gouverneur a sollicité la visite d'un guérisseur. Apparemment, sa fille serait tombée malade et aucun des médecins de Linesh ne disposerait des compétences requises pour la soulager. J'ai dépêché sœur Gilma à son manoir dans la matinée. Peut-être sera-t-il plus disposé à nous aider, après ça.

— J'ai toute confiance en sœur Gilma. Si quelqu'un peut y arriver, c'est bien elle. Et présente au gouverneur mes meilleurs vœux de rétablissement pour sa fille, d'accord ?

— Entendu, mon frère.

La femme qui lui ouvrit la porte de l'atelier du tailleur de pierre ne camoufla pas le dégoût qu'il lui inspirait. Les sourcils froncés, son front lisse barré d'un pli hostile et ses yeux sombres crépitants de haine, elle l'écouta se présenter sans un mot. Elle approchait de la trentaine, coiffait ses longs cheveux noirs en queue-de-cheval et cachait son corps élancé sous un tablier de cuir empoussiéré. Derrière elle résonnait le martèlement rythmique du métal contre la pierre.

— Bonjour, ma dame, dit-il. Pardon de vous incommoder ainsi.

Elle croisa les bras et cracha une brève réponse en alpiran. À en juger par le ton employé, elle ne l'invitait pas à déguster une tasse de thé glacé à l'intérieur.

— Je… on m'a convié ici, poursuivit Vaelin.

Rien dans l'immobilité inflexible de la jeune femme, depuis son regard sévère jusqu'au trait mince de sa bouche, n'indiquait si elle pouvait le comprendre ou non.

Vaelin jeta un coup d'œil sur la rue déserte. Avait-il mal compris la vision ? La voix du sang l'avait pourtant guidé au gré des rues avec une telle assurance, une telle implacable mélodie, qu'une erreur lui paraissait impossible. En outre, elle s'était tue au moment même où il dépassait cette porte, surmontée par une enseigne arborant un marteau et un burin. Il plaqua un sourire sur son visage, sans céder à l'envie d'entrer de force dans l'atelier.

— Je suis simplement venu discuter.

Son front se creusa un peu plus.

— On ne discute pas avec les Boréens, ici, lâcha-t-elle dans un accent à couper au couteau.

Vaelin perçut alors un murmure intérieur, et le martèlement continu qui emplissait l'atelier se tut brusquement. Une voix masculine cria quelque chose en alpiran et la femme afficha une moue contrariée. Elle jeta un dernier coup d'œil hostile à Vaelin, puis s'écarta.

— Choses sacrées, ici, dit-elle comme il franchissait le seuil. Dieux vous maudissent si vous volez.

Les dimensions de l'atelier excédaient de loin ce que la façade laissait présager. Vaelin découvrit une pièce gigantesque, au plafond haut et au sol dallé de marbre sur une superficie d'au moins trente mètres carrés. Depuis les lucarnes ouvertes en surplomb se déversait la lumière du soleil, qui baignait de ses rayons une incroyable profusion de statues. Certaines mesuraient à peine cinquante centimètres, d'autres avaient taille humaine et l'une d'entre elles, qui représentait un homme à la musculature improbable aux prises avec un lion, culminait à près de trois mètres de hauteur. Vaelin fut frappé par la vitalité qui s'en dégageait, la minutie de ses détails, comme si le sculpteur était parvenu à capturer le paroxysme de la violence de cet affrontement entre le fauve et le géant. Non loin se trouvait une autre statue grandeur nature, celle d'une femme à la beauté saisissante, aux bras écartés en signe de supplication, ses traits délicats figés dans une expression de profonde tristesse.

— Herlia, déesse de la Justice, pleurant au moment de rendre son premier verdict.

Au son de cette voix, le chant intérieur de Vaelin grimpa dans les aigus non pas pour l'avertir, mais pour saluer l'inconnu qui se tenait devant lui, les poings sur les hanches, un burin et un marteau dépassant des poches larges de son tablier. Les muscles noueux qui roulaient sous la chair de ses bras nus, associés à sa carrure trapue, lui conféraient une aura de force indéniable. Il avait le visage anguleux, des pommettes hautes et des yeux en amande. Les rares parties de son corps qui n'étaient pas couvertes de poussière révélaient une pigmentation cuivrée.

— Vous n'êtes pas alpiran, dit Vaelin.

— Vous non plus, répliqua l'homme dans un éclat de rire. Et pourtant, nous voici réunis.

Il se tourna vers la femme et prononça une phrase en alpiran. Elle décocha à Vaelin un regard torve, puis disparut dans l'arrière-boutique.

Vaelin indiqua la statue du menton.

— Pourquoi est-elle si triste ?

— Tombée amoureuse d'un mortel, elle fit naître en lui une telle passion qu'il finit par commettre un crime. Elle dut le juger et l'emprisonner dans les entrailles de la terre où, enchaîné à un rocher, il endure une éternité de souffrance, la chair perpétuellement dévorée par des rats affamés.

— Au vu du châtiment, ce devait être un crime épouvantable.

— Oh que oui ! Après avoir dérobé une épée enchantée, il a tué un dieu qu'il prenait pour son rival. En réalité, il s'agissait du frère de son aimée, Ixtus, le dieu des Rêves. Voilà pourquoi nous souffrons de cauchemars, nous autres mortels, lors de ces nuits blêmes où le spectre du dieu défunt vient assouvir sa vengeance sur notre espèce.

— Tout dieu est mensonge. Mais c'est une bonne histoire. (Il tendit une main.) Vaelin Al Sorna…

— Frère du Sixième Ordre, Épée du Royaume Unifié et désormais commandant des troupes étrangères qui stationnent dans notre belle cité. Un parcours intéressant, comme c'est souvent le cas chez les Chanteurs. Avec nos chants pour guides, nous arpentons bien des chemins. (L'homme serra la main de Vaelin.) Ahm Lin, humble tailleur de pierre, à votre service.

— Ce sont vos œuvres ? demanda Vaelin en englobant d'un geste les statues rassemblées.

— Si on veut.

Ahm Lin tourna les talons et s'enfonça dans les profondeurs de l'atelier. Vaelin lui emboîta le pas, fasciné par cette parade fantastique d'êtres et de tableaux innombrables.

— Ce sont tous des dieux ?

— Pas tous. Ici, par exemple… (Ahm Lin s'arrêta devant le buste d'un homme au visage grave, au nez crochu et aux sourcils broussailleux.) Je vous présente l'Empereur Cammuran, le tout premier occupant du trône de l'Empire Alpiran.

— Il paraît soucieux.

— Et il a raison. Son propre fils a tenté de le tuer quand il a compris que le titre d'empereur lui échapperait. L'idée de désigner un successeur au trône parmi le peuple, avec le concours des dieux, bien entendu, constituait une formidable rupture avec la tradition.

— Qu'est-il arrivé au fils ?

— L'Empereur l'a privé de tous ses biens, lui a fait arracher la langue et crever les yeux, avant de le jeter hors du palais où il a fini sa vie comme mendiant. La plupart des Alpirans estiment que l'Empereur a fait preuve d'une indulgence excessive. Un peuple fort aimable, ces Alpirans, courtois et généreux à l'extrême, mais tout à fait impitoyables une fois qu'on les a provoqués. Vous feriez bien de vous en souvenir, mon frère. (En l'absence de réponse, il observa Vaelin du coin de l'œil.) Je dois m'avouer surpris que votre chant vous ait guidé sur ces rivages. Vous vous doutez, j'imagine, que votre invasion est condamnée.

— Ma voix du sang a fait preuve… d'inconstance, ces derniers temps, et il y a longtemps qu'elle ne m'a pas conseillé. À vrai dire, avant que j'entende votre appel, elle gardait le silence depuis plus d'un an.

— Le silence. (Ahm Lin, abasourdi, l'étudia d'un air intrigué.) Quel effet ça fait ?

Il semblait presque envieux.

— On a l'impression de… de perdre un membre, répondit Vaelin avec franchise.

Pour la toute première fois, il prenait la mesure du vide ressenti à la disparition de son chant intérieur. À présent qu'il l'avait retrouvé, il acceptait enfin cette vérité : la voix du sang n'était pas une malédiction. Sella avait raison ; c'était un don, un don qu'il avait fini par chérir.

— Nous y voilà.

Ahm Lin écarta les bras quand ils parvinrent au fond de l'atelier, où un grand établi croulait sous un stupéfiant arsenal d'outils proprement disposés l'un à côté de l'autre – des marteaux, des ciseaux et des burins, bien sûr, mais aussi une multitude d'instruments étranges dont Vaelin ignorait le nom. Non loin, une échelle reposait contre un énorme bloc de marbre d'où émergeait une statue à moitié achevée. À sa vue, Vaelin fut saisi de stupeur. Ce museau, ces oreilles, cette fourrure finement sculptée et ces yeux, ces inoubliables yeux… En lui, la voix du sang entonna une note chaude et vibrante. Elle aussi l'avait reconnu. Le loup. Le loup qui lui avait sauvé la vie dans l'Urlish. Le loup qui, d'un hurlement, l'avait mis en garde contre sœur Henna, dans la Loge du Cinquième Ordre. Le loup qui l'avait empêché de commettre un meurtre dans la Martishe.

— Aïe !… (Ahm Lin se massa les tempes, les traits tirés de douleur.) Votre chant est puissant, mon frère.

— Pardon.

Vaelin se concentra sur son chant tempétueux, lutta pour le maîtriser, et n'y parvint qu'au terme de longues et fiévreuses secondes d'effort.

— Est-ce un dieu ? demanda-t-il à Ahm Lin, les yeux levés vers le loup.

— Pas tout à fait. Il représente ce que les Alpirans appellent les Sans-Nom, les esprits des mystères. Le loup apparaît dans de nombreux récits mythologiques en tant que guide, protecteur, guerrier ou esprit de la vengeance. (L'homme posa sur Vaelin un regard intense.) Vous l'avez déjà vu, n'est-ce pas ? Physiquement, je veux dire, et non figé dans la pierre.

L'espace d'un instant, Vaelin craignit de trop en révéler à cet homme, à cet inconnu dont la voix du sang avait manqué de peu de le tuer. Mais la chaleur bienveillante de sa propre voix intérieure finit par le convaincre de surmonter sa méfiance.

— Par trois fois, il m'a sauvé. Deux fois de la mort, et une fois de… quelque chose d'encore pire.

Une ombre passa sur le visage d'Ahm Lin – un infime soubresaut apeuré, bientôt chassé par un sourire factice.

— Eh bien, vous taxer d'« intéressant » me paraît encore loin de la vérité, mon frère. Tenez, voici un petit cadeau.

Il tendit la main vers un établi voisin, sur lequel reposait un bloc de marbre surmonté d'un burin – ce même cube parfait de marbre blanc que Vaelin avait entraperçu dans sa vision, juste avant que la voix du sang d'Ahm Lin le terrasse. Lentement, presque avec révérence, il éprouva la surface lisse de la pierre.

— Vous vous l'êtes procuré pour moi ? demanda-t-il.

— Il y a bien des années, oui. Mon chant ne m'a pas laissé le choix. Ce qui sommeille à l'intérieur attend que vous le libériez depuis fort longtemps.

*Il m'attend…* Vaelin pressa sa paume contre le marbre et sentit la voix du sang enfler en lui, sa mélodie à la fois mise en garde et approbation. *Celui qui attend.*

Il s'empara du burin, l'approcha timidement du bloc et gratta la pierre.

— Mais je n'ai jamais fait ça, confia-t-il à Ahm Lin. Déjà que je suis incapable de tailler un bâton de marche convenable…

— Votre chant guidera vos mains. Il en va de même pour moi, vous savez. Ces statues sont tout autant ses productions que les miennes.

Il avait raison. En lui, la voix prenait de l'ampleur, à la fois puissante et cristalline, guidant son outil contre le marbre. Vaelin saisit une massette sur l'établi, frappa le manche du burin et arracha un petit éclat de marbre sur l'une des arêtes du cube. La voix se déchaîna alors en lui et ses mains se mirent en mouvement. Bientôt, Vaelin ne remarqua plus ni Ahm Lin ni l'atelier, entièrement absorbé par son travail. L'esprit vide de toute pensée, de toute distraction importune, il sculptait, en harmonie avec le chant et le marbre. Il perdit la notion du temps, le monde effacé par la symphonie de la voix du sang, et ne reprit connaissance qu'en sentant une main vigoureuse lui secouer l'épaule.

— Vaelin ! (Comme il ne réagissait pas, Barkus le chahuta une seconde fois.) Mais qu'est-ce que tu fous, bon sang ?

Vaelin observa les outils dans ses mains couvertes de poussière, puis remarqua sa houppelande et ses armes jetées au sol. Il ne se rappelait pas les avoir enlevées. À présent dégrossi, le bloc de marbre esquissait un dôme grossièrement taillé, orné en son centre de deux cavités peu profondes. À sa base, on distinguait le fantôme d'un menton.

— Je te cherche partout et voilà que je trouve messire à marteler comme un fou sans armes ni garde ? gronda Barkus, plus interloqué que véritablement en colère. N'importe quel Alpiran malintentionné aurait pu t'embrocher en moins de deux.

— Je… (Vaelin battit des paupières, encore hébété.) J'étais en train de…

Il laissa sa phrase en suspens, conscient qu'il ne pourrait s'expliquer sans passer pour un fou.

Ahm Lin et la femme qui lui avait ouvert la porte se tenaient à quelques pas de là. Comme à son habitude, la femme toisait d'un regard furieux les deux soldats qui escortaient Barkus. Ahm Lin, pour sa part, semblait plus détendu ; il aiguisait négligemment l'un de ses ciseaux à l'aide d'une pierre à gouge, et adressa à Vaelin un léger sourire teinté d'admiration.

Les sourcils froncés, Barkus considéra tour à tour la sculpture inachevée puis son camarade.

— C'est censé représenter quoi ?

— Peu importe. (Vaelin attrapa une toile de lin et en drapa le bloc de marbre.) Que me veux-tu, mon frère ?

Dans sa voix perçait une irritation certaine.

— Sœur Gilma te demande. Au manoir du gouverneur.

Avec un mouvement agacé, Vaelin se rapprocha de l'établi.

— Caenis se charge de traiter avec le gouverneur. Tu n'as qu'à l'envoyer, lui.

— Il s'y trouve déjà. Mais elle veut te voir, toi aussi.

— Je suis sûr que ça peut attendre…

Barkus lui saisit le poignet sans ménagement, s'approcha de lui et lui murmura deux mots à l'oreille, deux mots qui lui firent lâcher ses outils, ramasser sa houppelande et ses armes sur-le-champ, en dépit de la plainte aiguë de la voix du sang.

— La Main Rouge.

Campée de l'autre côté de la grille du domaine, Sœur Gilma en interdisait l'entrée aux deux frères. Pour une fois, ni son ton ni son maintien ne trahissaient le moindre soupçon d'alacrité. Son visage était blême, et son regard voilé de peur.

—Seule la fille du gouverneur l'a contractée pour l'instant, mais d'autres suivront.

—Vous en êtes sûre ? demanda Vaelin.

—Chaque membre de l'Ordre apprend à en reconnaître les symptômes dès son noviciat. Oui, mon frère, j'en suis sûre.

—Vous l'avez auscultée ? Vous l'avez touchée ?

Gilma acquiesça en silence. Vaelin sentit sa poitrine se serrer, mais se reprit aussitôt. *Ce n'est pas le moment de pleurnicher.*

—De quoi avez-vous besoin ?

—Il faut mettre le manoir en quarantaine et le garder à toute heure. Personne ne doit y entrer ni en sortir. Ratissez la ville à la recherche de nouvelles victimes. Mes assistants sauront les repérer. Quiconque manifestera les symptômes de la maladie devra être amené ici, de gré ou de force. Ceux qui s'en chargeront devront porter un masque et des gants. Il vous faut également boucler la ville. Ni navire ni caravane ne doivent en partir ou y transiter.

—De telles mesures vont semer la panique, avertit Caenis. La dernière épidémie de Main Rouge a fauché autant d'Alpirans que de sujets du Royaume. Quand ils l'apprendront, les habitants vont tous vouloir s'échapper.

—Alors vous devrez les en empêcher, répliqua froidement sœur Gilma. Nous ne pouvons permettre que ce fléau se propage à nouveau. (Ses yeux se braquèrent sur Vaelin.) Vous comprenez, mon frère ? Nous devons à tout prix circonscrire l'épidémie.

—Je comprends, ma sœur.

Dans son esprit noyé d'inquiétude, un lointain souvenir refit alors surface : Sherin, dans le Haut Rempart. Il préférait en général éviter d'y penser, tant le sentiment de perte engendré par ces instants de bonheur envolés pouvait le prendre à la gorge, mais il s'y replongea malgré tout. Que lui avait-elle dit, au lendemain de la mort de Hentes Mustor ? Les partisans de l'usurpateur l'avaient attirée dans leur piège en prétextant une résurgence de la Main Rouge à Lancrage. « Je travaillais justement sur un composé… »

— Sœur Sherin, déclara-t-il. Elle m'a annoncé un jour avoir découvert un remède à cette maladie.

— Un remède potentiel, mon frère, le corrigea Gilma. Un traitement purement théorique que, dans tous les cas, mes piètres compétences d'apothicaire ne me permettraient pas de reproduire ici.

— Où est-elle affectée, en ce moment ? insista néanmoins Vaelin.

— Aux dernières nouvelles, elle se trouve à la Loge. Elle officie en tant que maîtresse des curatifs, à présent.

— Il faut compter vingt jours pour rallier Castelvarin, avec un vent favorable, dit Caenis. Et vingt de plus pour le voyage retour.

— Pour un vaisseau de l'Empire ou du Royaume, peut-être, ajouta Vaelin d'une voix songeuse, avant de s'adresser à Gilma. Ma sœur, demandez au gouverneur de rédiger une proclamation reprenant l'ensemble de vos mesures et encourageant à la coopération les citoyens de Linesh. Frère Caenis la fera recopier et distribuer au tout-venant. (Il se tourna ensuite vers Caenis.) Mon frère, je te laisse encadrer la surveillance des portes de la ville et du manoir. Double les effectifs sur les remparts. N'emploie nos hommes qu'aux endroits admis par notre traité d'occupation.

Il regarda sœur Gilma et lui adressa un sourire d'encouragement.

— Qu'est-ce que l'espoir, ma sœur ?

— Le cœur de la Foi. Abandonner tout espoir, c'est renier la Foi. (Elle-même hasarda un faible sourire.) J'ai laissé du matériel et des remèdes dans mes quartiers. J'apprécierais qu'on me les apporte.

— Je m'en charge, lui assura Caenis.

Vaelin tourna les talons et remonta l'allée dallée à grandes enjambées.

— Et pour les quais ? appela Caenis derrière lui.

— Les quais, j'en fais mon affaire, répondit Vaelin sans se retourner.

Le capitaine meldénéen au physique ramassé, tout en nerfs et en muscles, posait sur Vaelin un regard mauvais accentué par ses traits émaciés. Ses mains gantées de cuir souple reposaient sur la table, les doigts noués. Ils se trouvaient dans la salle des cartes de l'ancienne permanence de la guilde marchande. Seuls, si l'on exceptait Frentis qui gardait la porte. Dehors, la nuit envahissait le ciel. Bientôt, les citadins sombreraient dans le sommeil, préservés pour quelques heures encore de la crise qui les attendrait au réveil. Si le capitaine nourrissait quelques griefs en raison du traitement qui lui avait été réservé – après les avoir tirés de leurs grabats, son équipage et lui, on les avait forcés à se déshabiller et soumis à une inspection des assistants de sœur Gilma, pour enfin les traîner jusqu'ici –, il se gardait bien de les formuler.

— Vous êtes Carval Nurin ? lui demanda Vaelin. Le capitaine du *Faucon Rouge* ?

L'homme acquiesça lentement. Son regard alternait en permanence entre les deux frères du Sixième Ordre, et s'attardait parfois sur leurs épées. Vaelin n'avait aucunement l'intention de dissiper le malaise du Meldénéen, dont la crainte pourrait s'avérer fort utile.

— Votre navire a la réputation d'être le vaisseau le plus rapide à cingler sur ces eaux, reprit Vaelin. La coque la plus élégante jamais sortie des chantiers meldénéens, à ce qu'on raconte.

Carval Nurin hocha la tête, mais garda le silence.

— On raconte également que vous ne vous livrez ni à la piraterie, ni aux trafics en tous genres. Une première pour un capitaine de votre archipel.

— Que voulez-vous ?

L'homme parlait d'une voix rauque, éraillée, et Vaelin remarqua le contour pâle d'une cicatrice au-dessus du foulard de soie noire qui lui ceignait la gorge. Pirate ou non, sa vie en mer n'avait pas été de tout repos.

— M'adjoindre vos services, répondit doucement Vaelin. En combien de temps pouvez-vous rejoindre Castelvarin ?

Le capitaine parut se détendre quelque peu, sans pour autant se départir de sa méfiance.

— Je l'ai déjà fait en quinze jours. Udonor était clément avec les Boréens.

Udonor, croyait savoir Vaelin, était l'un des nombreux dieux meldénéens à commander aux vents.

— Pourriez-vous faire plus vite encore ?

Nurin haussa les épaules.

— Peut-être. Avec une cale vide et quelques bras de plus à la manœuvre. Et deux chèvres pour Udonor, bien sûr.

Les Meldénéens avaient pour coutume de sacrifier des bêtes à leurs dieux de prédilection avant chaque traversée périlleuse. Vaelin avait été témoin d'une véritable hécatombe de bétail, au moment du départ de la flotte d'invasion. Le sang coulait si abondamment que l'eau du port était devenue rouge.

— Nous fournirons les chèvres, dit-il. (D'un geste, il invita Frentis à s'approcher.) Vous aurez pour passagers frère Frentis ici présent accompagné de deux de mes hommes. Vous l'emmènerez à Castelvarin, où l'attend un autre passager, qu'il ramènera avec lui. Puis vous reviendrez ici. Le périple ne doit pas prendre plus de vingt-cinq jours. Cela vous paraît-il envisageable ?

Nurin s'absorba dans une brève réflexion, puis acquiesça.

— Envisageable, oui. Mais pas pour mon navire.

— Pourquoi ?

Nurin dénoua ses mains, retira tranquillement ses gants et dévoila, du bout de ses doigts jusqu'à ses poignets, une peau blême et boursouflée.

— Je peux vous poser une question, Boréen ?

Il leva ses mains difformes devant son interlocuteur, la lueur des lampes jouant sur sa chair cireuse.

— Avez-vous jamais tenté d'éteindre, à mains nues, les flammes qui dévoraient votre mère et votre sœur ? (Un sinistre sourire lui tordit les lèvres.) Non, mon navire ne voguera pas pour vous. Les Alpirans vous nomment le Tueur d'Espoir, mais pour moi vous n'êtes que le fils de l'Incendiaire. Les Seigneurs des Nefs se sont peut-être vendus à votre roi comme de vulgaires catins, mais moi, j'ai mon honneur. Même sous la menace, même sous la torture, jamais je ne...

Le saphir produisit un petit bruit étouffé quand Vaelin le posa sur la table. Il le fit tourner sur lui-même, ses facettes veinées de gris accrochant le vacillement des flammes alentour. Bouche bée, Carval Nurin louchait sur la pierre précieuse sans retenue, ses yeux brillants de cupidité.

— Toutes mes condoléances pour votre mère et votre sœur, dit Vaelin. Et pour vos mains également. J'imagine combien ce dut être douloureux.

Il continuait de faire danser le saphir sur le plateau de la table. Nurin, comme hypnotisé, ne le quittait pas des yeux.

— Mais je vois en vous, par-dessus tout, un homme d'affaires. Et, je ne vous apprends rien, les affaires et les sentiments ne font pas bon ménage.

Nurin déglutit bruyamment, ses mains balafrées tressaillirent.

— Quelle sera ma part ?

— Si vous revenez sous les vingt-cinq jours ? L'intégralité.

— Vous mentez !

— Ça m'arrive, mais pas aujourd'hui.

Nurin parvint enfin à s'arracher à la contemplation de la gemme pour regarder Vaelin.

— Quelle assurance me donnez-vous ?

— Ma parole, en tant que frère du Sixième Ordre.

— La peste soit de votre parole et de votre Ordre. Votre culte des fantômes ne signifie rien pour moi. (Nurin enfila ses gants et plissa les yeux d'un air rusé.) Je veux une promesse écrite, signée en présence du gouverneur.

— Le gouverneur est... indisposé. Mais je suis sûr que le Grand Maître de la guilde marchande n'y verra pas d'inconvénients. Alors, marché conclu ?

Le *Faucon Rouge* se distinguait des autres navires par bien des aspects. Jamais encore Vaelin n'avait vu goélette aussi chétive, ni dotée d'une coque aussi étroite, sans parler du mât supplémentaire qui montait les voiles au nombre de trois. En raison de sa taille, elle n'abritait que deux ponts et n'accueillait qu'un équipage réduit de vingt matelots.

— Bâtie pour le commerce du thé, expliqua Carval Nurin d'une voix bougonne quand Vaelin lui fit part de son étonnement. Plus il est frais, plus il rapporte. Une petite cargaison de thé bien conditionnée vaut trois fois le prix de n'importe quelle marchandise en vrac. Plus vite vous vous déplacez de port en port, plus vous gagnez.

— Pas de rames ? s'enquit Frentis. Je croyais que tous les bateaux meldénéens en possédaient.

— Un peu qu'on a des rames. (Nurin désigna la rangée de sabords fermés dans le flanc de la coque.) On ne s'en sert que par calme plat, une situation rare dans les eaux du Nord. D'autant que la plus légère des brises suffit pour pousser le *Faucon*.

Le capitaine s'interrompit, le temps d'observer les rangées de navires déserts et silencieux à l'ancre le long des quais, que surveillait un cordon de Pisteloups. L'évacuation nocturne des équipages ne s'était pas déroulée sans heurt, et bon nombre de matelots pansaient leurs blessures dans les entrepôts voisins.

— Aussi loin que je m'en souvienne, fit remarquer Nurin, jamais un tel calme n'a régné sur le port de Linesh.

— La guerre n'est pas bonne pour les affaires, capitaine, répliqua Vaelin.

— Le mois dernier encore, ces vaisseaux allaient et venaient comme bon leur semblait. Aujourd'hui, ils mouillent à vide, leurs équipages sous les verrous. Et voilà que seul le *Faucon* a le droit de prendre le large…

— On n'est jamais trop prudent. (Vaelin lui assena une claque affable dans le dos, arrachant au capitaine un frisson de dégoût apeuré.) Le port grouille d'espions, vous comprenez. Quand partez-vous, capitaine ?

— D'ici à une heure, quand la marée le permettra.

— Alors je vous laisse à vos préparatifs.

Nurin parut sur le point d'ajouter quelque remarque, mais se retint et hocha la tête. Il gagna la passerelle, prit pied sur le pont du *Faucon Rouge* et lâcha immédiatement sur son équipage une bordée d'ordres vifs émaillés d'injures.

— Tu penses qu'il a compris ? demanda Frentis.

— Il se doute de quelque chose, mais il ne sait rien. (Il adressa à Frentis un sourire contrit.) J'enverrais bien d'autres hommes avec toi, mais cela risquerait d'éveiller les soupçons. Les assistants de sœur Gilma t'ont expliqué les symptômes à repérer ?

Frentis opina.

— Grosseurs dans le cou, suées, vertiges et rougeurs sur les bras. Si l'un d'entre eux est contaminé, la maladie se déclarera dans les trois jours.

— Parfait. Tu te rends compte, mon frère, que si jamais un seul des membres d'équipage, toi y compris, en venait à manifester les signes avant-coureurs de la Main Rouge, il te faudrait à tout prix empêcher ce vaisseau de toucher terre, à Castelvarin ou ailleurs ?

Frentis hocha la tête. De toute évidence, sa mission ne lui inspirait ni peur ni répugnance. La voix du sang ne percevait en lui qu'une confiance inébranlable en Vaelin, doublée d'une loyauté presque irraisonnée. Au gamin maigre et enguenillé qui implorait son accord dans l'étude de l'Aspect, tant d'années auparavant, s'était substitué un tueur chevronné qui jamais n'oserait remettre en doute l'un des ordres de Vaelin. Celui-ci trouvait parfois pesant le dévouement sans borne de Frentis. Son protégé lui évoquait alors une arme à manier avec précaution qui, une fois dégainée, ne regagnait pas son fourreau avant d'avoir atteint sa cible.

— Je… Je regrette de te mettre dans cette situation, mon frère, dit-il. Si j'avais le choix, sois sûr que…

— Tu me l'as jamais donnée, cette leçon, en fin de compte, le coupa Frentis.

Vaelin sourcilla.

— Une leçon ? Quelle leçon ?

— De couteau de lancer. T'avais dit que tu m'apprendrais. Après quelques essais, j'ai cru pouvoir m'en sortir. J'avais tort.

— Tu as beaucoup progressé depuis.

Vaelin éprouva une soudaine bouffée de culpabilité. Combien de batailles ce jeune homme avait-il livrées, combien de blessures avait-il reçues, combien de vies avait-il prises par sa faute ?

— Toi qui voulais tant appartenir au Sixième Ordre, dit-il, une nuance de culpabilité dans la voix, as-tu jamais regretté ton choix ?

À sa grande surprise, Frentis éclata de rire.

— Regretté mon choix ? Pourquoi ça ?

— À cause du Borgne. À cause des Épreuves. À cause des guerres et des blessures que tu as récoltées en me suivant jusqu'ici.

— À ton avis, à quoi j'aurais eu droit en restant à la rue ? À la faim, à la peur et à un bon coup de surin au détour d'une ruelle, où j'aurais fini par me vider de mon sang dans le caniveau. (Frentis lui serra l'épaule.) Au lieu de ça, je me retrouve entouré de frères qui donneraient leur vie pour me sauver. Au lieu de ça, j'ai trouvé la Foi.

Il esquissa un sourire farouche, empreint d'une inébranlable conviction.

— Qu'est-ce que la Foi, mon frère ? le questionna Vaelin.

— La Foi est tout. La Foi nous consume et nous libère. La Foi éclaire notre destin, dans ce monde comme dans l'Au-Delà.

À mesure que Frentis répétait son catéchisme, Vaelin se sentit gagné à son tour par une soudaine assurance, qui le confortait dans sa propre adhésion à la Foi. Après avoir tant voyagé, croisé tant de dieux en chemin, il parvenait encore à prononcer son serment de frère avec une absolue conviction. *J'ai entendu la voix de ma mère…*

# Chapitre 6

Le départ du *Faucon Rouge* marqua pour Vaelin le début d'une longue et immuable routine, à la monotonie pesante. Tous les matins, il partait s'entretenir avec sœur Gilma à la grille du manoir. Jusqu'ici, seul un nouveau cas de Main Rouge était à déplorer : la femme de chambre de la fille du gouverneur, une femme d'âge mûr dont les jours étaient comptés. En raison de sa jeunesse, la fille elle-même endurait vaillamment les différents stades de la maladie, mais tout portait à croire qu'elle ne survivrait pas à la fin du mois.

— Et vous, ma sœur ? demandait Vaelin à chaque entrevue. Comment vous sentez-vous ?

Sœur Gilma se contentait alors de lui décocher un grand sourire, sans prononcer un mot. Tous les matins, il tremblait à l'idée de grimper la colline et de trouver la grille déserte.

Dès que la nouvelle de l'épidémie se fut répandue, un climat de sombre inquiétude s'empara de Linesh, provoquant des réactions variées. Certains, notamment les plus fortunés, se hâtèrent de rassembler leurs objets de valeur et leurs proches parents pour se présenter au plus vite aux portes de la ville, où ils se heurtèrent à l'intransigeance des gardes postés par Caenis. Constatant que ni les menaces ni les tentatives de corruption n'auraient raison des soldats de la Garde, plusieurs d'entre eux projetèrent de prendre les portes d'assaut, en compagnie de gardes du corps armés et de domestiques. Les Pisteloups repoussèrent sans mal leurs charges désordonnées, à l'aide des matraques que Caenis avait pensé à leur distribuer en prévision d'une probable insurrection. Par chance, il n'y eut aucun mort, mais ces incidents entamèrent la fragile concorde prévalant entre l'armée occupante et l'élite de la ville, qui sombra bientôt dans un désespoir apeuré. Certains notables se barricadèrent dans leur demeure, où ils refusèrent les visites et entreprirent de décourager tout intrus d'un tir de flèche ou de carreau d'arbalète.

Si les membres de la plèbe craignaient pareillement pour leurs vies, ils affrontèrent leur peur avec bien plus de bravoure. Pour l'heure, aucune émeute n'avait éclaté. La plupart des gens vaquaient à leurs occupations comme à l'accoutumée, même s'ils passaient le moins de temps possible dans les rues ou en compagnie de leurs voisins. Non sans appréhension, la populace résignée finit même par se soumettre aux examens réguliers des assistants de Gilma, qui guettaient sans relâche les signes avant-coureurs de l'épidémie. Jusqu'ici, aucun cas ne s'était encore déclaré en ville, mais pour la guérisseuse, cela ne saurait tarder.

— La Main Rouge a toujours eu des ports pour foyers d'infection, annonça-t-elle un matin. Elle arrive à bord des navires. Je n'ai aucun doute que c'est ce qui s'est passé ici. Le gouverneur Aruan m'a appris que sa fille aimait se promener sur les quais pour y voir défiler les bateaux. S'il doit y avoir une nouvelle victime, ce sera un marin, j'en donnerais ma main à couper.

Si la fébrilité des citadins préoccupait Vaelin, la plus grande menace venait surtout de ses propres troupes. Les Pisteloups gardaient la tête froide, mais les autres régiments témoignaient d'une agitation grandissante. Suite aux violentes échauffourées qui avaient opposé les Nilsaëliens du comte Marven aux archers cumbraëliens, avec à la clé bon nombre de blessés des deux côtés, Vaelin avait dû recourir à la force et au fouet pour châtier les meneurs. L'unique tentative de désertion – cinq Geais Bleus du régiment du seigneur Al Cordlin qui, après avoir pillé les réserves de nourriture, avaient quitté la ville dans l'espoir de rallier Untesh – avait été étouffée dans l'œuf. D'abord tenté de les laisser mourir dans le désert, Vaelin avait jugé plus prudent de les châtier pour l'exemple, en lâchant Barkus et le peloton d'éclaireurs à leurs trousses. Deux jours plus tard, son ami était de retour avec les corps, Vaelin lui ayant ordonné d'exécuter la sentence hors de l'enceinte afin d'épargner à la population le spectacle d'une pendaison. Il fit brûler leurs dépouilles au pied de la porte principale, afin de s'assurer que les gardes en faction sur le chemin de ronde comprennent le message et fassent passer le mot à leurs camarades : la quarantaine valait pour tous.

Il consacrait tous ses après-midi à l'inspection des remparts et des portes de la ville, allant à la rencontre de ses hommes malgré la nervosité évidente qu'il faisait naître en eux. En sa présence, les soldats de la Garde du Royaume se montraient aussi respectueux que terrifiés, les Nilsaëliens arboraient des mines maussades et les Cumbraëliens ne cachaient pas le dégoût que leur inspirait le Sombrelame. Cela ne l'empêchait pas de passer du temps avec eux, de les interroger sur leurs familles ou leur vie d'avant la guerre. Il ne récoltait bien souvent que ces réponses concises et peu amènes que les soldats ont l'habitude d'offrir aux officiers envahissants, mais il ne s'en offusquait pas. Ils avaient besoin de le voir à leurs côtés, de sentir qu'il n'avait pas peur.

Un jour, il trouva Bren Antesh près de la porte ouest, une main levée pour se protéger du soleil tandis qu'il observait un oiseau tournoyer dans le ciel.

— Un vautour ? s'enquit Vaelin.

Comme à son habitude, le capitaine cumbraëlien n'esquissa pas le moindre salut pour l'accueillir, une manie que Vaelin avait appris à accepter sans en prendre ombrage.

— Un faucon, s'entendit-il répondre. Une espèce que je n'avais encore jamais vue. Il me rappelle un peu l'aile-vive qu'on trouve par chez nous.

De tous les capitaines, seul Antesh ne s'était pas laissé déborder par la crise, redoublant ses efforts pour apaiser ses hommes et les convaincre qu'ils ne couraient aucun danger. Il jouissait manifestement d'une autorité indéniable parmi ses troupes, car aucun archer n'avait fait mine de vouloir déserter.

— Je voulais vous remercier, dit Vaelin. Pour la discipline de vos hommes. La confiance que vous leur inspirez fait plaisir à voir.

— Ils ont aussi confiance en vous, mon frère. Presque autant qu'ils vous détestent.

Vaelin ne voyait guère d'intérêt à contester ce point. Il s'approcha d'Antesh, accoudé à un merlon.

— J'avoue avoir été surpris quand le roi m'a annoncé le succès de sa campagne de recrutement dans votre Fief.

— Quand Sentes Mustor a pris place dans la Chaire du Vassal, son tout premier décret fut d'abolir l'ordonnance imposant la pratique quotidienne de l'arc long, ainsi que le versement de la solde mensuelle des francs archers. Mes hommes ne sont pour la plupart que d'humbles fermiers. Cette solde leur permettait d'arrondir leurs revenus et de nourrir leurs familles. Ils ont beau haïr le roi Janus du fond du cœur, ce n'est pas la haine qui nourrira leurs enfants.

— Me prennent-ils vraiment pour ce Sombrelame dont parlent les Dénaires ?

— Vous avez terrassé Flèche Noire et le Justelame.

— À vrai dire, c'est frère Barkus qui a tué Hentes Mustor. Et à ce jour, j'ignore encore si l'homme que j'ai vaincu dans la Martishe était vraiment Flèche Noire.

Le capitaine cumbraëlien haussa les épaules.

— Il est écrit dans le Quatrième Livre qu'aucun croyant ne saurait tuer le Sombrelame. Je dois dire, mon frère, que vous correspondez plutôt bien à cette description. Quant à l'usage de la Ténèbre… Eh bien, comment savoir ?

L'expression d'Antesh se fit prudente, comme s'il craignait de s'exposer à quelque menace ou violente rebuffade. Au vu du tour que prenait la conversation, Vaelin préféra changer de sujet.

— Et vous, messire. Vous vous êtes enrôlé pour nourrir vos enfants ?

— Je n'en ai pas. Ni d'épouse, d'ailleurs. Je ne possède rien d'autre que mon arc et les vêtements que je porte.

— Vous oubliez l'or du roi. Vous possédez au moins cela.

Antesh parut soudain nerveux. Il détourna le regard et leva les yeux au ciel, à la recherche du faucon.

— Je… Je l'ai perdu.

— Si mes souvenirs sont bons, chaque homme a reçu une avance de vingt couronnes. Voilà qui représente une sacrée perte, messire.

Antesh garda le visage levé.

— Vous vouliez me demander quelque chose, mon frère ?

La voix du sang entonna une mélodie troublante. Il s'agissait moins d'une stridente mise en garde contre une attaque imminente que d'un léger avertissement, la perception flûtée d'une imposture. *Il me cache quelque chose.*

— J'aimerais en savoir plus au sujet du Sombrelame, dit Vaelin. Si cela ne vous dérange pas, bien sûr.

— Cela impliquerait de combler vos lacunes quant aux enseignements des Dénaires. Ne craignez-vous pas qu'un tel savoir puisse souiller votre âme de Fidèle ? qu'il corrompe votre Foi ?

À ces mots, l'image de Hentes Mustor lui revint en mémoire. Une fois encore, il vit briller le remords et la folie dans les yeux de l'usurpateur. Le murmure de la voix du sang se mit à enfler en lui. *Est-ce qu'il le connaissait ? Faisait-il partie de sa troupe de partisans ?*

— Je doute que le savoir, quel qu'il soit, puisse souiller une âme. Et comme je l'ai dit à votre Justelame, ma Foi est inébranlable.

— Le Premier Livre nous enjoint de propager l'amour du Père Universel auprès de tous ceux qui souhaitent l'entendre. À notre prochaine rencontre, je vous en dirai plus.

Le soir venu, Vaelin rejoignait l'échoppe d'Ahm Lin, dont l'épouse le couvrait de regards assassins tout en servant le thé, tandis que le tailleur de pierre lui apprenait à dompter sa voix intérieure.

— Chez les miens, nous l'appelons la Musique Céleste, lui apprit Ahm Lin, un soir.

Ils se réunissaient dans l'atelier, où ils dégustaient leur thé dans un petit service en porcelaine, à l'ombre de la statue du loup qui semblait curieusement gagner en substance à chaque visite de Vaelin. Malgré l'inconfort du lieu, ils s'y trouvaient relégués par la femme d'Ahm Lin qui refusait d'accueillir Vaelin dans la maison attenante, où elle s'enfermait invariablement pour leur préparer le thé. Un soir que Vaelin lui avait proposé de l'aider à le servir, elle lui avait décoché un regard si venimeux qu'il avait préféré attendre que son hôte boive le premier, de peur qu'elle ait empoisonné le breuvage.

— Les vôtres ?

Vaelin avait cru comprendre que le tailleur de pierre venait d'Extrême-Occident, mais il ne savait rien sur cette région du monde, hormis quelques récits de marins chantant les splendeurs d'un pays immense, aux champs infinis et aux cités grandioses, tenu d'une main de fer par les Rois Négociants.

— Je suis né dans la province de Chin-Sah, sous le règne bienveillant de l'auguste Roi Négociant Lol-Than, qui savait considérer les talents particuliers de ses sujets à leur juste valeur. Quand mon chant s'est manifesté, les anciens du village l'ont reconnu et j'ai été arraché à ma famille et amené à la cour du roi, afin de m'ouvrir aux pouvoirs de la Musique Céleste. Je me rappelle avoir beaucoup souffert de cette séparation, mais je n'ai jamais tenté de fuir. La loi stipulait à l'époque que les crimes d'un fils devaient rejaillir sur son père, et je ne voulais pas qu'il souffre par ma faute. Même si je ne rêvais que d'une chose : retrouver son atelier et sculpter avec lui. Il était tailleur de pierre, lui aussi.

— On ne réprouve pas la Ténèbre, dans votre pays natal ?

— Au contraire, on y voit une bénédiction, un don du ciel. Un enfant Doué apporte à sa famille un prestige certain. (Une ombre passa sur ses traits.) Ou du moins, c'est ce qu'on prétend.

— Ainsi, on vous a enseigné cette voix ? Vous connaissez son origine ?

Ahm Lin eut un sourire peiné.

— On ne peut enseigner le chant, mon frère, et il ne vient de nulle part. Il se confond avec son Chanteur. Votre chant n'est pas un être distinct habitant votre esprit. Vous et lui ne faites qu'un.

— La voix de mon sang…, dit Vaelin dans un murmure, se rappelant sa rencontre avec Nersus Sil Nin dans la Martishe.

— Je l'ai déjà entendu appeler ainsi. Un nom fort approprié.

— Mais si on ne peut l'enseigner, que vous ont-ils appris ?

— À le maîtriser, mon frère. Comme n'importe quel chant, il faut le pratiquer, l'aiguiser, le perfectionner pour pouvoir l'interpréter correctement. Ma préceptrice était une vieille femme nommée Shin-La, si âgée qu'il fallait la transporter en palanquin dans les couloirs du palais. Elle ne voyait pas plus loin que le bout de son nez, mais son chant… (Ahm Lin secoua la tête avec admiration.) Son chant vous embrasait comme un grand feu, il brillait si fort, si intensément qu'il vous aveuglait et vous assourdissait tout à la fois. La première fois qu'elle a chanté pour moi, j'ai manqué de m'évanouir. Elle a ricané et m'a baptisé son Rat, son petit Rat Chanteur. *Ahm Lin*, dans la langue de mon peuple.

— Elle vous en a fait baver, on dirait, fit remarquer Vaelin avec une pensée pour maître Sollis.

— Oh que oui ! mais elle avait beaucoup à m'apprendre et bien peu de temps pour le faire. Notre don est extrêmement rare, mon frère, et au cours de sa longue vie passée au service du Roi Négociant – et de son père avant lui –, jamais encore elle n'avait croisé la route d'un autre Chanteur. J'étais son successeur. Elle me corrigeait bien souvent, et avec une rare violence. Mais elle n'avait pas besoin de bâton pour me battre, son chant suffisait. Elle m'a d'abord appris à discerner la vérité du mensonge. Son exercice de prédilection consistait à me présenter deux hommes, l'un ayant commis quelque méfait, l'autre pas. Chacun clamait alors son innocence et Shin-La me demandait de désigner le coupable. À chaque erreur, et je peux vous assurer que je les multipliais, au début, elle m'aiguillonnait de son chant de feu. « Au cœur du chant réside la vérité, petit Rat, me répétait-elle tout le temps. Si tu restes sourd à la vérité, tu n'entendras jamais rien. »

» Une fois que j'ai eu dompté l'art de reconnaître la vérité, ses leçons se sont corsées. Elle confiait une babiole ou un joyau à un serviteur et lui ordonnait de le cacher quelque part dans le palais. Si je ne le retrouvais pas avant la nuit tombée, le serviteur en question pouvait conserver l'objet, dont la perte me valait une sévère punition. Ou bien elle faisait réunir un groupe de servantes dans une cour, confiait à l'une d'entre elles une dague à dissimuler sous son jupon, et les sommait de parler le plus fort possible. J'avais alors cinq minutes pour retrouver l'assassin potentiel avant que le chant de Shin-La me transperce tout comme la dague aurait transpercé notre maître. Car, comme elle n'a jamais cessé de me le rappeler, je lui devais tout. Et faillir à ma tâche jetterait sur moi un opprobre éternel.

— Le Roi Négociant avait recours à votre chant ?

— Et comment. Le commerce irrigue l'Extrême-Occident comme la sève irrigue un arbre. Les meilleurs marchands se couvrent de gloire, ils s'élèvent au-dessus des autres hommes. Et le secret du commerce réside dans le savoir, et tout particulièrement le savoir qu'on vous dissimule.

— Vous lui serviez d'espion ?

Ahm Lin secoua la tête.

— Non, seulement de… témoin. J'assistais aux entretiens d'hommes dont la puissance et la richesse dépassaient tout entendement. Au départ, Lol-Than me faisait asseoir au pied de son trône, en compagnie de ses enfants. À ceux qui lui demandaient qui j'étais, il me présentait comme son pupille, fils orphelin d'un cousin éloigné. Naturellement, la plupart voyaient en moi son bâtard, un statut subalterne mais néanmoins honorable, qui justifiait ma présence à la cour. Pendant que je jouais avec les enfants, une procession ininterrompue d'hommes se présentait en audience devant le roi, tous plus affables et plus obséquieux les uns que les autres, chacun se répandant en effusions serviles et implorant le roi de lui pardonner d'entacher son beau palais par son ignominie. Je finis par remarquer que plus la toilette d'un homme était somptueuse, plus son entourage était imposant, et plus il s'autoflagellait, plus il fustigeait l'abjecte créature qui osait ainsi infliger son ignoble présence au roi, après quoi Lol-Than leur assurait qu'il n'en concevait aucun affront et s'excusait à son tour de ne pas leur offrir un accueil plus digne d'eux. Une heure pouvait passer ainsi avant que se dessine la véritable raison de la visite, presque chaque fois identique : l'argent. Certains voulaient en emprunter, d'autres rembourser leurs dettes, mais tous cherchaient à en amasser encore et encore. Et moi, j'écoutais. Quand ils partaient enfin, comblés par la promesse du roi qu'il répondrait à leur requête dans les plus brefs délais et par ses excuses sincères de devoir ainsi les faire attendre, Lol-Than me demandait de lui décrire le chant de la Musique Céleste entendu lors de la conversation.

» N'étant alors qu'un enfant, la véritable teneur des échanges m'échappait complètement, mais mon chant n'avait pas besoin de comprendre pourquoi un homme mentait, jouait un rôle ou dissimulait une haine dévorante derrière une profusion de sourires et mille témoignages de respect. Lol-Than, lui, savait pourquoi, bien entendu, et ce savoir lui permettait d'orienter ses quémandeurs vers la fortune, la ruine ou, à l'occasion, le billot du condamné à mort.

» J'ai donc vécu ainsi dans le palais du Roi Négociant, à m'imprégner du savoir de Shin-La et à confier les révélations de mon chant à Lol-Than. Mes rares amis, triés sur le volet par les courtisanes qui me servaient de chaperons, ne m'enthousiasmaient guère. Patauds, obtus, dénués de toute curiosité, tous issus de familles de marchands sans envergure ayant décroché une place à la cour pour leur rejeton. Avec le temps, j'en vins à comprendre que mes camarades de jeux étaient tout spécialement choisis pour leur docilité, leur candeur et leur manque de spontanéité. Des amis à l'esprit plus perçant n'auraient pas manqué d'affûter mon jugement, de m'ouvrir les yeux sur la réalité de cette vie de luxe et d'abondance, de me faire prendre conscience que je n'étais qu'un esclave dans une prison dorée.

» Je n'y perdais pas au change, attention, surtout quand, passé ma puberté, les appétits de la chair se firent jour en moi. Je n'avais qu'à demander : filles et garçons à satiété, les vins les plus délicats et toutes sortes de potions fantastiques à même de dérégler mes sens, sans pour autant me rendre sourd à la Musique Céleste. Quand je fus trop vieux pour jouer avec les enfants de Lol-Than, il fit de moi l'un des trois scribes présents à chacune de ses audiences. Par bonheur, personne n'a jamais remarqué la maladresse de ma calligraphie, souvent à peine lisible. Je coulais des jours simples, doux, à l'abri des vicissitudes du monde qui s'étendait par-delà les hautes murailles de ma prison dorée. Jusqu'au jour où Shin-La mourut.

Ahm Lin regardait dans le vide, à présent, perdu dans ses souvenirs, les traits tirés par le chagrin.

— Vous ne pouvez pas imaginer à quel point le chant de mort d'un semblable peut vous traumatiser. Son chant hurla si fort que je me demandai pourquoi le monde entier ne l'avait pas entendu. Un cri chargé d'une telle colère, d'un tel regret, que je perdis connaissance. Parfois, je me demande si elle n'a pas tenté de m'emporter avec elle, non par malveillance, mais par devoir. Car quand j'entendis son dernier chant, je compris que son dévouement à Lol-Than n'était qu'un mensonge. Une illusion, un simulacre de loyauté si bien exécuté que jamais, au cours de toutes nos années passées ensemble, je ne l'avais perçu dans son chant. Son chant de mort était le cri d'une esclave prisonnière de son maître jusqu'au bout, et qui refusait de m'abandonner à mon sort. Elle en a profité pour me montrer quelque chose, une vision née du chant, la vision d'un village en ruine, recouvert de fumée et jonché de cadavres. Mon village.

Ahm Lin secoua la tête et sa voix nouée se chargea d'un tel accent de douleur que Vaelin comprit qu'il était le premier à entendre cette histoire.

— Aveuglé par les délices de la vie au palais, poursuivit Ahm Lin au bout d'un moment, je ne m'étais pas rendu compte que mon don n'avait de valeur que si personne ne soupçonnait son existence. Personne, en dehors de Lol-Than et de la vieille femme que je devais remplacer. Je me rappelai alors tous ceux qui avaient participé aux leçons de Shin-La, ces centaines de domestiques et de criminels présumés. Jamais le roi ne leur aurait laissé la vie sauve, une fois découvert mon secret. Ma seule présence avait suffi à tuer tous ces gens.

» Quand je m'arrachai enfin au néant dans lequel Shin-La m'avait entraîné, je découvris qu'un sentiment inédit brûlait à présent dans mon cœur. (Il tourna vers Vaelin un regard fiévreux, celui d'un homme qui se remémore sa propre folie.) Avez-vous jamais éprouvé de la haine, mon frère ?

Vaelin songea à son père, englouti par la brume matinale, aux larmes de la princesse Lyrna et à cette nuque royale qu'il avait bien failli briser.

— Notre Catéchisme de la Foi nous apprend que la haine encombre l'âme. Un précepte qui m'a beaucoup aidé, à une époque.

— Oui, elle pèse sur votre âme, mais elle peut aussi vous libérer. Armé de ma haine, j'entrepris de transcrire toutes les audiences auxquelles le roi me faisait assister, d'en rédiger avec soin chaque échange, chaque propos. Je me suis mis à prendre la mesure de son pouvoir, à découvrir l'immensité de son royaume, à dresser l'inventaire des mille vaisseaux de sa flotte et des mille autres dans lesquels il avait investi. J'ai appris de quelles mines provenaient son or, ses joyaux et ses minerais, de quels champs il tirait sa fortune, j'ai comptabilisé les innombrables hectares de blé ou de riz sur lesquels s'appuyait chacune de ses transactions. Et à mesure que je découvrais tout cela, je compulsais mes recherches pour y quêter une faille dans son immense réseau commercial. Quatre ans durant, je ne me consacrai qu'à cette tâche monumentale, sans me laisser distraire par les plaisirs de la cour. Mes protecteurs – ou plutôt devrais-je dire mes geôliers – me laissaient tranquille, ne voyant nulle menace dans ma récente propension à l'étude. Pendant toute cette période, je jouais mon rôle à la perfection et répétais à Lol-Than tout ce que me soufflait mon chant, chaque tromperie, chaque secret, et sa confiance grandissait à chaque complot ou chaque escroquerie déjouée, de sorte que je finis par devenir bien plus que son Chanteur attitré. Fort de ma position d'homme de confiance, j'accédai à de nouvelles informations, à une vision plus globale de son réseau d'influences et d'intrigues, sans jamais parvenir à trouver la faille qu'inlassablement je cherchais. Le Roi Négociant connaissait son affaire, il avait tissé tout autour de lui une toile parfaite. Si j'avais commis l'erreur de lui mentir, il l'aurait découvert sur-le-champ et m'aurait fait exécuter dans l'heure.

» Par moments, j'envisageai de lui plonger une dague dans le cœur – après tout, ce n'étaient pas les occasions qui manquaient –, mais j'étais jeune et, malgré la haine qui me consumait, je tenais à la vie. Je souffrais de ma lâcheté, de ma condition de prisonnier d'autant plus cuisante que j'avais conscience de l'immensité de ma prison. Le désespoir s'insinua dans mon cœur. Je retombai dans mes anciens travers, cherchai dans le vin, la drogue et les plaisirs charnels mon content d'évasion, un abandon qui aurait fini par me coûter la vie sans la venue des étrangers.

» De toutes mes années à la cour de Lol-Than, jamais je n'avais vu d'étranger. J'en avais entendu parler, bien sûr. Des récits de peuplades insolites à la peau blanche ou noire, venues de l'est, dont la barbarie atteignait de tels sommets que leur seule présence dans le royaume constituait un affront au roi. On ne les y tolérait qu'en raison des précieuses cargaisons qu'ils transportaient dans leurs cales. Tout dans la délégation qui vint s'entretenir avec Lol-Than ce jour-là me parut exotique, depuis la curieuse toilette de ses membres jusqu'à leur langue incompréhensible, en passant par leur maladroit simulacre de protocole. À ma grande stupeur, une femme se trouvait parmi eux. Une femme dotée d'un chant.

» Les seules femmes ordinairement admises en présence du Roi Négociant étaient ses épouses, ses filles et ses concubines. Dans mon pays d'origine, le commerce leur est interdit, tout comme l'accès à la propriété. Grâce à l'interprète, j'ai pu comprendre que cette femme appartenait à la haute noblesse et que lui interdire de comparaître devant le roi aurait représenté une grave insulte envers son peuple. Que Lol-Than accepte de la recevoir dans sa salle d'audience signifiait donc que les enjeux financiers de cet entretien étaient colossaux.

» Je perdis bientôt le fil du discours de l'interprète. Le chant de cette femme emplissait mon esprit, à tel point que mon regard se trouvait irrésistiblement attiré par elle. C'était une splendide créature, mon frère, mais splendide comme pourrait l'être un léopard, avec ses yeux scintillants et ses cheveux au lustre d'ébène polie. Quand elle perçut mon chant, ses lèvres dessinèrent un sourire cruel.

» « Ainsi, le porc aux yeux bridés possède un Chanteur, lui aussi », fredonna-t-elle en moi, accompagnant son chant d'un ricanement sourd qui m'emplit d'horreur. Elle était puissante, je pouvais le sentir, son chant écrasait le mien. Shin-La aurait peut-être pu rivaliser avec elle, mais pas moi, petit rat sans défense face à ce chat affamé. « Que peux-tu donc m'apprendre, je me le demande ? » feula-t-elle encore, avant de plonger en moi, de fouiller avec une brutale facilité ma mémoire et mes émotions jusqu'à exhumer ma haine pour le roi. Un triomphe féroce, une jubilation sans pareille s'empara d'elle quand elle découvrit mon projet de vengeance. « Quand je pense que le Conseil m'avait avertie que cette mission serait difficile », chanta-t-elle. Elle garda le regard posé sur moi quelques secondes de plus. « Si tu souhaites la mort du Roi Négociant, conseille-lui de rejeter notre offre. » Puis elle se retira, mit fin à son intrusion dans mon esprit, ne laissant derrière elle qu'une certitude glacée : elle était venue tuer Lol-Than s'il faisait l'erreur de rejeter leur proposition. Mieux encore, elle voulait sa mort. L'issue des négociations ne signifiait rien pour elle. Elle avait parcouru le monde pour faire couler le sang et elle comptait bien parvenir à ses fins.

Le visage d'Ahm Lin se crispa, comme au souvenir d'une blessure ancienne.

— Parfois, le chant nous permet d'effleurer l'esprit d'autrui. Dans toute ma vie, j'ai dû en entrevoir des milliers, mais jamais encore je n'avais croisé d'âme aussi noire, aussi flétrie que celle de cette femme. Pendant des années, je fus la proie de cauchemars atroces, des visions de massacres, de meurtres commis avec une précision sadique, de visages d'hommes, de femmes, d'enfants hurlant ou paralysés par la terreur… J'y traversais des lieux inconnus, entendais des langues que je ne pouvais comprendre. Je croyais perdre la raison, et puis j'ai compris. J'ai compris qu'elle avait abandonné certains de ses souvenirs en moi, soit par négligence, soit par pure malveillance. Pour la plupart, ils ont fini par se dissiper avec le temps. Mais aujourd'hui encore, il m'arrive de m'éveiller en sursaut, arraché au sommeil par mes propres cris, et de sangloter dans les bras de mon épouse.

— Comment s'appelait cette femme ? demanda Vaelin. D'où venait-elle ?

— Le nom donné par l'interprète était faux, je l'avais deviné avant même d'entendre le chant de l'étrangère, et les souvenirs qu'elle m'avait généreusement légués ne contenaient aucun indice sur son identité ni sa famille. Quant à son origine, la délégation disait représenter le Haut Conseil de l'Empire Volarien. À l'époque, le nom ne m'évoquait rien, mais compte tenu des rumeurs qui courent sur la cruauté volarienne, tout porte à croire qu'elle devait s'y sentir comme un poisson dans l'eau.

— Vous l'avez fait ? Vous avez dit au Roi Négociant de refuser leur offre ?

Ahm Lin acquiesça.

— Sans une seconde d'hésitation. Malgré le choc de cette rencontre, ma haine couvait toujours, intacte et plus ardente que jamais. Je racontai à Lol-Than qu'ils n'avaient fait que lui mentir, qu'ils prévoyaient de dépenser son argent sans réelles contreparties. En réalité, n'ayant guère prêté attention à l'entretien, j'ignorais presque tout de leur proposition. Comme d'habitude, cependant, Lol-Than me crut sur parole.

— Et l'étrangère ? A-t-elle tenu sa promesse ?

— Au départ, j'ai cru qu'elle m'avait trahi. Lol-Than leur fit parvenir sa réponse le lendemain matin, après quoi ils embarquèrent sur leur navire et prirent le large. Le roi jouissait alors d'une santé de fer et rien ne semblait indiquer une détérioration prochaine de son état. Une vague de terreur et de déception déferla sur moi. Pour la toute première fois de ma vie, j'avais menti au Roi Négociant. Il ne faisait aucun doute qu'il finirait par éventer ma supercherie et me vouer à une mort atroce. Au bout d'un mois, au cours duquel je me rongeai les sangs et m'efforçai de dissimuler ma panique, Lol-Than se mit à dépérir. Atteint au départ d'une simple toux, discrète mais tenace – que personne, bien entendu, n'osa lui faire remarquer –, il finit par blêmir, puis trembler de tous ses membres. Quelques semaines plus tard, il délirait sur sa couche, convulsait et crachait du sang. Quand la mort l'emporta enfin, ne restait plus de lui qu'une créature décharnée qui se rappelait à peine son propre nom. Son agonie ne m'inspira aucune pitié.

» Il avait un héritier, bien sûr. Son troisième fils, Mah-Lol, les deux premiers ayant été discrètement empoisonnés au sortir de l'adolescence quand il devint évident qu'ils ne disposaient pas du flair commercial de Lol-Than. Mah-Lol, en revanche, tenait vraiment de son père : d'une intelligence et d'une culture rares, il possédait toute l'habileté et la sévérité nécessaires pour occuper le trône d'un Roi Négociant. Mais, par bonheur, il ignorait tout de mon don. La maladie de Lol-Than l'avait empêché de révéler à son fils la véritable nature de mon rôle à la cour. Aux yeux de Mah-Lol, je n'étais qu'un simple clerc qui avait su, d'une manière ou d'une autre, s'attirer les faveurs du défunt roi, de sorte qu'il confia immédiatement ma place à l'un de ses hommes de confiance. On me relégua à un poste d'intendance dans les magasins du palais, relogé dans un dortoir miteux et payé une fraction de mon salaire d'autrefois. L'honneur, apparemment, exigeait que je me suicide, comme tant d'autres domestiques de Lol-Than déchus de leur prestigieuse position. À la place, j'ai préféré partir. Il m'a suffi pour cela de prétexter une course en ville auprès d'un garde en faction à l'entrée du palais. C'est à peine s'il m'a jeté un regard quand je suis sorti. J'avais vingt-deux ans et, pour la toute première fois, j'étais libre. C'était le plus beau moment de ma vie.

» Cette soudaine émancipation, en retour, modifia profondément mon chant. Délivré de ses chaînes, il avait tout comme moi soif de merveilles et de nouveautés. Emporté par sa musique, je parcourus le royaume de long en large, en franchis les frontières. Il me guida chez le tailleur de pierre d'un petit village niché dans les montagnes. N'ayant ni fils ni apprenti, il accepta de m'enseigner son art. J'apprenais vite, sans doute un peu trop à son goût, et la qualité inhabituelle de mon travail ne manqua pas de le troubler. Il paraissait soulagé le jour où, comprenant qu'il n'avait plus rien à m'apprendre, je repris la route.

» Le chant m'entraîna ensuite dans un port, où j'embarquai sur un vaisseau en partance pour l'Orient. Les vingt années qui ont suivi, je n'ai que voyagé et proposé mes services, de ville en ville, de hameau en hameau, apposant mon empreinte sur cent demeures, palais ou temples. J'ai même passé un an dans votre Royaume, à sculpter des gargouilles pour le château d'un seigneur nilsaëlien. Je n'ai jamais manqué de rien. En temps de vaches maigres, le chant me menait là où m'attendaient travail et nourriture ; en temps de conflits, il me guidait dans des régions plus paisibles et solitaires. Jamais je n'ai douté de lui, jamais je ne lui ai résisté. Il y a cinq ans, il m'a guidé jusqu'ici où Shoala, ma délicieuse épouse, s'efforçait de reprendre la boutique de son défunt père. Elle taille la pierre comme personne, mais les riches Alpirans n'aiment pas traiter avec les femmes. J'ai emménagé avec elle. Mon chant ne m'a jamais ordonné de partir et je lui en suis reconnaissant.

— Même à présent ? lui demanda Vaelin. Alors que la Main Rouge sévit en ville ?

— Votre chant s'est-il fait entendre quand vous avez entendu parler de l'épidémie ?

Si Vaelin se rappelait le désespoir qui l'avait étreint en songeant au sort probable de sœur Gilma, il prit conscience qu'à aucun moment la voix du sang ne l'avait mis en garde.

— Non. Non, en effet. Cela veut-il dire que nous ne courons aucun danger ?

— Loin de là. Cela veut dire que, pour une raison inconnue, nous nous trouvons là où nous devons nous trouver.

— Ce serait donc… (Vaelin bafouilla, à la recherche du mot juste.) Notre destin ?

Ahm Lin haussa les épaules.

— Qui peut le dire, mon frère ? J'en sais peu sur le destin, sinon que j'ai été témoin de tant d'événements improbables ou inattendus au cours de ma vie que j'en suis venu à douter de son existence. Je préfère penser que nous traçons notre propre chemin, avec notre Musique Céleste pour boussole. Votre… voix du sang, comme vous l'appelez, se confond avec vous-même, ne l'oubliez pas. Vous l'entendez, certes, mais vous la chantez aussi.

— Mais comment ? (Vaelin se pencha en avant, étourdi par la curiosité dévorante qui, il le sentait, imprégnait sa voix.) Comment faire pour la chanter ?

Ahm Lin embrassa d'un geste l'établi, où trônait toujours le bloc de marbre dégrossi par Vaelin lors de sa première visite. Il n'y avait pas touché depuis.

— Vous avez déjà commencé. J'imagine d'ailleurs que vous la chantez depuis longtemps, mon frère. La Musique Céleste peut s'exprimer à travers bien des outils différents ; la plume, le burin… ou l'épée.

Vaelin baissa les yeux sur son arme, qui reposait contre le rebord de la table, à portée de main. *Voilà donc ce que j'ai fait toutes ces années ? J'ai taillé à coups d'épée mon chemin dans la vie ? Tout ce sang versé, toutes ces vies volées ne sont-elles que les couplets d'une chanson plus vaste ?*

— Pourquoi la laisser inachevée ? s'enquit Ahm Lin. La sculpture, je veux dire.

— Si jamais je reprends ce marteau et ce burin, je ne les reposerai pas avant d'avoir fini. Et notre situation actuelle requiert toute mon attention.

Ce n'était qu'en partie vrai et il le savait bien. Il y avait autre chose, ce trouble que faisaient naître en lui les traits grossiers qui émergeaient du bloc de marbre. La forme du crâne, ces yeux vides, l'ombre de ce menton esquissaient les contours d'un visage familier, le visage de quelqu'un qu'il connaissait. Paradoxalement, l'irruption de la Main Rouge à Linesh lui permettait de repousser le moment de cette révélation.

— Il n'est pas recommandé d'ignorer son chant, mon frère, l'avertit Ahm Lin. Vous vous souvenez de la douleur que je vous ai infligée en vous contactant, la première fois ? Vous en connaissez la cause ?

— Mon chant s'était tu.

— Exact. Et pourquoi, d'après vous ?

*La nuque fragile du roi… les secrets dangereux de la catin…*

— Il me demandait de faire quelque chose, quelque chose d'affreux. Quand je m'y suis refusé, il s'est tu. Je pensais qu'il m'avait déserté.

— Le chant vous guide, mais il vous protège également. Sans lui, vous vous exposez aux autres détenteurs de notre don, comme la femme volarienne. Croyez-moi, mon frère, vous ne voulez pas être vulnérable dans ses parages.

Vaelin considéra le bloc de marbre, étudia le profil raboteux de cette ébauche de visage.

— Quand le *Faucon Rouge* reviendra, déclara-t-il, je le finirai.

Vingt jours après le départ du *Faucon Rouge*, les marins se révoltèrent. Au cours d'un assaut minutieusement préparé, ils s'évadèrent de leurs prisons de fortune aménagées dans le quartier des docks, tuèrent leurs gardes et s'élancèrent en direction des quais. La riposte de Caenis ne se fit pas attendre : il dépêcha deux compagnies de Pisteloups sur le port et mobilisa les hommes du comte Marven afin de barrer toutes les rues avoisinantes. Quand la discipline inflexible des Pisteloups eut repoussé leur offensive sur les quais, les marins tentèrent de se rabattre sur la ville, où les archers cumbraëliens postés sur les toits les fauchèrent par dizaines. Caenis lança une contre-attaque immédiate, afin de tuer dans l'œuf ce bref et sanglant soulèvement. Le combat faisait rage quand Vaelin arriva sur les lieux.

Il trouva son camarade aux prises avec un imposant Meldénéen. Armé d'un gourdin à la taille grossière, celui-ci tentait désespérément d'atteindre le frère qui virevoltait autour de lui avec agilité et lardait ses bras et ses joues d'estafilades.

— Rends-toi ! ordonna Caenis alors que sa lame mordait l'avant-bras de son adversaire. Vous avez perdu !

Le Meldénéen poussa un cri de rage et de douleur mêlées. Redoublant ses efforts, il assena tout autour de lui des coups furieux que Caenis, emporté par sa danse de mort, esquiva sans mal. À quarante pas de là, Vaelin attrapa son arc, encocha une flèche et tira. Le trait vint transpercer la gorge du Meldénéen qui s'effondra au sol, mort sur le coup. Un de ses plus beaux exploits d'archer.

— Pas le temps pour les demi-mesures, mon frère, dit-il à Caenis en enjambant le cadavre du Meldénéen et en tirant son épée.

Une heure plus tard, ils avaient maté les rebelles. Aux deux cents marins qui gisaient, morts, sur les pavés de Linesh s'ajoutaient au moins autant de blessés. Les Pisteloups avaient perdu quinze hommes dans la bataille – et parmi eux, l'ancien tire-laine connu sous le nom de Lestemain, l'un des trente hommes du groupe d'élite de la Martishe. Une fois les matelots enfermés dans leurs entrepôts, Vaelin rassembla les capitaines survivants sur le port, soit une quarantaine d'hommes au visage sec, buriné par le vent et les embruns. Alignés le long des quais, les poings liés et à genoux, ils levaient vers lui des regards maussades ou brûlants de haine.

— Vous avez agi en imbéciles et en égoïstes, déclara Vaelin. Si vous aviez pris la mer, vous auriez répandu l'épidémie dans une centaine d'autres ports. J'ai perdu des hommes de valeur par votre faute. Je pourrais vous faire tous exécuter, mais je m'y refuse.

Il leva la main en direction du port, où mouillaient les nombreux vaisseaux de la flotte marchande.

— On dit que l'âme d'un capitaine se trouve dans son navire. Vous avez tué quinze de mes hommes. J'exige quinze de vos âmes en échange.

L'opération leur prit un certain temps. Mis à contribution, des soldats de la Garde du Royaume montèrent à bord des quinze vaisseaux désignés par Vaelin, les remorquèrent hors de la rade à coups d'avirons et jetèrent l'ancre en pleine mer. Avant de rentrer en canot, ils prirent soin de couvrir le tillac de poix et d'asperger les voiles d'huile de naphte. Il faisait déjà nuit quand les archers de Dentos achevèrent le travail en tirant des salves de flèches enflammées sur les bâtiments. Bientôt, quinze brasiers scintillants illuminaient l'océan sur des kilomètres à la ronde, projetant dans le ciel étoilé des pluies de flammèches.

Du coin de l'œil, Vaelin étudia les capitaines, tirant un plaisir certain de la douleur qui creusait leurs visages ravinés. Certains pleuraient.

— Encore une tentative comme celle-ci, lança-t-il, et j'incendie toute votre flotte. Avec vos équipages et vous ligotés aux mâts.

Le lendemain matin, c'était le gouverneur Aruan qui l'attendait à la grille du manoir. Un nœud glacé dans l'estomac, Vaelin demanda :

— Où est ma sœur ?

Les joues naguère potelées du gouverneur pendaient sous sa mâchoire, à présent, affaissées par l'inquiétude et une perte de poids trop rapide. Pour autant, il ne manifestait aucun des symptômes de la Main Rouge. Il répondit d'une voix monocorde, le regard vitreux et prudent.

— Elle a succombé hier soir, bien plus rapidement que ma fille ou sa femme de chambre. Ma mère m'avait dit qu'il en allait ainsi avec cette maladie. Certains peuvent y résister des jours, voire des semaines entières, et d'autres y passent en quelques heures. Votre sœur m'empêchait d'approcher ma fille, elle insistait pour s'occuper d'elle toute seule. Elle avait fini par condamner cette aile du manoir. Une mesure nécessaire, disait-elle, pour enrayer l'épidémie. La nuit dernière, je l'ai retrouvée effondrée sur les marches de l'escalier, à peine consciente. Après m'avoir interdit de la toucher, elle a trouvé la force de ramper jusqu'à la chambre de ma fille…

Il se tut, voyant le visage de Vaelin.

— Mais je lui ai parlé hier, dit le jeune homme d'un air hébété.

Il quêta sur les traits du gouverneur quelque signe de ruse, de tromperie ou d'erreur, mais il n'y trouva qu'un regret attristé.

— Elle est morte ? demanda-t-il d'une voix enrouée.

Le gouverneur hocha la tête.

— La femme de chambre aussi. Ma fille tient bon, pour le moment. Nous avons brûlé les corps, comme l'exigeait votre sœur.

Vaelin découvrit qu'il agrippait si fort les barreaux en fer forgé de la grille que ses phalanges pâlissaient. *Gilma… Notre Gilma aux yeux pétillants et au rire tapageur. Morte et vouée aux flammes en l'espace de quelques heures, tandis que je soumettais ces imbéciles de marins.*

— A-t-elle dit quelque chose ? laissé un testament ?

— Elle s'est éteinte très vite, monseigneur. Elle m'a toutefois chargé de vous dire qu'il vous faudrait suivre ses instructions. Et qu'elle vous retrouverait dans l'Au-Delà.

*Il ment. Elle n'a rien dit du tout. Elle n'a fait que dépérir et mourir.* Vaelin puisa malgré tout un certain réconfort dans le mensonge du gouverneur.

— Je vous remercie, monseigneur. De quoi auriez-vous besoin ?

— De baume pour apaiser les démangeaisons de ma fille. Et peut-être quelques bouteilles de vin pour remonter le moral des domestiques. Ma cave commence à s'éclaircir.

— Je vais voir ce que je peux faire.

Vaelin lâcha la grille et tourna les talons.

— J'ai vu des flammes, hier soir, dit le gouverneur. En pleine mer.

— Les marins se sont soulevés, ils ont tenté de fuir. J'ai brûlé quelques navires pour l'exemple.

Il s'attendait à subir une remontrance, mais le gouverneur se contenta d'acquiescer.

— Des représailles modérées. Cependant, je ne saurais trop vous conseiller de dédommager la guilde marchande pour ces pertes. En mon absence, elle constitue l'unique autorité civile de Linesh. Évitez de vous la mettre à dos.

Vaelin, qui, l'esprit embrumé de chagrin, se sentait plutôt d'humeur à faire fouetter le premier marchand commettant l'erreur de lever la voix en sa présence, perçut la sagesse dans les paroles du gouverneur.

— Je n'y manquerai pas.

Sans trop savoir pourquoi, il se sentit contraint d'ajouter quelque chose, de récompenser d'une manière ou d'une autre l'aimable mensonge du gouverneur.

— Nous ne resterons pas ici longtemps, monseigneur. Quelques mois de plus, et encore. L'armée de l'Empereur approche, je le sais, et la bataille sera terrible. Mais même si nous l'emportons, nous quitterons bientôt la ville et Linesh vous reviendra.

Stupeur et colère se disputèrent le visage replet de son interlocuteur.

— Alors pourquoi, au nom de tous les dieux, êtes-vous venus ici ?

Vaelin embrassa du regard la cité étendue au pied du promontoire. La lumière de l'aube dansait sur les maisons et les rues vides en contrebas. Au large, l'onde scintillante reflétait l'azur sans nuages, frangée d'or et d'écume à mesure que des vagues enflaient pour se jeter sur la côte… et Gilma était morte. Tout comme les milliers et milliers d'autres qui suivraient.

— Veuillez m'excuser, dit-il en s'éloignant. Le devoir m'appelle.

Il trouva Dentos au sommet du phare. Celui-ci se dressait à l'extrémité du long môle qui formait le bras gauche de la rade. Assis sur le rebord du toit plat de l'édifice, les jambes pendues dans le vide, il contemplait l'océan en sirotant sa flasque de Compagnon du Frère. Son arc gisait non loin, ainsi que son carquois vide. Vaelin s'assit près de lui et Dentos lui passa la flasque.

— Tu n'es pas venu écouter l'hommage rendu à notre sœur, dit Vaelin.

Il but une petite gorgée d'alcool, rendit sa flasque à son ami et grimaça légèrement tandis que le mélange de cognac et d'andrinople dévalait sa gorge.

— Je lui ai rendu hommage à ma manière, marmonna Dentos. Elle m'a entendu, va.

Vaelin baissa les yeux sur les écueils en contrebas, où de nombreuses mouettes sans vie dérivaient au fil de l'eau, chacune embrochée par une seule et unique flèche.

— On dirait bien que les mouettes aussi t'ont entendu.

— Je m'entraîne, fit Dentos. De toute façon, j'ai jamais pu encadrer ces bestioles. Saloperies de charognards, avec leur cri pourri. Les merdouettes, que mon oncle Groll les appelait. L'était marin, mon oncle Groll. (Il ricana et s'accorda une nouvelle lampée d'alcool.) Qui sait si je l'ai pas tué, hier soir. C'est pas comme si je me souvenais de sa trogne, à cette vieille fripouille.

— Combien d'oncles as-tu, mon frère ? Je me suis toujours posé la question.

Dentos se rembrunit et garda le silence pendant un long moment. Quand il prit enfin la parole, sa voix se teintait d'une amertume que Vaelin ne lui avait encore jamais entendue.

— Aucun.

Vaelin fronça les sourcils, abasourdi.

— Et celui avec les chiens de combat ? Et celui qui t'a appris à tirer… ?

— L'arc, je l'ai appris tout seul. Y avait bien un braconnier dans le village, mais c'était pas mon oncle, tout comme cette sale raclure avec ses cabots de merde. Aucun d'entre eux n'était mon oncle. (Il jeta un regard en coin à Vaelin et sourit tristement.) Ma chère vieille maman gagnait sa croûte comme putain du village, mon frère. Pour me donner le change, elle offrait ce titre à tous les hommes qui passaient notre porte. Elle les forçait à se montrer gentils avec moi, sans quoi y rentraient pas dans son lit. Et puis n'importe lequel d'entre eux aurait pu être mon père. J'ai jamais pu découvrir lequel, même si pour tout t'avouer, je m'en tamponne le coquillard. C'était quand même qu'un ramassis de bons à rien.

» Catin ou pas, ma mère a toujours veillé sur moi. J'ai toujours mangé à ma faim, avec des vêtements sur le dos et des chaussures aux pieds, contrairement aux autres marmots du patelin. Je te laisse imaginer : déjà qu'être le rejeton de la putain du coin, c'était pas la joie, alors si en plus on m'enviait… Tout le monde savait que sur la trentaine de gars du village, y en avait forcément un qui m'avait pour fils, alors les autres gamins se sont mis à m'appeler : « Fils de Qui ? » J'devais avoir quatre ans quand j'ai entendu ça pour la première fois. « Eh, Fils de Qui ?, d'où tu tiens ces chaussures, Fils de Qui ? » Et ainsi de suite, année après année. C'était toujours le fils de l'oncle Bab – une salle teigne, tu peux me croire – qui criait le premier. Un jour, lui et sa bande se sont mis à me caillasser. Et pas avec des galets de rivière, hein, mais des petites pierres pointues, des clous et toute une flopée de saletés qui m'ont coupé de partout. Alors j'ai vu rouge. J'ai attrapé mon arc et j'y ai collé une flèche en plein mollet, au morveux. Je mentirais si je disais que ça m'a fait de la peine de le voir saigner, pleurnicher et battre des bras comme s'il voulait s'envoler. Après ça… (Il haussa les épaules.) Ben, je pouvais pas vraiment rester. Comme personne n'irait jamais prendre un fils de putain comme apprenti, surtout un fils de putain dangereux, ma mère m'a envoyé à la Loge. Je me rappelle comment elle pleurait quand le chariot m'a emporté. J'y suis jamais retourné.

En le regardant lever sa flasque à nouveau, Vaelin fut soudain frappé par le visage marqué de Dentos. Avec son front creusé de rides profondes et ses tempes grisonnantes, il faisait bien plus que son âge, payant le tribut d'une vie émaillée de combats et d'épreuves. En outre, la souffrance que lui causait la disparition de sœur Gilma se lisait sur ses traits, presque palpable. De tous les frères, c'était de Dentos qu'elle avait été le plus proche. *À notre retour au Royaume, je demanderai à l'Aspect de lui trouver une place au sein de la Loge*, décida Vaelin, avant de prendre conscience qu'il y avait peu de chances qu'aucun d'entre eux revoie jamais Castelvarin. Une fin sanglante, voilà tout ce qu'il avait à lui offrir. Ses pensées se tournèrent à nouveau vers le bloc de marbre qui l'attendait dans l'échoppe d'Ahm Lin. Il était temps d'accomplir ce que la voix du sang exigeait de lui. S'il pouvait achever sa sculpture avant l'arrivée des troupes alpiranes, peut-être pourrait-il éviter un nouveau massacre. S'il acceptait d'en payer le prix…

Il se releva et pressa l'épaule de Dentos.

— J'ai à faire en…

Le regard trouble de son ami s'illumina soudain.

— Une voile ! s'écria Dentos, un doigt tendu vers l'horizon. Tu la vois, mon frère ?

Une main en visière pour se protéger du soleil, Vaelin scruta l'océan. Au loin, une petite tache grise évoluait entre ciel et mer. Une voile, incontestablement. Le *Faucon Rouge* était de retour.

Le capitaine Nurin descendit le premier la passerelle de débarquement. Malgré l'épuisement qui tirait son visage hâve et buriné, une lumière de triomphe brillait dans son regard, accompagnée de cette lueur cupide que Vaelin se rappelait de leur première entrevue.

— Vingt et un jours ! exulta-t-il. Je n'aurais pas cru un tel exploit possible si tard dans l'année, mais Udonor a entendu nos prières et nous a bénis de ses vents. On aurait pu gagner trois jours de plus si on ne nous avait pas fait lanterner si longtemps à Castelvarin, ni ramener tant de passagers.

— Tant de passagers ?

Vaelin fixait son regard sur la passerelle, s'attendant d'une seconde à l'autre à voir apparaître une silhouette élancée aux cheveux de jais.

— Ouais, neuf en tout. Même si je me demande bien pourquoi une gamine qui m'arrive à peine à l'épaule aurait besoin de sept gardes.

Vaelin se tourna vers lui, les sourcils froncés.

— Des gardes ?

Nurin haussa les épaules et désigna la passerelle.

— Jugez par vous-même.

L'homme râblé qui prit pied sur le quai arborait une face courtaude, presque animale, encore durcie par le regard noir qu'il posa sur Vaelin et les Pisteloups alentour. Le plus étonnant restait cependant sa robe noire, couleur du Quatrième Ordre, ainsi que l'épée qui battait ses flancs.

— Frère Vaelin ? s'enquit-il d'une voix neutre et dépourvue d'aménité.

Vaelin hocha la tête. Pris d'un malaise croissant, il ne s'embarrassa pas de civilités.

— Frère Commandant Iltis, se présenta l'homme en noir. Compagnie de Protection de la Foi du Quatrième Ordre.

— Jamais entendu parler de vous, lui rétorqua Vaelin. Où sont sœur Sherin et frère Frentis ?

Frère Iltis cilla, goûtant peu l'irrespect de l'Épée du Royaume.

— La prisonnière et frère Frentis se trouvent à bord du navire. Nous devons discuter, mon frère. Il nous faut prendre des dispositions précises avant de…

Vaelin n'avait entendu que le premier mot.

— La prisonnière ?

Il avait parlé d'une voix douce, mais empreinte d'un ton de menace qui le surprit lui-même. Frère Iltis battit des paupières à nouveau. Son regard dur avait laissé place à une moue incertaine.

— Comment ça… la prisonnière ?

Alerté par le craquement d'un pas sur le bois de la passerelle, il se tourna vers la goélette. Un autre frère du Quatrième Ordre, lui aussi armé d'une épée, menait une jeune femme à la chevelure sombre par une chaîne liée à ses poignets. Sherin était plus pâle que dans le souvenir de Vaelin, peut-être plus maigre aussi, mais le grand sourire qui éclaira son visage quand leurs regards se croisèrent n'avait pas changé, lui. Cinq frères supplémentaires descendirent à leur tour sur le quai, où ils se déployèrent de part et d'autre de la guérisseuse en toisant Vaelin et ses Pisteloups de regards méfiants. Le dernier à descendre fut Frentis. Rouge de honte, il gardait les yeux rivés au sol.

— Ma sœur.

Vaelin voulut rejoindre Sherin, mais découvrit qu'Iltis lui bloquait le passage.

— La prisonnière a interdiction de s'entretenir avec les Fidèles, mon frère.

— Hors de mon chemin ! lui ordonna Vaelin en détachant froidement chaque mot.

Iltis blêmit, mais ne céda pas.

— Je ne fais qu'obéir aux ordres, mon frère.

— Qu'est-ce que ça veut dire ? fulmina Vaelin, la poitrine embrasée par une bouffée de rage. Pourquoi traiter notre sœur ainsi ?

Derrière Iltis, Sherin leva ses poignets entravés et lui adressa une grimace peinée.

— Pardonne-moi, mon frère. Une fois encore, me voilà enchaînée lors de nos retrouvailles…

— La prisonnière ne doit pas parler sans permission ! aboya Iltis.

Il se jeta sur elle et tira sans ménagement sur sa chaîne, arrachant à la jeune femme une grimace de douleur quand les menottes frottèrent sa peau.

— Les traîtres et les Apostats ne doivent pas souiller l'âme des Fidèles !

Les yeux de Sherin vinrent se poser sur Vaelin, implorants.

— Je t'en prie, ne le tue pas !

# Chapitre 7

Elle était en colère, Vaelin s'en rendait bien compte. La bouche pincée, Sherin évita son regard tout au long du trajet qui les conduisit jusqu'au manoir du gouverneur, au grand désespoir de Vaelin qui croulait sous le poids du coffre de remèdes qu'elle avait emporté avec elle.

— Je ne l'ai pas tué, plaida-t-il quand le silence devint par trop insupportable.

— Seulement parce que frère Frentis t'en a empêché, répliqua-t-elle avec un bref coup d'œil.

Elle avait raison, bien sûr. Si Frentis ne l'avait pas retenu, il aurait continué de battre à mort frère Iltis à même le quai. Quand son premier coup de poing avait envoyé l'homme à terre, les autres membres du Quatrième Ordre commirent l'erreur de dégainer leurs épées, entraînant une réaction immédiate de la part des Pisteloups. Ce fut donc impuissants et désarmés qu'ils virent le visage de leur supérieur saigner et se déformer progressivement sous les coups d'un Vaelin enragé, que même les exhortations de Sherin ne parvenaient à apaiser. Il fallut l'intervention musclée de Frentis pour qu'il relâche enfin sa victime.

— Qu'est-ce que ça veut dire ? rugit Vaelin en se redressant. Comment as-tu pu permettre ça ?

Frentis semblait plus désemparé et plus penaud que jamais.

— Les ordres de l'Aspect, mon frère, répondit-il dans un souffle.

— Excusez-moi ! (Sherin agita ses chaînes, lançant à Vaelin un regard furieux.) Si quelqu'un avait l'amabilité de me libérer, je pourrais peut-être soigner notre frère avant qu'il se vide de son sang.

Une fois détachée, elle ordonna qu'on lui apporte son coffre resté dans la cale, puis se mit à appliquer baumes et onguents sur la plaie béante qui portait autrefois le nom de Frère Commandant Iltis. Quand elle eut fini, elle entreprit de lui recoudre son arcade sourcilière, que Vaelin avait ouverte en lui cognant le front sur les pavés. Elle œuvrait en silence, ses mains agiles voletant avec la grâce qu'il lui connaissait, même si la rudesse de ses gestes trahissait sa colère.

*Elle n'a pas aimé ça*, comprit Vaelin. *Elle n'a pas aimé voir le tueur qui est en moi.*

— Boucle-moi tout ça sous les verrous, dit-il à Frentis en désignant les frères du Quatrième Ordre. S'ils te résistent, fais-leur goûter du fouet.

Frentis acquiesça, sans bouger pour autant.

— À propos de notre sœur...

— Nous parlerons plus tard, mon frère.

Cette fois-ci, Frentis obtempéra et partit se charger des prisonniers. Non loin, le capitaine Nurin se racla la gorge.

— Quoi ? demanda Vaelin.

— Votre promesse, monseigneur, répondit le capitaine au visage osseux.

Bien que perturbé par le déchaînement de violence dont il avait été témoin, il affronta le regard de Vaelin sans se démonter.

— Notre arrangement, comme nous l'avons couché par écrit.

— Oh ! (Vaelin arracha la bourse rebondie pendue à son ceinturon et la lui lança.) Faites-en bon usage. Sergent !

Le sergent Pisteloup se mit au garde-à-vous.

— Monseigneur !

— Emprisonnez le capitaine Nurin et son équipage avec les autres marins. Fouillez son navire pour vous assurer que personne ne se cache à bord.

Le sergent claqua les talons et s'éloigna pour distribuer ses ordres.

— Nous emprisonner, monseigneur ? (Comme à contrecœur, le capitaine Nurin s'arracha à la contemplation du saphir qu'il serrait à présent dans son poing.) Mais des affaires urgentes m'attendent à...

— Je n'en doute pas, capitaine. Néanmoins, la présence en ville de la Main Rouge risque de vous retenir un certain temps.

Dans le regard de Carval Nurin, la terreur vint remplacer l'étincelle de cupidité qui y brillait jusqu'alors. Il recula d'un pas.

— La Main Rouge ? Ici ?

Vaelin se tourna vers sœur Sherin. Elle avait fini de boucler la suture et s'apprêtait à couper l'excédent de fil avec une petite paire de ciseaux.

— Oui, murmura-t-il. Mais plus pour très longtemps, à mon avis.

— Je te l'ai déjà dit, lâcha Sherin comme ils marquaient une pause sur le chemin du manoir, personne ne mourra si je peux l'empêcher. Ce ne sont pas des paroles en l'air, Vaelin.

— Je suis désolé, dit-il, surpris par sa propre sincérité.

Il l'avait blessée. Elle avait ressenti dans sa chair chacun des coups qu'il avait assenés à Iltis. Elle avait vu le tueur en lui.

Elle soupira et sa colère déserta en partie ses traits.

— Parle-moi de l'épidémie. Combien en sont morts, jusqu'ici ?

— Pour le moment, seulement sœur Gilma et une femme de chambre, dans le manoir du gouverneur. Aux dernières nouvelles, sa fille tenait encore le coup.

— Pas d'autres cas déclarés ? Aucun malade en ville ?

Il secoua la tête.

— Nous avons suivi à la lettre les instructions de sœur Gilma.

— Alors par son courage et sa diligence, il se pourrait bien qu'elle ait sauvé Linesh.

Quand ils parvinrent à la grille du manoir, l'un des gardes en faction sonna la cloche afin d'appeler le gouverneur. Vaelin profita de l'attente pour observer les fenêtres obscurcies de la bâtisse. Depuis la mort de sœur Gilma, l'endroit se parait d'une atmosphère sinistre, accentuée par l'aspect négligé des jardins. Il s'attendait à moitié à ce que personne ne réponde à l'appel, signant ainsi le triomphe de la Main Rouge sur cette maison, devenue alors une simple coquille vide qu'il suffirait d'incendier. À sa grande honte, il prit conscience qu'il appelait un tel dénouement de ses vœux. Ce cauchemar pouvait cesser ici même, sans se répandre dans la ville ni nécessiter d'envoyer Sherin au-devant du danger.

— Est-ce le gouverneur, là-bas ? demanda la guérisseuse.

— En chair et en os.

L'espoir coupable que nourrissait Vaelin s'évanouit à la vue de la silhouette corpulente qui venait à leur rencontre.

— Il nous déteste, mais il adore sa fille. C'est comme ça que j'ai pu le convaincre de capituler.

— Tu as menacé sa fille ? s'étrangla Sherin, scandalisée. Par la Foi ! cette guerre a fait de toi un monstre.

— Jamais je n'aurais touché un seul de ses…

— Tais-toi, Vaelin. (Elle secoua la tête, ferma les yeux d'un air dégoûté et lui tourna le dos.) Juste… arrête de parler, s'il te plaît.

Un silence de mort s'abattit sur eux tandis que le gouverneur s'approchait. Les gardes détournaient le regard, pris d'une passion soudaine pour les nuages ou leurs bottes. Vaelin, pour sa part, sentait la colère de Sherin l'aiguillonner comme un poignard. Quand Aruan arriva enfin, Vaelin fit les présentations et ouvrit d'un tour de clé l'imposant cadenas qui verrouillait la grille.

— Elle s'affaiblit, dit le gouverneur en leur ouvrant d'une voix où se mêlaient espoir et résignation. Elle parvenait encore à parler hier soir, mais depuis ce matin…

— Alors ne traînons pas, monseigneur, l'interrompit Sherin. Si vous pouviez m'aider avec ceci.

Vaelin posa le coffre à terre. Sherin et le gouverneur le soulevèrent par les poignées latérales, avant de s'éloigner vers le manoir. La jeune femme ne salua même pas Vaelin.

— Combien de temps cela prendra-t-il, ma sœur ? demanda-t-il.

Elle s'arrêta le temps d'un bref coup d'œil par-dessus son épaule, le visage inexpressif.

— La préparation du remède prend plusieurs heures. Une fois administré, cependant, l'amélioration devrait être immédiate. Reviens demain matin.

— Pourquoi étiez-vous enchaînée ? reprit-il sans lui laisser le temps de partir. Pourquoi étiez-vous prisonnière ?

Elle ne se retourna pas, cette fois-ci, et chuchota une réponse qu'il entendit à peine.

— Parce que j'ai voulu te sauver.

Vaelin renvoya les gardes, fit un feu et se blottit dans sa cape pour se protéger du vent frais qui, à l'approche de l'hiver, commençait à balayer les côtes. Les heures s'étiraient, interminables, sans qu'il cesse de ruminer l'énigmatique réponse de Sherin, ainsi que cette colère glacée qu'il avait provoquée chez la jeune femme. *« J'ai voulu te sauver… »*

Alors que le soleil plongeait derrière l'horizon, Frentis fit son apparition. Il s'assit face à lui et jeta quelques bûches dans les flammes. Vaelin leva les yeux, mais ne dit rien.

— Le Frère Commandant Iltis survivra, lui annonça Frentis d'un ton délibérément enjoué. Dommage. Y peut toujours pas parler, par contre, à cause de sa mâchoire démise. Il communique par grognements ou gémissements. On n'y perd pas au change, crois-moi. Je l'ai entendu déblatérer suffisamment de conneries comme ça pendant la traversée.

— Tout à l'heure, tu m'as dit que l'Aspect t'avait ordonné de laisser ces hommes la traiter ainsi. Pourquoi ?

Frentis afficha une grimace embarrassée, manifestement réticent à l'idée de lui apprendre la nouvelle.

— Sœur Sherin a été reconnue coupable de trahison envers le Royaume et de reniement de la Foi. C'est une Apostate, Vaelin.

*Sherin à Castelnoir.* À cette pensée, il se sentit traversé par un courant de culpabilité et d'inquiétude. *Que lui ont-ils fait subir, là-bas ?*

— Je me suis rendu tout droit chez l'Aspect Elera dès notre arrivée, poursuivit Frentis. Comme tu m'avais dit de le faire. Quand elle a su pour la Main Rouge, on a filé voir l'Aspect Arlyn. C'est lui qui a pu convaincre le roi de relâcher notre sœur hors du palais.

— Le palais ? On ne la retenait pas à Castelnoir ?

— Si, juste après son arrestation par le Quatrième Ordre, mais la princesse Lyrna l'aurait tirée de là. Elle s'y serait rendue toute seule, apparemment, pour exiger qu'on lui remette Sherin. Le garde-chiourme pensait qu'elle agissait sur ordre du roi, donc il a obéi. À ce qu'on dit, l'Aspect Al Tendris trépignait de rage quand il l'a appris, mais il n'y pouvait plus grand-chose. N'empêche que sœur Sherin restait prisonnière, hein. L'avait juste une plus jolie cellule.

— Mais qu'a-t-elle bien pu faire pour mériter qu'on l'accuse de trahison, sans même parler d'hérésie ?

— Elle aurait dénoncé la guerre. Et plutôt deux fois qu'une, attention. Encore et encore, et devant tous ceux qui voulaient bien l'écouter. Notre invasion contrevient à la Foi, qu'elle aurait dit. Que tout ça, c'est rien que mensonge et compagnie. Que toi, moi et tous les autres, on a été envoyés à la mort sans raison valable. Le genre de discours qu'on peut tolérer dans les tavernes, mais voilà : elle est célèbre dans les quartiers pauvres de la capitale, notre Sherin. Et les gens l'apprécient, vu tout ce qu'elle a fait pour eux. Quand elle parle, les gens l'écoutent. Et il semblerait que ni le roi ni le Quatrième Ordre n'appréciaient ce qu'elle avait à dire.

*Une nouvelle ruse du vieux hibou ?* se demanda Vaelin. S'il avait découvert son attachement pour Sherin, peut-être comptait-il se servir de cette arrestation pour garantir la coopération de sa chère Épée du Royaume ? *Non*, jugea Vaelin. *Ça ne tient pas debout.* Janus avait déjà fait le nécessaire pour s'assurer son concours. L'incarcération de Sherin était un acte purement arbitraire ;

Janus craignait de voir la situation lui échapper, il redoutait qu'une voix dissidente puisse jeter le discrédit sur sa croisade. La décision, pourtant, cadrait mal avec l'intelligence politique du vieillard. Certes, le roi pouvait se montrer implacable – Vaelin était bien placé pour le savoir –, mais l'arrestation publique d'un membre estimé du Cinquième Ordre allait à l'encontre de la démarche plus subtile qu'il privilégiait d'habitude. *Il a dû tenter une autre approche*, déduisit Vaelin. *Un autre moyen de la réduire au silence ou d'acheter sa loyauté. Contrairement à moi, elle a eu la force de lui résister.*

—Le roi n'a consenti à la libération de Sherin qu'à condition qu'elle soit constamment enchaînée et surveillée, poursuivit Frentis. Elle a aussi interdiction de parler à quiconque sans permission. (Il tira une enveloppe de sa houppelande et la tendit à Vaelin.) Tu trouveras tous les détails là-dedans. L'Aspect Arlyn nous somme d'obéir aux désirs du roi…

Vaelin saisit l'enveloppe, la jeta au feu et regarda le sceau royal fondre et disparaître parmi les flammes.

—Il semblerait que le roi vienne de gracier sœur Sherin et d'ordonner son acquittement immédiat, déclara-t-il d'un ton qui ne souffrait nulle objection. En reconnaissance de ses longues années au service du Royaume et de la Foi.

Le regard de Frentis se posa sur l'enveloppe calcinée, sans s'y attarder.

—Bien compris, mon frère.

L'espace d'une seconde, Frentis dansa nerveusement d'un pied sur l'autre. Il semblait hésiter à ajouter quelque chose.

—Qu'y a-t-il, Frentis ? demanda Vaelin, un accent de fatigue dans la voix.

—Ben, y a cette petiote qui s'est pointée sur le port, juste avant qu'on embarque. Elle m'a demandé de te donner ça.

Il plongea une fois encore la main dans sa houppelande et en sortit un petit paquet enveloppé de papier blanc.

—Un beau brin de fille, je te dis que ça. M'a presque fait regretter mon entrée dans l'Ordre.

Vaelin s'empara du paquet, l'ouvrit et découvrit deux fines plaques de bois nouées par un ruban bleu. À l'intérieur se trouvait une fleur d'ellébore séchée, pressée contre une carte blanche.

— Elle a dit quelque chose ?

— Seulement de te remercier. De quoi, je sais pas.

Vaelin fut surpris de sentir un sourire étirer ses lèvres.

— Merci à toi, mon frère. (Il renoua le ruban sur les cales et glissa le tout dans une poche.) Tu n'aurais pas rapporté de quoi manger, par hasard ? Je crève de faim.

Frentis redescendit la colline et reparut une demi-heure plus tard en compagnie de Caenis, Barkus et Dentos, les bras chargés de provisions et équipés d'un tapis de sol.

— Ça fait des semaines que je n'ai pas dormi à la belle étoile, fit remarquer Caenis. Ça me manque, j'avoue.

— À qui le dis-tu ? fit Barkus d'une voix traînante. Ma pauvre échine se languit des joies de la terre, des cailloux dans les reins et des averses nocturnes.

— Vous n'êtes pas de garde, vous autres ? s'enquit Vaelin.

— Oh que si ! mais ce soir, on a décidé de tirer au flanc, monseigneur, lui rétorqua Dentos. Z-allez nous coller combien de coups de fouet ?

— Ça dépendra du banquet que vous m'avez mijoté.

Ils firent rôtir un cuissot de chèvre sur le feu et partagèrent du pain et des dattes. Dentos ouvrit une bouteille de vin rouge de Cumbraël, qu'il passa à ses camarades.

— La toute dernière, dit-il d'une voix attristée. J'avais demandé au sergent Gallis d'en embarquer une vingtaine avant notre départ.

— Les hommes boivent plus pendant la guerre, commenta Caenis.

— On se demande bien pourquoi, grommela Barkus.

L'espace d'un instant, Vaelin se crut ramené des années en arrière, du temps où maître Hutril les emmenait bivouaquer dans les bois, du temps où ils échangeaient blagues et moqueries autour du feu de camp. Sauf que l'un d'entre eux manquait à l'appel et que leur humour se teintait à présent d'amertume. Même Frentis, de loin le plus candide du groupe, fit preuve d'un certain cynisme en leur racontant comment le roi, tout à ses efforts pour lever de nouveaux régiments de la Garde du Royaume, avait à nouveau dépeuplé les prisons.

— Toujours plus de coupe-jarrets à venir se faire couper les jarrets en notre compagnie.

— Un juste retour des choses, dit Caenis. Les criminels devraient être obligés de dédommager le Royaume pour avoir troublé sa paix. Et quel meilleur moyen de faire amende honorable que de servir à la guerre ? D'autant plus que les anciens hors-la-loi font d'excellents soldats.

— Parce qu'ils ne se font plus d'illusions, convint Barkus. Ils n'espèrent rien. Quand on marine toute sa vie dans la misère, une vie de soldat vous paraît acceptable.

— Va dire ça à tous les pauvres bougres qu'on a laissés agoniser au pied de la Colline Rouge, fit Dentos.

Barkus haussa les épaules.

— Une vie de soldat entraîne bien souvent une mort de soldat. Au moins, ils sont payés. Nous, qu'est-ce qu'on y gagne ?

— Nous servons la Foi, intervint Frentis. Ça me suffit.

— Ah ! mais tu es encore jeune, sain de corps et d'esprit. D'ici à un an ou deux, tu noieras tes beaux idéaux et toutes ces questions importunes dans le Compagnon du Frère, comme nous tous.

Barkus voulut siffler une gorgée de vin au goulot, s'aperçut que la bouteille était vide et la reposa avec une moue déçue.

— Par la Foi ! j'aimerais tant être soûl, grommela-t-il en jetant la bouteille dans les ténèbres.

— Alors tu n'y crois pas du tout ? reprit Frentis. On se battrait pour rien, d'après toi ?

— On se bat pour remplir les caisses du Royaume et doubler les taxes du roi, ô bel orphelin innocent. (Barkus tira une flasque de Compagnon du Frère de sa houppelande et y téta une longue goulée.) Ah ! je préfère ça.

—C'est impossible, protesta Frentis. Je sais bien que les rumeurs comme quoi les Alpirans voleraient des enfants ne valent pas un clou, mais on est quand même en train d'apporter la Foi ici, non ? Ces gens ont besoin de nous. Voilà pourquoi l'Aspect nous a envoyés. (Son regard se posa sur Vaelin.) Non ?

—Bien sûr que si, lui répondit Caenis, fort de sa conviction coutumière. Notre frère se plaît juste à trouver les motivations les plus viles aux actes les plus purs.

—Purs ? (Barkus éclata de rire, un rire franc et puissant.) Tu peux me dire ce qu'il y a de pur, dans toute cette histoire ? Combien de cadavres avons-nous abandonnés dans le désert ? Combien de veuves, d'orphelins et d'estropiés laissons-nous dans notre sillage ? Et puis cette ville ? Tu crois vraiment que l'apparition de la Main Rouge à Linesh juste après notre arrivée ne serait qu'une vaste coïncidence ?

—Si nous l'avions apportée avec nous, alors elle nous aurait fauchés, nous aussi, répliqua Caenis. Non mais tu t'entends parler, des fois, mon frère ?

Se gardant bien de prendre part à leur chamaillerie, Vaelin préféra jeter un coup d'œil vers le manoir. Une lumière faible éclairait l'une des fenêtres d'étage et une ombre indistincte s'agitait derrière les rideaux. Celle de Sherin, probablement. À la pensée du danger qu'elle courait, une profonde inquiétude s'empara de lui. Si le remède échouait, elle s'exposait ouvertement à la Main Rouge, tout comme sœur Gilma. Il l'aurait alors envoyée à la mort… elle qui lui en voulait déjà tant…

Il se releva et gagna la grille, les yeux rivés sur le rectangle jaune de la fenêtre, le cœur serré par son impuissance et sa culpabilité. Il se rendit compte qu'il était en train de tourner la clé dans le cadenas. *Si son remède fonctionne, alors je ne cours aucun danger. Dans le cas contraire, je ne vais pas attendre ici pendant qu'elle meurt à quelques mètres de moi…*

—Mon frère ? lança Caenis d'une voix lourde d'avertissement.

—Je dois…

La voix du sang enfla en lui, un cri puissant qui le fit tomber à genoux. Il s'accrocha à la grille pour ne pas s'effondrer et sentit les mains puissantes de Barkus le soutenir.

— Vaelin ? Une nouvelle crise ?

Malgré la douleur qui palpitait sous son crâne, Vaelin s'aperçut qu'il pouvait tenir debout. Le goût du sang n'emplissait pas sa bouche, cette fois-ci. Il s'essuya le nez et les oreilles, heureusement intacts. *Je m'en sors mieux que la dernière fois, mais c'était bien le chant d'Ahm Lin.* Dans un sursaut d'horreur, il prit alors conscience de ce qui se passait. S'arrachant à l'étreinte de Barkus, il balaya du regard la masse sombre de la cité en contrebas et trouva ce qu'il cherchait. Un point de lumière vive et crépitante scintillait dans le quartier des artisans. L'atelier d'Ahm Lin brûlait.

Les flammes dansaient haut dans le ciel quand ils parvinrent devant l'échoppe. Le toit du bâtiment s'était effondré et des langues de feu tournoyantes léchaient les poutres de la charpente. L'incendie dégageait une chaleur si intense qu'ils ne pouvaient s'approcher à moins de dix mètres de la porte. Une file de citadins relayaient des seaux d'eau depuis le puits le plus proche, mais leurs efforts restaient sans effet devant l'ampleur du brasier. Vaelin chercha désespérément son ami dans la foule.

— Le tailleur de pierre ? criait-il. Il est resté à l'intérieur ?

Les gens se recroquevillaient à sa vue, leurs traits tordus par la crainte et l'hostilité. Il envoya donc Caenis s'enquérir de son sort et quelques mains lui désignèrent un groupe voisin. Ahm Lin gisait sur les pavés, la tête posée dans le giron de sa femme en pleurs. Des boursouflures violacées marbraient son visage et ses bras. Vaelin s'accroupit près de lui et posa délicatement la main sur sa poitrine pour s'assurer qu'il respirait encore.

— Va-t'en ! cracha son épouse.

Elle accompagna son cri d'une gifle puissante, avant de repousser la main de Vaelin. Ses joues noires de suie blêmissaient à vue d'œil, livides de chagrin et de haine.

— Laisse-le tranquille ! Ta faute ! Ta faute, Tueur d'Espoir !

Ahm Lin fut pris d'une quinte de toux, tressaillit et prit une profonde inspiration. Puis il ouvrit les yeux.

— *Nurà-lah !* sanglota son épouse en le pressant contre elle. *Erha ne almash.*

— C'est le Sans-Nom qu'il faut remercier, pas les dieux, lâcha Ahm Lin d'une voix rauque.

Ses yeux trouvèrent Vaelin. Il lui fit signe d'approcher et murmura à son oreille :

— Le loup, mon frère…

Il battit des paupières et perdit connaissance. D'abord inquiet, Vaelin poussa un soupir soulagé en voyant sa poitrine se soulever.

— Emmenez-le à la guilde marchande, vite ! ordonna-t-il à Dentos. Trouvez un guérisseur.

Ses camarades soulevèrent Ahm Lin et s'éloignèrent, suivis par son épouse qui refusait de lui lâcher la main.

— Ils ont trouvé le responsable, déclara Caenis en désignant un groupe à quelques pas de là.

Vaelin s'élança et se fraya un passage parmi les badauds. Un corps gisait par terre, roué de coups. Il retourna le cadavre du bout du pied et découvrit le visage tuméfié d'un inconnu.

— Qui est-ce ? demanda-t-il à la cantonade en scrutant la foule qui se pressait autour de lui, tandis que Caenis répétait sa question en alpiran.

Au bout d'un moment, un homme au teint basané s'avança, jeta des regards apeurés à Vaelin et prononça quelques mots.

— Ils tiennent le tailleur de pierre en haute estime, traduisit Caenis. Son travail est sacré, à leurs yeux. L'incendiaire ne méritait pas de vivre.

— Mais qui est-ce ? gronda Vaelin.

Caenis relaya la question au nouveau venu dans son alpiran haché, mais correct. Pour toute réponse, il n'obtint qu'un haussement d'épaules. Le reste de la foule ne lui apporta guère plus d'informations.

— Personne ne semble connaître son nom, mais il travaillait comme domestique chez l'une des grandes familles de Linesh. Il a pris un coup à la tête lorsqu'ils ont tenté leur percée, il y a quelques semaines. Depuis, ce n'était plus le même homme.

— Savent-ils pourquoi il a fait ça?

Les badauds bredouillèrent une réponse unanime.

— On l'a trouvé dans la rue, une torche enflammée à la main, traduisit Caenis. Il accusait le tailleur de pierre de trahison. L'amitié que vous aviez nouée avait éveillé les soupçons à son encontre, mais personne ne s'attendait à ça.

Poussé par la voix du sang, Vaelin se livra à un examen de la foule plus approfondi. *La menace pèse encore. Le véritable responsable se cache quelque part.*

Un vacarme assourdissant retentit derrière lui. Les murs de l'atelier s'écroulaient les uns après les autres, les poutres rongées par les flammes. Une fois la bâtisse écroulée, seules demeurèrent les statues qu'elle abritait; dieux, héros et empereurs, immobiles et sereins dans le brasier aveuglant. La rumeur de la foule se mua en murmure déférent, entrecoupé çà et là de prières marmonnées et de supplications.

*Il n'est plus là.* Le front perlé de sueur, Vaelin s'approcha de la fournaise. *Le loup a disparu.*

Au petit matin, il foulait le tapis de cendres et fouillait les décombres sous les regards impassibles des dieux de marbre, noircis mais intacts. Il avait fallu cinq heures pour venir à bout des flammes, malgré les efforts combinés de la population et des soldats mobilisés en urgence. Une fois l'incendie circonscrit, Vaelin avait jugé préférable de laisser l'échoppe se consumer entièrement. Au point du jour, alors que l'aube dardait ses premiers rayons sur les toits de Linesh, il s'était mis en quête de sa sculpture, mais ne trouva rien d'autre que de la cendre et quelques éclats de marbre sans intérêt. La voix du sang gémissait en lui, une plainte constante qui vibrait à la base de son crâne. *En vain*, songea-t-il. *Tout ce labeur réduit à néant.*

— Tu as l'air fatigué.

Sherin se tenait près de lui, les traits tirés, toujours vêtue de sa robe grise, enveloppée par la fumée qui s'élevait de la ruine calcinée de l'échoppe. Elle affichait une certaine défiance, née moins de la colère que de l'épuisement, cependant.

— Vous aussi, ma sœur.

— Le remède a fonctionné. La fille sera sur pied d'ici à quelques jours. Je pensais que tu voudrais le savoir.

— Merci.

Elle inclina légèrement la tête sur le côté.

— Ce n'est pas fini pour autant. Nous devons rester vigilants et traiter au plus vite les nouveaux cas, s'ils se déclarent. Mais je ne crois pas me tromper en disant que l'épidémie peut être contenue. Encore une semaine et nous pourrons lever la quarantaine.

Elle contempla alors les décombres qui l'entouraient et parut remarquer les statues pour la toute première fois. Elle s'attarda longuement sur la sculpture gigantesque du combat mortel entre l'homme et le lion.

— Martual, dieu du Courage, lui dit-il, bravant le grand lion Sans-Nom qui ravagea autrefois les plaines méridionales.

D'une main, elle caressa les muscles saillants de l'avant-bras du dieu.

— Splendide.

— En effet. Ma sœur, j'ai conscience de votre fatigue, mais je vous serais reconnaissant si vous pouviez jeter un coup d'œil à l'artiste qui a sculpté ceci. Il a été grièvement brûlé dans l'incendie.

— Bien entendu. Où pourrai-je le trouver ?

— Dans le bâtiment de la guilde, près du port. J'y ai préparé vos quartiers. Je vais vous accompagner.

— Je trouverai toute seule. (Elle tourna les talons, mais ne partit pas tout de suite.) Le gouverneur Aruan m'a expliqué comment tu t'es emparé de la ville, comment tu t'es assuré sa coopération. Je crains de m'être montrée quelque peu injuste envers toi.

Elle soutint son regard quelques secondes durant, au cours desquelles Vaelin sentit son cœur se serrer, comme souvent. Pour une fois, cependant, ce tourment familier réchauffa tout son corps, dissipa le chant funèbre de la voix du sang et fit naître un sourire sur ses lèvres, quand bien même les Défunts savaient que la situation ne s'y prêtait pas.

— Ah ! j'oubliais, ajouta-t-il. Vous êtes libre. Sur ordre du roi. Frère Frentis m'a fait parvenir une missive royale.

— Vraiment ? (Elle haussa un sourcil.) Puis-je la lire ?

— Par malheur, elle a disparu.

En guise d'explication, il embrassa d'un geste les vestiges encore fumants de l'atelier.

— Une maladresse inhabituelle chez toi, Vaelin.

— Oh que non ! je suis bien souvent maladroit. Dans mes paroles comme dans mes actes.

Un sourire complice éclaira brièvement le visage de Sherin avant qu'elle se détourne.

— Je ferais mieux de me rendre au chevet de votre ami artiste.

Vaelin ordonna la levée de la quarantaine sept jours plus tard, ainsi que la libération des marins – un équipage à la fois, pour éviter la cohue. Sans surprise, la plupart choisirent de lever l'ancre dès la première marée, à l'image du *Faucon Rouge*. Le capitaine Nurin rassembla ses hommes sur le pont en toute hâte, comme s'il craignait que Vaelin surgisse au tout dernier moment pour lui reprendre son saphir.

Certains des citoyens les plus riches choisirent eux aussi de quitter la ville, encore traumatisés par le spectre de la Main Rouge. Vaelin parvint à intercepter l'ancien employeur de l'incendiaire de l'atelier d'Ahm Lin, un marchand d'épices richement vêtu quoiqu'un peu débraillé, juste avant son départ. Arrêté au pied de la porte est par un groupe de gardes, il répondit à contrecœur aux questions de Vaelin, tandis que sa famille et ses serviteurs restants patientaient non loin, auprès de chevaux de bât ployant sous le poids de leurs objets de valeur.

—Il s'appelait le Menuisier, pour autant que je sache, dit le marchand. Si vous croyez que je connais le nom de tous mes domestiques… Je paie des gens pour ça.

L'homme parlait la langue du Royaume à la perfection, mais son arrogance déplut instantanément à Vaelin. Seule la terreur évidente du bourgeois épargna à ce dernier de recevoir la baffe qu'il méritait de longue date.

—Avait-il une épouse ? l'interrogea Vaelin. Une famille ?

Le marchand haussa les épaules.

—Je ne crois pas. Il passait tout son temps libre à sculpter dans du bois des effigies de dieux.

—J'ai entendu dire qu'il avait subi une blessure. Un coup à la tête.

—Comme beaucoup d'entre nous, cette nuit-là. (Le marchand retroussa une manche de soie pour montrer à Vaelin la plaie suturée qui courait sur son bras.) Vos soldats s'en sont donné à cœur joie.

—La blessure du menuisier, le relança Vaelin.

—Oui, un méchant coup à la tête, semblerait-il. Mes hommes l'ont traîné jusque chez moi, inconscient. Pour tout vous dire, on le croyait condamné. Pendant des jours, il a oscillé entre la vie et la mort. À peine s'il respirait. Et puis tout à coup, il s'est réveillé, sans séquelles particulières. Mes serviteurs y ont vu l'œuvre des dieux, une récompense pour toutes ses sculptures. Le lendemain matin, il avait disparu, sans avoir prononcé le moindre mot depuis son réveil miraculeux.

Le marchand coula un regard vers sa famille, les mains tremblantes d'impatience et de peur rentrée.

—Bon, vous n'y êtes pour rien, le rassura Vaelin. (Il fit un pas de côté pour le laisser passer.) Que la chance vous accompagne dans votre voyage.

L'homme s'éloignait déjà, hurlant à sa caravane de se mettre en route.

*« Pendant des jours, il a oscillé entre la vie et la mort »*, se répéta Vaelin. En lui, la voix du sang émit une note familière. Une fois encore, il avait l'impression de tâtonner dans le vide, comme si la clé des nombreux mystères de sa vie se trouvait juste hors de portée. Un courant de frustration le traversa et son chant intérieur se fit vacillant. « Votre voix du sang se confond avec vous-même, avait dit Ahm Lin. Vous l'entendez, certes, mais vous la chantez aussi. » Vaelin s'efforça d'apaiser ses esprits, de se concentrer sur la mélodie de son chant, de la préciser. *Cette voix, c'est moi. Mon sang, mes désirs, ma quête.* Elle enfla alors en lui, rugit à ses oreilles, déversant sur son âme une cacophonie d'émotions et de visions troubles qu'il ne parvint pas à maîtriser. Des voix du passé remontèrent à la surface de sa mémoire, un flot assourdissant de mensonges et de vérités entremêlés en un tourbillon hébété qui lui donna le vertige.

*J'ai besoin des conseils d'Ahm Lin*, songea-t-il en tentant de dompter son chant intérieur, d'harmoniser ce tumulte discordant. La voix du sang monta encore en lui, puis reflua pour entonner une note unique, vibrante et cristalline. S'ensuivit alors un rapide aperçu du bloc de marbre, que le burin attaquait avec force et rapidité, toujours manié par une main invisible. De la pierre émergeait un visage, aux traits de plus en plus distincts… mais le bloc finit par noircir et voler en éclats, projetant une pluie de débris dans les ruines calcinées de l'atelier.

Vaelin gagna une maison voisine et s'assit lourdement sur le seuil. Il avait laissé passer sa chance de découvrir le message que renfermait le bloc de marbre. À présent que ce couplet s'était effacé, il lui faudrait trouver une nouvelle mélodie.

# Chapitre 8

Minuit venait de sonner quand Janril Norin claudiqua dans sa chambre pour le réveiller. On l'appelait aux portes de la ville.

— Des hordes de cavaliers sur la plaine, monseigneur, lui annonça le ménestrel. Frère Caenis vous demande.

Vaelin sangla son épée à toute vitesse, monta en selle et éperonna Écume, qui rejoignit le corps de garde en quelques minutes. Caenis, qui s'y trouvait déjà, ordonnait à une compagnie d'archers de se poster sur les remparts. Tous deux grimpèrent sur le chemin de ronde, où l'un des Nilsaëliens du comte Marven leur désigna la plaine.

— Y sont presque cinq cents, monseigneur, l'informa le soldat d'une voix grêle de terreur.

Vaelin le calma d'une tape sur l'épaule et s'approcha des créneaux. Au pied des murailles campait un petit bataillon de cavaliers en armes, dont les cuirasses et les caparaçons accrochaient la lueur bleutée du croissant de lune. À sa tête, une silhouette massive à l'armure tachée de rouille levait les yeux vers lui.

— Vous allez l'ouvrir, cette saloperie de porte ? rugit le baron Banders. Mes hommes ont faim et j'ai des ampoules au cul !

Débarrassé de son armure, le baron perdait un peu de sa superbe, mais restait néanmoins imposant.

— Peuh !

Il cracha une gorgée de vin, éclaboussant le parquet de la salle de réunion de la guilde qui leur servait de réfectoire.

— Saleté de pisse alpirane. Vous n'auriez pas un peu de vin de Cumbraël à offrir à vos augustes invités, monseigneur ?

— Je regrette, baron, répondit Vaelin. Mes frères et moi avons vidé notre dernière bouteille il y a peu. Veuillez nous pardonner.

Banders haussa les épaules, attrapa un poulet rôti sur la table et en arracha une cuisse, dont il mordit la chair avec avidité.

— Vous n'avez pas fait trop de dégâts, dites voir, commenta-t-il entre deux bouchées. À croire qu'on vous a offert Linesh sur un plateau.

— Nous avons pu bénéficier d'une entrée dérobée et nous glisser dans la ville à la faveur de la nuit. Le gouverneur s'est révélé être un homme fort pragmatique. Nous n'avons pas fait couler beaucoup de sang.

Une ombre passa sur le visage du baron, qui marqua une courte pause avant d'arroser sa bouchée de poulet d'une rasade de vin.

— On ne peut pas en dire autant pour Marbellis. Pour être franc, je pensais qu'elle n'arrêterait jamais de cramer.

Des paroles qui ne firent rien pour apaiser l'inquiétude de Vaelin. L'apparition inattendue du baron n'avait pas manqué de le troubler. De toute évidence, l'homme venait lui apporter de mauvaises nouvelles.

— Un siège difficile, peut-être ?

Banders renifla et se resservit une coupe de vin.

— Quatre semaines à pilonner leurs murs à coups de bélier ou de trébuchet avant d'ouvrir une brèche praticable dans leurs maudites murailles. Toutes les nuits, ils faisaient des sorties ; des petits groupes d'assassins qui passaient nos lignes pour nous trancher la gorge et éventrer nos tonneaux d'eau potable. Chaque putain de nuit passée sur le qui-vive, à guetter les dagues de ces chiens ! Seuls les Défunts savent combien d'hommes on a perdus… Là-dessus, le Seigneur de Guerre envoie trois régiments dans la brèche. Sur le tas, cinquante hommes en sont ressortis, tous blessés. Les Alpirans avaient piégé les murailles avec des fosses à pieux et autres joyeusetés. Quand nos gars se sont retrouvés coincés dans les fosses, les autres leur ont balancé des tonnes de bois d'allumage enduit de poix sur le râble. Quelques flèches enflammées ont suffi pour faire de nos troupes un grand feu de joie. (Il s'interrompit, les yeux fermés, traversé d'un petit frisson.) À un kilomètre de là, on les entendait encore hurler.

— Vous n'avez pas pris la cité ?

— Ah çà ! pour la prendre on l'a prise. Encore et encore, même, comme une ribaude bon marché. (Banders émit un rot retentissant.) Rose de Sang a léché ses plaies et revu sa copie. En vérité, j'en suis venu à penser que sa percée catastrophique à travers la brèche ne constituait qu'une ruse grandiose, un sacrifice visant à convaincre les Alpirans qu'ils avaient affaire à un imbécile. Deux nuits plus tard, il a posté quatre régiments face à la brèche, parés pour l'offensive. Dans le même temps, il a envoyé toute l'infanterie restante le long de la muraille orientale, avec des échelles d'assaut. Il avait fait le pari que les Alpirans concentreraient leurs forces pour protéger la brèche, au détriment des autres murailles. Bah ! il avait raison. Ça nous à pris toute la nuit et un paquet d'hommes y sont restés, mais au matin, la ville nous appartenait. Du moins ce qu'il en restait.

Par la suite, Banders se mura dans un silence concentré, absorbé par son repas. Vaelin le laissa donc manger, préférant s'intéresser à l'armure perpétuellement rongée par la rouille posée près du fauteuil de son voisin. La voyant de près pour la toute première fois, il remarqua que les plates épargnées par la corrosion reluisaient, tandis que la rouille elle-même affichait une texture étrange, presque cireuse.

— De la peinture, dit-il à haute voix.

— Hmm ? (Banders baissa les yeux vers son armure et grogna.) Ah ! ça. Un homme se doit d'être à la hauteur de sa légende, vous ne pensez pas ?

— La légende du chevalier rouillé ? Je ne crois pas l'avoir entendue, monseigneur.

— Ah ! mais parce que vous ne venez pas de Renfaël. (Banders sourit.) Mon père était un homme plein d'allant et fort généreux, voyez-vous, mais affligé d'un goût bien trop prononcé pour le jeu et les femmes de mauvaise vie. Par conséquent, il n'a rien pu me léguer d'autre qu'un château branlant et un harnois rouillé, que je fus obligé de revêtir pour répondre à l'appel aux armes de notre suzerain. Par bonheur, j'avais également hérité de mon père un peu de ses talents de jouteur, de sorte que ma réputation se mit à croître avec chaque bataille ou chaque tournoi. On me surnomma le Chevalier à la Rouille, ma pauvreté faisant de moi la coqueluche des roturiers. Je finis par porter mon armure comme d'autres un étendard. Elle me distinguait dans la mêlée, m'attirait les faveurs des paysans – et des paysannes – et servait de signe de ralliement à mes hommes, une fois que j'eus amassé suffisamment de fortune pour en engager, cela va de soi.

— Il ne s'agit donc pas de votre première armure ?

Banders rit de bon cœur.

— Par la Foi ! mon frère ! Bien sûr que non ! Celle-là n'est plus qu'un tas de rouille troué. Entre les batailles et les éléments, même le meilleur harnois ne tient guère que quelques années, tout au plus. Nous avons un dicton en Renfaël : « Si tu veux devenir plus riche qu'un seigneur, fais-toi forgeron. »

Il pouffa et se resservit en vin.

— Que faites-vous ici, baron ? lui demanda Vaelin. M'apportez-vous des nouvelles du Seigneur de Guerre ?

Une fois encore, la mine du baron se fit grave.

— En effet. Je m'apporte également moi-même, ainsi que mes hommes. Trois cents chevaliers, autant d'écuyers et deux cents valets armés, pour vous servir.

— Vos troupes et vous êtes les bienvenus, mais je m'en voudrais de léser le Vassal Theros.

Banders repoussa sa coupe, poussa un profond soupir et croisa le regard de Vaelin.

— On m'a… délié du service du Vassal, mon frère. Pas pour la première fois, notez bien, mais sans doute pour la dernière. Le Seigneur de Guerre m'a donc placé sous vos ordres.

— Vous vous êtes querellé avec votre Vassal ?

— Pas avec lui, non.

À en juger par la moue obstinée qui barrait le visage du baron, Vaelin jugea préférable de changer de sujet.

— Et le message du Seigneur de Guerre ?

Banders tira une lettre cachetée de sous sa chemise et la lança sur la table.

— J'en connais le contenu, vous gagnerez du temps. On vous y enjoint de vous préparer à un siège imminent. Des éclaireurs de l'Ordre en poste à Marbellis ont signalé un mouvement de troupes massif en chemin vers le nord. Tout indique que l'armée alpirane file droit vers Linesh. (Il engloutit une longue gorgée de vin, s'essuya la bouche et rota de nouveau.) Si vous voulez mon avis, mon frère, réquisitionnez la flotte marchande et embarquez pour le Royaume avec vos hommes. Il est impossible de tenir cette cité contre la horde qui vient.

— Au moins dix cohortes d'infanterie, cinq de cavalerie et autant de barbares venus des provinces méridionales de l'Empire. Soit une force d'environ vingt mille combattants.

Banders parlait d'une voix légère, mais tous dans la salle percevaient la gravité profonde qu'il tentait de masquer. Vaelin avait réuni ses capitaines dans la permanence de la guilde, après avoir chargé Caenis de fouiller les archives municipales pour y dénicher la plus grande et la plus précise des cartes de la côte nord d'Alpiran, qu'il avait ensuite déployée sur la table ronde au centre de la pièce.

— Je m'attendais à plus, dit Caenis. L'armée de l'Empereur n'est-elle pas censée être innombrable ?

— Oh ! mais il y en aura plus, mon frère, lui assura Banders. Je ne vous ai décrit que l'avant-garde. Les quelques prisonniers que nous avons pu ramener à Marbellis se sont fait un plaisir de nous le confirmer. La force qui marche sur cette cité représente l'élite de l'armée alpirane. Les fantassins et les cavaliers les plus compétents de l'Empire, tous vétérans des guerres frontalières avec les Volariens. Ne sous-estimez pas non plus les barbares, ce sont des guerriers hors pair. On raconte qu'ils vouent un véritable culte à l'Empereur et ne consentent à mettre leurs différends de côté que lorsqu'il les mobilise pour une croisade. Le fumet des ennemis vaincus leur mettrait l'eau à la bouche.

— Des engins de siège ? demanda Vaelin.

Banders hocha la tête.

— Dix, bien plus grands et bien plus solides que les nôtres. Ils peuvent vous projeter des rochers gros comme des bœufs musqués à plus de trois cents mètres de distance.

Vaelin coula un regard autour de la table, afin de jauger les réactions de ses capitaines. Le comte Marven, droit comme un piquet, se gardait bien d'exprimer la moindre émotion, de peur sans doute de ternir sa belle réputation. Le haut maréchal Al Cordlin, bien plus blême qu'à son arrivée, serrait son bras tout juste guéri, une fine pellicule de sueur commençant à poindre sur sa lèvre supérieure. Le haut maréchal Al Trendil, le regard lointain, se frottait le menton d'un air pensif. Vaelin le soupçonnait de calculer ses chances de parvenir à s'échapper en emportant tout le butin récolté à Untesh. Seul Bren Antesh restait indifférent. Les bras croisés, il posait sur Banders un regard presque nonchalant.

— Combien de temps nous reste-t-il ? demanda Caenis au baron.

— Frère Sollis les a surpris ici.

L'index de Banders atterrit sur un point situé à trente kilomètres au sud-ouest de Marbellis.

— C'était il y a douze jours.

— Une armée de cette taille ne peut guère couvrir que vingt-cinq kilomètres par jour, intervint le comte Marven d'une voix délibérément mesurée. Et encore moins dans le désert.

— Ce qui nous laisse environ deux semaines, dit le haut maréchal Al Cordlin d'une voix un peu trop aiguë. (Il prit soin de tousser avant de poursuivre.) Nous avons amplement le temps, monseigneur.

Vaelin fronça les sourcils.

— Le temps de quoi ?

— Eh bien, d'organiser l'évacuation, bien sûr. (D'un regard affolé, Al Cordlin quêta le soutien de ses pairs.) J'ai conscience qu'il ne reste pas assez de navires pour embarquer toute l'armée, mais le rapatriement des officiers supérieurs prime sur tout le reste. Les soldats, pour leur part, n'auront qu'à rallier Untesh…

— Nous avons pour ordre de défendre la ville, déclara Vaelin.

— Contre vingt mille hommes ? (Al Cordlin émit un petit rire empreint d'hystérie.) Plus de trois fois notre effectif, et des troupes d'élite avec ça ? Qui serait assez fou pour… ?

— Haut maréchal Al Cordlin, en ma qualité d'officier responsable du corps expéditionnaire de Linesh, je vous relève de vos fonctions. (D'un mouvement du menton, Vaelin lui désigna la porte.) Veuillez quitter cette pièce. Demain matin, on vous escortera vers le port, où vous pourrez embarquer pour le Royaume. D'ici là, je vous consigne dans vos quartiers. Je ne tolérerai pas que votre lâcheté puisse contaminer nos troupes.

Al Cordlin vacilla, comme frappé en pleine poitrine, et se mit à bafouiller.

— Que… je… ce camouflet est parfaitement injustifié. Le roi lui-même m'a confié la charge de ce régiment et…

— Sortez.

Le seigneur humilié chercha une fois encore le soutien des autres capitaines. Ne trouvant que des visages indifférents ou embarrassés, il tourna les talons et déguerpit.

— Toute autre suggestion d'évacuation vaudra à son auteur la même sanction, annonça Vaelin. Me suis-je bien fait comprendre ?

Il reporta son attention sur la carte, sans prêter l'oreille au chœur affirmatif qui lui répondit. Une fois encore, il fut frappé par l'aridité de la région. Comment trois cités aussi puissantes qu'Untesh, Linesh et Marbellis pouvaient-elles se dresser à l'orée d'un désert si sauvage ? « Rien que du sable et des broussailles à perte de vue, avait dit Frentis. On n'a même pas croisé un seul arbre depuis notre arrivée… »

— Aucun arbre.

— Monseigneur ? s'enquit le baron Banders.

Sans lui répondre, Vaelin resta concentré sur la carte. Une idée germait peu à peu dans son esprit, une ruse encouragée par le murmure lointain de la voix du sang, qui se mua en symphonie quand ses yeux s'arrêtèrent sur un pictogramme situé à une cinquantaine de kilomètres au sud de la ville : un bosquet de palmiers entourant un petit étang.

— Qu'est-ce que c'est ? demanda-t-il à Caenis.

— L'oasis de Lehlun, mon frère. L'unique point d'eau d'importance sur l'itinéraire des caravanes.

— Ce qui signifie, déduisit le comte Marven, que l'armée alpirane devra y faire étape en remontant vers le nord.

— Vous comptez empoisonner l'eau, monseigneur ? hasarda le haut maréchal Al Trendil. Excellente idée. Nous pourrions y jeter des charognes animales et…

— Ce n'est pas du tout ce que j'ai en tête, l'interrompit Vaelin, laissant la voix du sang bercer son plan qui, peu à peu, gagnait en substance.

*Un risque d'envergure, sans parler du sacrifice à payer…*

— Nous devrions boucler la ville, monseigneur, déclara le comte Marven au terme de plusieurs minutes de silence. Sans quoi les caravanes à destination du Sud risquent de communiquer notre effectif à l'ennemi.

— Des centaines d'habitants ont fui la ville depuis la levée de la quarantaine, monseigneur, dit Vaelin. Je serais grandement surpris que le général alpiran ne dispose pas déjà d'un inventaire exhaustif de nos troupes et moyens de défense. Par ailleurs, notre faiblesse apparente pourrait tourner à notre avantage. Un excès de confiance chez l'ennemi peut très vite dégénérer en négligence.

Il jeta un dernier coup d'œil à la carte et s'éloigna de la table.

— Baron Banders, je m'excuse de vous demander de remonter en selle si vite après votre arrivée, mais j'aurais besoin de vos chevaliers au petit matin. (Il se tourna vers Caenis.) Mon frère, rassemble le peloton d'éclaireurs à l'aube. Je prendrai leur tête. En mon absence, je te confie la cité. Redouble tes efforts pour approfondir et agrandir le fossé d'enceinte.

— Vous espérez tendre une embuscade à une armée de vingt mille hommes avec seulement quelques centaines de soldats ? (Le comte Marven paraissait consterné.) Qu'espérez-vous réussir ?

Vaelin avait déjà gagné la porte.

— Sans sa lame, une hache n'est qu'un bâton.

Plus ils s'enfonçaient dans les terres et plus les dunes gagnaient en hauteur. Le désert s'étirait ainsi jusqu'à l'horizon, pareil à une mer déchaînée prisonnière d'une coulée d'or, sous un ciel sans nuages. Le soleil impitoyable interdisant toute progression de jour, leur détachement ne se mettait en branle qu'à la nuit tombée. Avec la fraîcheur du soir, les chevaliers cessaient de grommeler et quittaient leurs tentes pour rejoindre leurs destriers qui, assommés par la chaleur de la journée, piaffaient et grattaient le sol avec impatience.

— Dans le genre bruyant, difficile de trouver pire, fit remarquer Dentos au deuxième jour de leur expédition.

Vaelin avisa un groupe de Renfaëliens occupés à se chamailler et se bousculer après une partie de dés. Non loin, un autre chevalier reprochait vertement à un écuyer le manque d'éclat de son plastron. Ces hommes, il devait en convenir, manquaient singulièrement de discrétion. Il les aurait volontiers échangés contre une seule compagnie de frères du Sixième Ordre, mais il n'avait qu'eux sous la main. En outre, il avait besoin de cavaliers pour sa mission.

—Peu importe, répondit-il. Je ne leur demande qu'une seule charge.

*Même si j'ignore combien il en restera après ça.*

—Et les patrouilles ? demanda Frentis. Tu crois franchement les Alpirans assez bêtes pour ne pas couvrir leurs flancs avec une armée d'éclaireurs ?

—À cette distance de la ville, j'aimerais bien voir ça. Mais même si c'était le cas, nous n'avons qu'une journée à tenir. Toute patrouille qui croisera notre route devra être réduite au silence, en espérant que son absence n'éveillera pas les soupçons de la colonne principale.

Deux nuits plus tard, ils parvinrent en vue de l'oasis qui, de mirage tremblotant niché entre les dunes brûlantes, gagna en substance à mesure qu'ils approchaient. Sa taille étonna Vaelin. Lui qui s'attendait à ne trouver qu'une pauvre mare surplombée de trois palmiers découvrit en réalité un petit lac ceint par une végétation luxuriante, un joyau vert et bleu serti dans l'immensité du désert.

—Aucun signe des Alpirans, mon frère, annonça Frentis au retour d'une patrouille de reconnaissance. On dirait bien qu'on les a coiffés au poteau, comme tu l'espérais.

—Des caravanes ? lui demanda Vaelin.

—Rien de rien à des kilomètres à la ronde.

—Nous n'avons croisé presque aucun marchand lors de notre chevauchée vers Linesh, monseigneur, commenta le baron Banders. La guerre n'est jamais bonne pour le commerce. À moins de vendre de l'acier, bien sûr.

Vaelin sonda rapidement le désert et aperçut une dune aux dimensions de colline, à trois kilomètres vers l'ouest.

—Là-bas, dit-il en la pointant du doigt. Nous camperons sur le versant ouest. Interdiction de faire du feu et j'apprécierais grandement, baron, que vos hommes se fassent le plus discrets possible.

—Je le leur dirai, monseigneur. Mais comprenez que nous parlons là de chevaliers. On ne peut pas les rosser comme votre piétaille.

— Vous pourriez essayer, m'seigneur, suggéra Dentos. Histoire de leur rappeler que leur sang a la même couleur que nous aut' paysans.

— Ils saigneront bien assez quand viendront les Alpirans, mon frère, lui rétorqua Banders, son visage déjà cramoisi de chaleur s'empourprant un peu plus.

— Il suffit, intervint Vaelin. Frère Dentos, rejoins frère Frentis. Rapportez autant d'eau que vous pourrez en porter, sans laisser plus d'empreintes qu'une caravane d'épices. Nos ennemis ne doivent pas soupçonner notre présence.

Il fallut attendre deux jours de plus avant qu'un gigantesque brouillard de poussière envahisse l'horizon, annonçant la venue de l'armée de l'Empereur. Allongés au sommet d'une haute dune, Vaelin, Frentis et Dentos épiaient sa progression vers l'oasis. Les cavaliers ouvraient la marche, par petits groupes d'officiers suivis de longues colonnes de guerriers chevauchant à deux de front. Vaelin dénombra quatre régiments de lanciers, pour autant d'archers montés. Leur discipline et leur efficacité ne faisaient aucun doute, comme le prouvait la rapidité avec laquelle ils établirent leur campement. Moins d'une heure après leur arrivée, les premières tentes et les premiers feux de camp apparaissaient déjà entre les palmiers de l'oasis. Vaelin emprunta la longue-vue de Frentis afin de repérer les officiers et sergents parmi la multitude, notant leur mine sévère et leur autorité naturelle tandis qu'ils délimitaient le périmètre de surveillance des sentinelles. *Des vétérans, à n'en pas douter*, jugea-t-il. Il regretta soudain de n'avoir pas pris le temps de faire ses adieux à Sherin avant leur départ. Même si le regard de la jeune femme s'était adouci lors de leur dernière rencontre, il avait encore beaucoup à lui expliquer.

Il braqua la longue-vue vers le sud et distingua un nouveau nuage de poussière à l'horizon, d'où surgirent bientôt les silhouettes vacillantes des fantassins alpirans, un spectacle dont il se serait bien passé.

L'infanterie mit plus d'une heure à se déverser dans l'oasis pour établir son campement. L'estimation de maître Sollis s'avérait finalement bien timorée ; la légion comportait en réalité douze cohortes d'infanterie, ce qui montait l'effectif total de l'armée à trente mille âmes au bas mot. L'espace d'un court instant, Vaelin se demanda si le haut maréchal Al Cordlin n'avait pas raison, finalement.

— Tu as vu, là-bas ? (Frentis baissa sa lunette pour désigner quelque chose.) Leur général, peut-être ?

Vaelin s'empara de la longue-vue et suivit la direction indiquée par son camarade, découvrant une grande tente montée au nord de l'oasis, devant laquelle un groupe de guerriers érigeait une longue hampe au bout de laquelle battait l'étendard de la légion : deux sabres croisés de couleur noire. Les soldats obéissaient à un homme à la peau d'ébène de haute stature, vêtu d'une cape d'or. Vaelin reconnut immédiatement ses traits durs et ses cheveux grisonnants. *Neliesen Nester Hevren, capitaine de la dixième cohorte de la Garde Impériale. Venu tenir sa promesse.*

Il vit le capitaine se retourner et s'incliner devant un homme râblé affligé d'une claudication prononcée, au crâne rasé et au teint olivâtre caractéristique des provinces septentrionales de l'Empire. Il portait une armure ancienne mais fonctionnelle et portait un sabre de cavalerie à sa ceinture. Il écouta le rapport que semblait lui présenter Hevren pendant quelques instants, puis l'interrompit d'un geste avant de clopiner jusqu'à sa tente sans lui accorder un coup d'œil.

— Non, le général, c'est celui qui boite, dit Vaelin.

Il prit bonne note de la lassitude qui semblait s'emparer du capitaine : les épaules affaissées, l'homme parut soupirer avant de se redresser pour s'éloigner à grands pas. *Tu es en disgrâce*, comprit-il. *On te méprise pour avoir perdu l'Espoir. Que lui suggérais-tu ? je me demande. D'organiser plus de patrouilles, d'installer plus de sentinelles ? Le mettais-tu en garde contre la ruse du Tueur d'Espoir ? Il n'a pas voulu écouter, n'est-ce pas ?* Pour la toute première fois depuis leur départ, Vaelin éprouva un élan de bonne humeur.

En tout début de soirée, les engins de siège firent leur apparition. Vaelin qui nourrissait l'espoir que Banders ait pu exagérer les comptes-rendus de patrouille de Sollis en fut pour ses frais. Le baron disait vrai. Si la Garde du Royaume disposait d'engins capables de projeter rochers et boules de feu par-dessus l'enceinte d'un château, tous ses plus imposants mangonneaux, catapultes ou trébuchets pâlissaient en comparaison de la puissance évidente des machines que l'Empereur envoyait pour abattre les murailles de Linesh. Pareils à des géants endormis, ils se laissaient tracter par des attelages de bœufs, leurs bras articulés et contrepoids vacillant dans l'obscurité naissante.

Trois mille hommes au bas mot escortaient les engins. À en juger par leur formation lâche et leur absence d'uniforme, il s'agissait sûrement des barbares évoqués par Banders. Leurs accoutrements variaient du tout au tout : certains portaient des costumes de soie rouge vif assortis de coiffes garnies de plumes bleues, tandis que d'autres revêtaient de simples robes bleues ou noires, dépourvues d'ornements. Leurs armes et armures étaient tout aussi hétéroclites. Vaelin repéra quelques cuirasses et cottes de mailles, mais la plupart allaient au combat sans armure, à l'exception de boucliers en bois ronds ornés d'impénétrables symboles. Leur armement, quant à lui, semblait se composer principalement de longues lances à la lame dentelée, auxquelles venaient s'ajouter gourdins et fléaux hérissés de pointes portés à la ceinture, ainsi que des glaives et des dagues.

Vaelin regarda les bœufs tracter les engins jusqu'à l'orée sud de l'oasis, où des bergers les libérèrent de leurs jougs afin de les guider près de l'eau, tandis que les guerriers tribaux établissaient leur campement à l'ombre des gigantesques machines.

— Ça fait un sacré paquet de barbares à massacrer, mon frère, commenta Dentos.

— Si mon plan fonctionne, ce ne sera pas nécessaire. (Vaelin rendit sa longue-vue à Frentis.) Allons charger les chevaux. Nous partirons à la faveur de la lune.

Sans surprise, Écume s'avéra parfaitement incapable d'endosser le rôle de cheval de somme. Dans un spectaculaire déploiement d'irritation, l'étalon se cabra, rua et piaffa avec force chaque fois que Vaelin tentait de jucher le bât sur son dos, menaçant d'écraser les pieds de quiconque commettait l'erreur de passer à proximité. De longues et précieuses minutes durant, son maître dut faire appel à toutes les ruses de son répertoire – cajoleries, menaces et morceaux de sucre, tout y passa – avant que l'animal accepte la charge qu'on lui imposait. Quand tout fut prêt, un splendide croissant de lune scintillait haut dans le ciel.

— Que tu puisses t'accrocher à cette carne, mon frère, je ne le comprendrai jamais, fit remarquer Dentos, sa voix légèrement étouffée par le foulard de mousseline qui lui couvrait le bas du visage.

— C'est un guerrier, répondit Vaelin. Ça vaut bien quelques bleus, non ?

Il scruta la troupe d'éclaireurs rassemblée autour de lui. Tous revêtaient ces amples robes de mousseline blanche caractéristiques des négociants du désert qui acheminaient jusqu'aux ports les épices et autres précieuses denrées du sud de l'Empire. Chacune de leurs montures portait un bât semblable à celui d'Écume, bardé de sacoches contenant ces petits pots d'argile rouge dont les nomades se servaient pour le transport des épices, mais qui renfermaient ce soir-là une tout autre marchandise. Vaelin savait pertinemment qu'ils ne pourraient faire illusion bien longtemps : leurs destriers étaient bien trop grands et leurs déguisements bien trop imparfaits, sans parler des renflements de leurs armes sous le tissu. Mais l'obscurité aidant, ce stratagème pourrait leur gagner les quelques précieuses minutes dont ils avaient besoin.

Il jeta un coup d'œil au nord, où serpentait entre les dunes la piste des caravanes menant à l'oasis. Le désert, baigné par l'éclat argenté de la lune, se parait d'une singulière aura d'étrangeté. Balayé par le vent froid de la nuit, il ressemblait presque à une plaine couverte de neige, un spectacle qui replongea Vaelin dans les arcanes d'un rêve à demi oublié : les ricanements cruels de Nersus Sil Nin, le cadavre dans la neige…

— Mon frère ? l'appela Frentis, le tirant de sa rêverie.

Vaelin s'ébroua pour se débarrasser de ces visions entêtantes, fit volter sa monture pour faire face à la troupe et déclara :

— Vous connaissez tous l'importance de notre mission de ce soir. Une fois qu'elle sera remplie, filez vers Linesh sans vous retourner. Ils nous talonneront comme une meute de loups affamés, alors ne traînez pas. Votre vie en dépend.

Ils allumèrent des torches et s'approchèrent au pas du campement, saluant à grand renfort de formules alpiranes mémorisées en chemin les guerriers tribaux qui gardaient le périmètre sud. Il s'agissait d'hommes grands et minces, à la peau noire et lustrée comme de l'acajou poli et au menton orné d'une barbiche pointue. Vêtus d'écharpes de tissu rouge et de pièces d'armure taillées dans l'ivoire, ils brandissaient chacun l'une de ces longues lances à lame dentelée que Vaelin avait aperçues en surveillant leur installation, quelques heures plus tôt. S'ils se montraient clairement méfiants, ils ne semblaient pas particulièrement inquiets, et Vaelin fut soulagé de constater qu'aucun cri d'alerte n'accueillit l'arrivée de leur petit groupe d'étrangers. Cinq de ces hommes vinrent leur bloquer le passage à l'entrée du campement, dressant leurs lances sans pour autant se faire ouvertement menaçants.

— *Ni-rehl ahn !* les salua Dentos.

Après Caenis, c'était lui qui maîtrisait le mieux l'alpiran, même s'il était loin de le parler couramment. En dépit des heures d'entraînement passées sous la tutelle de Caenis avant leur départ, il ne risquait pas d'abuser bien longtemps un autochtone des provinces septentrionales de l'Empire. Par bonheur, ces guerriers venus du sud semblaient tous ignorer le dialecte local.

L'un d'entre eux secoua la tête d'un air interdit et adressa quelques mots dans sa langue à ses compagnons, qui haussèrent les épaules à leur tour.

— *Unterah*, prononça Dentos – le terme alpiran pour « marchand » – en se frappant la poitrine, avant d'embrasser d'un geste leur caravane de fortune.

— *Onterish*, répondit un guerrier.

« Épices. » L'homme qui lui avait répondu dépassa Dentos, afin d'examiner le reste de leur troupe. Il s'approcha de Vaelin, ignorant le salut affable que ce dernier lui adressa pour s'intéresser longuement à Écume, interpellé par les nombreuses cicatrices qui barraient les jambes et les flancs du destrier.

L'un de ses camarades poussa alors un cri et l'homme qui flanquait Vaelin recula en toute hâte, les mains serrées sur sa lance, les jambes fléchies en position de combat. Vaelin leva les mains en signe de paix, puis tendit un doigt vers l'ouest. Le guerrier hasarda un coup d'œil par-dessus son épaule et se redressa, troublé par le spectacle de centaines de torches surgissant du désert, un tapis de flammes crépitant dans l'obscurité accompagné par le grondement croissant d'une charge de cavalerie et le tumulte de plusieurs clairons.

Le guerrier se tourna vers ses camarades, ouvrit la bouche pour distribuer ses ordres… et mourut sur le coup, la nuque transpercée par le couteau de lancer de Vaelin. L'air s'emplit soudain des claquements des cordes d'arc et des sifflements des lames, à mesure que les membres de la patrouille d'éclaireurs dégainaient leurs armes afin d'expédier les sentinelles restantes.

— Éteignez les torches ! Tous aux engins ! aboya Vaelin en éperonnant Écume au grand galop.

La clameur de la bataille retentit dès leur entrée dans le campement. Au fracas de la charge des chevaliers du baron Banders percutant la ligne improvisée des guerriers tribaux répondit la cacophonie désormais familière des hennissements des chevaux blessés et du tintement de l'acier. Partout, des guerriers affolés se jetaient sur leurs armes pour plonger dans la mêlée, ajoutant au vacarme leurs propres cris de guerre et l'appel grinçant de leurs cornes de bataille. Quand Vaelin et sa troupe se faufilèrent entre les tentes du campement, la plupart avaient rejoint la cohue et ceux restés en arrière tombèrent bien vite sous les coups des frères du Sixième Ordre.

Ne restait plus personne pour défendre les machines de guerre, hormis les artisans qui veillaient à leur bon fonctionnement. Pour beaucoup, il s'agissait d'hommes d'âge mûr vêtus de tabliers de cuir, armés de leurs seuls outils de menuisiers. Regrettant qu'aucun d'entre eux ne songe à s'enfuir, Vaelin en faucha un qui tenta de lui assener un coup de maillet et trancha la main d'un autre.

— Fuyez ! cria-t-il à ce dernier avant de rengainer son épée pour détacher l'une des sacoches accrochées au bât d'Écume.

L'homme le regarda d'un air ahuri, puis s'effondra mollement dans le sable, étourdi par la perte de sang. Vaelin pesta, s'empara d'une sacoche et en tira les pots d'argile, qu'il projeta de toutes ses forces sur l'engin le plus proche. Au contact du bois, les récipients volèrent en éclats, répandant un fluide clair et visqueux sur les poutres massives. Une fois sa sacoche vidée, Vaelin en saisit une autre sur le dos de sa monture et la traîna vers un deuxième engin. Frentis, qui l'avait déjà en partie empoissé, lui adressa un sourire vorace.

— Un sacré feu de joie en perspective, mon frère.

— Comme tu dis.

Tout en lançant ses projectiles, Vaelin jeta un coup d'œil alentour et fut ravi d'apercevoir les débris de nombreux pots au pied de chacune des machines géantes.

— Parfait, ça suffit ! s'écria-t-il. Allumez-les !

Comme tous reculaient d'une vingtaine de mètres environ, Vaelin traîna au sol l'artisan blessé, peu disposé à le laisser brûler avec ses engins. Dentos et Frentis épaulèrent leurs arcs, encochèrent des flèches enflammées et les tirèrent en direction des géants de bois. L'huile de naphte prit feu immédiatement. Quelques secondes plus tard, dix monstrueux brasiers faisaient rage au milieu du campement. Les flammes engouffraient les madriers et rompaient si bien cordes et attaches que les bras gigantesques des machines ne tardèrent pas à s'effondrer, tels des pins pris au piège d'un incendie de forêt.

À la lueur aveuglante des flammes, ils purent apercevoir la bataille qui faisait rage sur le périmètre ouest, où le baron Banders tentait de rallier ses hommes afin d'organiser la retraite. Les guerriers tribaux, cependant, n'avaient aucunement l'intention de les laisser partir. Vaelin vit plusieurs chevaliers être arrachés de leur selle, puis embrochés à coups de lance avant de pouvoir quitter la mêlée.

Vaelin enfourcha Écume et tira son épée.

—Filez! ordonna-t-il à la troupe d'éclaireurs.

—Et toi, mon frère? s'inquiéta Frentis.

Vaelin hocha la tête en direction des combats.

—Le baron a besoin d'aide. Je vous retrouve en ville.

—Je pourrais…

D'un regard, Vaelin réduisit au silence son ancien protégé.

—Ramène tes hommes à Linesh, mon frère.

Frentis voulut lui objecter quelque chose, mais se retint et acquiesça.

—Si tu n'es pas de retour dans deux jours…

—Alors je ne reviendrai pas et tu devras te plier aux ordres de Caenis.

Sur ces mots, il talonna les flancs d'Écume et s'élança au galop vers la bataille, sentant son destrier se tendre en prévision du combat. Vaelin contourna le gros de la mêlée, fauchant à coups d'épée les guerriers qui lui tournaient le dos, puis obliqua quand ceux-ci se lancèrent à sa poursuite. Il répéta la manœuvre à plusieurs reprises, opérant une diversion qui, il l'espérait, permettrait aux chevaliers de reprendre leurs esprits.

—*Eruhin Makhtar!* rugit-il encore et encore, au cas où ses ennemis reconnaîtraient son sobriquet. *Eruhin Makhtar!* Venez me chercher!

À en juger par la fureur décuplée de ses poursuivants et le déluge de lances et de hachettes qui pleuvait sur lui, certains des guerriers avaient manifestement compris à qui ils avaient affaire. L'un d'entre eux accomplit même un exploit remarquable: profitant de l'élan de

Vaelin tandis qu'il contournait une nouvelle fois la cohue, il bondit sur la croupe d'Écume, brandit sa masse d'armes… et bascula au sol, le torse traversé de part en part par une flèche providentielle.

— On ferait mieux de ne pas traîner dans le coin, mon frère ! appela Dentos en venant cavaler près de lui.

Il encocha une autre flèche et tira. À quelques mètres de là, un guerrier mordit la poussière.

— Je croyais t'avoir renvoyé à Linesh, cria Vaelin.

— Tu dois confondre avec Frentis. (Dentos décocha un nouveau trait, puis esquiva une lance.) Il faudrait sérieusement penser à y aller, là !

Du coin de l'œil, Vaelin avisa la cohue, que fuyait à bride abattue un imposant chevalier engoncé dans une armure marbrée de rouge. Le baron s'en était sorti, malgré son choix de quitter le dernier la bataille. Rassuré, Vaelin tendit la main vers l'ouest et tous deux piquèrent dans cette direction, talonnant leurs montures comme jamais. Derrière eux, les ombres immenses projetées par les engins de siège en flammes finirent par refluer, englouties par le désert et les ténèbres.

Ils chevauchèrent toute la nuit en direction de l'ouest et attendirent l'aube pour se diriger vers le nord. Quand leurs montures chancelaient, écrasées de chaleur, ils descendaient de selle et poursuivaient leur route à pied, le temps que les bêtes reprennent des forces. Pour mieux faire, ils se délestèrent de leurs cottes de mailles, mais conservèrent leurs armes et leurs outres d'eau.

— Aucun signe d'eux, dit Dentos, une main en visière tandis qu'il scrutait l'horizon vers le sud. Pas encore, en tout cas.

— Oh ! ils viendront, lui assura Vaelin.

Il leva son outre devant les lèvres d'Écume, qui la saisit entre ses dents et inclina la tête pour en engloutir le contenu. Vaelin ignorait combien de temps l'étalon pourrait encore tenir, dans cette chaleur. Le désert était un environnement cruel pour un animal du Nord.

Ses flancs se couvraient d'une patine de sueur pâle, à l'image de la taie embuée qui recouvrait ses yeux ordinairement vifs et méfiants.

— Avec un peu de chance, ils se seront lancés aux trousses du baron, reprit Dentos. Doivent être plus faciles à pister, vu le nombre.

— Je pense que nous avons épuisé notre capital de chance la nuit dernière, tu ne crois pas ? (Vaelin attendit qu'Écume ait fini de boire, puis le saisit par la bride.) Continuons de marcher. Si on ne peut pas aller à cheval dans cette chaleur, alors eux non plus.

Le soleil commençait à décliner quand ils aperçurent la fumée, un brouillard mince, perdu au loin, mais bien trop réel à leur goût.

— Vingt-cinq kilomètres, peut-être ? hasarda Dentos.

— Plutôt quinze. (Vaelin monta en selle, arrachant à Écume un renâclement épuisé.) Il semble qu'ils peuvent cavaler au soleil, finalement.

Ils progressèrent au petit galop une bonne partie de la nuit, craignant d'épuiser définitivement leurs montures. Si, dans l'obscurité, le Sud n'offrait pour seul spectacle que le désert infini et le ciel constellé d'étoiles, Vaelin et Dentos savaient tous deux que leurs poursuivants gagnaient du terrain.

Ils parvinrent en vue de la côte nord au petit matin et le sable du désert laissa place à la garrigue du littoral. À dix kilomètres de là, vers l'est, les murailles blanches de Linesh scintillaient dans la lumière de l'aube.

— Mon frère, dit doucement Dentos.

Vaelin tourna la tête et vit que le nuage de poussière avait grossi. Il parvenait presque à distinguer les cavaliers à l'horizon. Il se pencha alors en avant, flatta l'encolure d'Écume et lui murmura à l'oreille :

— Désolé.

Puis, se redressant, il donna des talons dans les flancs de l'animal, qui s'élança au grand galop. À sa grande surprise, Écume n'avait rien perdu de sa vitesse ; bien au contraire, il semblait trouver un certain soulagement dans cette soudaine dépense d'énergie et s'ébrouait avec fougue. S'il était mû par le plaisir ou la colère, Vaelin l'ignorait, mais ses sabots frappaient le sol poussiéreux avec une régularité de métronome, à tel point qu'ils finirent par distancer Dentos et sa monture ahanante. Six kilomètres plus loin, Vaelin brida son destrier pour attendre son ami, au sommet d'une petite butte surplombant la plaine de la cité. Les portes de Linesh, grandes ouvertes, accueillaient une longue colonne de chevaliers dont les armures accrochaient les rayons du soleil.

—On dirait bien que le baron est rentré à bon port, fit remarquer Vaelin quand Dentos l'eut rejoint.

—Ça en fera au moins un.

Dentos souleva une outre et laissa l'eau lui baigner le visage. Derrière lui, Vaelin pouvait voir leurs poursuivants se rapprocher. Deux kilomètres à peine les séparaient, désormais. Son ami avait raison : ils étaient fichus.

—Tiens, dit-il en s'apprêtant à mettre pied à terre. Prends mon cheval, il est plus rapide. C'est moi qu'ils veulent.

—Ne dis pas de conneries, répliqua Dentos d'une voix lasse.

Il s'empara de son arc accroché à sa selle, encocha une flèche et fit volter sa monture pour faire face à la horde en approche. Vaelin savait qu'il ne pourrait l'en dissuader.

—Pardonne-moi, mon frère, dit-il d'un ton coupable. Cette guerre stupide… Je…

Dentos n'écoutait pas. Les yeux tournés vers le sud, il fronçait les sourcils d'un air étonné.

—Tiens, je ne savais pas qu'ils en avaient ici. Vise un peu la taille du bestiau !

Vaelin releva la tête et sentit alors la voix du sang rugir en lui. Non loin, un gigantesque loup gris l'observait, impassible, de ses yeux émeraude. Le même regard qu'il posait sur lui lors de leur première rencontre, dans l'Urlish.

—Tu… Tu peux le voir ? demanda-t-il à Dentos.

—Bien sûr. On peut difficilement le louper.

La voix du sang vociférait, à présent, une mise en garde assourdissante qui menaçait de lui crever les tympans.

— Dentos, fonce vers la ville.

— Je ne bouge pas d'ici…

— Il va se passer quelque chose ! Fais ce que je te dis, vite !

Dentos comptait répliquer quand son attention fut attirée par une gigantesque nuée noire à l'horizon, un tourbillon de sable haut de deux kilomètres dont les rets tourbillonnants éclipsaient le soleil et avalaient les dunes, tel le ventre vrombissant d'une créature affamée plongeant vers la ville.

Une flèche se ficha dans le sol à quelques pas de là. Vaelin fit volte-face et découvrit que leurs poursuivants ne se trouvaient plus à présent qu'à cinquante mètres. Une centaine d'archers montés cavalaient à leur rencontre, précédés par une pluie de traits acérés, dans l'espoir de terrasser leurs proies avant que la tempête de sable s'abatte sur eux.

— Fonce ! hurla Vaelin.

Il s'empara des rênes de Dentos et l'entraîna au bas de la butte, éperonnant Écume au grand galop tandis qu'une pluie de flèches tombait tout autour d'eux. Ils n'avaient couvert qu'un tiers de la distance qui les séparait de la ville quand la tornade les engloutit, le sable mordant leurs visages et leurs yeux comme autant de poinçons d'acier. La monture de Dentos se cabra, emportée par la fureur du tourbillon. Vaelin sentit les rênes lui échapper et le cheval et son cavalier disparurent dans le maelström de brume ocre. Il tenta d'appeler son ami, mais renonça aussitôt, la bouche envahie de sable. Il ne pouvait rien faire d'autre que se protéger le visage, tandis qu'Écume bravait la tempête en direction de la ville.

Au comble du désespoir, Vaelin fit appel à la voix du sang. Il s'efforça de l'apaiser, de la dompter suffisamment pour en diriger la musique, ou du moins chanter avec elle. Au départ, il ne perçut que le rugissement discordant qui l'avait étreint à la vue du loup, mais son effort de volonté finit par payer et il sentit son tumulte intérieur s'apaiser. Au sein de la tempête qui faisait rage dans son esprit, quelques notes distinctes, cristallines, commençaient à se faire entendre.

— *Dentos!* appela-t-il intérieurement, sa chanson pareille à un grappin lancé dans les bourrasques. *Allez, trouve-le!*

Le chant fluctua une fois encore. De nouvelles notes s'y mêlèrent, sa mélodie se fit plus fluide, plus ronde, presque sereine, mais sous-tendue par un courant d'harmonie inconnu, une tonalité étrange, aux ramifications inconcevables. Et c'est alors qu'il comprit. *Ce n'est pas mon chant! Ce que j'entends n'est pas un chant humain!*

— *Qui?* entonna-t-il. *Qui es-tu?*

L'autre chant baissa d'un ton, puis cessa sa mélodie pour se muer en grondement impatient.

— *S'il te plaît!* implora-t-il. *Mon frère…*

Le grondement du loup devint un cri dans l'esprit de Vaelin, un aboiement d'une telle férocité, d'une telle puissance que le jeune homme manqua de vider les étriers. Secoué par le hennissement et la ruade affolée d'Écume, Vaelin se rattrapa au tout dernier moment, le nez en sang.

— *Non!* hurla-t-il en mobilisant chaque fibre de son être pour les projeter dans son chant. *Je ne veux pas de ton aide!*

La tempête se dissipa instantanément. Les rafales qui, un instant plus tôt, labouraient encore son visage, se muèrent en brise légère et le sable soulevé par le vent retomba en crépitant, tel le chœur apaisé de mille murmures. À travers le rideau de poussière, Vaelin aperçut la silhouette d'un cavalier, un cavalier dont il reconnaissait l'épée. Dentos, à moins de dix mètres de là. Une vague de soulagement submergea Vaelin, qui talonna doucement sa monture pour rejoindre son ami et lui assener une claque sur l'épaule.

— Allons, mon frère, ne traînons pas…

Dentos bascula en arrière et s'effondra lourdement au sol, les yeux grands ouverts et le teint cireux. La flèche qui l'avait tué trouait sa poitrine, sa pointe dentelée couverte de sang.

On lui raconta plus tard comment on l'avait découvert assis sur sa selle une fois le sable retombé, aussi transi et aussi immobile que l'une des créations d'Ahm Lin. À sa vue, les sentinelles avaient crié du haut des murailles et Caenis s'était empressé de rouvrir les portes. Les poursuivants alpirans, dispersés par la tempête, n'avaient pas tardé à reprendre leurs esprits et à fondre sur le Tueur d'Espoir prostré devant eux. L'un d'entre eux s'apprêtait à tirer, penché sur sa monture, les traits déformés par une grimace de triomphe et de haine, quand Bren Antesh l'avait abattu d'une flèche en plein cœur depuis la bretèche. Le Cumbraëlien avait ensuite aboyé une série d'ordres à sa compagnie d'archers, qui n'avait pas tardé à faire pleuvoir une grêle de traits mortels sur les cavaliers ennemis. Près de cent cavaliers moururent sur le coup, fauchés par la première salve.

Mais Vaelin ne se rendait compte de rien. Il ne voyait que Dentos, son visage défait, livide, et cette pointe de flèche qui saillait de sa poitrine, à la fois rouge et scintillante. Il percevait des voix qui l'appelaient depuis les murailles, mais il n'entendait rien. À peine les portes s'étaient-elles ouvertes que Barkus et Caenis accouraient vers lui, puis trébuchaient tous deux à la vue de leur camarade défunt. Vaelin, sourd à leurs questions comme à leurs pleurs, ne songeait qu'à une chose : *Dentos et la flèche…*

— Vaelin.

La seule voix qui pouvait le tirer de sa stupeur. Sherin levait la main vers lui, caressait son poignet, tentait de lui faire lâcher les rênes qu'il serrait au point de faire pâlir ses phalanges.

— Vaelin, s'il te plaît.

Il baissa les yeux vers elle, croisa son regard empli de compassion et sentit son cœur se nouer, comme chaque fois. Et cette douleur désormais familière dissipa son hébétude pour le laisser brûlant de désir et de honte coupable.

— Je suis un assassin, dit-il en détachant froidement chaque mot.

— Non…

— Je suis un assassin.

Délicatement, il repoussa la main de Sherin, éperonna Écume au pas et franchit la porte pour regagner la ville.

# Chapitre 9

Sans même prendre la peine de se déshabiller, il s'écroula sur sa couche et ne quitta pas sa chambre deux jours durant. Janril eut beau cogner à la porte et lui déposer ses repas sur le seuil, Vaelin ne lui répondait pas. Caenis, Barkus et Frentis se relayèrent pour l'appeler à travers le battant, mais il ne les entendait pas. Il n'avait ni soif, ni faim, ni sommeil. Il n'y avait plus que Dentos et cette maudite pointe de flèche, ainsi que le chant, cet insondable chant du loup qui vibrait encore, assourdissant, dans son esprit. Sans oublier la vérité, bien sûr, cette abjecte vérité. *Je suis un assassin.*

Il se rappelait parfaitement le moment où il était allé demander à Dentos de l'accompagner en mission.

— Tu es le meilleur archer monté de notre garnison…, avait-il commencé.

Vaelin n'avait pas fini sa phrase que Dentos préparait déjà son paquetage.

— Nortah me surpassait, avait dit Dentos en montant une corde neuve sur son arc.

— Nortah est mort.

Dentos s'était contenté de sourire. Pour la toute première fois, Vaelin avait pris conscience que son camarade n'avait jamais prêté foi à sa version de la disparition de Nortah. Comment avait-il deviné ? Et quels autres secrets emportait-il dans sa tombe ? Il avait suffi d'une flèche pour effacer à jamais tout ce savoir accumulé, une simple flèche décochée par un inconnu qui croyait sans doute avoir abattu le Tueur d'Espoir lui-même. Vaelin se demandait si l'homme était mort avec le sourire aux lèvres quand les salves cumbraëlines l'avaient fauché à son tour. Peut-être espérait-il que ses dieux l'accueilleraient en héros… Dans ce cas, il avait dû être atrocement déçu.

Au soir du second jour, ce fut un grattement à la porte accompagné d'un gémissement plaintif qui ramena Vaelin au monde. Il battit des paupières, sonda la pénombre de la pièce d'un regard embué, éprouva du bout des doigts le duvet rêche sur son menton et, surtout, huma le puissant fumet qu'il dégageait.

— Je ferais mieux de prendre un bain, marmonna-t-il en se levant pour ouvrir la porte.

Balafre le plaqua au sol avec aisance, sa langue râpeuse lui labourant le visage et le menton dans un élan d'amour et d'affection qui confinait au délire.

— Ça va, c'est bon, idiot de chien ! grogna Vaelin en repoussant, non sans mal, le cerbère volarien. Je vais bien.

— Tu es sûr ?

Sherin se tenait dans l'encadrement de la porte, les bras croisés, ses traits figés en une expression sévère qui lui rappela leur toute première rencontre.

— Parce que tu fais peine à voir.

Elle fit volte-face et descendit les marches, avant de remonter quelques minutes plus tard armée d'un linge et d'un baquet d'eau fumant. Elle ferma la porte derrière elle, s'assit sur le lit tandis qu'il se mettait torse nu et entreprit de le laver. De sa main libre, elle grattait l'arrière des oreilles de Balafre, qui avait posé son museau sur ses cuisses. Vaelin sentait le regard de la guérisseuse s'attarder sur son torse, détailler chacune de ses nombreuses cicatrices avec un frisson de douleur.

— Je les ai méritées, ma sœur, dit-il en s'emparant de son rasoir. Toutes autant qu'elles sont, et bien plus encore.

— Voilà que tu te détestes, à présent ?

Une pointe de colère perçait dans sa voix. De toute évidence, elle n'avait pas oublié le passage à tabac du Frère Commandant Iltis.

— Les choses que j'ai faites. Cette guerre…

Il laissa sa phrase en suspens, ferma brièvement les yeux et frictionna ses joues de savon à barbe.

—Attends, dit-elle en se levant pour lui prendre le rasoir des mains. Tu n'as pas dormi depuis deux jours, tu trembles comme une feuille. (Elle tira un tabouret et le força à s'asseoir.) Détends-toi, j'ai fait ça plus de fois que je ne saurais compter.

Il dut admettre que bien des barbiers auraient envié la dextérité de Sherin. La lame glissait sur sa peau avec une précision experte et Vaelin se sentit apaisé par le contact de ses doigts de guérisseuse. L'espace d'un instant, il se perdit dans son odeur et la proximité de son corps, cette nouvelle intimité reléguant dans le tréfonds de son esprit toute sa peine et toute sa haine de soi. Il aurait dû se redresser, couper court à ce moment inapproprié, mais l'ivresse qu'il éprouvait le submergeait.

—Voilà. (Elle recula d'un pas, sourire aux lèvres, et fit courir un doigt sur son menton.) Beaucoup mieux.

Résistant à l'envie soudaine de l'attirer à lui, Vaelin ramassa le linge et s'essuya le visage.

—Merci, ma sœur.

—Frère Dentos était un homme bon, dit-elle. Mes condoléances.

—C'était le fils d'une putain, victime toute son enfance de la haine d'autrui. Rien d'autre n'aurait pu mieux le préparer à son admission au sein de l'Ordre, pour combattre et mourir au service de la Foi. Mais vous avez raison, c'était un homme bon. Il méritait une vie plus longue et une mort plus sereine.

—Que fais-tu ici, Vaelin ? (Sherin parlait d'une voix douce, à présent, presque peinée.) Tu as cette guerre en horreur, je le sens. Ton talent, comme le mien, n'a pas vocation à servir un tel projet. Nous sommes censés défendre une Foi qui se dresse, tel un rempart, contre l'avarice et la cruauté. Mais que défendons-nous, ici ? Par quelles promesses ou quelles menaces le roi est-il parvenu à s'assurer ta coopération ?

La voix qui le sommait de se taire, qui le poussait depuis tant d'années à se vautrer dans le mensonge et la dissimulation, s'était tue. N'en restait plus qu'un murmure, une lancinante mise en garde née de l'habitude, éclipsée par son impérieux besoin de se confier. S'il ne pouvait serrer Sherin dans ses bras, il pouvait au moins lui ouvrir son cœur.

— Il a découvert que mon père avait renié la Foi. Qu'il appartenait désormais à la secte apostate des Ascendants. Quoi qu'elle puisse être.

— Nous coupons tout lien avec notre vie passée quand entrons au service de la Foi.

— Vraiment ? Est-ce votre cas ? Votre compassion doit pourtant bien prendre sa source quelque part, ma sœur. Peut-être dans ces bas-fonds que vous arpentez, chez ces pauvres hères que vous vous efforcez de sauver, qui sait… Est-il seulement possible de se couper de son passé ?

Sherin ferma les yeux et baissa la tête, le souffle court.

— Pardonnez-moi, dit-il. Votre passé vous appartient. Je ne voulais pas…

— Ma mère était une voleuse, dit-elle en rouvrant les yeux pour affronter le regard de Vaelin. (Un ton dur, inhabituel, colorait sa voix.) La plus habile que le quartier ait jamais connue. Elle frappait à la vitesse de l'éclair. Elle pouvait vous escamoter une chevalière au doigt d'un marchand plus vite qu'un serpent gobe un rat. Je n'ai jamais connu mon père. Elle prétendait qu'il était soldat, mort à la guerre, mais je savais qu'elle avait séjourné dans un bordel avant de se tourner vers la rapine. Un art qu'elle m'a enseigné, vois-tu. Elle disait que j'avais les doigts faits pour ça. (Sherin baissa les yeux sur ses mains et serra les poings.) Sa « petite larronne », qu'elle m'appelait. Elle voulait s'assurer que je ne finirais pas dans une maison de passes.

» Mais elle a vite déchanté. Un vieux bourgeois pansu a réussi à me coincer dans une ruelle pour récupérer la broche que j'avais subtilisée à la dinde obèse qui lui tenait lieu d'épouse. Il me rouait de coups avec sa canne quand ma mère a surgi pour lui enfoncer son poignard entre les côtes. « Personne y frappe ma Sherin adorée ! »

elle hurlait. Elle aurait pu s'enfuir, mais elle est restée. (Sherin serra les bras sur sa poitrine.) Elle est restée pour moi. Elle le surinait encore quand la Garde a rappliqué. Ils l'ont pendue le lendemain. J'avais onze ans.

» Après l'exécution, je me suis assise pour attendre la mort. J'étais incapable de voler, tu comprends, rien que l'idée me donnait la nausée. Mais je ne savais rien faire d'autre. Plus de mère, plus de travail. J'étais finie. Le lendemain matin, une jolie dame en robe grise m'a demandé si j'avais besoin d'aide.

Vaelin ne se rappelait pas s'être levé ni avoir attiré Sherin à lui, mais il prit conscience qu'elle avait posé la tête sur sa poitrine. Il sentait son souffle jouer sur son torse tandis qu'elle retenait ses larmes naissantes.

— Je suis désolé, ma sœur…

Elle prit une profonde inspiration qui mit fin à ses sanglots, puis se redressa, une lueur particulière au fond des yeux.

— Je ne suis pas ta sœur, murmura-t-elle avant de presser ses lèvres contre les siennes.

— Tu as un goût… (La langue de Sherin sillonna son torse.) De sable et de transpiration. (Elle plissa le nez.) Et de feu de bois, aussi.

— Désolé…

Elle émit un petit rire, se redressa pour déposer un baiser sur sa joue, puis pressa son corps nu contre le sien, la tête nichée au creux de sa poitrine.

— Je ne m'en plains pas.

D'une main, il caressa ses épaules, lui arrachant un léger soupir de plaisir.

— J'avais entendu dire que ce n'était jamais agréable la première fois, souffla-t-il.

— Et moi, que ma dévotion à la Foi me délivrerait de la luxure. (Elle l'embrassa à nouveau, plus longuement cette fois-ci, sa langue cherchant ses lèvres.) Comme quoi, il ne faut pas croire tout ce qu'on raconte.

Leur étreinte durait depuis des heures, au cours desquelles ils avaient fait l'amour encore et encore, avec urgence et passion. Balafre, posté devant la porte, avait pris soin de décourager toute visite. Vaelin ne se lassait pas de sentir sa peau contre la sienne, d'éprouver la caresse merveilleuse du souffle de Sherin sur son cou tandis qu'il la pénétrait, s'abandonnait en elle, plongeait dans les délices de son corps souple et accueillant. Malgré la peine et la culpabilité qui le rongeaient, malgré l'horreur de ce qui l'attendait hors de cette chambre, il se savait, pour la toute première fois, comblé de bonheur.

La lumière pâle de l'aube filtrait à travers les persiennes, éclairant la pièce et révélant le visage apaisé de sa partenaire, son sourire épanoui tandis qu'elle se laissait glisser à côté de lui.

— Je t'aime, lui dit-il. (Il fit courir ses doigts dans ses cheveux.) Je t'ai toujours aimée.

Elle se blottit contre lui et passa la paume de sa main sur ses abdominaux saillants.

— Vraiment ? Même après toutes ces années passées loin de moi ?

— Je ne pense pas que l'amour puisse jamais s'effacer. (Il noua ses doigts aux siens.) Castelnoir. Est-ce que… ? Ils t'ont fait du mal ?

— Seulement si tu considères l'intimidation comme une forme de torture. Je n'y ai passé qu'une nuit, mais par la Foi ! si tu savais ce que j'ai pu y entendre…

Elle fut parcourue d'un léger frisson et il déposa un long baiser sur son front.

— Pardonne-moi, il fallait que je sache. Tu as dû grandement inquiéter le roi et l'Aspect Tendris pour qu'ils en viennent à de telles extrémités.

— Cette guerre est plus qu'une erreur, Vaelin. Elle corrompt nos âmes. Elle transgresse tous les préceptes de la Foi. Je ne pouvais pas me taire. Personne n'osait la condamner, pas même l'Aspect Elera, malgré mes constantes supplications. J'ai commencé à haranguer la foule sur les places, à m'adresser à tous ceux qui voulaient bien m'écouter. À ma grande surprise, ils étaient nombreux, surtout dans les quartiers les plus pauvres. Certains transcrivirent mes paroles et les reproduisirent à l'aide de cette nouvelle presse à encre tant prisée par les membres du Troisième Ordre. Ces pamphlets se mirent à circuler, à se multiplier, relayés par des placards titrant *Fin à la guerre, sauvez la Foi.*

— Belle accroche.

— Merci. Il leur a fallu deux semaines pour remonter jusqu'à moi. Frère Iltis et ses hommes ont fait irruption à la Loge en brandissant un mandat d'arrêt signé de la main même du roi. Iltis, qui, comme tu as pu le constater, n'est pas l'homme le plus aimable qui soit, a pris grand plaisir à m'expliquer en détail ce qui m'attendait dans les geôles de Castelnoir. Je ne pus fermer l'œil, cette nuit-là, terrifiée par les hurlements qui résonnaient dans les couloirs. Quand la porte de ma cellule s'est ouverte, j'ai cru m'évanouir, mais il s'agissait de la princesse Lyrna, les bras chargés de vêtements propres et d'une missive du roi me confiant à ses bons soins.

*Lyrna… Que peut-elle bien avoir derrière la tête ?*

— Alors je lui suis redevable.

— Et moi donc. Une âme si brave et si généreuse, voilà qui se fait rare, par les temps qui courent. Elle a pris soin de m'accorder tout ce dont j'avais besoin : une chambre à moi, des livres et du parchemin. Nous avons passé bien des heures à discuter dans son jardin secret. Je crois qu'elle souffre de solitude, Vaelin. Quand j'ai reçu ta convocation pour contenir l'épidémie, elle n'a pas pu retenir ses larmes. Elle m'a d'ailleurs demandé de te transmettre ses cordiales salutations.

— Fort aimable de sa part. (Il avait hâte de changer de sujet.) Et Janus, que t'a-t-il offert ? Le connaissant, il aura forcément tenté de passer quelque marché de dupes avec toi.

— À vrai dire, je ne l'ai rencontré qu'une seule fois. Smolen, le capitaine de la Garde, m'a ouvert la porte de sa chambre. En ville, il se murmure qu'il est à l'article de la mort, une rumeur que son teint bistre et sa chair pendante m'ont confirmée au premier coup d'œil. L'âge, sans doute, doublé de quelque maladie dégénérative. Je lui ai proposé de l'ausculter, mais il m'a dit bénéficier des soins d'une armée de médecins. Après ça, il n'a fait que m'observer pendant une longue minute ou deux, pour enfin me poser une unique question. Quand je lui ai donné ma réponse, il a éclaté de rire, puis ordonné au capitaine de me ramener dans les quartiers de la princesse Lyrna. C'était un rire d'une grande tristesse, Vaelin. Un rire chargé de regrets.

— Que t'a-t-il demandé ?

Elle remua sur leur couche et se redressa, dévoilant le galbe élancé de sa taille nue. Ses yeux miroitèrent et Vaelin prit conscience qu'elle pleurait.

— Il m'a demandé si je t'aimais. J'ai répondu « oui ». Parce que je t'aime, Vaelin. (Les mains tremblantes, elle lui caressa le visage.) Je t'aime. Et j'aurais dû m'enfuir avec toi quand tu me l'as proposé, il y a si longtemps.

Il se remémora ce matin-là, son réveil à la Loge au sortir des tourments infligés par le poison de sœur Henna. Après le massacre des Aspects, après qu'elle lui avait sauvé la vie.

— Je pensais avoir rêvé.

— Alors c'était un rêve que nous avons partagé. (Ses mains se figèrent sur ses joues et sa voix se fit hésitante.) Un rêve que nous pouvons réaliser, désormais. Je n'ai plus ma place dans le Royaume et j'ai soif de découvrir le monde. Pourquoi ne pas le découvrir ensemble ? Qui sait ? il existe peut-être un endroit sans roi, sans guerres, où les gens ne s'entretuent pas pour leur foi, leurs dieux ou l'argent.

Vaelin attira Sherin à lui et l'enserra dans ses bras pour s'imprégner de sa chaleur, humer le doux parfum de ses cheveux.

— J'ai une dernière mission à accomplir ici. Une mission à laquelle je ne peux échapper.

Il la sentit se raidir.

— Si tu espères gagner cette guerre, détrompe-toi. L'Empire s'étend sur des milliers de kilomètres, il court du désert jusqu'aux montagnes polaires, et abrite plus d'âmes qu'il n'y a d'étoiles dans le ciel. Tu peux repousser une armée, mais l'Empereur en enverra une autre derrière, et une autre encore après ça.

— Non, il ne s'agit pas de la guerre. L'Aspect m'a confié une mission. Et je ne peux m'y soustraire, même si je le voulais. Quand je l'aurais menée à bien, nous pourrons poursuivre notre rêve.

Elle se pressa contre lui et ses lèvres effleurèrent son oreille.

— Tu le promets ? dit-elle dans un souffle.

— Je le promets.

Il le pensait. De toute son âme, il le pensait. Alors pourquoi avait-il l'impression de lui mentir ?

Un grondement retentit soudain dans le couloir, suivi de la voix tremblotante de Janril Norin, passablement terrifié par le cerbère écumant qui montait la garde devant la chambre.

Sherin se couvrit la bouche pour étouffer son rire et se recroquevilla sous les couvertures, tandis que Vaelin enfilait ses chausses.

— Qu'y a-t-il ? s'enquit-il en ouvrant.

— Un Alpiran aux portes de la ville, monseigneur. Il exige que vous veniez l'affronter. (Janril hasarda un coup d'œil dans la pièce, mais reporta très vite son attention sur les babines retroussées de Balafre.) Le capitaine Antesh a proposé de l'abattre, mais frère Caenis a pensé que vous souhaiteriez peut-être le rencontrer.

— À quoi ressemble-t-il, cet Alpiran ?

— Un grand gaillard, les cheveux grisonnants. Il porte le costume des cavaliers que nous avons affrontés sur la plage. Il n'a pas l'air au mieux de sa forme. C'est à peine s'il arrive à tenir en selle. Il a passé trop de temps dans le désert, on dirait.

— Qui l'accompagne ?

— Personne, monseigneur. Il est tout seul. Incroyable mais vrai.

— Va dire à frère Frentis de rassembler le groupe d'éclaireurs. Et informe frère Caenis que je le rejoins sur-le-champ.

— Monseigneur.

Une fois la porte fermée, Vaelin s'habilla en toute hâte.

— Tu comptes te battre avec lui ? lui demanda Sherin en émergeant de sous les couvertures.

— Tu sais bien que non. (Il enfila sa chemise et se pencha pour l'embrasser.) J'aurais besoin que tu me rendes un petit service.

Affalé sur sa selle, le capitaine Neliesen Nester Hevren était à bout de forces. Les traits tirés par l'épuisement, la barbe hirsute, il semblait sur le point de s'écrouler. Quand les portes de Linesh s'ouvrirent, il se fendit toutefois d'un sourire de joie sinistre.

— Tu as trouvé le courage de m'affronter, Boréen ? s'écria-t-il en voyant Vaelin venir à sa rencontre.

— Je n'ai pas le choix, si je veux conserver le respect de mes hommes. (Vaelin coula un regard derrière le cavalier.) Où se cache votre armée ?

— Peuh ! une meute imbécile menée par un lâche ! cracha Hevren. Un pleutre incapable de prendre les décisions qui s'imposent. Les dieux maudissent Everen, ce chien du désert. L'Empereur aura sa tête. (Hevren darda sur Vaelin un regard crépitant de haine.) Mais j'aurai la tienne en premier, Tueur d'Espoir.

Vaelin acquiesça.

— Si vous le dites. Vous mettez pied à terre ? Votre monture vous offre un avantage sur moi. Il serait dommage de gâcher votre heure de gloire en livrant un combat peu équitable.

— Je te vaincrai les yeux fermés, s'il le faut.

Hevren s'arracha à sa selle avec difficulté et son cheval renâcla de soulagement quand il atterrit au sol dans un nuage de sable. De toute évidence, l'homme chevauchait depuis des jours sans se reposer. En équilibre instable sur ses jambes, il vacilla quelque peu avant de parvenir à se redresser.

— Tenez. (Vaelin saisit l'outre passée à son épaule, la déboucha et en prit une gorgée.) Étanchez donc votre soif, sans quoi les générations futures raconteront que c'est moi qui ai profité de mon avantage.

Vaelin replaça le bouchon et lança l'outre à Hevren.

— Je n'accepterai rien de toi, lâcha l'Alpiran, quand bien même le tremblement de ses mains disait le contraire.

— Alors vous pouvez pourrir ici, pour ce que j'en ai à faire, répliqua Vaelin en tournant les talons.

— Attends !

Hevren déboucha l'outre, la porta à sa bouche et but goulûment toute l'eau qu'elle contenait. Une fois qu'il l'eut vidée, il la jeta dans le sable.

— Assez parlé, Tueur d'Espoir.

Hevren tira son sabre, se mit en position de combat et essuya le voile de sueur qui baignait soudain son front.

— Je suis désolé, capitaine, lui dit Vaelin. Désolé pour l'Espoir, désolé d'avoir envahi vos terres, désolé de ne pas pouvoir vous offrir cette mort que vous appelez de vos vœux.

— Assez parlé, j'ai dit !

Hevren avança d'un pas afin d'amorcer une fente, puis s'interrompit pour battre des paupières, pris de vertiges.

— Deux mesures de valériane et une mesure de racine de silène, le tout saupoudré d'une pincée de camomille pour masquer le goût. (Vaelin brandit le bouchon qu'il avait remplacé par celui contenant le somnifère concocté par Sherin.) Navré.

— Tu…

Hevren trébucha sur quelques pas avant de s'écrouler.

— Non ! gronda-t-il en tentant désespérément de se redresser. Non…

Il lutta quelques secondes de plus, puis s'effondra.

Vaelin fit signe aux soldats nilsaëliens qui lui avaient ouvert la porte.

— Installez-le dans une chambre confortable, mais dotée d'une porte solide. Et assurez-vous de lui retirer toutes ses armes.

Frentis choisit ce moment pour arriver à la tête de la troupe d'éclaireurs, bridant sa monture sous la haute voûte du corps de garde.

— Je n'ai rien raté, apparemment, dit-il en regardant les Nilsaëliens porter le corps inerte de Hevren.

— Je lui ai déjà tout pris, je peux bien lui laisser la vie sauve, répondit Vaelin. Son armée n'est nulle part en vue, cependant. Patrouille vers l'ouest, essaie de retrouver sa trace.

— Tu penses qu'ils se dirigent vers Untesh ?

— Soit ça, soit Marbellis. Ne t'aventure pas loin, une journée devrait suffire. Et ne tente rien d'inconsidéré. Si jamais on vous repère, revenez vous abriter ici.

Frentis hocha la tête, puis éperonna sa monture, bientôt talonné par tout le reste de la troupe. Vaelin les regarda s'éloigner vers l'ouest, tout en s'efforçant d'ignorer le trille inquiet émis par la voix du sang.

À la nuit tombée, Frentis n'était toujours pas rentré. Vaelin guettait son retour depuis le toit de la bretèche, qui lui offrait une vue imprenable sur l'immensité du désert. Une fois encore, il fut ébloui par les astres innombrables qui peuplaient la voûte céleste, révélés dans toute leur splendeur par la clarté du ciel alpiran.

— Tu te fais du souci pour lui.

Sherin s'approcha et effleura brièvement le dos de sa main avant de croiser les bras sous sa robe.

— C'est mon frère, répondit-il. Le capitaine dort encore ?

— Comme un bébé. Il se porte plutôt bien, pour un homme ayant passé des jours dans le désert sans boire une goutte d'eau.

— Ne t'approche pas de lui à son réveil. Je doute qu'il se lève du bon pied.

— Il te déteste du fond du cœur, dit-elle, une note de regret dans la voix. Comme tous les autres, tous les habitants de Linesh, malgré ce que tu as fait pour eux.

— J'ai tué l'héritier de leur Empire et me suis emparé de leur ville. Pour ce que j'en sais, je leur ai peut-être même apporté la Main Rouge. Qu'ils me détestent, va. Je l'ai bien mérité.

Elle s'approcha de lui et jeta un regard méfiant en direction du garde le plus proche. L'homme semblait plus intéressé par la crasse sous ses ongles que par leur conversation.

— Le tailleur de pierre se remet de ses blessures, mais ses brûlures continuent de le tourmenter, surtout la nuit. J'essaie de l'apaiser du mieux que je peux, mais cela ne l'empêche pas de délirer dans son sommeil. La plupart du temps, il parle une langue inconnue, mais parfois… (Elle leva vers lui un regard inquisiteur.) Il évoque certaines choses…

— Comme quoi ?

— Des chants, des Chanteurs, un loup taillé dans la pierre qui aurait pris vie, une femme cruelle et puissante, entre autres choses. Mais surtout, il parle de toi, Vaelin. J'ai beau me répéter qu'il délire, qu'il souffre d'hallucinations nées de la douleur et des drogues que je lui administre, j'ai peur. Et tu sais qu'il en faut beaucoup pour m'inquiéter.

Vaelin passa un bras autour de l'épaule de Sherin et l'attira contre lui, sans se soucier de l'œillade affolée qu'elle décocha en direction du garde.

— Quelle importance, à présent ?

— Ton statut, ton rôle dans cette ville.

— Eh bien, qu'ils se mutinent, s'ils l'osent.

Il avait haussé la voix afin que le soldat puisse l'entendre, quand bien même ce dernier tournait ostensiblement la tête dans une autre direction. Demain, à n'en pas douter, toute la caserne parlerait de l'idylle entre l'Épée du Royaume et la guérisseuse. Mais il n'en avait cure.

— Arrête.

Elle se dégagea de son étreinte, aussi nerveuse qu'amusée. Au même moment, le garde se racla la gorge et tendit un doigt vers le désert.

— Éclaireurs en approche, monseigneur.

Les patrouilleurs franchirent les portes au petit trot et Vaelin éprouva une bouffée d'inquiétude en constatant l'absence de Frentis.

— L'armée alpirane se trouvait à moins de quinze kilomètres d'Untesh quand nous l'avons aperçue, monseigneur, lui confia le sergent Halkin, l'officier en second du groupe de reconnaissance. Frère Frentis a décidé de rallier la ville afin d'avertir le prince Malcius du danger, en nous sommant de rentrer vous prévenir.

Vaelin étreignit rapidement la main de Sherin et s'élança vers l'écurie à grandes enjambées.

— Allez chercher frère Barkus et frère Caenis ! cria-t-il par-dessus son épaule.

# Chapitre 10

— Bon, bah voilà, lâcha Barkus.

— Ingénieux, murmura Caenis. Il semblerait que nous ayons sous-estimé cet Alpiran.

Une épaisse colonne de fumée s'élevait de la cité d'Untesh pour aller noircir le ciel sans nuages de ce petit matin. Des centaines de cadavres gisaient au pied des murailles, contre lesquelles reposait une succession d'échelles d'assaut, comme autant de fagots de bois alignés près d'un gigantesque foyer. À travers l'écran de fumée, Vaelin parvenait à distinguer un étendard claquant au vent : deux sabres noirs croisés sur champ écarlate. Le même qu'à l'oasis. Privilégiant un assaut frontal plutôt qu'un siège, le général alpiran avait sacrifié un nombre incalculable d'hommes pour reprendre la cité aux ennemis de l'Empereur. Untesh était tombée. Le prince Malcius et Frentis étaient soit morts, soit capturés.

*Je suis un assassin…*

— Nous devrions cacher ça à nos hommes, dit Caenis. Le moral des troupes risquerait d'en prendre un coup…

— Non, le coupa Vaelin. Nous leur dirons la vérité. Ils savent que je ne leur mentirais pas. La vérité est plus importante que la peur.

— Il aura pu s'enfuir, suggéra Barkus d'une voix qui manquait de conviction. Embarquer sur un bateau.

Vaelin ferma les yeux, tenta d'apaiser le cours tumultueux de ses pensées et s'efforça, comme il l'avait fait avec Dentos lors de la tempête, de projeter la voix du sang vers son frère disparu. La note lui revint, égale, intouchée.

— Il n'est plus ici, dit-il dans un souffle, pris d'une bouffée d'espoir.

Malade d'inquiétude pour son jeune frère, il avait d'abord songé à attendre l'obscurité, puis se glisser à l'intérieur de la ville afin de chercher Frentis dans les décombres, un plan insensé qui lui aurait probablement coûté la vie. *Mais s'il n'est plus ici, alors où se cache-t-il ? Jamais il n'aurait abandonné le prince.*

— Éclaireurs en approche, annonça Caenis en désignant la plaine, où une escouade de cavalerie galopait vers leur position, un épais nuage de poussière dans leur sillage.

— Ils sont une grosse dizaine. (Barkus décrocha la hache pendue à sa selle et dénoua la housse de cuir qui en protégeait la lame.) Ça vous dit, des petites représailles ? Pour le prince et notre frère ?

— Non. (Vaelin tira sur les rênes d'Écume et se détourna de la cité.) Rentrons.

Le mois suivant s'écoula dans une atmosphère de tension extrême, la menace de l'armée alpirane planant comme un spectre au-dessus de la cité. Vaelin poussa les hommes dans leurs derniers retranchements, multipliant les exercices jusqu'au crépuscule, s'assurant que chaque homme jouerait son rôle et se montrerait suffisamment préparé pour au moins survivre au premier assaut. Il fit régner une discipline de fer, conscient de la terreur et du ressentiment palpables de ses troupes. À sa grande surprise, il continuait de leur inspirer un mélange de crainte et de respect, de sorte qu'il n'eut aucune désertion à déplorer, même lorsque Barkus, au retour d'une mission de reconnaissance à Marbellis, lui annonça que la troisième grande cité de la côte alpirane avait subi le même sort qu'Untesh.

— Un véritable champ de ruines, décrivit le frère aux épaules carrées en sautant à bas de sa monture. Ils ont crevé les murailles en six endroits différents, la moitié de la ville a pris feu et j'ai perdu le compte des Alpirans stationnés dehors.

— Et les nôtres ? demanda Vaelin.

Le visage d'ordinaire enjoué de son camarade se voila d'une expression sinistre.

— J'ai vu des piques sur les murailles, beaucoup de piques, chacune couronnée d'une tête. S'ils ont fait des prisonniers, ils les ont bien cachés.

*Le Seigneur de Guerre... Alucius... maître Sollis...*

— Jamais nous n'aurions dû laisser le vieux salopard nous envoyer ici, maugréa Barkus.

— Va te reposer, mon frère.

La nuit, Sherin le rejoignait et ils faisaient l'amour, puisant dans ces moments d'intimité la force pour tenir dans le marasme ambiant. Ils se serraient ensuite dans le noir, jusqu'à l'aube. Parfois, la jeune femme laissait échapper des sanglots étouffés.

— Ne pleure pas, lui disait-il alors. Tout sera bientôt fini.

Elle finissait par sécher ses larmes et s'accrochait à lui, couvrant son visage de baisers fougueux, désespérés. Elle n'ignorait pas ce qui les attendait, comme tout le monde à Linesh. Les Alpirans submergeraient les murailles telle une vague déchaînée et tous les sujets du Royaume trouveraient la mort, lui compris.

— Nous pourrions fuir, l'implora-t-elle un soir. Il reste des navires dans le port. Nous pourrions prendre le large.

Vaelin fit courir ses doigts sur le front de la jeune femme, éprouvant ses pommettes hautes et l'élégante courbe de son menton. Il s'émerveillait de pouvoir la toucher ainsi, de la sentir frémir à son contact et de voir sa peau se marbrer de rose, emportée par une vague de désir.

— Rappelle-toi ma promesse, mon amour, dit-il en essuyant une larme qui perlait au coin des yeux de la jeune femme.

Il faisait une tournée des murailles le lendemain matin quand Caenis vint l'avertir qu'une flotte de vaisseaux du Royaume approchait du port.

— Combien ?

— Une quarantaine.

Son frère ne semblait pas surpris par le tour que prenaient les événements. La nouvelle ne faisait que conforter la confiance aveugle qu'il vouait à Janus.

— On nous envoie des renforts.

— Les nouvelles vont vite, déclara Caenis d'une voix ferme, mais teintée d'embarras.

Debout sur le quai, ils observaient le premier navire qui contournait la jetée pour pénétrer dans la rade.

— Je veux parler de sœur Sherin.

Vaelin haussa les épaules.

— Oui, la discrétion n'est pas notre fort.

À la vue du malaise évident qui se peignit sur le visage de son ami, Vaelin regretta la légèreté de sa réponse.

— Je l'aime, mon frère, reprit-il.

Caenis évitait son regard.

— Si j'applique les principes de la Foi, tu n'es plus mon frère, désormais.

— Parfait. Relève-moi donc de mes fonctions. Je n'aimerais rien tant que te confier les rênes de cette ville…

— Tes fonctions de haut maréchal de régiment et de commandant de garnison t'ont été conférées par le roi, pas par l'Ordre. Je ne dispose pas du pouvoir nécessaire pour te destituer. Tout ce que je peux faire, c'est rendre compte de ta… transgression auprès de l'Aspect, en vue d'un jugement.

— Si je survis jusque-là.

Caenis agita la main en direction du navire.

— Les renforts arrivent, mon frère. Le roi ne nous a pas abandonnés. Nous avons encore de beaux jours devant nous.

Au loin, Vaelin remarqua que le reste de la flotte restait en retrait, ballottée paresseusement par la houle du grand large. *Pourquoi ne viennent-ils pas mouiller dans le port ?* se demanda-t-il. Il reporta son attention sur le vaisseau en approche et nota sa ligne de flottaison basse. Si ce navire voyageait à vide, où se trouvaient les renforts ?

À peine le bâtiment avait-il accosté que des marins jetèrent des amarres aux soldats en poste sur le quai, qui à leur tour hissèrent une passerelle sur le bastingage. Vaelin, qui s'attendait à recevoir quelque officier supérieur de la Garde du Royaume, ne cacha pas son étonnement en voyant apparaître sur le pont une silhouette parée des atours somptueux de la noblesse du Royaume. Comme l'homme négociait d'un pas incertain son équilibre sur la passerelle, Vaelin se rappela son nom : Kelden Al Telnar, jadis ministre des Œuvres Royales. L'homme de grande taille qui le talonnait, vêtu d'une simple robe blanc et bleu, correspondait plus à ses attentes. Avec sa mine altière à la barbe fraîchement taillée et sa peau d'acajou, il jouissait d'une aura d'autorité certaine.

— Seigneur Vaelin, le salua Al Telnar avec une révérence.

— Monseigneur.

— J'ai l'honneur de vous présenter le seigneur Merulin Nester Velsus, Procureur Impérial d'Alpiran, qui officie en tant qu'ambassadeur à la cour du roi Janus.

Vaelin s'inclina devant le nouveau venu, qui le dépassait d'une bonne tête.

— Procureur, hmm ?

— Une traduction hasardeuse, répliqua Merulin Nester Velsus dans la langue du Royaume, sans le moindre accent. (Il détailla Vaelin d'un regard inquisiteur, à la fois perçant et détaché.) En alpiran, mon titre signifie l'Instrument de la Justice de l'Empereur.

À ces mots, Vaelin fut pris d'une crise de fou rire impromptue. Quand il parvint enfin à se maîtriser, il se tourna vers Al Telnar.

— J'en déduis que vous avez une ordonnance royale à me présenter ?

— Prenez-vous acte de la décision royale, monseigneur ?

Al Telnar nouait ses doigts sur le plateau de la table, une fine pellicule de sueur perlant sur sa lèvre supérieure. En dépit de sa nervosité, la satisfaction évidente qu'il tirait de son rôle d'émissaire – un rôle de choix en cette heure capitale – éclipsait l'appréhension légitime qu'il pouvait ressentir en délivrant des ordres d'une telle teneur à l'homme que beaucoup considéraient comme le plus dangereux du Royaume.

— Oh ! j'en prends acte, acquiesça Vaelin.

Ils se trouvaient dans la salle de réunions de la guilde marchande, en présence du Procureur Impérial. L'absence de témoins n'avait pas manqué d'agacer Al Telnar, qui s'étonnait qu'aucun secrétaire ne tienne les minutes de leur entretien. Vaelin n'avait même pas pris la peine de lui répondre.

— Laissez-moi retrouver l'ordonnance signée de la main du roi. (Al Telnar produisit une sacoche en cuir et en tira une liasse de feuillets cachetés par le sceau royal.) Si vous souhaitez la...

Vaelin secoua la tête.

— Non merci. J'ai entendu dire que le roi était souffrant. Vous a-t-il remis ses ordres lui-même ?

— À vrai dire, non. En attendant la guérison prochaine du roi, la princesse Lyrna supervise les affaires de la cour.

— Mais l'état du roi ne l'empêche pas de délivrer des ordonnances ?

— Votre princesse m'est apparue comme une jeune femme appliquée et soucieuse de respecter les volontés de son père, intervint le seigneur Velsus. Si cela peut vous consoler, j'ai cru discerner chez elle une certaine réticence au moment de nous transmettre les consignes du roi Janus.

Une fois encore, Vaelin ne parvint pas à étouffer un ricanement.

— Avez-vous déjà joué au *Keschet*, monseigneur ?

Velsus plissa les yeux. Les lèvres serrées, il se pencha sur la table.

— Je ne comprends pas vos insinuations, barbare ignorant. Et je n'en ai cure. Votre roi vous a donné un ordre. Comptez-vous lui obéir ?

— Hem. (Al Telnar se racla la gorge.) La princesse Lyrna m'a également chargé de vous avertir quant à l'état de santé de votre père, monseigneur. (L'intensité du coup d'œil que lui décocha Vaelin lui arracha un sursaut, mais il poursuivit vaillamment.) Il semble mal portant, lui aussi. Les ravages de la vieillesse… La princesse vous informe toutefois qu'elle fait son possible pour le soutenir dans cette épreuve. Et qu'elle espère pouvoir poursuivre dans cette voie.

— Savez-vous pourquoi elle vous a choisi, monseigneur ?

— Sans doute en raison de la qualité de mon travail auprès de…

— Elle vous a choisi parce que le Royaume n'y perdrait pas grand-chose s'il me prenait l'envie de vous tuer. Sortez, je vous prie. (Sur ces mots, il se tourna vers l'Alpiran.) J'ai à m'entretenir avec le seigneur Velsus.

Quand le dignitaire eut quitté la pièce, le Procureur Impérial laissa libre cours à la haine qui couvait en lui. Si Al Telnar goûtait l'importance du moment, le seigneur Velsus se fichait bien de la postérité. Seule la justice comptait à ses yeux. Ou bien la vengeance ?

— J'ai cru comprendre que c'était un homme bon, dit Vaelin. L'Espoir.

Un éclair passa dans le regard de son interlocuteur, qui rétorqua d'une voix dure :

— Vous ne pourrez jamais concevoir la noblesse de l'homme que vous avez tué, ni l'ampleur de la perte que vous nous avez causée.

Vaelin se remémora la charge maladroite du cavalier blanc, la témérité aveugle dont il avait fait preuve en se ruant vers la mort au plus fort du combat. Fallait-il y voir de la noblesse ? Du courage, sans doute, à moins que l'homme ait compté sur la protection des dieux. Dans tous les cas, le champ de bataille n'était pas l'endroit le plus propice à la réflexion ni à l'admiration. L'Espoir n'était alors qu'un ennemi de plus à abattre. Vaelin ne parvenait pas à regretter son geste, d'autant que la voix du sang avait toujours gardé le silence à ce sujet.

— Quatre frères m'accompagnaient à notre entrée en guerre, dit-il à Velsus. L'un est mort, l'autre a disparu. Quant aux deux qui me restent…

Il laissa sa phrase en suspens. *Les deux qui me restent…*

— Je me moque de vos frères, lui répliqua Velsus. Sachez que la grâce accordée par l'Empereur me peine au plus haut point. S'il ne tenait qu'à moi, je veillerais à écorcher vif chaque membre de votre armée, avant de vous jeter en pâture aux vautours.

Vaelin le regarda droit dans les yeux.

— Si jamais vous vous avisez d'empêcher l'évacuation de mes hommes…

— L'Empereur a parlé. Sa promesse ne saurait être rompue.

— Parce que ça irait à l'encontre de la volonté des dieux ?

— Non, parce que cela contreviendrait à la loi. Je représente un Empire bâti sur des lois, sale barbare. Des lois qui lient même les plus puissants d'entre nous. L'Empereur a parlé.

— Alors je n'ai d'autre choix que de croire à sa parole. Je tiens toutefois à signaler que le gouverneur Aruan n'a prêté aucune assistance à mes troupes lors de notre séjour à Linesh. Il n'a jamais failli à sa loyauté envers l'Empereur.

— Nous recueillerons le témoignage du gouverneur en temps voulu.

Vaelin hocha la tête, puis se leva.

— Très bien. Alors retrouvez-moi demain, à l'aube. À deux kilomètres au sud de la ville. Je présume que des forces alpiranes se trouvent non loin d'ici. Mieux vaudrait que vous les rejoigniez pour la nuit.

— Si vous croyez que je vais vous quitter d'une semelle, vous…

— Préférez-vous que je vous chasse hors de cette ville à coups de fouet ?

Vaelin n'avait pas haussé le ton, mais sa sincérité ne faisait aucun doute. Velsus tressaillit, vibrant de fureur et de peur mêlées.

— Savez-vous ce qui vous attend, barbare ? Quand je vous aurai enchaîné, vous…

—Je dois prêter foi à la parole de l'Empereur. Alors prêtez foi à la mienne. (Vaelin se tourna vers la porte.) Nous détenons un capitaine de la Garde Impériale. Je lui demanderai de vous servir d'escorte. Veuillez quitter la ville dans l'heure. Et n'hésitez pas à emmener le seigneur Al Telnar avec vous.

Vaelin fit rassembler tous ses hommes sur la grand-place. Chevaliers et écuyers renfaëliens, archers cumbraëliens, soldats de Nilsaël et de la Garde du Royaume, tous levaient les yeux vers lui, dans l'attente de son annonce. Fidèle à son aversion pour les grands discours, Vaelin ne s'embarrassa pas de préambule.

—La guerre est finie! leur annonça-t-il. (Juché sur un chariot, il tentait de projeter sa voix jusqu'aux derniers rangs afin que tous l'entendent.) Sa Majesté le roi Janus a signé un traité avec l'Empereur alpiran il y a trois semaines. Nous avons ordre de quitter la ville et de regagner le Royaume. Des navires accostent en ce moment même pour nous ramener chez nous. Veuillez rejoindre le port compagnie par compagnie, sans emporter rien d'autre que vos armes et vos paquetages. Ceux qui s'adonneront au pillage seront exécutés.

Il balaya les rangs du regard. Aucune ovation, aucun cri de joie n'accueillait sa harangue, seulement un soulagement surpris qui se lisait sur tous les visages.

—Au nom du roi Janus, je vous remercie et vous félicite de votre bravoure. À présent, repos. Attendez votre ordre d'évacuation.

—C'est vraiment fini? demanda Barkus quand Vaelin sauta au bas du chariot.

—Vraiment, oui.

—Qu'est-ce qui a convaincu le vieux salopard de jeter l'éponge?

—Le prince Malcius a trouvé la mort à Untesh, le gros de son armée a été détruit à Marbellis et la révolte gronde dans le Royaume. J'imagine qu'il espère préserver les troupes qui lui restent.

Vaelin remarqua la mine sombre de Caenis, campé à quelques pas de là. Loin de partager l'euphorie générale, il arborait une expression incrédule et peinée.

— En fin de compte, le Royaume Unifié devra se contenter de ses Fiefs, mon frère, lui lança Vaelin.

Caenis regardait dans le vide, comme hébété.

— Il ne commet pas d'erreurs, dit-il d'une voix douce. Il ne commet jamais d'erreurs…

— Nous rentrons chez nous ! (Vaelin lui empoigna les épaules et le secoua gentiment.) Tu retrouveras la Loge d'ici à deux semaines.

— Rien à foutre de la Loge, grogna Barkus. Pour ma part, j'ai bien l'intention de me réfugier dans la première taverne du port, où je m'imbiberai jusqu'à ce que toute cette sinistre farce ne soit plus qu'un mauvais rêve.

Vaelin leur serra la main tour à tour.

— Caenis, ta compagnie embarque dans le premier navire. Barkus, tu as droit au second. Je me charge de faire régner l'ordre jusqu'à ce que le dernier de nos hommes ait pris le large.

Le seigneur Al Telnar jugea préférable de prendre place à bord du premier navire, reléguant aux oubliettes son rôle de témoin clé d'un moment historique. L'air fermé, il écouta Vaelin, qui l'avait intercepté au moment de gravir la passerelle.

— Ne dites rien à mon frère du traité tant que vous n'avez pas posé le pied dans le Royaume.

Il jeta un coup d'œil vers Caenis, debout à la proue du vaisseau, toujours aussi mélancolique. Ils avaient tous beaucoup perdu dans cette guerre, des amis et des frères, mais Caenis avait en outre perdu ses illusions, sa confiance aveugle en la grandeur du roi Janus. Il se demanda soudain si cette déconvenue se changerait en rancœur, quand son frère apprendrait les véritables enjeux de cette reddition.

— Comme vous voudrez, lui répondit sèchement Al Telnar. Autre chose pour vous servir, monseigneur ?

Vaelin aurait aimé lui confier un message pour Lyrna, mais il découvrit qu'il n'avait rien à lui dire. Tout comme il n'éprouvait pas le moindre soupçon de culpabilité pour le meurtre de l'Espoir, il se rendait compte qu'il n'avait plus de colère pour elle.

Il se déporta sur le côté afin de laisser Al Telnar monter à bord, puis salua Caenis quand les matelots remontèrent la passerelle. Son ami lui répondit par un petit signe distrait, avant de se détourner.

— Adieu, mon frère, murmura Vaelin.

Barkus était le prochain à partir. Debout sur le quai, il raillait chaleureusement ses hommes à mesure qu'ils embarquaient, mais son allégresse de façade ne parvenait pas à dissimuler la lueur hallucinée qui hantait son regard depuis son retour de Marbellis.

— Plus vite, plus vite, allez ! Catins et taverniers n'attendent pas !

Son bel enjouement vacilla quand il vit Vaelin approcher. Les mâchoires serrées, il s'efforçait de retenir ses larmes.

— Tu ne viens pas avec nous, hein ?

Vaelin sourit et secoua la tête.

— Je ne peux pas, mon frère.

— Sœur Sherin ?

Vaelin hocha la tête.

— Un navire nous attend pour nous emmener en Extrême-Occident. Ahm Lin y connaît un coin où nous pourrons vivre en paix.

— La paix. Je me demande quel effet ça fait. Tu crois que tu supporteras ?

Vaelin éclata de rire.

— Aucune idée.

Il lui tendit la main, mais Barkus l'ignora pour le serrer dans ses bras avec force.

— Un message à faire parvenir à l'Aspect ? demanda-t-il en reculant.

— Seulement que j'ai décidé de quitter l'Ordre. Il peut garder mes pièces.

Barkus acquiesça, souleva sa hache de sinistre mémoire et gravit la passerelle sans se retourner. Quand le navire leva l'ancre, il se tenait immobile sur le pont, pareil à l'une des statues d'Ahm Lin : un preux et vaillant guerrier sculpté dans la pierre. Quand, bien après, il arriverait à Vaelin de songer à Barkus, ce serait cette image de lui qu'il préférerait convoquer.

Vaelin resta sur le quai pour les regarder partir les uns après les autres, dont le seigneur Al Trendil qui pressait ses hommes à grand renfort d'invectives. Avant d'embarquer, il adressa à Vaelin une révérence précipitée. De toute évidence, il n'avait pas pardonné à son supérieur de l'avoir empêché de tirer profit de la guerre. Les Nilsaëliens du comte Marven se ruèrent sur le pont avec enthousiasme, certains même adressant à Vaelin de grands saluts rigolards. Le comte lui-même paraissait d'excellente humeur. En l'absence de gloire à partager, il n'avait plus de raison de voir en Vaelin un rival.

— J'ai perdu plus d'hommes lors de rixes avinées qu'au combat, déclara le comte en lui tendant la main. Rien que pour cela, monseigneur, je tiens à vous remercier au nom de mon Fief.

Vaelin accepta la main tendue.

— Qu'allez-vous faire, à présent ?

Marven haussa les épaules.

— Chasser les brigands et attendre la prochaine guerre.

— Ne m'en veuillez pas si je vous souhaite d'attendre longtemps.

Le comte émit un petit rire et monta à bord, où ses hommes lui glissèrent entre les mains une bouteille de vin, tout en chantant à tue-tête :

*Soufflez, soufflez, vents du désert,*
*Emportez-nous jusqu'à la mer,*
*Et hisse, marin, et ho, matelot !*
*Ma belle m'attend au fil de l'eau…*

Le baron Banders et ses chevaliers embarquèrent à pas pesants, croulant sous le poids de leurs harnois démontés. À la différence des autres bataillons, leur humeur était de loin la plus versatile : certains pleuraient la perte de leurs somptueux destriers qu'il leur fallait abandonner derrière eux, tandis que d'autres, manifestement soûls, s'esclaffaient à grands cris.

— Un piteux spectacle quand on les voit sans armure ni monture, non ? lui demanda le baron.

Sa propre armure à la rouille factice vacillait en équilibre instable sur les épaules d'un malheureux écuyer, qui trébucha à plusieurs reprises avant de franchir la passerelle.

— Ce sont de bons combattants, lui répondit Vaelin. Sans eux, Linesh serait tombée et aucun d'entre nous ne regagnerait le Royaume.

— Comme vous dites. À votre retour, j'espère que vous passerez me rendre visite. Vous aurez toujours une place à ma table.

— Rien ne me ferait plus plaisir. (Il serra la main du baron.) Al Telnar m'a fait part des détails du siège de Marbellis. Il semblerait que le Seigneur de Guerre et quelques autres aient réussi à se tailler un chemin jusqu'au port quand les murailles sont tombées. Une cinquantaine d'hommes ont pu s'enfuir. Le Vassal Theros n'était pas du nombre. Mais son fils, si. J'ai pensé que vous aimeriez le savoir.

Le baron ricana. Un rire dur et sinistre.

— La vermine a la peau dure.

— Pardonnez-moi, baron, mais que s'est-il passé à Marbellis pour que le Vassal Theros vous renvoie ? Vous ne me l'avez jamais raconté.

— Quand nous avons enfin pénétré les défenses de la ville, nos hommes se sont livrés à un véritable massacre, sans se limiter aux soldats. Des femmes, des enfants… (Il ferma les yeux et soupira.) J'ai trouvé Darnel et deux de ses chevaliers en train de violer une gamine à côté des cadavres de ses parents. On ne lui aurait pas donné plus de treize ans. J'ai tué les deux autres et je m'apprêtais à châtrer Darnel quand la masse d'armes du Vassal m'a jeté à terre. « C'est un chien, je l'avoue, m'a-t-il confié le lendemain. Mais c'est aussi mon seul fils. » Voilà pourquoi il m'a envoyé vous rejoindre.

— Prenez garde en retrouvant vos terres. Le seigneur Darnel m'a tout l'air d'un homme à la rancune tenace.

Banders esquissa un sourire cruel.

— Tout comme moi, mon frère.

Les sergents Krelnik, Gallis et Janril Norin furent les derniers Pisteloups à embarquer. Vaelin leur serra la main tour à tour et les félicita pour leur bravoure.

— Ça fait moins de dix ans que tu as rejoint la Garde, souffla-t-il à Gallis. Mais si tu souhaites ta libération, fais-moi signe.

— On se retrouve au Royaume, m'seigneur ! dit Gallis.

Il adressa à Vaelin un salut militaire parfaitement exécuté, puis monta à bord, bientôt suivi par Krelnik et Joren.

Seuls les archers cumbraëliens demeuraient à quai, en attendant qu'on installe la passerelle du dernier navire. Vaelin avait d'abord proposé d'organiser leur évacuation avant celle des Renfaëliens, de peur qu'ils soupçonnent le Sombrelame de vouloir les abandonner aux Alpirans, mais Bren Antesh s'y était opposé. À la surprise de Vaelin, il avait même insisté pour partir en dernier. S'il l'avait d'abord soupçonné de vouloir lui tendre une embuscade – il se trouvait après tout face à mille hommes qui voyaient en lui un ennemi de leur dieu –, il s'avéra bien vite qu'il n'en était rien. Les hommes embarquèrent sans causer le moindre trouble, la plupart l'ignorant ou lui accordant des hochements de tête circonspects.

— Ils vous doivent la vie et ils le savent, lui apprit Antesh en voyant son expression. Mais ils préféreraient se damner plutôt que vous l'avouer. Alors je m'en charge pour eux. Merci.

Pour la toute première fois depuis leur entrée dans Linesh, le capitaine cumbraëlien gratifia Vaelin d'une profonde révérence.

— Il n'y a pas de quoi, capitaine.

Antesh se redressa, avisa le navire puis reporta son attention sur Vaelin.

— C'est le tout dernier bateau, monseigneur.

— Je sais.

Antesh haussa un sourcil surpris.

— Vous n'avez pas l'intention de regagner le Royaume…

— Il me reste encore quelques détails à régler.

— Vous ne devriez pas traîner ici. Tous ces gens rêvent de vous torturer à mort.

— Est-ce le destin promis au Sombrelame dans votre prophétie ?

— Loin de là. Il est séduit par une sorcière capable de commander au feu. Grâce à ce pouvoir, elle se proclame reine et, ensemble, ils dévastent le monde pour finir embrasés dans le brasier de leur passion sacrilège.

— Eh bien, j'ai hâte d'y être. (Vaelin s'inclina à son tour.) Que la chance vous accompagne, capitaine.

— J'ai quelque chose à vous dire, reprit le Cumbraëlien. (Une ombre passa sur ses traits ordinairement placides.) Je ne me suis pas toujours appelé Antesh. Autrefois, je portais un autre nom. Un nom que vous connaissez.

La voix du sang entonna une note claire. Il ne s'agissait pas d'une mise en garde, non, mais de la mélodie stridente et cristalline de la victoire.

— Je vous écoute.

Les brûlures d'Ahm Lin avaient guéri, mais il garderait ses cicatrices à vie. Tout le côté droit de son visage disparaissait sous une pellicule pâle et crevassée, tandis que des balafres identiques parsemaient ses bras et sa poitrine. Son état ne l'avait toutefois pas privé de sa bonhomie coutumière, quand bien même le service que lui demandait Vaelin semblait profondément l'attrister.

— Elle a veillé sur moi, elle m'a soigné, disait-il. La trahir ainsi…

— Ne feriez-vous pas de même pour votre épouse ? lui demanda Vaelin.

— Je suivrais ce que dicte mon chant, mon frère. Est-ce votre cas ?

Vaelin entendait encore la note de triomphe qui avait résonné en lui quand il avait écouté les aveux d'Antesh.

— Plus que jamais auparavant. (Il croisa le regard du tailleur de pierre.) Ferez-vous ce que je vous demande ?

— Nos chants semblent s'accorder, donc je n'ai pas le choix.

Sherin frappa à la porte et s'introduisit dans la pièce, un bol de soupe dans les mains.

— Il faut qu'il mange, dit-elle en déposant le bol près du lit de son patient. Quant à toi, tu dois m'aider à préparer notre départ.

Vaelin effleura la main d'Ahm Lin en guise de remerciements et suivit la jeune femme. Elle avait récupéré l'ancienne chambre de sœur Gilma dans la cave du bâtiment de la guilde et s'affairait à trier les innombrables fioles et boîtes de remèdes qu'elle souhaitait emporter.

— J'ai pu me procurer un petit coffre pour tes affaires, dit-elle à Vaelin.

Elle longeait une étagère, sa main s'arrêtant de temps à autre pour s'emparer d'un flacon.

— Je n'ai que ça, répondit-il.

Il tira de sa houppelande un petit paquet et le lui tendit : les plaques de bois rapportées par Tendris, enveloppées dans le foulard de Sella.

— On a fait mieux comme dot, je sais.

Elle dénoua délicatement le carré de soie, puis fit courir ses doigts sur les symboles brodés.

— Magnifique. D'où le tiens-tu ?

— D'une ravissante jouvencelle, qui me l'a offert pour me remercier.

— Dois-je me méfier d'elle ?

— Pas vraiment. Elle se trouve à l'autre bout du monde, probablement mariée à un beau jeune homme blond que nous connaissons tous deux.

Sherin ouvrit les plaques.

— Des ellébores.

— Un cadeau de ma sœur.

— Tu as une sœur ? Une sœur de sang, je veux dire ?

— Oui. Je ne l'ai rencontrée qu'une seule fois. Nous avons parlé de fleurs.

Elle prit la main de Vaelin dans les siennes, et il sentit monter en lui le besoin de la presser contre lui, de la garder à jamais près de lui. Une émotion si forte, si puissante qu'il en vint presque à oublier ce qu'il avait demandé à Ahm Lin, à oublier l'Aspect, la guerre, toute cette affreuse et sanglante expédition. Presque.

— Le gouverneur Aruan se charge de préparer le navire, mais nous avons encore quelques heures devant nous, dit-il en gagnant la table où Sherin préparait ses concoctions. (Vaelin s'assit et déboucha une bouteille de vin.) Voilà sans doute la toute dernière bouteille de vin de Cumbraël de toute la ville. Que dirais-tu de trinquer avec le déserteur le plus célèbre du Royaume ?

Elle haussa un sourcil.

— Me serais-je liée avec un ivrogne ?

Il trouva deux coupes et versa une mesure de vin rouge dans chaque.

— Bois donc, femme.

— À vos ordres, monseigneur, ricana-t-elle en jouant l'épouse soumise.

Elle s'assit face à lui et prit une coupe.

— Tu leur as dit ?

— Juste à Barkus. Les autres pensent que j'ai embarqué à bord du dernier navire.

— Nous pourrions les suivre. Maintenant que la guerre est finie…

— Tu n'as plus ta place dans le Royaume. Tu l'as dit toi-même.

— Mais je n'y perds pas autant que toi.

Il se pencha sur la table et lui étreignit la main.

— J'y gagne au change.

Elle sourit et trempa ses lèvres dans le vin.

— Et cette mission que t'a confiée l'Aspect ? Tu en as fini avec ça ?

— Pas encore. Mais bientôt, quand nous aurons pris le large.

— Tu peux me la révéler, à présent ? Ai-je enfin le droit de savoir ?

Il pressa légèrement sa main.

— Maintenant, je peux tout te dire.

Il faisait froid, ce jour-là, même pour une journée du mois de Weslin. L'Aspect Arlyn se tenait à l'orée du terrain d'entraînement, où il regardait maître Haunelin enseigner le bâton à un groupe de novices. Des troisième année, déduisit Vaelin, à en juger par leur âge et leur effectif réduit. Au loin, maître Rensial, toujours aussi dément, s'efforçait de renverser un autre groupe de garçons, juché sur un cheval fougueux. Ses cris perçants résonnaient dans l'air glacé.

— Frère Vaelin, le salua l'Aspect.

— Aspect. Je viens vous demander l'hospitalité pour le trente-cinquième régiment d'infanterie au cours des mois d'hiver.

Sur la demande de l'Aspect, Vaelin se pliait toujours au même rituel chaque fois que son régiment revenait à la Loge ; une manière d'affirmer que, si l'Ordre logeait, équipait et payait ces soldats, ils appartenaient malgré tout à la Garde du Royaume.

— Accordé. Comment as-tu trouvé Nilsaël ?

— Glaciale, Aspect.

Ils sortaient de trois mois de patrouilles le long de la frontière nilsaëlo-cumbraëline, à pourchasser une bande particulièrement cruelle et fanatique d'adorateurs déistes baptisée les Fils du Justelame. Parmi leurs nombreuses exactions, ils avaient pris l'habitude d'enlever des enfants nilsaëliens, qu'ils convertissaient de force à leur croyance en les soumettant à des traitements inhumains, quand ils ne les tuaient pas purement et simplement. La traque de ces Apostats déchaînés les avait entraînés de par les collines et les plaines du sud de Nilsaël, où, d'escarmouche en échauffourée, ils étaient parvenus à réduire la secte à quelque trente membres. Ils avaient finalement réussi à les coincer au fond d'une profonde ravine. Les Fils du Justelame avaient immédiatement égorgé leurs dernières victimes – un frère et une sœur de huit et neuf ans arrachés à leur ferme quelques jours plus tôt –, puis décoché des flèches sur les Pisteloups en entonnant des prières à leur dieu. Vaelin avait laissé Dentos et ses archers le soin de les exterminer jusqu'au dernier, une décision qui n'avait guère pesé sur sa conscience.

— Des pertes ? s'enquit l'Aspect.

— Quatre morts, dix blessés.

— Regrettable. Et qu'as-tu appris au sujet de ces – comment déjà ? – Fils du Justelame ?

— Ils se considèrent comme des adeptes de Hentes Mustor, en qui certains Cumbraëliens voient l'incarnation du Justelame, un héros annoncé par la prophétie de leur Cinquième Livre.

— Ah ! oui. Apparemment, un onzième livre aurait commencé à circuler dans le Fief, le Livre du Justelame, illustrant la vie et le martyre de l'usurpateur. Les évêques cumbraëliens l'ont déjà mis à l'Index, mais nombre de leurs fidèles le réclament à cor et à cri. Il en va toujours ainsi : brûlez un livre, et de ses cendres naîtront mille exemplaires. Il semblerait qu'en abattant ce forcené nous ayons provoqué un schisme dans leur Église. Ironique, non ?

— Très.

Vaelin retint son souffle, le temps de rassembler son courage pour annoncer la nouvelle à l'Aspect. Mais comme d'habitude, le maître du Sixième Ordre l'avait devancé.

— Le roi Janus veut s'arroger mon soutien pour sa guerre, ai-je raison ?

*Rien ne vous surprend donc jamais ?* songea Vaelin.

— Oui, Aspect.

— Dis-moi, Vaelin, crois-tu que des espions alpirans rôdent dans chaque ruelle et derrière chaque buisson afin de préparer l'invasion de leur armée ?

— Non, Aspect.

— Et crois-tu que des Apostats alpirans enlèvent nos enfants pour les corrompre au cours d'indicibles rites déistes ?

— Non, Aspect.

— Dans ce cas, peut-être estimes-tu que la prospérité future de notre Royaume dépend de l'annexion des trois principaux ports alpirans ?

— Pas du tout, Aspect.

— Et pourtant, tu viens jouer les entremetteurs entre le roi et moi.

— Non, je viens demander conseil. Le roi menace mon père et sa famille afin de s'assurer ma coopération, mais comment pourrais-je sacrifier des milliers d'hommes dans une guerre injuste pour préserver les miens ? Il doit exister un moyen de dissuader le roi, un levier à utiliser contre lui. Si tous les Ordres parlaient d'une seule voix…

— Le temps où tous les Ordres parlaient d'une seule voix est révolu. L'Aspect Tendris a soif de croisade contre les Infidèles comme l'ivrogne a soif de bière, tandis que nos frères du Troisième Ordre se perdent dans leurs livres et observent le monde avec un détachement glacé. Le Cinquième Ordre, par nature, ne se mêle pas de politique, et quant aux Premier et Deuxième Ordres, ils estiment que la communion entre leurs âmes et celles des Défunts surclasse les affaires temporelles.

— Aspect, j'ai cru comprendre qu'il existait un autre Ordre, qui détiendrait peut-être plus de pouvoir que tous les autres réunis.

Vaelin s'attendait à provoquer chez son interlocuteur un sursaut affolé ou ébahi, mais l'Aspect se contenta de hausser un sourcil.

— Il semblerait qu'aujourd'hui soit le jour des révélations, mon frère.

L'Aspect noua ses mains aux doigts longs, les enfouit sous sa robe et tourna les talons, invitant Vaelin à le suivre d'un signe de tête.

— Allons, marche avec moi.

Le givre crissait sous leurs pas tandis qu'ils progressaient côte à côte, en silence. Depuis le terrain d'entraînement leur parvenaient ces ahanements d'effort ou ces cris de triomphe qui avaient bercé son enfance. Une soudaine nostalgie s'empara de Vaelin, car malgré la douleur et l'innocence perdue, les années passées entre les murs d'enceinte de la Loge appartenaient à une époque plus simple, avant que les stratagèmes d'un roi ou les secrets de la Foi assombrissent et compliquent sa vie.

— Comment as-tu appris cela ? finit par lui demander l'Aspect.

— J'ai rencontré un homme dans le Nord, un frère appartenant à un Ordre que les Fidèles prennent pour un mythe.

— Il t'a parlé du Septième Ordre ?

— J'ai dû me montrer quelque peu persuasif et il ne m'a pas dit grand-chose. Mais il m'a confirmé que l'existence du Septième Ordre est un secret connu de tous les Aspects. Même si, compte tenu de la récente rupture avec le Quatrième Ordre, je soupçonne que l'Aspect Tendris ignore cette information.

— En effet. Et il est vital qu'il en soit ainsi. En conviens-tu ?

— Certainement, Aspect.

— Que sais-tu du Septième Ordre ?

— Qu'il est à la Ténèbre ce que nous sommes à la guerre ou ce que le Cinquième Ordre est à la guérison.

— Un bon résumé, quoique nos frères et sœurs du Septième Ordre tiqueraient à la mention de la Ténèbre. Ils se considèrent comme gardiens et légataires d'un savoir ésotérique et dangereux, un savoir qui revêt bien des noms.

— Et ce savoir, ils s'en servent pour nous aider ?

— Bien sûr, ils l'ont toujours fait et continuent à ce jour.

— L'homme que j'ai rencontré dans le Nord m'a révélé qu'une guerre avait éclaté entre les tenants de la Foi, que leur pouvoir avait fini par corrompre certains membres du Septième Ordre.

— Par les corrompre ou par les aveugler. Qui peut le dire ? Le temps a fait son œuvre. Ce que l'on sait, toutefois, c'est que les membres du Septième Ordre disposent d'un savoir qu'il vaut mieux cacher, qu'ils sont parvenus, d'une manière ou d'une autre, à prendre pied dans l'Au-Delà et qu'ils y ont croisé quelque chose, une entité dotée d'une telle puissance, empreinte d'une telle noirceur qu'elle a bien failli détruire notre Foi. Et tout le Royaume avec elle.

— Mais on a pu la vaincre ?

— Le terme « contenir » conviendrait mieux. Mais elle continue de hanter l'Au-Delà, elle y attend son heure, et certains sur cette terre lui servent de laquais. Ils complotent, tuent et fomentent son avènement.

— Le massacre des Aspects.

— Cela, et bien plus encore.

Vaelin songea à sa confrontation avec le Borgne dans les souterrains de la ville, à ce qu'il avait marmonné à Frentis en lui gravant ses incompréhensibles symboles à même la chair.

— Celui Qui Attend.

Cette fois-ci, l'Aspect manifesta franchement sa surprise.

— Eh bien, tu n'as pas chômé.

— Qui est-ce ?

L'Aspect s'interrompit pour embrasser du regard le terrain d'entraînement.

— Peut-être maître Rensial, dissimulant sous sa folie apparente ses véritables desseins depuis tant d'années. Ou bien maître Haunelin, qui n'a jamais révélé à personne où il avait récolté ces brûlures. Ou bien toi, qui sait ? (L'Aspect posa sur Vaelin un regard perçant, troublant dans son intensité.) Quel meilleur déguisement que le tien ? Pense donc, le fils d'un Seigneur de Guerre, à la bravoure exemplaire, au parcours sans faute, héros de tous les Fidèles. Oui, un déguisement parfait.

Vaelin hocha la tête.

— En effet, mais il serait encore surpassé par le vôtre, Aspect.

Le vieillard cilla lentement, puis recommença à marcher.

— Ce que je cherche à te dire, c'est qu'il peut se cacher n'importe où et que, jusqu'ici, aucun des efforts déployés par le Septième Ordre pour le repérer n'a pu aboutir. Il pourrait s'agir d'un frère de notre Ordre comme d'un soldat de ton régiment. Ou même quelqu'un d'autre, un parfait inconnu. Les prophéties restent vagues à ce sujet, mais tout porte à croire cependant que Celui Qui Attend poursuit comme objectif la destruction de cet Ordre.

Vaelin fronça les sourcils, intrigué. Le concept même d'une prophétie contredisait la Foi. Les prophètes et leurs visions appartenaient au domaine des croyances hérétiques, aux déistes et aux Apostats qui confondaient superstition et sagesse.

— Les prophéties, Aspect ?

— Celui Qui Attend fut annoncé il y a bien longtemps par le Septième Ordre. Certains parmi ses membres possèdent le pouvoir de lire l'avenir, ou plutôt d'interpréter le flux incessant des ombres mouvantes qui composent l'avenir. Ces interprétations divergent bien souvent, mais il leur arrive parfois, en de rares occasions, de s'accorder, de discerner dans le flux des ombres un tableau convaincant. Il en ressort deux points : il nous est donné une chance, une seule, de découvrir l'identité de Celui Qui Attend, et si nous échouons, cet Ordre s'écroulera. Et si cet Ordre tombe, il entraînera le Royaume et la Foi dans sa chute.

— Mais nous avons la possibilité d'empêcher ça ?

— Une seule possibilité, oui. Le dernier frère à avoir produit une prophétie sur ce sujet vivait il y a un siècle. On raconte qu'il entrait en transe et écrivait ses visions d'une main experte, traçant des lettres plus sûres et plus belles qu'aucun calligraphe n'aurait pu en rêver, alors même qu'il s'avérait incapable de lire ou d'écrire en temps normal. Peu avant sa mort, il saisit une dernière fois sa plume et rédigea un court paragraphe. « La guerre démasquera Celui Qui Attend quand un roi enverra son armée à la mort sous un soleil de sable. Il projettera la mort de son frère et, ce faisant, pourrait trouver la sienne. »

*La mort de son frère…*

— Tu as survécu à deux tentatives de meurtre au cours de ton noviciat, poursuivit l'Aspect. Nous pensons qu'elles furent toutes deux commanditées par cette entité malfaisante qui hante l'Au-Delà. Pour une raison que j'ignore, elle semble vouloir ta mort.

— Mais si Celui Qui Attend se cache au sein de l'Ordre, pourquoi ne pas tout simplement le laisser me tuer ?

— Soit parce que l'opportunité ne s'est pas encore présentée, soit parce qu'en agissant ainsi il aurait risqué de se démasquer, alors même qu'il lui reste encore beaucoup à faire. Mais dans le chaos d'une bataille, quand la mort fauche à tout-va, un accident est si vite arrivé…

Vaelin sentit un frisson le parcourir, un frisson qui ne devait rien aux vents glacés qui balayaient le terrain d'entraînement.

— Donc la guerre du roi constituerait notre chance de le démasquer ?

— Notre unique chance.

— D'après les divagations d'un illuminé mort il y a un siècle. Vous comptez vraiment envoyer l'Ordre à la guerre dans le mince espoir que les hallucinations de cet homme se révèlent fondées ?

— Après tout ce que tu as vu, tout ce que tu as appris, peux-tu réellement en douter ? En outre, la guerre sera déclarée, que nous y participions ou non. Le roi a pris sa décision et n'en démordra pas.

— Si cette guerre éclate, elle pourrait bien détruire le Royaume.

— Et dans le cas contraire, sa destruction ne fait aucun doute. Et je ne te parle pas d'une désagrégation politique, avec un retour aux quatre Fiefs. Non, je te parle d'un cataclysme, d'une terre ravagée par les flammes, de forêts réduites en cendres et de la mort de tous ceux, sujets du Royaume, Seordah ou Lonaks, qui arpentent encore ce continent.

— Je ne savais pas quoi lui répondre, dit Vaelin à Sherin en caressant la peau douce de sa main. Il avait raison. C'était affreux, injuste, mais il avait raison. Il m'apprit que ce serait une guerre comme nous n'en avions encore jamais connu. Un terrible sacrifice. Mais que je devais rentrer. Peu importait le nombre de soldats ou de frères tombés au combat, je devais regagner le Royaume après avoir accompli ma mission. Et en partant, il ajouta que je lui rappelais ma mère. Je me suis souvent demandé comment ils s'étaient connus. J'imagine que je ne le saurai jamais.

Sherin était effondrée sur la table, les yeux clos, les lèvres entrouvertes, les doigts serrés sur la coupe qu'il lui avait offerte.

— Deux mesures de valériane et une mesure de racine de silène, le tout saupoudré d'une pincée de camomille pour masquer le goût, récita-t-il en lui caressant les cheveux. Essaie de ne pas trop me détester.

Il l'enveloppa dans sa houppelande, glissa les plaques de bois et le foulard dans une poche intérieure et la porta jusqu'au port. Elle semblait si légère dans ses bras, si fragile. Ahm Lin l'attendait sur le quai près d'un grand navire marchand. À son côté, Shoala, son épouse, jetait un regard mélancolique sur la cité qui l'avait vue naître, l'air éplorée. Le gouverneur Aruan, pour sa part, négociait ferme avec le capitaine du navire, un homme trapu originaire d'Extrême-Occident qui parut s'affoler en voyant Vaelin. Peut-être faisait-il partie des marins terrifiés à la vue des vaisseaux incendiés, lors du soulèvement des équipages, même si Vaelin ne se rappelait pas l'avoir vu. L'homme conclut rapidement son marchandage avec le gouverneur et remonta en toute hâte sur le pont.

— Affaire conclue ! dit-il à Ahm Lin. Ils cinglent vers l'ouest, avec une première escale prévue à…

— Je préfère ne pas savoir, le coupa Vaelin.

Ahm Lin s'avança et souleva Sherin dans ses bras puissants.

— Dites-lui qu'ils m'ont tué, déclara Vaelin. Qu'au moment même où le navire levait l'ancre la Garde Impériale est arrivée et m'a exécuté sur place.

Le tailleur de pierre hocha la tête à contrecœur.

— Comme le chant le dicte, mon frère.

— Elle pourrait rester ici, proposa le gouverneur. La ville lui est redevable, après tout. Elle n'y courrait aucun danger.

— Croyez-vous que le seigneur Velsus partagera votre gratitude, gouverneur ? l'interrogea Vaelin.

Le gouverneur soupira.

— Probablement pas. (Il tira une bourse en cuir accrochée à sa ceinture et la tendit à Shoala.) Pour elle, à son réveil. En guise de remerciements.

La femme acquiesça, jeta un dernier coup d'œil assassin à Vaelin, suivi d'un regard embué de larmes sur sa ville, puis fit volte-face et gravit la passerelle.

Vaelin passa la main dans la chevelure de Sherin, s'efforçant de chasser de sa mémoire le souvenir de son visage endormi.

— Prenez soin d'elle, dit-il à Ahm Lin.

Ce dernier sourit.

— Comme l'exige mon chant. (Il s'apprêtait à partir, mais hésita.) En moi ne résonne aucune note d'adieu, mon frère. Je ne peux m'empêcher de penser qu'un jour nous chanterons à nouveau ensemble.

Vaelin acquiesça, puis recula d'un pas quand Ahm Lin gravit à son tour la passerelle. Au côté du gouverneur, il vit le navire s'écarter du quai, gagner l'entrée de la rade et déployer ses voiles pour capturer les vents du nord. Avec celle qu'il aimait à bord. Immobile, il regarda le vaisseau rapetisser à l'horizon, puis disparaître. Ne restaient plus que la mer et le vent.

Vaelin déboucla son épée et la tendit à Aruan.

— Gouverneur, cette cité vous revient. J'ai ordre d'attendre le seigneur Velsus hors des murs de Linesh.

Aruan contempla l'épée, mais n'esquissa pas un geste.

— Je plaiderai pour vous. Je jouis d'une certaine influence à la cour de l'Empereur. Lui-même est réputé pour sa miséricorde…

Le gouverneur bafouilla quelque peu et s'interrompit, probablement conscient de la vacuité de ses promesses. Au bout d'un moment, il reprit la parole :

— Je vous remercie d'avoir sauvé la vie de ma fille, monseigneur.

— Prenez-la, insista Vaelin en agitant son épée. Mieux vaut vous que Velsus.

— Comme vous voudrez. (Le gouverneur accepta l'arme.) Y a-t-il quelque chose que je puisse faire pour vous ?

— À vrai dire, oui. Concernant mon chien…

# Cinquième partie

*C'est lors des parties les plus longues, lorsque l'Attaque du Menteur ou toute autre ouverture exposée ci-dessus a échoué, que le* Keschet *se déploie dans toute sa glorieuse complexité. Au cours des chapitres suivants, nous examinerons les stratégies les plus efficaces à mettre en œuvre en milieu de partie, à commencer par le Sacrifice de l'Archer, qui emprunte son nom à une manœuvre employée par les archers montés d'Alpiran. À l'instar de l'Attaque du Menteur, le Sacrifice de l'Archer vise à tromper l'adversaire, tout en se réservant la possibilité d'exploiter plus tard une situation opportune. Il permet ainsi à un joueur de talent d'ouvrir deux lignes de front sans jamais révéler à son adversaire sa cible véritable, en attendant de pouvoir exploiter la faille qui lui apportera la victoire.*

Auteur anonyme, *Le Keschet – Règles et stratégies*,
Grande Bibliothèque du Royaume Unifié

# Le Témoignage de Verniers

*— Et ?*

*Al Sorna avait sombré dans le silence après m'avoir relaté son dernier échange avec le gouverneur.*

*— Et quoi ? demanda-t-il.*

*Je ravalai un soupir d'exaspération. Il devenait de plus en plus évident que le Boréen prenait un malin plaisir à se jouer de moi.*

*— Et ensuite, que s'est-il passé ?*

*— Vous savez très bien ce qui s'est passé ensuite. J'ai attendu au pied des murailles et, au petit matin, le seigneur Velsus est arrivé avec un bataillon de gardes impériaux pour s'emparer de moi. Le prince Malcius, dûment délivré, put regagner le Royaume indemne et le roi Janus mourut peu après. Quant à mon procès, vous le décrivez par le menu dans votre chronique. Il me semble vous avoir tout dit.*

*Il avait raison, je m'en rendais bien compte ; si ses confidences retraçaient toutes les grandes étapes de la guerre telles que consignées dans ma chronique, il m'avait fourni quantité d'informations inédites qui jetaient la lumière tant sur les origines du conflit que sur la nature de nos agresseurs. Mais je ne pouvais m'empêcher de penser qu'il me cachait quelque chose. Une intime conviction me soufflait que son récit comportait des zones d'ombre. Je songeai à ses nombreuses hésitations – infimes, certes, mais suffisantes pour m'apprendre qu'il gardait par-devers lui certaines vérités. À la vue des milliers de mots qui noircissaient les parchemins jonchant le sol autour de ma paillasse, mon humeur s'assombrit. Combien d'heures, de jours, de semaines de travail allait-il me falloir pour vérifier et corroborer ce témoignage ?*
Quelle est la part de vérité, dans tout cela ?

*— D'accord, dis-je en ramassant mes feuillets afin de les garder dans l'ordre. Ainsi, cette guerre ne se résume qu'à cela ? La folie d'un vieillard aux abois ?*

*Al Sorna s'était allongé sur son grabat. Les mains nouées derrière la tête, il rivait sur le plafond un regard distant et maussade, avant de bâiller à s'en décrocher la mâchoire.*

*— Je vous ai dit tout ce que j'avais à dire, monseigneur. À présent, si vous le permettez, j'aimerais me reposer. Une mort certaine m'attend demain et j'apprécierais de pouvoir l'affronter frais et dispos.*

*Je passai mes feuillets au crible, soulignant d'un trait les passages les plus équivoques. À mon grand désarroi, j'en trouvai bien plus que je n'aurais espéré, ainsi que plusieurs contradictions flagrantes.*

*— Vous disiez ne l'avoir jamais revue, déclarai-je. Pourtant, vous mentionnez la présence de la princesse Lyrna lors de la foire des Eaux-d'Été où Janus s'ouvrit à vous de son projet de conquête.*

*Il poussa un soupir et me répondit sans daigner se retourner.*

*— Nous n'avons fait qu'échanger quelques civilités. Rien de bien passionnant.*

*Me revint alors un souvenir lointain, un élément des recherches ayant précédé la rédaction de ma chronique.*

*— Et le tailleur de pierre ?*

*Il marqua une brève hésitation, une courte seconde de flottement qui, pourtant, en disait long.*

*— Quel tailleur de pierre ?*

*— Celui avec qui vous vous êtes lié d'amitié à Linesh, une accointance qui lui a coûté son atelier. De nombreux témoins ont évoqué cet épisode alors que j'enquêtais sur votre séjour en ville. Pourtant, vous n'en faites mention nulle part.*

*Il roula sur son dos et haussa les épaules.*

*— Parler d'amitié serait excessif. Je voulais simplement qu'il sculpte une statue de Janus pour la grand-place, une manière de célébrer le rattachement de Linesh au Royaume Unifié. Il a refusé, comme vous pouvez l'imaginer, ce qui n'a pas empêché quelque excité d'incendier*

*son échoppe. Je crois savoir que son épouse et lui ont quitté la ville à la fin de la guerre. On ne peut pas leur en vouloir.*

*—Et la sœur de votre foi qui a su juguler l'épidémie de peste rouge? insistai-je, soudain pris de colère. Vous n'avez rien à dire sur elle non plus? Les habitants de Linesh que j'ai pu interroger ne tarissaient pourtant pas d'éloges à son sujet, évoquant sans fard sa douceur et votre complicité. Certains vous croyaient même amants.*

*Il secoua la tête avec lassitude.*

*—Absurde. Quant à ce qu'elle est devenue, je n'en sais rien. Elle aura sans doute regagné le Royaume avec le reste de l'armée.*

*Il mentait, j'en étais sûr.*

*—Pourquoi accepter de me raconter votre histoire si vous avez l'intention de me cacher l'essentiel? fulminai-je. Vous voulez me faire passer pour un imbécile, Tueur d'Espoir?*

*Al Sorna eut un petit rire.*

*—Les plus grands imbéciles sont ceux qui s'ignorent. À présent, monseigneur, laissez-moi dormir.*

*Au cours des vingt années qui avaient suivi sa destruction, les Meldénéens avaient redoublé leurs efforts pour se doter d'une capitale plus imposante et plus somptueuse que jamais, cherchant peut-être dans la prouesse architecturale une sorte de revanche sur leurs ennemis. La cité se pressait autour de l'immense rade naturelle creusant le littoral méridional d'Ildera, la plus grande île de l'Archipel. Elle offrait un spectacle éblouissant, une fabuleuse mosaïque de marbre et de tuiles rouges, émaillée de hautes colonnes érigées en l'honneur des dieux innombrables des Îliens. J'avais lu quelque part comment le père d'Al Sorna, un personnage d'envergure lui aussi, avait veillé à faire s'écrouler chacune de ces colonnes avant de livrer la cité au feu. Les survivants racontaient avoir vu des soldats de la Garde du Royaume uriner sur les statues qui les couronnaient, ivres de sang et de victoire, hurlant à tue-tête « Tout dieu est mensonge! » au beau milieu des flammes qui ravageaient la ville.*

*Si Al Sorna éprouvait le moindre remords pour la destruction perpétrée par son père, il n'en montra rien. Accoudé au bastingage, son épée à la main – ce qui ne semblait guère inquiéter les marins alentour –, il couvait la capitale meldénéenne d'un œil morne et désintéressé. Le soleil brillait haut dans le ciel dégagé et la galère aux voiles ferlées fendait la mer d'huile avec aise, propulsée par les avirons au rythme des exhortations féroces du bosco.*

*Nous ne nous saluâmes pas quand je le rejoignis sur le pont. Mon esprit bourdonnait de questions, des questions qu'il laisserait sans réponses. Et cette certitude me glaçait le sang. J'ignore quel objectif il poursuivait en me racontant son histoire, mais il semblait manifestement l'avoir atteint. Il ne m'apprendrait rien de plus. Je n'avais presque pas fermé l'œil de la nuit, obsédé par son récit que je ressassais encore et encore, ma quête de réponses soulevant toujours plus d'interrogations. Je me demandai même s'il n'avait pas eu l'intention, en me torturant ainsi, de venger les jugements sévères que je portais à longueur de page sur son peuple et lui-même, dans mon ouvrage. Cependant, même si je n'avais à aucun moment éprouvé la moindre nuance de sympathie à son égard, je percevais en lui une singulière absence de rancœur. Il s'agissait d'un ennemi redoutable, certes, mais il n'était pas mû par la vengeance.*

*— Vous savez encore vous en servir ? finis-je par lui demander afin de briser le silence pesant qui régnait entre nous.*

*Il baissa les yeux sur son épée.*

*— Nous le découvrirons bientôt.*

*— Apparemment, le Bouclier souhaite vous livrer un combat honorable. J'imagine qu'il compte vous laisser quelques jours d'entraînement. Vous devez sans doute être un peu rouillé, après toutes ces années d'inactivité.*

*Ses yeux noirs glissèrent sur mon visage, empreints d'une lueur amusée.*

*— Qu'est-ce qui vous fait croire que je suis resté inactif ?*

*Je haussai les épaules.*

*— Que peut-on bien faire dans une cellule pendant cinq ans ?*

*Il tourna de nouveau la tête vers la ville, sa réponse pareille à un mince murmure presque emporté par le vent.*

*— On peut chanter.*

*L'industrieuse activité qui régnait dans le port décrut à mesure que nous approchions, jusqu'à cesser complètement quand l'équipage amarra notre galère au quai. Chaque débardeur, chaque pêcheur, chaque matelot, chaque poissonnière ou chaque catin de passage s'était figée pour contempler le fils de l'Incendiaire. Un silence de mort s'abattit sur la rade, épais et oppressant; même les piaulements incessants des mouettes ajoutaient à cette haine féroce, muette et collective qui alourdissait l'atmosphère. Seule une silhouette échappait au sortilège d'immobilité qui semblait avoir frappé la foule, un homme de haute taille qui nous attendait au pied de la passerelle, les bras écartés. Son grand sourire dévoilait deux rangées de dents parfaites.*

*— Bienvenue, mes amis, bienvenue! lança-t-il dans une chaude et profonde voix de baryton.*

*Je ne pris véritablement la mesure de son impressionnant gabarit qu'une fois descendu sur le quai. Je remarquai également l'opulence de la chemise de soie bleue qui couvrait son torse mince et puissant, ainsi que le sabre à poignée d'or qui pendait à son ceinturon. Ses longs cheveux couleur miel flottaient dans le vent telle la crinière d'un lion. C'était, disons-le franchement, le plus bel homme que j'avais jamais rencontré. Son apparence, à la différence de celle d'Al Sorna, se conformait à sa légende et je devinai son nom avant même qu'il se présente: Atheran Ell-Nestra, Bouclier des Îles. Le guerrier que le Tueur d'Espoir devait affronter en défi singulier.*

*— Seigneur Verniers, je présume? me salua-t-il. (Ma main disparut dans la sienne.) C'est un honneur, messire. Vos chroniques occupent la plus belle place dans ma bibliothèque.*

*— Merci. (Je me tournai alors même qu'Al Sorna descendait la passerelle de débarquement.) Et voici…*

*—Vaelin Al Sorna, acheva à ma place Ell-Nestra en gratifiant le Tueur d'Espoir d'une profonde révérence. Votre réputation vous précède…*

*—Quand le combat a-t-il lieu ? l'interrompit Al Sorna.*

*Ell-Nestra plissa légèrement les yeux, mais son sourire ne faiblit pas.*

*—Dans trois jours, monseigneur. Si cela vous convient.*

*—Loin de là. J'aimerais en finir avec cette mascarade le plus vite possible.*

*—J'ai cru comprendre que vous sortiez de cinq longues années à vous languir dans les geôles de l'Empereur. Ne souhaitez-vous pas prendre le temps de retrouver vos marques ? J'aurais horreur qu'on m'accuse d'avoir profité d'un adversaire affaibli. À vaincre sans péril…*

*En les regardant se toiser mutuellement, je fus frappé par le contraste qu'ils présentaient. À taille égale, Ell-Nestra, fort de son sourire éclatant et de son charme viril, aurait dû éclipser le visage sévère et anguleux d'Al Sorna. Pourtant, le Tueur d'Espoir dégageait quelque chose de plus, une force qui bravait la présence impérieuse de l'Îlien, comme s'il jouissait d'une autorité naturelle qui ne souffrait pas la domination d'autrui. J'en connaissais la raison, bien entendu. Ell-Nestra également, à en juger par la bonhomie factice qui étirait ses traits ou la manière dont ses yeux balayaient son rival de pied en cap. Le Tueur d'Espoir était le combattant le plus dangereux qu'il aurait jamais à affronter, et il le savait.*

*—Je peux vous certifier, déclara Al Sorna, qu'après notre duel personne n'osera dire que vous aviez affaire à un adversaire affaibli.*

*Ell-Nestra inclina la tête.*

*—Fort bien. Alors demain, à midi.*

*Il désigna d'un geste un groupe d'hommes à quelques pas de là, des marins aux yeux durs armés jusqu'aux dents, qui tous guignaient le Tueur d'Espoir avec une hostilité non dissimulée.*

*—Mon équipage vous escortera jusqu'à vos quartiers. Je vous conseille de ne pas traîner en chemin.*

*—Et dame Emeren, lâchai-je alors qu'il s'éloignait. Où est-elle ?*

*—Confortablement installée chez moi. Vous la verrez demain. Elle vous transmet ses cordiales amitiés, bien entendu.*

*Un mensonge éhonté. Je me demandai ce qu'elle lui avait raconté à mon sujet, tout comme je m'interrogeai sur la nature de leur relation. Leur association dépassait-elle le cadre d'une simple vengeance commune ?*

*Notre résidence se révéla être une bâtisse noire de suie sise à l'orée du centre-ville. Depuis son briquetage impeccable jusqu'aux vestiges de mosaïque qui recouvraient le sol, tout indiquait qu'elle appartenait jadis à un personnage éminent.*

*—La demeure du Seigneur des Nefs Otheran, me répondit d'une voix bourrue l'un des matelots quand je lui posai la question. Le père du Bouclier. (Il s'interrompit, le temps d'adresser un coup d'œil lourd de sens au Tueur d'Espoir.) Il est mort dans l'incendie. Le Bouclier a ordonné qu'on la laisse en l'état, pour que personne n'oublie.*

*Al Sorna ne paraissait pas l'écouter, trop occupé à détailler les murs défoncés et noircis d'un regard lointain.*

*—De la nourriture vous attend dans la cuisine, me confia le marin. Descendez cet escalier, il vous mènera au sous-sol. Nous montons la garde dehors, si vous avez besoin de quoi que ce soit.*

*Nous dînâmes dans la salle à manger sur une longue table en acajou, curieusement l'unique meuble en bon état de toute cette ruine. J'avais trouvé du fromage, du pain et un assortiment de viandes fumées dans la cuisine, ainsi qu'une bouteille de vin délicat – un cru originaire des vignobles du sud de Cumbraël, d'après Al Sorna.*

*—Pourquoi l'appellent-ils le Bouclier ? me demanda-t-il en se servant un verre d'eau.*

*J'avais remarqué qu'il avait à peine touché au vin.*

*—Suite à la… visite de votre père, les Meldénéens ont jugé nécessaire de revoir leurs défenses. Chaque Seigneur des Nefs doit à présent céder cinq navires à une flotte qui patrouille constamment dans l'Archipel. Le capitaine à qui revient l'honneur de commander cette flotte reçoit le titre de Bouclier des Îles. (Je marquai une pause, le regardai prudemment.) Vous pensez pouvoir le battre ?*

*Son regard balaya la salle à manger, puis s'arrêta sur les vestiges écaillés d'une fresque murale. Quoi qu'elle ait pu représenter se perdait à présent dans une bouillie de couleurs vives striées de noir.*

*— Son père, un homme riche, a engagé un artiste de l'Empire pour peindre une fresque de sa famille. Le Bouclier avait trois frères, tous trois ses aînés, mais il savait que d'entre tous, c'était lui que son père préférait.*

*Il parlait avec une telle conviction que j'eus soudain l'impression de manger en compagnie des spectres de la famille assassinée du Bouclier.*

*— Vous parvenez à lire tout cela dans une tache de peinture fanée ?*

*Il reposa sa coupe et repoussa son assiette. S'il s'agissait de son dernier repas, il l'abordait sans grand enthousiasme.*

*— Que comptez-vous faire de tout ce que je vous ai raconté ?*

Tout ce que vous m'avez caché, plutôt, *songeai-je.*

*— Eh bien, votre récit m'a donné à réfléchir. Toutefois, même si je parvenais à le faire publier, je doute que le public adhère à votre description de la croisade de Janus comme l'ultime caprice d'un roi fou.*

*— Janus était un manipulateur, un menteur et, à l'occasion, un assassin. Mais fou, vraiment ? Malgré tout le sang versé, tout l'or gaspillé au cours de cette guerre odieuse, je me demande encore si tout cela ne s'inscrivait pas dans un plus vaste dessein, une opération à plus grande échelle dont la complexité m'échappe encore.*

*— Quand vous parlez de Janus, vous le décrivez comme un vieillard implacable et sournois. Pourtant, je n'entends nulle colère vibrer dans votre voix. Nulle haine pour le souverain qui vous a trahi.*

*— Trahi ? Mais Janus n'a jamais prêté allégeance qu'à une seule chose : son héritage, un Royaume Unifié sous la coupe éternelle de la maison Al Nieren. Il n'avait pas d'autre ambition. Lui en vouloir pour ses actes en reviendrait à haïr le scorpion qui vous pique de son dard.*

*Je vidai ma coupe et raflai la bouteille de vin. Je me découvrais une appétence certaine pour la vigne de Cumbraël et ressentis le désir pressant de m'enivrer. Éprouvé par ma journée comme par la perspective d'assister le lendemain à un combat à mort, j'éprouvais une terrible sensation de malaise qu'il me tardait de noyer dans l'alcool.*

*J'avais déjà vu mourir des hommes, des criminels et des traîtres exécutés sur ordre de l'Empereur, mais malgré toute la haine que mon compagnon m'inspirait, je ne parvenais pas à me réjouir de sa sanglante fin prochaine.*

*— Que ferez-vous si vous l'emportez, demain ? bafouillai-je malgré moi. (Le vin commençait à faire effet.) Comptez-vous regagner le Royaume ? Le roi Malcius vous fera bon accueil, vous croyez ?*

*Il recula sa chaise et se releva.*

*— Je pense que nous savons tous deux qu'aucune victoire ne m'attend, quoi qu'il advienne demain. Bonne nuit, monseigneur.*

*Je remplis mon verre à nouveau, puis l'écoutai monter l'escalier et choisir une chambre. Qu'il puisse dormir un soir pareil, voilà qui dépassait l'entendement. Seul le vin me permettrait de fermer l'œil cette nuit, tandis qu'Al Sorna, je le sentais, sombrerait dans un sommeil sans rêves. Épargné par les cauchemars et la culpabilité.*

*— L'aurais-tu détesté, Seliesen ? demandai-je à haute voix, espérant qu'il comptait parmi les fantômes qui peuplaient cette demeure. J'en doute. Il t'aurait inspiré un poème ou deux, plus probablement. Toi qui as toujours recherché la compagnie de ce genre de brutes, sans jamais pouvoir leur ressembler… Tu as appris à les imiter, à chevaucher à leur côté et à agiter ton sabre comme eux. Mais tu n'as jamais appris à combattre, n'est-ce pas ?*

*Je sentis les larmes me monter aux yeux, puis pleurai franchement, pauvre scribouilleur aviné sanglotant dans une maison de spectres. Un bien triste tableau.*

*— Tu n'as jamais appris à combattre, espèce de fumier…*

*Si l'archipel Meldénéen manque singulièrement d'attraits pour le voyageur éduqué, les majestueuses ruines qui parsèment le littoral des îles les plus importantes ne manqueront pas, elles, de rassasier tout esprit avide de connaissances. Malgré la profusion de leurs formes ou de leurs dimensions, leur style comme leur agencement révèlent une profonde unité architecturale, fruit d'une civilisation oubliée, un peuple millénaire doué d'une sophistication esthétique et d'une élégance dont les habitants modernes de l'Archipel se trouvent totalement dépourvus.*

*Le plus bel exemple des prouesses architecturales de cet âge perdu reste l'amphithéâtre situé à trois kilomètres environ de la capitale meldénéenne. Niché au sein d'une dépression rocheuse et taillé à même le marbre jaune veiné de rouge des falaises du sud de l'île, l'amphithéâtre a su résister aux déprédations perpétrées par les générations successives d'Îliens, qui n'ont jamais hésité à cannibaliser ces sites immémoriaux au profit de leur propre expansion. Avec ses gradins immenses qui surplombaient la mer et convergeaient vers une vaste scène ovale où, sans nul doute, se produisaient autrefois de grands orateurs, poètes ou dramaturges, l'amphithéâtre n'accueillait plus désormais que les exécutions publiques ou les combats à mort dont les Îliens modernes sont si friands.*

*Nous avions été réveillés à l'aube par les membres d'équipage du Bouclier. Ils préféraient nous escorter jusqu'au lieu du duel avant que la populace inonde les rues, de peur sans doute que la foule, ivre de vengeance, décide de lyncher sur place le fils de l'Incendiaire.*

*Comme je m'y attendais, Al Sorna ne manifesta pas la moindre inquiétude tandis que nous attendions que le soleil monte au zénith. Installé tout en bas des gradins, il contemplait l'océan, son épée posée près de lui. Un vent puissant soufflait du sud, mais l'absence de nuages annonçait un jour sans pluie. Je me demandai si Al Sorna trouvait ce décor et cette journée dignes de sa mort.*

*Dame Emeren arriva une heure avant midi, encadrée par deux autres marins de l'équipage du Bouclier. Comme à son habitude, elle se présentait vêtue d'une simple robe noir et blanc, sans alourdir son beau visage de poudre ni de bijoux. À l'exception du saphir passé à son annulaire, rien n'indiquait son rang, que trahissaient toutefois l'élégance de son maintien et sa dignité naturelle. Je me levai pour l'accueillir à son entrée dans l'arène ovale et m'inclinai devant elle.*

*—Dame Emeren.*

*—Seigneur Verniers.*

*Sa voix avait conservé son timbre d'une inoubliable richesse, que colorait l'écho lointain de cet accent chantant propre à ceux qui ont grandi à la cour de l'Empereur. Je fus frappé une fois encore par sa beauté, sa peau sans défaut, ses lèvres pleines et ses yeux verts étincelants. Pendant longtemps, elle avait si bien incarné l'idéal de la femme alpirane – attentionnée, avenante et issue d'une noble lignée – que l'Empereur l'avait pratiquement adoptée. Il l'avait éduquée à la cour avec ses enfants et la considérait comme sa propre fille. Quand le destin avait désigné Seliesen comme Espoir de l'Empire, leur union devint inévitable. Aucun autre homme n'aurait pu se montrer digne d'elle.*

*—Comment allez-vous? lui demandai-je. J'espère que vous n'avez pas eu à souffrir de mauvais traitements?*

*—Mes ravisseurs se sont montrés fort généreux envers moi.*

*Ses yeux se posèrent sur le Tueur d'Espoir et je vis ses traits parfaits se parer de cette malveillance glacée, insondable, qui s'emparait d'elle chaque fois qu'elle évoquait l'assassin de son époux. Al Sorna lui retourna son regard avec une indifférence affichée et la salua d'un léger hochement de tête.*

*—Aucun garde ne vous accompagne, fit remarquer dame Emeren.*

*—Le prisonnier a donné sa parole à l'Empereur qu'il relèverait le défi du Bouclier. Une escorte n'a pas été jugée nécessaire.*

*—Je vois. Comment mon fils se porte-t-il?*

*— Très bien. Il jouait gaiement avec ses camarades, à ma dernière visite à la cour. Je sais qu'il lui tarde de vous revoir. Comme nous tous.*

*Elle me foudroya d'un regard brûlant, où couvait une haine presque aussi féroce que celle que lui inspirait le Tueur d'Espoir. Incapable de le soutenir, je détournai les yeux.* Elle sait, *me rappelai-je.* Elle a toujours su. Pourquoi échapperais-je à son courroux?

*—Quand je regagnerai l'Empire, mon fils et moi continuerons de vivre à l'écart du monde, me confia-t-elle. Je ne désire pas retourner à la cour. Tout comme je n'attends pas qu'on me remercie d'avoir enfin vengé mon époux.*

*Je poussai un profond soupir.*

*—C'est donc vrai? C'est vous qui avez organisé tout cela?*

*—Les Meldénéens ont soif de justice, eux aussi. Le Bouclier a vu ses parents et son frère brûler sous ses yeux. Je n'ai eu aucun mal à le convaincre. Ces Boréens ont un don pour s'attirer la haine d'autrui.*

*—Et croyez-vous vraiment que votre haine mourra avec lui ? Qu'arrivera-t-il si ce n'est pas le cas ? Comment reprendrez-vous goût à la vie ?*

*Elle plissa ses beaux yeux verts.*

*—Cesse de me sermonner, scribe. Je n'ai pas de leçon à recevoir d'un homme qui s'est détourné des dieux.*

*—Vous cherchez votre réconfort chez les dieux, à présent ? Voilà qui est nouveau. Dame Emeren implorant d'indifférentes statues de pierre. Seliesen en aurait pleuré…*

*Le saphir de sa bague laboura ma joue quand elle me gifla et je vacillai quelque peu. Elle avait de la force, une force décuplée par la rage qui l'habitait.*

*—Je t'interdis de prononcer son nom !*

*Bien des mots me vinrent alors à l'esprit, tandis que je pressais ma main contre ma joue ensanglantée ; des mots durs, blessants, dont l'abjecte vérité aurait pu lui fendre l'âme. Mais en croisant son regard enfiévré, je sentis ces mots mourir dans ma gorge. Ma colère fondit comme neige au soleil, remplacée par une profonde pitié, un abîme de regret qui, je le compris alors, creusait depuis longtemps ma poitrine.*

*J'exécutai une nouvelle révérence.*

*—Pardonnez-moi si je vous ai offusquée, ma dame.*

*Je tournai les talons, rejoignis le gradin où siégeait le Tueur d'Espoir et m'assis près de lui. Deux coupables en attente de la sentence.*

*—Je peux vous recoudre ça, si vous voulez, proposa Al Sorna en me voyant panser mon entaille avec un mouchoir en dentelle. Sans quoi vous garderez une cicatrice.*

*Je secouai la tête, les yeux rivés sur dame Emeren qui, tout en prenant place sur le premier gradin, évitait soigneusement mon regard.*

*—Je l'aurai méritée.*

*Le Bouclier arriva peu après, à la tête d'une compagnie de harponneurs qu'il déploya sans tarder tout autour de l'arène. De toute évidence, il craignait que l'intervention malvenue d'un membre du public vienne ternir son heure de gloire. Tout autour de nous, la foule se pressait sur les gradins. Loin de l'humeur festive à laquelle je m'attendais, il régnait sur l'amphithéâtre une atmosphère grave, presque morose. Si les regards étaient nombreux à se braquer sur la nuque d'Al Sorna, je n'entendis proférer ni insultes ni huées, de sorte que je soupçonnai le Bouclier d'avoir averti la population qu'il ne tolérerait aucun débordement.*

Quelle mascarade absurde, *pensai-je.* On l'absout d'un crime qu'il a commis afin de le châtier pour un autre auquel il n'a pu prendre part…

*Les Seigneurs des Nefs arrivèrent les derniers, huit hommes d'âge mûr ou avancé vêtus d'accoutrements dont l'exubérance affichée était probablement synonyme, aux yeux des Îliens, de pouvoir et de dignité. J'avais devant moi les plus riches armateurs de l'Archipel, chacun propriétaire d'une flotte si vaste qu'elle leur offrait une place à la table du Conseil Régnant – établie depuis quatre siècles, cette singulière forme de gouvernance jouissait d'une exceptionnelle longévité. Tous prirent place sur la longue estrade de marbre érigée de l'autre côté de l'arène, où les attendaient huit fauteuils en bois de chêne.*

*L'un des Seigneurs des Nefs resta debout ; un homme au physique sec et nerveux, habillé plus simplement que ses pairs, mais distingué par les gants en cuir souple qui cachaient ses mains. Près de moi, je sentis Al Sorna remuer sur le banc.*

*— Carval Nurin, dit-il.*

*— Le capitaine du* Faucon Rouge, *si mes souvenirs sont bons.*

*Il acquiesça.*

*— Un saphir peut vous offrir de nombreux vaisseaux, apparemment.*

*Nurin attendit que la rumeur de la foule s'apaise, puis jeta vers Al Sorna un regard impénétrable avant de commencer son discours :*

*— Nous sommes réunis ici en tant que témoins d'un combat singulier, un duel dont le Conseil des Seigneurs des Nefs a sanctionné tant la légitimité que la juste vindicte. Le sang versé aujourd'hui n'appellera aucune réparation. Qui parle pour l'offensé ?*

*L'un des marins du Bouclier s'avança, un grand gaillard barbu au front ceint d'un foulard bleu, qui marquait son poste de second.*

*—Moi, messeigneurs.*

*Les yeux de Nurin se posèrent sur moi.*

*—Et qui parle pour l'offenseur?*

*Je me levai et gagnai le centre de l'arène.*

*—Moi.*

*Nurin tiqua légèrement en constatant que je n'avais pas l'intention de ponctuer ma réponse du moindre titre honorifique, mais il poursuivit sans s'interrompre:*

*—La loi nous somme de demander aux combattants s'ils ne peuvent résoudre leur différend sans effusion de sang.*

*Le second du Bouclier parla le premier. D'une voix puissante, il s'adressa à la foule plutôt qu'aux Seigneurs des Nefs:*

*—Le déshonneur de mon capitaine est trop grand. Malgré son amour pour la paix, les âmes de ses ancêtres assassinés réclament justice!*

*Un grondement d'approbation parcourut la foule, menaçant de dégénérer en une cacophonie déchaînée qu'un coup d'œil de Carval Nurin suffit à réduire au silence. Le capitaine du* Faucon Rouge *se tourna vers moi.*

*—Et l'offenseur? Souhaite-t-il résoudre ce litige de manière pacifique?*

*Je voulus consulter Al Sorna, mais le trouvai en pleine contemplation des cieux. Suivant son regard, j'aperçus un oiseau au-dessus de l'arène. Un aigle de mer, à en juger par l'envergure de ses ailes. Le rapace tournoyait dans l'azur sans nuages, porté par les vents ascendants rejetés par les falaises, loin au-dessus de nous autres et du meurtre sordide qui devait s'accomplir ici-bas. Car il s'agissait bien d'un meurtre, je m'en rendais compte à présent. Un simulacre de justice.*

*—Monseigneur! me pressa Carval Nurin, une note d'agacement dans la voix.*

*Je regardais l'aigle replier ses ailes et plonger en piqué derrière la paroi de la falaise.* Quelle grâce…

*— Finissons-en, lâchai-je, avant de faire volte-face et de regagner mon siège sans me retourner.*

*Une expression curieuse se peignit sur les traits d'Al Sorna tandis que je m'asseyais près de lui. Peut-être mon refus de participer à cette mascarade l'amusait-il. Plus tard, lors de mes moments d'égarement, j'en vins à croire qu'il éprouva alors pour moi une pointe d'admiration, une infime mesure de respect. Mais je me berçai d'illusions, bien entendu.*

*— Que les combattants se mettent en place ! annonça Carval Nurin.*

*Al Sorna se redressa et souleva son épée honnie, dont il saisit la poignée d'une main presque hésitante. Avant qu'il la sorte de son fourreau, je le vis étirer ses doigts sur la poignée, comme à la recherche d'une sensation oubliée. Il avait cessé de sourire, et ses yeux sombres couvaient l'acier baigné de soleil d'un regard indéchiffrable. Au bout d'un moment, il posa le fourreau près de moi et s'avança au centre de l'arène.*

*Le Bouclier vint à sa rencontre, sabre au clair, sa chevelure blonde nouée par une lanière de cuir. Il portait un humble costume de marin : une chemise en coton, des chausses rayées en peau de daim et de solides bottes de cuir. Malgré la simplicité de sa tenue, il avait tout d'un prince, éclipsant de loin l'opulence outrancière des Seigneurs des Nefs. Il dégageait une telle noblesse, une telle gravité, une telle puissance physique qu'on aurait dit un lion sur le point d'égorger le chasseur responsable du massacre de sa troupe. La bonhomie qu'il nous avait témoignée la veille, à notre arrivée, avait disparu, remplacée par une concentration de prédateur ; ses yeux, froids, calculateurs, ne lâchaient pas sa proie.*

*Al Sorna vint se camper face à lui et affronta le regard de son adversaire sans se démonter, lui opposant sa propre aura d'autorité. Il se tenait en garde basse, les jambes alignées avec ses épaules, le dos légèrement voûté.*

*Carval Nurin prit à nouveau la parole :*

*— Que le duel commence !*

*Il commença et s'acheva avant même que Nurin ait terminé sa phrase, si vite qu'il nous fallut, à la foule comme à moi, quelques secondes pour comprendre ce à quoi nous venions d'assister. Dire qu'Al*

*Sorna était passé à l'attaque ne suffirait pas à exprimer la précision, la vitesse et l'inhumaine vivacité de son assaut. Jamais encore je n'avais vu quelqu'un se déplacer ainsi : il avait piqué sur son adversaire tel l'aigle plongeant derrière la falaise, ou telles ces orques fondant sur le saumon distribué par les Meldénéens, à notre départ de Linesh. Dans le sillage de sa silhouette brouillée par la vitesse, il n'avait laissé qu'un trait scintillant, un éclair d'acier.*

*À en juger par le tintement clair qu'il produisit en glissant sur le marbre de l'arène, le sabre du Bouclier était d'excellente facture, ce qui n'aidait guère son propriétaire à présent impuissant et désarmé.*

*Un silence de mort s'était abattu sur l'amphithéâtre.*

*Al Sorna se redressa et dédia à son adversaire un sourire sinistre.*

*— Vous le teniez de travers.*

*Un bref spasme de rage – ou peut-être de peur – traversa le visage du Bouclier, qui se reprit bien vite. Sans mot dire, il attendit le coup de grâce.*

*— L'écho de nombreux rires hante encore votre demeure, lui dit Al Sorna. Quand votre père revenait de ses expéditions lointaines, bardé de présents et de récits d'aventures, vos frères et vous vous rassembliez autour de lui pour l'écouter, captivés par ses histoires d'adulte et l'amour qu'il vous portait. Mais il omettait de mentionner les meurtres qu'il avait commis, il ne vous parlait pas des honnêtes matelots qu'il jetait aux requins depuis les ponts de leurs propres navires, ni des femmes qu'il violait lorsqu'il écumait les côtes du Royaume. Vous aimiez votre père, mais vous aimiez un mensonge.*

*Une grimace de haine sauvage hérissa le visage du Bouclier.*

*— Finissez-en !*

*— Ce n'était pas votre faute, poursuivit Al Sorna. Vous n'étiez qu'un enfant impuissant. Vous avez eu raison de fuir…*

*À ces mots, le Bouclier perdit son sang-froid. Un rugissement furieux aux lèvres, il se rua en avant, les mains tendues vers la gorge de son adversaire. Le Boréen se déporta sur le côté et abattit la paume de sa main sur la tempe du guerrier îlien, qui s'écroula sur le sol de l'arène, assommé et immobile.*

*Al Sorna tourna les talons et regagna notre gradin, où il s'empara du fourreau pour y glisser son épée. À la rumeur stupéfaite de la foule se mêlait à présent un grondement de colère, une violence étouffée qui, je le sentais, ne demandait qu'à éclater.*

*— Ce duel n'est pas fini, seigneur Vaelin ! hurla Carval Nurin par-dessus le tumulte naissant.*

*Sans lui répondre, Al Sorna vint se planter au pied du gradin de dame Emeren. La jeune femme tremblait littéralement de rage, comme hébétée.*

*— Ma dame, êtes-vous prête à quitter cet endroit ?*

*— Ceci est un duel à mort ! tempêta Nurin. En laissant cet homme en vie, vous en faites la risée de tout l'Archipel. Pensez à son honneur !*

*Al Sorna se fendit d'une gracieuse révérence pour dame Emeren avant de se retourner.*

*— Son honneur ? dit-il à Nurin. Qu'est-ce que l'honneur ? Éclairez-moi. On ne peut ni en boire ni en manger et pourtant, où que j'aille, tous n'ont que ce mot à la bouche, un mot que chacun dote d'une signification différente. Pour les Alpirans, il veut dire « devoir », là où les Renfaëliens y voient du « courage ». Dans ces îles, il semblerait que l'honneur exige de tuer un fils pour qu'il paie le crime de son père, puis d'ôter la vie à un homme sans défense quand cette sinistre farce a échoué.*

*Un silence inattendu s'était emparé de la foule. Le Boréen ne parlait pas fort, mais sa voix portait dans tout l'amphithéâtre. Curieusement, son discours semblait purger les spectateurs de leur colère et de leur soif de sang déçue.*

*— Je n'excuse pas les crimes de mon père. Mais je refuse de les prendre à mon compte. Oui, il a incendié une ville sur ordre de son roi, oui, c'était un acte abject et non, je n'y ai pas participé. Dans tous les cas, prendre ma vie ne risque pas d'affecter un homme mort il y a trois ans, dans son lit, entouré de son épouse et de sa fille. À présent, donnez-moi ce que je suis venu chercher ou tuez-moi, qu'on en finisse.*

*J'avisai les harponneurs qui l'entouraient. Déconcertés, ils jetaient des regards incertains sur la foule d'où s'élevait à présent une rumeur confuse.*

*— À mort !*

*Dame Emeren marchait sur Al Sorna, un doigt accusateur tendu vers lui, le visage grimaçant.*

*— Tuez ce barbare assassin !*

*— Vous n'avez pas d'ordre à nous donner, femme ! tonna Nurin d'une voix dure. Ici, ce sont les hommes qui prennent les décisions.*

*— Les hommes ? (Elle éclata d'un rire grinçant, presque hystérique, tout en s'approchant de Nurin.) Le seul homme ici gît à terre, inconscient, victime de son adversaire impuni. Vous, des hommes ? Peuh ! des lâches, oui. Des pirates sans foi ni loi, de la racaille ! Où est la justice que vous m'aviez promise ?*

*— Nous vous avions promis un duel, lui rétorqua Nurin. (Il considéra longuement Al Sorna avant de lever les yeux vers la foule.) Et ce duel a pris fin. Nous sommes pirates, oui, car les dieux nous ont offert les océans pour terrain de chasse. Mais ils nous ont également offert la loi qui gouverne ces Îles et la loi doit prévaloir en toute chose, sans quoi elle ne signifie plus rien. Vaelin Al Sorna a remporté ce duel dans les règles. Il n'est coupable d'aucun crime dans l'Archipel et, par conséquent, je le déclare libre de partir. (Il se tourna vers dame Emeren.) Pirates nous sommes, mais de la racaille, sûrement pas. Vous aussi, ma dame, recouvrez votre liberté.*

*On nous conduisit au bout de la jetée, où l'on nous somma d'attendre que les rares équipages étrangers en rade dans le port acceptent de nous prendre à leur bord. Un important détachement de harponneurs montait la garde au bout du quai, afin de décourager toute velléité de vengeance de dernière minute de la part des habitants, mais je jugeai la mesure inutile tant la foule m'avait paru, à l'issue du duel, plus maussade qu'indignée. À en juger par le dédain affiché des gardes à notre encontre, tout portait à croire qu'aucune cérémonie ne viendrait ponctuer notre départ. Je dois admettre qu'il régnait un certain malaise entre nous trois : dame Emeren arpentait la jetée de long en large, les bras croisés sur sa poitrine ; Al Sorna attendait en silence, assis sur un tonneau d'épices, et, quant à moi, j'appelais de mes vœux le retour de la marée afin de pouvoir enfin quitter cette île maudite.*

*—Je n'en ai pas fini avec toi, Boréen ! éructa dame Emeren au bout d'une heure. (Elle s'approcha à quelques pas de lui pour le foudroyer du regard.) Si tu crois pouvoir m'échapper, tu te trompes. Cette terre n'est pas assez grande pour que tu…*

*—Rien n'est plus triste, la coupa Al Sorna, que l'amour quand il se mue en haine.*

*Elle se figea, piquée au vif.*

*—J'ai connu un homme, autrefois, poursuivit le Boréen, qui aimait une femme à la folie. Mais il avait une mission à accomplir, une mission qui, il le savait, lui coûterait la vie, ainsi que celle de son aimée si elle restait à ses côtés. Alors il lui mentit et fit en sorte qu'on l'emmène loin de lui. Parfois, cet homme tourne ses pensées par-delà l'océan, afin de découvrir si la haine a remplacé l'amour qu'ils partageaient. Mais il ne trouve que de lointaines empreintes, des échos, de la compassion farouche de sa belle ; ici, une vie sauvée, là, un service rendu, tel un filet de fumée laissé par une torche en feu. Et cet homme se demande : me déteste-t-elle ? Mais il a beaucoup à se faire pardonner, car entre amants… (Il reporta son regard sur moi.) Il n'est de pire péché que la trahison.*

*Ma plaie à la joue m'élança soudain, ravivée par le courant de douleur et de culpabilité que je sentais enfler en moi, charriant avec lui un torrent de souvenirs. Seliesen à son arrivée au palais ; son sourire étincelant, rayonnant comme un soleil ; l'Empereur me confiant son éducation quant aux choses de la cour ; sa franchise naturelle et ses premiers impairs ; toutes ces nuits passées à l'écouter déclamer ses derniers poèmes en date ; la jalousie que j'éprouvai lorsque Emeren lui eut dévoilé ses sentiments et mon sentiment de triomphe quand il se mit à la délaisser pour me retrouver. Et puis sa mort… Cette douleur infernale qui, croyais-je alors, me consumerait à jamais.*

*Al Sorna avait deviné. Pour une raison inconnue, rien n'échappait à son regard d'onyx.*

*Il se redressa et s'avança vers dame Emeren, qui tressaillit – non pas de haine, mais de peur. Qu'avait-il perçu d'autre ? Qu'allait-il dire ? Il mit alors un genou en terre et déclara d'une voix claire, presque formelle :*

*—Ma dame, je vous présente mes excuses pour avoir pris la vie de votre époux.*

*Il fallut un moment à Emeren pour maîtriser sa peur.*

*—Et comptez-vous m'offrir la vôtre en échange ?*

*—Je ne peux pas, ma dame.*

*—Alors vos excuses sont aussi creuses que votre cœur, Boréen. Et ma haine pour vous brûle encore.*

*On trouva pour Al Sorna une place à bord d'un navire en partance pour les Hauts Confins ; manifestement, les vaisseaux des provinces septentrionales du Royaume Unifié avaient droit de mouillage chez les Meldénéens, contrairement à leurs compatriotes. De par mes lectures et des récits de voyageurs, je connaissais quelque peu l'histoire des Confins et ne m'étonnai pas de la peau noire et des traits épais des membres d'équipage, qui semblaient sortir tout droit des provinces du sud-ouest de l'Empire. J'accompagnai Al Sorna jusqu'au navire, abandonnant une dame Emeren prostrée au bout de la jetée. Elle contemplait la mer, refusant au Boréen l'honneur d'un dernier regard.*

*—Vous devriez vous méfier d'elle, l'avertis-je en approchant de la passerelle. Elle n'en restera pas là.*

*Il jeta un coup d'œil à la silhouette gracile de son ennemie jurée et poussa un soupir de regret.*

*—Alors je la plains.*

*—Nous pensions vous mener à la mort, mais nous n'avons fait que vous rendre votre liberté. Et quelque chose me dit que vous le saviez depuis le début. Ell-Nestra n'a jamais eu l'ombre d'une chance. Pourquoi ne pas l'avoir tué ?*

*Ses yeux noirs plongèrent en moi, vibrant de cette acuité perçante à laquelle rien ne résistait.*

*—Lors de mon procès, le seigneur Velsus m'a demandé combien de vies j'avais prises. En toute sincérité, je n'avais pu lui répondre. J'ai*

*tué bien des fois, des bons et des mauvais, des héros et des lâches, des voleurs et... des poètes.*

*Il baissa les yeux et je compris qu'à mon tour il me présentait des excuses.*

*—Même des amis. Et j'en ai assez. (Son regard tomba sur l'épée qu'il tenait à la main.) J'espère ne plus jamais devoir la tirer de son fourreau.*

*Il ne s'attarda pas, ne me tendit pas la main ni ne m'adressa le moindre mot d'adieu. Il se contenta de faire volte-face et de gravir la passerelle. Le capitaine du vaisseau l'accueillit avec une profonde révérence, le visage empreint d'une admiration éblouie, partagée par les autres membres d'équipage. De toute évidence, la légende du Boréen avait dépassé les frontières de l'Empire. Malgré la distance qui séparait les Hauts Confins du cœur du Royaume, ces hommes n'ignoraient pas son nom, bien au contraire...* Je me demande ce qui l'attend, *pensai-je,* dans ce Royaume où il est désormais bien plus qu'un simple mortel.

*Le navire abandonna sur le quai la moitié de sa cargaison et leva l'ancre dans l'heure, pressé de conduire à bon port son illustre passager. Pour ma part, j'avais rejoint dame Emeren au bout de la jetée, d'où nous regardions s'éloigner le Tueur d'Espoir. Dressée à la proue du bateau, sa haute silhouette rapetissait peu à peu. Je crus le voir tourner la tête dans notre direction, peut-être même nous saluer d'un geste, mais il était déjà trop loin pour que j'en sois sûr. Une fois sorti du port, le navire déploya ses voiles et disparut bientôt derrière le promontoire, cinglant vers l'est à toute vitesse.*

*—Vous feriez mieux de l'oublier, conseillai-je à ma voisine. Cette obsession causera votre perte. Rentrez chez vous et élevez votre enfant, cela vaut mieux.*

*À ma grande surprise, je m'aperçus qu'elle pleurait à chaudes larmes, sans pour autant se départir de son expression inflexible.*

*—L'oublier ? dit-elle dans un murmure féroce. Tant que les dieux me prêteront vie, jamais. Et même après, je trouverai le moyen d'assouvir ma vengeance par-delà le voile de la mort.*

# Chapitre premier

Juché sur Écume, il chevaucha vers l'ouest en longeant la côte, où il établit son campement à l'abri d'une haute dune coiffée de broussailles. Il rassembla quelques fagots de bois flottant déposé sur la plage par le ressac et coupa quelques brins d'herbe pour alimenter son feu. Les tiges, séchées par le vent du large, s'enflammèrent dès les premières étincelles de son briquet. Bientôt, un feu crépitant dansait sous ses yeux, projetant une colonne de flammèches comme autant de lucioles lancées à l'assaut de la pénombre naissante. Au loin, les lumières de Linesh éclairaient le crépuscule, plus vives que jamais, rythmées par la musique et la clameur de mille voix en fête.

— Après tout ce qu'on a fait pour eux, dit Vaelin à Écume en lui tendant un morceau de sucre. La guerre, l'épidémie et des mois de terreur. Et les voilà qui célèbrent notre départ. Quelle bande d'ingrats.

Si l'animal goûta l'ironie de ses propos, il le manifesta par un ébrouement agacé, avant de détourner la tête.

— Attends.

Vaelin le saisit par les rênes, dénoua sa bride et s'avança pour lui ôter sa selle du dos. Débarrassé de ce poids, Écume partit s'ébattre dans les dunes en projetant alentour des gerbes de sable. Vaelin le regarda folâtrer sur la grève, tandis que le ciel s'assombrissait, hanté désormais par une scintillante pleine lune qui laquait la plage d'un éclat bleu argenté. *Comme un manteau de neige au plus fort de l'hiver.*

Écume revint au petit trot quand les dernières lueurs du jour s'évanouirent. Il gagna l'orée du cercle de lumière dispensé par le feu, dans l'attente du rituel du brossage auquel il se soumettait tous les soirs.

— Non, dit Vaelin. Pas cette fois. L'heure est venue de nous séparer.

Écume piaffa d'un air indécis, son sabot frappant le sable.

Vaelin s'approcha, lui gifla violemment le flanc et recula d'un bond afin d'éviter la ruade brutale du destrier. Les lèvres retroussées, Écume poussa un hennissement furieux.

— Va-t'en, stupide bourrique ! hurla Vaelin en battant des bras. Allez, file !

Et l'étalon s'élança au galop, une légère brume de sable argenté dans son sillage. Dans la nuit résonna un dernier hennissement d'adieu, puis le silence s'installa.

— File donc, sale carne, murmura Vaelin avec un sourire.

Il ne lui restait plus grand-chose à faire pour s'occuper, alors il s'assit et alimenta le feu. Lui revint en mémoire ce jour où, posté sur le chemin de ronde du Haut Rempart, il avait vu Dentos revenir sans Nortah. Il avait compris, ce matin-là, que tout avait basculé. *Nortah… Dentos… Deux frères perdus. Et bientôt un troisième.*

Ce fut le vent qui l'avertit, un subtil mélange de sueur et d'eau salée porté par les bourrasques. Il ferma les yeux et perçut le crissement doux de pas dans le sable, en provenance de l'ouest. Les pas d'un homme qui ne s'embarrassait pas de discrétion. *Et pourquoi le ferait-il ? Nous sommes frères, après tout.*

Il ouvrit les yeux et contempla la silhouette qui se dressait devant lui.

— Bonjour, Barkus.

Son camarade se laissa glisser au pied du feu et étendit les mains pour se réchauffer. Il allait bras et pieds nus, vêtu d'une simple chemise en coton et de ses chausses, ses cheveux plaqués sur son front par l'eau de mer. Sa hache pendait dans son dos, sanglée par des lanières de cuir.

— Par la Foi ! grogna-t-il. J'ai pas eu si froid depuis la Martishe.

— Une sacrée distance à parcourir à la nage.

— Un peu, ouais. On avait cinglé sur au moins cinq kilomètres quand j'ai compris que tu m'avais roulé dans la farine. J'ai dû déployer des trésors de persuasion pour forcer le capitaine à me ramener vers la côte. (Il secoua la tête, projetant un rideau de gouttelettes tout autour de lui.) Toi, partir en Extrême-Occident avec sœur Sherin... Comme si tu pouvais laisser passer une chance de te sacrifier.

Vaelin observa les mains de son camarade et s'aperçut qu'elles ne tremblaient pas, malgré le froid pénétrant qui transformait leurs souffles en panaches de buée.

— C'était ça, le marché ? poursuivit Barkus. Ta capture en échange de nos vies ?

— Et du retour du prince Malcius dans le Royaume.

Barkus fronça les sourcils.

— Il est vivant ?

— Disons que j'ai pris quelques libertés avec la vérité pour vous faire évacuer la ville au mieux.

Le frère aux épaules larges émit un nouveau grognement.

— Ils viennent te chercher quand ?

— À l'aube.

— Ça nous laisse le temps pour un petit somme. (Il libéra sa hache et la déposa près de lui.) Ils seront combien, d'après toi ?

Vaelin haussa les épaules.

— Je n'ai pas demandé.

— Contre nous deux, ils ont intérêt à nous envoyer tout un régiment. (Il leva les yeux sur Vaelin, soudain perplexe.) Où est passée ton épée, mon frère ?

— Je l'ai offerte au gouverneur Aruan.

— Je t'ai connu plus inspiré. Comment comptes-tu te battre ?

— Je ne me battrai pas. Conformément à la parole royale, je vais me livrer aux autorités alpiranes.

— Ils vont te massacrer.

— Je ne le pense pas. Si l'on en croit le Cinquième Livre du dieu de Cumbraël, il me reste encore beaucoup de monde à tuer.

— Peuh ! (Barkus cracha dans le feu.) Ces prophéties, c'est de la merde en barre. De la superstition déiste. Tu leur as pris leur Espoir, je peux t'assurer qu'ils vont te faire la peau. Ils prendront peut-être leur temps, mais le résultat sera le même. (Il croisa le regard de Vaelin.) Si tu crois que je vais les laisser t'embarquer sans rien faire, tu te mets le doigt dans l'œil, mon frère.

— Alors pars.

— Tu sais bien que je ne peux pas faire ça. Tu ne crois pas que j'ai perdu assez de frères comme ça ? Nortah, Frentis, Dentos…

— Arrête !

L'écho de son cri se perdit dans la nuit, aussi sec et aussi tranchant qu'un coup de poignard. Barkus eut un mouvement de recul, ahuri et inquiet.

— Mon frère, je…

— Arrête, s'il te plaît.

Vaelin sonda les traits de l'homme qui lui faisait face, en quête d'une faille, d'une infime lézarde dans ce masque d'amitié. En vain. Barkus jouait son rôle à la perfection et Vaelin sentit la colère monter en lui. Une colère noire qu'il s'empressa de maîtriser, conscient du risque qu'elle lui faisait courir.

— Tu attends ce moment depuis si longtemps, alors pourquoi ne pas me montrer ton vrai visage ? Maintenant que tout s'achève, pourquoi continuer cette mascarade ?

Barkus afficha une grimace soucieuse, empreinte d'une sollicitude inquiète parfaitement exécutée.

— Vaelin, tu es sûr que ça va ?

— Le capitaine Antesh m'a avoué quelque chose avant son départ. Tu veux savoir quoi ?

Barkus écarta les mains d'un air impuissant.

— Si tu veux.

— Il semblerait qu'Antesh ne soit pas son véritable nom. Ce qui ne doit guère t'étonner, la plupart des Cumbraëliens engagés par le roi se sont probablement enrôlés sous une fausse identité, tant pour dissimuler leurs crimes passés que par honte d'accepter l'obole de leur ennemi. Non, le plus étonnant, dans cette affaire, c'est que nous avons, toi et moi, déjà croisé son chemin.

Toujours aucune faille dans le masque. Rien d'autre que l'angoisse légitime d'un camarade, d'un ami, d'un frère.

— Bren Antesh vouait autrefois à son dieu un culte fanatique, poursuivit Vaelin. Si grande était sa dévotion qu'elle le poussait à tuer, et à rassembler autour de lui d'autres adeptes assoiffés de sang hérétique. Il finit par les mener dans la Martishe, où la plupart moururent lors de notre assaut. Ce massacre, en retour, fit naître le doute en lui. Antesh finit par rejeter son dieu et accepter l'or du roi afin de le distribuer aux familles de ses hommes tombés au combat, avant d'aller chercher la mort dans une guerre lointaine. Et pendant tout ce temps, il s'efforça d'oublier le nom qu'il avait gagné dans la Martishe : Flèche Noire. Bren Antesh, autrefois, s'appelait Flèche Noire. Et il m'a certifié que ni lui ni aucun de ses acolytes n'a jamais eu entre les mains le moindre sauf-conduit signé par le Vassal.

Barkus demeura immobile, le visage parfaitement dénué d'expression.

— Tu te souviens de ces lettres, mon frère ? Celles que tu disais avoir trouvées sur le cadavre de l'archer ? Ces lettres qui nous ont conduits à déclarer la guerre à Cumbraël ?

Il suffit de quelques minuscules modifications, presque rien – une légère inclinaison de la tête, un port d'épaules subtilement différent, un pli nouveau au coin des lèvres – pour que Barkus disparaisse telle une volute de fumée emportée par le vent. Quand il parla, ce fut sans surprise que Vaelin reconnut une voix familière, la voix de deux hommes morts.

— Crois-tu vraiment pouvoir servir une Reine de Feu, mon frère ?

Vaelin sentit un poing de glace se refermer sur son cœur. Malgré tous ses soupçons, il n'avait jamais cessé d'espérer, il avait voulu croire qu'Antesh mentait et que son frère demeurait ce fier guerrier s'éloignant à l'horizon, emporté par la première marée du jour.

Mais ses belles illusions s'envolaient, à présent. Ne restait plus qu'eux, deux frères ennemis échoués sur cette plage, avec la mort pour seule issue.

— Il existe d'autres prophéties, répondit Vaelin.

— Des prophéties ? (La créature qui avait été Barkus émit un rire grinçant et hideux.) Vous en savez si peu, tous autant que vous êtes, toujours à griffonner vos pitoyables aperçus d'une prétendue sagesse pour les brandir ensuite en les appelant « textes sacrés », « parole divine » ou « saintes écritures », quand il ne s'agit en réalité que d'élucubrations stériles troussées par des fous ou des arrivistes.

— L'Épreuve de la Nature. C'est là que tu t'es emparé de lui ?

L'être qui portait le visage de Barkus sourit.

— Le pauvre, comme il avait envie de vivre... Sa rencontre avec Jennis était un don du ciel, mais sa fidélité aux valeurs de votre confrérie était telle qu'il n'a pu se résoudre à faire le nécessaire.

— Il a trouvé le cadavre gelé de Jennis, sans sa houppelande.

La créature partit d'un nouveau rire, un rire dur, rauque, ravi par sa propre cruauté.

— Son cadavre et son âme. Jennis vivait encore, à demi transi par le froid, certes, mais il respirait. Il implorait Barkus de le sauver. Oh ! il n'aurait rien pu faire, bien entendu, et puis il avait si faim. La faim a de curieux effets sur l'âme de l'homme, elle le rappelle à son rang d'animal, un animal qui doit se nourrir, se repaître de chair. Et la chair, même celle d'un frère, reste de la chair. La tentation qui s'empara de lui l'écœura, et la faim qui le tenaillait acheva de le précipiter dans la folie. Au désespoir, il s'éloigna dans la tempête et s'allongea pour se laisser mourir.

*Hentes Mustor, le Borgne, le menuisier qui avait incendié l'atelier d'Ahm Lin, tous à l'agonie.*

— La mort te sert de passage.

— Ils nous appellent ! Les mourants nous appellent par-delà l'abîme odieux qui nous sépare, leur plainte nous attire comme le bêlement de l'agneau attire le loup. Tous ne peuvent pas nous accueillir, seuls le peuvent ceux au cœur rongé par le mal et doués de pouvoir.

— Barkus avait le cœur pur.

Un nouveau caquètement fielleux.

— S'il est un homme parfaitement dépourvu de malice, il me reste encore à le rencontrer. Barkus avait enfoui sa noirceur si profondément qu'il avait fini par l'oublier, tandis qu'elle fouissait son âme tel un ver niché dans une charogne, affamée, avide de me recevoir. Il la tenait de son père, vois-tu, ce père qui l'a chassé, qui lui jalousait et vomissait tout à la fois son Don. Il avait vu les merveilles que pouvait produire son fils et lui enviait son affinité avec le métal. Il en va toujours ainsi pour les Doués. Qu'en penses-tu, mon frère ?

— Tu as toujours été en lui ? Tu prétends avoir dicté chacune de ses paroles, chacun de ses actes, chacun de ses élans de bonté depuis l'Épreuve de la Nature ? Je ne peux le croire.

La créature haussa les épaules.

— Crois ce que tu veux. La mort les guette, nous nous emparons d'eux, et dès lors, ils nous appartiennent. Nous savons ce qu'ils savent. C'est tellement plus facile de maintenir le masque ainsi.

La voix du sang frémit en Vaelin, produisant une note aussi discordante qu'étouffée.

— Tu mens. Hentes Mustor avait échappé à ton contrôle, n'est-ce pas ? Voilà pourquoi tu l'as assassiné avant qu'il puisse m'apprendre quels mensonges tu avais instillés en lui, sous couvert de révélation divine. Et quand tu t'en es pris à l'Aspect Elera, tu tenais trois hommes sous ta coupe, mais chacun dut attaquer séparément. Serait-ce parce que le meurtre de l'Aspect Corlin à la Loge du Quatrième Ordre réquisitionnait toutes tes facultés ? Je ne crois pas que tu puisses véritablement contrôler plus d'un esprit à la fois. Et je suis prêt à parier qu'il est possible de libérer tes victimes de ton emprise.

La créature inclina la tête de Barkus.

— La Vision Guerrière est un Don puissant, à n'en pas douter. Mais bientôt, tu seras toi aussi à l'agonie et l'un des nôtres viendra te posséder. Lyrna t'aime, Malcius te fait confiance… Qui mieux que toi pourrait les conseiller au cours des années à venir ? Alors dis-moi, Vaelin Al Sorna, quelles ténèbres prospèrent en ton sein ? Une haine pour ton maître Sollis, peut-être ? Pour Janus et ses sempiternels stratagèmes ? Ou bien pour l'Ordre ? Après tout, c'est lui qui t'a envoyé me débusquer et, ce faisant, qui t'a dérobé la femme que tu aimes. Ose me dire qu'ils ne t'inspirent pas le moindre ressentiment, mon frère.

— Si c'est mon chant que tu désires, pourquoi avoir tenté de me tuer par deux fois ? Pourquoi avoir envoyé tes sbires dans l'Urlish lors de l'Épreuve de la Course, ou sœur Henna dans ma chambre lors de la nuit du massacre des Aspects ?

— Qu'avons-nous à faire de simples sbires ? Quant à la mission de Henna, elle fut décidée à la hâte, avant que nous prenions la mesure de la puissance que tu pouvais nous offrir. Ta présence à la Loge du Cinquième Ordre cette nuit-là nous mettant dans l'embarras, nous avons décidé de te supprimer, tout simplement. Henna te passe le bonjour, d'ailleurs. Quel dommage qu'elle ne puisse être là.

Vaelin en appela à la voix du sang, mais celle-ci restait silencieuse. La créature disait la vérité.

— Si ce n'est pas toi, alors qui ?

La voix de Vaelin décrut en intensité à mesure qu'un élément de réponse s'imposait à lui, souligné par un accord funeste de la voix du sang : la terreur éprouvée par le frère Harlick, dans la Cité Déchue. *« Vous êtes venu me tuer ? »*

— Le Septième Ordre, lâcha-t-il dans un souffle.

— Tu les prenais vraiment pour une bande de mystiques inoffensifs œuvrant au service de ta foi inepte ? Ils poursuivent leurs propres objectifs, et disposent d'agents bien à eux. Ne t'imagine pas qu'ils hésiteraient un seul instant à t'éliminer si tu te mettais en travers de leur chemin.

— Alors pourquoi ne m'ont-ils pas attaqué depuis ?

La créature qui faisait face à Vaelin remua, incapable de dissimuler son malaise.

— Ils attendent leur heure, mais ils finiront par frapper, sois-en sûr.

Un nouveau mensonge, confirmé par la voix du sang. *Le loup. Le Septième Ordre a lâché ses sbires à mes trousses, mais le loup les a dévorés.* Y avaient-ils vu la preuve de quelque Ténébreuse tutelle, la protection d'une puissance qu'eux-mêmes craignaient ? Des questions. Toujours plus de questions.

— As-tu jamais été un homme ? demanda Vaelin. Portais-tu un nom ?

— Les noms revêtent beaucoup d'importance aux yeux des vivants, mais pour ceux qui, comme moi, ont senti passer sur eux le souffle glacé de l'incommensurable abîme, ils ne valent guère mieux que des sobriquets d'enfant.

— Tu as donc vécu parmi nous. Tu possédais un corps.

— Un corps ? Oui, j'avais un corps. Un corps brisé par les éléments, ravagé par la faim, criblé par la haine meurtrière de mes contemporains. J'avais un corps né d'une femme violée, que tous traitaient de sorcière. Nous fûmes chassés hors du village parce que son Don lui permettait de commander au vent. L'homme qui m'a engendré a menti, prétendant qu'elle en avait appelé à la Ténèbre pour l'attirer dans sa couche. Il a menti encore en racontant qu'il avait fui, une fois le sortilège levé. Et menti une dernière fois en accusant ma mère d'avoir saccagé les récoltes pour se venger de lui. À coups de pierres, de fruits pourris et de déjections, ils nous chassèrent dans la forêt, où nous vécûmes comme des bêtes jusqu'au jour où la faim et le froid eurent raison d'elle. Mais je survécus. Livré à moi-même, j'oubliai ma langue et les usages des hommes, tout... sauf ma vengeance. Et quand je pus enfin l'assouvir, je m'en donnai à cœur joie.

— « Le bâtard invoqua la foudre, cita Vaelin, et le village s'embrasa. Les habitants partirent se réfugier le long de la rivière, mais le déluge qu'il libéra fit voler les berges en éclats et basculer les survivants dans le torrent furieux. Sa soif de vengeance n'étant pas étanchée, il déchaîna ensuite une bourrasque venue du nord pour les figer dans une gangue de givre. »

À cette évocation, la créature esquissa un sourire d'autant plus glaçant qu'il était exempt de la moindre cruauté, comme au souvenir d'un instant de bonheur passé.

— Je revois encore son visage – celui de mon père – saisi dans la glace, les yeux levés vers moi depuis les profondeurs de la rivière. Je lui ai pissé dessus.

— Le Bâtard de la Sorcière, murmura Vaelin. Mais cette histoire a au moins trois cents ans.

— Le temps, comme ta chère Foi, n'est qu'une pauvre illusion, mon frère. Quand on plonge son regard dans l'abîme, on embrasse du même coup l'immensité et l'insignifiance de toute chose, en un instant de terreur et de joie suprêmes.

— Qu'est-ce que c'est ? Cet abîme dont tu parles ?

Le sourire de la créature se fit cruel à nouveau.

— Ta Foi l'appelle l'Au-Delà.

— Tu mens, cracha Vaelin, quand bien même la voix du sang n'avait pas frémi. L'Au-Delà est un lieu de paix éternelle, de sagesse infinie et de sublime unité avec les âmes intemporelles des Défunts.

Les lèvres de la créature tressaillirent pendant un court instant, après quoi elle se mit à rire, puis à s'esclaffer franchement, l'écho de son hilarité parcourant la plage et filant jusqu'au large. Face à cet être hurlant, à ce rire grotesque, Vaelin se sentit pris d'une soudaine envie de dégainer la dague cachée dans sa botte. *Pas encore...*

— Oh ! (La créature secoua la tête, chassant une larme qui encombrait son œil du bout du pouce.) Quel imbécile tu fais, mon frère.

Celui qui portait jadis le nom de Barkus se pencha en avant, son visage pareil à un masque rouge à la lueur des flammes.

— Nous sommes les Défunts !

Vaelin tendit l'oreille, guettant le réveil de la voix du sang, mais celle-ci gardait le silence. L'affirmation blasphématoire de la créature, cette impossible profanation des préceptes de la Foi… c'était la vérité.

— Les Défunts nous attendent dans l'Au-Delà, récita Vaelin, la voix teintée d'une nuance de désespoir qui lui fit horreur. Des âmes enrichies par la plénitude et la bonté de leur séjour terrestre, qui nous dispensent sagesse et compassion…

La créature s'étouffait presque de rire, à présent.

— Sagesse et compassion ! Il n'y a pas plus de sagesse et de compassion chez les âmes qui peuplent l'abîme qu'au sein d'une meute de chacals. Nous avons faim et nous mangeons, et la mort nous sert de viande.

Vaelin ferma les yeux et récita son catéchisme à toute vitesse.

— Qu'est-ce que la mort ? La mort est un passage vers l'Au-Delà, l'union avec les Défunts. Elle est tout à la fois terme et commencement. Craignez-la et acceptez-la…

— La mort nous offre de nouvelles âmes à investir, de nouveaux corps à plier à nos désirs afin de satisfaire nos appétits et d'accomplir son dessein…

— Que devient le corps sans l'âme ? Il devient chair et putréfaction, rien de plus. Afin d'honorer la disparition de vos aimés, vouez aux flammes leur enveloppe charnelle…

— Le corps est tout. Une âme dépourvue de corps n'est qu'un écho, un spectre impuissant…

— J'ai entendu la voix de ma mère !

Vaelin s'était relevé d'un bond, dague à la main, les jambes fléchies en position de combat, les yeux braqués sur ceux de la créature qui lui faisait face.

— J'ai entendu la voix de ma mère.

L'être qui était jadis Barkus se releva lentement et souleva sa hache.

— Cela arrive parfois. Certains Doués parviennent à nous entendre, ils perçoivent les cris des âmes dans l'abîme. De brefs échos de douleur et de peur, principalement. C'est d'ailleurs ainsi qu'est née ta Foi, tu le savais ? Il y a plusieurs siècles de ça, un Volarien au Don particulièrement sensible entendit dans l'abîme un chœur de voix bredouillantes, au nombre desquelles il reconnut le timbre de sa propre épouse défunte. Il entreprit alors de partager sa découverte, de propager la grande et merveilleuse nouvelle : oui, les âmes survivent à cette vallée de larmes que l'on nomme la vie. Les gens l'écoutèrent, sa parole se répandit et ainsi naquit ta Foi chérie, entièrement bâtie sur le mensonge voulant que l'obéissance servile dans cette vie se voie récompensée dans la prochaine.

Vaelin tentait de maîtriser son trouble, de cesser d'espérer une réaction de la voix du sang, de réfuter les allégations de la créature. Il se concentra sur le pétillement du bois dans le feu, sur le grondement du ressac et sur le regard tranquille, dépassionné, de l'inconnu qui l'observait à travers les yeux de Barkus.

— Quel dessein ? l'interrogea Vaelin. Tu parlais d'accomplir son dessein ? À qui faisais-tu référence ?

— Tu le rencontreras bien assez tôt.

La créature qui avait été Barkus agrippa le manche de la hache avec ses deux mains, serra fermement les poings et inclina l'arme afin que sa lame reflète la pleine lune.

— Je l'ai créée pour toi, mon frère. Ou plutôt, j'ai autorisé Barkus à la créer pour toi. Pauvre Barkus, il a toujours vaillamment résisté à l'appel de la forge et du marteau, jusqu'au jour où je l'ai débarrassé de sa réticence. Magnifique, n'est-ce pas ? J'ai tué mille fois avec mille armes différentes, mais je dois dire que celle-ci sort du lot. Avec elle, je vais pouvoir t'emmener au seuil de la mort aussi facilement que si je maniais un bistouri. Une fois que tu te seras vidé de ton sang, ton âme te quittera pour rejoindre l'abîme. Il t'y attend. (Le sourire de la créature se fit sinistre, presque attristé.) Tu aurais vraiment dû conserver ton épée, mon frère.

— Si je l'avais fait, tu n'aurais pas été si bavard.

Le sourire s'évanouit.

— Assez discuté, alors.

Il bondit au-dessus du feu, la hache brandie en l'air, les lèvres retroussées en un rictus de haine sauvage. Une gigantesque forme noire le faucha en plein vol, happant son bras dans l'étau de ses mâchoires pour le tirer, le taillader sans relâche, même quand ils basculèrent tous deux dans le feu en projetant alentour une nuée de flammèches. Vaelin vit alors la hache maudite se lever et s'abattre une fois, puis deux, chaque coup ponctué par un piaulement déchirant jailli de la gorge du cerbère volarien. La créature qui avait été Barkus se redressa alors parmi les braises, les cheveux et les vêtements en feu. Son bras gauche pendait, déchiqueté, inutile, à demi arraché par la morsure de Balafre. Mais le droit, intact, tenait toujours la hache.

— J'ai demandé au gouverneur de le libérer à la nuit tombée, expliqua Vaelin.

La créature poussa un rugissement de rage et de douleur mêlées, puis se fendit d'une frappe circulaire, un arc d'argent scintillant brouillé par la vitesse. Vaelin roula sous la lame et planta sa dague dans la poitrine de son adversaire, manquant le cœur d'un rien. Avec un nouveau hurlement, le parasite fit tournoyer son arme à une vitesse inhumaine. Vaelin abandonna sa dague dans sa poitrine, retint le manche de la hache au moment où son adversaire amorçait un nouveau coup et lui décocha une puissante manchette en plein visage, suivie d'un coup de pied dans l'aine. La créature encaissa sans broncher, puis répondit par un violent coup de tête qui envoya Vaelin s'écraser dans le sable.

— Une chose que tu ignores à propos de Barkus, mon frère ! gloussa la créature en le rejoignant d'un bond, sa hache levée. Quand vous vous entraîniez tous les deux, je lui faisais toujours retenir ses coups.

Vaelin roula sur le côté juste avant que la hache morde le sable, propulsa son talon dans la tempe de son adversaire et se rétablit au moment même où celui-ci, bien qu'étourdi de douleur, repassait à l'attaque. Cette fois-ci, Vaelin plongea par-dessus la trajectoire de la lame, arracha sa dague et la planta à nouveau, reculant juste à temps pour éviter le retour de la hache qui siffla à quelques centimètres de son visage.

La créature qui occupait le corps meurtri de Barkus le contempla, stupéfaite. Ses brûlures grésillaient et rejetaient de minces filets de fumée, tandis que son bras en charpie saignait dans le sable. Elle lâcha sa hache et sa main droite vint presser sa chemise, où grandissait à présent une tache sombre. Elle observa longuement sa paume rougie de sang épais, puis tomba à genoux.

Vaelin la dépassa et ramassa la hache, traversé à son contact d'un frisson de répugnance. *Est-ce pour cette raison que je l'ai toujours eue en horreur ? Parce qu'elle finirait un jour par servir à ça ?*

— Bien joué, mon frère. (La créature dévoila ses dents tachées de sang en un sourire de pure malveillance.) La prochaine fois que tu me tueras, qui sait si je ne porterai pas le visage d'un être encore plus cher à ton cœur.

La hache était légère, presque trop, et ne produisit qu'un léger murmure quand Vaelin frappa. La lame mordit la chair et l'os aussi facilement qu'elle avait fendu l'air, et la tête de celui qui avait été son frère roula sur la plage, où elle finit par s'immobiliser.

Vaelin lâcha la hache et tira Balafre des braises mourantes. Il eut beau tasser du sable sur les brûlures ou déchirer sa chemise pour panser les longues entailles qui creusaient le flanc de l'animal, rien n'y fit. Le cerbère volarien geignit et lécha faiblement la main de son maître.

— Pardonne-moi, idiot de chien.

Vaelin se rendit compte qu'il pleurait, la voix entrecoupée de sanglots.

— Pardonne-moi.

Il les enterra séparément. Sans trop savoir pourquoi, il lui semblait que c'était la chose à faire. Vaelin ne prononça aucun hommage pour Barkus, conscient que son frère était mort bien des années plus tôt. Quoi qu'il eût pu dire, de toute façon, il avait le sentiment que ses paroles auraient sonné creux. Quand le soleil se leva, il ramassa la hache et gagna la grève. La marée montante gagnait en puissance, parcourue de hautes déferlantes brisées par le relief échancré de la côte. Il soupesa l'arme de Barkus et découvrit qu'elle ne lui inspirait plus le moindre dégoût, désormais, comme si la Ténèbre qui l'entachait jusqu'alors s'était dissipée avec l'homme qui l'avait forgée. Il ne s'agissait plus désormais que d'une simple hache à double tranchant. Un bout de métal. Une pièce splendide qui accrochait l'éclat du soleil naissant, certes, mais un simple bout de métal. Vaelin prit son élan et la projeta de toutes ses forces dans l'océan. Elle tournoya longuement dans les airs, décrivit une trajectoire scintillante, puis s'abîma dans les flots en projetant une gerbe d'écume.

Vaelin procéda à de rapides ablutions, puis regagna son campement de fortune, où il s'efforça d'effacer les taches de sang du mieux qu'il put avant de prendre le chemin de la grand-route, en direction de Linesh. Au bout d'une heure de marche, il atteignit le point de rendez-vous. Déjà, la chaleur du désert se faisait étouffante. Il s'assit à l'ombre d'un panneau indicateur et attendit.

Il sentit bientôt la voix du sang enfler en lui, une nouvelle mélodie, plus forte et plus claire qu'auparavant. Il prit conscience qu'elle se modifiait au gré des pensées qui lui passaient par la tête : funèbre quand il se rappelait l'ultime geignement de Balafre, tonitruante quand il revivait son combat contre la créature qui animait le corps de Barkus... Et cette musique changeante charriait des images, des voix, des émotions qui n'étaient pas les siennes. Il comprit alors que, pour la toute première fois, il avait pris le contrôle de son chant. Pour la toute première fois, il chantait avec lui.

Quelque part, en un lieu qui n'en est pas un, quelque chose hurlait, implorant le pardon de la puissance invisible qui, aussi intraitable que vierge de toute malignité, le plongeait dans les affres d'une inconcevable douleur.

Dans un palais, loin au nord, une jeune femme composait le discours de bienvenue qu'elle déclamerait pour son frère à son retour, une allocution soigneusement rédigée qui exaltait tour à tour la peine, le regret et la loyauté. Une fois satisfaite, elle posa sa plume, exigea de sa domestique un rafraîchissement et, quand elle fut certaine d'être enfin seule, enfouit son visage dans ses mains pour donner libre cours à ses larmes.

Vers l'ouest, une autre jeune femme contemplait l'océan et refusait de pleurer. Dans sa main, elle serrait deux plaques en bois enroulées dans un foulard de soie aux motifs raffinés. La mer fouettait la coque du navire, projetant dans les airs des nuées d'embruns. Elle était démangée par l'envie de jeter ces souvenirs par-dessus bord, rongée par la colère et par une douleur sourde à laquelle elle ne pouvait se soustraire, une douleur qui engendrait en elle des pulsions qui ne lui ressemblaient pas. Elle éprouvait pour la première fois de sa vie un désir de vengeance, et cette sensation lui déplaisait. Dans son dos retentit un cri de douleur. Elle pirouetta et découvrit un marin effondré sur le pont. L'homme, tombé d'une vergue, serrait sa jambe fracturée et lâchait des bordées de jurons dans une langue qu'elle ne comprenait pas.

— Cessez de remuer ! lui ordonna-t-elle en s'approchant.

Avant de s'accroupir pour procéder aux soins, elle glissa les plaques et le foulard dans les replis de sa houppelande.

À bord d'un autre navire, sur un autre océan, un jeune homme patientait, silencieux et immobile, le visage éteint. Malgré sa prostration, il inspirait une peur profonde à ceux qui l'entouraient, leur maître leur ayant bien fait comprendre qu'il pouvait les tuer dans un claquement de doigts, si l'envie lui en prenait. Contrairement à ce que laissait supposer son immobilité de statue, le jeune homme souffrait le martyre, tourmenté sans relâche par les cicatrices cuisantes qui lui labouraient la poitrine.

Vaelin concentra son chant en une seule et unique note, qu'il projeta au travers des déserts, des jungles et de l'océan qui les séparaient, une note pure qui signifiait : « Je te retrouverai, mon frère. »

L'espace d'un court instant, le jeune homme se raidit, s'attirant les regards apeurés de ses gardiens, puis reprit sa pose hiératique.

La vision et la voix finirent par se dissiper, laissant Vaelin en proie à la chaleur accablante du soleil alpiran. Au loin, vers l'est, une colonne de poussière s'élevait, révélant bientôt une troupe de cavaliers. À sa tête chevauchait la haute silhouette du Procureur Impérial Velsus, pressé de réclamer son dû.

# Appendice I

## *DRAMATIS PERSONÆ*

### Le Royaume Unifié

***Maison Royale d'Al Nieren***
**Janus Al Nieren** – souverain du Royaume
**Malcius Al Nieren** – fils de Janus, prince du Royaume, héritier du trône
**Lyrna Al Nieren** – fille de Janus, princesse du Royaume

***Maison Sorna***
**Kralyk Al Sorna** – première Épée du Royaume, ancien Seigneur de Guerre de l'armée du roi
**Vaelin Al Sorna** – fils de Kralyk, frère du Sixième Ordre
**Alornis Dinal** – fille illégitime de Kralyk

***Maison Myrna***
**Vanos Al Myrna** – Épée du Royaume, Seigneur de la Tour des Hauts Confins
**Dahrena Al Myrna** – orpheline lonake, fille adoptive de Vanos

***Maison Sendahl***
**Artis Al Sendahl** – Premier Conseiller du roi
**Nortah Al Sendahl** – frère du Sixième Ordre, fils d'Artis, camarade de Vaelin

*Maison Hestian*

**Lakrhil Al Hestian** – haut maréchal du vingt-septième régiment de cavalerie, futur Seigneur de Guerre de l'armée du roi

**Linden Al Hestian** – commandant du trente-troisième régiment d'infanterie du roi, fils de Lakrhil, ami de Vaelin

**Alucius Al Hestian** – poète et fils cadet de Lakrhil

## Les Ordres de la Foi

*Sixième Ordre de la Foi*

**Gainyl Arlyn** – Aspect du Sixième Ordre, supérieur de Vaelin

**Sollis** – maître d'escrime et Frère Commandant du Sixième Ordre, maître de Vaelin

**Caenis Al Nysa** – frère du Sixième Ordre, troisième fils de la maison Nysa, camarade de Vaelin

**Barkus Jeshua** – frère du Sixième Ordre, fils d'un forgeron nilsaëlien, camarade de Vaelin

**Dentos** – frère du Sixième Ordre, camarade de Vaelin

**Frentis** – enfant des rues et pickpocket, plus tard frère du Sixième Ordre, ami de Vaelin

**Makril** – frère du Sixième Ordre, pisteur renommé, plus tard Frère Commandant

**Rensial** – maître de l'écurie

**Chekril** – maître du chenil

**Hutril** – maître de la chasse

**Jestin** – maître de la forge

*Cinquième Ordre de la Foi*

**Elera Al Mendah** – Aspect du Cinquième Ordre

**Sherin** – sœur du Cinquième Ordre, amie de Vaelin, plus tard maîtresse des curatifs

**Gilma** – sœur du Cinquième Ordre, affectée au trente-cinquième régiment d'infanterie
**Harin** – maître de l'os
**Sellin** – frère vétéran du Cinquième Ordre, sentinelle de la Loge

Autres

**Balafre** – cerbère volarien, ami de Vaelin
**Écume** – destrier au tempérament irascible, monture de Vaelin
**Nirka Smolen** – capitaine de la troisième compagnie de la Garde Montée du roi
**Sentes Mustor** – ivrogne, héritier du Fief de Cumbraël
**Hentes Mustor** – frère cadet de Sentes, surnommé le Justelame
**Lartek Al Molnar** – ministre des Finances du conseil du roi
**Dendrish Hendrahl** – Aspect du Troisième Ordre
**Tendris Al Forne** – frère du Quatrième Ordre et serviteur du Conseil des Infractions Hérétiques, plus tard Aspect du Quatrième Ordre
**Liesa Ilnen** – Aspect du Deuxième Ordre
**Theros Linel** – Vassal de Renfaël, inféodé à Janus
**Darnel Linel** – fils de Theros, héritier du Fief de Renfaël
**Banders** – chevalier et baron de Renfaël, chambellan de Theros
**Gallis** – monte-en-l'air, brigand et plus tard sergent au trente-cinquième régiment d'infanterie
**Janril Norin** – ancien apprenti ménestrel, plus tard porte-étendard du trente-cinquième régiment d'infanterie
**Bren Antesh** – capitaine des archers cumbraëliens lors de la guerre alpirane
**Comte Marven** – capitaine de l'ost nilsaëlien lors de la guerre alpirane

## L'Empire Alpiran

**Aluran Maxtor Selsus** – Empereur
**Seliesen Maxtor Aluran (dit *Eruhin*, l'Espoir)** – fils adoptif d'Aluran, désigné comme héritier du trône impérial
**Emeren Nasur Ailers** – épouse de Seliesen
**Verniers Alishe Someren** – Chroniqueur Impérial
**Neliesen Nester Hevren** – capitaine de la Garde Impériale
**Holus Nester Aruan** – gouverneur de la cité de Linesh
**Merulin Nester Velsus** – Procureur Impérial
**Ahm Lin** – tailleur de pierre d'origine extrême-occidentale

# Appendice II

## Règles du *Keschet*

Le *Keschet* oppose deux joueurs sur un plateau composé de cent cases. Chaque joueur dispose en début de partie de : 1 Empereur, 1 Général, 1 Érudit, 2 Marchands, 3 Voleurs, 4 Cavaliers, 5 Archers et 8 Lanciers.
Avant de commencer la partie, chaque joueur choisit un côté du plateau, désigne une pièce de son choix et la place sur n'importe quelle case des trois premières rangées qui lui font face. Tour à tour, toutes les pièces sont ainsi déployées sur le plateau. Le joueur ayant placé la première pièce obtient le trait.
Une pièce est considérée comme capturée dès lors qu'elle se trouve sur la case d'arrivée de la pièce jouée. Le premier joueur à capturer l'Empereur de son adversaire ou à l'isoler complètement sur le plateau emporte la partie.
Toute pièce adjacente à l'Érudit est protégée et ne peut être capturée.

L'Érudit se déplace d'une ou deux cases dans n'importe quelle direction.

L'Empereur peut se déplacer jusqu'à quatre cases dans n'importe quelle direction.

Le Général peut se déplacer jusqu'à dix cases dans n'importe quelle direction.

L'Archer peut se déplacer jusqu'à six cases verticalement ou horizontalement.

Le Voleur se déplace d'une case dans n'importe quelle direction. Toute pièce capturée par le Voleur passe sous le contrôle du joueur ayant le trait.

Le Lancier se déplace d'une ou deux cases verticalement ou horizontalement.

Le Cavalier peut se déplacer jusqu'à dix cases en diagonale.

Le Marchand soit se déplace d'une case dans n'importe quelle direction, soit rejoint n'importe quelle case vide adjacente à celle occupée par l'Empereur, à condition qu'aucune pièce ne gêne son déplacement.

Aubin
IMPRIMEUR

IMPRIM'VERT
Votre imprimeur agit pour l'environnement

Achevé d'imprimer en septembre 2016
N° d'impression 1607.0015
Dépôt légal, octobre 2016
Imprimé en France
81121839-1